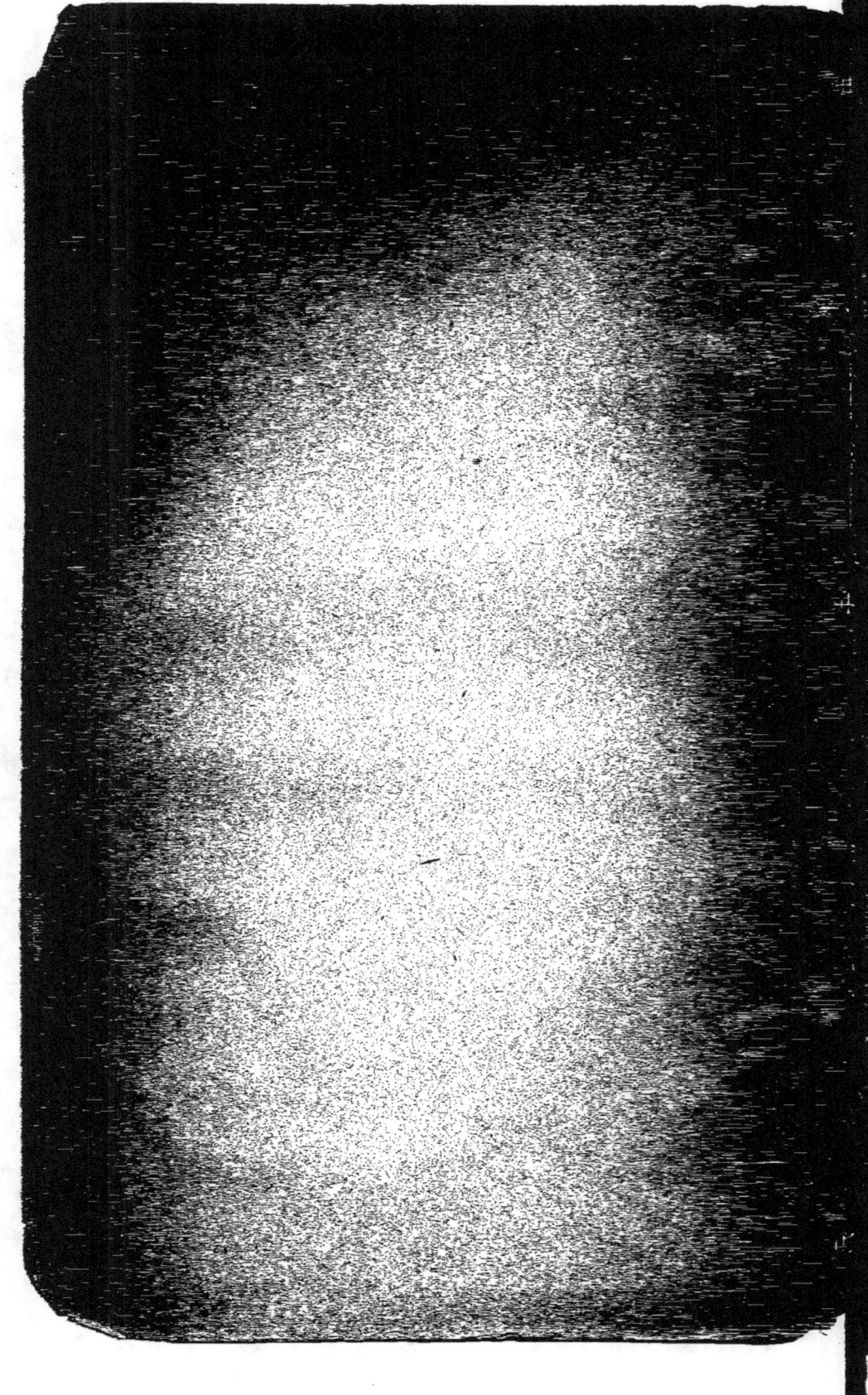

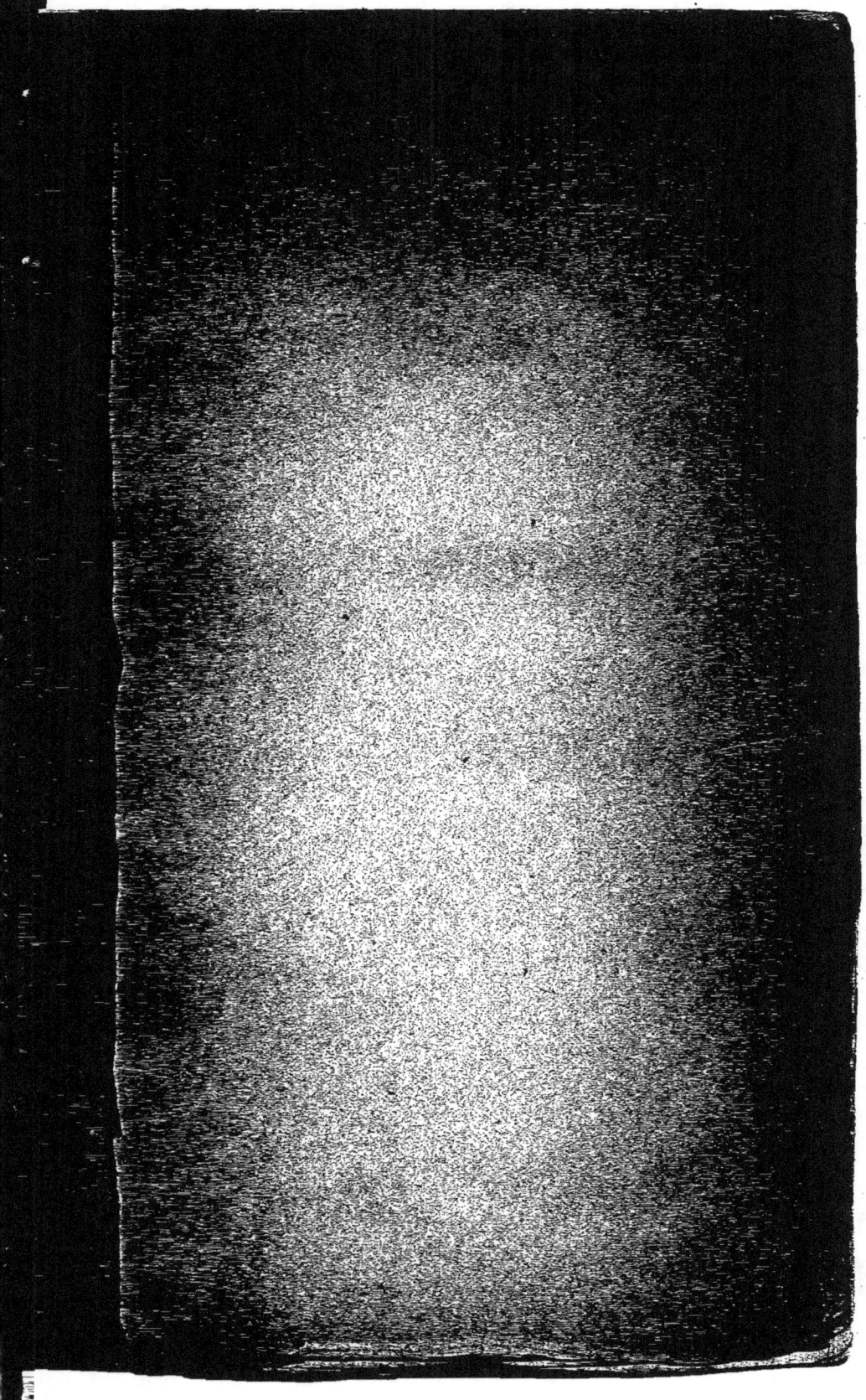

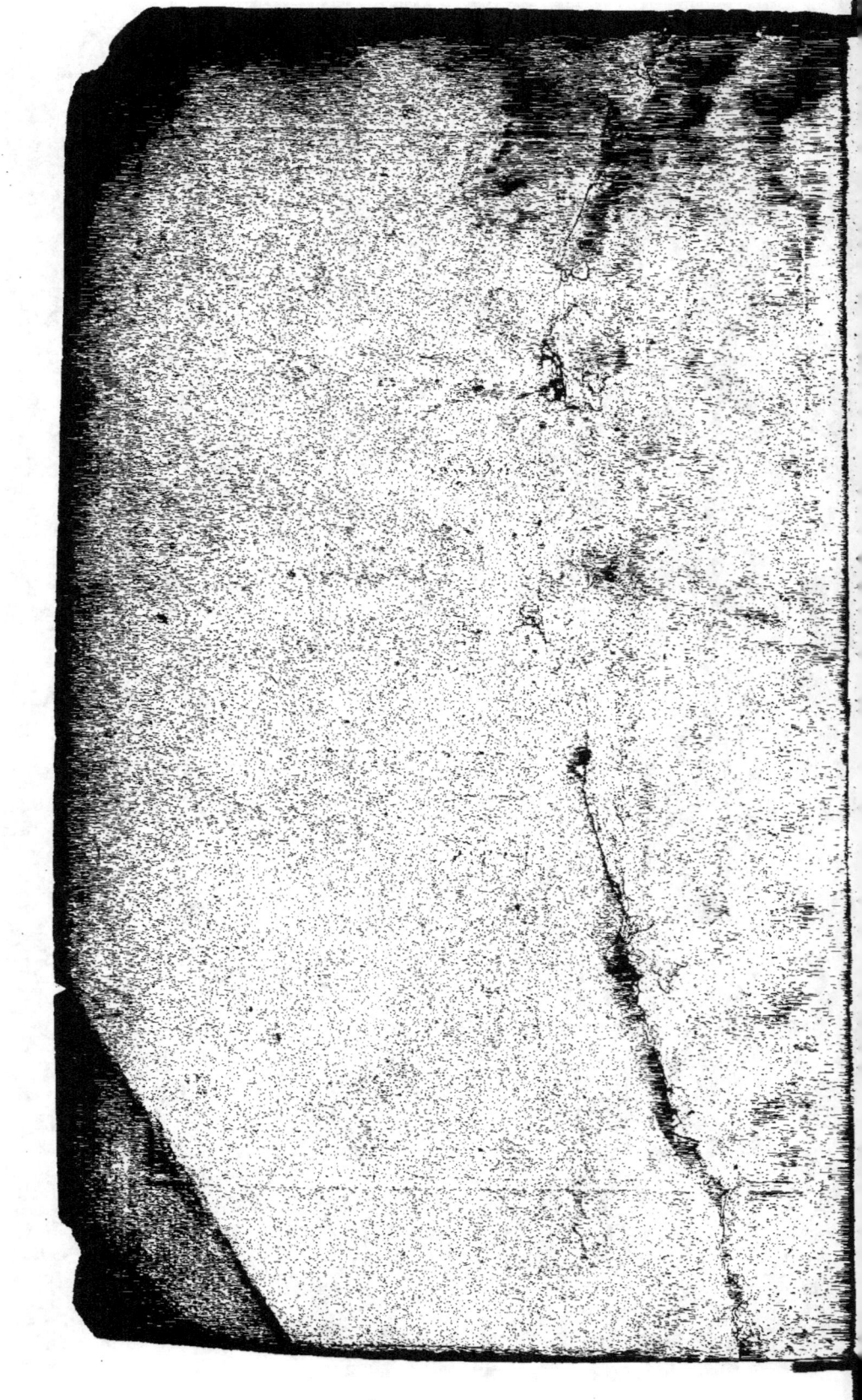

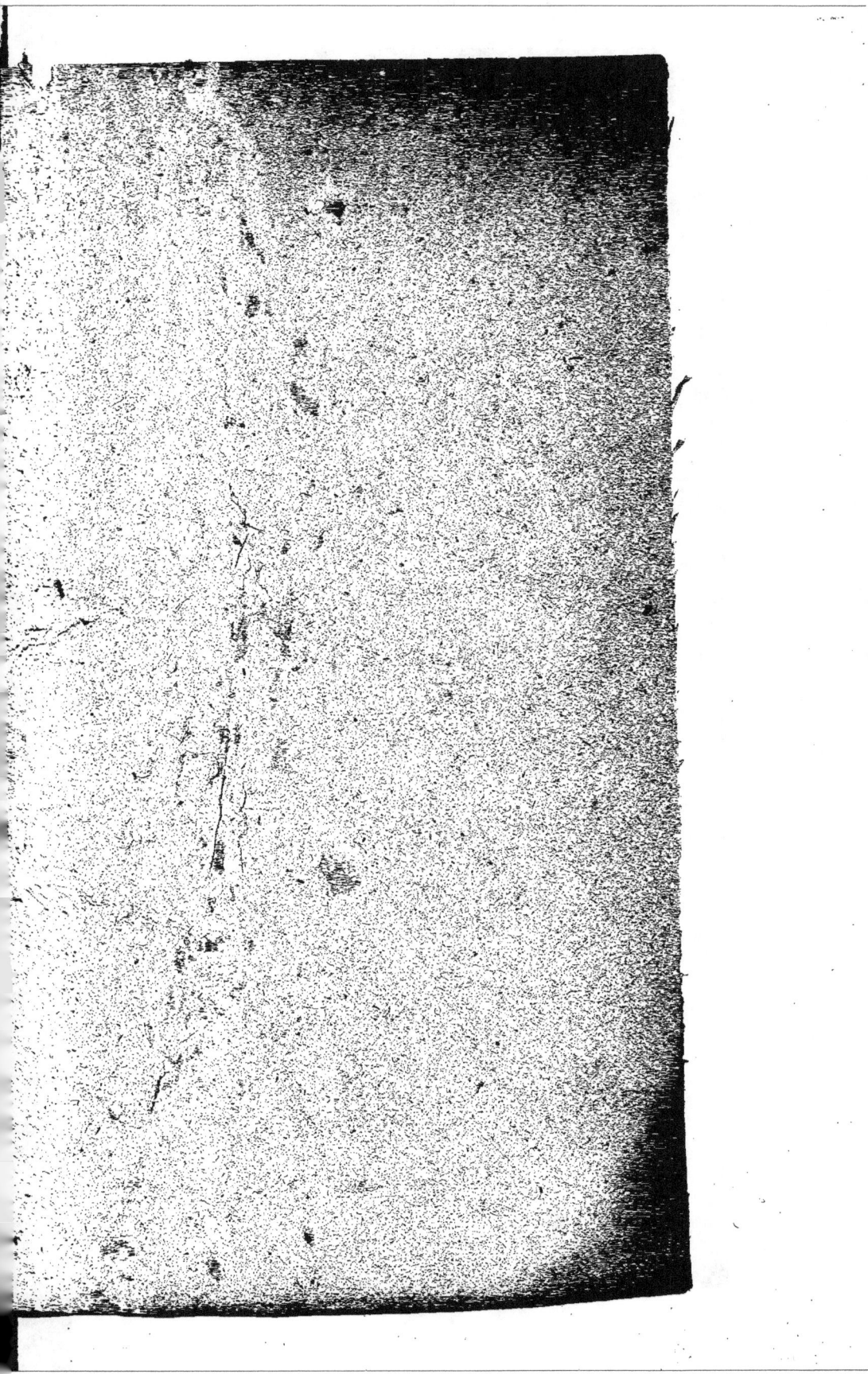

OEUVRES

COMPLÈTES

DE

MME COTTIN.

TOME III.

TYPOGRAPHIE DE FIRMIN DIDOT FRÈRES,

RUE JACOB, Nº 24.

OEUVRES

COMPLÈTES

DE

MME COTTIN.

TOME TROISIÈME.

MATHILDE.

PARIS,

FIRMIN DIDOT FRÈRES, LIBRAIRES-ÉDITEURS,

RUE JACOB, N° 24.

M DCCC XXXVI.

MATHILDE.

INTRODUCTION.

L'ACTION ou roman de Mathilde comprend toute la durée de cette troisième croisade, sur laquelle les noms de Philippe-Auguste, de Richard Cœur-de-Lion, et de Saladin, jettent un si grand éclat. Les amours de Mathilde et de Malek Adhel occupent le premier plan, mais le roman suit en général la marche de l'histoire, et l'intrigue se rattache à tous les faits importants de la croisade. Si l'imagination a créé des situations fortes et dramatiques, si, par une combinaison savante, la passion la plus vive, opposée au plus sacré des devoirs, offre d'un côté le tableau de la faiblesse humaine, et de l'autre toute la puissance de l'honneur et de la religion, l'histoire a fourni, ou du moins indiqué les personnages; c'est elle qui, par les mœurs chevaleresques, par l'enthousiasme religieux, ennoblit les actions, rehausse les caractères, et leur donne une couleur véritablement héroïque. C'est dans l'histoire qu'on a puisé le sujet et les événements principaux; c'est elle qui ajoute un nouveau degré d'intérêt à la partie romanesque; c'est là, enfin, que l'auteur a trouvé la plupart des brillants accessoires qui enrichissent son ouvrage.

Cette production, qui se distingue par des beautés d'un ordre supérieur, ne doit pas être lue comme un simple roman. Pour l'apprécier, pour en sentir le mérite, il faut, non-seulement connaître l'histoire particulière de la troisième croisade, mais avoir, en quelque sorte, étudié l'esprit qui régnait à cette époque mémorable, où l'on peut dire, avec Anne Comnène, que *l'Occident sembla se réveiller, et s'arracher de ses fondements pour se précipiter sur l'Asie.*

III.

On croit donc devoir placer en tête de ce roman une Introduction, dans laquelle, après avoir jeté un coup d'œil sur Jérusalem, antique objet de la vénération des Chrétiens, et sur les pèlerinages qui ont précédé et préparé les guerres de la Terre Sainte, on essaiera de donner une idée des deux premières croisades; on présentera ensuite sur la troisième, tous les détails qui peuvent offrir quelque intérêt, et l'on aura soin de faire remarquer le parti que madame Cottin a tiré de l'histoire, soit lorsqu'elle y a pris les événements et les caractères, soit lorsque, créant de nouveaux personnages, elle a réuni en eux les traits épars qu'elle a trouvés dans les annales du temps.

Les pèlerinages à Jérusalem remontent aux premiers siècles du christianisme. Adrien avait fait disperser les ruines de la cité qui avait été prise et détruite par Titus, et, pour en effacer jusqu'au souvenir, il avait fait bâtir une nouvelle ville à laquelle il avait donné le nom d'Elia, d'Aélia, d'*Adria capitolina.* « Il fit dresser, dit l'auteur d'une His-« toire ecclésiastique, une idole de Ju-« piter au lieu de la résurrection de Jésus-« Christ, et une Vénus de marbre au Cal-« vaire, sur la roche de la croix; il dé-« dia à Adonis la caverne où Jésus-Christ « était né. » Mais les saints lieux n'en étaient pas moins dès-lors visités par les Fidèles. Constantin, ayant embrassé la religion chrétienne, rendit Jérusalem au culte du Christ; il orna le saint sépulcre, et inaugura lui-même l'église de la Résurrection : cette pompeuse cérémonie avait attiré une foule innombrable de Chrétiens. Hélène, mère de Constantin,

1

fit plusieurs pélerinages à Jérusalem, et y termina ses jours. Les tentatives inutiles de Julien, pour rebâtir l'ancien temple des Juifs; les prodiges qui, au témoignage même d'Ammien Marcellin (auteur païen), détruisirent les premiers travaux et portèrent l'épouvante parmi les ouvriers, dûrent frapper l'imagination des peuples, et augmenter leur vénération pour les saints lieux. Aussi, dès le quatrième siècle, les pélerinages étaient déjà si multipliés, que plusieurs Pères de l'Église firent sentir les dangers auxquels ils exposaient les Fidèles. Ces pieux voyages, loin d'être suspendus lors de l'invasion des Barbares, devinrent encore plus fréquents. Au milieu des malheurs de tous genres qui les accablaient, les Chrétiens allaient chercher un asile et des consolations à Jérusalem; ils traversaient les camps et les armées; le bourdon et la pannetière leur servaient de sauve-garde, et les Barbares, déjà disposés à embrasser la foi, leur portaient une sorte de respect.

Au commencement du septième siècle, Chosroès s'empara de la Palestine, enleva le bois de la vraie croix, dévasta Jérusalem, y substitua la religion des Perses à celle des Chrétiens. Héraclius dirigea contre lui toutes les forces de l'Empire; après une guerre longue et opiniâtre, il repoussa les Perses, et obtint la restitution de la croix. Les historiens remarquent que la caisse dans laquelle elle avait été renfermée n'avait point été ouverte, et que les sceaux mêmes étaient restés intacts. L'empereur Héraclius reconduisit en triomphe cette précieuse relique à Jérusalem; il traversa la ville pieds nus, et porta lui-même la croix jusqu'au mont Calvaire. Cette cérémonie, qui fut célébrée dans tout le monde chrétien, par l'institution de la fête de l'exaltation de la croix, ne pouvait que redoubler l'ardeur des pélerinages.

Cependant, Mahomet venait de fonder une nouvelle religion, dont il avait étendu le culte, moins par la persuasion que par la force des armes. Ses lieutenants, après sa mort, poursuivent le cours de ses conquêtes. Omar se rend maître de la Palestine; il établit l'islamisme, et bâtit des mosquées dans Jérusalem. On se borne d'abord à interdire aux Chrétiens toutes cérémonies extérieures; mais bientôt on les abreuve d'outrages, et on les force de porter une ceinture de cuir, comme marque de leur servitude. Les dissensions qui s'élèvent entre les Omniades et les Alides, leur permettent, pendant quelque temps, de respirer; ils sont tour-à-tour favorisés et persécutés sous les Abassides; mais les persécutions les plus violentes ne peuvent effrayer les pélerins, qui bravent les dangers et la mort pour visiter les saints lieux. Harroun-al-Raschild, le plus illustre calife de la race des Abassides, leur accorde une protection particulière. La politique lui imposait la loi de se concilier l'amitié des Chrétiens. Il craignait que Charlemagne, dont les exploits et la puissance remplissaient le monde, ne dirigeât contre lui toutes les forces de l'Occident, et ne tirât vengeance des invasions, encore récentes, des Sarrazins. On vit donc arriver à la cour de Charlemagne des ambassadeurs du calife, qui apportèrent les clefs de Jérusalem et du saint sépulcre. Les Chrétiens purent alors élever dans la ville sainte un hospice et des maisons pour les pélerins; des relations de commerce s'établirent; les Francs eurent un marché à Jérusalem, et tous les ans on tenait, le 15 septembre, sur le Calvaire, une foire, dans laquelle on échangeait les marchandises d'Orient et d'Occident. Mais les Chrétiens furent bientôt exposés à de nouvelles persécutions sous les successeurs d'Harroun-al-Raschild.

Vers la fin du dixième siècle, Jean Zimiscès, qui avait assassiné Nicéphore Phocas, et usurpé l'Empire Grec, voulut faire pardonner son crime et son usurpation, en combattant les Sarrazins; déjà il s'était emparé de la plupart des villes de la Palestine, lorsqu'il fut empoisonné. Après sa mort, Jérusalem retombe au pouvoir des Infidèles, et le sort des Chrétiens devient plus misérable que jamais, sans que toutefois le zèle des pèlerins se ralentisse. Le pape Sylvestre II, vivement touché de leurs maux, excite les peuples d'Occident à prendre leur défense : l'histoire ne fournit presque aucun détail sur cette expédition, qui peut être considérée comme une première croisade; on sait seulement qu'elle n'eut aucun résultat : les Pisans, les Génois, commandés par Boson, roi de Bourgogne, et beau-frère de Charles-le-Chauve, roi de France, prirent seuls les armes; ils firent une descente sur les côtes de Syrie, et se rembarquèrent après avoir dévasté quelques lieues de pays. Cette tentative inutile ne pouvait qu'envenimer la haine des Musulmans contre les Chrétiens : les persécutions redoublèrent, mais elles ranimèrent le zèle au lieu de l'éteindre, et des pèlerins partaient de tous les points de l'Occident, pour faire le voyage de la Terre Sainte. Tous les Chrétiens, sans distinction d'âge, de sexe, ni de rang, étaient enflammés du désir d'adorer Dieu dans le lieu même où, suivant la belle expression de saint Jérôme, *la lumière de l'Évangile commença à briller du haut de la croix.* D'ailleurs, les pèlerinages avaient été substitués aux pénitences canoniques; les coupables espéraient trouver le pardon de leurs fautes sur le tombeau de Jésus-Christ, et l'on obtenait des indulgences en secourant les pèlerins sur leur route comme en allant soi-même en pèlerinage.

Voici les détails que donne sur ces voyages un auteur justement estimé [1]. Avant de partir, un pèlerin se présentait devant le prêtre de son église, qui lui remettait le bourdon et la pannetière, des langes marqués de la croix, une lettre de l'évêque attestant l'objet du voyage, répandait l'eau sainte sur ses vêtements, et l'accompagnait à la tête d'une procession jusqu'à la prochaine paroisse; on s'empressait de lui offrir sur sa route tous les objets dont il pouvait avoir besoin; on ne lui demandait que ses prières pour prix de l'hospitalité qu'il recevait. Des hospices étaient bâtis pour les pèle-

[1] M. Michaud.

rins, sur le bord des fleuves, sur les montagnes, dans les lieux déserts, et jusque dans les provinces de l'Asie. Le pèlerin ne portait point d'armes; le bourdon et la pannetière suffisaient pour le mettre à l'abri de toute insulte, même chez les Musulmans, lorsqu'il n'y avait pas de persécution déclarée. Arrivé près de la cité sainte, les Chrétiens établis à Jérusalem allaient au-devant de lui. Il entrait dans la ville par la porte d'Éphraïm, et payait le tribut aux Sarrazins. Ce tribut était une pièce d'or, et c'était souvent le seul argent que le voyageur eût apporté; quelquefois même, il ne la possédait pas, et il attendait l'arrivée de quelque seigneur qui payait pour lui. Les pèlerins trouvaient la nourriture et le logement dans des maisons que dirigeaient des moines grecs, et qui étaient entretenues par les aumônes que ces moines allaient, chaque année, recueillir en Occident. Il y avait des couvents particuliers pour les femmes. Dès l'année 1048, quelques habitants d'Amalfi s'étaient réunis pour fonder un hospice où ils soignaient eux-mêmes les malades; ils prirent le nom d'Hospitaliers, furent plus tard constitués en ordre religieux et militaire de saint Jean de Jérusalem; et après les croisades, cet ordre devint l'ordre souverain de Rhodes et ensuite de Malte.

Après s'être préparés par la prière et par le jeûne, les pèlerins se présentaient au saint sépulcre, couverts d'un drap mortuaire, qu'ils conservaient avec soin pendant tout le reste de leur vie, et dans lequel ils voulaient être enterrés. La grâce qu'ils demandaient à Dieu avec le plus de ferveur, était de mourir dans la cité sainte. Ils parcouraient la montagne de Sion, celle des Oliviers; ils quittaient Jérusalem pour visiter Bethléem où naquit le Sauveur, le mont Thabor où il fut transfiguré, et tous les lieux témoins de ses miracles. Ils se baignaient ensuite dans les eaux du Jourdain, et cueillaient, dans le territoire de Jéricho, des palmes qu'ils rapportaient en Occident. De retour dans leur pays, ils présentaient au prêtre une de ces palmes, qui était déposée sur l'autel de l'église, comme une marque de reconnaissance envers Dieu qui avait protégé leur voyage, et ils jouissaient d'une réputation particulière de sainteté.

Bientôt les pélerins ne voyagèrent plus isolément. En 1054, un archevêque de Cambrai se mit en route pour la Palestine, avec trois mille Chrétiens de son diocèse, qui périrent presque tous misérablement, sans avoir pu parvenir jusqu'à Jérusalem. En 1064, l'archevêque de Mayence et quatre évêques partirent avec sept mille hommes : attaqués le vendredi saint par les Arabes, ils ne voulurent point se défendre; ceux qui échappèrent furent reçus en triomphe à Jérusalem, mais plus de la moitié de la troupe était tombée sous le fer des Sarrazins, ou avait succombé aux fatigues du voyage, et à peine trois mille hommes purent revenir dans leur pays.

Une foule innombrable de Chrétiens bravaient ainsi les fatigues, la misère, les dangers de toute espèce, pour visiter le tombeau de Jésus-Christ; ils supportaient avec une résignation que la religion seule peut donner, les vexations des Sarrazins : le noble châtelain, qui eût vengé dans le sang la plus légère offense, s'y soumettait comme le plus pauvre voyageur : tous offraient à Dieu leurs souffrances, se plaisaient à les raconter à leur retour; et ces récits, pleins d'intérêt, excitaient à la fois l'enthousiasme religieux et la haine contre les ennemis de la foi; ils frappaient surtout l'imagination des enfants, y laissaient des impressions profondes, et préparaient ainsi la première croisade.

Quelque déplorable que fût la condition des Chrétiens et des pélerins en Palestine, de nouveaux désastres allaient fondre sur eux, mettre le comble à l'indignation des peuples d'Occident, et soulever l'Europe contre l'Asie. Les Turcs, sortis des contrées situées au-delà de l'Oxus, après avoir conquis la Perse, s'étaient emparés de Jérusalem; ces barbares dirigèrent principalement leur rage contre les Chrétiens. Tous ceux qui tombèrent entre leurs mains furent massacrés, dépouillés, ou vendus comme esclaves; ceux qui purent échapper parcoururent l'Occident et enflammèrent les esprits par le tableau de leur malheur et de celui de leurs frères. Ils montraient leurs cicatrices, la marque des fers qu'ils avaient portés; ils peignaient la dévastation des saints lieux, la profanation des reliques, les églises changées en mosquées, les femmes chrétiennes livrées à la brutalité des soldats, leurs enfants circoncis, et les pélerins menacés de l'esclavage ou de la mort, s'ils osaient pénétrer en Palestine. Les fureurs et les excès des Turcs augmentaient la vénération des Chrétiens pour Jérusalem désolée; et les pèlerinages, devenus plus périlleux, n'en avaient que plus d'attraits pour la piété des Fidèles. Les voyageurs qui ne trouvaient point la couronne du martyre dans leur pieuse entreprise, revenaient animés du désir de venger le culte du Christ, et de délivrer son tombeau; partout ils faisaient partager la sainte ardeur dont ils étaient pénétrés.

Cependant les Turcs étendaient leurs conquêtes et menaçaient l'Empire Grec; Michel Ducas avait imploré les secours du pape Grégoire VII; le caractère de ce pontife le portait aux grandes choses; enlever la Terre Sainte aux Infidèles, réunir les Grecs à l'Eglise latine, étaient des entreprises dignes de lui. Il avait promis de passer lui-même en Asie avec cinquante mille homme; mais, retenu par ses démêlés avec les empereurs, il mourut sans pouvoir réaliser son projet. Sous Victor III, son successeur, les habitants des principales villes maritimes d'Italie prirent les armes; le pape les encouragea en leur accordant des indulgences; mais l'expédition n'était dirigée que contre les Sarrazins qui troublaient le commerce de la Méditerranée. On fit une descente en Afrique, on pilla quelques villes, on leva des tributs, et l'on rapporta un immense butin.

Dans la disposition où se trouvaient les esprits, il ne fallait que donner le signal pour exciter un soulèvement universel parmi tous les peuples de la chrétienté. Il était réservé à un simple moine d'armer l'Occident contre l'Orient. Ce moine était Pierre l'ermite [1] ; son esprit ardent, inquiet, lui avait fait essayer successivement toutes les conditions de la vie : il avait étudié les lettres, il avait été soldat, il s'était marié, puis ayant reconnu le néant des choses de ce monde, il s'était retiré dans un ermitage. Les dangers qui menaçaient les Chrétiens en Palestine ne pouvaient effrayer un homme de ce caractère ; il fit le voyage de Jérusalem. A la vue des maux auxquels les Chrétiens étaient en proie, son imagination s'exalte, une vision le détermine ; il promet au patriarche d'armer tout l'Occident pour la délivrance des saints lieux. Il revient en Europe, va se jeter aux pieds du pape, et lui fait part de son dessein. Urbain II, qui occupait alors le saint Siége, n'avait pas été étranger aux entreprises projetées par Grégoire VII et par Victor ; il brûlait de les voir exécuter. Pierre lui paraît inspiré par le ciel même, et il le charge de prêcher la guerre contre les Infidèles.

L'ermite parcourt l'Italie, la France, et presque toute l'Europe ; il prêche dans les églises, dans les places publiques, sur les routes ; partout la population entière se presse sur ses pas : hommes, enfants, vieillards, riches et pauvres, seigneurs et serfs, s'animent à ses discours, et jurent de sacrifier leur vie pour la conquête des saints lieux. Celui qui armait ainsi l'Europe voyageait sur une mule ; ses pieds étaient nus, il portait une robe de bure, et son corps était ceint d'une corde. Souvent il n'avait pas même besoin de parler pour embraser les âmes ; et lorsque, succombant à la fatigue, ou ne pouvant se faire entendre de la foule immense qui l'entourait, il montrait en pleurant le crucifix qu'il portait à la main, ses gestes et ses larmes produisaient autant d'effet que son éloquence.

Cependant le pape avait convoqué à Plaisance un concile où se trouvèrent

[1] Suivant Oderic il se nommait Victor-Pierre de Acheris.

réunis deux cents évêques, quatre mille ecclésiastiques, et plus de trente mille laïques. On y admit les ambassadeurs d'Alexis Comnène, qui sollicitaient avec instance les secours de l'Occident, et qui promettaient, au nom de leur maître, de joindre toutes les forces de l'Empire Grec à celles des Latins ; ils ne se bornèrent point à peindre les dangers et les malheurs de l'Eglise d'Orient ; ils firent à dessein le tableau le plus séduisant des contrées que les Chrétiens allaient délivrer et conquérir. La guerre sainte n'avait pourtant pas été définitivement arrêtée dans le concile, mais tous ceux qui y avaient assisté, reportèrent et répandirent dans leur pays les fortes impressions qu'ils avaient reçues.

Un nouveau concile est convoqué à Clermont ; Pierre l'ermite y déploie sa fougueuse éloquence ; le pape somme tous les Chrétiens de prendre les armes au nom de Jésus-Christ, et l'assemblée entière se lève en criant : *Dieu le veut.* « Oui, « Dieu le veut, reprend Urbain ; c'est lui « qui a dicté les paroles que je viens d'entendre, qu'elles soient votre cri de « guerre, qu'elles annoncent partout la « présence du Dieu des armées. » Puis, montrant la croix, il ajoute : « C'est « Jésus-Christ qui sort de son tombeau « et qui vous présente sa croix ; elle sera « le signe qui doit rassembler les enfants « dispersés d'Israël ; portez-la sur vos « épaules, sur votre poitrine ; qu'elle « brille sur vos armes et sur vos étendards ; elle sera pour vous le gage de la « victoire ou la palme du martyre ; elle « vous rappellera sans cesse que Jésus-« Christ est mort pour vous et que vous « devez mourir pour lui. » De toutes parts on demande la croix ; la guerre sainte prend le nom de *Croisade*, et le nom de *Croisé* est donné à ceux qui s'engagent à combattre les Infidèles. D'autres assemblées se tiennent dans différents pays ; partout la même ardeur éclate. L'Angleterre, à peine conquise par les Normands ; l'Allemagne et l'Italie, malgré leurs troubles et leurs factions ; l'Espagne même, à moitié envahie par les Sarrazins, suivent l'exemple de la France, et le cri *Dieu le veut* retentit dans l'Europe entière.

Jamais, à aucune époque, la religion n'obtint un triomphe plus prompt et plus complet. Les princes oublient leurs différends et leurs projets ambitieux ; les peuples, leurs rivalités ; les barons, qui se faisaient la guerre la plus opiniâtre, se réconcilient et ne demandent plus qu'à signaler leur valeur contre les Infidèles ; les intérêts particuliers même, auxquels il est si difficile d'imposer silence, n'osent plus élever la voix. Des anathêmes sont lancés contre celui qui refusera ou troublera la paix de Dieu. Les créanciers renoncent à toutes poursuites contre les débiteurs qui prennent les armes pour la guerre sacrée. Chose remarquable ! les hommes les plus dépravés, les voleurs, les brigands, viennent confesser leurs crimes aux pieds des évêques, et sollicitent, comme une grâce, la permission d'aller les expier en Palestine.

On ne doit pas dissimuler qu'à cette époque la condition des peuples, l'ambition des grands, et la politique des souverains, se réunissaient pour favoriser l'impulsion générale donnée par la religion. Non-seulement les royaumes n'avaient pas de frontières fortifiées, et à chaque guerre les invasions ruinaient les campagnes ; mais les barons, retirés dans leurs châteaux, étaient presque toujours en état d'hostilité les uns contre les autres, et ravageaient les terres soumises à la domination de leurs ennemis. Le peuple, victime de ces dissensions, voyait dans une expédition lointaine, sinon un adoucissement, du moins un changement à sa situation. Plusieurs barons n'hésitaient point à vendre, même à vil prix, leurs possessions, dans l'espoir d'en conquérir de plus brillantes en Asie ; et d'ailleurs, le bruit généralement répandu, que la fin du monde approchait, disposait les hommes de tout rang et de toute classe à faire les plus grands sacrifices pour leur salut. Les souverains, souvent bravés par des vassaux trop puissants, les voyaient avec plaisir céder à prix d'argent la liberté aux communes, pour subvenir aux frais d'une guerre d'outre-mer, qui permettait

d'établir et d'étendre l'autorité royale. Enfin, les hommes qui n'étaient point étrangers aux idées politiques, sentaient la nécessité de réunir les forces de l'Occident, pour arrêter la puissance toujours croissante des peuples de l'Orient, qui avaient déjà envahi l'Europe et qui la menaçaient de nouveau. Ils n'ignoraient pas que le chef des Turcs, en consacrant son usurpation, avait pris deux couronnes, et s'était fait ceindre deux cimeterres, emblêmes de la domination à laquelle il prétendait sur l'Orient et sur l'Occident.

Partout on s'occupait donc avec un égal enthousiasme des préparatifs de la croisade. Le départ était fixé au jour de l'Assomption de l'année 1097 ; mais le zèle impatient des Croisés devança ce délai. Dès le printemps, une armée de cent mille Croisés, si toutefois on peut donner le nom d'armée à une troupe composée d'hommes, de femmes, d'enfants, et de vieillards, prend pour chef Pierre l'ermite, et se met en marche. On part des bords de la Meuse, on traverse l'Allemagne ; les Croisés n'avaient pris aucune précaution pour leurs subsistances, la plupart d'entre eux ne soupçonnaient même pas la distance qui les séparait de Jérusalem ; ils demandaient naïvement, à la vue de chaque ville, si c'était là la cité sainte. La piété des Français et des Allemands leur fournit d'abord des vivres ; mais arrivés chez les Hongrois et chez les Bulgares, ils ne trouvent plus aucuns secours. Ils étaient partis l'imagination remplie des prodiges que Dieu avait faits pour nourrir son peuple dans le désert, et ils ne concevaient pas qu'on pût laisser mourir de faim les soldats de Jésus-Christ ; ils enlèvent par force ce qu'on leur refuse ; le besoin les excite au pillage, et, croyant punir les ennemis de Dieu, ils se livrent aux plus détestables excès. Les Bulgares, peuple belliqueux et sauvage, prennent les armes, et taillent aisément en pièces cette troupe indisciplinée, mal armée, et dont les chefs ignoraient l'art de faire la guerre. Pierre l'ermite rassemble les débris de sa troupe et se rend à Constantinople ; d'autres bandes, qui marchent sur ses traces, éprouvent à peu près le même sort.

Cependant cent mille Croisés se trouvent réunis sous les murs de la capitale de l'empire d'Orient. Ces nouveaux hôtes ne tardèrent pas à être à charge aux Grecs. Alexis, pressé de s'en délivrer, leur fournit des vaisseaux et les fait transporter au-delà du Bosphore. Leurs premiers revers ne les avaient pas rendus plus prudents ; ils croient marcher à des succès faciles ; ils s'avancent sans ordre ; le sultan de Nicée en fait un horrible carnage ; trois mille échappent à peine au massacre, tristes restes de trois cent mille Croisés qui avaient quitté l'Europe. Cette première expédition eut les conséquences les plus funestes, et c'est peut-être à elle que l'on peut attribuer les désastres des croisades. « Par leurs excès, dit un historien, les premiers Croisés avaient prévenu les Grecs contre ces entreprises ; « par leur manière de combattre, ils « avaient appris aux Turcs à mépriser les « armes des Chrétiens d'Occident. »

La nouvelle de ces malheurs ne refroidit pas cependant le zèle des Croisés ; des armées régulières se forment en Europe, elles sont commandées par des chefs habiles. Godefroi de Bouillon, déjà célèbre par ses exploits, a réuni sous ses bannières la noblesse de France et des bords du Rhin ; il compte dix mille cavaliers et quatre-vingt mille fantassins. Une seconde armée part de France, sous les ordres de Hugues de Vermandois, frère du roi Philippe I ; Robert, fils aîné de Guillaume le Conquérant, marche à la tête des Anglais et des habitants de la Normandie ; un autre Robert, comte de Flandre, commande les Frisons et les Allemands ; Adhémar, légat apostolique et chef spirituel de la croisade, conduit, avec son frère Raymond, comte de Toulouse, les soldats du midi de la France ; Bohémond, prince de Tarente, a sous ses ordres les Italiens : toutes ces armées se rendent par terre et par différentes routes à Constantinople : aucun auteur ne parle des mesures prises pour leurs

subsistances ; elles avaient pourtant à traverser des contrées sauvages et presque inconnues alors.

L'empereur Alexis, qui avait vivement sollicité les secours des peuples d'Occident contre les Turcs, craignait que les auxiliaires qu'on lui fournissait ne ressemblassent aux premiers Croisés ; ses inquiétudes devinrent plus vives lorsqu'il vit successivement arriver sous les murs de sa capitale, ces innombrables armées qu'Anne Comnène compare aux sables de la mer et aux étoiles du firmament. Au lieu de se mettre à la tête des Croisés pour conquérir l'Asie mineure, il laisse apercevoir sa crainte et sa faiblesse en essayant de tromper, de séduire, et de diviser les chefs. A force de présents et de caresses, il obtient d'eux un vain hommage de leurs conquêtes futures, espérant tirer tout le fruit de la guerre sans en partager les périls. Pendant les négociations, l'armée oisive s'amollit, se livre au pillage, et oublie le but de sa sainte entreprise ; dès-lors des haines implacables s'élèvent entre les Chrétiens et les Grecs ; enfin, l'armée des Croisés, forte de cent mille cavaliers et de cinq cent mille fantassins, traverse le Bosphore et culbute l'ennemi : elle attaque Nicée, qui se rend aux émissaires qu'Alexis y avait envoyés ; et à défaut de bois pour fortifier son camp, elle emploie les os des Croisés, qui, l'année précédente, ont péri victimes de leur imprudence, sous les murs de la ville.

Une nouvelle victoire remportée à Dorilée jette la terreur dans le pays ; plusieurs villes ouvrent leurs portes ; mais Antioche, place forte et défendue par une garnison aguerrie, arrête les Croisés pendant neuf mois. On manquait de machines pour le siége, et d'instruments pour en construire ; la valeur des Croisés échouait contre des murailles qu'ils ne pouvaient ni abattre, ni franchir ; ils avaient à repousser les sorties des assiégés et les attaques des troupes turques : la trahison d'un rénégat leur livre la ville au moment où le défaut de vivres allait peut-être les obliger de se retirer ; mais la citadelle résiste encore : les Chrétiens sont bientôt assiégés eux-mêmes par l'ennemi, qui a réuni toutes ses forces. L'armée, épuisée par la faim et par les maladies, est réduite à la dernière extrémité; déjà les Sarrazins se croyaient assurés de leur proie, quand tout-à-coup le courage des Croisés se ranime. Le fer de la sainte lance, découvert par un moine, leur semble un gage assuré de la protection divine; ils attribuent leurs revers à leurs fautes; ils font pénitence, et, certains d'avoir apaisé le courroux de Dieu, ils marchent avec confiance à l'ennemi : rien ne résiste à leur impétuosité; les Sarrazins, enfoncés de toutes parts, ne peuvent se rallier; on en fait un horrible carnage. Quelques historiens prétendent que cent mille Infidèles restèrent sur le champ de bataille.

On remarque souvent dans les croisades ce passage subit du découragement à l'enthousiasme, des excès les plus déplorables au repentir le plus sincère : la seule conséquence qu'on en puisse tirer, c'est que les Croisés, tout animés qu'ils fussent par le zèle de la religion, étaient hommes, et que la faiblesse, attachée à la nature humaine, leur faisait quelquefois oublier le but de leur sainte entreprise. La guerre offre partout les mêmes excès, et rarement de semblables exemples de repentir.

Après la bataille d'Antioche, les Sarrazins ne pouvaient plus arrêter la marche des Croisés, qui poursuivent le cours de leurs conquêtes; mais ces conquêtes deviennent un sujet de discordes parmi les chefs. Il avait été réglé que celui qui arborerait le premier sa bannière sur une ville, ou sur un château, en serait légitime possesseur. Le soldat qui mettait un signe quelconque à une maison, en devenait également propriétaire. Ces dispositions, qui avaient pour objet de prévenir les différends, répandirent le désordre dans l'armée. Les barons faisaient des expéditions particulières, afin de se former des établissements. Souvent deux troupes arrivaient en même temps devant une ville, et au lieu de l'attaquer, on en venait aux mains, pour s'en disputer la possession.

L'ambition et la discorde affaiblissaient ainsi l'armée des Croisés; les Sarrazins n'avaient point assez de forces pour hasarder une nouvelle bataille, mais ils inquiétaient la marche des Chrétiens, dévastaient les campagnes, et livraient leurs ennemis à toutes les horreurs de la famine. Il n'est peut-être pas inutile de remarquer qu'à cette époque, les Croisés firent alliance avec l'émir de Hazart ou Hésas, dont un des principaux officiers avait épousé une Chrétienne. C'est le premier traité entre les Croisés et les Musulmans : on avait refusé d'entrer en négociation avec le sultan d'Egypte, qui avait envoyé des ambassadeurs pendant le siège d'Antioche. On remarque aussi que les Chrétiens trouvèrent, au milieu de leur disette, une ressource inattendue dans la canne à sucre, plante alors inconnue en Occident.

Après avoir éprouvé tous les désastres que la faim, la soif, les maladies, entraînent sous un climat brûlant et étranger, l'armée se dirigea sur Jérusalem. Comment peindre l'enthousiasme qu'éprouvèrent les Croisés, lorsque, arrivés sur les hauteurs d'Emmaüs, ils découvrirent enfin la ville sainte? Les sentiments religieux, que les horreurs de la guerre avaient pour ainsi dire étouffés en eux pendant quelque temps, renaissent avec toute leur énergie; ils se jettent à genoux, ils baisent cette terre sacrée, ils confessent leurs fautes, et n'ont plus d'autre pensée que de les expier en délivrant les saints lieux. Les premières attaques sont repoussées; on manquait de machines, et l'on ne pouvait en construire faute de bois : l'ardeur des Chrétiens surmonte tous les obstacles : on appelle la protection de Dieu par le jeûne et par la prière; l'armée fait une procession autour de la ville comme jadis les Israélites autour de Jéricho; une forêt éloignée fournit des matériaux qu'on amène à force de bras; des tours s'élèvent contre les murailles; on donne l'assaut deux jours de suite, et, malgré la plus opiniâtre résistance, l'étendard de la croix brille sur les murs de la cité sainte. L'animosité était telle, que la ville ne fut pas même sommée de se rendre, et que, pendant un siége de quarante jours, il n'y eut aucune communication entre les assiégés et les assiégeants. Le carnage devint horrible lorsqu'on fut maître de la place; tout était passé au fil de l'épée, sans distinction d'âge ni de sexe. Au milieu du massacre, on apprend que Godefroi s'est rendu, sans armes, pieds nus, au saint Sépulcre; soudain le carnage cesse, la religion reprend son empire: les Croisés déposent leurs armes, et vont pleurer sur le tombeau de Jésus-Christ.

Un nouveau royaume s'élève; Godefroi, nommé roi par les Croisés, refuse de porter le diadême dans une ville où son Dieu a été couronné d'épines; il ne prend que le titre de baron du saint Sépulcre. Pendant que Godefroi s'attache à établir l'ordre dans son royaume, et que les chefs se dispersent pour conquérir des villes et former des établissements, le sultan du Caire s'avance avec une armée formidable; les Chrétiens se réunissent, marchent à lui, et la victoire d'Ascalon termine la première croisade.

La conquête des saints lieux paraissant affermie par la dernière défaite des Sarrazins, les Croisés considèrent leur vœu comme rempli, et ils retournent en Occident. Pierre l'ermite revient avec eux, rentre dans son cloître, où il meurt seize ans après, dans la pratique des plus rigoureuses austérités.

On ne peut voir sans étonnement le peu de troupes laissées par les Croisés pour défendre Jérusalem, qui allait avoir à lutter contre toutes les forces de l'Orient. Godefroi n'avait pu retenir près de lui que trois cents chevaliers, et quelques milliers de fantassins; il y réunissait les Chrétiens du pays répandus dans les campagnes, et qui prenaient les armes lorsqu'il était attaqué. Cependant, non-seulement il conserva ses conquêtes, mais il les étendit. Le royaume de Jérusalem se composa des anciens royaumes d'Israël et de Juda. Il était divisé en quatre principautés : le comté d'Edesse, le comté de Tripoli, la principauté d'Antioche, et la baronnie de Jérusalem. Le roi ou baron de Jérusalem était le chef de cette espèce de confédération, mais il n'avait qu'une faible autorité sur ses grands vassaux, qui ne connaissaient d'autre droit que celui de leur épée. Souvent il n'avait point assez de forces pour tenir la campagne, et, retiré dans Jérusalem, il voyait les Sarrazins inonder la plaine, brûler les villages, et emmener en esclavage les paysans qu'il ne pouvait secourir. Mais aussitôt que les troupes de pélerins arrivés d'Europe lui permettaient de prendre l'offensive, il repoussait l'ennemi, et tentait quelques expéditions, auxquelles il était obligé de renoncer quand ses soldats, dont il n'était pas le maître, voulaient retourner dans leur pays.

Parmi ces croisades partielles on remarque celle de Siger, fils du roi de Norwége, qui débarqua en Palestine à la tête de dix mille hommes. Il ne demanda pour prix de ses services qu'un morceau de la vraie croix, et repartit après avoir contribué à la défaite des Sarrazins. Godefroi avait essayé de fixer les Latins dans la Palestine, en ordonnant que tout homme qui habiterait une maison pendant un an et un jour, en deviendrait propriétaire, et que la propriété serait perdue par une absence de même durée; mais l'amour du sol natal l'emportait sur toute autre considération, et les pélerins repartaient après avoir rempli leur vœu.

Cependant les forces des Chrétiens avaient suffi, sous Godefroi et sous ses premiers successeurs, pour repousser les armées que les souverains d'Egypte envoyaient en Palestine. Mais les Turcs de Syrie ayant pris les armes, et les chefs des Croisés se faisant la guerre entre eux, les provinces du royaume de Jérusalem furent envahies. La prise d'Edesse rallume le zèle des peuples d'Occident, une deuxième croisade est prêchée par saint Bernard; l'enthousiasme est le même qu'autrefois, et produit les mêmes effets, comme à la première croisade : à peine la guerre sainte est-elle proclamée, que toutes les guerres cessent en Europe, les peuples et les souverains oublient leurs différends, on n'entend plus parler de vols ni de brigandages, ceux qui ne peuvent prendre la croix fournissent de l'argent aux Croisés.

Des princes et des barons s'étaient mis à la tête de la première croisade; dans la seconde, les souverains eux-mêmes veulent commander les armées. L'empereur Conrad réunit les Allemands à Ratisbonne; et Louis VII, après avoir pris l'oriflamme à Saint-Denis, et reçu le bourdon et la pannetière des mains du pape, part de Metz avec les Français; la Reine l'accompagne dans cette expédition. Les deux monarques, de concert avec le pape, avaient fait d'utiles règlements pour prévenir les désordres. Tout objet de luxe était interdit aux Croisés; on emportait les instruments nécessaires pour frayer les chemins, pour jeter les ponts, pour construire les machines de siége. Le nombre, le courage, et l'ardeur des combattants, semblaient assurer le succès de l'entreprise; l'imprudence et la perfidie la firent échouer. Le roi de Sicile avait offert des vaisseaux; on fit une première faute en négligeant son offre, et les troupes se rendirent par terre à Constantinople.

Manuel, petit-fils d'Alexis, occupait le trône d'Orient; il ne craignait pas moins les Croisés que les Turcs et les Sarrazins; il traitait en même temps avec les Latins et avec les Musulmans; il espérait les affaiblir et les détruire les uns par les autres. Conrad arriva le premier à Constantinople. Séduit par les caresses de Manuel, par sa présomption, par le désir de remporter des victoires sans le secours des Français, il entre seul en campagne. Les Grecs lui dressent des embûches, lui fournissent des farines mêlées de chaux; des guides infidèles engagent son armée dans des défilés impraticables, et disparaissent; ses troupes, exténuées de faim et de fatigue, tombent, presque sans résistance, sous le fer des Musulmans, auxquels Manuel les avait livrées. Louis est également trahi par Manuel, qui lui persuade que l'armée triomphante de Conrad vient de s'emparer d'Iconium. Les Français s'aperçoivent trop tard qu'ils ont été le jouet de la perfidie; ils obtiennent cependant quelques avantages, que la désobéissance d'un chef rend bientôt inutiles.

La reine et toutes les dames de sa suite avaient suivi l'avant-garde de l'armée. Geoffroy de Rançon commandait le premier corps des Croisés, il avait ordre d'occuper pendant la nuit les hauteurs qui dominaient le camp; la montagne était sèche et aride, la plaine offrait un aspect agréable : la reine et ses dames le pressent d'y descendre; il a la faiblesse de leur céder : les Turcs s'emparent des hauteurs, l'armée est surprise et mise en déroute dans les défilés. Le roi, séparé des siens, se défend seul contre plusieurs Musulmans, et ne doit son salut qu'à son intrépidité; les revers se succèdent, la famine et les maladies viennent augmenter les désastres, et Louis peut à peine conduire à Jérusalem le quart des troupes avec lesquelles il avait commencé la guerre. Conrad, plus malheureux que lui, arrivait dans la ville sainte, sans suite, et comme simple pélerin.

Les débris de l'armée, réunis aux forces du roi de Jérusalem et des autres princes chrétiens de la Palestine, suffisaient encore pour attaquer les Turcs et les Sarrazins, qui sont battus en diverses rencontres. On se décide à mettre le siége devant Damas; mais les barons se disputent d'avance la possession de la ville : du moment où l'un deux en a obtenu la promesse, les autres cessent de s'intéresser au succès de l'entreprise, et, si l'on en croit quelques historiens du temps, agissent même de concert avec les Sarrazins. Ayoub défendait la place; il avait avec lui son fils Saladin, dont les exploits furent, par la suite, si funestes aux Chrétiens. Il oppose une vigoureuse résistance; les Croisés, désunis entre eux, déploient une valeur inutile; ils manquent de vivres, sont obligés de lever le siége, et le roi de France revient en Europe, laissant la Terre Sainte dans une position plus critique qu'avant la seconde croisade. Il avait montré la bravoure d'un soldat plutôt que le génie d'un capitaine.

Suger, qui s'était vainement opposé au départ du roi pour la Palestine, et qui avait été chargé de la direction des affaires du royaume pendant la croisade, forme le projet d'une nouvelle expédition. Agé de soixante-dix ans, son intention était de lever et d'entretenir une armée à ses frais, et de la conduire lui-même en Syrie; la mort le frappa, et les Chrétiens d'Orient furent abandonnés à leurs propres forces.

Ils pouvaient encore sortir victorieux de la lutte, s'ils eussent su profiter des discordes qui divisaient les Musulmans. L'Egypte était déchirée par la guerre civile. Un des partis avait réclamé les secours de Noureddin, sultan d'Alep et de Damas, l'autre s'était adressé à Amaury, roi de Jérusalem. Le général de Noureddin se met le premier en campagne, Amaury le force à la retraite; Noureddin tente une seconde expédition, les Chrétiens sont appelés de nouveau et repoussent son armée; mais, au lieu de tirer parti de leurs avantages, ils font traîner la guerre en longueur, et quelques tributs sont le seul fruit de plusieurs victoires qui les affaiblissent.

Noureddin et Amaury ambitionnaient tous les deux la conquête du pays où ils avaient été appelés comme auxiliaires. Le sultan d'Alep avait réuni toutes les forces des Musulmans. Le roi de Jérusalem attendait vainement les renforts que Manuel lui avait promis, lorsqu'il apprend que les généraux de Noureddin sont entrés une troisième fois en Egypte, qu'ils se sont emparés du Caire, et ont déposé le souverain : il se voit menacé par les armées victorieuses du sultan. Noureddin se disposait effectivement à envahir la Palestine, et déjà il construisait de ses propres mains une chaire, qu'il voulait placer lui-même dans la principale mosquée de Jérusalem. La mort vient arrêter ses projets; il était réservé à Saladin de les exécuter.

L'histoire de l'élévation de Saladin, la manière dont il passa ses premières années, les circonstances qui favorisèrent son usurpation, sont racontées avec détail par l'archevêque de Tyr, dans le premier volume du roman de Mathilde, et il serait inutile de les répéter dans cette Introduction. Le nouveau sultan avait anéanti la secte des Fatimites, et par conséquent mis fin aux dissensions religieuses qui divisaient les Musulmans. Il s'efforçait de rallier à lui les peuples d'Egypte et de Syrie, en manifestant l'intention de faire la guerre aux Chrétiens; mais son autorité, encore mal affermie, permit à Amaury de porter la guerre en Egypte, à l'aide de la flotte et des troupes que Manuel lui avait enfin envoyées; l'entreprise échoue par la mésintelligence des Grecs et des Latins; le roi de Jérusalem envoie des ambassadeurs en Europe, va lui-même à Constantinople, et meurt, après avoir épuisé son royaume pour une conquête qu'il n'aurait pas dû tenter.

Saladin avait à combattre les nombreux partisans du fils de son ancien maître, dont il avait usurpé le trône; l'intérêt des Chrétiens était donc de diriger leurs forces sur la Syrie, et d'y entretenir des troubles. Ils s'obstinèrent à suivre les projets d'Amaury, et l'Egypte devint encore le théâtre d'une guerre malheureuse. Le fils d'Ayoub profitait de leurs fautes, et se montrait à la fois grand général et profond politique : vainqueur ou vaincu, il n'hésitait jamais à faire la paix, dont il avait besoin pour consolider son pouvoir, et la paix était toujours violée par les Chrétiens, chaque fois que l'arrivée des troupes de pèlerins les mettait en état de prendre l'offensive. Chacun des chefs n'agissait qu'à sa volonté, n'écoutait que son intérêt; les victoires enrichissaient par le pillage, mais elles n'étaient d'aucune utilité pour la cause commune. Saladin étant entré en Palestine, son armée fut taillée en pièces; lui-même ne se sauva qu'à peine; les Croisés, au lieu de le poursuivre, mirent le siége devant deux villes peu importantes dont ils ne purent se rendre maîtres, et lui donnèrent le temps de réunir une nouvelle armée, avec laquelle il reparut bientôt plus formidable qu'auparavant. Une dernière trève fut rompue par Renaud de Châtillon, qui, né de parents obscurs, avait obtenu la principauté d'Antioche en épousant la veuve de Raymond, mort sans enfants. Saladin demande inutilement satisfaction, Renaud s'y refuse, et le roi de Jérusalem ne peut l'y contraindre. Le sultan avait enfin soumis les partisans de la famille de Nouréddin; les villes musulmanes de la Syrie et de la Mésopotamie fléchissaient sous ses lois; il disposait de toutes les forces de l'Asie, et s'apprêtait à fondre sur la Terre Sainte.

Le royaume de Jérusalem était plus que jamais déchiré par les factions; Baudouin V venait d'expirer, et Sibylle, sa mère, veuve d'Amaury, avait élevé au trône Guy de Lusignan, auquel elle avait donné sa main. Plusieurs barons, qui prétendaient à la couronne, refusaient de le reconnaître : on avait en vain réclamé les secours de l'Occident, le mauvais succès de la dernière croisade, et plus encore le récit des désordres qui régnaient en Palestine, avaient éteint l'enthousiasme des peuples. Guy de Lusignan parvient néanmoins à réunir cinquante mille hommes dans la plaine de Zéphouri : Saladin venait d'emporter d'assaut la ville de Tibériade, la citadelle tenait encore, et malgré l'avis des barons, le roi se décide à livrer bataille pour la sauver.

L'armée du sultan, postée sur les hauteurs, avait l'avantage du lieu; les Chrétiens étaient fatigués par une marche forcée, et manquaient d'eau et de vivres; cependant, le premier jour, la victoire resta indécise, mais le lendemain, leur défaite fut entière. Ralliés autour du bois de la vraie croix, qui, dans cette affaire, comme dans toutes les batailles, était portée par un évêque, ils se défendirent en désespérés et ne succombèrent que sous le nombre. La croix étant tombée au pouvoir des Sarrazins, « un cri de désespoir, dit un historien, s'éleva parmi « les Francs, lorsqu'ils virent le signe de « leur salut entre les mains du vain- « queur : les plus braves jetaient leurs « armes, et, sans chercher à fuir, se « précipitaient sur les glaives des Infidè- « les; le champ de bataille n'était qu'un « lieu de désolation; les guerriers chré- « tiens qui n'avaient pu sauver la croix « de Jésus-Christ, ne craignaient plus de « perdre la liberté ni la vie. » L'armée fut anéantie, et le roi lui-même fait prisonnier; Saladin l'épargna peut-être autant par politique que par générosité; mais il souilla sa victoire en faisant massacrer devant lui tous les chevaliers du Temple et de Saint-Jean, que le sort des armes avait livrés entre ses mains. L'ordre des chevaliers du Temple, qui rivalisait de zèle avec celui des Hospitaliers, avait été établi en 1118; il devait son origine à quelques gentilshommes qui s'étaient réunis pour protéger les pèlerins et pour défendre la Terre Sainte. Ils avaient pris le nom de Templiers, parce que leur première association s'était formée sur le lieu même où jadis avait été le temple de Jérusalem. A l'époque des croisades, ils se faisaient remarquer par leur piété, par leur bravoure, et par la simplicité de leurs mœurs : à l'approche du combat, dit saint Bernard, ils s'armaient de foi au dedans, et de fer au dehors, et leur nom seul avait long-temps fait trembler les Sarrazins. La journée de Tibériade soumettait au sultan toute la Palestine; la plupart des villes, restées sans défenseurs, ouvrirent leurs portes. Je ne parlerai point de la prise de Jérusalem, dont les détails se trouvent dans le roman, et terminent le récit de l'archevêque de Tyr.

Cet illustre et savant prélat, que madame Cottin a placé d'une manière si heureuse dans son ouvrage, prêcha la troisième croisade. On a peu de détails sur sa naissance; si l'on en croit quelques auteurs, il était issu du sang des rois de Jérusalem; il avait étudié les lettres en Occident; de retour dans la Palestine, il avait obtenu la faveur d'Amaury, qui lui confia l'éducation de son fils, le chargea de plusieurs négociations importantes, et le nomma chancelier du royaume. Elevé à l'archevêché de Tyr, dont il avait été d'abord archidiacre, il fut appelé à Rome par les affaires de son église; il assista au troisième concile de Latran, et en rédigea les actes. A son retour en Orient, il fut chargé encore de différentes négociations, rétablit plusieurs fois la paix entre les souverains et les barons, jaloux de l'autorité royale. On croit qu'il mourut empoisonné.

Quelques historiens ont prétendu que c'était un autre Guillaume, également archevêque de Tyr, qui avait prêché la troisième croisade; mais ce n'est point ici le lieu d'examiner cette question, qui est indifférente pour l'intelligence du roman : madame Cottin aurait été d'ailleurs libre de réunir les deux personnages, pour en former un seul caractère.

Guillaume a composé deux ouvrages : le premier est une *Histoire orientale*; le second, une *Histoire des guerres de la Terre Sainte*, qui va jusqu'en 1183, et qui est d'autant plus précieuse, que les quinze premiers livres ont été écrits sur les lieux, d'après des traditions récentes, et que dans les sept derniers, l'auteur raconte les événements dont il a été témoin. Ses histoires prouvent qu'il possédait l'Ecriture-Sainte et même les poëtes de l'antiquité, dont il fait de fréquentes citations. Madame Cottin a profité habilement de cette indication, pour enrichir ses discours des plus beaux passages des Ecritures. Rien ne porte à croire, du reste, que l'archevêque de Tyr ait figuré dans la croisade qu'il a prêchée, et encore moins qu'il y ait exercé l'influence que lui prête madame Cottin. Mais dans son beau caractère et dans sa noble conduite, elle a réuni les divers traits qui distinguent un saint prélat, et elle a su lui conserver le coloris du temps; c'était tout ce que l'on pouvait exiger d'elle.

Il serait difficile de donner une idée de la consternation dans laquelle l'Europe fut plongée à la nouvelle de la prise de Jérusalem : le pape Urbain III en mourut de douleur. Tous les Chrétiens pleuraient sur la ville sainte et sur la profanation des saints lieux. Suivant quelques auteurs arabes, des prêtres parcouraient les villes et montraient des images où l'on voyait le saint sépulcre foulé aux pieds des chevaux, et Jésus-Christ terrassé par Mahomet. De toutes parts l'ancien zèle des croisades se réveillait : comme autrefois, la religion reprenait son empire; on renonçait au luxe, on prodiguait les aumônes, on confessait ses fautes, on faisait pénitence.

Guillaume, chargé par Grégoire VIII de prêcher la croisade, traverse l'Italie, et arrive en France : à sa voix, Henri II, roi d'Angleterre, et Philippe-Auguste, qui se faisaient la guerre, déposent les armes; les deux rois, jusqu'alors ennemis implacables, s'embrassent en pleurant, et jurent, ainsi que la noblesse de leurs royaumes, de voler à la délivrance de Jérusalem. L'enthousiasme gagne les provinces, et partout retentit de nouveau le cri de *Dieu le veut*. La croisade est différée par la révolte de Richard contre son père; Henri II meurt, Richard, devenu roi, n'a plus d'autre pensée que d'aller chercher en Palestine des lauriers et le pardon de ses fautes.

Les victoires de Saladin inspiraient une telle terreur en Occident, que, pour hâter les préparatifs de la guerre sainte, l'impôt d'un dixième fut ordonné indistinctement sur tous les biens laïques et ecclésiastiques; cette dîme fut nommée la dîme saladine. Philippe-Auguste et Richard, animés de la même ardeur, se promettent une amitié inviolable, se garantissent réciproquement leurs possessions, et se disposent à partir pour la croisade. Les malheurs des premières expéditions avaient enfin montré les inconvénients des voyages par terre; on équipe des flottes, et les deux souverains se donnent rendez-vous en Sicile avec leurs armées.

L'Allemagne avait également pris part à la croisade; Frédéric Barberousse s'était rendu par terre à Constantinople avec une armée. Andronic, dont les cruautés paraissent à peine croyables aujourd'hui, avait été massacré par le peuple. Isaac l'Ange occupait le trône d'Orient : fidèle à la politique de ses prédécesseurs, il faisait des protestations amicales à Frédéric et traitait avec Saladin. Ses gouverneurs avaient ordre de harceler les Croisés. L'empereur d'Allemagne met leurs troupes en déroute, force Isaac à lui fournir des vivres et des vaisseaux, et passe en Asie. Le sultan d'Iconium avait également essayé de tromper Frédéric par de fausses démonstrations ; il espérait engager et surprendre son armée dans les défilés de la Cilicie, qui avaient déjà été funestes aux Chrétiens. Mais l'événement trompa son attente : les Allemands étaient sur leurs gardes ; ils font un horrible carnage des Musulmans, les poursuivent sans relâche, prennent d'assaut la ville d'Iconium, et jettent l'épouvante dans le pays. Barberousse avait su maintenir la discipline la plus exacte dans son armée triomphante ; tout semblait annoncer en lui le vengeur de la Palestine ; déjà il avait traversé le mont Taurus, et se mettait en marche pour la Syrie ; il meurt en se baignant dans la rivière de Sélef, et ses victoires deviennent inutiles à la croisade. Les soldats, privés de leur chef, désertent ; sept cents cavaliers et cinq mille fantassins rejoignent seuls, plus tard, l'armée des Chrétiens.

Les retards qu'entraînaient les préparatifs de la croisade avaient laissé à Saladin le temps d'achever sa conquête du royaume de Jérusalem. Presque toutes les villes avaient ouvert leurs portes : Tyr résistait encore ; mais déjà elle envoyait des députés au vainqueur, lorsque Conrad, fils du marquis de Montferrat, se jette dans la place : sa réputation l'y avait devancé ; il s'était rendu fameux dans les guerres d'Italie ; passé en Orient, il avait porté les armes pour Isaac l'Ange, et ses services lui avaient valu le titre de César et la main de la sœur de l'empereur. Incapable de jouir d'un bonheur paisible, il était parti pour la Palestine. La présence d'un seul homme sauva la ville contre laquelle échouèrent toutes les forces de Saladin. Le marquis de Montferrat avait été fait prisonnier à la bataille de Tibériade : le sultan propose à Conrad de rendre la liberté à son père ; il lui offre de riches possessions en Syrie ; s'il s'obstine à défendre la ville, il le menace de faire périr le vieillard. Conrad est sourd à toutes propositions ; il répond que si les Sarrazins sont assez barbares pour massacrer un Croisé qui s'est rendu sur parole, il se fera gloire de descendre d'un martyr. Saladin, désespérant de forcer une place dont tous les habitants étaient devenus des héros, et où les femmes et les enfants combattaient comme de vaillants soldats, lève le siège, et attaque en vain Tripoli. Un guerrier, quel'histoire désigne sous le nom du Chevalier aux armes vertes, soutient la valeur des Chrétiens, et rend inutiles les efforts des Musulmans. La forteresse de Carac poussait également la résistance jusqu'à l'héroïsme : les Croisés, chargés de sa défense, et réduits aux dernières extrémités, avaient vendu leurs femmes et leurs enfants pour avoir des vivres ; la fortune trahit leur courage, ils furent obligés de capituler. Saladin, qui était sensible aux grandes actions, ne voulut point que les femmes et les enfants de gens si intrépides demeurassent dans l'esclavage, il brisa leurs fers, et permit aux assiégés de les emmener avec eux.

A peu près à la même époque, il rendit la liberté à Guy de Lusignan, qui était prisonnier depuis la bataille de Tibériade ; il lui avait fait jurer sur l'Evangile de renoncer au royaume de Jérusalem et de retourner en Europe : le sultan comptait peu sur la promesse du roi ; mais il avait étudié le caractère de Lusignan, et il aimait mieux le voir à la tête des Chrétiens qu'un autre chef plus habile. Lusignan, aussitôt qu'il est libre, fait annuler son serment par les évêques, et songe aux moyens de recouvrer son royaume. Il se présente devant Tyr, on lui en refuse l'entrée : Conrad avait seul conservé la place ; il y commandait en maître, et ne voulait point reconnaître un souverain qui n'avait pas su défendre ses états. Lusignan, condamné à errer dans son royaume, où il ne possédait pas une seule ville, rallie quelques Chrétiens; des troupes de Croisés qui avaient devancé l'expédition de Richard et de Philippe-Auguste, se réunissent à lui; et, avec une armée de neuf mille hommes, il va mettre le siége devant Ptolémaïs. Les assiégeants étaient moins nombreux que les assiégés; Lusignan n'avait aucun espoir de s'emparer de la ville, mais il voulait, par une entreprise éclatante, fixer sur lui l'attention des Chrétiens. En effet, sa petite armée ne tarde pas à se grossir par l'arrivée des Génois, des Vénitiens, des Pisans, et des autres Croisés d'Italie; bientôt elle compte quatre-vingt mille hommes, et donne des inquiétudes à Saladin.

Le sultan appelle à son secours tous les peuples de Syrie; et pendant que ses lieutenants assemblent de nouvelles armées, il part avec ses troupes pour Ptolémaïs; il attaque les Croisés, pénètre jusque dans la ville, examine du haut des tours la position des Chrétiens, donne ses ordres pour la défense de la place et revient dans son camp : les Chrétiens et les Musulmans reçoivent de toutes parts des renforts, on se bat tous les jours; les succès sont balancés; il n'y a point d'action décisive; et, chose assez remarquable, les deux camps sont envahis et pillés tour à tour. Lusignan, depuis la perte de la vraie croix, faisait porter dans les batailles le livre de l'Évangile, enveloppé d'une étoffe de soie et soutenu par quatre chevaliers; un char sur lequel s'élevait une tour surmontée d'une croix et d'un drapeau blanc, servait de point de ralliement aux Chrétiens.

Cependant le siége n'avançait point; l'armée des Chrétiens s'affaiblissait par les combats et par les maladies; on manquait souvent de vivres; et plusieurs Croisés retournaient en Occident. La discorde vint augmenter leurs maux : la reine Sibylle, qui avait élevé Lusignan au trône en l'épousant, meurt; et, à sa mort, les droits de Lusignan au trône sont contestés. La couronne semblait appartenir à Isabelle, seconde fille d'Amaury; Onfroi du Thoron, son mari, fait valoir ses prétentions; Lusignan les lui dispute : pendant ces différends, Conrad de Montferrat parvient à plaire à Isabelle, fait casser le mariage de la princesse, obtient sa main, quoiqu'il fût déjà marié lui-même avec la sœur d'Isaac l'Ange, et il prend le titre de roi de Jérusalem. Les Croisés se partagent entre les princes rivaux; on s'exaspère, on s'enflamme de part et d'autre; on est sur le point d'en venir aux mains. Les évêques font soumettre l'affaire au jugement de Philippe et de Richard, dont l'arrivée prochaine était annoncée : le calme est rétabli pour quelques moments, et de nouvelles dissensions se préparent.

Les souverains de France et d'Angleterre s'étaient rendus en Sicile avec leurs troupes, ainsi qu'ils en étaient convenus, et ils devaient partir en même temps pour la Palestine. Malgré l'amitié inviolable qu'ils s'étaient jurée, chaque jour amenait de nouveaux sujets de discorde, et plus d'une fois ils furent sur le point d'en venir à une rupture ouverte, même avant de s'embarquer pour la Terre Sainte. Tous deux étaient ambitieux, absolus, avides de gloire, jaloux de leur puissance. Richard était vassal du roi de France; mais loin de supporter aucune supériorité, il laissait rarement échapper l'occasion de braver Philippe : C'était, dit l'abbé de Velly, une image fidèle de deux rivaux, qui ne sont bien ensemble que jusqu'à ce qu'ils se soient aperçus qu'ils aiment en même lieu. » Une circonstance particulière alimentait leur mésintelligence : le roi d'Angleterre avait dû épouser Alix, sœur de Philippe; plus il montrait d'éloignement pour ce mariage, plus le roi de France insistait. Philippe renonça enfin à cette union; les deux princes se réconcilièrent, et le départ fut résolu : ils s'étaient promis de se secourir avec tout le zèle que deux frères d'armes doivent avoir l'un pour l'autre; toutes les conquêtes devaient être fidèlement partagées; et pour se donner une dernière preuve de confiance, ils avaient décidé que si l'un des deux périssait dans l'entreprise, ses troupes et ses trésors seraient à la disposition de l'autre jusqu'à la délivrance de la Terre Sainte, mais le caractère entier des deux monarques devait bientôt troubler cette union, qui était pourtant cimentée par tout ce que la religion a de plus puissant. Madame Cottin les a peints l'un et l'autre avec baucoup de vérité dans son roman; on y trouve l'orgueil indomptable de Richard, sa valeur brillante, sa bouillante impétuosité, sa téméraire audace; elle a placé très-heureusement dans sa bouche le mot d'un Croisé, qui s'écriait, en admirant l'armée chrétienne : « Que Dieu reste neutre, et la victoire est à nous. » Elle a opposé avec art aux emportements de Richard, la politique plus sage, la valeur plus calme de Philippe-Auguste.

Le roi de France arriva le premier devant Ptolémaïs. Il fut reçu, dit un historien, comme un ange libérateur; sa présence ranima le courage des Chrétiens, qui depuis plus de deux ans assiégeaient inutilement la ville; les Français, à peine débarqués, attaquent les murailles, font une large brèche, et se disposent à donner l'assaut : le roi pouvait se rendre maître de la place, mais, par un raffinement d'esprit chevaleresque que l'on aura peine à concevoir, il veut attendre Richard, afin de partager avec son frère d'armes l'honneur de la conquête. Les assiégés profitèrent de cette faute pour réparer et augmenter les fortifications, et des flots de sang devaient encore être répandus, avant que l'étendard de la croix brillât sur les murs de Ptolémaïs.

La flotte de Richard, battue par la tempête, avait été poussée sur les côtes de l'île de Chypre. Isaac gouvernait cette île avec le titre d'empereur. Non-seulement il refuse l'entrée de ses ports au vaisseau qui portait Bérengère de Navarre, que Richard allait épouser, mais il jette dans les fers les Chrétiens naufragés. Le bouillant Richard, impatient de venger une pareille injure, débarque avec ses trou-

pes, s'empare de l'île, et, insultant au vaincu, il charge Isaac de chaînes d'argent.

C'est ici que commence la partie historique du roman de madame Cottin. Elle embellit du charme de son imagination le détail des fêtes célébrées dans l'île de Chypre, à l'occasion du mariage de Richard. On doit lui savoir gré de n'avoir pas compliqué son intrigue en profitant d'une circonstance que lui offraient les chroniques du temps. Richard, en remontant sur ses vaisseaux, avait emmené la fille d'Isaac; plusieurs historiens prétendent que cette princesse partageait avec Bérengère le cœur du monarque anglais.

La jeune Mathilde, sœur de Richard et l'héroïne du roman, est un personnage créé par l'auteur. Le roi d'Angleterre avait effectivement une sœur nommée Mathilde, mais elle n'avait pas été destinée au cloître; elle était l'aînée de Richard, et ne l'avait pas suivi dans son expédition; elle a été mariée à Henri, duc Saxe, et elle avait plus de trente-quatre ans lors de la troisième croisade.

Si le personnage de Mathilde, tel que madame Cottin le présente, n'a point existé, il n'en a pas moins la couleur historique, parce que l'auteur a réuni, pour le composer, les traits qui caractérisaient les femmes les plus pieuses de cette époque : l'enthousiasme de la Terre Sainte, la haine des Sarrazins. L'imagination des femmes s'enflammait facilement pour les pèlerinages, et surtout pour la délivrance d'un pays consacré par le mystère de la rédemption. Leur zèle avait égalé et même surpassé celui des hommes, soit lorsqu'il ne s'agissait que de visiter Jérusalem, soit lorsqu'il avait été question de la conquérir. On les avait vues, oubliant la faiblesse de leur sexe, braver les fatigues et les dangers d'une pareille entreprise, et partir avec les pèlerins pour la Palestine. Hélène, née d'une famille noble de Suède, avait fait à pied ce voyage, et cet exemple n'est pas le seul que l'on pourrait citer. Aux deux premières croisades, des milliers de femmes avaient marché avec les armées, et combattu avec elles. Les historiens font même mention d'une troupe d'amazones qui s'étaient distinguées pendant la précédente expédition. La reine de France, Eléonore de Guyenne, dont l'histoire a célébré la beauté, les grâces, et même la coquetterie, avait suivi Louis VII, avec une partie de sa cour. La reine Bérengère n'avait point quitté son époux; elle s'était embarquée pour la Palestine avec Jeanne, sœur de Richard et veuve de Guillaume-le-Bon, roi de Sicile; la même qui, plus tard, fut sur le point d'épouser Malek Adhel et de partager avec lui le trône de Jérusalem. Madame Cottin, loin de choquer la vraisemblance, s'est donc conformée aux mœurs du temps en supposant qu'une jeune princesse, destinée au cloître, a voulu accompagner son frère, et visiter le tombeau de Jésus-Christ avant de prononcer ses derniers vœux. Elle a rendu avec autant d'énergie que de vérité l'horreur que devait inspirer la présence d'un Sarrazin à une jeune Chrétienne élevée dans un cloître, son étonnement lorsqu'elle voit qu'il n'a pas la figure hideuse que les Ecritures donnent à Satan, son désespoir quand elle découvre que son cœur brûle malgré elle pour un ennemi de son Dieu.

Ayant choisi le frère de Saladin pour le héros du roman, madame Cottin ne montre le sultan que dans le lointain, afin qu'il n'éclipse pas Malek Adhel, et elle pare ce dernier de tout l'éclat des vertus chevaleresques. Les Sarrazins avaient admiré ces vertus dans les précédentes croisades, et Saladin lui-même, ainsi que son frère, avait voulu être armé chevalier. En recevant ce titre, ils avaient juré de protéger le faible et de défendre les dames; ainsi, les égards de Malek Adhel pour les deux princesses prisonnières, et pour les dames de leur suite, ont toute la vraisemblance historique que l'on peut exiger, surtout dans un roman, et l'on ne doit point être étonné que Malek se déclare le chevalier de Mathilde. La générosité du frère de Saladin envers les Chrétiens captifs, est également appuyée sur l'histoire. Après la prise de

Jérusalem, il avait payé la rançon de deux mille prisonniers, et les avait rendus à la liberté. Enfin, madame Cottin, en peignant l'amour de cet Arabe, lui a donné ce degré de violence et d'énergie que les passions acquièrent sous un climat brûlant.

Le plan de l'ouvrage éloignait nécessairement, pendant plusieurs mois, Malek Adhel et Mathilde, du théâtre de la guerre; aussi n'y trouve-t-on que peu de détails sur les événements du siège de Ptolémaïs. Lorsque Richard fut arrivé devant la ville, l'armée chrétienne réunissait toute la noblesse et les plus vaillants guerriers de l'Europe. Le camp ressemblait à une ville : on y avait bâti des maisons, tracé des rues, élevé des églises; chaque nation avait son quartier séparé. Aux premières expéditions, tous les Croisés portaient une croix rouge; dans celle-ci, les Français seuls avaient conservé cette couleur. Les Anglais avaient pris la croix bleue, et les Flamands avaient adopté la croix verte. Cette armée brillante et pleine d'ardeur, commandée par les plus habiles capitaines du siècle, aurait pu aisément soumettre la Palestine et même toute l'Asie, si la discorde n'eût divisé les chefs.

Les prétentions de Lusignan et de Conrad sur la couronne de Jérusalem, avaient été soumises au jugement de Philippe et de Richard. Le roi de France s'étant prononcé pour Conrad, Lusignan était allé trouver en Chypre le roi d'Angleterre, et, par ses soumissions, l'avait mis dans ses intérêts. Avant de débarquer à Ptolémaïs, Richard avait voulu visiter la ville de Tyr, dont les portes lui avaient été fermées, dans la crainte, dit-on, qu'il ne s'en emparât. Il suffisait, d'ailleurs, que Philippe se fût déclaré en faveur de Conrad, pour que le prince anglais favorisât Lusignan. Les Croisés de toutes les nations prirent parti dans la querelle. Les Allemands, les Génois, et les Templiers, se rangèrent avec les Français; les Pisans et les chevaliers de l'Hôpital se réunirent aux Anglais. Au lieu de pousser le siége, on était prêt à se faire la guerre; lorsque

III.

les Français attaquaient la place, les Anglais restaient dans l'inaction, et de leur côté; les Français laissaient les Anglais aller seuls à l'assaut. Les deux rois tombent malades; ils s'accusent réciproquement d'avoir employé le poison, pour se défaire d'un rival. Saladin leur envoie des médecins et des rafraîchissements; ils se reprochent l'un à l'autre d'avoir des négociations avec les Sarrazins.

Madame Cottin fait arriver au camp l'archevêque de Tyr, qui, par son éloquence, rétablit la bonne intelligence entre les deux souverains. L'influence qu'elle donne au saint prélat est autorisée par l'exemple d'Adhémar, légat du pape, qui, pendant la première croisade, avait plusieurs fois étouffé la discorde parmi les Croisés, et les avait rappelés à l'objet de leur sainte entreprise. Elle se rapproche de l'histoire, en rapportant les conditions arrêtées pour terminer le différend de Lusignan et de Conrad (le premier devait conserver le titre de roi pendant sa vie; le second devait hériter du trône, et le laissait à ses descendants); mais elle s'en écarte, lorsqu'elle fait prendre la ville d'assaut, dès le lendemain de la réconciliation.

Malgré les efforts réunis des Croisés, le siége traîna encore en longueur. Les Sarrazins avaient réparé leurs fortifications, ils en avaient élevé de nouvelles; Saladin les secondait en attaquant chaque jour les Croisés. Cependant la place commençait à manquer de vivres, et le gouverneur demanda à capituler. Philippe-Auguste exigeait pour première condition, que Saladin rendît toutes les places tombées au pouvoir des Musulmans, depuis la bataille de Tibériade; le sultan y consentait, mais il voulait que les Chrétiens réunissent leurs forces aux siennes pour soumettre des émirs révoltés contre lui. La négociation est rompue, on se bat de nouveau. Plusieurs fois les Chrétiens escaladent les murs, pénètrent sur les remparts, ils sont toujours repoussés; mais les brèches deviennent de plus en plus praticables, et la garnison est aux abois : des plongeurs traversaient le port,

et se rendaient au camp des Sarrazins; des pigeons, porteurs de messages, allaient informer le sultan de la détresse des assiégés. Saladin se disposait à faire un dernier effort, lorsqu'il apprit que la capitulation était signée.

On fera remarquer ici que madame Cottin n'a pas suivi l'histoire, en tenant Saladin éloigné de Ptolémaïs à l'époque où la place fut prise. Il commanda toujours en personne l'armée qui inquiétait les assiégeants; ainsi, il n'y a rien d'historique dans tout ce qu'elle fait faire à Metchoub; cet émir n'est connu que pour avoir vaillamment défendu la ville. Les émirs s'étaient engagés, si on laissait la vie et la liberté aux habitants et aux soldats, à faire rendre aux Croisés le bois de la vraie croix et seize cents prisonniers, et de payer deux cent mille besans d'or; la garnison devait rester en otage jusqu'à ce que ces conditions fussent remplies. Les deux rois entrèrent dans Ptolémaïs, et se partagèrent la ville; ils abandonnèrent aux soldats les provisions de bouche, mais ils se réservèrent l'or, l'argent, les bijoux, et tous les prisonniers; ce qui excita beaucoup de mécontentement dans l'armée, et décida un grand nombre de Croisés à retourner en Europe. Cependant on pressait le sultan d'exécuter la capitulation, et celui-ci éludait, sous divers prétextes. Richard, irrité de ces retards, fit massacrer cinq mille prisonniers qui étaient entre ses mains, et, par cet acte de barbarie, dégagea Saladin de toute obligation.

Le siége de Ptolémaïs avait duré près de trois ans. On avait livré plus de cent combats et neuf grandes batailles sous les murs de la ville. Les Chrétiens avaient eu souvent à souffrir des maladies et de la disette. Les Croisés du Nord, plus malheureux que les autres, parce qu'on n'entendait pas leur langue, ne pouvaient demander les secours dont ils avaient besoin. Quarante seigneurs de Brême et de Lubec dressèrent des tentes avec les voiles de leurs vaisseaux, y donnèrent asile aux pauvres soldats de leur nation, les soignèrent dans leurs maladies, et formèrent ainsi l'ordre teutonique, qui devint depuis si fameux et si puissant.

Pendant ce siége mémorable, les Chrétiens et les Sarrazins se distinguèrent par des prodiges de valeur. Souvent ils se provoquaient à des combats singuliers; et comme ils s'adressaient des discours, et même assez ordinairement des injures avant d'en venir aux mains, on les a comparés aux héros d'Homère. Plusieurs femmes se signalèrent aussi dans ces combats; les jeunes s'y précipitaient, dit une chronique du temps, et les vieilles les animaient par leurs discours.

Il ne sera peut-être pas indifférent au lecteur de connaître la manière dont on était armé, et dont on combattait alors[1]. Les barons et les chevaliers, dit un historien, portaient un haubert, espèce de tunique, faite de petits anneaux de fer ou d'acier; chaque guerrier avait un casque, et un bouclier qui était couvert d'un cuir épais et qui résistait aux flèches; l'on voyait quelquefois, sur le champ de bataille, des soldats hérissés de traits, que les Sarrazins comparaient à des porcsépics. Les Croisés se servaient, pour les combats, de la lance, d'épées si énormes, et dont la trempe était telle, qu'au siége d'Antioche, Godefroi avait pourfendu un Sarrazin. L'empereur Conrad s'était distingué par le même exploit, au siége de Damas. Les chevaliers avaient en outre une espèce de couteau ou poignard, appelé *miséricorde*, la massue, la hache d'arme, la fronde, qui lançait des pierres ou des balles de plomb, l'arc, et l'arbalète, arme récemment inventée, et considérée comme si meurtrière, qu'un concile de Latran en avait défendu l'usage à la deuxième croisade. Lors des premières expéditions de la Terre Sainte, les guerriers d'Occident n'étaient point encore couverts de cette pesante armure de fer, que portèrent les chevaliers du moyen âge, et que les Croisés empruntèrent des Sarrazins. Ils prirent également d'eux les tambours, qui étaient inconnus en Europe. C'est aussi aux expéditions de la Terre Sainte que remonte l'origine des armoiries. Les princes et les chevaliers avaient sur leurs bannières, sur leurs boucliers, des images ou des signes qui servaient de point de ralliement à leurs soldats : ces signes devinrent plus tard les attributs de la noblesse.

Dans les batailles, quand l'armée s'ébranlait, l'ardeur du butin faisait presque toujours abandonner les rangs; les chevaliers écoutaient peu leurs chefs, et ne leur demandaient que l'exemple du courage. Le principe d'honneur qui les animait et les empêchait de fuir, même dans un combat inégal, était le mobile le plus actif de leur bravoure, et leur tenait lieu de discipline. Abandonner son compagnon dans le péril, se retirer devant l'ennemi, étaient des actions infâmes aux yeux de Dieu et des hommes. Tantôt les évêques, les prêtres, et les moines, combattaient comme de simples soldats; tantôt un crucifix à la main, ils animaient les guerriers, marchaient à leur tête, et tombaient percés de flèches, en annonçant, au nom de Dieu, la victoire aux Croisés. Quelquefois l'animosité des combattants était telle, qu'après avoir épuisé leurs carquois, ils retiraient les flèches de leurs blessures et les renvoyaient à l'ennemi. Souvent les Chrétiens, lorsqu'ils étaient vaincus, ne voulaient pas survivre à leur défaite, et se précipitaient sans espoir sur les Sarrazins. Après une bataille perdue, on a vu un chevalier se jeter dans les rangs ennemis en s'écriant : *Que ceux qui veulent venir souper avec moi en paradis me suivent.* Les entreprises se concertaient dans le conseil des chefs, et lorsque l'on n'était pas d'accord sur une expédition, le sort, qu'on appelait la volonté de Dieu, en décidait; c'est ainsi que fut résolu le siége de Tyr.

Les Sarrazins étaient à peu près armés comme les Chrétiens; ils avaient repris la lance, dont ils ne se servaient plus lors des premières croisades : ils étaient surtout habiles à tirer l'arc; ils entendaient mieux l'attaque et la défense des places, et ils avaient recours, dans la guerre, à

---

[1] Les détails qui suivent, sont en très-grande partie tirés de l'Histoire des Croisades, de M. Michaud.

toutes sortes de stratagêmes que les Chrétiens ne daignaient pas employer. Madame Cottin s'était bien pénétrée de l'esprit qui régnait parmi ces derniers, lorsqu'elle a peint l'indignation de l'armée au moment où on découvrit la ruse de guerre par laquelle Lusignan s'était rendu maître de Césarée. Les Sarrazins conservaient encore moins d'ordre que les Chrétiens dans les batailles; ils inondaient la plaine, attaquaient pêle-mêle, ainsi que les Mamelucks le font encore aujourd'hui. Aussi Manuel, empereur d'Orient, conseillait-il à un chevalier de se tenir toujours au centre, jamais à la tête ni à la queue de l'armée. Des deux côtés, on s'occupait rarement d'assurer la retraite, et une armée mise en déroute était presque toujours taillée entièrement en pièces. Quelquefois on se livrait au pillage, au lieu de poursuivre les vaincus, qui se ralliaient et remportaient la victoire. À l'attaque, lorsque les Chrétiens ne se dispersaient pas, leurs rangs serrés, leur haute stature, leurs chevaux de bataille, couverts comme eux de fer, étonnaient et renversaient les bataillons sarrazins; se tenaient-ils sur la défensive, ils étonnaient encore plus les barbares, qui ne pouvaient entamer ni rompre ces murs de fer.

Saladin n'avait rien négligé pour enflammer le fanatisme des Musulmans, afin de l'opposer à l'enthousiasme religieux des Croisés. On le voyait s'arrêter subitement sur le champ de bataille, pour faire sa prière, ou pour lire un chapitre du Coran. Ses soldats se plaisaient à insulter aux objets du culte des Chrétiens. Pendant le siége de Ptolémaïs, ils élevaient des croix sur les remparts, les battaient de verges, les couvraient de boue et de poussière, et les mettaient en pièces : la même chose était déjà arrivée au siége de Jérusalem. Ces outrages excitaient la fureur des Croisés, et les portaient à des excès qui amenaient des représailles, et augmentaient les malheurs de la guerre. Mais ce qui paraîtra le plus singulier, et ce qui peint le mieux l'esprit du temps, quelquefois des troupes d'enfants sortaient de la ville et se battaient contre les enfants des Chrétiens, en présence des deux armées, qui restaient immobiles, et se bornaient à les encourager par leurs cris.

Cependant la guerre avait pris un caractère moins cruel que dans les premières croisades; à la longue, des relations s'étaient établies entre les chefs qui s'estimaient, et même entre les soldats. On a déjà vu que Saladin envoyait des rafraîchissements et des médecins aux deux rois malades pendant le siége; on négociait en se battant, et les Croisés étaient admis à la table du sultan, comme les émirs étaient reçus à celle de Richard et de Philippe. Quelquefois on suspendait pendant plusieurs jours les hostilités; alors les Chrétiens et les Sarrazins, oubliant leur haine, se réunissaient et jouissaient de tous les plaisirs de la paix. On donnait des tournois; les champions se haranguaient avant d'entrer en lice; le vainqueur était porté en triomphe, et le vaincu, racheté comme prisonnier de guerre. Tantôt on dansait au son des instruments arabes, tantôt au chant des ménestrels. L'esprit chevaleresque s'était perfectionné; il inspirait la générosité, le désintéressement, et les grandes actions. Madame Cottin a montré, dans les deux nations, le beau idéal de la chevalerie, en peignant Malek Adhel et Josselin de Montmorency. Ce dernier avait péri, ainsi que son frère, Matthieu, sous les murs de Ptolémaïs, et non dans une expédition aventureuse. Ils s'étaient l'un et l'autre distingués par leur bravoure; madame Cottin a réuni en Josselin toutes les perfections d'un véritable chevalier, qui n'hésitait jamais à se sacrifier pour son Dieu et pour la dame qu'il avait choisie. Le roman de Mathilde acquiert un nouveau degré d'intérêt, par les noms illustres de cette antique noblesse française, dont elle s'est plu à décrire les exploits, à une époque où les descendants de ces héros gémissaient proscrits loin d'une patrie qui devait sa gloire aux services de leurs familles.

L'histoire ne fait point mention de

cette Agnès, fille d'Amaury, qui joue un rôle si odieux dans le roman de Mathilde. Mais, si ce caractère est forcé dans plusieurs de ses parties, l'idée première du personnage n'est point contraire à la vraisemblance. Plusieurs femmes chrétiennes n'avaient point rougi de se livrer aux Musulmans. On prétend même qu'Éléonore de Guyenne, femme de Louis VII, s'était montrée sensible à la beauté d'un jeune Turc. La veuve de Baudouin, roi de Jérusalem, avait fui chez les Sarrazins avec Andronic, qui depuis monta sur le trône d'Orient, et par ses cruautés acquit une célébrité si funeste. Le grand Saladin lui-même se glorifiait de devoir le jour à une Chrétienne. De nombreux exemples autorisaient donc madame Cottin à créer le personnage d'Agnès, et à l'opposer à celui de Mathilde. Ce personnage n'est point à l'abri du reproche dans ses développements, mais il peut être considéré comme historique sous beaucoup de rapports.

Dans le cours de l'ouvrage, l'auteur a donné au caractère de Guy de Lusignan, des couleurs plus brillantes que celles avec lesquelles il est peint dans l'histoire; l'époux de Sibylle n'avait point ces grandes qualités qui justifient quelquefois l'ambition; sa famille était sujette de Richard, qui le protégeait comme un vassal, plutôt qu'il ne le traitait en roi. Le monarque anglais ménageait si peu Lusignan, qu'il ne l'avait pas même admis au partage des dépouilles de Ptolémaïs. Loin de le choisir pour frère d'armes, de lui offrir sa sœur en mariage, et de vouloir le rétablir sur le trône de Jérusalem, il l'avait forcé de lui céder ses droits à cette couronne, en lui donnant en échange l'île de Chypre, île déjà vendue par lui aux Templiers, et dont il avait reçu le prix. Il destinait le royaume de Jérusalem à Henri, comte de Champagne, son neveu, auquel il avait fait épouser la veuve de Conrad, et contre lequel personne ne pouvait plus élever de prétentions. Par une singulière destinée, Isabelle apporta à ses trois époux le titre

de souverain d'un royaume qui n'existait pas, qui ne devait plus exister.

D'un autre côté, Lusignan n'est jamais descendu au degré d'avilissement où le plonge madame Cottin à la fin de son ouvrage; et l'on peut dire, de la manière dont elle le traite,

> Qu'il n'avait mérité
> Ni cet excès d'honneur, ni cette indignité,

Madame Cottin, obligée de s'occuper des amours de Malek Adhel et de Mathilde, ne prend, parmi les événements qui ont suivi la prise de Ptolémaïs, que ceux dont elle a besoin pour soutenir la marche de son roman, et elle la dispose à sa fantaisie : tantôt elle intervertit l'ordre des faits; tantôt elle suppose des siéges, des combats, et des batailles, qui n'ont jamais eu lieu; mais, lors même qu'elle s'éloigne le plus de l'histoire, le coloris du temps est presque toujours conservé avec une fidélité scrupuleuse. Son talent se fait surtout remarquer lorsqu'elle décrit des assauts ou des batailles; on voit qu'elle a fait une étude approfondie d'Homère et du Tasse, et ses tableaux ont autant d'énergie que de variété.

Elle ne parle point des nouveaux différends qui s'élevèrent entre Richard et Philippe, et qui décidèrent ce dernier à repasser en Europe. Le roi de France ne se trouvait point lié à l'action principale du roman, et madame Cottin se serait écartée de son sujet par des digressions inutiles, si elle eût peint ces funestes discordes. Sa fable lui fournissait d'ailleurs assez d'autres moyens de mettre en jeu et de faire ressortir l'orgueil et l'impétuosité de Richard. Ce prince, plus altier que jamais, ne gardait plus aucun ménagement; il bravait ouvertement Philippe, dont la puissance l'importunait; il voulait être seul chef de la croisade; il répandait ses trésors parmi les troupes du roi de France, et cherchait à les attirer sous ses drapeaux. Philippe, épuisé par une longue maladie, fatigué des tentatives et des prétentions de Richard, craignant d'être obligé de rompre entièrement avec lui, et de compromettre les intérêts de la guerre sainte, prit la résolution de quitter la Palestine. Plusieurs historiens anglais présentent les choses sous un autre point de vue, et mettent tous les torts du côté du roi de France : ces torts furent sans doute partagés; mais, à considérer les choses de la manière la plus impartiale, il est dificile de croire que Richard n'ait pas donné lieu aux premiers sujets de mécontentement. Sa conduite et son caractère ne permettent pas d'hésiter à cet égard. Philippe, en partant, laissa à son rival dix mille fantassins, cinq cents chevaliers, pourvut à leurs solde, et se rendit à Tyr, où il trouva des ambassadeurs de Saladin, qui lui offrirent des présents magnifiques, au nom de leur maître. Soit que le sultan eût apprécié la sagesse et les hautes qualités du roi de France, soit qu'il eût l'intention d'humilier Richard, ses ambassadeurs étaient chargés de complimenter Philippe, comme le plus puissant monarque de l'Occident.

Richard se trouvait à la tête de cent mille hommes; il laisse une forte garnison à Ptolémaïs et se dirige vers Césarée. Madame Cottin lui fait faire le siége de la place, dont elle confie la défense à Malek Adhel. Le siége, les espérances que fondent les Chrétiens sur la conversion du prince arabe, ses démêlés avec Saladin, ne sont point historiques; mais les divers événements se rattachent à l'histoire par les détails. Les moyens d'attaque et de défense en usage alors sont présentés avec beaucoup d'exactitude; et comme plusieurs princes mahométans s'étaient, à différentes époques, montrés disposés à embrasser la foi, l'auteur n'a pas choqué la vraisemblance en faisant supposer aux Chrétiens de semblables dispositions dans Malek Adhel.

Le roi d'Angleterre, en entrant en campagne, se croyait assuré de la conquête de la Palestine; la force et la vaillance de son armée lui faisaient peu redouter les troupes de Saladin; mais il ne prévoyait pas l'espèce de guerre qu'il allait être obligé de soutenir. Le sultan,

qui ne voulait pas s'exposer à perdre dans une bataille le fruit de ses conquêtes, lui dispute le terrein pied-à-pied, et évite d'engager une action générale : ses coureurs enlèvent tous les soldats qui s'écartent du gros de l'armée, et les massacrent, en représailles du carnage des prisonniers de Ptolémaïs. Les Chrétiens, sans cesse harcelés, mettent six jours pour franchir un espace de douze lieues. Ces premiers obstacles donnèrent à Richard des inquiétudes sur le succès de son expédition, et dès-lors il entama des négociations avec Saladin.

Il eut une entrevue avec Malek Adhel, il n'exigeait plus, comme Philippe-Auguste, la restitution de toutes les places conquises depuis la bataille de Tibériade; il ne demandait que la ville de Jérusalem et la vraie croix. Mais la cité sainte n'était pas moins sacrée aux yeux des Musulmans qu'à ceux des Chrétiens. Suivant leurs traditions, Mahomet s'y était miraculeusement transporté avant de monter en paradis, et ils ne croyaient pouvoir la céder sans impiété et sans crime. Quant au bois de la croix, Saladin refusait de le rendre, sous prétexte de zèle pour l'islamisme; mais la politique était la véritable cause du refus : il avait appris, par sa propre expérience, combien cette relique, portée dans les combats, augmentait l'ardeur des Chrétiens. La négociation n'eut donc aucune suite, et Richard se remit en marche, résolu de forcer le sultan à recevoir la bataille. Les deux armées en vinrent effectivement aux mains, dans la plaine d'Assur. La victoire, disputée avec acharnement, resta aux Chrétiens.

Si l'on en croit quelques historiens, Saladin et Richard se rencontrèrent dans la mêlée, et fondirent l'un sur l'autre l'épée à la main : suivant d'autres, Richard aurait couru lance baissée sur le sultan, et lui aurait porté un coup si terrible, que l'homme et le cheval auraient été renversés. Ce qu'il y a de certain, c'est que Richard ne tira aucun avantage de cette victoire, qui devait le rendre maître de la Terre Sainte. En poursuivant l'ennemi, il anéantissait l'armée turque ; en se portant sur Jérusalem, il marchait à une conquête assurée que Saladin n'était plus en état de lui disputer. Il prend la route de Jaffa, ville abandonnée et démantelée par les Sarrazins, mécontente et fatigue son armée pour réparer les fortifications, y fait venir la reine Bérengère, Jeanne, reine de Sicile, et la fille d'Isaac ; donne les fêtes les plus brillantes, s'endort au sein des plaisirs, paraît avoir oublié entièrement le soin de la guerre, et donne au sultan le temps de réparer ses pertes.

Cependant, réveillé par les murmures des Croisés, il forme le projet d'assiéger Ascalon. Saladin désespérant de défendre la place, la livre aux flammes ; Richard entreprend de la faire rebâtir par son armée, et excite de nouveaux murmures : plusieurs chefs refusent d'obéir, disant qu'ils ne sont ni charpentiers, ni maçons, qu'ils sont venus en Asie, non pas pour bâtir des villes, mais pour conquérir Jérusalem ; quelques-uns retournent en Europe, d'autres cherchent à négocier avec Saladin. Richard fait faire de nouvelles propositions au sultan ; mais comme il insistait sur la restitution de la cité sainte et de la vraie croix, il est refusé avec hauteur. Il ne songe plus qu'à sauver sa gloire et à se retirer sans honte d'une entreprise dont le mauvais succès ne pouvait être attribué qu'à la manière dont il l'avait conduite. Il cherche à mettre en jeu l'ambition du frère de Saladin. Il propose de donner en mariage à ce prince, sa propre sœur, Jeanne, reine de Sicile, à la condition que les deux époux régneraient ensemble sur Jérusalem, où les Musulmans et les Chrétiens trouveraient une égale protection. Les historiens grecs et latins ne parlent point de cette négociation, mais elle est rapportée avec détail par les historiens arabes. Le projet était tout à l'avantage du sultan, qui paraissait disposé à y donner les mains ; mais il fut combattu avec autant d'ardeur par les imans que par les évêques, et il fallut continuer la guerre.

C'est sur la négociation dont il s'agit que madame Cottin a fondé presque toute l'intrigue de son roman : elle a substitué la jeune Mathilde à la reine Jeanne, âgée alors d'environ trente ans ; et en supposant, dès le début, un amour qui n'a jamais existé, en peignant les progrès d'une passion longuement combattue par l'honneur et par la religion, l'auteur a donné l'intérêt le plus puissant à une circonstance qui n'est que bizarre dans l'histoire.

Après la rupture des négociations, on ne trouve presque plus aucune trace de l'histoire dans le roman de madame Cottin. Mathilde se retire au monastère du mont Carmel, que l'auteur suppose être un couvent de religieuses. A la fin du XII⁰ siècle, un moine de Calabre s'était effectivement établi, avec quelques pieux cénobites, sur le mont Carmel, près de la caverne d'Elie, et y avait relevé les ruines d'un ancien monastère, qui avait été détruit par les Sarrazins ; mais au milieu des horreurs de la guerre, il est difficile de supposer la formation d'un couvent de religieuses, dans un lieu qui n'était point à l'abri des incursions des Turcs. D'après le plan de l'auteur, il fallait que le couvent où Mathilde s'était retirée ne fût point inaccessible à Malek Adhel : cette circonstance amène des scènes très-pathétiques, mais elle n'a pas le degré de vraisemblance nécessaire.

Pour préparer son dénouement, madame Cottin fait prendre Césarée par ruse ; elle livre Malek entre les mains des Chrétiens ; elle le fait périr, ainsi que Lusignan, dans une bataille, près d'Ascalon ; elle le fait convertir avant sa mort, et enterrer avec pompe au monastère du mont Carmel ; elle suppose enfin que Saladin a permis aux soldats de son armée d'assister à cette auguste et lugubre cérémonie, et qu'un grand nombre d'entre eux demandent le baptême.

Le talent de l'auteur, la rapidité du récit, la pompe des descriptions, font passer sur ce qu'il y a d'invraisemblable dans ces différentes suppositions. La dernière surtout ne s'accorde guère avec la profonde politique du sultan, et avec le zèle ardent qu'il a toujours montré pour l'islamisme. Malek Adhel ne périt point dans la croisade, il survécut même à Saladin. Il avait servi fidèlement son frère; mais après la mort du sultan, il ne garda pas la même fidélité à ses neveux, et s'empara de la Mésopotamie et de l'E-gypte. Lusignan ne trouva pas non plus la mort en Palestine, il alla gouverner le royaume de Chypre que Richard lui avait abandonné, ou plutôt vendu.

Mais revenons à l'histoire, et indi-quons en peu de mots les derniers événe-ments de la croisade. Richard, cédant aux instances de ses soldats, se décide en-fin à prendre la route de Jérusalem : il es-pérait encore pouvoir forcer le sultan à une bataille; mais Saladin avait des moyens plus sûrs pour l'arrêter : il fai-sait brûler les villes et dévaster les cam-pagnes; son armée, divisée par petites troupes, enlevait les convois, barrait les chemins, inquiétait sans cesse les Chré-tiens, et les réduisait à la famine. Le roi d'Angleterre n'ose s'avancer dans un pays ravagé; il revient sur ses pas, et met le comble aux mécontentements des Croisés. Sur ces entrefaites, on apprend que Conrad, qui avait traité avec Sala-din, et réuni ses forces à celles des Musulmans, vient d'être assassiné : sa mort es. imputée à Richard, qui redou-tait en lui un rival habile, valeureux, et entreprenant. Le roi impose silence aux murmures, et, profitant des moments où Saladin avait licencié une partie de son armée, il fait plusieurs expéditions, dans lesquelles il déploie toute sa bra-voure et toute son audace : il porte la terreur jusque sur les confins de l'Egypte, et se dirige de nouveau sur Jérusalem. Le sultan s'y était renfermé, et avait juré, avec son armée, de s'ensevelir sous les ruines de la ville plutôt que de se rendre. Déjà Richard était campé près des montagnes de la Judée; mais la di-vision régnait entre lui et les autres chefs des Croisés; il ne voulait point parta-ger avec eux la conquête, et eux se mon-traient peu disposés à seconder une en-treprise dont il tirerait seul tout le fruit. La jalousie fait exagérer de part et d'au-tre les obstacles que l'on avait à surmon-ter. Lorsque Richard insiste pour le siége de la ville sainte, les chefs s'y refusent; paraît-il y renoncer, on excite les sol-dats, qui demandent qu'on les conduise sous les murs de Jérusalem. Dans l'im-possibilité où l'on était de s'accorder sur le parti qu'il y avait à prendre, vingt-quatre chevaliers sont chargés de pro-noncer, et la retraite est résolue par eux. Le monarque anglais devient de plus en plus odieux à l'armée : en vain étonne-t-il l'Asie par des prodiges de valeur, on dit qu'il ne travaille que pour accroî-tre sa renommée et non pour la cause commune : on l'accuse d'avoir déclaré aux ambassadeurs de Saladin qu'il atta-chait peu d'importance à la conquête des saints lieux; les Français et les Al-lemands l'abandonnent : il reste seul avec les Anglais.

Sa position devenait critique : tantôt il voulait retourner en Europe sans avoir fait la paix; tantôt il suppliait Saladin, tantôt il le menaçait et cherchait à l'ef-frayer, en annonçant l'arrivée de toutes les forces de l'Occident.

Les deux armées étaient campées fort près l'une de l'autre, et toutes deux, éga-lement fatiguées de la guerre, restaient dans leurs retranchements : on convint enfin d'une trève de trois ans trois mois et trois jours, suivant quelques histo-riens; de trois ans et huit mois, suivant quelques autres. Jérusalem restait ou-verte à la dévotion des Chrétiens; ils con-servaient la possession de toute la côte maritime depuis Jaffa jusqu'à Tyr. On ne s'accordait pas sur la ville d'Ascalon : il fut décidé qu'elle serait rasée. Tous les princes chrétiens et musulmans de la Syrie furent invités à signer le traité, dans lequel on ne fit point mention de Lu-signan. La paix fut célébrée par des tour-nois et par des fêtes, où se déploya tout le luxe de l'Europe et de l'Asie. Madame Cottin les a placés à l'époque des négo-ciations qui ont lieu pour le mariage pro-jeté de Mathilde et de Malek Adhel, et elle les a décrits avec cette richesse d'imagination qui n'appartient qu'à elle.

Richard, dans cette croisade dont l'issue fut si peu glorieuse pour lui, s'était signalé par des traits d'audace et de valeur qui surpassent ceux des Amadis et des Roland. Si l'on en croit quelques historiens, avec quinze cents hommes il défit douze mille Turcs, qui escortaient un convoi destiné pour Jérusalem. Plus tard, ayant appris que les Turcs pressaient Joppé avec une armée considérable, il s'embarque avec quatre-vingts chevaliers et quatre cents fantassins, fond sur les assiégeants, les met en déroute, entre dans la place par la brèche qu'ils ont faite, taille en pièce ceux qui assiégeaient la forteresse, et sauve ainsi la ville qui allait tomber au pouvoir de Saladin. Dans une autre circonstance, avec une poignée de chevaliers, il affronte sept mille cavaliers musulmans, et tue leur chef de sa propre main. On raconte enfin que, surpris pendant son sommeil par un nombreux détachement de Sarrazins, il a l'inconcevable hardiesse de se précipiter sur eux avec quelques seigneurs de sa suite. Les exploits de Saladin avaient répandu la terreur en Europe, ceux de Richard étonnèrent et effrayèrent l'Asie, et y laissèrent de profonds souvenirs : plus d'un siècle encore après sa mort il suffisait aux mères, pour faire taire leurs enfants, de leur dire : *Voilà le roi Richard.* Mais ces exploits, qui le firent surnommer Cœur-de-Lion, furent inutiles pour la cause des Chrétiens : le bouillant Richard, toujours emporté par son impétuosité, ne savait ni combiner de grandes entreprises, ni s'assurer les moyens de les exécuter : rebuté aux premiers obstacles, il changeait ses résolutions aussi légèrement qu'il les avait adoptées, et un historien observe avec raison qu'il semble moins appartenir à l'histoire qu'aux romans de chevalerie.

A. P.

CHAPITRE PREMIER.

Après un siége aussi long que meurtrier, Saladin venait d'entrer en vainqueur à Jérusalem. Au bruit de la chute de la cité sainte, toutes les puissances chrétiennes furent émues. Guillaume, archevêque de Tyr, s'embarque aussitôt pour l'Europe; il va répandre sa profonde douleur dans le sein du souverain pontife, et lui demander des secours pour ses frères d'Orient. Urbain III, frappé à mort par cette funeste nouvelle, expire entre les bras de Guillaume. Grégoire VIII lui succède et prêche une nouvelle croisade. A sa voix, à celle du pieux archevêque parcourant l'Europe à pied, la croix à la main, avec des prières, des menaces, et des larmes, les esprits s'échauffent, l'enthousiasme de la gloire et de la religion gagne toutes les âmes, les rois eux-mêmes se lèvent, s'unissent, et jurent de ne poser les armes que quand ils seront rentrés dans cette Jérusalem, qui coûta tant de sang à leurs ancêtres, où repose le tombeau d'un Dieu, et dont la perte leur semble un opprobre que sa conquête pourra seule effacer.

A la tête de tant de souverains marchaient Richard Ier et Philippe-Auguste : rivaux en puissance par la situation et l'étendue de leurs états, ils l'étaient encore par leur âge, leur penchant et leur amour pour la gloire; tous deux également fiers, altiers, intrépides, s'irritaient à la moindre apparence d'injure, et ne pouvaient se résoudre à plier. Philippe-Auguste, grand et magnanime autant que prévoyant et sage, aspirait à des victoires plus solides que brillantes. Richard, plein de candeur et de loyauté, mais imprudent et fougueux, toujours entraîné par ses passions, ne pouvant ni dissimuler un outrage, ni tarder un jour à s'en venger, aussi constant dans ses haines que dans ses amitiés, et ani-

mé du courage le plus impétueux, attacha peut-être plus d'éclat que son rival
à son nom et à ses exploits, et dut à
l'excès même de ces qualités l'admiration universelle dont il fut l'objet, et
l'infortune éclatante où les piéges de
la perfidie le firent tomber dans la
suite.

L'empereur Frédéric, à la tête de cinquante mille hommes, venait de partir
pour la Palestine, tandis que Richard et
Philippe-Auguste, réunis encore dans
les plaines de Gisors, voyaient leurs armées s'augmenter chaque jour par les
peintures pathétiques et véhémentes que
Guillaume faisait de l'état déplorable
des Chrétiens d'Orient; tout ce qu'il y
avait de jeunesse animée de l'ardeur
guerrière dans les deux royaumes, se
rendait en foule auprès de ces deux souverains; et en les voyant marcher à la
tête de leurs soldats, prêts à combattre
courageusement pour la cause du ciel,
nul ne voulait laisser ternir sa gloire par
le reproche honteux d'avoir fui ou quitté
la croix.

Cependant les deux monarques se séparent, et se donnent rendez-vous à
Messine : Philippe s'embarque à Gènes;
Richard retourne à Londres, remet la
régence à Jean, son frère; et tandis
qu'on prépare à Marseille la flotte qui
doit le porter, Bérengère, sa future
épouse, s'est déjà rendue en Sicile, afin
d'y célébrer le nœud qui doit les unir à
la vue des deux camps réunis.

La timide fiancée de Richard, la tendre Bérengère, était fille de Sanchès, roi
de Navarre; elle possédait peu d'appas
et de talents, mais tant de vertus ornaient
son caractère, et tant d'amour l'attachait
à Richard, qu'elle avait su fixer le cœur
de ce volage monarque; il l'avait préférée
à toutes ses rivales, il l'avait préférée
à la sœur même de Philippe-Auguste. En
vain la superbe Alix avait-elle tenté de
l'enchaîner à ses pieds, Richard, séduit
un moment, avait bientôt rejeté la main
d'une femme qu'il ne pouvait estimer,
et une fois du moins la modeste vertu
put s'enorgueillir de l'avoir emporté dans

le cœur d'un grand roi, sur tout l'éclat
de la naissance et de la beauté.

Mais avant de s'engager dans sa longue
et périlleuse entreprise, Richard veut
assister au sacrifice de sa plus jeune sœur,
qui est au moment de prononcer ses
vœux. Il ne l'a point vue depuis son enfance, peut-être ne la reverra-t-il jamais,
et avant qu'elle soit morte au monde,
ou qu'il périsse lui-même par la main des
Infidèles, il désire la connaître, l'embrasser, et lui dire un dernier adieu. Pendant
que ses capitaines se préparent au départ, accompagné seulement de quelques
écuyers et de l'archevêque de Tyr, qui
veut être présent à la prise d'habit de la
jeune novice, il s'achemine vers le monastère où elle fut renfermée peu de mois
après sa naissance, et dont elle va jurer
de ne jamais sortir.

Elevée depuis seize ans à l'ombre de
ce cloître, n'ayant jamais vécu qu'avec
des vestales pures et chastes comme
elle, les pensées de la jeune princesse
ne se portaient pas au-delà de sa retraite,
ni son cœur vers d'autres biens : ses
jours uniformes s'écoulaient sans qu'elle
les comptât, et dans sa parfaite innocence, elle ignorait également, et l'existence du mal, et le mérite de la vertu.

Peu vaine de sa naissance, moins encore d'une beauté qu'elle ne connaissait
pas; n'ayant qu'une idée confuse du
monde, dont le bruit n'arrivait jamais
jusqu'à elle, et dont l'abbesse ne lui avait
jamais parlé que comme d'un effroyable
assemblage de dangers et de tourments,
Mathilde bénissait chaque jour le Seigneur de l'avoir appelée à une si sainte
vie; et ne supposant pas l'existence d'un
autre bonheur que celui qu'elle goûtait
dans son asile, elle voyait arriver avec joie
l'instant de l'auguste cérémonie qui devait l'y ensevelir pour toujours.

Cependant l'arrivée de Richard émeut
tout le couvent; les portes s'ouvrent à
l'instant, et les grilles même tombent
devant lui : c'est pour la première fois
que les regards d'un homme embrassent
l'intérieur de ce cloître, et que le bruit
des armes en fait retentir les voûtes pai-

sibles; mais que ne permet-on pas à la majesté suprême? L'archevêque de Tyr seul ose suivre le roi, et Mathilde se hâte de venir recevoir les embrassements de son frère, et les bénédictions de Guillaume.

L'abbesse, et les autres religieuses, couvertes de leurs voiles noirs, accompagnent et entourent la jeune novice; elles sont présentes à son entrevue avec Richard, et s'attendrissent aux douces effusions de l'amour fraternel : le monarque raconte ses projets, et parle de son voyage; après lui, Guillaume en parle aussi; et, au seul nom de Jérusalem, on voit ses yeux se remplir de larmes; il dit la perte des saints lieux, les maux que les Fidèles ont à souffrir maintenant pour y pénétrer, et les délices qu'ils goûtent quand ils y sont parvenus. Ces récits éveillent dans l'ame de Mathilde des pensées nouvelles, mais non moins pieuses : sa dévotion, si douce, prend un caractère plus ardent, et, quoique surprise et confuse de sentir un désir dans son cœur, et de prévoir un changement dans sa vie, elle avoua, en rougissant, qu'elle souhaitait se croiser avec son frère, et visiter la Terre Sainte, avant de tirer le rideau qui devait à jamais la séparer du monde.

Mathilde n'eut pas de peine à obtenir sa demande; un pareil voyage était regardé, dans ces temps antiques, comme l'action la plus agréable à Dieu, et la préparation la plus salutaire à l'état monastique; aussi, toutes les compagnes de la princesse se hâtèrent d'applaudir avec transport à son projet; et ravies de l'éclat qu'un si saint pélerinage allait répandre sur leur couvent, déjà elles préparaient les roses mystiques dont elles voulaient couronner la jeune vierge, à son retour; sur son habit de novice, d'une éblouissante blancheur, l'abbesse attacha elle-même la croix brillante qui donnait le sceau à ses projets, et la plaçait sous la protection immédiate de Dieu; puis la remettant entre les mains du roi, elle dit : « Votre majesté ne connaît pas encore toute la valeur du dépôt que je lui confie, ni quel trésor d'innocence et de piété renferme le cœur de cette vierge; que votre valeur défende sa vie, sire; et vous, mon père, ajouta-t-elle en se tournant vers l'archevêque, que votre zèle veille sur son âme : ce n'est point la princesse d'Angleterre que je vous recommande, mais la future épouse de Dieu; c'est le plus beau de tous les titres, sans doute. Cependant, ô Mathilde! qu'il n'enfle pas votre cœur de trop de présomption, et qu'une humble défiance vous accompagne toujours; songez qu'il n'y a point de titre si auguste, de dispositions si saintes, qui mettent à l'abri des tentations. Gardez de prêter l'oreille à ces voix enchanteresses qui ne flatteraient vos sens que pour vous perdre; et puisse ce chaste époux auquel vous êtes destinée, rendre vos oreilles si attentives au souffle de son divin esprit, que vous n'entendiez pas le bruit que le monde fera autour de vous. »

Pendant que Mathilde prêtait une profonde attention au discours de la pieuse abbesse, Richard en attendait la fin avec une sorte d'impatience; et à peine fut-il libre de prendre la parole, qu'il jura que sa sœur n'avait rien à craindre auprès de lui. « Avec l'aide de Dieu et de mon épée, s'écria-t-il, plein d'un enthousiasme chevaleresque, soyez certaine, Madame, que Mathilde ne sera pas moins en sûreté au milieu de mon camp, que derrière les murs de ce cloître. » Le ton énergique dont il prononça ces paroles fit rougir le front de toutes les vierges; mais frappées de l'air martial qui respirait dans toute la contenance du héros, et de la noble ardeur qui étincelait dans ses yeux, aucune ne baissa les siens vers la terre.

Cependant le moment du départ approche : Mathilde s'avance vers la porte extérieure du couvent; et, prête à en franchir le seuil pour la première fois de sa vie, elle s'arrête, se retourne, et ses timides regards semblent demander si son courage n'est pas de la témérité. L'abbesse, en voyant son effroi, et l'abîme du monde s'ouvrir devant elle, conçoit de nouvelles alarmes sur tous les périls qui vont entourer sa plus chère brebis ; et, dans l'espoir de préserver sa vie et son innocence, elle fait un dernier sacrifice, et lui remet un reliquaire qu'elle portait toujours sur elle. « Ceci, mon enfant, lui dit-elle, vous garantira de tous les dangers : si la tempête vous surprend ; si, plus terribles qu'elle, les passions vous menacent, appuyez contre votre poitrine ce morceau de la vraie croix, et il vous délivrera. O Mathilde ! vous croyez ne vous préparer que pour une fête du ciel, mais songez que vous voyagerez sur la terre. »

Mathilde, reconnaissante d'un don si précieux, l'attacha sur son sein avec une foi ardente, baisa la main révérée de qui elle le tenait, et, disant un dernier adieu à ses timides sœurs, elle sortit du monastère, dont elle ne vit point, sans frémir, la porte se refermer sur elle ; élevant alors des yeux humides de pleurs, vers le saint asile qu'elle quittait, elle ne put les en détacher que quand l'épaisseur des bois et la distance des lieux l'eurent entièrement dérobé à ses regards ; en le perdant de vue, son cœur se troubla ; il se troubla plus encore, en apercevant dans le lointain l'immense horizon se déployer devant elle : éperdue, l'innocente colombe se rapprocha de son frère et de l'archevêque, en leur demandant avec inquiétude s'il fallait traverser tant de pays avant d'arriver en Palestine. Richard sourit de la simplicité de sa question. « Il se passera bien des jours et des mois, peut-être, avant que nous puissions atteindre la terre que vous allez chercher ; mais que craignez-vous, ma sœur, ajouta-t-il, en mettant la main sur le glaive qui brillait à ses côtés, ne vous ai-je pas dit que ce défenseur ne vous quitterait pas ? — Et oubliez-vous, continua l'archevêque, en lui montrant le ciel, celui bien plus puissant, dont la miséricorde est sans bornes, et dont la présence est partout ? »

Je ne peindrai point les diverses émotions de Mathilde pendant un si long voyage : on peut imaginer assez l'effet que doit produire l'aspect de la mer, les chants guerriers des soldats, et les cris tumultueux des matelots, sur l'âme d'une vierge timide qui, jusqu'alors, n'avait vu que les voûtes d'un temple, les jardins paisibles d'un cloître, et dont les oreilles n'avaient jamais été frappées que par les doux accents et les saints cantiques des filles du Seigneur.

Ce fut à Messine seulement qu'elle se réunit à Bérengère : dès le premier instant, une tendre sympathie les attacha l'une à l'autre ; Mathilde aima en elle ces chastes et modestes grâces qui lui retraçaient les compagnes qu'elle regrettait, et la fille de Sanchès, dont le cœur était tout amour, aurait-elle pu ne pas chérir l'aimable sœur du monarque auquel elle allait être unie ?

CHAPITRE II.

Les différends qui survinrent bientôt entre Richard et Philippe-Auguste, et dont les perfidies de Tancrède, roi de Sicile, furent la première cause, mirent obstacle au dessein que le monarque anglais avait formé, de célébrer à Messine son union avec Bérengère ; et ce ne fut qu'après avoir conquis Chypre, que, maître de cette île fameuse, et couronné des mains de la victoire, il put en ordonner la fête auguste.

Jamais hyménée ne fut consacré sous de plus heureux auspices, ni entouré de plus de magnificence et d'éclat. Vainqueur d'Isaac, roi de Chypre, Richard régnait sur le royaume qu'il venait de lui enlever, et se consolait d'avoir tant tardé à partager son trône avec Bérengère, par le plaisir de placer sur sa tête une couronne de plus.

Au bruit de son triomphe, on vit accourir Guy de Lusignan, roi de Jérusalem : ce jeune et superbe souverain, dont l'indomptable valeur n'avait pu soutenir le trône, et qui, chassé de ses états, se voyait disputer par Conrad, marquis de Montferrat, jusqu'à l'espoir d'en redevenir maître un jour, venait implorer l'appui de Richard contre les injustes prétentions de son rival; il lui était d'autant plus nécessaire, que Philippe-Auguste s'était déjà déclaré contre lui en arrivant en Syrie, et soutenait de tout son pouvoir les droits de Conrad qui, maître de Tyr, seule ville que les Chrétiens possédassent encore en Syrie, en avait fait fermer les portes à Lusignan, et avait levé contre lui l'étendard de la révolte. Depuis son séjour en Sicile, Richard croyait avoir à se plaindre de Philippe-Auguste; animé d'une secrète jalousie contre une gloire qui balançait la sienne, il saisit avec joie l'occasion qu'on lui offrait de se mettre à la tête d'un parti opposé au roi de France; touché d'ailleurs de la confiance de Lusignan, flatté de sa démarche, ému par ses malheurs, il s'engagea solennellement à le protéger contre tous ses rivaux; et dès ce moment, liés l'un à l'autre par la reconnaissance et les bienfaits, ils furent amis, et se jurèrent foi et fraternité d'armes jusqu'à leur dernier soupir.

Raimond, prince d'Antioche, Bohémond, prince de Tripoli, Raynaud de Sidon, Onfroi du Thoron, et Léon, prince d'Arménie, avaient suivi Lusignan dans l'île de Chypre. En venant appuyer les prières de leur roi auprès de Richard, ils venaient aussi lui demander sa protection pour eux-mêmes. Le monarque anglais leur promit de les soutenir tous dans leurs prétentions diverses, et de ne quitter la Syrie qu'après les avoir remis en possession de leurs états. Pour prix d'un si éminent service, ces princes, et Lusignan lui-même, consentaient à le regarder comme leur suzerain, et à lui payer le droit de vasselage; mais le noble Richard refusa un honneur qui aurait presque égalé le bien qu'il voulait leur faire, et tout ce qu'il exigea de leur reconnaissance, fut de les prier de prolonger leur séjour auprès de lui, afin qu'ils assistassent à la cérémonie de son mariage, et qu'ils en rehaussassent l'éclat et la pompe par leur présence.

Ce jour à jamais mémorable dans les annales de Chypre, fut annoncé dès l'aurore par le bruit de mille instruments; la superbe église de Saint-Jacques, située entre le port de Limisso et l'ancienne Amathonte, fut décorée avec une magnificence toute royale : on joncha les rues de fleurs, on les tapissa de riches étoffes; Lusignan ouvrait la marche à la tête des princes ses tributaires; sur leurs vastes manteaux trempés dans la pourpre de Tyr, on voyait éclater en broderie les feux du saphir oriental. Un peu plus loin, l'or et l'acier reluisaient de toutes parts sur les cottes d'armes des seigneurs anglais; Richard les suivait la couronne sur la tête et le sceptre à la main; et la fille de Sanchès, dont le cœur palpitait depuis long-temps dans l'attente de cet heureux jour; la fille de Sanchès, qui allait jurer avec ferveur de n'aimer jamais que Richard, et recevoir avec transport le serment d'en être toujours aimée; la fille de Sanchès, enfin, presque belle ce jour-là de modestie et de bonheur, marchait à côté de son illustre époux. Mais pour qu'il ne manquât rien à sa satisfaction, elle avait prié sa chère Mathilde d'en être témoin, et Richard l'avait exigé de sa sœur : la jeune novice parut donc à l'auguste fête : couverte de son voile, elle entra dans l'église à la suite de Bérengère, et vit pour la première fois une pompe nuptiale et les joies du monde sous leur aspect le plus séduisant. Ce serment d'un éternel amour adressé à un autre qu'à Dieu, étonna son innocence; et les accents passionnés de Richard et les regards voluptueux de son épouse, troublèrent le cœur de la vierge.

Guy de Lusignan, placé à côté du roi, fut le seul de tous les princes qui put s'approcher assez de Mathilde pour découvrir une partie des charmes que cachait son chaste bandeau de lin : ils allumèrent dans son âme un feu aussi subit que violent, mais le souvenir de Sibylle, son épouse, et l'habit religieux de Mathilde étaient des obstacles qui ne lui permettaient point d'exprimer ses vœux : renfermant ainsi dans son sein son amour et sa douleur, il cacha à tous les yeux la blessure si profonde et si douce dont il ne devait plus guérir.

Richard, bien plus guerrier qu'amant, eut à peine passé quelques jours auprès de sa jeune épouse, que, tourmenté du besoin de la gloire, il se prépara à s'embarquer pour la Palestine : mais prévenu par Lusignan que la mer était couverte de vaisseaux sarrazins tous conjurés contre lui, que les côtes de Syrie et même celles d'Égypte en étaient infestées, que Malek Adhel, le frère de Saladin et le plus redoutable guerrier de l'Asie, les commandait souvent, et avait juré guerre à mort à tous les rois de l'Europe ; Richard s'opposa à ce que Bérengère et Mathilde partageassent ses dangers : tous les efforts des ennemis allaient se réunir contre lui pendant la traversée ; son grand cœur s'élançait au-devant d'eux, et il sentait bien que pour être tout à la gloire, il ne fallait pas que les objets de sa tendresse fussent à ses côtés : assuré d'ailleurs qu'aussitôt qu'il serait arrivé à Ptolémaïs, les Infidèles, furieux d'avoir manqué leur proie, porteraient toutes leurs forces vers le camp, et occupés de l'attaquer sur terre, laisseraient la mer libre, il crut que le trajet serait alors sans aucun péril, et ordonna que le vaisseau qui devait porter son épouse et sa sœur ne mettrait à la voile que quand le sien serait arrivé dans le port de Ptolémaïs.

Mathilde, accoutumée à l'obéissance, se soumit sans peine à la volonté de son frère ; mais la tendre Bérengère, désespérée de se séparer de l'époux qu'elle chérissait, se précipita à ses pieds, baignée de larmes, lui demandant comme la plus grande preuve d'amour qu'elle pût recevoir de lui, la grâce de partager les périls auxquels il allait s'exposer. Touché de cette peine, Richard fut pourtant inexorable dans ses refus ; il lui représenta que sa présence et celle de Mathilde, en attendrissant son cœur, affaibliraient son courage, et lui feraient peut-être éviter un combat qu'il était de son devoir de rechercher. « D'ailleurs, ajouta-t-il, ces mêmes ennemis qui vont s'attacher à me suivre, vous laisseront passer tranquillement, et la traversée ne sera orageuse que pour moi. » La jeune reine voulut insister encore, mais Richard, surpris de sa résistance, lui ayant dit d'un ton un peu sévère qu'il voulait être obéi, elle se tut aussitôt, glacée par la crainte d'avoir déplu à son époux, et dévorant en silence sa douleur et ses larmes.

Le roi de Jérusalem et les autres princes de sa suite s'embarquèrent avec Richard ; il ne resta auprès de la reine qu'Onfroi du Thoron, les ducs de Northumberland et de Glocester, Simon de Montfort, comte de Leicester, et quelques seigneurs français, parmi lesquels on distinguait le brave Adam de Turenne, grand chambellan, Enguerrand de Fiennes, et Josselin de Montmorency, beau comme Renaud, intrépide comme lui, depuis peu dans l'adolescence, depuis long-temps héros ; par ses exploits il promettait une nouvelle gloire à sa patrie et un nouveau lustre à son nom qui, né avec la monarchie, était déjà plus ancien que celui de ses rois.

Richard voulut aussi que l'archevêque de Tyr n'abandonnât point les princesses : « Elles auront besoin, mon père, lui dit-il en regardant la reine, que vous leur appreniez que les femmes doivent servir Dieu par leur patience et leur soumission, comme nous par les combats et la vaillance. » Bérengère n'entendit que trop ce que ces mots voulaient dire, elle regarda son époux avec tant d'amour et de résignation, que le fier monarque en fut touché ; et peut-être aurait-il cédé aux vœux d'une épouse si tendre, si, en lui devenant plus chère par sa douceur, elle ne lui avait fourni un motif de plus de ne pas l'exposer aux nombreux périls qu'il allait chercher.

Contente d'avoir obtenu l'approbation de son époux, elle renferme dans son âme les désirs qui l'agitent et les craintes qui la déchirent ; et tandis que, pâle et les yeux baissés, n'osant verser aucune larme, elle l'accompagne jusqu'au port, Mathilde, renfermée dans l'intérieur du palais, s'interdit le murmure, se soumet aux volontés de son frère et de son roi, et adresse des vœux pour lui au divin fils de Marie.

Poussé par un vent favorable, le vais-

MATHILDE. 31

seau du roi atteignit bientôt les côtes de l'Asie ; mais, au moment de s'en approcher, il fut entouré par deux galères ennemies, montées chacune par huit cents hommes ; loin de les fuir et de les craindre, il provoque lui-même l'abordage. Les épées brillent, le sang coule ; le carnage est affreux, la valeur est égale. Musulmans et Chrétiens, tous paraissent attaquer et non se défendre. Cependant, après un long et rude combat, dans lequel Richard fut vaillamment secondé par Lusignan, il vient à bout de couler à fond une des galères, de s'emparer de l'autre, et mouille le lendemain 8 juin à Ptolémaïs, précédé de la victoire, et chargé des dépouilles de l'ennemi ; tous les Croisés le reçurent avec des acclamations d'enthousiasme, et célébrèrent son arrivée et son triomphe par des feux de joie allumés dans tout le camp.

Cependant Lusignan apprend que, durant son absence, la mort lui a ravi Sibylle son épouse ; cette perte, qui flattait la secrète passion qu'il avait rapportée de Chypre, pouvait être funeste à sa puissance : Sibylle, fille de Baudouin, héritière du royaume de Jérusalem, l'en avait fait couronner roi en l'épousant ; mais en mourant, ses droits retournaient à Isabelle, sa sœur cadette, épouse du marquis de Montferrat ; et donnaient ainsi une force de plus aux prétentions de ce dernier. Lusignan, appuyé par Richard, soutenait que le caractère de roi était indélébile et qu'on ne pouvait l'en dépouiller : il vit passer dans son parti les Pisans, les Flamands, et les chevaliers de Saint-Jean ; mais les Templiers, les Génois, et les Allemands, à la tête desquels se mit Philippe-Auguste, soutenaient les droits du marquis de Montferrat ; celui-ci, renfermé dans Tyr, orgueilleux de posséder encore une ville dans un royaume où Lusignan n'en possédait plus, insultait, du haut de ses superbes remparts, à la détresse de son rival ; et tandis que tous deux livraient le camp des Croisés à la désunion et à la haine, en se disputant la possession d'une couronne qu'ils s'étaient laissé enlever par les Infidèles, Saladin l'affermissait sur sa tête, en fortifiant chaque jour Jérusalem contre les futures attaques des Chrétiens.

Richard avait établi son quartier du côté de la mer, afin de surveiller les moindres mouvements des assiégés, et de mettre obstacle à ce qu'ils reçussent aucun secours tant par terre que par mer. A l'orient de la ville, vis-à-vis la plus forte des tours, appelée la *tour maudite*, on voyait flotter les bannières royales de Philippe-Auguste ; et, au milieu du camp, se déployaient les aigles glorieuses de l'empire d'Allemagne. Les trois nations se distinguaient par la couleur de la croix qui brillait sur leurs étendards : rouge dans l'empire des lis ; elle était blanche chez les Germains, et verte dans le camp anglais. Parmi toutes ces différentes cours, celle d'Angleterre s'efforçait d'éclipser les autres, par le faste et la magnificence ; et, tandis que Richard s'environnait de pompes et de somptuosités, Philippe-Auguste, plus simple et plus modeste, ne voulait tirer son éclat que de la haute et vaillante noblesse dont il était entouré : c'étaient les comtés de Dreux et de Chartres, Errard et André de Brienne, les Joinville, les Châtillon, les Coucy, noms éternellement chéris en France, et dont aucun événement ne pourra jamais effacer le souvenir ni la gloire.

Cependant Richard demandait à grands cris qu'on poussât vigoureusement le siége de Ptolémaïs, dont la reddition devait ouvrir la route de la cité sainte ; mais le fier Conrad ne voulait sortir de ses murs, et prêter son secours aux Croisés, qu'autant qu'il serait déclaré roi de Jérusalem ; et Philippe-Auguste, fidèle à l'alliance qu'il avait contractée avec lui, mécontent d'ailleurs de l'empire que Richard voulait affecter dans le camp, et jaloux peut-être des lauriers qu'il avait cueillis dans l'île de Chypre, demeurait dans l'inaction ; on ne livrait aux Infidèles que des combats particuliers, évitant avec soin un assaut général : Richard, trop fidèle, trop loyal, pour abandonner son frère d'armes, et en même temps trop impérieux et trop fier pour entrer en accommodement avec son rival, loin de chercher à ramener Philippe-Auguste par des raisons, l'aigrissait par des invectives, et accroissait ainsi de plus en plus la division qui régnait dans le camp : vingt fois les partis contraires furent prêts à en venir aux mains, et vingt fois ils frémirent de lever contre des Chrétiens l'épée qu'ils venaient de ceindre pour les défendre. Tandis que le désordre s'introduisait dans les conseils, et que les chefs, l'injure à la bouche, s'accablaient de mutuels outrages, les soldats, qui n'étaient venus en Palestine que pour délivrer les saints lieux, et non pour faire un roi de Jérusalem, murmuraient hautement de la dissension intestine qui enchaînait leur courage; et plus d'une fois on les vit se réunir pour aller ravager les terres des Musulmans, et porter le fer et la flamme jusqu'aux tentes de Saladin.

Mais ces troubles cruels, si funestes aux succès des armes chrétiennes, n'étaient pas le seul chagrin dont Richard eut à souffrir; son premier soin, en arrivant en Palestine, avait été d'envoyer à la reine l'ordre de le venir joindre avec sa sœur; il était bien sûr de la promptitude qu'elle devait mettre à lui obéir, et cependant elle n'arrivait point; chaque jour il allait sur le bord de la mer voir s'il n'apercevrait pas le vaisseau qu'il attendait, et chaque jour il y allait en vain. Lusignan ne le quittait point, Lusignan recevait dans son sein les inquiétudes et les craintes de son ami, et il les partageait d'autant plus vivement, que depuis la mort de Sibylle, sa passion avait pris de nouvelles forces par les espérances qu'il avait osé concevoir; il venait de recouvrer sa liberté, Mathilde n'avait pas encore perdu la sienne, et déjà il comptait assez sur l'amitié de Richard, pour se flatter d'obtenir son appui auprès de sa sœur : c'était donc cette amitié seule qui pouvait lui rendre son royaume et satisfaire son amour; aussi ne négligeait-il aucun moyen de la rendre plus vive. Richard était sensible

au plaisir d'être aimé, et Lusignan lui montrait un dévouement sans bornes; mais le fier Richard voulait être aimé pour lui seul, et Lusignan, en lui découvrant les désirs de son cœur, avait eu l'art de lui persuader que, dans cette alliance, il songeait moins aux charmes de la sœur qu'à fortifier d'un nœud de plus l'amitié qui l'unissait au frère. Richard, franc, sincère, facile à tromper parce qu'il était incapable de tromper luimême, Richard le crut, et sentait sa tendresse s'augmenter de celle que lui témoignait Lusignan, au point de ne pouvoir plus se passer de lui : ils couchaient sous la même tente, ils n'avaient qu'une seule table, c'était ensemble qu'ils allaient combattre les Infidèles; et le butin qu'ils leur enlevaient était toujours fidèlement partagé entre eux. Dans les joûtes, ils portaient les mêmes couleurs, sur leurs boucliers la même devise, et lorsqu'ils s'étaient exercés dans la journée, soit à manier la lance dans les tournois ou à tirer l'épée contre les Infidèles, ils retournaient le soir d'un commun accord se promener sur le bord de la mer; là ils contemplaient l'immensité des flots et de l'horizon en soupirant avec amertume; ils baissaient la tête, et, accablés de la tristesse de leurs pensées, gardaient souvent un morne silence; si la tempête faisait bouillonner les ondes, ils croyaient les voir entr'ouvrir leurs abîmes pour engloutir à jamais ce vaisseau qui portait ce qu'ils avaient de plus cher au monde. Mais si la mer était calme et que le vent fût favorable, alors leurs craintes changeaient de nature sans rien perdre de leur vivacité, et si ce n'était plus au vaste Océan, c'était aux Infidèles que le roi redemandait son épouse et sa sœur.

CHAPITRE III.

DEPUIS le départ du roi, la triste Bérengère n'avait cessé de prier et de verser des larmes; elle se représentait sans cesse cet époux si cher, en proie à la fureur des Musulmans; dans ses rêves elle le voyait tantôt chargé de fers, tantôt couvert de blessures ; et durant le jour, son imagination alarmée lui confirmait tous ces lugubres présages, car lorsque le cœur est plein d'amour, il est plein de frayeurs. En vain l'archevêque de Tyr s'efforçait de calmer cette peine si vive, en la peignant comme une offense envers Dieu ; la jeune reine pleurait alors sur sa faute, sans pouvoir cesser de pleurer aussi sur l'absence d'un époux. Mais ce que n'avaient pu faire ni les exhortations de Guillaume, ni l'exemple de Mathilde, fut produit en un instant par l'arrivée de l'esquif que Richard lui envoyait. Elle entendit à peine le récit de sa victoire, elle songea seulement qu'il était en sûreté, que dans peu elle allait le revoir, et ses larmes se séchant tout-à-coup, elle passa de la plus mortelle tristesse au comble de la joie.

Mathilde, en apprenant qu'elle allait enfin atteindre le but de son voyage, remercia Dieu d'un cœur aussi soumis qu'elle s'était résignée au délai ordonné par son frère ; trop pieuse pour livrer son âme à aucun sentiment extrême de joie ou de chagrin, elle regardait comme un péché le désespoir si violent dont Bérengère avait été accablée en se séparant du roi, et quand cette épouse désolée laissait échapper en sa présence les cris de sa tendresse et de ses regrets, la chaste vierge, qui jusqu'alors avait ignoré qu'il était des passions, étonnée d'un langage si nouveau, s'alarmait de l'entendre, et se croyait coupable de prêter l'oreille aux accents d'un pur et légitime amour ; la rougeur sur le front, elle confia ses scrupules à l'archevêque de Tyr, et le vénérable Guillaume, qui, dans le secret de la confession, n'avait jamais reçu d'aveu aussi pudique, crut voir dans la beauté qui s'humiliait ainsi devant lui, l'Eve céleste au premier réveil du monde, et il se promit bien de ne jamais abandonner la direction d'une conscience dont l'extrême délicatesse annonçait à l'univers une sainte de plus.

Quoique la galanterie fut regardée alors comme un devoir et comme une sorte de gloire, quoique Bérengère eût à sa suite

plusieurs des plus distingués et des plus nobles chevaliers des cours de France et d'Angleterre, nul pourtant ne fut assez hardi pour oser offrir des vœux à la jeune Mathilde ; malgré l'éclat de ses charmes, la séduction de ses grâces, et la langueur de ses grands yeux bleus, il y avait dans toute sa personne une sorte de pureté qui imposait aux désirs, leur défendait de naître ; et l'habit religieux dont elle couvrait un corps formé par l'amour, la garantissait moins encore des tendres entreprises, que le respect qu'inspirait sa pudeur. Elle se montrait peu aux regards des hommes, mais à l'aspect de la vierge, les yeux baissés, les mains croisées sur la poitrine, à demi-cachée par un long voile de lin, et toute brillante de la primitive innocence, chacun, frappé d'une religieuse admiration, reculait quelques pas comme indigne de l'approcher. La reine aimait beaucoup trop Mathilde, pour ne pas s'affliger vivement des vœux qu'elle devait prononcer : ce n'était ni la solitude, ni l'obscurité de l'asile où elle allait s'ensevelir, qui lui paraissait un malheur, mais bien d'y vivre sans amour ; si elle concevait facilement qu'on pût dédaigner une couronne, elle ne comprenait pas qu'on renonçât à un époux : plus d'une fois elle ne put s'empêcher de dire sa pensée à sa jeune sœur ; mais quand elle s'efforçait de tenter son ambition, en l'éblouissant de l'éclat du trône et de cette foule de sceptres dont tant de rois s'estimeraient heureux d'orner sa beauté ; quand, plus souvent encore, elle cherchait à émouvoir son cœur, en lui peignant les charmes d'une union conjugale, Mathilde se détournait, en rougissant de la vue de pareils tableaux, non par la crainte qu'ils ne la tentassent, mais par la honte de les voir : alors Bérengère, attentive à ne point blesser une si délicate pudeur, ne lui parlait plus que de ces purs et chastes sentiments qui ont seuls le droit d'attendrir le cœur d'une vierge : c'étaient les regrets du meilleur des frères : c'était la douleur d'une mère inconsolable de vivre séparée de son plus cher enfant ; c'était enfin l'amitié qui les

III. 3

unissait toutes deux, et dont la privation laisserait un vide dans son cœur, que l'amour même de Richard ne remplirait pas entièrement. A de si pathétiques peintures, la reine faisait succéder des fêtes où la magnificence s'unissait à la galanterie, et auxquelles il était difficile que la princesse Mathilde n'assistât pas quelquefois; mais en vain le siècle étalait ses pompes, en vain la nature faisait parler ses tendresses; courageuse et modeste, la jeune vierge dédaignait tous les terrestres biens, et traversait le monde, occupée seulement du ciel.

Après quelques jours d'une navigation heureuse quoique lente, le vaisseau se trouva en vue des côtes d'Asie; et déjà on apercevait le port de Ptolémaïs, comme un point dans l'horizon, lorsque le vent, s'élevant tout-à-coup avec violence, rendit tous les efforts des matelots inutiles; le pilote lui-même abandonna son gouvernail à la fureur des flots; et, en moins de trente-six heures, la force de la tempête eût poussé le navire contre les bancs de sable qui s'étendent aux environs de Damiette; là il fut surpris par un vaisseau ennemi qui, voyant la détresse des Chrétiens, crut qu'il lui serait facile de s'en emparer; mais des sujets qui avaient à défendre leur reine, et des chevaliers qui combattaient pour la religion et la beauté, ne devaient se rendre qu'en perdant la vie. A la tête des guerriers, le plus jeune et le plus vaillant de tous, Josselin de Montmorency, l'épée à la main, résistait avec une telle intrépidité, que déjà les Infidèles commençaient à plier, lorsqu'un esquif, sorti du port de Damiette, fit changer la fortune : à la vue du drapeau jaune et noir qu'il portait, les Sarrazins s'écrièrent d'une commune voix : *Malek Adhel! Malek Adhel!* et ce nom leur rendant le courage prêt à les abandonner, ils recommencèrent le combat avec une nouvelle ardeur. Tandis que Josselin, animé d'une valeur héroïque, s'élance au milieu des ennemis, les presse, les pousse, les menace, précipite les uns dans la mer, frappe les autres, entasse les victimes, fait couler des ruisseaux de sang, et se forme un rempart des armes, des débris, et des cadavres des Infidèles; l'archevêque de Tyr, qui était auprès des princesses, ayant entendu retentir le nom de Malek Adhel, tombe à genoux, et s'écrie : « Humiliez-vous avec moi, car notre heure est venue; rien ne résiste à Malek Adhel. » La princesse obéit et se prosterne; mais la reine, d'une voix déchirante, lui dit, en fondant en larmes : « O mon père, qu'est-ce donc que cet affreux, cet horrible Sarrazin, dont la valeur va m'enlever à mon époux? — Malek Adhel est frère de Saladin : de tous les ennemis des Chrétiens, c'est le plus terrible sans doute; je l'ai vu, le fer et la flamme à la main, réduire en cendres nos bourgs et nos campagnes; sans lui jamais Jérusalem ne serait tombée, jamais Saladin n'eût fait flotter ses drapeaux sur le temple du Christ. » Guillaume achevait à peine ces paroles, qu'un bruit de chaînes et un cliquetis d'armes lui apprit que leur funeste sort était accompli; aussitôt il se hâta d'aller joindre ses frères, espérant adoucir leurs maux par ses prières; depuis long-temps il connaissait Malek Adhel, et n'ignorait pas l'ascendant que sa haute sagesse lui donnait sur l'âme de ce guerrier. Tandis qu'il l'implore, les deux infortunées princesses se retirent dans l'endroit le plus obscur du vaisseau, attendant en tremblant les chaînes dont on va les charger. La reine, au désespoir d'un événement qui la sépare de son époux, exhale sa douleur par des larmes et des sanglots, en appelant le brave Richard à son aide : Mathilde, plus résignée, quoique frémissant de se voir sous la puissance des ennemis de la foi, presse contre son sein le reliquaire de l'abbesse, et à genoux devant Dieu, lui demande un secours qu'elle n'attend que de lui. Mais tout-à-coup la porte de la chambre où elles sont renfermées se brise avec fracas; plusieurs hommes s'y précipitent : à la vue de l'habit musulman, Mathilde se détourne avec horreur, en invoquant de nouveau le saint reliquaire : le chef des vainqueurs s'approche de la reine, d'un air fier mais respectueux, et lui dit :

« Calmez votre effroi, Madame, vous n'êtes point esclave; vous serez traitée dans mon palais avec tous les honneurs dus à votre haute naissance; je vous jure, au nom du Prophète, qu'aucun des gens de votre suite ne portera des chaînes; je leur demande seulement leur parole de demeurer à Damiette, et de ne point essayer de rejoindre le camp des Croisés, avant que Saladin, mon frère, instruit de votre arrivée dans ses états, n'ait traité avec le roi d'Angleterre du prix qu'il met à votre rançon. »

Bérengère accepta avec joie des conditions généreuses qui lui donnaient l'espoir d'être bientôt rendue à son époux; touchée d'ailleurs des manières nobles et polies du prince arabe, elle répondit avec reconnaissance, promit ce qu'il demandait, et se prépara à quitter le vaisseau pour se rendre dans le palais de son nouveau maître; mais auparavant elle lui dit, en montrant Mathilde : « Seigneur, cette jeune vierge est la sœur de Richard; ne nous séparez point; la douceur de pleurer ensemble est la seule qui nous reste, et un si généreux vainqueur ne voudra pas nous l'arracher. » Malek Adhel aperçut alors la princesse, et s'approcha d'elle pour lui donner la main; mais Mathilde, dont le nom abhorré de Saladin venait de redoubler l'effroi, s'éloigna avec terreur du frère de ce grand ennemi de Dieu, et, s'enveloppant dans son voile pour ne pas le voir, elle répondit en tremblant, et sans lever les yeux, qu'elle suivrait la reine.

En arrivant sur le tillac, Malek Adhel jette un coup d'œil curieux sur ses deux illustres prisonnières, dont jusqu'à ce moment les traits lui avaient été cachés par l'obscurité : admirateur idolâtre de la beauté, la figure de la reine d'Angleterre ne fixe pas long-temps ses regards, il les détourne sur la princesse qui venait d'entr'ouvrir son voile pour descendre dans la chaloupe; ce mélange de douceur et de majesté répandu dans toute sa personne, la blancheur de ce front ingénu, le modeste incarnat de ses joues, ces timides regards attachés vers la terre, cet habit, emblème de la chasteté; enfin, ce genre de beauté inconnu au climat où vivait Malek Adhel, l'étonne, le frappe; il demeure interdit, il ne sait ce qu'il éprouve : jusqu'alors amant absolu des plus célèbres beautés de l'Asie, qui toutes maîtrisaient également ses sens, jamais son cœur n'avait été ému; pour la première fois il vient de l'être : le fier Arabe tremble devant une femme, et, sans lever les yeux, une vierge chrétienne vient d'enchaîner le frère du souverain de la Syrie, de l'Egypte, et des trois Arabies.

C'était beaucoup pour un vainqueur musulman d'être poli envers un sexe que Mahomet a destiné à l'esclavage. Malek Adhel, étranger à la croyance d'Europe, ne pouvait partager le respect religieux que l'habit de Mathilde inspirait à des Chrétiens, et, puisqu'il avait osé l'aimer, il devait oser le lui dire : aussi, chargeant un de ses officiers du soin de conduire la reine, il court à la princesse, l'enlève dans ses bras, la transporte dans la chaloupe, s'assied auprès d'elle, et veut s'emparer d'une de ses mains; mais la jeune vierge, épouvantée de l'audace du musulman, se rejette en arrière avec autant d'effroi que si l'abîme des enfers se fût ouvert devant elle; dans ce moment ses yeux se sont levés sur Malek Adhel, et la surprise la rend immobile; jusqu'à ce jour, elle s'était figuré un Sarrazin comme la plus hideuse des créatures, et semblable en tout à l'effroyable portrait que le Saint-Esprit nous fait de Satan dans les Ecritures : au lieu des traits du démon, elle aperçoit la plus majestueuse figure, un air fier et martial, un regard où la noblesse d'une belle âme se peint tout entière; étonnée, éperdue, ne sachant si un prestige infernal la séduit et l'aveugle, elle se précipite aux pieds de l'archevêque de Tyr qui vient d'arriver auprès d'elle, et, cachant sa tête contre sa robe, elle s'écrie : « O mon père, mon père.....! » Guillaume connaît l'extrême dévotion de Mathilde, et croit voir, dans le sentiment qu'elle éprouve, l'humiliation d'avoir été enlevée par un Infidèle et la douleur de se sentir sous sa dépen-

3.

dance; il la relève, l'encourage, et tandis qu'il la soutient d'une main, il porte l'autre vers son front qu'il incline devant Malek Adhel, en lui disant : « Seigneur, cette jeune fille que vous voyez devant vous, pâle et tremblante, n'appartient plus au monde : placée par sa naissance à côté du trône de Richard, elle en est descendue pour se consacrer à Dieu par des vœux d'éternelle chasteté : l'approche d'un homme est pour elle une souillure, et jusqu'à ce jour, nul chevalier chrétien n'a osé regarder d'un œil profane la vierge du Seigneur; permettez donc, ô noble Malek Adhel! que, renfermée dans l'intérieur de votre palais, à l'abri de tous les regards; fidèle à sa loi, elle demeure solitaire et cachée jusqu'à l'instant marqué pour sa délivrance par le ciel, le grand Richard, et l'illustre Saladin. » En achevant ces mots, il s'incline avec plus de respect encore et attend la réponse de Malek Adhel : celui-ci contemple long-temps la princesse, dont la confusion augmente encore la beauté; il jette de tels regards sur elle, qu'elle est obligée de cacher dans le sein de la reine son embarras et sa honte; cependant il garde le silence, hésite, ne sait à quoi se résoudre; à la fin, se tournant du côté de l'archevêque, il lui dit : « Pontife du Christ, vos paroles me semblent si étranges, que, pour y croire, j'ai besoin qu'elles me soient confirmées par la princesse elle-même; » alors, faisant quelques pas vers elle, il ajouta : « Serait-il vrai, Madame, que vos vœux soient tels qu'on vient de les exprimer, et que vous vous soyez condamnée volontairement à ensevelir dans une éternelle obscurité ces attraits qui étonnent, ravissent l'âme....? » Elle interrompt le prince, et sans le regarder, levant les yeux au ciel, elle dit: « Oh! que ne suis-je encore dans mon cloître, n'ayant jamais vu les traits ni entendu la voix d'un Sarrazin! Dieu tout-puissant, vous le savez si tous les vœux de mon cœur ne sont pas de vivre à jamais éloignée des ennemis de votre nom! — Vous voyez, illustre Malek Adhel, que je ne vous en impose pas, lui dit l'ar-

chevêque. — Oui, mon père, reprit le prince avec fierté, j'y vois les effets de cette religion fanatique que vous nommez la *très-sainte*, tandis que vous taxez la nôtre d'être impie et barbare; cependant, toute barbare qu'elle est, jamais elle n'a commandé à nos guerriers d'aller ravager votre patrie, ni à de jeunes et célestes beautés de quitter le monde et ses plaisirs pour s'ensevelir toutes vivantes dans un tombeau : au reste, la princesse est libre, elle vivra dans mon palais conformément à ses volontés, et je saurai respecter jusqu'à ses absurdes serments. »

En achevant ces mots, Malek Adhel s'éloigna, et ayant divisé l'équipage chrétien sur plusieurs chaloupes, il remonta dans l'esquif qui l'avait amené, et précéda ses prisonniers à Damiette.

Les princesses, en débarquant sur le port, trouvèrent deux litières qui les attendaient; on présenta un cheval à l'archevêque; le reste des prisonniers suivit à pied, hors le brave Montmorency, qui, n'ayant cédé qu'au nombre dans le combat, était couvert de glorieuses blessures, et, pâle, inanimé, fut mis sur un brancard, et porté presque sans vie au palais.

Durant la route, Mathilde, seule avec elle-même, repassait dans sa pensée tous les funestes événements dont ce jour avait été témoin; elle frémissait au souvenir de la témérité de l'Infidèle; mais en même temps elle s'étonnait de ne pas sentir pour lui une plus invincible horreur. Comment surtout, se disait-elle, n'ai-je pas aperçu en lui quelques traits du démon auquel il est livré? Sans doute la cause en est dans le trouble où ses discours impies avaient jeté mes esprits; et, en réfléchissant ainsi, la princesse éprouvait une secrète curiosité de revoir le jeune Arabe, afin de découvrir le signe réprobateur dont Dieu devait l'avoir marqué.

Malek Adhel habitait à Damiette l'antique palais des califes fatimites; là tout brillait de la magnificence de ses anciens possesseurs; on n'y marchait que sur le marbre; on n'y voyait que des colonnes de jaspe et de granit; et le faste de l'extérieur n'égalait pas encore celui du dedans : des appartements sans nombre, d'immenses jardins, étaient occupés par le sérail; des eunuques veillaient aux portes secrètes, et des gardes superbement vêtues, aux portes extérieures; mais le prince a destiné un autre palais pour la reine et les Chrétiens; quoiqu'étranger aux mœurs de l'Europe, il en connaît assez les délicatesses, pour savoir qu'une souveraine rougirait d'habiter avec des esclaves, et qu'un séjour de volupté est horrible aux yeux du saint archevêque; c'est donc dans un palais séparé qu'il fait conduire la reine et toute sa suite. Il veut qu'elle n'y soit servie que par des Chrétiens; il permet à Guillaume d'y célébrer les mystères de son culte, et consent même que les seigneurs et les chevaliers qui formaient le cortége de Bérengère soient introduits chez elle à certaines heures du jour. De grands et solitaires jardins entourent ce palais; quoique attenants à ceux du sérail, ils en sont séparés par de hautes murailles, et n'ont entre eux aucune espèce de communication.

Le luxe oriental qui éclate dans cette demeure étonne la reine et révolte l'humble novice : de riches tapis de Perse s'étendent sous leurs pieds, les plus doux parfums de l'encens et de la myrrhe brûlent de tous côtés, et, dans un vaste salon de jaspe, des piles de carreaux enrichis de broderies entourent un bassin, où quatre amours de porphyre versent une onde claire et rafraîchissante. Des rideaux de gaze et des jalousies entr'ouvertes ne laissent percer qu'un demi-jour, et cependant n'empêchent pas qu'on ne distingue dans les jardins le doux balancement des orangers et des roses, et les guirlandes que le jasmin et la vigne forment autour des fenêtres du palais.

Le plus riche de ces appartements est destiné pour la reine; Mathilde choisit le plus simple, et, au milieu de ces murs revêtus de marbre et de dorure, elle regrette son obscure et étroite cellule : l'archevêque, profondément affligé de l'es-

clavage de la reine et des Chrétiens, déteste d'autant plus le faste qui l'entoure, que son cœur est plus rempli d'amertume; il s'enferme dans un réduit ignoré du palais : pour tous meubles il ne veut qu'un lit grossier, pour seul ornement qu'une croix : là, il prie jour et nuit pour la délivrance de ses frères, et ne sort de cette retraite que pour aller leur porter des secours et des consolations.

Aussitôt que les princesses furent arrivées dans leur palais, Malek Adhel leur envoya des corbeilles pleines des fruits les plus exquis et des glaces de toute espèce; mais, joignant le respect à la générosité, il ne se présenta point devant elles; il leur fit même dire qu'aucun Musulman n'entrerait chez elles sans leur aveu, et que lui-même n'oserait s'y montrer que quand il aurait quelques nouvelles satisfaisantes à leur apprendre.

Durant la triste nuit qui suivit cette triste journée, les princesses cherchèrent en vain un sommeil que le souvenir de leurs malheurs interrompait sans cesse : Bérengère, occupée seulement de son époux, mouillait de pleurs sa couche solitaire, et ne pouvait adresser à Dieu que les accents passionnés d'un amour au désespoir. Mathilde, aux pieds du souverain Juge, lui offrait ses larmes et ses prières; et, s'efforçant de soumettre son âme à l'affliction qu'il lui avait envoyée, elle disait : « O grandeur infinie ! je romprai mon cœur plutôt que de murmurer contre vos décrets, et le vase de terre ne s'élèvera point contre la main qui l'a formé. Heureuse encore que vous m'ayez donné votre loi pour soutien, afin qu'elle adoucisse l'amertume des jours mauvais, et m'empêche d'être accablée de douleur dans mes épreuves. »

Le lendemain, les princesses se réunirent dans un cabinet solitaire dont elles résolurent de faire leur oratoire : on voyait sur le visage pâle de Mathilde l'empreinte d'une douleur calme et résignée, telle que la piété l'approuve et la permet, tandis que la reine portait sur ses traits défigurés l'image de la profonde désolation qui régnait au fond de son âme. L'archevêque en ce moment entra chez elles; il venait de quitter la prière pour un soin plus important encore, il venait consoler l'affligée; digne et noble prérogative de son ministère, que sa charité ne lui permettait jamais de négliger : mais la reine, accablée de tristesse, n'était pas encore en état de l'entendre, et, sans oser le dire, elle sentait au fond de son cœur que sa blessure ne cesserait de saigner que le jour où elle serait rendue à Richard; cependant, afin de pouvoir envisager un terme à ses maux, elle interroge Guillaume, et lui demande de l'instruire du caractère de Saladin, et des espérances qu'elle peut fonder sur la protection de Malek Adhel. « Mon père, lui dit-elle, vous, né dans l'Asie, depuis trente ans patriarche de Tyr, conseiller, ami des rois de Jérusalem, ayant été chargé par eux plusieurs fois d'ambassades auprès du soudan, vous devez connaître mieux que personne la cour, les usages, les caractères de nos ennemis, et m'indiquer par quels moyens on peut obtenir d'eux la grâce d'où dépend ma vie. »

« Hélas ! répondit Guillaume, il n'est que trop vrai que j'ai vu naître et croître cette puissance de Saladin, qui a renversé le trône de Jérusalem et qui menace maintenant toute l'Asie; je pourrai vous apprendre, sans doute, par quel chemin il est parvenu à ce comble de gloire où nous le voyons maintenant : je connais sa cour, sa puissance, et ses intrigues; je connais les vertus qui le distinguent et les vices qu'on lui reproche; je connais surtout le grand ascendant de Malek Adhel sur son esprit; et tout le parti que j'en aurais pu tirer pour l'avantage des Chrétiens, si on m'eût laissé seul maître de traiter avec ce prince, le plus généreux de tous les princes. Ah ! au lieu de s'entre-détruire par des guerres intestines, si nos chefs, nos Chrétiens d'Orient, eussent voulu écouter mes conseils, et qu'Amaury et Lusignan se fussent confiés à mon expérience, croyez que la Terre Sainte ne serait pas réduite à l'é-

tat déplorable où nous la voyons aujourd'hui. »

En achevant ces mots, l'archevêque soupira amèrement et se tut. Après un assez long silence, il reprit la parole et commença son récit, tandis que la reine et Mathilde, les yeux attachés sur lui, l'écoutèrent avec la plus profonde attention.

CHAPITRE IV.

« C'est à Damas, dans la cour de l'Atabek Noureddin, que Saladin et Malek Adhel furent élevés sous les yeux de leur père Ayoub. Celui-ci était loin de prévoir et de désirer la future grandeur de sa maison : fidèle à son souverain dont il était chéri et honoré, tantôt l'épée à la main il lui conquérait de nouveaux états, ou retiré dans son gouvernement de Damas, il s'occupait à lui former dans ses enfants, deux serviteurs aussi fidèles, aussi dévoués qu'il l'avait toujours été lui-même.

« Saladin n'annonçait pas dans son enfance ce qu'il devait être un jour : on ne distinguait en lui qu'une humeur indolente et des vertus paisibles, tandis que Malek Adhel, plein d'une ardeur guerrière, semblait avec la vie respirer les combats. Saladin, grave, froid, austère, réfléchissait beaucoup, parlait peu, repoussait tous les plaisirs, dédaignait l'amour, et ne voyait arriver qu'avec peine le moment où son âge le forcerait à prendre les armes. Malek Adhel, impétueux, intrépide, franc jusqu'à l'indiscrétion, se livrant avec excès à toutes les voluptés de la jeunesse, obtint par ses prières de verser son sang pour la patrie avant l'âge où la loi le permet aux Musulmans.

« C'est ainsi que le génie de Saladin, qui n'était né que pour commander, demeura muet tant qu'il fut contraint d'obéir; tandis que Malek Adhel se montra de bonne heure ce qu'il devait être toute sa vie, guerrier intrépide, ami sincère, et serviteur dévoué. Mais autant le caractère de ces deux frères était opposé, autant leurs cœurs étaient étroitement unis : ils ne se quittaient point sans regret, et ne se retrouvaient point sans joie. Cette amitié, cimentée par un même respect pour la loi de Mahomet, par une haine irréconciliable pour les Chrétiens, par des services mutuels, et surtout par le temps; cette amitié vive, profonde, qui serait l'objet de notre admiration, si ses effets ne nous avaient pas été si funestes, ne s'est point démentie jusqu'à présent, et paraît même augmenter de forces en augmentant de durée.

« Ce fut en Égypte qu'ils firent leurs premières armes, sous les ordres de leur oncle Shirkouh : celui-ci y avait été envoyé par l'Atabek Noureddin, pour chasser le calife fatimite qui régnait au Caire, et faire substituer à son autorité celle du calife de Bagdad. Shirkouh entra facilement dans un pays mal gardé, mal défendu, dont le nonchalant souverain avait abandonné le gouvernement à des tyrans subalternes. Cependant, à l'approche du général de l'Atabek, Ledin Allah se réveilla de son assoupissement ; mais n'ayant aucun moyen de repousser un si formidable ennemi, il employa ses trésors pour le séduire, et lui fit offrir, pour prix de sa trahison, avec la moitié de ses richesses, la place de grand-visir, qui, par l'étendue du pouvoir, était au-dessus de celle du calife lui-même.

« Shirkouh fut ébloui par la magnificence de ces promesses, et son ambition l'emportant sur sa fidélité, il promit de soutenir les droits de Ledin Allah, et d'abandonner ses anciens maîtres. A cette nouvelle, l'âme de Malek Adhel se révolta, il osa reprocher à son oncle la trahison dont il se rendait coupable ; Shirkouh, offensé d'une telle audace, l'en eût puni sans doute, si Saladin n'eût intercédé pour son frère, et n'eût même obtenu de lui d'accompagner leur oncle le lendemain à l'audience du calife.

« La pompe éclatante de cette cour étonna les fils d'Ayoub, accoutumés à la simplicité de celle de Noureddin ; mais ils la regardèrent avec des yeux bien différents. Tandis que la perfidie de Shir-

kouh remplissait d'indignation le cœur fier et généreux de Malek Adhel, Saladin sentait naître dans le sien des mouvements d'ambition qu'il avait ignorés jusqu'alors : ce n'était point qu'il enviât la grandeur de Shirkouh ; la seconde place d'un empire n'était pas capable de l'arracher à sa paresse, mais il sentait en même temps que l'espoir de ne voir rien au-dessus de sa puissance, pourrait faire de lui un autre homme.

« Ces sentiments ne tardèrent pas à se développer; il ne fallait qu'une occasion pour déterminer Saladin : elle arriva : Shirkouh mourut, et Ledin Allah se voyant sans défenseur, et espérant en trouver un autre dans l'aîné des fils d'Ayoub, se hâta de lui offrir la place de son oncle. L'ambitieux Saladin, qui en voulait une autre, feignit pourtant de se contenter de celle-là, et s'excusa auprès de Malek Adhel de l'avoir acceptée, en l'assurant que son intention était de n'en user que pour concourir aux vues, et se conformer aux ordres de leur maître, Atabek. Malek Adhel le crut. Mais tandis qu'il s'éloigne du Caire, qu'il combat les Chrétiens, il apprend que Ledin Allah a perdu la vie, que Saladin est monté sur son trône, et exerce la suprême puissance : il ne peut croire que son frère trahisse ainsi la foi qu'il doit à Noureddin; il ne peut croire surtout que son frère l'ait trompé. Il quitte l'armée, au milieu de ses victoires; il accourt au Caire, et se présente devant Saladin ; les larmes aux yeux, il lui peint, sous les plus vives couleurs, la honte qu'une pareille usurpation va faire rejaillir sur leur famille, le désespoir de leur vieux père Ayoub; il lui rappelle que c'est au maître qu'il veut trahir, qu'il doit jusques à la grandeur où il est parvenu. Saladin n'avait point oublié les bienfaits de l'Atabek; il respectait les cheveux blancs de son père, et aimait Malek Adhel comme jamais frère n'avait aimé un frère; cependant, inébranlable sur

---

1 Tous ces détails sur le caractère de Saladin sont vrais, et transcrits fidèlement de l'histoire de sa vie.

son trône, sentant que c'était là que le destin avait marqué sa place, les prières de son frère ne purent la lui faire abandonner; et Malek Adhel ne voulant ni combattre contre lui, ni le défendre contre Noureddin, ni demeurer spectateur oisif de la guerre, tourna ses armes contre les Chrétiens, et les fit trembler jusque dans Jérusalem.

« C'est ainsi, continua l'archevêque, que Malek Adhel, en refusant de prendre part à la grande querelle de Saladin avec l'Atabek, nous rendit victimes de son amitié pour son frère, et de sa fidélité pour son souverain. Je ne vous peindrai point les affreux ravages que son bras a exercés dans la Terre Sainte. Nous n'avons point eu de villes, nous n'avons point eu d'armées capables de résister à ce guerrier, surnommé à trop juste titre le *lion des combats*, et le *foudre des batailles*. Mais Rama et Tibériade rasées, Tripoli et Bethléem changées en un monceau de pierres, Ptolémaïs conquise, et Jérusalem enfin perdue pour la chrétienté, vous en disent plus que toutes mes paroles et que les larmes que je ne puis m'empêcher de verser au souvenir de pareils malheurs. »

L'archevêque s'interrompit une seconde fois en cet endroit, pour donner un libre cours à ses pleurs. Mathilde y mêla les siens, et aurait haï sans doute le cruel auteur de tant de calamités, si le ciel lui eût donné un cœur capable de haïr. « Mon père, dit-elle d'une voix timide à l'archevêque, il y a dans votre récit des choses qui confondent mon intelligence : comment accordez-vous des sentiments nobles et généreux au prince impie qui a renversé la cité sainte? se peut-il que les Infidèles aient quelques vertus? — Pour le malheur du monde et de la foi, ils en ont, ma fille, répondit Guillaume; vous rencontrerez dans plusieurs Sarrazins, et surtout dans Malek Adhel, la sincérité, le désintéressement, et la grandeur d'âme; mais toutes ces vertus ne sont qu'une écorce brillante, renfermant en elle une source de corruption, semblables à ces **fruits** dont nous parle l'Écriture, qui

charment l'œil par leur beauté, et ne laissent dans la bouche qu'une cendre amère et empoisonnée. » Mathilde, à ces mots, leva les yeux au ciel comme pour recommander à sa miséricorde ces malheureux Musulmans; et la reine s'écria : « Mais, mon père, dites-moi comment Malek Adhel, qui avait quitté l'Egypte pour ne pas favoriser l'usurpation de son frère, se trouve-t-il maintenant gouverneur de Damiette? — C'est ce qui me reste à vous apprendre, répondit l'archevêque; mais votre majesté permettra que je remette mon récit à un autre jour : en ce moment, le souvenir des maux de mes frères a fait saigner toutes mes plaies. Hélas! quel est celui qui les guérira? La couronne de notre tête est tombée; nos jours sont accomplis; notre fin est venue, et tout l'honneur de la fille de Sion s'est retiré d'elle : regarde, ô Eternel! notre affliction; vois s'il y a une douleur comme notre douleur, et ne ferme point ton oreille à nos cris, afin que nous n'expirions pas dans la détresse [1]! »

Durant les jours suivants, l'archevêque n'eut le temps de se trouver avec les princesses qu'à l'heure de la prière : plusieurs de ses moments étaient pris par Malek Adhel, qui l'interrogeait sur l'état de l'Europe, et le caractère des rois qui la gouvernaient : il consacrait le reste de sa journée à visiter les blessés et consoler les mourants; il s'arrêtait surtout auprès du lit de Montmorency; mais c'était moins pour affermir que pour admirer son courage; car ce jeune héros était soumis à Dieu à un tel point, qu'il aurait vu approcher la mort sans oser seulement regretter la gloire; cependant il y fut rendu à cette gloire pour laquelle il était né. Ses blessures se fermèrent, et Malek Adhel, en le sachant hors de danger par l'effet des soins qu'il lui avait fait prodiguer, Malek Adhel, noble et généreux, ne pensa point qu'il avait conservé un ennemi, mais qu'il avait sauvé un héros.

Enfin, quand l'archevêque fut libre de se retrouver auprès de la reine, elle le

---

[1] Lamentations de Jérémie.

conjura de vouloir bien continuer l'histoire des conquêtes de Saladin. Ils se réunirent avec Mathilde dans l'oratoire des princesses, et Guillaume commença ainsi :

« Pendant que Malek Adhel ruinait nos villes et nos campagnes, Noureddin se préparait à châtier son infidèle émir : il venait de rassembler une nombreuse armée, et s'avançait à grands pas vers l'Egypte, lorsque la mort le frappa, et détruisit ainsi la seule force qui pouvait mettre obstacle à l'ambition de Saladin : celui-ci, en habile politique, se hâta d'épouser la veuve de l'Atabek, et ce mariage légitimant en partie son usurpation, Malek Adhel n'hésita plus à se ranger du parti de son frère, et dès-lors, soutenu par ce bras invincible, le trône du nouveau sultan put défier toutes les puissances de l'Orient réunies.

« Les deux frères célébrèrent leur réunion par de nouvelles conquêtes : Mouhoul, Damas, Alep, tombèrent sous leurs coups; Jérusalem seule résistait encore; mais les guerres intestines qui la déchiraient, faisaient trembler tous les Chrétiens sur le sort qui lui était réservé.

« Amaury n'existait plus ; l'infortuné Baudouin V lui avait peu survécu, et Sibylle, sa sœur aînée, héritière du royaume de Jérusalem, en avait fait couronner roi Lusignan, son époux ; mais les droits de celui-ci n'étaient pas généralement reconnus. Plusieurs princes, ses tributaires, refusaient de lui prêter serment, et Conrad, marquis de Montferrat, lui disputait ses droits au trône. Ce concurrent, soutenu par Raimond, comte de Tripoli, était un ennemi redoutable; et peut-être l'eût-il emporté, s'il n'eût aliéné tous les esprits, par son caractère dur, hautain, et inflexible; au lieu que Lusignan, en cachant une ambition aussi démesurée sous un extérieur populaire et affable, se faisait beaucoup plus de partisans : d'ailleurs, profond dans ses projets, et constant dans ses entreprises, impétueux dans ses désirs, mais toujours maître de ses mouvements, faux, perfide peut-être, n'examinant jamais si un parti était injuste, mais s'il pouvait réussir, et cependant ayant l'art de persuader que ses propres intérêts n'étaient rien pour lui devant ceux de l'état, il avait obtenu de grands avantages sur un rival qui osait menacer les Chrétiens de les abandonner, pour s'allier à Saladin, s'ils ne forçaient pas Lusignan à lui céder la couronne.

« Ce fut dans ces circonstances que le roi de Jérusalem me fit appeler un jour dans son conseil, et me dit : « Mon père, si nous étions encore au temps de la première croisade, à ces temps heureux où les Chrétiens, soumis à un seul chef, sacrifiant avec joie leur bien particulier au bien général, étaient dignes de la céleste cause qu'ils étaient appelés à défendre, malgré la valeur et le nombre de nos ennemis, je ne les craindrais pas, et je ne me verrais pas réduit à l'humiliante nécessité de leur demander la paix; mais, mon père, depuis que les richesses de l'Asie ont corrompu les Chrétiens, qu'ils ont préféré l'or, les parfums, et les voluptés de l'Orient, à cette pauvreté, à cette austérité de mœurs, qui distinguaient jadis les vengeurs du fils de Marie; depuis que la Palestine enfin a vu naître successivement des princes de Sidon, des marquis de Tyr, des comtes de Joppé, des barons de Ramla, et tant d'autres seigneurs qui ont voulu se rendre indépendants du roi de Jérusalem, l'Empire, en divisant ainsi ses forces, les a perdues sans retour; et si nous n'obtenons de Saladin une trève qui nous donne le temps de demander et de recevoir des secours de l'Europe, je vois, en frémissant, le trône de Godefroi de Bouillon prêt à s'écrouler, et le tombeau du Christ, conquis par tant de sang et de sacrifices, retomber pour jamais sous la puissance de nos impies oppresseurs; dans cette affreuse situation, c'est à vos lumières, c'est à votre sagesse que j'ai recours, mon père. Révéré des Chrétiens, estimé même par nos ennemis vous êtes le seul qui puissiez soutenir notre cause avec succès : partez donc, mon père, rendez-vous à la cour de Saladin, parlez-lui, parlez surtout à Malek Adhel, il a un grand ascendant sur l'esprit de son frère ; et, quoiqu'il nous ait fait plus de mal que personne, si j'en crois ce que la renommée publie à sa louange, il sera plus que personne touché de nos malheurs ; quant aux conditions de la trève, mon père, je m'en repose entièrement sur vous ; car je sais trop combien la gloire des Chrétiens vous est chère, pour craindre de la voir se ternir entre vos mains. »

« En consentant à me charger de cette honorable et difficile ambassade, je me rangeais, aux yeux de toute la chrétienté, du parti de Lusignan ; mais, quoique je n'estimasse pas son caractère, il me paraissait plus propre que celui de Conrad à ramener la paix dans l'Empire ; d'ailleurs, ses droits étaient bien plus justes, ils étaient même sacrés puisqu'il avait reçu le serment d'obéissance de tous ses sujets ; l'honneur, la religion me faisaient un devoir de le reconnaître pour mon souverain ; en conséquence, je n'hésitai pas à me rendre, d'après ses ordres, à la cour de Damas où Saladin résidait alors.

« Je puis dire que jamais ambassadeur ne reçut un accueil plus distingué que celui que j'obtins à Damas : dès le jour même de mon arrivée, je fus admis à l'audience du sultan ; il me reçut dans sa tente, dont le luxe et le faste étaient sévèrement bannis, et où il ne se distinguait lui-même, du reste de ses sujets, que par une plus grande simplicité dans ses habits ; en m'apercevant, il m'honora d'un gracieux sourire, et le prince son frère, s'avançant vers moi avec cet air de dignité et de franchise qui lui gagne tous les cœurs, me prit par la main et me dit : « Vénérable pontife, en vous envoyant vers nous, les Chrétiens nous annoncent enfin qu'ils veulent agir de bonne foi, et que nous pouvons prendre confiance en leurs promesses : mon frère est prêt à écouter vos propositions, et moi à les soutenir auprès de lui : quoique nous sachions bien que par votre exemple et votre éloquence, vous attiriez à votre foi presque tous les prisonniers

sarrazins, nous n'ignorons pas non plus que ceux qui demeurent fidèles à Mahomet n'en sont pas moins protégés par vous, et que votre charité s'étend sur tous les malheureux ; aussi recevez-vous dans cette cour les mêmes respects, les mêmes hommages qu'on vous rend sans doute à celle de Jérusalem ; quiconque sème partout les bienfaits doit recueillir partout la reconnaissance ; un homme tel que vous ne peut avoir que des amis, et je jure, en dépit de la croyance qui nous divise, qu'il n'en trouvera nulle part un plus sincère et plus ardent que Malek Adhel. » La chaleur avec laquelle ce prince prononça ces paroles émut tous les assistants, et me toucha au point de me faire verser quelques larmes. Peut-être, continua l'archevêque, en s'adressant à la reine, votre majesté trouvera-t-elle que la modestie aurait dû fermer ma bouche sur de pareils éloges, mais c'est bien moins la vanité que le désir de vous faire connaître, Malek Adhel qui m'engage à les répéter. — Mais, mon père, interrompit vivement Mathilde, comment n'avez-vous pas profité de votre séjour auprès de ce prince pour ouvrir ses yeux à la lumière ? — Je l'ai tenté plus d'une fois, ma fille, reprit Guillaume, mais sans doute l'instant marqué par Dieu n'était pas arrivé encore : je veux croire qu'il viendra, et qu'une âme si magnanime ne restera pas éternellement dans les ténèbres. — Mon père, continua la princesse, ne priez-vous pas quelquefois pour sa conversion ? — Tous les jours, ma fille, car une pareille conversion serait plus utile à la chrétienté que le gain de plusieurs batailles ; et, si la reine le permet, chaque matin et chaque soir nous implorerons pour le prince, dans nos prières communes, le Dieu des miséricordes. » Bérengère assura qu'elle y consentait de grand cœur, et la princesse ajouta un peu vivement : « Mon père, vous nous continuerez demain votre intéressant récit : mais maintenant, je crois que l'heure de la prière a sonné. » L'archevêque se leva à ces mots pour commencer les saintes cérémonies; on assembla tous les Chrétiens captifs qui par leur rang, pouvaient être admis en la présence de la reine. On voyait près de l'autel le vieux duc de Norfolk; courbé par le poids des ans, il ne demandait à Dieu qu'assez de vie pour aller mourir dans le camp des Chrétiens : plus loin, quelques femmes éplorées élevaient leurs mains et leurs cœurs vers celui qui pouvait seul mettre fin à leur esclavage : un peu plus loin, le jeune Josselin de Montmorency, pâle, faible encore, jetait un regard timide sur la fille des rois, et s'étonnait que ce ciel, qui se l'était réservée, eût permis qu'elle tombât sous le joug des Infidèles. La reine, prosternée devant son prie-dieu, sur des coussins de velours, occupée d'un sentiment unique, ne pouvait parler et prier que pour un seul objet, tandis qu'agenouillée sur le marbre, Mathilde, du fond d'une conscience tranquille, faisait monter vers le ciel, pour la conversion du prince, des prières innocentes et pures qui auraient pu se mêler avec celles des anges.

CHAPITRE V.

Peu de jours après, l'archevêque se disposait à continuer aux princesses l'histoire des succès de Saladin, lorsqu'un eunuque noir, apportant un message de Malek Adhel, fut introduit chez la reine, et lui dit que le prince la faisait prévenir qu'ayant une nouvelle importante à lui communiquer, il allait se rendre dans l'instant auprès d'elle.

A cette annonce, la jeune vierge rougit et se leva en regardant l'archevêque, comme pour lire dans ses yeux si elle devait s'éloigner ou attendre le prince. Guillaume réfléchit quelques minutes, puis, prenant Mathilde par la main, il la fit asseoir entre la reine et lui. « Il faut rester, ma fille, lui dit-il ; la moindre marque de défiance pourrait offenser le prince, et le plus sûr moyen de contenir les âmes grandes et généreuses, est d'avoir l'air de se fier à elles; d'ailleurs, Malek Adhel a, par sa discrétion, mérité notre confiance, puisque, depuis votre séjour à Damiette, voici la première fois qu'il ose se présenter devant vous. » A ces mots, la docile Mathilde s'assit en baissant son voile sur son front virginal. Bérengère, toujours occupée de son époux, ne doutait pas, du moment qu'on lui annonçait une nouvelle importante, qu'il pût être question d'autre chose que de lui ; elle allait interroger l'archevêque, lorsqu'elle fut interrompue par Malek Adhel, qui, suivant de près son message, parut tout-à-coup devant eux.

Après s'être avancé vers la reine et l'avoir saluée d'un air également doux et respectueux, il se retourna vers la princesse, la regarda long-temps et non sans émotion. A la fin s'adressant à l'archevêque, il lui dit : « Vénérable père des Chrétiens, ce n'est pas d'aujourd'hui que nous nous connaissons ; si nos croyances sont différentes, j'ose penser que nos âmes ne le sont pas, et qu'en parlant de moi à mes illustres captifs, vous ne m'avez pas représenté comme un maître implacable et un ennemi sans miséricorde ? — Les princesses peuvent vous dire, répondit Guillaume, dans quels termes je me suis exprimé sur votre compte. — Seigneur, interrompit vivement Bérengère, l'archevêque nous a confirmé ce que la renommée nous avait déjà appris ; nous savons que Malek Adhel est un héros aussi brave que magnanime, toujours vainqueur au champ de bataille, toujours clément après la victoire ; si, les armes à la main, il subjugue les plus fiers courages ; quand il les a posées, il ne résiste point aux larmes de l'infortune. Seigneur, vous voyez devant vous une reine gémissante ; ce n'est point son trône qu'elle pleure et vous redemande, c'est son époux, un époux que seul vous pouvez lui rendre, puisque vous êtes maître de son sort. — Non, Madame, je ne le suis point, reprit Malek Adhel avec attendrissement ; si je l'étais, soyez sûre que vos chaînes seraient déjà brisées ; mais j'ai voulu vous dire moi-même que demain j'envoie demander votre liberté à mon frère, au grand Saladin, après

Mahomet le plus grand des humains ; il ne voudra pas prolonger vos peines ; confiez-vous à sa bonté, Madame, à mes prières, et à son amitié pour moi. Mais ne pourrais-je savoir, continua-t-il, en s'adressant à la princesse, avec un sentiment de crainte et d'embarras dont il s'étonnait lui-même, ne pourrais-je savoir si la sœur de Richard partage l'opinion flatteuse que la reine a de moi, si elle daigne me regarder aussi favorablement ? » La vierge, qui avait toujours tenu ses yeux baissés vers la terre depuis l'entrée du prince, les releva timidement vers lui à cette question, et répondit : « Comment pourrais-je avoir une opinion à cet égard, quand ma pensée ne peut comprendre qu'il soit quelques vertus parmi les Infidèles ?.... Mais, s'il est vrai qu'ils en possèdent, quels prodiges d'ingratitude sont-ils donc, puisqu'ils méconnaissent le Dieu de qui ils les tiennent ? » Le prince tressaillit à ce mot ; la hardiesse d'une telle parole et la timidité du maintien de la princesse offraient un contraste si étrange, qu'il la regardait en silence sans pouvoir ni lui répondre, ni la comprendre ; Bérengère craignant qu'il ne fût offensé, se hâta d'excuser sa sœur : « Pardonnez, Seigneur, lui dit-elle, la témérité d'une jeune fille qui, élevée loin du monde, ne connaît que la loi de Dieu, et ignore le respect que l'on doit aux grands de la terre ; mais son intention est si louable, que la manière dont elle s'est exprimée ne doit point vous irriter. — M'irriter ! interrompit vivement le prince ; ah ! Madame, soyez sûre qu'il n'est pas en la puissance de la princesse d'Angleterre de pouvoir m'irriter contre elle. — En disant toute sa pensée, la princesse Mathilde n'a fait que suivre son devoir, reprit le pieux Guillaume, car le Dieu qui l'inspire, ce Dieu auquel elle est consacrée, ne permet point que son zèle soit arrêté par de frivoles considérations ; qu'est-ce que la naissance, qu'est-ce que le rang et les honneurs du monde pour celle qui les a sacrifiés à son salut ? Prince, ajouta-t-il, en s'adressant à

Malek Adhel, ce langage ne doit point vous surprendre, car si vous vous rappelez les fréquents efforts que j'ai faits pour vous attirer au vrai Dieu durant mon séjour à Damas, les vœux de mon cœur vous sont bien connus, et vous pouvez imaginer avec quelle ardeur je joins mes prières à celles que la reine et la princesse adressent chaque jour au ciel pour votre conversion. — Est-il vrai, s'écria Malek Adhel, en jetant des regards pleins de feu sur Mathilde, est-il vrai qu'une bouche si charmante prononce mon nom sans colère ? Est-il vrai, Madame, que, malgré ma croyance, vous preniez quelque intérêt à moi ? ».

La princesse, les yeux attachés vers la terre, et la rougeur sur le front, lui répondit d'une voix calme : « Votre croyance me fait horreur ; votre aveuglement me fait pitié. L'empire du démon, qui s'étend à l'aide de votre bras, ferait place à celui du Christ, si vos yeux s'ouvraient à la lumière ; puis-je trop demander cette grâce à Dieu ? — Ah ! Madame, interrompit le prince, en saisissant sa main, il faut bien que ce Dieu ne soit pas le vrai Dieu, car s'il vous entendait, et qu'il fût tout-puissant, résisterait-il à votre voix, et n'exaucerait-il pas vos prières ? » La vivacité du jeune Arabe troubla la vierge ; elle retira sa main, fit quelques pas en arrière, et levant vers l'archevêque des yeux pleins de confusion et d'innocence, elle lui dit : « Ne puis-je pas me retirer maintenant, mon père ? » Guillaume lui fit signe qu'elle le pouvait ; Malek Adhel n'osa point la retenir, mais à peine fut-elle sortie, qu'il s'écria : « De quel ciel cette fille est-elle descendue ! Assurément ce n'est point une créature humaine, et les houris que le Prophète nous promet ne peuvent avoir cette ravissante beauté. — La beauté de la fille des rois n'est point une beauté profane, répondit gravement l'archevêque ; elle vient du dedans, et ses traits brillent de la pureté de son âme : si elle perdait son innocence, elle ne serait plus qu'une beauté ordinaire. — Non, non, interrompit le prince, l'amour lui prêterait, s'il est possible, de nouveaux charmes. Heureux, mille fois heureux celui qui la verra embellie par l'amour ! » A ce mot, le cœur de l'archevêque fut saisi d'effroi; car dès-lors il prévit et les désirs du prince et les dangers de Mathilde; mais sa longue expérience lui fit sentir l'obligation d'opposer la ruse à la force; il feignit donc de n'avoir pas compris le sens de ces paroles; et la reine, qui les avait à peine écoutées, rompit le silence, et, suivant toujours la seule pensée qui l'occupait, elle dit : « Seigneur, vous n'ignorez point sans doute ce qui se passe au camp des Croisés : s'est-il livré quelque bataille ? mon époux a-t-il combattu? le vaillant, le noble Richard n'est-il point blessé ? — Si j'en crois les nouvelles que je reçois de l'armée, répondit Malek Adhel, la discorde qui règne parmi les Chrétiens aura bientôt mis fin à cette funeste guerre, sans que nous ayons à peine besoin de les combattre; depuis l'arrivée du roi d'Angleterre en Syrie, il n'y a point eu d'action générale; mais seulement quelques combats particuliers, où votre époux a fait briller sa valeur et s'est acquis une gloire nouvelle, sans qu'il en doive rien coûter à votre repos : peut-être, Madame, pourrai-je vous en dire davantage à mon retour. — Eh quoi ! seigneur, interrompit Bérengère effrayée, partez-vous pour Ptolémaïs, et votre invincible épée va-t-elle se diriger contre le cœur de mon époux? — Non, Madame, reprit le prince : la volonté de mon frère me retient encore en Egypte; il me commande de me rendre au Caire, pour y rassembler de nouvelles troupes, et je reviendrai attendre ici le moment où il m'ordonnera de les lui amener. Durant mon absence, vous commanderez seule dans ce palais, vos moindres ordres y seront respectés : je demande seulement qu'en faveur de nos usages, qui commandent aux femmes une retraite sévère, les seigneurs de votre cour se montrent peu chez vous, et que vous ne donniez à aucun le droit d'entrer dans vos jardins. Cette demande ne vous regarde point, mon père, continua-t-il,

en s'adressant à l'archevêque; le respect dû à votre caractère, la profonde vénération que vos vertus m'ont inspirée, me disposeraient plutôt à obéir à tous vos ordres, qu'à oser vous en donner : je sens que vous êtes ici la seule consolation et l'unique appui des princesses; ne les quittez donc point, et que la liberté que je vous laisse de ne jamais les perdre de vue, vous assure du moins de la pureté de mes intentions. » Alors il réitéra à Bérengère la promesse de parler en sa faveur à Saladin, et sortit de l'appartement.

A peine furent-ils seuls, que Guillaume dit à la reine : « Votre majesté ne frémit-elle pas des dangers auxquels la princesse va être exposée? Sa beauté a enflammé l'Infidèle, et je ne connais que trop Malek Adhel : son âme est généreuse, mais ses passions sont violentes; et habitué comme il l'est à les écouter, si Dieu ne vient au secours de la vierge, sa vertu ne la sauvera pas. — Mon père, reprit la reine, ne vous exagérez-vous pas vos craintes? Suffit-il d'un jour, d'un instant, pour faire naître une passion? Le prince ne connaît point ma sœur, il n'a vu que sa beauté; et, quoique la beauté soit beaucoup, ce n'est pas assez cependant pour inspirer un attachement durable. — Madame, répondit l'archevêque, nous ne sommes point ici en Europe, où les femmes, libres dans leurs choix, ont besoin de temps pour aimer et pour être aimées, parce qu'elles ne peuvent former que des liens exclusifs et indissolubles; que le bonheur de ces liens ne s'appuie que sur des vertus, et que les vertus ne se découvrent qu'avec l'aide du temps; mais en Orient, où les femmes sont assujetties à un maître qui en dispose à son gré, les qualités de l'âme sont comptées pour rien, les charmes extérieurs sont tout, et pour les voir et s'en laisser enflammer, il ne faut qu'un instant. — Ainsi, mon père, vous croyez donc que le prince a conçu de l'amour pour Mathilde? — Je suis surpris qu'un pareil malheur ait échappé à la pénétration de

votre majesté. — Mais, mon père, pourquoi appeler cet amour un malheur? Ne
savez-vous pas qu'il est impossible de
résister à ce qu'on aime? et s'il est vrai
que Mathilde soit chère au prince, elle
n'aura besoin que d'un mot pour faire
tomber nos chaînes, et obtenir de lui
qu'il nous renvoie au camp des Croisés.
— Mon caractère, reprit Guillaume avec
gravité, m'a toujours préservé de ce délire que vous nommez amour; mais, autant qu'il m'a été permis de l'observer
dans les autres, il m'a paru que, pour
l'homme qui en était atteint, il n'y avait
ni devoirs, ni serments, ni rien de sacré
sur la terre, qu'il ne consentît à braver,
et qu'enfin il était capable de tout faire
pour l'objet de son amour, si ce n'est de
lui immoler cet amour, et de lui sacrifier ses désirs; ainsi, je puis bien croire
que Malek Adhel accorderait tout aux
prières de la princesse, hors ce qui tou-
cherait les intérêts de sa passion; pourvu
qu'elle lui reste, peut-être romprait-il
nos chaînes; mais, Madame, serait-ce
assez, et si votre sœur ne vous suivait
pas, auriez-vous le courage de partir? —
Mon père, reprit la reine en hésitant,
de quel secours ma présence pourrait-elle
être à Mathilde? que dis-je, ne lui serais-
je même pas plus utile, en allant demander à Richard de venir la délivrer l'épée
à la main, qu'en restant à gémir ici avec
elle? Sans doute, mon père, vous ne
vous défiez pas de sa vertu, et vous ne
pouvez croire qu'un prince, tel que vous
nous avez peint Malek Adhel, soit capable d'une violence criminelle? — Je vois,
reprit l'archevêque d'un air surpris,
qu'on ne peut porter la tendresse conjugale plus loin que votre majesté, puisqu'elle pourrait vous donner le courage
d'abandonner la princesse. Non, Madame, je ne me défie point de la vertu
de cette chaste enfant; mais, auprès de
Malek Adhel, la séduction sera terrible,
et jamais peut-être plus rude combat
n'aura éprouvé l'innocence. Votre majesté connaît trop bien l'ardent amour
qui m'attache à la foi du Christ, pour
supposer qu'un prince mahométan puisse

m'inspirer un fol enthousiasme; mais,
j'ose vous le déclarer, Madame, ni Philippe-Auguste, ni l'illustre Richard, les
deux plus grands rois de la chrétienté,
ne possèdent cette réunion d'éclatantes
vertus, cette grâce de l'esprit, ce charme
entraînant du cœur, qu'on remarque
dans Malek Adhel; mais dans l'erreur à
laquelle il est livré, tant de brillants avantages ne sont que des sources de corruption, et ne servent qu'au malheur du
monde; vous le dirai-je, Madame, ils ont
séduit une fille chrétienne, une fille qui
était née près du trône, dans cette Jérusalem où son père avait régné, et où son
Dieu était mort, la fille d'Amaury et de
Marie, nièce de l'empereur de Constantinople, cette Agnès si célèbre dans tout
l'Orient par sa beauté et par sa valeur,
qui, l'épée à la main, brava mille fois la
mort, et s'élevant ainsi au-dessus des
habitudes de son sexe, dont elle voulait
être la gloire, en devint bientôt l'opprobre, et en méconnaissant les devoirs
comme elle en avait oublié la pudeur.
Fière héroïne, toi qui méprisais les modestes vertus de tes compagnes, qui riais
de les voir se plaire dans la retraite et
l'obscurité, et t'enorgueillissais de ta supériorité, parce que tu pouvais répandre
le sang, pour avoir eu un cœur sans pitié il n'a pas été sans faiblesse; et sans
doute, si, au milieu des exercices des
guerriers, du bruit des batailles, et des
regards des hommes, tu n'avais pas appris à ne rougir de rien, tu aurais rougi
de ton amour pour un Sarrazin. — Que
dites-vous? ô ciel! s'écria la reine avec
effroi. — Une vérité cruelle, affreuse,
au souvenir de laquelle mon cœur sai-
gne tous les jours : mais j'entrerai dans
tous les détails de cette déplorable aventure, lorsque je reprendrai l'histoire de
Saladin, et peut-être alors pourrez-vous
mieux juger de ce que nous avons lieu
de craindre et d'espérer du caractère de
Malek Adhel. »

Peu de jours après cette conversation,
la reine fit dire à l'archevêque qu'elle allait se rendre avec Mathilde dans le berceau d'orangers le plus voisin du palais,

et qu'elle le priait de venir les y joindre, afin de leur achever le récit qu'elles étaient si impatientes d'entendre.

Bérengère et sa sœur, se tenant par le bras, couvertes de leurs voiles, descendirent dans les jardins. En attendant l'archevêque, elles se promenaient tranquillement autour du berceau d'orangers, lorsque tout-à-coup, du milieu d'un épais buisson, dont les branches touffues s'étendaient le long de la muraille qui fermait le jardin, un bruit inattendu les fit tressaillir. Bérengère s'avança : elle vit avec surprise une petite porte secrète, fabriquée dans le mur, se dérobant à tous les regards sous le feuillage qui la cachait, s'ouvrir à l'instant, et une esclave tremblante, éperdue, accourir et tomber à ses pieds. A la vue d'une suppliante, Mathilde, dont la frayeur avait suspendu la marche, vint à elle pour la relever ; mais l'esclave, collant ses lèvres sur la robe de la princesse, s'écria : « O cher et saint habit ! ô brillante et bienheureuse croix ! ô vierge digne de la porter, soyez bénie mille fois ! Ah ! Madame, ajouta-t-elle, en se débattant contre Mathilde qui s'efforçait toujours de la relever, que vos chastes mains ne me touchent point : je suis une malheureuse souillée du plus noir des crimes ; j'ai renié mon Dieu et ma patrie, pour suivre en ce lieu impie ma royale et coupable maîtresse. Séduite par le plus grand des héros, elle sacrifia tous ses devoirs à sa folle passion, et ne doutait point de régner toujours dans le cœur de Malek Adhel, et de partager avec lui la puissance de Saladin ; mais au lieu de cette gloire, de ce bonheur qu'elle attendait, Malek Adhel l'accable de mépris ; il traite la fille d'Amaury, qui s'est donnée à lui, comme les esclaves qu'il achète ; elle se meurt de douleur et de honte. Plus d'une fois elle a voulu reprendre ses armes, et quitter ce séjour abominable ; l'amour la retenait, et plus encore la crainte de reparaître dans sa patrie irritée : quelquefois, saisissant sa redoutable lance, elle a voulu appeler au combat son ingrat amant : il lui

répondait qu'il ne savait pas se battre contre une femme, ni aimer une femme qui savait se battre ; enfin, Madame, quand nous avons appris que vous étiez prisonnière à Damiette, mais traitée en reine par Malek Adhel, j'ai conjuré ma maîtresse de me permettre de chercher le moyen de parvenir jusqu'à vous, afin d'implorer votre secours : sa fierté ne pouvait s'y résoudre ; mais ce matin, un nouvel affront l'a déterminée à briser, si elle peut, les chaînes où on la retient, et à remettre son sort entre vos mains. Le croiriez-vous, Madame ? ce n'était point assez pour le prince de confondre la fille d'Amaury avec la foule de femmes qui remplit son sérail ; ce n'était point assez de la traiter avec une froideur insultante ; ce n'était point assez enfin de renoncer à elle ; il veut la livrer à un autre époux, avant de partir pour le Caire. En sortant de votre palais, Madame, le prince a déclaré à toutes ses femmes qu'il allait leur choisir des époux parmi les émirs de la cour, et cet ordre humiliant, auquel des esclaves pouvaient obéir, croiriez-vous qu'il a osé le donner aussi à la princesse de Jérusalem ! Celle-ci, justement indignée, lui a répondu qu'elle voulait quitter à l'instant même le palais du tyran qui la menaçait d'un pareil opprobre : Malek Adhel s'y est opposé. « En vous donnant à moi, lui a-t-il dit, en adoptant le culte de Mahomet, vous êtes devenue esclave, et les lois du sérail m'interdisent de vous rendre la liberté ; choisissez donc, ou de l'époux que je vous propose, ou d'une éternelle captivité ; et qu'à mon retour du Caire, je vous trouve déterminée. » En achevant ces mots, il s'est éloigné, et la princesse, désespérée, se jetait sur son poignard pour terminer sa misérable vie, lorsque j'ai arrêté sa main : alors, à force de prières et de gémissements, j'ai obtenu d'elle de venir en son nom implorer votre protection. « Va donc, m'a-t-elle dit, va supplier cette reine d'Europe de jeter un regard de pitié sur mon infortune : dis-lui de quel affront la princesse de Jérusalem est menacée, c'en sera assez sans doute pour l'engager à m'y soustraire. » Aussitôt, Madame, j'aurais volé dans votre palais, si j'avais été libre de sortir de celui du prince; mais, ne l'étant point, j'ai cherché par quel moyen je pourrais arriver jusqu'à vous; en marchant le long des murs du jardin du sérail, j'ai découvert une issue secrète, cachée comme de ce côté-ci, par d'épaisses touffes de verdure, et qui est ignorée de Malek Adhel lui-même; c'est par-là, c'est sous mes habits, que ma maîtresse viendra tomber à vos sacrés genoux, et je vous conjure, au nom du divin Sauveur, qui ne repoussa jamais les cris du cœur brisé, je vous conjure d'arracher cette triste victime des mains du cruel Sarrazin qui l'outrage, et de vouloir bien protéger sa fuite et la mienne. »

En parlant ainsi, l'esclave prosternée baissa son front sur la poussière et attendit la réponse de la reine. Bérengère ne la fit point attendre; son cœur tendre et compatissant était toujours empressé de soulager les pleurs de l'infortune et du repentir; elle répondit donc avec une dignité mêlée d'indulgence, que, quoique esclave elle-même, elle promettait à la fille d'Amaury de mettre tous ses soins à favoriser son évasion, dans le cas où elle ne pourrait pas obtenir de Malek Adhel la permission de la laisser partir librement : « Mais, ajouta-t-elle, j'exige une promesse de la princesse de Jérusalem; après une faute comme la sienne, elle doit sentir que le monde lui est à jamais fermé, et qu'il ne peut plus y avoir d'asile pour elle parmi les Chrétiens, que dans le cercueil de la pénitence. — Oui, Madame, s'écria l'esclave, c'est bien là où nous voulons nous ensevelir toutes les deux, et où d'éternelles larmes n'effaceront jamais assez notre irréparable faute. — Si telle est votre intention, reprit la reine, recevez ma parole royale de ne jamais vous abandonner ni l'une ni l'autre : mais dites-moi, sait-on quel est le motif de l'étrange conduite du prince, et pourquoi ses femmes lui sont devenues tout-à-coup si odieuses. — On assure, Madame, re-

partit l'esclave, qu'un amour nouveau, né d'un regard et d'un instant, en est cause; que cet amour pur, chaste, généreux, semblable à celui qu'éprouvent nos chevaliers, et digne en un mot de l'objet qui l'inspire, est ce qui ferme le cœur de Malek Adhel à tout autre désir. — Et nomme-t-on, demanda la reine, celle qui a produit un si merveilleux effet? — Oui, sans doute, Madame, on la nomme; mais votre majesté me pardonnera si le respect qu'inspire un nom si beau, si révéré, m'empêche de le prononcer devant elle. »

Bérengère pénétra facilement ce que l'esclave voulait taire, mais Mathilde ne devina rien : elle avait écouté l'histoire de la fille d'Amaury avec une sorte d'effroi : son innocente pensée se refusait à comprendre des crimes si nouveaux, et cependant elle ne pouvait s'empêcher d'être troublée par les images qu'on lui présentait : ne venait-elle pas d'entendre qu'une fille chrétienne avait renié sa patrie et son Dieu; qu'elle avait choisi un Musulman pour maître; qu'elle encensait les autels de Satan; et pourrait-on s'étonner de la secrète horreur qui remplissait son âme, et du tremblement universel qui l'avait obligée de s'appuyer contre un arbre pour se soutenir? « Mon Dieu! Madame, s'écria l'esclave, en se relevant tout-à-coup, n'est-ce point l'archevêque de Tyr qui s'avance vers vous? Ah! je fuis; je ne peux supporter encore sa présence; hélas! l'idée de paraître à ses yeux est la plus mortelle des craintes qui agitent ma maîtresse. — Les paroles du pieux Guillaume sont pourtant si consolantes et si douces! répondit la princesse. — Elles le sont pour vous, Madame, qui êtes pure et sans reproche, reprit l'esclave; mais pour les consciences criminelles, ô que les regards de l'homme de bien sont terribles! »

En parlant ainsi, elle referma vivement la petite porte sur elle, et la reine, s'avançant vers l'archevêque, lui raconta ce qu'elle venait d'entendre; Guillaume fut surpris, mais remercia le ciel de ce qu'il avait enfin touché le cœur de l'infidèle princesse de Jérusalem. « Elle a tort de me craindre, dit-il; si son repentir est profond et sincère, je la soutiendrai contre les terreurs que l'énormité de son crime a dû lui donner. Et vous, ma fille, ajouta-t-il, en s'approchant de Mathilde, vous qui semblez encore épouvantée de l'effroyable histoire dont on vient de souiller vos chastes oreilles, croyez que la Providence n'aurait pas permis que vous entendissiez de pareilles choses, si leur connaissance ne devait pas vous être utile un jour : sans doute, vous êtes destinée à des épreuves dont votre seule innocence ne vous sauverait pas, et c'est parce que la sagesse divine a prévu que vous auriez besoin des lumières de la vertu, qu'elle vient d'ouvrir vos yeux à l'image du mal, pour vous faire mesurer l'abîme où les passions précipitent; mais, venez, mon enfant; suivez la reine avec moi; nous allons reprendre et finir l'histoire de Saladin; vous entendrez les malheurs de vos frères; vous pleurerez sur leurs châtiments, surtout sur leurs fautes, et vous apprendrez, par leur exemple, qu'il ne faut pas s'attendre à reposer doucement sur cette terre, mais à y souffrir beaucoup. »

À la vue de cet avenir qu'on lui présentait, Mathilde soupira profondément; et agitée de mille craintes confuses qu'elle ne pouvait ni comprendre ni définir, elle s'achemina en silence vers le berceau d'orangers, où l'archevêque reprit en ces termes le triste récit des victoires musulmanes.

CHAPITRE VI.

« Je n'avais pas encore passé un mois à la cour de Damas, que, grâce à la protection de Malek Adhel, j'avais obtenu de Saladin une trève de trois ans, mais à des conditions si avantageuses, que Lusignan lui-même n'aurait jamais osé en demander de pareilles. Malek Adhel, plein d'une généreuse confiance, avait engagé son frère à se livrer à ma seule parole, à n'exiger de moi pour otage ni ville, ni citadelle, ni château fort, et l'amitié l'avait obtenu de Saladin, en dépit des représentations de la prudence : déjà le traité venait d'être signé, déjà le sultan avait donné des ordres pour qu'on suspendît jusqu'à l'expiration de la trève les fortifications qu'il faisait élever à Rama, lorsque le marquis de Tyr, apprenant des nouvelles si favorables pour son rival, oublia sans doute qu'elles l'étaient plus encore pour les Chrétiens, et se décida à détruire par une perfidie, tous les succès que j'avais obtenus et le bien que je venais de faire : c'est le moment où les hostilités sont suspendues, où la trève va être jurée, et la paix solidement établie, qu'il choisit pour armer ses soldats et aller attaquer, piller, ravager une caravane chargée de trésors que Saladin envoyait à la Mecque et à la Caabah[1].

« À la nouvelle de cette trahison, la cour de Damas, où j'étais encore, retentit de cris de fureur; le sultan ne voulut point comprendre que les intérêts de Lusignan étant opposés à ceux de Conrad, le crime de celui-ci ne devait point être imputé à l'autre; il ne vit que son outrage; il crut que tous les Chrétiens en étaient complices et méritaient également sa vengeance; aussi dans le premier mouvement de son indignation, il ordonna que je fusse chargé de chaînes et jeté dans un cachot; Malek Adhel s'y opposa, quoiqu'il partageât dans le ressentiment de son frère contre les Chrétiens, quoiqu'il dût être d'autant plus irrité contre eux, qu'il avait répondu de leur bonne foi sur sa tête; il osa représenter à son frère « que la perfidie de leurs ennemis n'autorisait pas la leur, que la personne d'un ambassadeur devait être sacrée, et que tout en détestant ceux dont je soutenais les intérêts, il défendrait ma liberté et ma vie jusqu'à la dernière goutte de son sang. » Saladin lui répondit : « Je mets un bien moindre prix à l'Empire que je possède, qu'à l'ami qui vient de m'empêcher de commettre une grande faute! Fais ce que tu voudras; je remets la per-

[1] Temple de la Mecque.

III. 4

sonne de l'archevêque sous ta garde. — Tes sujets, reprit Malek Adhel, sont si justement indignés contre le peuple téméraire qui a osé attenter au trésor que tu envoyais au tombeau du Prophète, que je ne crois pas que l'archevêque de Tyr pût traverser tes états avec sûreté; permets donc que je l'accompagne jusqu'aux portes de Jérusalem, et, ce devoir rempli, permets-moi d'en remplir un autre non moins sacré; permets-moi de venger mon frère, le Prophète, et la foi des traités odieusement violée. — Je le veux, s'écria Saladin; je veux aussi, qu'avant peu de jours nous mettions le siège devant Jérusalem, et que ce sabre que je te donne en ce moment, soit le premier que je voie briller sur le haut de ses remparts. — Tu l'y verras, reprit Malek Adhel, en pressant le soudan contre sa poitrine; tu sais que ton frère ne t'a jamais rien promis en vain. — Je le sais, dit le sultan, et je lis dans tes yeux que les Chrétiens sont perdus. — Ils le sont, » s'écria vivement le prince; et ils se séparèrent.

« Malek Adhel n'exécuta que trop fidèlement la promesse qu'il venait de donner à son frère; après m'avoir conduit jusqu'aux terres des Chrétiens avec des soins si généreux que la reconnaissance me fait un devoir de ne jamais les oublier, il poursuivit l'armée de Conrad qui revenait vers Tyr, chargée des dépouilles de la caravane; il l'attaqua, la battit, et fit un grand nombre de prisonniers, parmi lesquels on comptait Raimond de Tripoli et Renaud de Châtillon : mais à peine achevait-il cette victoire, qu'il entend parler de la bataille qui va se donner à Tibériade; pour notre malheur, il y court; et pour notre plus grand malheur encore, Lusignan refuse d'écouter mes avis, et, loin de se renfermer dans les murs de Jérusalem, ainsi que la prudence le lui demandait, il fait ouvrir les portes de la ville, sort à la tête de son armée et accepte le combat qu'on lui propose. Vous n'avez que trop entendu le récit de cette fameuse et à jamais déplorable journée, qui abat-

tit presqu'entièrement la puissance chrétienne dans l'Orient : le corps des Templiers détruit, les plus illustres capitaines privés de vie, le roi lui-même fait prisonnier, n'étaient que les terribles avant-coureurs d'un malheur bien plus terrible. Jérusalem résistait encore; mais que pouvaient des femmes, des vieillards, des enfants, qui pleuraient leurs chefs et leurs soutiens, contre une armée triomphante et nombreuse? En vain Sibylle s'efforçait-elle d'encourager le peu de soldats qui nous restaient; en vain répétai-je à ce peuple éperdu, qu'il valait mieux mourir sur le tombeau de son Dieu, que de l'abandonner aux mains des Infidèles. On ne nous répondait que par un morne silence; l'horrible famine abattait tous les courages, le Temple saint était désert; on ne voyait que des visages pâles et livides se traîner dans les rues comme des ombres pour y disputer la pâture des plus vils animaux; on n'entendait que les sourds gémissements de la faim et les derniers soupirs de la vie. Ainsi se vérifièrent sous nos yeux les tristes paroles du prophète :

« Les anciens de la fille de Sion sont « assis sur la poussière, et se taisent. Ils « ont mis de la poudre sur leurs têtes et « se sont ceints de sacs; les vierges de « Jérusalem baissent les yeux vers la « terre, et pleurent. »[1]

Hélas! Madame, comment vous peindrai-je ce jour de désolation où il fallut se résoudre à capituler : ce jour où la triste Jérusalem ouvrit ses portes à un vainqueur superbe, et vit en frémissant le bras de Malek Adhel arborer le premier sur ses murailles les odieuses enseignes du croissant. Cependant je dois convenir que c'est à la protection de ce prince que nous dûmes une capitulation plus honorable, et la permission de nous retirer à Antioche avec nos familles et nos trésors; il délivra tous les prisonniers qu'il avait faits à Tibériade, et paya de ses deniers la rançon des captifs dont il ne disposait pas; il donna de riches

[1] *Lamentations de Jérémie*, ch. II, v. 10.

présents aux femmes dont les époux avaient péri dans le combat; il voulut que les blessés fussent traités à ses dépens, et obtint de Saladin, que les frères Hospitaliers continueraient à en avoir soin jusqu'à leur parfaite guérison; enfin, Madame, j'avoue qu'en cette circonstance ce prince fit éclater des vertus inconnues à ce siècle; l'Orient étonné les admira, les Musulmans en étaient fiers, les Chrétiens en étaient touchés : mais tous le louaient, le bénissaient; et c'est à ce foyer d'adoration universelle que s'allumèrent les premières étincelles de la funeste passion qui perdit la fille d'Amaury. Cette princesse était avec Lusignan à la tête de l'armée qui fut vaincue à Tibériade, portant sa valeur partout où le carnage était le plus terrible : elle se trouvait toujours auprès de Malek Adhel; plusieurs fois ils combattirent ensemble; elle résista longtemps; enfin, obligée de céder, elle apprit à son vainqueur étonné que l'ennemi qu'il avait eu tant de peine à soumettre, était une femme, et elle le suivit dans sa tente. Depuis ce jour, elle abandonna le parti des Chrétiens, renonça à sa foi, et devint la première esclave du prince dont elle était née l'ennemie. C'est ainsi qu'Agnès, en bravant les préjugés de son sexe, en avait abandonné les vertus, et il devait être plus malaisé de triompher de sa valeur que de sa modestie.

« Aussi le sentiment que lui inspira Malek Adhel ne fut point cette tendresse que la vertu permet aux femmes : ce fut une de ces passions effrénées, telle qu'il en naît dans le cœur des guerriers, et qui, semblables à un torrent enflammé, se répandent à flots précipités, sans craindre ni l'éclat ni le bruit. Ah! que ne doit-on pas attendre d'une vierge qui a rompu une fois les chaînes de l'austère pudeur! elle tombe avec d'autant plus de force que ses liens étaient plus étroits; ainsi, Agnès, habituée à n'obéir qu'aux mouvements impétueux de son âme, aima le prince avec la même ardeur qu'elle avait aimé les combats; elle voulut être son épouse, et Malek Adhel, qui ne pouvait l'estimer, consentit cependant à lui

en donner le titre. — Mon père, interrompit Bérengère, à une femme qu'il n'estimait pas ? — Ce titre d'épouse, reprit l'archevêque, est très-loin d'être aussi saint chez les Musulmans que chez les Chrétiens; plusieurs femmes le partagent; et le goût de leur maître est la loi qui les répudie. — Se peut-il, interrompit une seconde fois la reine, en joignant les mains, qu'une Chrétienne se soit soumise à une telle humiliation! — Ah! Madame, cette honteuse folie qu'on nomme amour, répliqua Guillaume, avait persuadé à Agnès qu'il y avait de la gloire dans cette humiliation, qu'il y avait de la gloire à aimer au point de compter pour rien l'estime des hommes et le jugement de Dieu. C'est ainsi que, se trompant toujours, et croyant voir là la gloire dans la célébrité, elle avait quitté le fuseau pour l'épée, et l'ombre de la retraite pour le bruit des armes; et c'est ainsi que s'égareront toujours celles qui, dédaignant la place que Dieu leur a marquée, et les qualités qui sont leur partage, substituent à leurs humbles vertus les vertus audacieuses des hommes, et, confondant ce que le ciel a divisé, n'appartiennent au sexe qu'elles quittent et à celui qu'elles adoptent, que pour réunir les vices de tous deux. — Et que devint Agnès, mon père, s'écria la reine; sans doute elle n'a point connu d'heureux jours? — Non, Madame, reprit Guillaume; la passion qui est la force qui nous écarte le plus violemment de nos devoirs, étant la route du vice, est toujours celle du malheur. Agnès a souffert toutes les peines qu'elle méritait, quoiqu'un Musulman ne connaisse guère cette délicatesse qui compte pour rien les charmes extérieurs quand les qualités ne l'accompagnent pas; cependant elle a eu la honte d'être méprisée par son ravisseur; sans doute, à la place de Malek Adhel, un Chrétien aurait fait plus, il aurait repoussé avec indignation une jeune fille qui se donnait à lui sans pudeur; Malek Adhel hésita un moment : hésiter était beaucoup pour lui, car telle est la supériorité de notre sainte religion sur tou-

4.

tes les autres, que la même action qui, chez les Infidèles, est une rare vertu, n'est chez nous qu'un simple devoir; de sorte que, dans cette circonstance, quand la volupté et l'honneur luttaient ensemble, en résistant un moment à la voix de la première, Malek Adhel était généreux, et qu'en résistant un moment au cri de l'autre, un Chrétien eût été coupable. Je ne vous peindrai point Agnès, abandonnant sa patrie et son Dieu, pour suivre un Infidèle, quittant les degrés du trône où elle était placée, pour s'enfermer dans un sérail, et sa superbe armure pour l'habit d'une esclave. Jetons, jetons un voile sur l'égarement de cette malheureuse princesse; ne nous retraçons point sa faute : puisqu'elle commence à s'en repentir; commençons à la plaindre, et ne soyons pas plus sévères que Dieu, qui ne ferme jamais les trésors de sa grâce au pécheur repentant.

« Enfin, il se leva ce funeste jour où il fallut abandonner Jérusalem : les habitants mêmes qui avaient demandé sa reddition et la liberté de quitter la ville, pleuraient alors de l'avoir obtenue; ils ne pouvaient se consoler de la perte des saints lieux : et c'était un spectacle bien attendrissant que de les voir s'embrasser les uns les autres, se demander pardon de leur haine, de leurs divisions, lever les mains au ciel en gémissant, baiser avec respect les murailles des églises qu'ils ne devaient plus revoir, se tenir prosternés dans le saint sépulcre, le visage collé contre terre, et arroser de larmes de sang les lieux où leur Sauveur était mort. La reine Sibylle, la tête rasée, et couverte d'habits lugubres, ouvrait la marche et conduisait ses sujets éplorés; en la voyant, Saladin parut ému de sa profonde douleur; il s'approcha d'elle avec respect, et lui dit que, venant d'être armé chevalier par Hugues de Tibériade[*], il voulait commencer ce jour même à suivre les lois de la chevalerie, en lui octroyant un don,

[*] Voyez l'*Histoire de Saladin*, par M. Marin (pièces justificatives), où il est dit que ce grand prince reçut les éperons de la main de Hugues de Tibériade, son prisonnier, après la prise de Jérusalem.

selon la coutume de nos anciens paladins : la reine n'hésita point à demander la liberté de son époux; et l'adroit sultan, qui s'attendait bien à cette prière, feignit cependant d'en être surpris, et sembla n'y souscrire que par un saint respect pour sa promesse; mais, au fond de l'âme, il était fort aise d'avoir un prétexte aussi magnanime de rendre la liberté à Lusignan; car il n'ignorait pas que cette liberté allait être une source de nouvelles divisions parmi les Chrétiens. En effet, si ce prince fût demeuré dans les chaînes des Sarrazins, tous les partis se seraient réunis autour de Conrad : unis alors de forces et d'intentions, dirigés par un seul chef, ils auraient pu tenir tête à l'armée de Saladin; au lieu que Lusignan en redevenant libre, fit valoir de nouveau ses droits au royaume qu'il venait de perdre. Conrad, indigné de cette obstination, lui fit cruellement fermer les portes de Tyr, la seule ville qui restait aux Chrétiens. Alors les partis se divisèrent de plus en plus, et les haines s'envenimèrent au point que Lusignan et Conrad étaient plus ennemis l'un de l'autre qu'ils ne l'étaient de Saladin lui-même; et tandis que, méprisant mes remontrances, oubliant l'intérêt de leurs frères, ils se disputaient honteusement un trône qu'ils n'avaient pas su défendre, tout l'Orient, ébloui de la feinte générosité du sultan, applaudissait à sa conduite, en élevant jusqu'aux nues la grandeur d'une action qui n'était au fond que le fruit de la plus adroite politique.

« Ce fut à cette époque que je m'embarquai pour l'Europe. Vous savez, Madame, quels puissants secours j'obtins de tous les princes chrétiens; peu contents d'ouvrir le champ d'honneur à la vaillance, à la gloire, à la piété, ils ont voulu y marcher eux-mêmes, et donner l'exemple à leurs sujets : les voilà qui accourent en foule sur nos bords désolés; non, une plus grande ardeur n'animait point leurs ancêtres à la première croisade : nul alors ne brûlait d'une plus sainte flamme, et n'était plus disposé à verser tout son sang pour reconquérir le tombeau de Dieu. Ah! sans doute, nous verrons s'éteindre les dissensions de Conrad et de Lusignan, devant le magnanime exemple qu'ils reçoivent de Richard, de Philippe-Auguste, et de tant d'autres princes d'Europe, qui, pour l'intérêt de la religion, abandonnent de vastes et florissants états, et à travers tous les périls d'une mer orageuse, viennent chercher la mort dans un climat étranger. O mon Dieu! continua l'archevêque en élevant ses mains vénérables vers le ciel, vous ne voudrez point assurément que de si belles espérances soient détruites, et qu'un si grand dévouement soit sans effet; vous ferez luire ce jour glorieux où les Chrétiens, après avoir acheté le repos par le travail, et la victoire par le combat, rentreront dans Jérusalem consolée pour y faire retentir de toutes parts les cris de leur reconnaissance et de leur amour : et là, purifiés par le malheur, ils prendront de nouvelles mœurs, d'autres sentiments, et donneront un tel exemple de sagesse et de vertu aux nations voisines, que celles-ci, émues, édifiées, et converties par leur changement; accourront dans votre temple et ne formeront plus avec vos anciens serviteurs qu'un seul peuple, un seul culte, et un seul cœur.... » En parlant ainsi, le bon archevêque était si pénétré de ce qu'il disait, il croyait si bien lire dans l'avenir la confirmation de ses espérances, que l'image d'un pareil bonheur remplit sa poitrine de trop d'émotion pour qu'il lui fût possible de continuer; il s'arrêta, mais ses regards enflammés, sa tête élevée vers le ciel, et son silence tout vivant de ferveur, indiquaient assez que le cœur était encore en prières, quoique les lèvres n'en articulassent plus.

Déjà les premières ombres de la nuit commençaient à envelopper le bosquet d'orangers, et donnaient à la nature cette teinte de mélancolie qui favorise si bien les méditations religieuses et les tendres rêveries, lorsque le bruit léger d'un vêtement qui glissait à travers les feuilles, vint frapper l'oreille de l'archevêque et des deux princesses, et les arracher à leurs réflexions. Bientôt ils virent paraître à l'entrée du bocage une esclave qui semblait désirer et craindre de s'approcher. « Qui êtes-vous? lui demanda Guillaume en faisant quelques pas vers elle. » A cette question, l'inconnue se précipita la face contre terre, avec de tels gémissements, qu'on eût cru son cœur prêt à se briser. « Malheureuse Agnès, est-ce vous? s'écria l'archevêque, en reculant involontairement. — Mon père, reprit la princesse, ne vous éloignez pas, ne m'accablez pas, car la mort est dans mon sein, et mon dernier moment approche. — O mon père, interrompit vivement Mathilde, en s'approchant de la fille d'Amaury, hâtez-vous de lui donner vos secours, car elle dit qu'elle va mourir, et son âme peut être sauvée encore. — Est-ce la princesse d'Angleterre que je vois? s'écria Agnès; est-ce elle qui parle en ma faveur? Oui, je la reconnais à son habit, et surtout à sa merveilleuse et fatale beauté : Dieu! me faut-il être réduite à ce comble d'humiliation, de devoir quelque chose aux prières de celle qui m'a fait tant de mal? — Qu'entends-je? reprit Mathilde étonnée : étrangère dans ces lieux, prisonnière dans ce palais, ne connaissant votre nom et votre existence que depuis quelques heures, que me reprochez-vous, et quel mal ai-je pu vous faire? — Elle le demande! s'écria douloureusement Agnès; elle qui m'a chassée du cœur où je régnais, qui m'a ravi un amour auquel j'avais tout sacrifié; elle enfin, l'unique cause de mon opprobre et de mon désespoir.... — Arrêtez, arrêtez, Agnès, interrompit impérieusement l'archevêque; votre opprobre est dans vos regrets. Ah! malheureuse, si vous étiez pénétrée d'un vrai repentir, tiendriez-vous un pareil langage? ne béniriez-vous pas l'instant qui, en éloignant de vous l'objet de votre criminelle ardeur, vous a comme forcée de recourir aux miséricordes du ciel. — Que parlez-vous du ciel? s'écria Agnès égarée; qu'est-ce que le ciel sans Malék Adhel, et quel Dieu puis-je implorer quand celui que je m'étais choisi m'abandonne et me méprise? — Si tels sont vos sentiments, reprit l'archevêque d'un ton sévère; si votre âme est toujours sous le poids de la réprobation, pourquoi êtes-vous ici ? pourquoi porter vos cris licencieux jusqu'aux oreilles de cette noble reine et de cette chaste vierge, et que venez-vous chercher auprès de moi ? » A ces mots, la fille d'Amaury, reprenant tout son orgueil, répondit d'une voix fière et assurée. « Je viens y chercher un abri contre l'ingrat qui me répudie; j'y viens demander des armes pour me défendre et me venger; qu'on me rende la lance et l'épée, et mon bras saura bien soustraire la princesse de Jérusalem à la honte d'être traitée comme la dernière des esclaves.— Et de quel droit la princesse de Jérusalem espère-t-elle être traitée autrement, répliqua l'archevêque avec indignation, quand elle s'est placée, par sa conduite, au-dessous des plus méprisables créatures de son sexe? Allez, allez, misérable Agnès, retournez dans ce palais; abaissez-vous sous les pieds de votre superbe Arabe; implorez le sourd Mahomet..... Le jour de la condamnation n'est pas loin; il approche, il se hâte, il va vous engloutir : déjà le ciel vous annonce par ma voix votre éternel arrêt..... O mon père, ne le prononcez pas, interrompit Mathilde, en fondant en larmes. Vos lèvres pourraient-elles s'ouvrir pour prononcer de si terribles paroles : prenez pitié de l'infortunée qui va mourir sans secours, et qui n'a plus la force de vous en demander. » La reine s'approcha aussi de l'archevêque, et lui dit à demi-voix : « Mon père, ne lui adresserez-vous pas quelques mots plus doux, et ne voulez-vous point essayer de la ramener à Dieu ? — Je ne le veux point, dites-vous, répliqua Guillaume, en essuyant des pleurs qui coulaient sur ses joues vénérables, Madame, pouvez-vous le croire? ah! vous ne savez pas le mal que me fait son endurcissement, ni avec quelle joie je donnerais mon sang pour racheter son péché; mais que puis-je faire, si elle ne se repent pas? que puis-je faire, si ce n'est d'invoquer pour elle les grâces du Tout-puissant ? » Il achevait à peine, quand l'es-

clave qui avait parlé à la reine, quelques heures auparavant, entra, et s'adressant à la princesse de Jérusalem, elle s'écria : « On vient de s'apercevoir de votre absence, Madame, on vous cherche dans tout le sérail : j'ai profité de la rumeur qui y règne pour m'échapper et vous suivre; nous voici en sûreté toutes deux, car la route qui nous a conduites ici n'est connue de personne; et le palais de la reine d'Angleterre est un asile inviolable où l'œil d'aucun Musulman ne peut pénétrer. — Madame, dit alors Agnès, vous voyez que mon sort est entre vos mains, ne m'accorderez-vous pas un asile dans votre palais, ne me rendrez-vous pas ma liberté, mes armes, la vengeance?.... » Le ton dont elle prononça ces mots fit frémir Mathilde : ce n'était pas celui qui pouvait persuader la reine. Agnès voyant qu'elle hésitait, se hâta d'ajouter : « Je m'entends mal à vous prier, Madame; mais songez qu'habituée à commander depuis mon enfance, la prière est pour moi une langue étrangère, que je n'y ai eu recours que pour fuir l'esclavage, et que je ne l'aurais pas employée pour sauver ma vie. — Je ne résisterai point à votre désir, répondit la reine, je ne résisterai point à l'espoir de contribuer à votre salut, en brisant la chaîne qui vous retient ici : venez, Madame, venez revoir des Chrétiens, venez pleurer avec eux, sur le jour funeste où vous avez cessé de les nommer vos frères; et, par de longs et fréquents actes de repentir, obtenez de la clémence infinie de Dieu, un pardon que la clémence des hommes ne vous accorderait peut-être pas. Je verrai le prince Malek Adhel à son retour du Caire; je lui demanderai de vous permettre de vous éloigner d'ici..... — Non, Madame, non, interrompit impétueusement Agnès, ne lui demandez rien; je vous supplie : je veux le fuir sans qu'il le sache, surtout sans qu'il y consente; laissez-moi le soin de mon sort; c'est à travers les déserts que, seule à pied, sous l'armure d'un guerrier, je veux aller chercher une retraite que je ne devrai qu'à vos bontés et à mon courage. » L'archevêque dit alors que ce n'était pas le moment de savoir si une pareille demande pouvait lui être accordée, et qu'elle devait se contenter d'attendre son sort en silence auprès de la généreuse bienfaitrice qui consentait à lui donner un asile, Agnès n'osa rien répliquer à l'ordre de Guillaume : elle abattit son voile devant son visage, s'appuya sur son esclave, et suivit la reine dans son palais. Comme il n'entrait chez les princesses que des personnes de leur choix, elles purent facilement s'assurer de leur discrétion sur l'asile momentané qu'elles accordaient à la fille d'Amaury ; Mathilde céda avec plaisir à cette princesse la chambre qu'elle occupait : Agnès s'y établit le soir même ; et Mathilde, ravie de l'y voir à son aise, se retira dans un petit cabinet voisin, qui n'avait d'autres meubles que deux tabourets et un petit lit de repos. A peine fut-elle seule dans ce modeste réduit, que le souvenir de ce qu'elle venait d'entendre, de ce qu'elle avait compris, et plus encore de ce qu'elle n'avait pas compris, vint éveiller de nouvelles pensées, et lui révéler que le monde et le cœur des hommes étaient pleins de mystères qui lui étaient entièrement inconnus : elle se blâmait de se laisser ainsi posséder par des idées qu'il ne lui était pas permis d'approfondir ; mais les efforts même qu'elle faisait pour les chasser les lui rappelaient sans cesse ; et la curiosité d'une jeune fille qui s'inquiète de ce qu'on lui cache, avait peine à céder à la pudeur d'une vierge qui s'alarme de ce qu'elle entrevoit. Cependant seize ans d'innocence l'emportèrent bientôt sur un trouble de quelques heures. En offrant à Dieu ses prières accoutumées, elle oublia insensiblement les discours, les torts, et les accusations de la fille d'Amaury, et, de tous les sentiments qui l'avaient agitée, il ne lui resta plus que celui d'une profonde pitié pour des maux d'autant plus redoutables à ses yeux, qu'elle en comprenait moins la cause ; mais la pitié, qui pour les âmes tendres est plus un plaisir qu'une peine, ne l'empêcha point de trouver sur son étroite couche, ce sommeil doux et paisible qu'une conscience pure finit toujours par obtenir.

CHAPITRE VII.

La princesse de Jérusalem était trop étrangère à cette paix qui régnait dans l'âme de Mathilde, pour qu'il lui fût possible de goûter le même repos. Les tourments de l'orgueil et ceux d'une conscience effrayée, fermaient son cœur à ces sentiments de contrition, qui seuls soulagent et fortifient le pécheur abattu : plus irritée des humiliations que sa faute lui causait, que repentante de l'avoir commise, elle n'éprouvait que des remords arides et sans larmes ; et une sorte de haine universelle qui s'étendait également, et sur l'amant qui la méprisait, et sur la bienfaitrice qui consentait à la sauver, et sur le Dieu auquel elle s'était donnée, et sur celui qu'elle avait abjuré, et sur l'innocence de cette vierge qu'on lui préférait ; mais plus encore (et c'était là le pire de ses tourments) sur elle-même, qu'elle ne pouvait s'empêcher d'accuser seule de l'état honteux où elle se voyait réduite. En vain cherchait-elle à se fuir, elle ne pouvait s'échapper : la douleur de sa honte s'accroissait par le souvenir de sa célébrité, et cette nécessité irrévocable qui la liait à sa pensée, et la forçait à vivre avec elle-même, la jetait dans des accès de désespoir, auprès desquels la folie et la mort eussent été de grands biens. Si quelquefois l'image de Malek Adhel venait la détourner de sa propre image, ce n'était que pour lui présenter un nouveau malheur ; car non-seulement elle se voyait dédaignée par l'homme auquel elle avait sacrifié le monde et l'éternité ; mais elle allait en être séparée, et il allait y consentir.... A cette pensée, la plus cruelle de toutes les pensées pour une âme que la passion brûle encore, l'infortunée Agnès, qui, durant cette longue nuit n'avait pu trouver un moment de sommeil, laissa échapper un cri si perçant et si douloureux, qu'il retentit aux oreilles de Mathilde et l'éveilla en sursaut ; elle se lève, regarde autour d'elle, le jour commençait à éclairer l'Orient de ses premiers feux, elle n'aperçoit rien; mais elle écoute d'où peut venir le bruit qui l'a frappée, et elle distingue de sourds gémissements qui partent de la chambre d'Agnès : elle y court aussitôt, et la trouve debout, marchant à grands pas dans la chambre, pâle, éperdue, criant de douleur, mais ne pleurant pas. « Que me veux-tu ? s'écria-t-elle, à l'instant qu'elle aperçut la vierge; pourquoi ton aspect angélique vient-il me présenter la vue de tout ce qui me manque, et accroître le trouble qui me dévore? — Vos plaintes sont venues jusqu'à moi, répondit Mathilde, j'ai cru que vous étiez malade, et je venais vous offrir mes soins. —Malade, reprit Agnès en la regardant fixement; je le suis en effet, et beaucoup; mais, que m'importent tes soins, penses-tu qu'ils me guériront? Ah! si tu veux soulager les horribles tourments que tu me causes, rends-moi le cœur que tu m'as pris, rends-moi l'amour de Malek Adhel, rends-moi mon amant. — Grâce au ciel, répondit la princesse en rougissant, le cœur de cet Infidèle n'est point à moi, et je n'en dispose pas. — Que n'as-tu dit vrai! interrompit Agnès en lui saisissant la main avec une brusque vivacité; je donnerais ma vie pour le croire un instant; mais écoute : s'il te l'offrait jamais, ce cœur dont la possession est le premier bien de la terre et du ciel, ne l'accepte pas, car tu tomberais bientôt dans l'état où tu me vois? — Mais cet état affreux dont mon âme est épouvantée, reprit doucement Mathilde, ne pouvez-vous pas en sortir? ne pouvez-vous pas fuir le prince? — Le fuir! que dis-tu? fuir Malek Adhel! non, je ne le puis pas; non, je ne puis m'arracher aux délices de son amour; si tu savais quelle félicité je goûtais à oublier près de lui ma patrie, ma famille, mes crimes, et mon Dieu même!..... Tu frémis, Mathilde, et jamais tes oreilles n'ouïrent de pareils forfaits. Eh bien! tu ne sais pas tout encore; non, tu ne sais pas jusqu'à quel excès d'impiété l'amour a pu m'entraîner.

J'ai désiré l'anéantissement de l'empire du Christ, parce qu'il peut s'élever contre celui de mon amant; j'ai désiré voir cet amant régner seul sur tous les rois et les mondes enchaînés; j'allais le suivre à l'armée, combattre contre la cause que je soutenais autrefois, et, pour défendre une tête adorée, lever l'épée contre mon propre sang et le Dieu de mes pères..... Enfin, dans ce moment même, quand Guillaume m'ouvre la voie du repentir, et que mon ingrat époux m'abandonne et me hait, l'idée de le fuir, de m'en séparer à jamais, est plus terrible à mes yeux que celle de ma damnation éternelle..... Et toi! barbare fille, auteur de tous mes maux, laisse-moi, et va dire à ton archevêque que je ne veux point d'un ciel qui n'a point l'amour de Malek Adhel à m'offrir. »

Pendant tout ce discours, Mathilde était demeurée immobile et tremblante : l'expression d'une passion aussi effrénée lui faisait horreur : incapable de répondre un seul mot à des discours si nouveaux pour elle : impatiente de s'affranchir de la honte de les écouter, elle ne pouvait se résoudre pourtant à laisser Agnès seule en proie à son affreux délire; cependant elle sortit pour appeler ses femmes, et les envoya auprès d'Agnès, en attendant qu'elle eût pu faire avertir le pieux Guillaume de l'état de la fille d'Amaury. Aussitôt qu'il en fut instruit, il vint; Mathilde le sachant dans le palais accourut à sa rencontre et lui dit : « Mon père, la princesse de Jérusalem est fort mal, je ne sais quelle fièvre l'agite; mais sa raison est entièrement perdue, car elle ne parle que des ravissements du crime, des délices de l'impiété, et Malek Adhel lui semble préférable à Dieu même..... — Arrêtez, ma fille, répondit Guillaume, qu'une bouche si pure ne s'ouvre point pour répéter de pareils discours : tâchez même de les effacer de votre esprit, et gardez-vous de tenter jamais de les comprendre : maintenant allez trouver la reine, commencez avec elle vos saintes lectures, et ne revenez point dans votre appartement avant de m'avoir vu ? » A ces mots, Mathilde s'éloigne, elle marche toute rêveuse, et s'efforce d'obéir au prélat, en ne cherchant point à comprendre quel est l'étrange bonheur qu'Agnès peut goûter au sein du crime : elle va dans l'oratoire, la reine n'y est point; elle passe dans sa chambre et ne l'y trouve pas; enfin, elle entre dans le grand salon de jaspe, et c'est là que Bérengère est assise sur une pile de carreaux, devant une table élégamment servie, et entourée d'une foule de jeunes esclaves chargées de corbeilles de fleurs. « Ma sœur, s'écrie la reine, en la voyant, le prince vient d'arriver à Damiette, il va venir incessamment nous donner des nouvelles de l'armée; et en attendant, il nous envoie ses femmes nous amuser par leurs jeux : venez vous placer près de moi et prendre part à ce divertissement. » A ces mots, la princesse rougit, son cœur palpite, elle s'assied et garde le silence : les jeunes esclaves commencent à danser au son des castagnettes, du cistre, et du tambour de basque; mais il y a dans leurs chants, et surtout dans leur maintien, une sorte de molle volupté qui agite la reine et alarme la vierge : elle détourne les yeux d'un spectacle dont sa pudeur est offensée; et, pour cesser de le voir, elle se lève, s'approche d'une croisée, entr'ouvre la jalousie; et là, enchantée de l'éclat du ciel, de la beauté de la verdure, et du charme que répand dans l'air la fraîcheur du matin, elle cède au vif désir de faire une promenade solitaire, et descend dans les jardins du palais.

Elle suit le cours d'un ruisseau qui serpente sur un sable fin, bordé d'une haie de roses et de citronniers : insensiblement les arbustes s'élèvent, s'épaississent, elle se trouve au milieu d'un bois où mille routes se croisent et lui font perdre la première qu'elle a suivie : prenant au hasard celle qui se présente, elle s'égare de plus en plus; et cependant, ce lieu est si beau, tant d'oiseaux y chantent, tant de fleurs le parfument, des eaux si claires le rafraîchissent, que la vierge en se voyant seule s'émut, mais

ne s'effraya pas. Bientôt, fatiguée d'avoir autant marché, elle s'assied sous un berceau de jasmin et de platanes; bientôt la paix silencieuse de cette solitude ramène le calme dans son cœur; le souvenir d'Agnès s'affaiblit, et avec lui l'effroi de ses discours impies; des pensées douces, tranquilles comme le lieu où elle se trouve, succèdent à l'agitation : et, vaincue insensiblement par les charmes de cette touchante nature, dont il semble qu'on ne puisse approcher sans devenir meilleur, Mathilde se laisse aller à cette sorte de vague rêverie où l'imagination errante sur plusieurs objets, les quitte, les reprend, ne se fixe point, parce que chacun l'attire, et se plaît avec tous sans avoir à rougir d'aucun.

Au sein de cette retraite si belle, de cet état d'abandon si nouveau et si doux au cœur d'une vierge de seize ans, qui, pour la première fois de sa vie se trouve seule dans des bocages de parfums et de fleurs, les heures ont fui rapidement, la matinée s'est presque entièrement écoulée, et le prince s'est rendu chez la reine. Etonné, chagrin de n'y point trouver Mathilde, il veut savoir où elle est, et s'il lui sera permis de la voir. Bérengère l'envoie chercher; elle n'est pas dans son appartement. Guillaume, qui y est toujours resté avec Agnès, quitte aussitôt sa pénitente, vient dire à la reine que Mathilde n'a point paru chez elle, et demande ce qu'elle est devenue. Bérengère ne peut le satisfaire; elle n'a point vu sa sœur descendre dans les jardins. Cette absence alarme l'archevêque; il regarde le prince d'un œil soupçonneux; mais, pour s'apercevoir de sa défiance, Malek Adhel est trop occupé de la princesse; il demande, il s'informe, il interroge tout ce qui l'entoure avec une agitation qui révèle assez combien tout son cœur est dans cet objet. Bérengère se souvient bien que sa sœur s'est assise auprès d'elle, mais seulement quelques minutes; qu'est-elle devenue ensuite, elle ne le sait point. Cependant, après bien des efforts, elle croit se rappeler l'avoir vue ouvrir une des portes du jardin, et aussitôt elle veut aller elle-même l'y chercher, mais elle est bientôt devancée par le prince; heureux de l'espoir de trouver la princesse seule, il s'élance rapidement : le désir, l'émotion, lui donnent des ailes. Il connaît tous les détours de l'épais labyrinthe, et les a parcourus en un instant; à la fin il vole vers le bocage de jasmin, il entrevoit le vêtement blanc de la vestale, et la seule vue de cet habit lui cause un plaisir plus vif qu'il n'en éprouva jamais. Mathilde a entendu le bruit des feuilles qu'il froisse sous ses pas, elle s'est levée, l'a reconnu; aussitôt le récit de l'archevêque et l'état de la fille d'Amaury sont revenus à sa mémoire. Le cœur plein de trouble et d'effroi, elle fuit précipitamment en s'écriant : « O mon Dieu ! préservez-moi de ce fils du démon, de ce redoutable Infidèle, dont le bras terrasse les Chrétiens, et dont les trompeuses paroles ont perverti la malheureuse Agnès ! » Et, à cette pensée, elle s'éloigne plus vite encore; mais à quoi lui sert de fuir avec tant de promptitude, si ce n'est à montrer sa frayeur et son zèle; car la course d'une vierge timide qui a passé sa vie dans une étroite clôture, ne la sauvera pas long-temps de la poursuite d'un guerrier tel que Malek Adhel. Sûr de l'atteindre quand il voudra, il s'arrête et la regarde courir; c'est vraiment pour l'éviter qu'elle presse ses pas, il le voit, et cette résistance qu'on ne lui opposa jamais l'enflamme davantage encore; il part à son tour, la flèche dans les airs pourrait à peine le suivre, il est auprès de la princesse, il la touche, il la saisit par son habit, il voudrait la presser dans ses bras, et pourtant il n'ose le faire; si la divine beauté de la princesse l'attire, la dignité de sa contenance le retient. Emporté par des désirs impérieux qu'il ne combattit jamais, souverain de ce palais, maître de tout oser, n'ayant qu'à vaincre la faiblesse d'une jeune fille pour parvenir au comble de ses vœux, un sentiment indéfinissable, une sorte de respect que jusqu'à ce jour il n'avait éprouvé qu'à l'aspect de son père ou dans le temple de

Mahomet, le fait tomber aux genoux de Mathilde. Pour la première fois le superbe Arabe se voit prosterné devant une femme, et il n'en rougit point, car il croit sentir la présence d'une divinité. « O vous, lui dit-il, qui faites de moi un nouvel être! fille du ciel, angélique beauté !..... vous, qui surpassez tout ce que j'ai vu de beau en ma vie, qui m'embrasez d'un feu ardent que je n'ose satisfaire, et dont je crains presque de vous parler..... vous, qui disposez déjà de ma volonté et de ma vie, où avez-vous pris votre puissance ? » A ces paroles passionnées, Mathilde pressa contre son sein le réliquaire de l'abbesse en levant les yeux au ciel, et fit de nouveaux efforts pour s'échapper; mais le prince ne le permit pas. « Où voulez-vous aller ? s'écria-t-il, en pressant entre ses deux mains la main délicate de la princesse : pourquoi me fuir avec tant d'obstination, que craignez-vous de moi? me voyez-vous donc avec horreur ? » En parlant ainsi, il la regardait avec des yeux si tendres, l'amour donnait tant d'expression à ses traits déjà si beaux, que l'ingénue Mathilde, qui depuis sa naissance n'avait jamais déguisé sa pensée, ne put pas lui dire qu'elle le voyait avec horreur; elle répondit seulement, et en détournant la vue : « Dieu m'ordonne de fuir ses ennemis. — Et ce Dieu cruel vous ordonne-t-il aussi de haïr ceux qui vous adorent ? — Je dois haïr ceux qui le méconnaissent. — Oh ! non, mille fois non, interrompit-il en pressant contre ses lèvres la main de Mathilde, vous ne suivrez point une loi injuste, cruelle; vous vous laisserez toucher par le feu qui me brûle, vous vous livrerez à l'amant qui vous abandonne et son sort et sa vie; je le jure, jamais l'Angleterre ne vous reverra dans son sein! plutôt mourir que de me séparer de vous ! » A ce serment terrible, Mathilde crut se voir enlever à la fois sa patrie, sa famille, son couvent, et le salut éternel que lui assuraient ses vœux; épouvantée des projets du Sarrazin, elle arrache sa main d'entre les siennes, l'enveloppe dans les grances manches de son habit, baisse son bandeau de lin sur son front; et, aussi confuse qu'effrayée des discours du prince, elle répond du ton le plus sévère : « Je suis destinée à l'honneur d'être une des épouses de Jésus-Christ; c'est pour mieux mériter un si glorieux titre que je suis venue en Palestine adorer son tombeau; mais c'est en Angleterre que mon cloître m'attend et que mes vœux m'appellent; rétractez donc un serment impie, sacrilège; rendez-moi la liberté que vous m'avez ravie, et, pour récompense, Dieu consentira peut-être à ouvrir vos yeux à ses éternelles clartés. » A ce langage, Malek Adhel reconnaît cette foi vive, cette piété ardente qui distingue tous les enfants du Christ; il sent bien que le temps et ses soins pourront seuls changer le cœur de la princesse; et comme déjà il ne veut plus que ce qu'elle veut, qu'il détesterait un bonheur qu'elle ne partagerait pas, loin de la contraindre, il se soumet et dit : « Fille de l'innocence, qu'ordonnez-vous et qu'exigez-vous de moi? esclave de toutes vos volontés, il n'est rien que je ne veuille souffrir pour vous plaire et vous obéir. » Mathilde est trop pure pour apprécier toute l'étendue d'un pareil sacrifice, mais à l'air, à l'accent de Malek Adhel, elle soupçonne qu'il a dû lui coûter beaucoup; son cœur en est touché, ses regards s'attendrissent, sa voix s'adoucit, et elle répond avec embarras : « Je vous en prie, conduisez-moi vers la reine. » Le changement de Mathilde n'a point échappé au prince; il voit que s'il y a pour lui un moyen de toucher cette belle Chrétienne, ce ne peut être qu'à l'aide d'une grande réserve et d'une parfaite soumission; aussi n'hésite-t-il pas un moment à lui obéir. « Venez par ici, lui dit-il, en lui montrant une autre route; celle-ci conduit plus directement au palais. » Elle la prend aussitôt et suit le prince en silence. Quelquefois il se retourne pour la voir, il l'arrête, il soupire; alors la craintive Mathilde se recule doucement, baisse les yeux vers la terre, avance sa main pour se cacher

aux regards du prince, mais ne peut lui dérober l'expression de cette pudeur qui se répand sur sa physionomie et sur son maintien, de cette pudeur qui est la plus touchante des grâces, la plus puissante des forces que le ciel ait données à la femme, et qui sait inspirer le respect en même temps qu'elle augmente l'amour. En la voyant si belle, Malek Adhel contient avec peine la flamme qui s'élance de son sein, mais il la contient, car en ce moment la beauté de Mathilde est presque celle d'un ange; il précipite ses pas pour échapper plus tôt au danger de faire éclater des transports qui pourraient aliéner le cœur qu'il veut absolument obtenir; le combat de ses désirs présents et de ses projets futurs l'agite avec violence; il marche plein d'émotion, mais il en connaît parfaitement la cause; il sait bien ce qu'il veut, ce qu'il attend, ce qu'il espère, au lieu que Mathilde est troublée sans savoir le motif de son trouble, sans savoir même qu'elle en éprouve; et s'il se passe quelque chose dans son cœur, elle ne le voit qu'à travers ce voile épais que l'innocence tient toujours devant les pensées d'une vierge, pour l'empêcher de distinguer ce que la modestie ne lui permet pas de savoir.

CHAPITRE VIII.

Le prince et Mathilde eurent bientôt atteint la lisière du bois; alors ils aperçurent la reine qui venait au-devant d'eux, et près de la porte du palais l'archevêque qui les attendait; son regard était grave et sévère, et, en embrassant la reine, Mathilde ne put s'empêcher de rougir; comme elle ne pourrait sans une grande confusion avouer tout ce qui s'est passé entr'elle et le prince, elle s'inquiète intérieurement d'avoir quelque chose à cacher; il lui semble que toute pensée qu'on n'ose dire est une pensée répréhensible, et prenant la honte de la pudeur pour le remords d'une faute, elle croit déjà trouver sa punition dans l'embarras si nouveau que lui cause la présence de l'archevêque. Bérengère fait quelques questions à sa sœur ; mais bientôt l'intérêt qu'elle y met disparaît devant un intérêt plus puissant : elle n'a pas eu le temps le matin de parler de son époux au prince ; tout occupé de Mathilde, il ne l'aurait pas écoutée ; maintenant elle espère obtenir plus d'attention, et s'approchant de lui, les yeux pleins de larmes, elle dit : « Ne pourriez-vous me donner quelques nouvelles de l'armée de Ptolémaïs ? ô noble Malek Adhel ! N'avez-vous rien à m'apprendre sur Richard ? Hélas ! ma vie est dans votre réponse. » Le prince allait la satisfaire, mais il en est détourné par la vue d'un chevalier qui paraît s'avancer vers eux avec précipitation. Malek Adhel s'étonne et dit à la reine : « Quel est le téméraire, Madame, qui ose entrer dans vos jardins et à cette heure-ci sans vos ordres ? » L'archevêque a reconnu Josselin de Montmorency, et le nomme au prince. Malek Adhel répond alors : « Ce nom illustre est venu souvent jusqu'à moi à côté de celui de tous les rois de l'Europe, et entouré d'une réputation de vaillance et de gloire à laquelle peu de souverains peuvent prétendre ; mais ce nom, tout grand qu'il est, et quelle que soit la valeur de celui qui le porte, n'excuse pas son audace. » Alors il s'avance vers Josselin qui n'était plus qu'à quelques pas, et lui dit fièrement : « Présomptueux chevalier, ne t'est-il pas défendu d'entrer dans ces jardins sans la permission de la reine d'Angleterre ? Te l'a-t-elle donnée ? et si elle ne l'a pas fait, pourquoi viens-tu ici ? Ne sais-tu pas qu'une telle hardiesse mérite un grand châtiment ? — Prince, répondit Josselin avec une froide dignité, quand Richard remit son épouse et sa sœur sous la garde de tous les chevaliers qui sont à Damiette, nous lui jurâmes de les défendre jusqu'à la dernière goutte de notre sang ; tout-à-l'heure, en me présentant chez la reine, j'ai trouvé tous les Chrétiens en rumeur : j'ai appris que la princesse Mathilde était perdue dans ces vastes jardins, qu'elle y courait des dangers..... — Et quels dangers pouvait-elle courir en ces lieux ? interrompit le prince avec impatience. — Il m'importait peu de le savoir, reprit Josselin, il me suffisait d'apprendre qu'ils existaient, et qu'ils menaçaient la princesse pour me faire voler à son secours, en dépit de tous les obstacles, et sans calculer à quels périls je m'exposais. » A ces mots, la grande âme de Malek Adhel fut émue ; serrant la main du chevalier avec affection, il lui dit : « Brave Montmorency, ne crains rien ; sans doute la reine ne punira point ce qu'elle admire ; mais apprends que moi aussi je suis chevalier comme toi : Hugues de Tibériade m'a chaussé les éperons, et j'ai juré entre ses mains de protéger la beauté, l'innocence, l'infortune, au péril de mes jours ; ne t'inquiètes donc plus du sort de la princesse d'Angleterre, c'est moi qui veillerai sur elle maintenant : moi seul, entends-tu ? tout en rendant justice à ta valeur, je crois que la mienne lui sera d'un aussi utile secours, et c'est aux pieds de cette fille divine, en présence de sa sœur, de ce saint prélat, et de toi-même, que je la prie de me regarder désormais comme son plus dévoué chevalier et son seul défenseur. — Je doute, reprit vivement Montmorency, que toute prisonnière qu'est la fille des rois dans ce palais, elle veuille en accepter le maître pour serviteur. — Elle ne le peut comme Chrétienne, ajouta l'archevêque. — Et moins encore comme sœur, répondit la reine. O prince magnanime ! considérez vous-même si Mathilde peut accepter la protection de celui qui un jour peut-être versera le sang de son frère et de mon époux ? — Et si je vous jurais, Madame, repartit Malek Adhel, de ne jamais tourner mes armes contre cet époux si chéri, de veiller moi-même sur ses jours, de respecter enfin le frère de Mathilde à l'égal de mon propre frère ; à ce prix, ne consentiriez-vous pas à voir la princesse souscrire à ma prière ? » Bérengère ne peut croire ce qu'elle entend, elle ne peut croire que ce bras formidable, non content d'épargner son époux, se lève pour le défendre. Malek Adhel répète sa promesse, et alors, dans l'effusion de sa reconnaissance, elle bénit ses fers, elle aime l'esclavage qui lui a donné les moyens d'attendrir Malek Adhel en faveur de Richard. « Je ne sais, interrompit amèrement Montmorency, si ce grand roi ne s'offenserait pas de voir votre majesté invoquer pour lui la générosité de Malek Adhel. Quelle que soit la valeur de ce guerrier, je me trompe fort ou l'illustre Richard craindrait bien moins ses armes que sa pitié, et tous nos chevaliers s'étonneraient beaucoup, Madame, de voir une reine chrétienne mettre moins de confiance dans leur zèle que dans la protection de leur plus grand ennemi. »

Mathilde penche doucement sa tête sur l'épaule de la reine, et lui dit que la réponse de Montmorency lui paraît juste, noble, et qu'elle doit en être touchée. Malek Adhel l'entend et se trouble, il la regarde, elle paraît émue. Cependant Montmorency, à genoux près de la princesse, la contemple avec enthousiasme, et la remercie avec transport de l'approbation qu'elle vient de lui donner. A cette vue, Malek Adhel contient à peine les terribles soupçons qui commencent à l'agiter; tous lui disent que Montmorency est cher à Mathilde; aussitôt mille projets violents se présentent à son esprit, tous lui disent de se défaire de son rival. Assurément il le punira, mais comme son cœur généreux sait punir : « Montmorency, lui dit-il, une âme où l'honneur règne comme dans la vôtre doit s'indigner d'être loin des combats : retournez-y, je brise votre chaîne; allez dire à vos maîtres que je ne les crains guère, puisque j'ose vous rendre à eux. » A ce discours, Josselin demeure interdit; il ne peut se résoudre à recevoir un bienfait d'un Infidèle, ni à s'éloigner de Mathilde; il refuse le don de sa liberté, il a juré à Richard de ne point quitter les princesses, et, à moins qu'elles ne le dégagent de son serment, au prix de tout son sang il le tiendra. Malek Adhel, avec une grande vivacité, demande à la reine si elle s'oppose à ce que Montmorency aille parler d'elle à Richard. Bérengère

assure qu'elle se croirait coupable de priver Richard et les Chrétiens d'un si valeureux défenseur. Josselin n'a plus qu'un espoir : il s'adresse à Mathilde, il la conjure de ne pas le renvoyer aussi; serait-ce là le prix dont elle paierait le pur zèle qui l'anime; zèle qui lui ferait sacrifier sa vie sans demander même un regard pour récompense. L'impétueux Arabe ne peut le laisser achever, il se précipite aux genoux de la princesse, il s'écrie : « Mathilde, je vous promets un dévouement aussi pur, une reconnaissance sans bornes; songez aux droits immenses que le titre de votre chevalier vous donnera sur moi, et à tout le bien que mon obéissance vous permettra de faire à vos sujets, vos amis, et vos frères. » Il se tait alors et attend en silence la réponse de la princesse; Montmorency l'attend comme lui, et tous deux attachent sur elle des regards suppliants qui lui demandent avec instance quelques mots favorables. Mathilde baisse les yeux vers la terre; l'embarras, l'émotion, l'incertitude, se peignent sur son visage ingénu; elle ne sait que résoudre, et pleine de méfiance en elle-même, elle demande des secours à la sagesse de l'archevêque : « O mon père! lui dit-elle, guidez-moi, apprenez-moi ce qu'il faut faire. — Ma fille, répond Guillaume, le bras de Montmorency peut être trop utile à l'armée, pour qu'il vous soit permis de le retenir ici; mais si le devoir vous ordonne de le dégager de son serment; il vous ordonne plus encore de refuser les services d'un prince qui, tout grand, tout magnanime qu'il se montre, n'en est pas moins l'ennemi le plus redoutable de votre frère et de votre Dieu. Mon enfant, continua-t-il avec un pieux enthousiasme, qu'avez-vous besoin du secours des hommes? ah! conservez seulement la piété qui règne dans votre âme, et malgré la faiblesse de votre sexe et de votre âge, vous serez armée d'une force qui vous élèvera au-dessus de tous les périls, et qui vous vaudra mieux que tous les secours humains. — Mon père, répliqua Mathilde, vos paroles viennent du ciel; je les crois, je les adore, elles seront ma loi. » Alors, se retournant vers Josselin avec une touchante dignité, elle lui dit : « Baron de Montmorency, le chemin de la gloire vous est ouvert ; je ne vous retiens point ; partez pour l'armée, allez verser votre sang pour cette cause sainte et sacrée qui est la cause de Dieu même, et qu'il vous appelle à soutenir ; vous raconterez nos infortunes à mon frère, vous demanderez aux Chrétiens des prières pour notre délivrance ; mais, ajouta-t-elle en rougissant, il faudra, pour les rassurer, leur dire toutes les vertus du maître de qui nous dépendons ; il vous sera facile de les peindre : parler de loyauté et d'honneur, c'est pour un Montmorency parler sa langue naturelle. » A ce doux langage, le fier Josselin fut prêt à s'attendrir ; pour cacher son émotion, il se courba vers la princesse et prit le bas de sa robe qu'il baisa respectueusement ; mais sentant que son trouble augmentait, il baissa la visière de son casque, s'inclina devant la reine, salua le prince, l'archevêque, et se hâta de se retirer. Après son départ, Malek Adhel demeura rêveur et préoccupé ; debout à sa place, il semblait ne rien voir de ce qui l'entourait. La reine, fatiguée de son silence, s'assit sur un banc de gazon, et Mathilde se plaça près d'elle. Cependant Guillaume médite en lui-même les moyens d'obtenir aussi du prince la liberté de la fille d'Amaury ; sans doute il craint d'interrompre Malek Adhel, mais il craint plus encore de remettre au lendemain une bonne action qu'il peut faire le jour même ; il entraîné par la charité, il se détermine à parler au prince. Il lui peint les remords d'Agnès, le désir qu'elle éprouve d'aller expier son crime au fond d'un de ces asiles où la pénitence austère pleure jusqu'à la mort ; il espère que le noble Malek Adhel ne s'opposera point au seul moyen de salut qui reste à une pécheresse qui n'a été coupable que pour lui. Le prince étonné lui demande s'il sait ce qu'Agnès est devenue ? Bérengère alors prend la parole, raconte par quels moyens la fille d'Amaury a quitté le sérail, et finit par demander sa liberté. Malek Adhel lui répond : « Puisque cette princesse a choisi une si respectable protectrice, Madame, je remets sa liberté en vos mains, et vous laisse l'arbitre de son sort. Père des Chrétiens, ajouta-t-il, en s'adressant à l'archevêque, vous le savez, ce n'est point moi qui ai séduit Agnès ; sans doute elle était trop belle pour que je n'acceptasse pas son amour, mais pour lui donner le mien j'estimais trop peu son caractère, et l'espèce de gloire qu'elle s'était acquise la rendait encore moins aimable à mes yeux : non, une femme que j'avais vue se couvrir de sang et n'être pas seulement émue, ne pouvait toucher mon cœur ; il lui fallait, à ce cœur qui n'avait point aimé encore, une beauté timide et modeste ; il fallait à mon respect un objet pur et vertueux ; il fallait enfin à mon amour ce qui est unique dans le monde, ce qui ne s'est montré qu'une fois aux regards des hommes, ce qu'un seul mot réunit et exprime, il me fallait.... » L'archevêque se hâta de l'interrompre : « Seigneur, lui dit-il, que décidez-vous pour la fille d'Amaury ? — Madame, répondit le prince en s'adressant à Bérengère, je vous remets tous mes droits sur elle, veillez sur sa conduite ; vous serez désormais son appui et sa seule famille, car elle vient de perdre la sœur qui lui restait ; Sibylle n'existe plus.... — Qu'entends-je ? s'écria l'archevêque, Sibylle n'existe plus ! Que deviendra Lusignan, quel parti va-t-il prendre en perdant une épouse qui le dépouille de tous ses droits à la couronne de Jérusalem ? — Je crois, reprit Malek Adhel en souriant, que la valeur de mon frère les lui avait mieux enlevés encore. » Alors il ajouta quelques détails sur la situation des Chrétiens ; il dit que la perte de Sibylle n'avait pas rendu Lusignan plus sage, qu'il s'obstinait toujours à se regarder comme roi de Jérusalem ; mais que ses prétentions, quoique appuyées par Richard, n'en obtiendraient pas plus de succès. Il parla aussi de la division qui s'était élevée entre le roi d'Angleterre et Philippe-Auguste, et des diverses factions qui déchiraient le camp des Croisés.

A ce récit, l'archevêque soupira amèrement sur les malheurs, et plus encore sur les fautes de ses frères, et il osa demander au prince de permettre qu'il chargeât Montmorency de quelques conseils par écrit, propres à ramener la paix parmi les Croisés. Le prince n'eut pas le courage de refuser un homme pour lequel il avait une si profonde vénération; il s'excusa même de ne pas faire davantage. « Je pourrais vous laisser partir avec Montmorency, lui dit-il, mais je connais si bien la supériorité de vos talents et l'ascendant de votre sagesse, que je ne puis douter de leurs effets sur l'esprit des Chrétiens : vous donner les moyens d'apaiser leurs divisions, divisions si utiles à notre empire, ne serait-ce pas une perfidie envers mon frère? » Guillaume sentit trop la justesse de cette objection, pour essayer de la détruire; d'ailleurs, Mathilde lui semblait entourée de tels dangers, qu'eût-il été libre de la quitter le jour même, il eût hésité à le faire : depuis l'instant où elle avait reparu avec Malek Adhel, il l'avait regardée plusieurs fois attentivement sans avoir pu retrouver sur son visage le calme paisible et la douce sérénité qui faisaient le caractère habituel de sa physionomie. Il était impatient de l'interroger et de savoir d'elle-même tout ce que le prince avait pu lui dire : il lui fit un signe, elle se leva à l'instant, et la reine, qui désirait soulager son cœur en envoyant à son époux de longs détails sur son amour et ses souffrances, demanda aussi au prince la permission de le quitter. Il s'inclina devant elle, l'accompagna jusqu'à la porte de son palais en regardant toujours Mathilde, et se retira dans le sien.

Bérengère court aussitôt se renfermer dans son cabinet, et la princesse marche vers l'oratoire, non sans être émue, en voyant que Guillaume la suit. Elle désire, elle veut, mais elle craint de lui avouer les torts qu'elle se reproche. Cependant à peine sont-ils seuls, que, l'âme remplie d'une profonde humilité, elle tombe aux pieds de l'archevêque, et lui dit : « Mon père, quel aveugle empressement m'a poussée hors de mon cloître, pour me faire voir ce qu'il m'était si nuisible de connaître? Pourquoi suis-je venue apprendre dans ce fatal pays, qu'il se trouve des crimes parmi les Chrétiens, et des vertus chez les Infidèles? — Ma fille, lui dit Guillaume, la Providence se plaît quelquefois à orner un idolâtre des plus brillantes qualités, afin de montrer qu'en ayant tout aux yeux du monde, il n'a rien aux yeux de Dieu, s'il ne possède la vraie foi; et si en d'autres temps cette même Providence permet aux Chrétiens de tomber dans de grandes erreurs, c'est pour manifester la puissance de cette religion pleine de pardons, qui a toujours le sang du Christ tout prêt pour racheter le péché de ses enfants. Mais, ma fille, pourquoi toutes ces questions? que se passe-t-il dans votre âme, elle semble oppressée par une pénible agitation? la rougeur de la honte couvre votre front; quelle est donc la pensée qui peut faire rougir Mathilde? » A ces mots, la princesse cache son visage contre la robe de l'archevêque, elle verse des larmes, et répond d'une voix tremblante : « Mon père, le Sarrazin m'a surprise dans ses jardins, il m'a dit qu'il m'aimait, il a porté ses lèvres impures sur ma main; dans le trouble de mes esprits, je ne songeais pas d'abord à la retirer, et quand je l'ai fait, mon père, je l'ai fait sans horreur. » En écoutant cet aveu, l'archevêque se garde bien de montrer de la sévérité; mais il questionne adroitement sa jeune pénitente, il sonde au fond de son cœur, pénètre dans chaque repli, y poursuit, y surprend la trace fugitive d'une émotion récente, et ne peut méconnaître que Malek Adhel en est le seul auteur. Cependant, s'il est vrai que ce sentiment existe, il est encore si faible, que Guillaume s'en alarme peu; et, comme il voit des moyens d'en arrêter facilement les progrès, loin de croire nécessaire d'instruire Mathilde de ce qu'il soupçonne, il veut lui cacher ce qu'elle éprouve, il veut que l'idée de pouvoir aimer un Infidèle lui demeure à jamais inconnue, parce qu'il pense qu'il est des sentiments qui doivent toujours être regardés comme impossibles à l'innocence. Ainsi, sans parler à la princesse des dangers auxquels la faiblesse de son cœur pourrait l'exposer, il lui peint seulement ceux qui entourent une jeune fille qui ne vit point dans une retraite austère. « Quand on ne rend compte qu'à soi-même de ses actions, lui dit-il, et qu'on ne vit pas sous la sévère discipline du cloître, on se relâche dans la pratique des devoirs, on se permet des satisfactions qu'on croit innocentes, et qui, par les conséquences qu'elles entraînent, prouvent qu'elles ne le sont pas. Au lieu de vous rendre hier avec la reine dans le berceau d'orangers, si vous n'eussiez pas quitté cet oratoire, l'esclave d'Agnès ne vous aurait pas rencontrée, et vous ignoreriez encore une honteuse histoire dont j'aurais voulu ne vous parler jamais; et ce matin, quand vous avez été tentée par le désir d'aller vous promener seule au milieu des vastes jardins du palais, si vous aviez eu le courage de lui résister, et de venir vous enfermer ici, le prince ne vous aurait pas trouvée. Mathilde, vous êtes jeune, vous êtes belle, pleurez sur ces avantages qu'un monde insensé aime et admire, et que le fidèle craint et méprise; car ils exposent à de tels dangers, et entourent de tant d'occasions de faillir, que la fragilité humaine ne peut s'en garantir que dans le sein d'une profonde retraite. » La princesse, à ces mots, se prosterne, et promet une entière obéissance. Après un moment de repos, l'archevêque continue ainsi : « Et surtout, ma fille, ne regrettez jamais un monde dont les biens ne sont qu'illusions, les grandeurs que songes, et les plaisirs qu'impostures; un monde où la joie la plus sensible se change tout-à-coup en tristesse amère, et où le plaisir du soir nous afflige le matin : regrettez encore moins ces sentiments passionnés dont vous entendez souvent vanter les délices, et qui, presque toujours, perdent sans

retour ceux qui les éprouvent : tel est l'effet de tout amour humain, ma fille, il entre doucement dans l'âme, mais quand il y est entré, il blesse et donne la mort. »

Exaltée par tout ce que Guillaume venait de lui dire, Mathilde aurait pu, à la suite de cette conversation, être exposée aux plus dangereuses tentations, et rencontrer même le prince sans risquer seulement d'être émue; elle rentra dans sa chambre, dans une disposition bien plus paisible qu'elle n'en était sortie le matin. Agnès n'y était plus, Malek Adhel lui avait fait préparer un logement particulier auprès de celui de Bérengère, sous la condition expresse de n'en sortir qu'avec la reine. Mathilde fut bien aise de ne la plus trouver, car elle avait besoin de solitude, pour repasser tranquillement dans sa pensée tous les événements du jour; elle se promena en silence dans la chambre, méditant sur tout ce qu'elle avait entendu; elle s'arrêta près du siège où Agnès avait exhalé tant de plaintes quelques heures avant; elle frémit au souvenir des désordres de cette âme malheureuse, et appliquant à cette triste histoire une partie des paroles de l'archevêque, elle leva ses beaux yeux au ciel, et finit la journée en répétant plusieurs fois avec un accent tendre et douloureux : « Tel est l'effet de tout amour humain, il entre doucement dans l'âme, mais quand il y est entré, il blesse et donne la mort. »

CHAPITRE IX.

LA tyrannie que l'image de Mathilde exerçait sur l'âme de Malek Adhel, devenait chaque jour plus impérieuse; constamment occupé de cette seule pensée, elle le dégoûtait de tous les plaisirs, le poursuivait dans tous ses travaux, le distrayait de toutes ses affaires, et la nuit lui enlevait tout repos; car un tel amour ne dort point, il veille dans le sommeil même. Souvent le prince, soit en conférant avec ses amis, soit en passant la revue de ses troupes, s'arrêtait tout-à-coup, demeurait plongé dans une profonde rêverie, poussant de profonds soupirs, et ne voyant ni n'entendant plus rien de ce qui se passait autour de lui. Souvent il allait s'asseoir dans le bocage où il avait surpris la princesse ; là, se retraçant la beauté, les gestes, les regards de cette jeune fille, son imagination s'enflammait par ce souvenir, son cœur battait avec violence, d'impétueux désirs frémissaient dans tout son sang, et il formait la résolution d'aller surprendre Mathilde, et de la forcer d'être à lui ; mais tout-à-coup il croyait voir ses pleurs, il entendait ses cris, il se la représentait appelant sur lui la vengeance du ciel, l'accablant de son indignation et de sa haine ; alors sa résolution changeait, il ne pouvait se résoudre à affliger Mathilde, mourir lui eût semblé plus facile. Mais moins il osait, plus il aimait, et il ne se dissimulait point que cette sévérité de la princesse, qui mettait obstacle à ses désirs et lui ôtait tout espoir, était précisément ce qui la rendait si belle et si chère à ses yeux. En effet, comment eût-il été possédé d'un sentiment si extraordinaire, si elle eût ressemblé aux femmes qu'il avait connues ? Cependant, tout profond, tout terrible qu'était ce sentiment, il le chérissait, et ne l'aurait pas changé contre aucune des jouissances de sa vie passée ; sa profonde blessure lui semblait délicieuse, et il se reposait dans sa peine, faisant son plaisir de sa douleur. Pourtant les jours s'écoulaient sans lui apporter aucune consolation, il n'apercevait seulement plus Mathilde ; en vain se rendait-il chaque jour chez la reine d'Angleterre, la princesse ne s'y montrait jamais : plusieurs fois il en demanda la raison ; on lui répondait simplement, qu'engagée par sa religion à des vœux de profonde retraite, il lui était imposé de ne point paraître aux regards des hommes. De pareilles réponses ne faisaient qu'irriter sa passion, et un jour qu'il se trouva seul avec la reine, il laissa éclater toute sa douleur ; il lui déclara qu'il ne pouvait plus vivre sans voir Mathilde, que si on lui refusait cette satisfaction, il ne répondait plus de lui-même, et que, de

III.

maître doux et soumis, il deviendrait peut-être tyran furieux et forcené. « Cette fille divine, s'écria-t-il dans une extrême agitation, bouleverse toutes les puissances de mon âme ; il n'est point de domination plus absolue que celle qu'elle exerce sur moi ; il n'est aucun de ses désirs qui ne fût un ordre à mes yeux. Quelle est donc cette fierté européenne qui dédaigne de rien demander à un maître qui brûle de tout accorder ? Ignorez-vous, Madame, continua-t-il, poussé par cet instinct qui fait toujours deviner si juste le mot qui doit réussir, ignorez-vous tout ce que vous pouvez obtenir par l'intercession de la princesse ? En brisant vos chaînes sans en avoir reçu l'ordre de Saladin, je risque ma vie sans doute, mais combien je me croirais heureux que Mathilde me demandât un pareil sacrifice ! »

En écoutant ces paroles, Bérengère tressaille ; elle a entrevu qu'elle pourrait être rendue à son époux, et cette idée l'agite d'une inexprimable émotion ; trop pieuse cependant pour donner aucune espérance au prince, elle se permet seulement de le plaindre et de gémir sur une différence de religion qui met une barrière insurmontable entre Mathilde et lui. Le cœur de la reine d'Angleterre est fait, plus qu'aucun autre, pour s'attendrir aux souffrances d'un amour malheureux ; tout en compatissant à celles du prince, elle pense aux siennes, elle les peint, les exprime avec énergie, parle de Richard en épouse passionnée, et ne dissimule point que si son retour auprès de ce grand roi dépend des prières de Mathilde, il ne dépendra pas d'elle que Mathilde en adresse au prince. Malek Adhel n'en demande pas davantage ; il se retire. La reine passe aussitôt dans l'appartement de la princesse ; elle y trouve l'archevêque, et leur raconte tout ce qu'elle vient d'entendre ; « qu'elles pourraient être libres, que le généreux Malek Adhel consent à briser leurs chaînes, à les rendre à Richard, et que pour un tel bienfait il ne demande qu'un mot de Mathilde ; car il aime Mathilde, ajoute-t-elle, il l'aime avec une ardeur, un respect, dont

5

j'ai vu peu d'exemples parmi les plus nobles chevaliers. » Ces mots troublent la
vierge, une rougeur brûlante couvre les
lis de son front, elle baisse vers la terre
ses regards humiliés, et s'accuse d'avoir
inspiré de l'amour à un enfant de Mahomet. Bérengère blâme cet excès d'austérité, elle justifie le prince, et prétend
que, loin de lui faire aucun reproche,
on ne peut assez admirer sa conduite,
puisque, pouvant abuser de tout, il se
refuse même ce qu'il aurait droit de se
permettre, et qu'il n'est aucun prince
mahométan, et peut-être aucun prince
chrétien qui, maître absolu d'un objet
aimé, eût usé de la même modération.
A ces mots, Guillaume l'interrompt, et
lui demande, d'un ton un peu sévère,
quelles heureuses espérances elle pouvait
fonder sur un amour si coupable? « Mon
père, reprit-elle, si ma sœur pouvait
vaincre la répugnance que lui inspire le
prince, et se résoudre à le revoir pour
lui demander de briser nos chaînes....
une seule fois, pour obtenir notre liberté; Malek Adhel a juré de ne rien refuser à Mathilde. » Guillaume garda un
moment le silence, puis il répondit d'un
ton plus grave : « Je déclare à votre majesté que la princesse ayant agréé mes
soins, tant qu'elle m'accordera la même
confiance, et qu'elle demeurera libre de
ses actions, je ne lui permettrai pas de
se trouver un seul instant avec l'impie
qui a osé jeter un œil profane sur elle, et
je vous en dirais davantage, Madame, si
je ne respectais la pure et sainte ignorance
de la vierge dont les jours sont voués au
Seigneur. » La reine, accoutumée à
adopter aveuglément toutes les décisions
de l'archevêque, se garda bien de le con-
tredire, ni de presser davantage Mathilde
de se montrer aux regards du prince;
mais au fond de son âme, elle ne pouvait
approuver la conduite de Guillaume, et
osait y trouver plus d'obstination que de
raison et de véritable piété.

Le lendemain Malek Adhel ne manqua
point de se rendre de bonne heure chez
elle, car il se flattait, d'après la manière
obligeante dont elle avait accueilli ses

plaintes la veille, qu'elle aurait déterminé Mathilde à sortir de sa retraite;
mais en voyant son espérance déçue, il
se répandit en reproches amers et presque menaçants; il annonça que désormais
il userait envers ses prisonnières de la
même rigueur dont elles usaient envers
lui, « et puisqu'on refuse non-seulement
de me voir, s'écriait-il dans sa douleur,
mais même d'écouter les nouvelles que
j'ai à donner et les propositions que je
puis faire; je garderai un profond silence,
et d'autres que moi souffriront aussi du
supplice d'être privés de la vue de ce
qu'ils aiment. — Hélas! reprit Bérengère
tout en pleurs, où est votre bonté, où
est votre justice? Me punirez-vous de la
faute d'une autre, et mon sort doit-il
être à la merci des décisions de ma sœur?
— Je vous l'ai déjà dit, Madame, repartit le prince, votre sort dépend entièrement de Mathilde; je puis beaucoup pour
vous, mais il faut qu'elle daigne me parler et m'entendre. — Ah! s'écria vivement la reine, tant que l'archevêque de
Tyr sera auprès d'elle; nous ne gagnerons
rien sur son esprit. — Est-ce donc ce
prêtre qui l'indispose contre moi? demanda Malek Adhel, comme frappé d'un
trait de lumière. — Prince, reprit la reine,
Guillaume a de la sagesse, de l'expérience,
et une grande piété; il sait que ma sœur
a renoncé au monde, et qu'il faut, pour
qu'un tel sacrifice soit agréable au Seigneur, que celle qui le consomme le fasse
sans regret; peut-être craint-il qu'en
s'exposant souvent au danger de vous
entendre, l'innocente Mathilde n'emporte
au fond de son cloître un souvenir trop
vif d'un ennemi de son Dieu. »

C'en est assez pour Malek Adhel; il
sort précipitamment, déterminé à éloigner l'archevêque de Damiette; mais en
quel lieu l'enverra-t-il? Esclave en une
autre ville? il ne peut s'y résoudre : l'a-
mour, en le rendant passionné, n'a pas
le pouvoir de le rendre injuste. Le fera-t-il
donc partir pour le camp des Croisés? la
prudence voudrait bien s'y opposer, mais
la générosité approuve ce parti, et, dans
l'âme de Malek Adhel, la générosité l'em-

porté toujours sur la prudence; d'ailleurs, s'il nuit à son frère en envoyant aux Chrétiens ce véhément apôtre, ne sera-ce pas une raison de le défendre avec une nouvelle ardeur? et n'est-il pas sûr de lui faire plus de bien que tous les discours de l'archevêque ne pourront lui faire de mal. C'est ainsi qu'il se justifie à lui-même une résolution qui lui paraissait si coupable peu de jours avant, qu'il avait déclaré à l'archevêque que l'intérêt de son pays ne lui permettrait jamais de la prendre; mais c'est l'intérêt de son amour qui parle maintenant, et lui seul est écouté. Malek Adhel ne se permet pas de réfléchir plus long-temps, il semble craindre qu'une plus longue méditation ne lui montre toute l'imprudence du parti auquel il s'arrête, et il se hâte d'ordonner que l'archevêque soit à l'instant introduit devant lui. « Pontife du Christ, lui dit-il, d'après des nouvelles que je reçois de Saladin, j'ai des raisons de croire qu'il ne rendra la reine d'Angleterre à son époux qu'autant que les Chrétiens consentiront à lever le siége de Ptolémaïs. Je ne sais si l'amour de Richard l'engagera à ce sacrifice, votre sagesse devrait peut-être l'y déterminer, et pour vous donner tous les moyens d'y parvenir, je brise vos chaînes et vous renvoie au camp des Croisés avec Montmorency; instruisez Richard des dispositions de Saladin; s'il les accueille, je ne doute pas que son exemple ne soit une autorité pour tous les autres souverains, et que par conséquent il ne dépende de lui de terminer une guerre cruelle; mais s'il persiste dans ses desseins, s'il préfère Ptolémaïs à son épouse, qu'il sache que je suis prêt à le combattre, et que la même épée qui a renversé vos armées à Tibériade, saura bien les chasser de Ptolémaïs. »

Le pieux Guillaume est surpris de ce discours; la résolution du prince lui paraît si subite, si singulière, qu'il en conçoit des soupçons : il croise ses mains sur sa poitrine, penche sa tête dans l'attitude de la réflexion, et médite en silence quels peuvent être les véritables motifs du prince pour l'envoyer au camp des Croisés. Ce ne peut être, comme il le dit, pour engager Richard à se retirer de devant Ptolémaïs; ce serait une action si lâche, que la proposer est presque un affront, et Malek Adhel ne doit pas douter que plutôt que d'y consentir, Richard souffrirait mille fois la mort. L'archevêque voit bien que ce n'est qu'un prétexte pour l'éloigner de Damiette, et ne devine que trop les motifs du prince; mais pourquoi lui laisser la liberté de se rendre auprès des Chrétiens? Ne pouvait-il pas l'envoyer prisonnier ailleurs? Faut-il donc que jusque dans les torts de Malek Adhel il y entre de la magnanimité? Ah! cette passion qui peut lui faire faire une imprudence, et non pas une cruauté, effraie l'archevêque bien moins par sa violence que par cette sorte de grandeur d'âme qui s'y mêle, et qui est à ses yeux le plus noir des artifices de l'ange des ténèbres, parce qu'elle est la plus dangereuse des séductions... Non, il n'abandonnera point sa timide brebis à un péril si éminent; il soutiendra ce faible roseau, et lui montrera la voie de perdition qu'on ouvre devant elle.

Pendant qu'il réfléchit ainsi, Malek Adhel attend impatiemment sa réponse, et, voyant qu'il demeure toujours en silence, il le presse de s'expliquer; l'archevêque dit alors : « Vous auriez tort de croire que la tendresse de Richard pour son épouse pût l'engager jamais à l'action lâche et honteuse que vous lui proposez : pour la délivrer, il verserait tout son sang; mais, pour le bien de son pays et de sa religion, il donnerait la vie même de cette épouse si chère : tel est Richard, tels sont tous les princes chrétiens; et je vous déclare que, s'il était possible qu'ils accueillissent les propositions que vous venez de me faire entendre, j'emploierais tout mon ascendant sur eux à les en faire rougir. Non, prince, non, une pareille mission n'est point faite pour un ministre de paix, puisqu'elle ne peut servir qu'à rallumer une guerre plus cruelle; c'est à Montmorency qu'il appartient de dire vos propositions, c'est à lui seul à s'en charger... — C'est pourtant vous seul que j'en charge, interrompit impérieusement le prince, et ce soir même vous partirez avec la petite caravane qui doit accompagner Montmorency jusque au camp des Croisés. Je donnerai des ordres pour qu'on rende à votre âge et à votre caractère, tous les respects que je vous ai toujours rendus moi-même; mais je ne permettrai point que vous passiez un jour de plus à Damiette, et je veux être obéi. » Le ton absolu du prince ne pouvant laisser aucun espoir à Guillaume, il n'insiste plus; il pousse un profond soupir, et après s'être lentement incliné, il se retire et passe aussitôt chez la princesse d'Angleterre. « O ma fille! lui dit-il en entrant chez elle, je n'ai plus qu'un instant à vous voir; que Dieu veille sur vous; placez toute votre confiance en lui, car vous êtes perdue s'il vous abandonne : le prince craint ma vigilance, il m'éloigne d'ici. — Quoi! mon père, vous m'allez quitter! s'écrie Mathilde avec effroi. — Le temps des tribulations est arrivé, ma fille, réplique Guillaume d'un ton plein de véhémence, il faut le soutenir dignement; les épreuves que Dieu vous prépare sont une marque de son amour, il n'en envoie qu'à ses élus. O vous, future épouse du Christ! n'oubliez jamais que c'est ici qu'il a péri pour vous, que la terre où vous marchez est trempée du sang des martyrs, que tous ces déserts sont peuplés des enfants de la foi, et que tant d'illustres exemples ne doivent jamais vous laisser hésiter à faire, s'il le faut, le sacrifice de votre vie pour sauver votre honneur. — Hélas! mon père, reprit Mathilde tout en pleurs, je ne vous entends point; expliquez-vous : qu'ai-je à craindre, que dois-je faire, et que m'ordonnez-vous? — Mon enfant, repartit Guillaume, il n'est plus temps de vous rien cacher : jusqu'ici vous alliez à Dieu par le chemin facile de l'innocence, maintenant il vous appelle à lui par le chemin plus rude, mais plus glorieux, de la vertu, et il me commande d'éclairer les ténèbres de votre ignorance. Ce Sarrazin, ma fille, a conçu pour vous un amour criminel; l'impie, embrasé d'une flamme adultère, veut vous compter parmi ses épouses; vous, vierge chrétienne, fille des rois, épouse d'un Dieu!.... Vous frémissez, ma fille, et vous vous croyez déjà souillée de la seule pensée de cet abominable dessein..... Non, noble vierge, reprends courage, car ton courage peut te sauver : élève ton âme à la hauteur de ta destinée, repousse avec horreur le Sarrazin qui t'ose aimer, et, je te le répète, sache mourir s'il le faut, car Dieu te voit, le ciel s'ouvre, et la palme du martyre t'attend. » Les paroles du pontife jettent l'épouvante dans l'âme de Mathilde; elle se croit entourée d'abîmes et de feux dévorants, l'effroi la saisit; éperdue, hors d'elle-même, à genoux sur le plancher, elle cache son visage noyé de pleurs contre la robe de l'archevêque, et ne peut que répéter d'une voix entrecoupée par les sanglots : « Mon père, ô mon père! ne m'abandonnez pas. — Mon enfant, lui répond Guillaume avec un ton plein de douceur et de compassion, je vous ai déjà dit que l'impie mahométan redoute ma vigilance : mais en luttant seule contre les pièges du démon, votre gloire sera plus grande.... Cependant, si vous sentiez vos forces défaillir et votre vertu s'étonner, demandez, obtenez du prince la liberté de faire un pélerinage du côté du grand désert : là, parmi les débris d'un monastère ruiné, qui fut élevé par saint Jean Climaque, réside un enfant de Basile, un pieux anachorète : le monde l'a vu jadis revêtu des plus grandes dignités, célèbre par ses vastes connaissances, percer les mystères de la terre et des cieux; mais plus il se nourrit de la gloire humaine, plus il en sentit le vide. Il vit que l'homme doué de la plus rare intelligence, quand il n'est pas soutenu par Dieu, ne s'élève au-dessus des autres hommes que pour retomber de plus haut; il vit que tout ce que Dieu ne remplit pas n'est qu'un abîme sans fond : alors il rejeta toutes les vaines lumières qui ne lui montraient que la misère de l'homme, pour s'attacher uniquement à la seule lumière qui lui en montrait la gloire. Il se retira au désert, depuis trente années il y vit seul, consumant son temps en jeûnes, en prières, et à la pratique de l'hospitalité. Adressez-vous à lui pour soutenir votre faiblesse; il sait comment on résiste : demandez-lui ses prières, ses prières ont trouvé le chemin du ciel..... »

Guillaume n'eut pas le temps d'achever, Bérengère l'interompit : elle venait d'apprendre son départ, et en voulait savoir la cause. L'archevêque lui dit de quel prétexte le prince s'était servi pour l'éloigner de Damiette. « Dieu puissant! s'écria la reine, se peut-il que Saladin demande pour prix de ma rançon, la honte de Richard? Il ose lui proposer de lever le siége de Ptolémaïs; ce n'est qu'à cette condition que je puis être libre! ah! si telle est sa volonté, je puis mourir, car je ne verrai plus mon époux. » Elle dit, et tombe sur un siége, en proie au plus affreux désespoir. L'archevêque, ému de pitié, s'approche d'elle, et s'efforce de la consoler, en lui disant que Malek Adhel ne l'a point chargé de cette proposition, comme venant positivement de Saladin. Mais la reine l'écoute à peine; éperdue, elle s'écrie « qu'elle consent bien à donner sa vie pour son époux, et à mourir loin de lui plutôt que d'être sauvée aux dépens de sa gloire; mais qu'il sache du moins, ajoute-t-elle avec des sanglots déchirants, qu'il sache que je ne mourrai pas seule : je porte dans mon sein un gage de son amour, l'héritier de son nom et de son trône; faudra-t-il donc que ce cher enfant périsse aussi avec sa mère? Ne prendra-t-on point pitié de cette tendre victime? » A cet aveu de Bérengère, l'archevêque s'inclina respectueusement devant elle. « Illustre et malheureuse reine, lui dit-il, ne désespérez point de votre sort; la Providence veille sur vous; elle vous éprouve, mais ne vous abandonnera pas. Croyez-moi, un jour vous reviendrez à la cour d'Angleterre, présenter à ses regards enchantés l'auguste rejeton du grand Henri II. En attendant que les temps soient accomplis, relevez vos esprits abattus; songez qu'il ne vous est plus permis de vous livrer au désespoir, sans être coupable devant Dieu et devant votre époux. Et vous, Mathilde, je vous recommande la reine, entourez-la de soins, d'égards, et de complaisances; ne lui refusez jamais rien, hors les choses qui pourraient compromettre votre salut; sacrifiez-lui tous les biens terrestres : cet abandon de vous-même, que la religion vous commande, vous sera payé un jour avec usure..... Mais je ne puis vous en dire davantage; le temps fuit, le moment du départ approche, et je voudrais déterminer Agnès à partir avec moi; car je ne la croirai sauvée que quand elle sera loin d'ici. Adieu, princesses infortunées, que toutes les bénédictions du ciel tombent sur vous, et dans vos épreuves, n'oubliez jamais que ce qui passe avec le temps est court et peu de chose; que la résignation aux maux de la terre doit être facile à ceux qui savent qu'ils n'espèrent pas en vain; et qu'enfin, dans quelque situation qu'on se trouve, quand il semblerait que tout secours humain nous abandonne, il ne faudrait pas encore perdre courage, car Dieu peut faire plus que l'homme ne peut comprendre. »

En achevant ces mots, l'archevêque éleva ses mains sur les deux princesses, les bénit, et s'éloigna d'elles, le cœur ému de pitié et de tristesse.

CHAPITRE X.

GUILLAUME entra chez la fille d'Amaury pour lui proposer de partir le jour même avec lui, afin de hâter l'instant de sa pénitence. « Si vous craignez, dit-il, de reparaître dans le camp des Chrétiens, nous nous arrêterons dans le monastère fondé par sainte Hélène, sur le sommet du Carmel; c'est là que vous serez reçue par de saintes filles qui, soumises aux pratiques les plus sévères, et exemptes d'aucune souillure de corps et d'âme, vivent néanmoins dans une si grande humilité, qu'elles ne croiront jamais pouvoir s'élever au-dessus de vous, ni songer à vos fautes que pour en demander le pardon au trône de la grâce céleste :

c'est dans cette retraite, Agnès, que, couchée sur le sac et la cendre, vous expierez votre vie passée, et que vous pourrez dire avec le prophète : Seigneur, nourrissez-moi du pain de mes larmes, et faites-moi boire en abondance l'eau de mes pleurs. »

Au premier mot de l'archevêque, la princesse de Jérusalem avait tressailli, et son visage s'était couvert d'une brûlante rougeur : quand il eut achevé, elle détourna ses regards avec une dédaigneuse fierté, et ne répondit point ; alors il ajouta : « Prenez garde, Agnès, ne laissez pas endurcir votre cœur ; car au-dessus du malheur d'être coupable, il y a encore le malheur de ne pas se repentir. — Mon père, reprit-elle avec une agitation qu'elle ne pouvait contenir, je vous en prie, abandonnez-moi, car, je vous le déclare, je ne puis pas, non je ne puis pas me repentir encore ; il n'y a de place dans mon cœur que pour un seul sentiment, la vengeance!.... — Hé bien, Agnès, repartit Guillaume, s'il faut du sang, s'il faut de la vengeance à votre âme violente et haineuse, je ne m'y oppose pas ; venez, suivez-moi au camp des Croisés ; venez reporter votre courage à la tête de nos armées ; reprenez la lance et l'épée, couvrez-vous du sang des Infidèles..... — Oui, je m'en couvrirai, interrompit-elle d'une voix terrible ; puis, s'arrêtant tout-à-coup, elle reprit avec plus de modération : mais le moment n'est pas venu encore ; il faut l'attendre, mon père, je ne partirai point avec vous. — Écoutez, malheureuse fille, reprit l'archevêque d'un ton plein de compassion, vos crimes furent si grands, que s'il y avait des bornes à la clémence divine, je ne pourrais vous en promettre le pardon, mais d'une miséricorde infinie on peut tout attendre, tout espérer ; quelque profond que soit l'abîme où nous sommes, cette miséricorde qui est partout est encore là ; elle est près de vous, Agnès ; elle n'attend qu'un mot de repentir sincère pour vous reprendre au nombre de ses enfants : ô Agnès ! votre cœur n'est-il pas touché de tant de bon-

té?.... O Agnès ! ne déchirez point mon cœur par votre silence. » La fille d'Amaury continuait à se taire. L'archevêque tomba à genoux. « O mon Dieu ! s'écria-t-il, daignez lui inspirer de la pitié pour elle-même : votre pardon est tout prêt ; mais ce n'est pas assez encore, forcez son cœur à vous le demander.. » Agnès continua à se taire. Guillaume se releva le visage baigné des larmes de charité ; quand son émotion lui permit de reprendre la parole, il dit : « Ainsi le fruit de votre crime demeurera éternellement dans ce monde et dans l'autre, et tandis que son souvenir subsistera encore dans celui où vous ne serez plus, vous gémirez sans fin dans ces lieux terribles où le pardon n'entra jamais. »

A ces mots, Agnès fut saisie d'un frémissement involontaire ; mais, avec un geste d'impatience, elle fit entendre qu'elle en avait assez : Guillaume se retira alors, il marcha vers la porte ; au moment de la refermer sur lui, il s'arrêta encore, et, les yeux fixés sur Agnès, il attendait qu'un mot, une larme, lui demandassent la grâce qu'il brûlait d'accorder : l'inflexible Agnès continua à se taire, et levant la main en signe d'adieu, elle détourna la tête avec un orgueil qui éteignit toute espérance dans l'âme du digne prélat. « Seigneur, c'en est donc fait, s'écria-t-il, vous vous êtes éloigné d'elle sans retour : hélas ! j'aurais donné ma vie pour la sauver, mais elle n'a pas voulu être sauvée, ou plutôt, mon Dieu, c'est vous qui avez voulu que la vue d'un si effroyable endurcissement fût un exemple pour celles qui, pures encore, pourraient s'aveugler sur les suites d'un sentiment coupable..... Mon Dieu, si telle est votre volonté, je courbe ma tête, je me soumets, et je pars. »

L'archevêque fut joindre la petite caravane qui l'attendait en dehors de la porte orientale de Damiette : il y trouva avec Montmorency plusieurs captifs chrétiens qui, venant de se racheter, avaient profité de cette occasion pour s'attacher au service du premier baron de la chrétienté. et le suivre en Syrie. Leur troupe était encore augmentée de plusieurs moines pélerins qui allaient chercher à Tyr un bâtiment pour les conduire en Europe; le reste de la caravane était composé de soldats musulmans chargés de la protéger; et telle était la force des ordres qu'ils avaient reçus de Malek Adhel, que, pendant toute la route, aucun d'eux ne s'écarta un moment des égards et du respect que leur maître leur avait commandé d'avoir pour les Chrétiens qu'ils conduisaient. Ils prirent leur chemin le long des côtes de la Méditerranée, afin que la brise de mer vînt les aider à supporter l'ardeur brûlante des sables de Suez. Toutes les villes où ils passaient étaient tombées sous la domination de Saladin, et il n'y en avait aucune, surtout en Syrie, qui ne portât quelques vestiges de l'antique splendeur des Chrétiens, et dont une église ruinée, un autel brisé, une croix vermoulue, ne révélât le nom de ses anciens maîtres. A la vue de ces chères et respectables images, abattues et traînées dans la fange, l'archevêque soupirait de douleur, Josselin frémissait d'indignation; et tandis que le premier demandait à Dieu de permettre que toutes ces brillantes cités fussent reconquises par les fils de la foi, le second jurait sur son épée de les reconquérir un jour. Ils voyaient tous les ports en activité, préparant des flottes pour détruire les Chrétiens; à cet aspect, le jeune héros français, dominé par sa valeur, ne pouvait être maître de sa colère: son âme tout entière s'élançait hors de lui, il brûlait de combattre et se désolait de ne le pouvoir encore: plus d'une fois oubliant et sa position et ses chaînes, oubliant qu'il était seul, et que des milliers d'ennemis l'entouraient, il aurait tiré l'épée contre ces destructeurs du vrai culte, s'il n'eût été retenu par la prudence de l'archevêque; alors il laissait retomber son glaive en dissimulant à peine son fier dépit; souvent aussi la sagesse de Guillaume l'avait forcé à renfermer en lui-même l'ardeur qui le transportait au seul nom de la princesse d'Angleterre: ce n'est pas qu'il l'aimât comme on aime une femme ordinaire; il la

voyait comme créature divine, qui, réunissant tout ce qu'il pouvait imaginer du ciel, excitait des adorations auxquelles un seul désir n'aurait osé se mêler, et à ses yeux c'eût été faire l'éloge des anges, que de dire qu'ils ressemblaient à Mathilde.

Enfin, après avoir vu fuir successivement à leurs yeux, pendant plusieurs journées de marche, Gaza, Joppé, Césarée, et Ascalon, ils aperçurent le mont Carmel avec ses rochers et son monastère, et dans la vaste plaine qui le sépare de Ptolémaïs, leurs regards charmés distinguèrent enfin les bannières de la croix qui flottaient sur la tente des Chrétiens.

A cette vue, la poitrine de l'archevêque s'oppresse d'une sainte joie; il étend les bras vers ses frères, les bénit de loin, et, oubliant sa faiblesse et son âge, précipite ses pas vers eux. Montmorency seul peut le suivre, le reste de la caravane demeure en arrière; cependant la garde avancée des Chrétiens, en voyant dans le lointain une troupe de soldats musulmans, et plus près, un prêtre et un guerrier qui semblent regarder le camp avec attention, ne sait si ce ne sont pas deux Infidèles déguisés, et dans la crainte d'une surprise, elle sonne l'alarme et appelle à son aide: tous les Croisés sont aussitôt en mouvement, ils s'arment à la hâte, ils accourent, et au moment où ils se présentent en dehors des retranchements, ils aperçoivent le vénérable archevêque de Tyr avec ses cheveux blancs couverts de poussière, et son bâton à la main. Lusignan l'a reconnu le premier; il s'élance, il s'écrie: « En croirai-je mes yeux? est-ce vous que je vois, mon père, êtes-vous l'ange de paix destiné à ramener l'union parmi nous? » Il n'avait pas achevé, que déjà Montmorency était aux pieds de Philippe-Auguste: ce digne monarque le relève avec bonté, le presse entre ses bras, et témoigne la joie qu'il éprouve en revoyant près de lui le plus ferme soutien de son trône. Richard, plus ému encore, prend la main de l'archevêque, le regarde fixement sans oser lui faire une question. Guillaume l'entend et lui dit : « Grand prince, ne craignez rien : il n'y a que peu de jours que j'ai quitté votre épouse et votre sœur; elles sont pleines de vie; je les ai laissées à Damiette, sous la protection du noble Malek Adhel. — Y sont-elles traitées en esclaves, mon père? interrompit vivement Richard. — Elles ne pourraient, dans le palais même de la Grande-Bretagne, être entourées de plus de respects et d'honneurs; mais, ajouta Guillaume, le détail de leur situation, les motifs qui m'amènent ici, et les explications que j'oserai vous demander, seront le sujet de plus d'une conférence : en ce moment, mon premier soin doit être de vous solliciter en faveur des soldats musulmans qui nous ont escortés. Permettez-leur de se rendre à Ptolémaïs; c'est une grâce que je leur ai promis d'obtenir de vous, et qui sera la juste récompense de la manière généreuse dont ils nous ont conduits jusqu'ici. » La demande de l'archevêque fut accueillie unanimement : plusieurs soldats chrétiens, la croix rouge sur le dos, le casque en tête, et le sabre en main, voulurent même se charger d'accompagner les Sarrazins jusqu'aux portes de Ptolémaïs; et touchés mutuellement de cet échange de service, ils semblaient pendant ce court voyage, plutôt disposés à se soutenir en frères qu'à combattre en ennemis.

Cependant, la nouvelle de l'arrivée de Guillaume et de Montmorency a répandu la joie parmi tous les Croisés; il n'en est aucun pour lequel la vue de l'archevêque ne soit le signal de l'union et de la concorde : on dirait que toutes les haines s'apaisent à son approche, et que la confiance qu'il inspire est si puissante, qu'avant même d'avoir parlé, tous les cœurs sont disposés à le croire. Il demande au prince de consentir à convoquer un conseil général pour le lendemain matin; tous promettent de s'y rendre : alors il traverse le camp au milieu des acclamations générales, et va prendre quelque repos sous la tente de Richard, tandis que Montmorency accompagne Philippe-Auguste sous la sienne, et voit tous les

Français, charmés de son retour, s'empresser à sa suite, et faire retentir les airs du nom glorieux de leur jeune héros.

En attendant le conseil du lendemain, Guillaume ne demeure pas tranquille; il s'occupe de préparer les esprits à l'entendre : il s'informe des causes de la division; il parle avec force à Richard, reproche à Lusignan une opiniâtreté qui peut perdre l'Empire, et ose remontrer à Philippe-Auguste que ce n'est pas pour faire un roi de Jérusalem, mais pour conquérir la cité sainte qu'il s'est rendu en Orient : il entretient aussi en particulier le duc de Bavière qui commande les Allemands depuis la mort de l'empereur Frédéric [1]. Il se fait un appui d'Esmengards d'Aps, grand-maître des Hospitaliers, et enfin une conversation de peu d'instants ramène entièrement à son opinion les Génois, les Flamands, les Templiers, et les chevaliers de Saint-Jean. Alors il se retire : avant de permettre au sommeil de fermer ses paupières fatiguées, il va au pied des autels remercier Dieu des espérances qu'il ose concevoir, et lui demander des paroles sages et éloquentes qui puissent toucher le cœur des rois, et opérer le lendemain l'œuvre difficile et importante de la réconciliation des Chrétiens.

CHAPITRE XI.

L'AURORE commençait à peine à rougir l'horizon, que l'archevêque s'acheminait déjà vers la salle du conseil : trois trônes y sont élevés : Richard occupe l'un, Philippe s'assied sur l'autre, le troisième, destiné à l'empereur d'Allemagne, demeure vide. Le duc de Bavière se place un peu au-dessous. Plus bas encore sont les électeurs de l'Empire, et les pairs de France : les barons anglais se rangent selon leur rang; les princes de l'Église suivent le même ordre. Le quatrième côté

[1] Frédéric Barberousse, qui mourut auprès de Larenda, pour s'être baigné tout en sueur dans le fleuve Cydnus; Frédéric de Souabe, son fils, prit après lui le commandement de l'armée, mais ne lui survécut pas long-temps.

de la salle est reserve pour les Orientaux : on y voit le prince d'Antioche et celui de Galilée, les comtes de Jaffa et de Tripoli, les chevaliers du Saint-Sépulcre et de l'ordre Teutonique; enfin sur le devant paraissent Lusignan et Conrad : ces deux fiers rivaux, assis sur un siége de la même hauteur, semblent indignés d'une égalité qui leur paraît un affront, et présentent à l'assemblée l'étonnant spectacle de deux rois de Jérusalem disputant avec acharnement la possession d'un royaume où règne un troisième roi. A peine tous les souverains, avec leurs sceptres, leurs couronnes et leurs manteaux de pourpre, sont-ils assis et en silence, que l'archevêque de Tyr se lève, la tête nue et les yeux enflammés : il expose avec force les funestes effets de la discorde qui s'est élevée dans le camp; il prouve que c'est elle seule qui empêche les Chrétiens d'être maîtres de Ptolémaïs et de marcher à Jérusalem; il tonne contre ceux qui, préférant un avantage temporel à l'avantage de la religion, seront les seuls auteurs des maux affreux qui menacent les Croisés; il s'efforce aussi de blesser leur orgueil, en leur montrant que leurs vaines dissensions les rendent la risée des Mahométans. « Mille fois, ajoute-t-il, je leur ai entendu répéter entre eux : Hé quoi ! tant de puissants rois n'ont-ils donc traîné tous leurs sujets et leurs trésors du fond de l'Occident, que pour former un camp sur nos terres et n'en pas oser sortir. Ce n'est par tout, continue Guillaume, tandis que vous perdez le temps le plus précieux et la saison la plus favorable, croyez-vous que Saladin demeure spectateur oisif de vos funestes débats? Dans toutes ses provinces il assemble des troupes; dans tous ses ports il équipe des flottes; partout j'ai trouvé ses peuples en activité, se préparant à la guerre avec la plus belliqueuse ardeur : maître de tant de forces, qu'attend donc Saladin pour fondre sur vous et vous anéantir? Ce qu'il attend? le secours d'un auxiliaire plus puissant, plus meurtrier que ses armées, et qui, chaque jour, s'avance vers vous, portant dans son sein la soif, la famine, et de pestilentiel les exhalaisons : quand le cancer brillera dans le zodiaque, que la canicule versera sur vous ses feux dévorants, que les fontaines seront taries, que les plantes et les fruits tomberont desséchés sur une terre aride et brûlée, et qu'incapables de résister à tant de fléaux, vos corps épuisés ne pourront plus supporter le poids des armes; alors Saladin, comme une comète foudroyante, se présentera tout-à-coup devant vous; le lion de la guerre, le terrible Malek Adhel l'accompagnera; ils feront briller leur glaive destructeur, et tout tombera devant eux; et en peu d'heures, de tant de nobles chevaliers qui avaient ceint l'épée pour la défense du fils de Marie, il ne restera qu'un peu de cendres et beaucoup de honte; et ce camp où nous sommes maintenant, ce camp rempli encore de soldats et de héros, changé en un vaste cimetière, ne rappellera aux nations futures que la honte de votre défaite et le triomphe de nos ennemis. » Une peinture si hardie étonne l'assemblée; tous les esprits sont agités; un murmure général se fait entendre : Richard et Philippe-Auguste, émus du sort que leur prédit l'archevêque, surpris qu'on doute de leur courage, se lèvent par un mouvement simultané, et jurent que, s'ils doivent mourir, ils ne mourront pas sans gloire. Lusignan paraît affecté d'une vive douleur, mais le visage du marquis de Tyr ne change point; inflexible dans ses projets, et fier de posséder seul une ville dans la Palestine, il se croit au-dessus des rois qui l'entourent, des événements qu'on lui annonce, et sa volonté n'est pas ébranlée. Cependant Guillaume s'aperçoit qu'il a réussi à émouvoir ses auditeurs, et qu'ils vont peut-être s'effrayer jusqu'au découragement, s'il ne ranime leurs espérances; alors, reprenant la parole d'une voix pleine de douceur, il leur montre les avantages incalculables d'une prompte réconciliation. « Tandis que les Sarrazins vous croient en proie à vos sanglantes querelles, et qu'ils s'endorment sur cette pensée, que Saladin est encore à Jérusalem, et Malek Adhel en Égypte, rassemblez-vous; semblables à un ouragan qui emporte tout dans sa course; fondez sur vos ennemis sans tarder davantage; que demain à la pointe du jour Ptolémaïs soit attaquée par toutes vos forces réunies, et le soir même vous y entrerez triomphants, et vous planterez sur ses murailles démantelées l'étendard glorieux de la croix. »

L'éloquence de l'archevêque s'animant par cette grande image, il fait une peinture véhémente des triomphes qui suivront ce premier triomphe; il montre les Infidèles éperdus fuyant devant les Chrétiens, et ceux-ci, poussant vigoureusement leur victoire, se frayer un chemin jusqu'à Jérusalem, et s'en rendre maîtres avant que Malek Adhel ait eu le temps de s'avancer au secours de son frère. Tel que ces hommes divins qui, inspirés par le ciel, montraient jadis l'avenir aux regards des autres hommes, Guillaume, rempli des flammes de l'enthousiasme et de la religion, peint à tous les Chrétiens qui l'écoutent, l'instant si beau où les portes de Sion s'ouvriront devant eux, où leurs mains s'occuperont de réédifier le temple saint, et où ils pourront couvrir des palmes de la victoire ces mêmes lieux que leur Sauveur a couverts pour eux de tout son sang. Cette espérance que conçoit l'archevêque, passe dans l'âme de tous ses auditeurs. Il n'y a plus qu'un cri, qu'une volonté : chacun brûle de combattre, et les partisans de Conrad, se mêlant avec ceux de Lusignan, oublient leur précédente animosité, et ne voient plus que des compagnons d'armes dans ceux que, peu d'heures avant, ils considéraient encore comme des ennemis. Cependant, le prudent Guillaume ne se contente pas d'une réconciliation qui, née de l'effervescence du moment, pourrait en avoir la durée; il veut qu'elle repose sur des bases plus solides; et, profitant des dispositions de l'assemblée et de l'ascendant qu'il y exerce, il sollicite encore son attention, et dit : « Et moi aussi je désire que tous ces braves soldats, ces grands capitaines qui vont

répandre leur sang pour reconquérir la cité sainte, sachent à qui, après Dieu, ils en offriront l'hommage. Je vois devant mes yeux deux princes qui y prétendent; tous deux, soutenus par d'illustres protecteurs, me présentent, avec des droits égaux, une opiniâtreté aussi invincible. Je sais bien que la couronne de Jérusalem appartenait à Sibylle, et qu'étant morte sans postérité, elle n'a pu transmettre ce précieux héritage qu'à sa sœur Isabelle, épouse de Conrad; il semblerait donc que celui-ci devrait être regardé comme seul et légitime possesseur du trône de Baudouin; cependant Lusignan qui fut sacré roi par le vœu unanime de ses sujets, est encore plein de vie; et je vous le demande à vous tous, souverains qui m'écoutez : un si auguste caractère, une si éminente dignité, peut-elle jamais se perdre autrement que par la mort? et quiconque l'en dépouillerait tant qu'il existe encore, et s'emparerait de son sceptre, mériterait-il un autre nom que celui d'usurpateur? Je vois, illustres monarques, qu'une telle vérité vous touche, et comme aucun de vous ne souffrirait l'affront qu'on veut faire à Lusignan, aucun de vous ne permettra qu'il le supporte. Cependant, afin que Conrad ne perde pas les droits dont son hymen avec Isabelle l'a si justement et si légitimement revêtu, prononcez que, durant les années que le ciel destine encore à Lusignan, lui seul sera regardé par les Chrétiens comme roi de Jérusalem; mais qu'après sa mort, soit que la faveur d'un nouvel hyménée lui ait accordé ou non une postérité, le trône n'en appartiendra pas moins et pour toujours à Conrad et à ses descendants. » Cette proposition fut reçue avec des acclamations universelles, car elle satisfaisait également, et l'impatience que chacun éprouvait d'en venir à un accommodement, et les promesses par lesquelles les deux partis s'étaient engagés à soutenir les droits respectifs de leurs protégés. Richard ne pouvait-il pas dire à Lusignan : Je me suis engagé à vous faire nommer roi de Jérusalem, vous l'êtes, voilà mes serments remplis;

et Conrad, qu'avait-il à demander à Philippe-Auguste? ne venait-on pas de lui assurer la possession de la Palestine? Il se peut bien qu'au fond de l'âme ces deux fiers rivaux étaient loin d'être satisfaits; mais entraînés par le mouvement de l'assemblée, et voyant que leurs plus zélés protecteurs les pressaient de se déterminer, ils se soumirent et acquiescèrent à la proposition de l'archevêque. Alors tous les rois et les grands se levèrent, et, s'approchant d'une table où était le livre des Évangiles, couvert d'une étoffe de soie, ils y posèrent la main avec respect, et jurèrent sur ce saint objet de leur culte, d'exécuter ponctuellement les conventions qui venaient de leur être proposées par l'archevêque de Tyr. Cette cérémonie achevée, Richard s'écria : « A demain l'assaut de Ptolémaïs! — A demain la prise de Ptolémaïs! » ajouta Philippe-Auguste. A cette exclamation des deux plus grands souverains du monde, l'assemblée entière répondit par des cris si vifs et si valeureux, qu'ils retentirent dans tout le camp, et que les soldats, émus par ces acclamations belliqueuses, sentirent leur sang enflammé d'une nouvelle audace, et espérant qu'on allait les rendre aux combats, ils se réunirent autour de la salle du conseil, afin de savoir plus tôt quand ils disposeraient de la victoire. On se hâta de leur apprendre que le lendemain à la pointe du jour ils seraient sous les murs de Ptolémaïs, et qu'avant la fin de ce même jour il faudrait en être maître; tous s'y engagèrent avec cette ardeur de volonté qui, ne connaissant point d'obstacles et comptant pour rien les travaux, promettrait de faire l'impossible, parce qu'elle a la conscience qu'il n'y a rien d'impossible pour elle.

Cependant, avant que l'assemblée se sépare, Montmorency demande à être écouté. Chacun se rassied; seul il se lève, et dit : « Souverains et chevaliers, la cause de Dieu que nous allons défendre est assurément la plus belle de toutes; mais peut-être que celle de l'infortune et de l'innocence ne doit pas être moins sacrée pour nos cœurs. Qui de nous ne

gémit de savoir la reine d'Angleterre dans les fers, et Malek Adhel osant nous demander pour prix de sa rançon une honteuse retraite? Mais qui pourra ne pas s'indigner, en sachant que ce même Malek Adhel, épris des charmes de la princesse Mathilde, attente à la pudeur de cette vierge divine, en lui parlant chaque jour de son coupable amour! si jusqu'à présent il n'a pu se défendre de respecter la fille des rois, qui sait si bientôt, fatigué des rigueurs qu'il essuie?...... Je vous vois frémir à cette seule pensée, sire, continua-t-il, en s'adressant à Richard, et déjà vos vœux, comme les miens, demandent à cette auguste assemblée de jurer avec nous de voler au secours de ces illustres princesses, aussitôt que notre valeur nous aura ouvert les chemins de Damiette. Je suis loin de prétendre cependant que toute l'armée doive abandonner ses conquêtes de Palestine pour marcher en Egypte; mais je désire seulement qu'il soit permis à tous les chevaliers qui ont fait vœu d'honorer et de servir la beauté, de se joindre à moi pour aller délivrer la princesse Mathilde, et la rendre pure et sans tache à ce ciel qui l'attend, ou aux trônes du monde qui la désirent et la réclament. — Si tel est le vœu qu'il faut avoir fait pour vous suivre, repartit vivement Philippe-Auguste, quel chevalier restera ici? L'honneur et la beauté ne sont-ils pas la devise de tous, les rois eux-mêmes en ont-ils d'autre? Je jure Dieu que Damiette me verra avec vous à ses portes! — Sire, interrompit Richard, nous ne pouvons tous deux abandonner l'armée, et je pense que votre majesté ne me disputera pas le droit d'aller arracher mon épouse et ma sœur aux fers qu'on a osé leur donner. — Je crois, s'écria Lusignan à son tour, ne mériter de rentrer dans ma Jérusalem qu'autant que j'aurai commencé par soutenir la cause de l'infortune; mon bras, mon sang, et ma vie, sont à la princesse Mathilde; et je ne crains pas d'avouer que s'il ne fallait que le sacrifice de mon trône pour obtenir sa main, je n'hésiterais pas à le faire. » A cette déclaration, Ri-

chard serre affectueusement la main de
son frère d'armes, et semble déjà lui
donner son consentement. Montmorency
s'en aperçoit; profondément blessé de
voir prononcer et accueillir des prétentions que sa modestie l'avait empêché
d'exprimer, il reprend avec hauteur :
« L'intention de Lusignan me paraît peu
réfléchie; car je ne pense pas qu'il veuille
faire dire de lui que lorsqu'il a perdu son
royaume il était à la tête de l'armée, et
qu'il n'y était pas quand il l'a reconquis. »
Lusignan s'offense de ce discours, et
veut à l'instant même en tirer vengeance;
mais les deux rois interposent leur autorité, et aidés par Guillaume, ils parviennent à apaiser le ressentiment des
deux chevaliers. Alors on revient à la
proposition de Josselin, et on décide
qu'après la prise de Ptolémaïs il sera formé une troupe de mille guerriers, sous
le nom de *Chevaliers de la Vierge*;
que Richard la commandera, et que
Montmorency combattra immédiatement
sous lui; mais que le nom de tous les
autres prétendants sera jeté dans une
urne, pour que le sort décide entre eux,
à l'exception cependant de celui de Philippe-Auguste, qui ne peut quitter l'armée en même temps que Richard; de
celui de Lusignan, qui ne doit point
s'éloigner de son royaume tandis qu'on
combat pour le lui rendre; et de celui de
Conrad qui, hautain et sauvage, ne pense
pas que l'honneur d'une femme mérite
l'honneur d'un combat.

Tous ces grands intérêts étant ainsi
terminés, on dresse le plan d'attaque du
lendemain : Richard, à la tête de ses
Anglais, et soutenu par les Hospitaliers
et les Flamands, doit s'emparer de la tour
de l'est. Philippe-Auguste promet de forcer celle de Nazareth, qui s'élève au
midi : Lusignan se portera vers les points
les plus faibles des murailles qui entourent la ville, y placera les vastes machines construites depuis longtemps pour
abattre Ptolémaïs; et Conrad, avec un
souris amer, s'engage à le soutenir. Cependant, pour que tous ces préparatifs
ne soient pas aperçus des assiégés, on
entoure le camp de hautes palissades d'o-
liviers : chaque souverain donne ses ordres, se prépare au combat, écarte le
repos, et ne respire que la guerre. A
peine le crépuscule du soir est-il arrivé,
que Montmorency, à la tête de mille pion-
niers, profite de l'obscurité pour commencer à détruire en silence les avant-
murs de la ville, appelés murs de bar-
bacane : Lusignan fait rouler lentement
une tour de bois remplie d'armes meur-
trières, et la place en face d'une brèche
mal réparée : des corps de Tyriens portent
sur leurs épaules des balistes, des béliers,
et autres instruments de guerre qu'ils
dressent contre les murailles : tous ces
mouvements se font avec précaution, en
silence, et jamais les avant-coureurs de
la mort ne s'annoncèrent avec moins de
bruit et d'éclat. Tandis que tout se prépare ainsi pour l'assaut terrible du lendemain, les habitants de Ptolémaïs, se
reposant avec une aveugle confiance sur
la dissension qui, jusqu'à ce jour, a retenu les Chrétiens enchaînés dans leur
camp, sommeillent en paix sans se douter que l'ange de destruction s'avance
vers eux, et plane déjà sur leurs têtes.
A peine l'aurore a-t-elle paru, qu'éveillés
tout-à-coup par le son des trompettes,
le retentissement des armes, et le hennissement des chevaux, ils s'élancent sur
leurs remparts, et voient avec effroi l'appareil terrible qui les menace de tous côtés : leurs murs, attaqués dans leurs fondements par des milliers de soldats, ne
seront bientôt plus qu'une vaine défense :
dans l'espoir d'interrompre les travail-
leurs, les Musulmans jettent sur eux des
pierres enflammées et du plomb fondu;
ils sont bientôt repoussés par les flèches et
les traits dont on les accable. Cependant
ils reviennent à la charge, et, commandés par le brave Metchoub, auquel Saladin a confié la défense de Ptolémaïs,
ils opposent une fermeté constante et
opiniâtre à l'ardeur fougueuse des Chrétiens : déjà plusieurs tours sont renversées, les fossés à demi comblés, les brèches ouvertes en plusieurs endroits, les
Croisés prêts à monter à l'assaut, et

Cependant les assiégés ne parlent point de se rendre; Richard irrité sent croître sa valeur avec leur obstination; il anime ses troupes, les efforts redoublent, l'intrépidité ne connaît plus d'obstacles; les poutres armées de fer, les faux tranchantes, le terrible bélier, sont dirigés contre la tour de l'est; bientôt elle s'ébranle, croule, et tombe avec un fracas horrible, entraînant dans sa chute les guerriers qui la défendaient : Richard s'élance à travers les décombres, il est maître des faubourgs; pendant assez long-temps les Sarrazins lui disputent le terrain, mais, s'apercevant bientôt que les Chrétiens sont victorieux sur tous les points, ils fuient épouvantés dans leur seconde enceinte : Philippe-Auguste, maître de la tour de Nazareth, s'unit à Richard pour ne donner aucun relâche aux vaincus, et tous deux s'apprêtent à tenter l'escalade du second retranchement.

Tandis qu'ils poursuivent ainsi leur victoire, ils apprennent avec étonnement que, du côté de la mer, Montmorency vient d'en obtenir une plus brillante encore, qu'il est maître du port, des tours qui le protégeaient, et, que s'ouvrant des routes inaccessibles à tout autre guerrier, à l'aide de ponts suspendus qu'il a fait jeter du haut des machines extérieures sur les murs de la ville, il n'a plus que quelques ennemis à renverser pour être maître du faubourg de l'occident, et revenir joindre le reste de l'armée. Il ne se fait pas longtemps attendre. Hors le bras de Malek Adhel, il n'y a point d'obstacle capable d'arrêter sa valeur; le voilà au pied de la seconde enceinte que l'épée de Richard et la lance de Philippe-Auguste ont déjà commencé à ébranler; mais le jeune héros veut des moyens plus prompts; de sa propre main il dresse une échelle contre le mur, et monte le premier à l'assaut : à quelque distance, Lusignan suit son exemple; et tous deux, animés du désir de se surpasser, bravent, avec une audace sans exemple, les traits qu'on fait pleuvoir sur eux : cependant Montmorency vient d'atteindre les créneaux; il y touche, il est vainqueur : oubliant alors les dangers qui le menacent et les ennemis qui l'entourent, il jette au loin le bouclier qui défendait sa tête; et saisissant dans les mains des guerriers qui le suivent l'étendard de la croix, il l'arbore le premier au haut de la muraille, et donne ainsi aux Chrétiens le signal glorieux de leur triomphe : en vain les Sarrazins s'efforcent de l'abattre, le jeune héros défend sa victoire avec cette même valeur qui la lui a fait obtenir : il paraît debout au faîte des remparts, saute dans l'enceinte, se place devant la bannière sacrée, et, avec sa seule épée, écarte les Infidèles et les empêche d'approcher.

Cependant l'échelle où il vient de se frayer une si glorieuse route est renversée avec tous les guerriers qu'elle portait, et il se voit seul au milieu d'une foule d'ennemis; mais il est avec son courage, et il ne s'effraie pas : les Sarrazins, honteux d'être repoussés par un seul Chrétien, reviennent en foule vers lui; tandis que son bras invincible les renverse d'un côté, il reçoit de l'autre un coup de hache qui fend son casque en deux parties, sa tête reste nue et sans défense : à l'aspect de sa jeunesse et de sa beauté, les Musulmans s'arrêtent immobiles, étonnés de voir dans un âge si tendre une si indomptable valeur; ils paraissent craindre de donner la mort à celui qu'ils ne peuvent s'empêcher d'admirer; mais du haut de la citadelle, Metchoub a reconnu le héros; il accourt, se précipite, anime ses soldats. « Insensés, leur crie-t-il, que tardez-vous à frapper : si Montmorency tombe sous vos coups, Ptolémaïs pourra être emportée, la victoire n'en sera pas moins à nous. » Il dit, et suivi de ses troupes, il entoure le héros. Celui-ci, près d'être accablé par le nombre, oppose un cœur intrépide et un bras invincible au torrent débordé contre lui; il s'appuie le dos contre le mur, et, négligeant de défendre sa vie, il ne songe qu'à garantir le drapeau de la croix qui flotte au-dessus de sa tête : déjà victime de son généreux dévouement, son sang commence à rougir ses armes, lorsque le ciel, qui veut le conserver encore à ce monde dont il est l'exemple et la gloire, lui envoie un défenseur : après avoir été repoussé plusieurs fois, Lusignan est enfin parvenu à escalader le rempart ; des milliers de Chrétiens le suivent ; il aperçoit le premier le danger de Montmorency, il vole à son secours ; les Chrétiens se précipitent après lui, et parviennent à dégager le héros : à peine celui-ci est-il libre, qu'il jette les débris de son épée, en saisit une autre, se couvre du casque d'un des ennemis qu'il a abattus, et tout blessé qu'il est, cherche de nouveaux combats. Cependant Metchoub, furieux de se voir enlever sa proie, tourne toute sa rage contre Lusignan ; il lui lance un trait si subit et si prompt, que le roi de Jérusalem n'a pas le temps de le détourner ; il le reçoit dans la poitrine : le sang sort de la plaie à gros bouillons ; le vaillant guerrier chancelle, il tombe sur ses genoux ; alors Metchoub l'insulte : « Monarque de Jérusalem, lui dit-il, puisque tu as perdu ton royaume dans ce monde, va le chercher dans l'autre. » Mais Metchoub n'a pas le temps d'achever, tous les retranchements sont emportés, l'armée entière est dans Ptolémaïs ; Richard vole à la défense de son frère d'armes, le sauve et le venge : vainqueur de Metchoub, il le fait charger de chaînes. Les habitants de Ptolémaïs voyant leur chef dans les fers, se soumettent aux vainqueurs et acceptent la capitulation que leur offre Philippe-Auguste. A l'instant on voit de toutes parts des croix triomphantes s'élever au-dessus des mosquées, et de glorieuses bannières se déployer dans les airs : le soleil les dore de ses derniers rayons, et éclaire encore, avant de disparaître, l'entrée triomphale de l'armée dans la ville conquise : les rois de France et d'Angleterre, se tenant par la main, marchent à la tête de leurs troupes, et vont rendre grâce de leur victoire au Dieu des armées dans la grande église de Saint-Jean : consacrée par les Infidèles à l'honneur de leur Prophète, elle vient d'être rendue à son premier culte. L'archevêque de Tyr, vêtu de ses habits pontificaux, l'a purifiée ; il commence les saintes cérémonies, et fait retentir, avec l'hymne de reconnaissance, le nom sacré du Christ ; toutes les voix des héros le répètent : monarques, princes soldats, tous se prosternent sans distinction de rang et de titres, unis, confondus entre eux comme ils le sont devant l'Eternel. Après s'être acquittés de ce pieux devoir, les vainqueurs se retirent dans le quartier qui est désigné à chacun, et ils se délassent de leurs pénibles et glorieux travaux, en goûtant le repos qu'amène le silence et la nuit.

CHAPITRE XII.

PENDANT que Ptolémaïs tombait sous les armes des Chrétiens, Saladin, plein de confiance dans la solidité de ses remparts, le courage de ses défenseurs, et plus encore dans la dissension qui régnait au camp des Croisés, ne supposant pas même que ses ennemis osassent tenter d'attaquer une si forte place, s'était avancé vers Moussoul avec une partie de son armée, afin de la défendre contre les entreprises du sultan Emmaddin, son ancien possesseur : peu de jours lui avaient suffi pour le vaincre ; et il revenait triomphant le long du fleuve Oronte, lorsqu'au pied des montagnes de Galilée il rencontra le brave Metchoub, député des prisonniers de Ptolémaïs. Cet infortuné guerrier, la tête couverte de cendres et le désespoir dans le cœur, se prosterna aux pieds de son maître. « Prends ma vie, lui dit-il, car tes ennemis m'ont surpris ; ils se sont emparés de la ville que tu m'avais confiée à mes soins, et m'ont obligé de venir te demander d'apposer ton seing au traité de capitulation qu'il a fallu faire avec eux. »

A cette nouvelle imprévue, Saladin demeure stupéfait et immobile ; il ne peut croire, il ne peut comprendre ce qu'on lui annonce, que l'éloquence d'un seul homme a suffi pour apaiser les discordes envenimées des Chrétiens, et qu'il ne leur a pas fallu plus d'un jour pour s'emparer de la ville la plus importante de la Palestine, après Jérusalem. « Quel est donc, demande-t-il, quel est cet homme extraordinaire qui a eu sur l'esprit de tant de rois un pouvoir que n'avaient pu obtenir jusqu'ici, ni l'intérêt de leur gloire, ni celui de leur religion ; et quelle main assez forte a pu ébranler la triple muraille dont j'avais entouré Ptolémaïs ? » Metchoub répondit : « De même qu'un seul mot du Prophète savait enchaîner la tempête dans les airs, de même l'archevêque de Tyr a su, par la seule force de ses paroles, suspendre cette terrible querelle qui divisait les Chrétiens et menaçait de les anéantir : quant à cet autre miracle de la chute soudaine de Ptolémaïs, la valeur de Richard et de Philippe-Auguste y ont eu part ; mais sans la foudroyante épée de Montmorency, jamais ils ne l'eussent achevé. »

« Si je ne suis pas sous la puissance d'un songe, reprit Saladin, tes paroles sont fausses, car, au moment où je parle, l'archevêque de Tyr et Josselin de Montmorency sont prisonniers à Damiette. — Ils l'étaient sans doute, répliqua Metchoub, mais Malek Adhel a brisé leurs chaînes, il leur a donné une garde nombreuse pour les conduire à travers le désert au camp des Croisés : arrivés chez leurs frères le 16 de la lune de Redgep, le 17 les Chrétiens étaient réconciliés, et le 18, maîtres de Ptolémaïs. — Sais-tu ce que tu fais en me disant de pareilles choses, audacieux esclave ? s'écria le sultan avec colère ; sais-tu que tu élèves dans mon esprit des soupçons contre mon frère ? — A Dieu ne plaise, interrompit Metchoub, que je veuille donner à ta hautesse aucun doute sur la fidélité du grand Malek Adhel, ton plus soumis serviteur ! mais ce que je t'apprends te sera confirmé par les braves soldats qui ont accompagné les prisonniers de ton frère depuis Damiette jusqu'au camp, et qui, pour récompense de cette action, sont les seuls Musulmans libres dans Ptolémaïs : peut-être pourrais-je t'en dire davantage si je ne craignais d'exciter ta colère, et si nous n'étions entourés de tant d'oreilles attentives à nous écouter.

— Viens donc me parler à moi seul, repartit le sultan avec agitation, et sur ta tête, prends garde à ce que tu diras, car je ne sais si je pourrais pardonner à la langue sacrilège qui oserait me faire entendre que le frère de mon cœur, que le plus cher ami de mes entrailles est un traître contre lequel je dois m'armer. » Il dit, fait poser sa tente, et s'y enferme avec Metchoub : à peine sont-ils seuls, que celui-ci s'écrie, en se prosternant devant son maître : « Non, grand prince, ton frère n'est point un traître ; mais il est subjugué par un amour trop extraordinaire pour n'être pas sous la puissance de quelque enchantement : une vierge chrétienne, d'une beauté si céleste, qu'on la croirait une houri échappée du paradis du Prophète, a ébloui ses yeux et abattu son âme : depuis qu'il l'a vue, le noble Malek Adhel n'est plus ce qu'il était ; il néglige le gouvernement dont tu l'as chargé, et oublie également, et les intérêts de son pays, et les ordres de son maître. — Et quel est le nom de cette dangereuse beauté ? reprit Saladin ; quelle femme a eu la puissance d'amollir ainsi la grande âme de Malek Adhel ? — La princesse Mathilde d'Angleterre, la sœur du roi Richard : une fille de seize ans est celle qui tient enchaîné à ses pieds, comme un vil esclave, le lion des combats, le foudre d'Orient ; c'est à cause d'elle qu'il a renvoyé avec mépris toutes les femmes de son sérail ; c'est parce qu'elle l'a ordonné, qu'il a brisé les chaînes de l'archevêque de Tyr et du vaillant Montmorency ; sans doute, si elle l'avait ordonné encore, il l'eût conduite elle-même au camp des Chrétiens, car il a juré que tout ce que lui demanderait la princesse Mathilde, elle l'obtiendrait sur-le-champ. — Ceci est un insigne mensonge, repartit vivement Saladin, et je suis sûr que Malek Adhel n'a point fait un pareil serment : si la princesse d'Angleterre disposait ainsi de sa volonté, ne lui aurait-elle pas commandé de remettre aux Chrétiens toutes les places dont il dispose ? Ne lui aurait-elle pas commandé d'être Chrétien lui-même, et de se joindre à mes ennemis ? Réponds-moi, Metchoub, l'a-t-il fait ? — Non, sans doute, répliqua celui-ci, il ne l'a pas fait encore ;

mais songe donc que cette orgueilleuse européenne n'a seulement pas tenté un seul effort à cet égard. On dit que jusqu'à ce jour, inflexible et sévère, elle se tient obstinément cachée à ses yeux, que toutes ses adorations, ses prières, son asservissement, n'ont pu obtenir d'elle ni un regard plus doux ni un mot favorable, et qu'enfin il n'entreprend rien pour la servir parce qu'elle ne daigne rien lui demander. Mais si tout-à-coup, dépouillant sa dédaigneuse fierté, l'amour remplaçait la froideur, et que, pour prix de son cœur, elle exigeât de Malek Adhel le sacrifice de sa religion et de sa patrie... Sultan, crois-moi, je présume beaucoup de ton frère en disant qu'il hésiterait. — Non, il n'hésiterait pas, interrompit Saladin en jetant un regard de colère sur Metchoub; Malek Adhel est aussi incapable de me trahir que je le suis de le soupçonner. Peut-être, est-il amoureux; sans doute il doit l'être, car on dit que les femmes d'Europe possèdent éminemment l'art d'enchaîner par de feintes rigueurs les guerriers les plus indomptables; mais toute fière, toute belle que tu me peins cette princesse d'Angleterre, toute tendre qu'elle pourrait être, elle n'obtiendra de Malek Adhel que le sacrifice de la vie, et jamais celui de l'honneur. Écoute, téméraire Metchoub, si tu n'avais pas répandu ton sang pour moi en plusieurs batailles, je te ferais payer de ta vie le soupçon dont tu as osé flétrir le grand nom de mon frère; mais rassure-toi, car c'est à la clémence de celui que tu accuses que je vais confier le soin de te punir : pars à l'instant pour Damiette, présente-toi devant Malek Adhel, fais-lui l'aveu de ta faute, implore son pardon, remets-lui les ordres dont je vais te charger, et sois témoin de sa fidélité à les exécuter. »

Il dit, et Metchoub se retire. Au bout de quelques heures il le fait rappeler, et lui donnant lui-même les lettres qu'il vient d'écrire à son frère, sur lesquelles il a apposé son sceau royal, il s'écrie : « Ceci instruira Malek Adhel de mes volontés, et je suis certain qu'il ne s'en écartera pas en un seul point. Je lui ordonne d'abord d'envoyer la reine d'Angleterre au Caire, et de l'y tenir dans une étroite captivité, afin que Richard, touché des maux d'une épouse qu'il aime, accepte le prix que je mettrai à sa liberté : prix immense, cependant, car c'est Ptolémaïs même que j'exigerai pour sa rançon ; sans doute les autres souverains qui ont conquis cette ville avec Richard, et qui y ont autant de droits, n'ayant pas le même intérêt à la rendre, s'opposeront à ma proposition, et j'espère alors que leur refus excitera entre eux une nouvelle division, plus cruelle, plus funeste encore, contre laquelle toute l'éloquence de Guillaume échouera, et dont je saurai profiter pour écraser sans retour tous mes fiers ennemis. Cependant Malek Adhel va rassembler promptement ses troupes dispersées, et, réunissant celles de Damiette et du Caire, il viendra à leur tête me joindre dans la montagne de Kouroutba où je vais l'attendre. Avant son départ il renverra la princesse d'Angleterre au roi son frère, un vaisseau sera préparé pour elle dans le port de Damiette, et si Malek Adhel te fait grâce, c'est toi, Metchoub, qui la conduiras au camp des Chrétiens, tu dirigeras ton vaisseau dans le port de Ptolémaïs : j'aurai soin de prévenir Richard de ton arrivée, et en faveur du bien qu'on lui rend, j'en obtiendrai un sauf-conduit pour toi. Va, pars, vole porter mes ordres à Malek Adhel, et tu verras s'il balancera entre une femme et son frère. » Ayant parlé ainsi, Saladin fit donner deux de ses meilleurs chameaux à Metchoub, un pareil nombre de chevaux arabes, dont les pieds légers laissaient à peine leurs traces sur le sable, plusieurs esclaves pour l'escorter ; et la nuit n'était pas encore en pleine possession de son empire, que déjà Metchoub avait dépassé Séfour, et voyait dans l'ombre la petite forteresse de Ramla s'élever à l'entrée du désert.

Mais pendant qu'il s'avance si vite vers un lieu où il va porter tant de trouble, que s'y passe-t-il, et que s'y est-il passé depuis que l'archevêque n'y est plus ?

Après son départ, Mathilde, fidèle à la promesse qu'elle lui avait donnée, s'était tenue religieusement enfermée dans sa retraite, résistant avec un égal courage aux raisons que la reine lui donnait pour se trouver avec le prince, et aux légers désirs que son propre cœur osait former à cet égard; loin de voir dans l'absence de Guillaume une raison d'être moins rigide, elle en trouvait une d'être plus craintive, et sentait bien que, privée des lumières de son guide, il ne pouvait y avoir de sûreté pour elle que dans le silence d'une profonde solitude, et que son devoir, comme son intérêt, lui commandait de repousser toutes les prières qui tendaient à l'entraîner au dehors. A la fin, la tendre Bérengère, fatiguée de la solliciter en vain, effrayée de la colère que ses refus obstinés pourraient exciter dans l'âme du prince, abattue par la prolongation de sa captivité et le mortel ennui d'être séparée de son époux, ne put résister plus longtemps à tant de maux réunis; l'état où elle se trouvait augmentait encore sa faiblesse, sa santé s'altéra, et bientôt on craignit pour ses jours.

A peine Mathilde en est-elle informée, qu'elle oublie ses propres dangers pour ne songer qu'à ceux de la reine; elle court s'enfermer auprès d'elle, ne la quitte ni jour ni nuit, et s'efforce de rappeler son courage, en lui disant tout ce qui peut ranimer ses espérances. Malek Adhel, de son côté, prodigue à sa royale prisonnière les attentions les plus soutenues et les soins les plus délicats; il fait venir d'Alexandrie un médecin arabe fameux dans tout l'Orient, et les plantes les plus salutaires du fond de l'Yémen; mais tous ces secours sont inutiles; Bérengère s'affaiblit de jour en jour, ses yeux s'éteignent, ses forces se dissipent, et Mathilde sent naître au fond de son âme la crainte d'un affreux malheur. Une nuit qu'elle veillait tout en pleurs auprès du lit de la reine, celle-ci se retourna vers elle, et lui dit d'une voix affaiblie combien elle était touchée de son amitié : « mais cette amitié aurait pu me rendre à la vie, ajoute-t-elle, et cependant je vais mourir. » La

princesse éperdue lui prend la main, la serre contre son cœur : « Parlez, dit-elle, hâtez-vous de parler, vous ne m'aurez jamais dit assez tôt comment je puis vous sauver. » — Tout ce que je demande, répliqua la reine un peu ranimée, c'est que vous receviez une seule fois Malek Adhel; parlez-lui en ma faveur, obtenez de lui (et cela dépend de vous), obtenez de lui qu'il me renvoie à Richard en dépit de tous les ordres contraires qu'il pourra recevoir de Saladin; rendez-moi l'espoir de retrouver mon époux, et chaque jour vous verrez mes forces renaître..... Je vous devrai ma vie, celle de l'enfant que je porte dans mon sein; ah! ma sœur, seriez-vous coupable de me faire tant de bien? — Je le serais beaucoup en vous refusant, s'écria vivement la princesse; soyez tranquille, ma sœur, vous serez obéie; je verrai le prince, je tomberai à ses genoux, j'invoquerai sa pitié..... — Ayez-en seulement un peu pour les maux qu'il souffre, interrompit faiblement la reine; sans répondre à son amour, regardez-le sans colère, priez-le avec douceur, et vous le verrez vous remercier lui-même de ce que vous daignez lui demander quelque chose. »

Déjà la promesse de Mathilde a répandu un baume salutaire dans le sang de la reine; ses espérances renaissent et ses agitations s'apaisent; elle connaît la puissance de l'amour, elle sait que celui qui aime, court, vole, se précipite, ne tient qu'à une seule pensée, n'est arrêté par aucun obstacle, et croit tout permis comme tout possible à son zèle; puisque Mathilde se charge de son sort, et que c'est Malek Adhel qui en dispose, elle peut respirer en paix et goûter le repos. En effet, le sommeil, qui depuis longtemps se refusait à tous ses efforts et à tous les remèdes, arrive à la suite de ses douces pensées, et rend enfin un peu de calme à son corps abattu. En la voyant endormie, Mathilde ferme doucement les rideaux pour affaiblir l'éclat du jour, et passe dans son oratoire, afin de remercier Dieu du soulagement de la reine. Tout occupée de cette sœur chérie, ce n'est

III.

6

que pour elle qu'elle demande au ciel des secours, de la force, et du bonheur; cet intérêt est le premier dans son âme, il lui fait oublier tous les autres, et elle ne songe point que Bérengère n'a retrouvé la paix que parce qu'elle va exposer la sienne. Le jour était déjà avancé, et la reine se sentant plus de force avait quitté son lit; on l'avait transportée près de sa fenêtre, elle y respirait un air plus frais, et ses yeux fatigués erraient avec plaisir sur les campagnes fleuries du Delta. A genoux auprès d'elle la princesse lui chantait à demi-voix quelques saints cantiques, lorsqu'un esclave entra, et leur dit que le prince était venu demander des nouvelles de la reine, et qu'il attendait la réponse dans le grand salon de jaspe. A ces mots, Bérengère jeta sur sa sœur un de ces regards expressifs et suppliants qui contiennent plus de prières qu'aucune langue n'en peut exprimer. Mathilde lui serra la main avec un doux sourire : « Je vous entends, lui dit-elle, et je vais remplir ma promesse. » Alors elle se leva, et, passant dans le salon de jaspe, elle se présenta au prince avec ce calme et cette dignité qui donnent à une femme quelque chose de divin, parce qu'elle ne les doit jamais qu'à ce qu'il y a de plus divin sur la terre, à l'innocence et à la bonté.

En la voyant devant ses yeux, après l'avoir si long-temps et si vainement demandée, le prince laisse échapper un cri de surprise; il ne sait s'il veille; une si vive joie vient de tomber sur son cœur, qu'elle y a comme suspendu le mouvement et la vie : immobile, oppressé, il ne peut ni comprendre, ni croire, ni exprimer son bonheur. La vierge s'arrête à l'entrée du salon, et inclinant sa tête d'un air doux et modeste, elle dit : « Je viens ici, seigneur, au nom d'une reine malheureuse, implorer votre générosité.... — N'achevez pas, interrompt vivement Malek Adhel; ne dites jamais que vous venez m'implorer; m'implorer! vous! ah! beauté angélique, ce ne sont point des prières, mais des ordres que vous devez m'adresser; me voici à vos pieds, prêt à les entendre et à les exécuter..... Parlez,

commandez, ô souveraine absolue de Malek Adhel! — Je désire, seigneur, reprit-elle en rougissant et s'éloignant un peu, je désire beaucoup que vous ne vous humiliiez pas ainsi devant moi. » Il s'écrie : « Non, je ne m'humilie point en me prosternant devant vous, je m'honore au contraire, et je m'en orgueillis d'être soumis à votre puissance; ô Mathilde! comment ne pas vous adorer! Qu'y a-t-il de plus juste que d'adorer ce qu'il y a de plus beau, de plus parfait sur la terre? — Seigneur, interrompt-elle, la reine est encore très-mal, je ne puis la quitter long-temps, daignez entendre le motif qui m'amène : un profond chagrin a altéré sa santé, il menace sa vie, je tremble pour ses jours, je tremble de voir périr la femme de mon frère; vous seul pouvez prévenir un si grand malheur; la promesse de la rendre à son époux peut la rappeler des portes du tombeau, et si j'ai espéré que cette grâce pourrait m'être accordée par le cœur de Malek Adhel, j'ai beaucoup moins compté sur mes prières que sur une générosité de laquelle on ne peut jamais trop présumer. — Non, s'écria le prince, je n'éprouvai jamais un tel enchantement, jamais si douce harmonie ne frappa mes oreilles et ne ravit mes sens; où suis-je? ce n'est plus ici le même palais, ce n'est plus le même air que je respire; tout est changé quand je la vois. O Mathilde! sans doute que là où vous êtes on n'est déjà plus sur la terre. — Seigneur, interrompt-elle encore, à quelques pas d'ici une reine pleure et se meurt; vous êtes maître de sa vie, et elle attend sa sentence. — Je ne sais, répond le prince, quelles seront les suites de ce que je vais faire; mais quoi qu'il arrive, je sais que vous serez obéie : vous voulez que la reine soit libre, elle l'est; vous voulez qu'elle soit rendue à son époux, elle le sera : que désirez-vous encore? mettrai-je à vos pieds tous les royaumes du monde? vous donnerai-je ma vie? — Ah! prince magnanime, répondit la vierge attendrie, pourquoi tant de bienfaits? un seul suffit à mon éternelle reconnaissance. Ma famille connaîtra donc encore le bonheur, et c'est vous qui en serez cause, et c'est à vous que je le devrai. — Ciel qui l'entendez, s'écria le prince, ciel qui l'avez créée, et qui vous étonnez sans doute de la beauté de votre ouvrage, est-il vrai que Mathilde me bénisse? Dites-moi, ô dites-moi, qu'ai-je fait pour mériter une félicité si parfaite? » Il y avait un délire si exalté dans le ton, l'air, et les regards de Malek Adhel, qu'il parvint à troubler le cœur de la princesse : aussitôt elle songea qu'il était temps de se retirer ; et, faisant quelques pas en arrière, elle dit au prince, d'une voix émue : « Permettez-moi de vous quitter ; tant que la reine ignore vos bienfaits, mon cœur ne les goûte qu'à demi. — Allez, Mathilde, allez, je ne vous retiens point, répliqua le prince avec enthousiasme, vous devez être impatiente de voir la reine satisfaite ; mais sachez que ni le bonheur dont elle va jouir, ni celui que vous éprouvez à lui apporter tant de joie, ne valent pas ce que je sens dans ce moment-ci. Mathilde, la reconnaissance est toute pour moi, et je vous dois bien plus que je ne vous ai donné. » La princesse ne répondit point ; elle s'avança vers la porte, et, quand elle fut prête à sortir, elle s'arrêta, posa une main sur son cœur, et dit : « La reconnaissance est là, et jusqu'à la fin de ma vie. »

Alors elle précipita sa marche, entra vivement chez la reine, en lui criant, avec une agitation pleine de joie, de rendre grâce à la clémence de Dieu, qui avait disposé le prince à l'entendre : « Votre liberté vous est promise, ma sœur, et le retour de votre santé fixera l'instant de votre départ. — O mon roi, mon époux, et mon maître, s'écria Bérengère, en se levant à moitié, et joignant ses mains, je vous reverrai donc ! Je sens à cette pensée mes entrailles tressaillir d'allégresse, et mon sang reprendre une nouvelle vie : bientôt je pourrai partir, et j'aurai bien vite retrouvé les forces qui doivent me ramener dans vos bras.... Et vous, mon Dieu, pardonnez au cœur d'une épouse, de ne vous avoir donné que sa seconde pensée.... Mathilde, chère Mathilde, mon sauveur sur la terre! Ah! c'est dans le ciel,

où votre âme est déjà tout entière, que vous pourrez trouver une récompense digne du bien que vous m'avez fait : et toi, prince si bon, si généreux, où es-tu? quand te verrai-je? quand est-ce que le cri de ma reconnaissance pourra aller jusqu'à toi?..... » Elle ne put achever, l'émotion a épuisé ses forces; Mathilde la conjure de se calmer; elle lui représente que l'excès de la joie est nuisible, et que l'excès en tout est répréhensible devant Dieu. « Ah! ma sœur, interrompit la tendre Bérengère, je ne puis obéir à Dieu, quand il s'agit de mon époux, et Richard est plus fort que lui dans mon cœur. — J'ai déjà cru m'en apercevoir, reprit la princesse en souriant ; mais, sans ce tort-là, vous n'en auriez aucun, et nulle créature n'est parfaite sur la terre. » Alors, voyant la nuit s'approcher, elle engagea la reine à faire trêve à ses douces pensées, et à venir reposer de sa joie. Bérengère y consentit ; ses femmes s'approchent, la soutiennent, la transportent dans son lit; bientôt elle s'endort, et Mathilde, moins tranquille, cherche en vain un aussi doux sommeil. La journée avait été brûlante, la nuit l'était encore ; oppressée par la chaleur, ne pouvant ni respirer à son aise, ni trouver aucun repos, elle passe dans un petit cabinet voisin, dont les fenêtres donnent sur les jardins du palais ; on peut même y descendre par un escalier dérobé : la princesse ne l'ignore pas, et elle serait vivement tentée d'aller jouir un moment de la fraîcheur de l'air et de la beauté du ciel, si elle n'était effrayée de se trouver seule dans ces vastes jardins, au milieu des ténèbres. Elle s'assied près de la fenêtre pour mieux jouir des émanations embaumées de la nuit. Elle prend une table devant elle, ouvre la Bible, et se met à lire ; mais au milieu de sa lecture, elle tombait dans de fréquentes distractions; sans s'en apercevoir, ses yeux se fermaient à demi, sa tête se penchait sur sa main, et, tandis qu'un vent léger agitait et retournait les feuillets du livre sacré, elle laissait errer involontairement sa pensée sur les

6.

moindres détails de son entrevue avec Malek-Adhel : si quelque bruit inattendu la rappelle à elle-même, elle s'arrache brusquement à sa rêverie, en se reprochant de s'y être laissé entraîner, et elle reprend sa lecture, bien déterminée à ne plus la quitter ; mais insensiblement des idées fugitives, qu'elle chassait sans cesse et qui revenaient toujours, fatiguaient, suspendaient son attention, et finissaient par s'en emparer ; ses yeux lisaient encore, que déjà son esprit s'échappait ailleurs ; et, comme sa bouche prononçait des mots que son oreille entendait, elle ne s'apercevait pas que sa pensée ne les entendait plus, et qu'elle était revenue tout entière vers une image qui ne lui laissait aucun repos. La nuit se passa ainsi dans une alternative continuelle de courtes lectures et de longues rêveries ; à la fin, fatiguée de tant d'inutiles efforts et d'importuns souvenirs, la princesse se jeta sur son lit, et à peine y avait-elle dormi quelques heures, qu'une de ses femmes entra pour lui dire que la reine était éveillée, et désirait lui parler. Elle se leva aussitôt et fut joindre Bérengère ; elle la trouva dans son oratoire, assise sur son grand fauteuil de velours rouge à crépines d'or, en face de son petit prie-dieu ; un moine était debout auprès d'elle : en apercevant la princesse, le visage pâle de la reine se colora d'une légère émotion ; elle lui tendit la main, en lui disant qu'elle était très-bien, que son repos n'avait été interrompu que par des songes agréables ; qu'enfin, se voyant tout-à-fait hors de danger, elle avait voulu commencer cette journée par l'auguste cérémonie qui porte les bénédictions des hommes au trône de la miséricorde divine. « Venez, ma sœur, je n'ai pas voulu prier sans vous, ajouta-t-elle, car on est mieux entendu du ciel quand on est auprès de Mathilde. »

La triste princesse était trop peu satisfaite de ses pensées de la nuit, pour ne pas rougir d'une telle louange : elle remercia la reine de l'avoir fait avertir, et ensuite s'humilia devant Dieu avec cette foi ardente et cet amour sans bornes qui

opèrent des effets si salutaires dans l'âme qui les éprouve. Ah ! quand c'est avec cet entier abandon de cœur qu'on se donne à Dieu, rarement laisse-t-il aller ses enfants sans avoir répandu sur eux cette grâce qui ranime le courage, bannit la tristesse, chasse la crainte, nourrit la piété, et produit les larmes : aussi la cérémonie était-elle à peine achevée, que déjà Mathilde, plus calme, avait retrouvé sa paix accoutumée. Quand les princesses furent seules, la reine pria Mathilde de s'asseoir près de son fauteuil ; elle lui prit les deux mains entre les siennes, la regarda avec sollicitude, prête à parler, et s'arrêtant tout-à-coup, comme si elle n'eût pu s'y résoudre ; à la fin, d'une voix faible et émue, elle lui dit : « Quand vous eûtes parlé hier au prince en ma faveur, et qu'il vous eut accordé ma liberté, demandâtes-vous aussi la vôtre ? — La mienne ! s'écria Mathilde surprise, en avais-je besoin, est-ce qu'il est possible qu'on nous sépare ? — Je m'en doutais, repartit Bérengère ; la plus grande difficulté subsiste encore, et comment en triompherons-nous ? » Mathilde pâlit, et d'un ton plein d'effroi, lui demande si elle suppose au prince le désir coupable de la retenir près de lui. « Ame simple et pure, répond la reine, dans tes jugements comme dans tes actions tu ne consultes que la vertu et la justice ; tu ne penses point à l'amour : il t'entoure pourtant, il te frappe, il te parle sans cesse, et il te demeure étranger ; c'est en vain qu'il se montre à toi sous toutes les formes : violent et criminel sous tous les traits d'Agnès, passionné et respectueux dans les discours du prince, tendre et légitime dans mon cœur ; tes chastes yeux se détournent et ne veulent ni le voir, ni le comprendre. — Eh quoi ! reprit la princesse, ne me suis-je pas engagée à ne le jamais connaître ; est-ce qu'il est possible de manquer à son serment ? » La reine sourit d'un air attendri ; et après une pause, elle dit : « Vous avez raison, cela n'est pas possible, et cette promesse doit suffire sans doute pour fermer, non-seulement votre cœur, mais vos yeux à l'amour : pour moi, ma sœur, à qui il est permis de le connaître, je ne puis pas ignorer quel sera son effet sur l'âme de Malek Adhel ; ce prince ne vous laissera pas partir. — Qu'entends-je ? s'écria Mathilde, à quels affreux malheurs suis-je donc destinée, et quels projets cet Infidèle forme-t-il contre moi ? — Je ne lui en suppose aucun dont vous deviez précisément vous alarmer, répliqua la reine, car, s'il vous aime beaucoup, il vous respecte davantage ; mais consentir à se séparer de vous..... Je ne sais si dans un cœur que l'amour possède, il est resté jamais assez de force pour en obtenir un si grand sacrifice. — Je vois bien, reprit tristement Mathilde, qu'il faudra retourner encore auprès du prince, et le prier une seconde fois. » Bérengère rejeta ce moyen, sentant bien que ce n'était pas en enflammant son juge qu'elle pourrait vaincre sa résistance, et que plus Mathilde répandrait d'onction et de grâces dans ses prières, moins l'amour permettrait au prince d'y céder. « Je lui parlerai moi-même, dit-elle ; peut-être lui prouverai-je que la barrière qui vous sépare ne peut jamais être ébranlée, que ce n'est pas avec votre honte qu'il pourra faire son bonheur ; et, si mes instances sont infructueuses, s'il me refuse, c'est en vain que ma liberté m'aura été rendue, il faudra mourir ici. — Pourquoi donc serait-ce en vain, et pourquoi faudrait-il que vous mourussiez ? s'écria vivement Mathilde ; parce que Dieu me destine à souffrir, devez-vous en être la victime ? » La reine lui répondit faiblement que son devoir ne lui permettait pas de la laisser seule à Damiette. « Votre devoir, repartit la princesse avec fermeté, vous ordonne d'aller joindre votre époux aussitôt que les chemins vous seront ouverts, et mon devoir à moi m'ordonne de ne faire peser sur personne la part des maux qui me sont réservés : Dieu sera mon refuge, il sera mon appui, sa force nous vaut mieux que tout secours humain, et sa force me suffira. Partez donc, reine, partez sans crainte ; car si vous me laissez seule, vous ne me laissez point aban-

donnée. » En achevant ces mots, les regards de Mathilde, élevés vers le ciel, respiraient une si divine confiance, qu'il semblait que, déjà loin de la terre, abîmée dans le sein de Dieu, elle y bravait le monde et les hommes, sûre d'être à l'abri de leurs atteintes en se plaçant aussi loin d'eux.

La reine, frappée du charme céleste dont l'espérance et la foi embellissaient la vierge, s'inclina devant elle avec une sorte de respect, et lui dit : « Assurément je partirai, non sans regret, mais sans crainte ; et je réjouirai le grand cœur de Richard, en lui apprenant que sa sœur n'a refusé d'être une reine sur la terre, que parce qu'elle se sent appelée à être une sainte dans le ciel, et qu'elle n'a pas seulement les traits, mais l'âme d'un ange. » Mathilde remercia la reine avec un sourire plein de douceur, mais en même temps d'une si profonde mélancolie, qu'on eût dit qu'elle venait de recevoir à l'instant même le pressentiment de tous les maux qu'elle devait souffrir, et de tous les efforts qu'elle aurait à faire avant d'arriver à ce rang glorieux des anges, où on la plaçait déjà.

CHAPITRE XIII.

Le jour même, le prince fut introduit un moment dans l'appartement de Bérengère, que Mathilde ne quittait plus : en le voyant, en l'entendant exprimer la joie qu'il ressentait de son rétablissement, la reine attendrie, s'écria : « Cette vie qui m'est rendue, c'est à vous que je la dois ; je le dirai bientôt à Richard, je le dirai à l'Europe entière ; un jour je le dirai à ce fils que je porte en mes flancs, et le nom de son bienfaiteur sera le premier qu'il apprendra à prononcer..... O grand prince ! que toutes ces bénédictions réunies soient le prix de vos bontés ; la terre n'a pas de plus grande récompense à offrir. — Mais le ciel en a, ajouta la princesse en rougissant beaucoup, et Malek Adhel pourrait y prétendre ; ne le voudra-t-il donc jamais ? » Le prince la regarda et ne lui répondit point. Il y avait trop d'émotions dans son cœur, pour qu'en parlant il eut en la force de les contenir; et il ne voulait plus laisser paraître aux yeux de Mathilde la violence de l'amour qu'elle lui inspirait; souvent il avait cru voir que la vivacité de ses transports avait alarmé la pudeur de la princesse : peut-être était-ce la cause de la profonde retraite où elle s'obstinait à vivre, peut-être que, pour obtenir plus de confiance, il fallait ne lui montrer que beaucoup d'égards, de respect, et de déférence, et cacher soigneusement sa passion jusqu'au moment où il pourrait espérer qu'elle ne s'en effraierait plus. Quand il se fut senti un peu maître de lui, il répondit à la reine qu'il ne désirait ni n'attendait d'autre récompense de ce qu'il avait fait pour elle, que le bonheur de l'avoir sauvée et d'avoir satisfait Mathilde. Alors la reine, les yeux humides de pleurs, d'un air craintif, embarrassé, et d'une voix timide, lui dit : « Sans doute, ce n'est point à moi seule que vous avez rendu la liberté? Ma sœur.... — Votre sœur ne m'a point demandé la sienne, interrompit impétueusement le prince. — Devait-elle le croire nécessaire, seigneur? ne nous avez-vous pas promis de ne jamais nous séparer? — Est-ce que vous voulez partir, Madame? demanda Malek Adhel à Mathilde, en modérant de toute sa puissance l'agitation terrible de son âme; est-ce que vous voulez quitter ce palais? — Assurément, je le veux, répliqua la princesse; mes tristes yeux, tournés vers ma nation, languissent de la revoir, et mon cœur l'appelle toujours.» A ces mots, le prince changea de couleur; il fit un geste de douleur et de surprise, et s'éloigna précipitamment. Cependant, s'arrêtant tout-à-coup, il revint avec lenteur sur ses pas, s'approcha d'une fenêtre ouverte, et là, le coude appuyé sur le marbre, et la tête penchée sur sa main, il demeura plongé dans une profonde rêverie. A l'extrémité de l'appartement, la reine et la princesse le regardaient et se communiquaient à demi-voix les craintes et les espérances que leur inspirait la longue méditation du

prince. A la fin, il revint vers elles avec un visage plus tranquille, et dit à la reine, d'une voix un peu contrainte, « que quand le retour de ses forces lui permettrait de marquer le jour de son départ, il serait temps assez de s'occuper de celui de la princesse; et si d'ici là vous daignez m'entendre quelquefois, ajouta-t-il en regardant Mathilde, je vous dirai quelles raisons m'engagent à combattre ce désir; cependant, si aucune de mes raisons ne vous touche, si vous persévérez dans votre désir, si vous voulez me quitter, si vous me dites : Malek Adhel, tu en mourras sans doute, mais n'importe, je veux partir; alors, Madame, vous serez libre, je ne vous retiendrai plus; je ne vous reverrai plus, non, plus jamais; ne savez-vous pas que pour vous obéir je ferai aisément le sacrifice de ma vie? » Cependant, en dépit de ses efforts et de son courage, quelques larmes furtives trahissent la violence de sa douleur, et s'échappent sur son mâle visage; Mathilde les voit, et les siennes coulent en abondance : agitée de sa propre émotion, mais plus encore de celle que montre la princesse, Malek Adhel sent que s'il ne la quitte à l'instant même, il ne pourra contenir plus longtemps l'expression d'une passion qui n'a jamais été si impétueuse; alors, sans lui dire un mot, sans même la regarder, il sort de l'appartement. Mathilde continue à pleurer; la reine l'embrasse, et lui dit : « Ne vous désespérez pas; votre départ souffrira moins d'obstacles que je ne l'avais craint; je vois qu'avec des larmes et des prières il n'est rien qu'on ne puisse obtenir du cœur le plus généreux qui existe sans doute parmi les hommes. — Mais, est-il vrai, ma sœur, que mon départ peut lui donner la mort? demanda Mathilde en essuyant ses pleurs. — Si vous continuiez à le traiter avec une rigueur aussi outrée, répondit Bérengère, peut-être porteriez-vous son désespoir jusqu'à un excès où l'on peut tout craindre; mais, en le voyant quelquefois, en lui parlant avec une tranquille bienveillance, vous calmerez ses tourments; vous le ferez participer à la paix qui règne dans votre âme; et si vous ne parvenez pas à remplir la sienne de l'image de votre Dieu, du moins, lui persuaderez-vous que, pour un héros comme lui, la vertu ne doit jamais être un effort assez difficile pour qu'il en puisse coûter la vie. » Mathilde adopta ces raisons, et consentit à ne plus fuir le prince. Cependant, en prenant une résolution si contraire à celle que l'archevêque lui a commandée, elle ne croit point lui désobéir, parce que sa situation n'étant plus la même, il lui semble que sa conduite ne doit pas l'être non plus; et en raisonnant ainsi, elle ne s'apercevait point que la maladie de Bérengère ayant ouvert son cœur à la pitié, il n'avait eu qu'un pas à faire pour aller de la pitié à la tendresse; que l'air triste et passionné du prince le lui avait fait faire, et que par conséquent ce n'était pas sa situation, mais son cœur, qui avait changé.

Cependant il lui arrivait souvent, au milieu de ses prières, que mille idées terrestres la troublaient tout-à-coup; il lui semblait alors que Dieu s'éloignait d'elle, et la livrait à l'éternel ennemi de l'homme qui remplissait son âme de dangereuses illusions et de terreurs fanastiques. Inquiète, effrayée, elle avait recours aux larmes et aux pénitences; mais ces larmes, que la seule piété ne faisait pas couler, ne la soulageaient pas, et au milieu des plus dures pénitences, sa pensée s'échappait toujours ailleurs.

La jeune novice passait souvent les nuits entières dans cet état d'angoisses intérieures, dont elle ne connaissait ni la cause ni le remède, et son visage, altéré par les anxiétés de son esprit, frappa plusieurs fois la reine; mais cette épouse passionnée, qui n'apercevait rien qu'à travers son cœur, persuadée que le malheur d'être loin de Richard était le seul auquel on pût être sensible, ne voyait dans la tristesse de Mathilde que la crainte de ne pas partir, l'ennui d'être à Damiette, et ne doutait point qu'arrivée au camp des Croisés, elle ne reprît sa tranquillité première. En attendant, le mal qui consume Mathilde s'accroît tous les jours; abattue par le jeûne, l'inquiétude, et la pénitence, elle languit et penche vers la terre, semblable au lis humide de la vallée, que les rayons d'un soleil trop ardent ont frappé, ses yeux sont voilés, son teint perd son éclat : hélas! cette touchante tristesse ne sert qu'à l'embellir encore; et Malek Adhel, qui la voit, la contemple, s'enflamme de plus en plus : mais il se tait, car il a appris auprès de cette fille céleste ce qu'il avait ignoré jusqu'alors, à respecter la pudeur; pourvu qu'à son approche le visage décoloré de la vierge se couvre d'un léger incarnat, il sent qu'il n'en doit pas demander davantage, et que pour obtenir ce qu'il désire, il doit avoir l'air de ne rien espérer.

Son silence rend Mathilde moins craintive; il voit croître sa confiance à l'ombre de la réserve qu'il s'impose; quelquefois elle daigne lever les yeux sur lui, lui sourire; elle répond à ses questions et ne se recule point quand il s'approche trop heureux de ces légères faveurs, il ne parle point encore de son amour; mais ses yeux, son accent, son air, en parlent à tous moments; le feu qui le brûle, entoure, presse, émeut la princesse, et s'échappe d'autant plus au dehors, qu'il est comprimé davantage; n'osant se placer sur les lèvres du prince, il déborde de tous côtés, et répand sur ses gestes et ses moindres discours une séduction d'autant plus dangereuse qu'elle est cachée, et contre laquelle la vertu même ne se défendrait pas; l'innocence le peut encore moins. Comment Mathilde, qui jamais n'a connu que cet amour divin, dont l'effet est de porter dans l'âme un calme doux et salutaire, supposerait-elle que l'amour est la cause de l'agitation qu'elle éprouve, et comment penserait-elle à en arrêter les progrès. Cependant un poids accablant oppresse sa poitrine; ses regards sont vagues et distraits : tantôt une rougeur brûlante couvre son visage, l'instant d'après une prompte pâleur lui succède, et un frisson mortel court dans ses veines; mélancolique et rêveuse, elle se retire dans les lieux les plus reculés, les plus sombres du palais, et par instinct se cache à tous les yeux quand elle ignore encore qu'elle a quelque chose à cacher.

Mais déjà plusieurs jours se sont écoulés, et les forces de Bérengère sont revenues; elle sent qu'elle peut partir; il est temps d'en parler au prince, et de savoir enfin si Mathilde la suivra. Ce n'est pas sans effort qu'elle va revenir sur ce sujet, et qu'elle se résoudra à déchirer le cœur auquel elle doit la vie; mais son devoir et son intérêt même le lui commandent; car, si elle ne réussit pas, elle est décidée à partir seule; et pourrait-elle se permettre de laisser Mathilde à Damiette, si elle n'avait pas tenté auparavant tous les moyens de l'en arracher.

Le soir arrive; la reine fait lever toutes les jalousies du salon de jaspe; elle s'assied avec Mathilde sur de riches coussins, près d'une croisée d'où l'on aperçoit les bosquets fleuris du Delta, et dans le lointain les flots toujours agités de la mer. Le prince entre, se place aux pieds des princesses. Bérengère garde le silence; elle cherche dans sa pensée ces termes tendres et flatteurs que les femmes savent employer souvent avec tant de magie pour adoucir les sacrifices qu'elles imposent, mais elle n'en trouve point qui la satisfassent; de quelque manière qu'elle dise au prince qu'il faut que Mathilde parte, toutes lui perceront le cœur; elle n'a point la force d'entamer ce terrible sujet; chaque fois qu'elle ouvre la bouche, le souvenir de ce qu'elle doit au prince suspend ce qu'elle va dire, et arrête le mal qu'elle va faire. Déchirée entre son devoir et sa faiblesse, elle ne sait que résoudre, et tombe dans une si profonde préoccupation, qu'elle ne voit plus ce qui l'entoure, et que Mathilde se sent comme tête à tête avec le prince. Celui-ci éprouve alors le plus cruel embarras, ses lèvres ne trouvent aucun mot à dire, et ses regards, aucun objet pour se reposer; de quelque côté qu'elle jette les yeux, elle voit toujours ceux de Malek Adhel attachés sur elle; si elle se tourne vers la campagne, il se penche doucement, et de ses lèvres ose presser le bas de sa robe. Mathilde sent bien qu'elle ne doit pas le souffrir, mais en s'éloignant elle craint qu'il ne devine la raison qui la fait fuir, et il lui semble qu'en lui laissant voir qu'elle s'est aperçue de sa secrète témérité, elle aurait trop à rougir. Cependant, en se prolongeant, cette situation devient si pénible, que Mathilde n'hésite plus; elle se lève, elle va s'éloigner. Ce mouvement arrache tout-à-coup la reine à sa distraction; elle retient Mathilde, et sans oser regarder le prince, elle lui dit d'un ton vif et précipité : « Seigneur, le jour est venu où je puis fixer mon départ et profiter de vos bienfaits; je meurs si je ne pars pas, mais je ne puis partir sans Mathilde. » Elle s'arrête comme oppressée de la douleur du prince. Mathilde, qui était debout, voit que son sort va se fixer, et retombe doucement sur son siége. Malek Adhel répond avec une modération affectée : « Si votre sœur l'exige, Madame, ce jour-ci sera le dernier qui me verra auprès d'elle; mais, pour prix de cette obéissance, je lui demande de l'entretenir un moment sans témoins; après que je lui aurai dit ce que je ne veux dire qu'à elle, si elle persiste à vous suivre, je ne m'opposerai plus à son départ, et vous n'aurez qu'à en marquer le jour. » En achevant ces mots, le prince soupire profondément, comme déjà résigné à son sort. Bérengère le regarde avec surprise, puis interroge la princesse, et lui demande une réponse; elle n'en reçoit aucune. Mathilde, la tête penchée sur sa poitrine, demeure silencieuse et immobile. A la fin, la reine se lève et lui dit : « Vous venez d'entendre le prince; votre départ ne dépend plus que de vous.... Je vous laisse avec notre généreux bienfaiteur; écoutez-le, vous ne pouvez vous en dispenser. — Ne le puis-je en effet? demanda la princesse d'une voix tremblante.—Non, reprit vivement le prince, vous ne le pourriez sans une horrible barbarie; songez donc que pour quelques minutes d'entretien, c'est ma vie que je vous promets. » Ces mots décident Mathilde; elle laisse lentement aller la main de la reine, qu'elle tenait encore; Bérengère sort de l'appartement, et Malek Adhel s'assied à sa place.

Il se fait un long silence; le prince paraît craindre de le rompre, et Mathilde le craint bien plus encore; mais s'il ne lui parle pas, il la regarde; ses yeux errants sur tant de charmes ne peuvent s'en rassasier, et maintenant, s'il continue à se taire, ce n'est plus par la crainte de parler, mais parce qu'il a oublié ce qu'il voulait dire; il ne songe plus qu'à voir et à aimer Mathilde : plus il la contemple, plus il s'enflamme; il s'approche, il la touche; d'ardents soupirs s'exhalent de sa poitrine; une vive rougeur se répand sur le front de la vierge, elle est oppressée; le voile qui couvre son sein semble s'animer par le mouvement qu'il en reçoit; Malek Adhel le voit, et l'espoir naît dans son cœur; son trouble augmente, ses désirs l'égarent; il ose presser contre son sein la vierge du Seigneur..... L'infortunée! le feu du ciel n'est pas plus prompt à embraser sa proie; mais la pudeur s'épouvante, la religion frémit; elle repousse avec horreur l'audacieux Musulman, et cache dans ses mains son visage baigné de larmes. A la vue de ces pleurs, Malek Adhel tombe à genoux devant elle; il sent qu'il l'a offensée, et il en est au désespoir; car dans les heureux climats où la chevalerie est en honneur, jamais l'amour n'alluma une flamme plus sincère que celle qui brûle le cœur du jeune Arabe : prosterné devant la princesse, il lui jure un respect inviolable, et s'engage à ne jamais lui parler d'une passion qui l'outrage; mais il la supplie de l'écouter; elle ne le veut point; elle relève sa tête avec dignité, le regarde d'un air imposant et fier, et s'éloigne sans qu'il ose la retenir. Cependant toujours à genoux à la place qu'elle vient de quitter, il étend les bras vers elle; il la conjure, avec l'expression la plus douloureuse, de l'entendre un moment, un seul moment, et promet de ne point s'approcher d'elle, de rester à la distance où il est : Mathilde s'arrête alors, et jetant sur lui un œil froid et sévère, elle dit : « Je

ne peux plus écouter qu'un seul mot de vous, et ce mot doit être l'ordre de mon départ. — Mon pardon n'est-il qu'à ce prix? demanda-t-il en la regardant d'un air humble et passionné. — Si ma liberté m'est rendue, répliqua-t-elle, je jure de ne conserver que la mémoire de vos bienfaits, et d'ensevelir le souvenir de cet instant dans un éternel oubli. » Hélas! elle ne savait pas qu'elle venait de promettre ce qu'elle ne pouvait plus tenir, et que le souvenir de cet instant allait s'unir à toutes ses rêveries et la poursuivre pendant le calme des nuits, comme dans le tumulte du jour.

Cependant le prince demeure en suspens; il hésite, il soupire, il regarde Mathilde, et ne trouve pas assez de force en lui-même pour promettre de ne la plus revoir : elle paraît impatiente; elle fait un mouvement, elle va sortir; il se décide, l'avenir s'anéantit, le présent est tout : pour prolonger de quelques minutes le plaisir de voir celle qu'il aime, il va se condamner à une éternelle douleur. « Ne vous éloignez pas, Mathilde, s'écriet-il avec un accent déchirant, je vais vous obéir. » La princesse s'arrête encore; une douce satisfaction se peint sur son visage; elle élève vers le ciel et ses mains et ses yeux. « O mon paisible cloître, ô joies de ma jeunesse, ô ma patrie, je vous vous retrouverai donc! — Fille ingrate et cruelle, s'écrie le prince en se précipitant vers elle et saisissant une de ses mains en dépit de ses efforts, faut-il que votre bouche bénisse l'instant qui va briser mon cœur, et que la joie éclate dans vos yeux quand je prononce l'arrêt de ma mort! pas un regret sur mon sort, pas une larme sur ma douleur; et quand je suis traité avec une telle barbarie, retenu par un respect imaginaire, je craindrais encore d'offenser celle qui m'arrache la vie sans daigner seulement me plaindre!.... Non, non, vous ne me fuirez pas; vous m'entendrez malgré vous; » et, forçant la princesse à s'asseoir, il se mit à genoux devant elle, prit ses deux mains dans une des siennes, posa l'autre sur le dos du fauteuil, et la regardant avec des yeux remplis de délire et d'amour : « Oui, reprend-il, tu m'entendras, tu sauras quelle passion me dévore, quels transports j'ai enchaînés, et quels horribles tourments me déchirent : puisque mon silence ni mon respect n'ont pu te fléchir, connais donc mon amour ; entends sa voix ; malgré toi prête l'oreille à ses cris ; peut-être en seras-tu émue, et pénétreront-ils jusqu'à ton cœur. » La princesse, à ces mots, se rejette en arrière en détournant la tête avec effroi. « O regarde-moi, reprend-il d'une voix suppliante ; par pitié, regarde-moi ; il y a plus de délices dans un seul de tes regards que dans toutes les délices de la terre..... Non, c'est en vain que je le promettrais ; je ne puis me séparer de toi ; je ne puis cesser de te voir : cela seul est hors des bornes de mon obéissance ; permets-moi seulement de rester à tes côtés, et puis ordonne..... Veux-tu retourner en Europe ? je suis prêt à t'y conduire ; veux-tu régner en ces lieux, veux-tu un trône ? je t'y ferai monter..... O maîtresse absolue de ma destinée ! commande à ton esclave ; me voici sans voix devant toi, mais mon silence te parle assez. » Il s'arrête oppressé ; il tremble ; des larmes passionnées coulent en abondance de ses yeux et baignent les mains de Mathilde ; il ne la retient plus ; l'excès de son émotion lui a ôté toutes ses forces ; il ne la retient plus, et elle demeure encore : ce n'est plus la main du prince, c'est sa propre faiblesse qui l'enchaîne : Malek Adhel le voit, et plein d'espérance, il goûte la félicité suprême ; mais semblable à toutes les joies du monde qui, entre l'espoir et le regret, s'arrêtent à peine un moment, le fugitif bonheur du prince s'évanouit tout-à-coup avec la faiblesse de Mathilde ; elle s'aperçoit qu'elle est libre depuis un instant, et rougit d'être encore depuis un instant auprès de Malek Adhel : la vertu, qui est toujours ce qu'elle aime le mieux, lui commande de fuir sans tarder davantage ; elle va lui obéir : le prince voit son intention ; il voit qu'il y a dans ce cœur chaste et religieux une force qu'il ne peut vaincre ; abattu par cet obstacle, il cesse

d'exprimer des vœux inutiles ; mais s'avançant vers Mathilde, le désespoir dans l'âme et les yeux pleins d'une sombre douleur, il lui présente un poignard et dit : « Eh bien, puisque tu veux me fuir, tu es libre ; quitte à jamais ces lieux ; mais avant de t'éloigner, par pitié, plonge ce fer dans ma poitrine, il me fera moins de mal que ton départ. » De sa faible main la vierge soulève avec effort l'arme homicide ; et, regardant le prince avec attendrissement, elle dit : « Avant que je l'enfonçasse dans un cœur si généreux, je verserais assurément tout mon sang. O prince magnanime ! pourquoi vous livrer à de si violentes douleurs, à de si coupables tendresses ? quel est votre espoir ? qu'osez-vous me demander ? Existe-t-il un lien possible entre la sœur de Richard et le frère de Saladin ? existe-t-il un lien qui ne soit un crime entre une fille chrétienne et un prince musulman ? Un sacrifice est-il au-dessus de votre courage, et vous est-il plus facile de mourir que d'être vertueux ? »

Ce peu de mots apaisent l'emportement du prince ; il est frappé du mélange de dignité et de douceur empreint dans la physionomie de Mathilde ; elle s'aperçoit qu'elle a réussi à le calmer, et aussitôt elle reprend, avec un sourire angélique : « Et si, vous élevant au-dessus de tous les désirs terrestres ; vous me laissez suivre en paix la route que le ciel m'a tracée, quel homme obtiendra jamais de moi ce que je vous donnerai ! quel homme aura plus de droits à ma reconnaissance, à mon estime, à ma vénération ! — Et votre amour, Mathilde, interrompit le prince, votre amour appartiendra à un autre époux. — Mon amour n'appartiendra qu'à Dieu, s'écria-t-elle avec un pieux enthousiasme ; seul il aura et mes vœux et mon cœur ; jamais ils ne seront le partage d'aucun mortel..... Noble Malek Adhel, laisse-moi, laisse-moi retourner aux autels de ce Dieu à qui je suis promise, de ce Dieu qui ne l'aurait peut-être pas emporté sur toi s'il t'avait fait Chrétien. » Elle dit, et s'arrête, étonnée de ce qu'elle a dit. Malek Adhel s'écrie : « Quel que soit le Dieu qui t'inspire, je cède à son ascendant : fille étonnante et sublime, sois libre; dispose, ordonne, commande ton cortége ; choisis ta route; mes esclaves sont à toi, et ici tout t'est soumis comme moi-même. » A ces mots, dans la crainte d'une nouvelle faiblesse, elle se hâte de s'éloigner; mais avant de passer le seuil de la porte, elle s'arrête, se retourne, et dit : « Recevez mes adieux, recevez mes bénédictions; dans ce cloître où je cours m'ensevelir; je prierai pour vous jusqu'à la fin de ma vie, et si Dieu daigne m'entendre, un jour viendra où nos pensées embrasseront le même but, concevront les mêmes espérances; et dans ce monde, si tout nous séparait, dans le ciel, tout nous réunira. »

Elle dit, et il ne la voit plus; que dis-je, il ne la voit plus? partout elle est présente a ses yeux : il ne voit; il n'entend qu'elle; dans l'agitation désordonnée de ses esprits, il marche à grands pas, sans savoir où il est, ni qui il est : plusieurs esclaves s'avancent vers lui, lui parlent; il n'entend rien, il les regarde fixement et ne leur répond pas : on l'entoure, on l'interroge, il s'éloigne en silence; il marche vers son appartement, s'assied; son corps est immobile, et pendant quelques instants il oublie la terre où il vit, et croit habiter un monde qui n'est peuplé que de l'image de Mathilde.

Cependant Metchoub vient d'arriver; c'est ce que les esclaves du prince étaient venus lui dire, et ce qu'il n'a pas entendu : déjà la nouvelle de la prise de Ptolémaïs est répandue dans Damiette; le peuple effrayé croit voir les Chrétiens maîtres de Jérusalem, et court dans les mosquées implorer le sourd Mahomet : les soldats s'assemblent autour du palais, les émirs veulent voir Malek Adhel; mais il est enfermé, et nul n'ose forcer sa retraite. Tandis qu'autour de lui la rumeur naît, croît, et s'augmente, il demeure livré à sa rêverie; et seul il ignore encore la prise de Ptolémaïs.

Cependant Metchoub demande à grands cris à être introduit auprès du prince;

il montre les ordres du sultan : à ce nom sacré toutes les portes s'ouvrent, les gardes mêmes de Malek Adhel n'osent point résister. Metchoub s'avance, il est devant le prince; celui-ci s'étonne de sa témérité; Metchoub lui présente en silence les lettres de Saladin, cachetées du sceau royal, à cette vue, l'amitié recouvre ses droits affaiblis dans le cœur de Malek Adhel : il baise avec respect ce papier que lui envoie un frère qu'il aime, et demande à Metchoub dans quel lieu il a laissé Saladin. « Sur la montagne de Kouroutba, répond Metchoub, où il t'attend avec impatience, ne comptant que sur la force de ton bras pour ressaisir la superbe Ptolémaïs, que les Chrétiens lui ont arrachée. — Est-ce que les Chrétiens sont maîtres de Ptolémaïs? s'écria Malek Adhel, frappé de surprise. — Peut-être ne devrais-tu pas t'en étonner, reprit hardiment Metchoub, puisque c'est toi qui as causé sa chute? — Qu'oses-tu dire, téméraire esclave? interrompit le prince avec colère. — Je dis que c'est la voix de l'archevêque de Tyr et le bras de Montmorency qui ont abattu Ptolémaïs; c'est toi qui leur as rendu la liberté, c'est donc toi que j'accuse du malheur de nos armes : je t'ai accusé de même devant ton frère; je ne rétracterai point mes paroles devant toi : si tu les crois fausses et perfides, tu peux me punir, ma vie est dans tes mains. » Malek Adhel est frappé de la justesse de ce reproche, il voit ses torts, et, se sentant trop de moyens de les réparer pour craindre d'en faire l'aveu, il répond : « Va, fidèle serviteur, ce n'est pas auprès de moi que ta franchise et ton zèle pourront te nuire : tu m'as accusé et je m'accuse aussi; mais, si j'ai fait une faute, je puis la racheter, et rendre Ptolémaïs à mon frère. — Sans doute tu le peux; pour la reconquérir tu n'as besoin que de te présenter devant ses murs; mais le sang de tous les fidèles Musulmans qui ont péri en la défendant, comment le rachèteras-tu? — Metchoub, reprit le prince d'un air sombre, n'en dis pas davantage, tu mets le trouble dans mon cœur, car je sais que le sang répandu ne dort point et ne reste jamais sans vengeur... Laisse-moi seul maintenant, laisse-moi voir quelle expiation mon frère me demande pour une faiblesse dont les conséquences ont été si funestes, mais dont la cause est trop belle pour perdre jamais son empire dans mon cœur. — Que dis-tu, illustre prince? repartit Metchoub, un guerrier comme toi doit-il laisser ternir sa gloire par un amour insensé, et préfères-tu à ta patrie en larmes, une Chrétienne vagabonde? — Sur ta tête, n'ajoute pas un mot, esclave présomptueux, répliqua vivement le prince, et si tes jours te sont chers, retiens ta langue sacrilége, et garde-toi de laisser échapper un mot outrageant contre la princesse d'Angleterre. »

Metchoub sortit et n'obéit point aux ordres du prince, car son âme était profondément ulcérée contre lui : la honte d'avoir été battu par les Chrétiens, d'avoir été réduit à leur donner lui-même les clefs de Ptolémaïs; l'image de tous les soldats moissonnés à cette fatale journée, le souvenir de sa famille captive et de ses fils massacrés, avaient allumé dans son âme une haine violente contre l'auteur de tant de désastres; aussi ne pouvait-il contenir son ressentiment, et il exhala devant les grands et les émirs, devant les troupes et le peuple, tous les reproches que méritait la faiblesse du prince, et toute l'horreur que lui inspirait la Chrétienne qui en était l'objet; mais les troupes et le peuple, les émirs et les grands, étaient trop sincèrement attachés à Malek Adhel pour accueillir de pareilles plaintes, et ne pas repousser toutes celles qui attaquaient l'honneur du prince qu'ils adoraient; toutefois, s'ils le défendaient contre Metchoub, ils se joignaient à celui-ci pour accuser la princesse d'Angleterre; elle seule à leurs yeux était cause du malheur des Musulmans : aussi apprirent-ils avec de grandes acclamations de joie, que les ordres du sultan allaient l'arracher au prince, et que Metchoub lui-même était chargé de la ramener au camp des

Croisés. Mais tandis que cette nouvelle, répandue à dessein par Metchoub dans toutes les villes, réjouit le cœur des habitants, Malek Adhel ouvre les lettres de Saladin : elles lui confirment que c'est au renvoi de l'archevêque et de Montmorency qu'est due la prise de Ptolémaïs : il sent combien à cet égard son frère aurait de reproches à lui faire, et il ne lui en fait aucun : il voit qu'on a voulu élever des soupçons sur sa fidélité dans l'âme du sultan, et que le sultan les a tous repoussés; au lieu de se plaindre de lui, il implore son secours, et prie quand il pourrait commander. Répondra-t-il par de nouveaux torts à une si confiante, si touchante bonté, et ne fera-t-il rien pour un frère offensé qui, étant son maître, ne lui parle qu'en ami? sans doute le sacrifice est immense : se séparer de Mathilde, ne plus la voir! Mais Mathilde elle-même ne l'exige-t-elle pas, ne lui a-t-il pas promis de ne plus s'opposer à son départ; et quand Saladin le veut ainsi, et que l'intérêt de la patrie l'ordonne, l'amour sera-t-il plus puissant que la foi, le devoir, l'amitié? O quel terrible combat ils se livrent! comme ils agitent, bouleversent, et déchirent le sein du jeune Arabe; mais l'amour, quelque violent qu'il puisse être, n'est pas toujours plus fort qu'une grande âme, et si jamais homme ne le connut au degré où l'éprouve Malek Adhel, jamais homme aussi ne fut plus capable de ces grandes résolutions, de ces élans d'héroïsme qui s'élèvent au-dessus de tout, subjuguent tout, faiblesses, craintes, dangers, et jusques aux passions mêmes : c'en est fait, il est déterminé; Mathilde partira, il le veut, il le jure, et à ce serment, la vertu triomphe et sonne sa plus belle victoire.

Mais quand l'ascendant de l'amitié vient de l'emporter sur l'amour, c'est contre cette même amitié que la générosité lutte encore, et l'âme magnanime de Malek Adhel a eu plus de force pour consentir au départ de Mathilde, que pour se résoudre à manquer de foi à la reine. Il vient de sacrifier sa vie à son frère, mais son honneur est encore d'un plus grand prix, et son honneur lui commande de ne pas rétracter la parole que Bérengère a reçue de lui. Cependant les ordres de Saladin sont, à cet égard, aussi précis que sévères; Metchoub les connaît, il les aura déjà répandus, et Malek Adhel n'a de moyens pour y désobéir, qu'en faisant révolter ses soldats contre la volonté suprême du sultan : il sait bien qu'il en a le pouvoir, mais en a-t-il le droit? et parce que son frère lui a laissé une autorité absolue en Egypte, en usera-t-il pour le trahir? Et maintenant que ce n'est plus entre sa faiblesse et son devoir qu'il hésite, mais entre deux devoirs également impérieux, que va-t-il résoudre, et lequel sera sacrifié? A la fin, il s'écrie : « Demain je fais préparer le vaisseau qui portera Mathilde à Ptolémaïs, l'aurore du jour suivant la verra partir; moi je remonte le grand fleuve avec la reine, je la laisse au Caire, libre, maîtresse dans le palais des califes; aussitôt je me hâte d'aller demander à Saladin l'ordre de sa délivrance; je ne le demanderai point en vain, je ne ferai pas valoir impunément la parole que j'ai donnée à la reine : Saladin la ratifiera, car il a horreur du parjure, et ne souffrirait pas que son frère en commît un. »

Cependant la nuit s'est écoulée dans ce long combat des plus nobles et des plus vifs sentiments : déjà le soleil va s'élancer hors du sein de la vaste mer, sa lumière jaillit et éclate, Malek Adhel soupire, et ne voit point sans effroi la naissance de ce jour qu'il a promis de commencer par un grand sacrifice; mais, soutenu par la voix de l'amitié et de la patrie, son courage ne l'abandonne pas, il sort du palais, se rend sur le port, choisit lui-même le vaisseau qui doit porter Mathilde, donne à cet égard tous les ordres nécessaires, et, pour se garantir d'une faiblesse qu'il redoute et dont il rougit, il se détermine à s'éloigner de Damiette sans voir la princesse, et à n'y revenir que quand elle n'y sera plus. Il rencontre Metchoub, et lui dit : « Esclave, la princesse

partira demain avec toi, veille sur cette tête sacrée la tienne m'en répondra. »

Puis il le charge de remettre à la reine une lettre où il explique a cette princesse les motifs de sa conduite, où il lui dit que plutôt que d'occasionner une révolte à Damiette, il s'est décidé a retarder, mais seulement à retarder l'exécution de sa promesse; que dans deux jours il reviendra la conduire au Caire, et qu'il lui jure que bien peu de jours après il lui enverra une escorte pour la conduire au camp des Croisés.

Alors, sans regarder le palais, sans oser seulement se permettre de songer à Mathilde, il sort de Damiette et va a Péluse, à Pharamia; il parcourt les différentes villes qui bordent la mer et s'élèvent vers les bouches du Nil; il réunit ses troupes, les assemble, et les dispose à marcher, conformément aux ordres du sultan, vers les montagnes de Kouroutba.

CHAPITRE XIV.

Durant cette nuit qui venait de détruire si cruellement les espérances de Bérengère, les songes les plus flatteurs avaient occupé son esprit : ayant appris la veille par Mathilde que le prince leur permettait enfin de partir toutes deux, déjà elle marquait dans sa pensée le jour où elle quitterait Damiette, et celui où elle reverrait son époux. Au milieu de sa joie, elle se rappelle la princesse de Jérusalem, et pour donner à sa conscience autant de satisfaction qu'à son cœur, elle se résout à faire participer cette infortunée à son bonheur, et passe chez elle pour lui annoncer qu'enfin le jour est venu où elle peut remplir sa promesse et la ramener dans sa patrie.

Depuis long-temps Agnès ne voyait plus la reine; renfermée dans son appartement, elle prétendait que la pénitence seule l'y retenait; mais son seul motif était d'éviter la présence de personnes qu'elle détestait, et qu'elle savait avoir le droit de la mépriser. Résolue à ne point s'éloigner du prince, elle entretenait des espions qui lui rendaient compte de tout ce qu'il faisait, et des progrès de son amour pour Mathilde. En écoutant leurs rapports, son âme s'abreuvait de fiel et de rage; et, pour exécuter sa vengeance, elle attendait d'être sûre que le départ de la reine ne serait pas suivi de celui de Mathilde. Si elle ne part pas, s'écriait-elle dans ses accès d'emportement solitaire, si l'ingrat ose la garder auprès de lui, il ne jouira pas longtemps de cette vue adorée, et ce poignard la fera souvenir qu'Agnès existe, et que son bras n'a pas oublié de frapper.

Elle a appris une des premières l'arrivée de Metchoub; elle a voulu le voir, lui parler; gagnés par ses largesses, ses gardes l'ont introduit secrètement chez elle; elle a su quels ordres il était chargé d'exécuter; et en lui peignant la passion du prince comme capable de l'entraîner aux plus grands crimes, et le caractère de Mathilde sous les plus odieuses couleurs, elle a su augmenter la profonde défiance qu'il avait conçue contre le prince, et lui donner un zèle plus ardent pour presser le départ de Mathilde.

Il venait à peine de sortir de chez elle et de recevoir les ordres de Malek Adhel, lorsque la reine se rendit chez Agnès. Elle fut surprise de cette visite inopinée, et ne savait à quoi l'attribuer, lorsque Bérengère, prenant la parole, lui dit avec un doux sourire : « Je viens remplir ma promesse, je viens proposer à Agnès d'abandonner ces murs, témoins de sa honte, et de nous suivre loin des Infidèles, de leurs chaînes et de leurs cités, dans ce camp des Chrétiens, où elle pourra verser ses larmes au milieu de ses frères. » Agnès répondit : « Eh quoi ! votre majesté ignore donc qu'il ne lui est plus permis de partir ? — Que dites-vous ? reprit Bérengère troublée, Malek Adhel a donné hier sa parole à ma sœur. — Et c'est peu d'heures après l'avoir donnée qu'est arrivé Metchoub, l'envoyé de Saladin; il est venu annoncer la prise de Ptolémaïs, et sans doute, Madame, cette grande conquête pourra adoucir vos malheurs et les maux qui

vous sont réservés.... — Ptolémaïs est prise, s'écria la reine éperdue, et vous parlez des maux qui me sont réservés ! Cette grande victoire aurait-elle donc été ensanglantée par un grand malheur ? quelques-uns de nos plus vaillants souverains auraient-ils péri.... ? Philippe-Auguste.... » Sa langue glacée ne lui permit pas de prononcer un autre nom. Agnès répliqua : « On dit que ce siège a été l'occasion d'un effroyable carnage, et que les Chrétiens ont payé cher leurs succès; mais Metchoub ne connaît point le nom des victimes, et surtout il ne parle pas de Philippe-Auguste. Ce qu'il m'a seulement appris, c'est que Saladin veut que la princesse Mathilde soit renvoyée au camp des Croisés, et que votre majesté soit tenue au Caire dans une étroite captivité, jusqu'à ce que Richard consente à donner Ptolémaïs pour prix de votre rançon. »

L'infortunée Bérengère n'en entendit pas davantage; elle n'a point de force contre tant de douleurs, ses sens défaillent, elle tombe sans mouvement; en la voyant dans cet état, Agnès s'écrie : « C'est donc elle maintenant qui a besoin de mes secours, c'est moi qui vais la protéger; je ne suis plus la seule qui souffre et se meurt. » Cependant elle fait appeler les femmes de la reine. Au bruit de cet accident, Mathilde accourt, et à l'aspect de sa sœur pâle et inanimée, elle jette un cri de douleur, se précipite auprès d'elle, la serre dans ses bras, la couvre de larmes, lui donne elle-même tous les secours avec un zèle, une activité que personne ne peut égaler, en invente de nouveaux, en découvre de plus efficaces, et parvient enfin à rappeler à la vie l'infortunée pour laquelle elle donnerait son sang avec joie. Bérengère entr'ouvre ses paupières languissantes, elle aperçoit Mathilde à genoux près d'elle, et plus loin la cruelle figure d'Agnès. Cette vue lui rappelle et les coups qu'elle vient de recevoir et la main qui les a frappés; elle fait un mouvement d'horreur : « O ma chère Mathilde ! s'écrie-t-elle, éloignez-moi d'ici, délivrez-moi de l'as-

pect de cette femme barbare, qui semblait si satisfaite de pouvoir me déchirer le cœur. » Mathilde se retourne avec surprise : « Ce que j'entends est-il possible? Agnès, est-ce vous dont la reine se plaint? — Les malheureux s'en prennent à tout, répondit-elle avec un froid dédain ; et parce que j'ai appris à la reine que Saladin la condamnait à une éternelle captivité, elle m'accuse, comme si c'était moi qui en eusse porté l'arrêt.....
— Une éternelle captivité ! interrompit Mathilde épouvantée, ah ! ma sœur, ne le craignez pas, une telle barbarie est impossible : il n'y a pas même, parmi les infidèles, d'hommes assez méchants pour l'ordonner ; reposez-vous sur la foi de Malek Adhel, ce noble prince ne violera pas ses promesses. — Votre pouvoir sur lui est bien grand, bien connu, repartit Agnès avec une ironie amère, et personne ne doute du prix que vous lui offrirez pour la délivrance de la reine ; mais quelque puissants que soient ces moyens, peut-être vous manqueront-ils et comptez-vous trop sur eux ; le nom de Saladin sera ici plus fort que vous.
— Je ne compte, reprit Mathilde avec une noble fierté, que sur la foi des serments et la force de la vertu ; ces appuis-là ne manquent jamais. » Agnès lui répondit avec ironie, que cet enthousiasme ne tromperait personne, et que personne ne doutait des artifices qu'elle avait employés pour séduire le prince. Ce reproche, loin d'irriter Mathilde, lui inspira une profonde pitié pour Agnès. « Infortunée, lui dit-elle, tu ne sais donc plus quels effets produit la vertu, et quelle force elle donne ; tu y demeureras donc toujours étrangère. Dieu et ton repentir ne t'y ramèneront point...?
— Je ne me repens, interrompit Agnès avec colère, que de vous avoir permis d'entrer ici. — Je n'y resterai pas longtemps, reprit froidement Mathilde, la reine est maintenant en état d'être transportée chez elle, nous allons vous quitter ; et puissiez-vous, Agnès, revenir bientôt à nous, nos bras vous seront toujours ouverts. »

En achevant ces mots, aidée par les femmes de la reine, elle la conduisit dans son appartement ; Bérengère, faible et malade, se jette sur son lit, baignée de larmes, et demande à grands cris que le prince daigne venir la voir un moment. Mathilde, alarmée à l'excès de l'état de sa sœur, fait appeler le duc de Lancastre ; elle le conjure d'aller dire à Malek Adhel la douleur et les vœux de la reine ; le duc de Lancastre l'interrompt : « Madame, lui dit-il, je crains qu'il ne soit trop tard maintenant ; comme je me rendais ici, j'ai appris que le prince était sur le point de quitter Damiette, et qu'il avait chargé le terrible Metchoub de faire exécuter, pendant son absence, les ordres de Saladin ; demain sans délai votre altesse doit s'embarquer pour Ptolémaïs.
— O ma sœur ! s'écria la reine, si Malek Adhel s'éloigne, je suis perdue ; courez à lui, obtenez ma grâce, ou cette place devient mon tombeau. — J'y cours, s'écria vivement Mathilde ; calmez-vous, je vais me jeter aux pieds du prince ; il m'y verra mourir, ou il me rendra votre liberté : duc de Lancastre, conduisez-moi. » Elle part, elle sort du palais de la reine ; elle entre dans une cour remplie de gardes : cette jeune et timide vierge n'en ressent aucune crainte ; elle ne voit que les dangers de sa sœur, tous les autres dangers s'effacent devant ceux-là : s'il n'est point d'innocence sans timidité ; il n'est point de vertu sans courage, et Mathilde a une âme qui peut s'élever par moments au-dessus de toutes les frayeurs. Elle va pénétrer dans le palais du prince, on l'arrête ; elle demande à le voir ; il vient de partir ; il n'est plus à Damiette : à cette funeste nouvelle elle a cru entendre le dernier soupir de la reine ; elle pâlit, chancelle ; elle ne sait plus comment elle sauvera Bérengère : le terrible Metchoub paraît ; sans respect pour son rang, sans pitié pour sa douleur, il lui annonce avec dureté qu'il n'y a plus aucun moyen de changer son sort, que les pleurs et les prières n'y feront rien, que dès demain il l'arrache de ce palais, et que la reine, conduite au Caire, y sera retenue prison-

mère jusqu'à ce que Ptolémaïs soit rendue aux Musulmans. Mathilde frémit; l'image de Bérengère expirante ne lui permet de négliger aucun moyen; elle embrasse les genoux de Metchoub; oui elle les embrasse et n'en rougit pas; car ce qu'il y a de plus humble, est ce qu'il y a de plus grand quand c'est la charité qui conduit. « Prenez pitié, s'écrie-t-elle, prenez pitié d'une reine infortunée; elle ne survivra pas à son malheur; voulez-vous avoir à répondre de sa mort. » Elle dit, et sa voix expire dans les larmes : Metchoub est surpris, il ne comprend pas comment, après qu'il a parlé, on ose espérer encore, et ne voit qu'une insensée dans celle qui tente de s'opposer à la volonté du sultan. « Chrétienne, lui dit-il, que me demandes-tu? ignores-tu que les ordres de Saladin sont sacrés pour tous ses sujets, que nul n'y résiste; que s'il m'avait demandé ta vie, je te plongerais en cet instant mon poignard dans le cœur; et que, s'il me demandait ma tête, j'irais moi-même la lui porter? retire-toi donc, demain à la naissance du jour sois prête à partir, et remets à la femme de Richard cet écrit que Malek Adhel m'a laissé pour elle; il contient les ordres de Saladin, je n'y puis rien changer. » Alors il s'éloigne; Mathilde regarde le papier qu'il vient de lui donner, et une faible espérance se réveille dans son cœur; elle ne peut croire que la reine ne trouve quelques consolations dans une lettre de Malek Adhel, et se hâte de la lui porter. En la voyant entrer, la reine s'écrie : « Que vous a dit le prince, ma sœur, que vous a-t-il dit? » Mathilde, en silence, lui remet le papier qu'elle tient. « Qu'est-ce, demande Bérengère en le prenant d'une main tremblante? est-ce l'ordre de ma liberté? » Elle l'ouvre, elle voit le fatal arrêt, et ne voit que cela; ni les vifs regrets que le prince lui exprime, ni les promesses par lesquelles il s'engage, ne calment son désespoir; la prolongation de sa captivité et le départ de Mathilde, voilà tout ce qui la frappe. « Ainsi, s'écrie-t-elle d'un air égaré, le prince n'est plus à Damiette, vous ne l'avez point vu,

vous serez partie quand il reviendra, et il a laissé Metchoub maître de notre sort? » La princesse ne lui répond point, et la presse dans ses bras en pleurant. « Tu ne me réponds point, lui dit la reine dans une sorte d'aliénation d'esprit; je te demande si l'arrêt de ma mort est irrévocable, et tu ne me réponds point; c'en est donc fait! » Elle s'arrête, presse ses deux mains contre son cœur, comme ne pouvant supporter le poids qui l'accable; ses yeux sont secs, égarés. « Pourquoi pleures-tu, dit-elle à Mathilde, pourquoi pleures-tu, toi qui pars, qui vas revoir Richard, qui n'as point à répondre de la mort d'une créature qui te demande la vie... Oh! laisse, laisse les larmes à l'épouse infortunée qui va mourir loin de l'objet de sa tendresse, à la mère inconsolable qui ne verra jamais le fruit de son amour. » Elle succombe, son front pâle, ses membres glacés et raidis, déchirent l'âme de Mathilde et lui font naître une pensée, lui inspirent un dessein..... pensée audacieuse, dessein téméraire, mais elle n'hésite point à les adopter, et s'arrête avec courage à un projet qui peut sauver la reine. Impatiente de lui communiquer ce qu'elle croit être l'effet d'une inspiration divine, elle se hâte de lui donner tous les secours qui peuvent la rappeler à la vie; et à peine a-t-elle réussi à la ranimer, qu'elle écarte tous les témoins; les voilà seules. « Ma sœur, lui dit-elle, écoutez-moi, car vous pouvez être consolée; écoutez-moi, car, si vous voulez me croire, vous partirez demain. » La reine relève sa tête languissante, la regarde d'un air surpris. « Que dis-tu, Mathilde? — Qu'il faut que demain, vêtue de mes habits, couverte de mon voile, vous partiez pour Ptolémaïs à ma place, tandis que je resterai ici, trop heureuse de porter les fers destinés à vos royales mains. » Elle s'arrête oppressée, car elle a parlé avec cette précipitation qui semble indiquer qu'on craint de voir s'évanouir son courage avant de finir ce qu'on veut dire. Bérengère fixe sur elle des yeux pleins d'incertitude et de joie. « O miracle de charité! ô véritable sainte! s'écrie-t-elle; qu'oses-tu proposer? Me crois-tu capable d'abuser d'une bonté si héroïque, et de t'abandonner à la passion d'un prince qui t'adore, et à la vengeance d'un sultan irrité? — Quand je verrais toutes les séductions de la terre m'entourer, interrompit la pieuse princesse d'une voix animée, et une armée entière prête à fondre sur moi, mon cœur n'en prendrait pas d'épouvante, car l'Eternel est mon défenseur et mon refuge.... Ma sœur, il n'est plus temps d'hésiter, le moment est venu où il faut nous dire un long adieu; demain l'une de nous doit nécessairement partir; partez, allez joindre votre époux, sauvez votre enfant, Dieu vous le commande aussi impérieusement qu'il me commande à moi de rester ici pour souffrir à votre place. »

En parlant ainsi, Mathilde sentait bien qu'elle faisait un sacrifice, et c'est pour cela qu'elle parlait avec tant d'assurance; si elle avait trouvé au fond de son âme un simple doute sur la pureté de ses intentions, une seule pensée qui l'attachât à Damiette, son noble enthousiasme se serait évanoui, et dès-lors, moins généreuse, peut-être eût-elle voulu partir; tant il est vrai que les grands dévouements et les vertueux sacrifices ne peuvent être conçus que par un cœur innocent: dans cet instant, si l'amour de Malek Adhel se présentait à la princesse, ce n'était que pour lui faire trouver en elle-même toute la force nécessaire pour en triompher: la reine, pénétrée de reconnaissance, regardait avec une religieuse admiration cette jeune et timide beauté qui, par excès de charité, consentait à s'exposer seule sans autre secours que Dieu, à tous les pièges de l'amour et à la colère d'un grand roi. Un si extraordinaire courage la frappe: elle se plaît à croire que la Providence n'a conduit Mathilde en Orient que pour y confondre les Infidèles par l'éclat et l'exemple de sa haute sagesse. Elle sait que le plus beau, le plus sublime privilége de la vertu, est de se communiquer en se montrant, et elle se demande si ce ne serait pas aller contre les décrets suprêmes que d'enlever cette jeune fille aux

III.

épreuves qui doivent lui acquérir une gloire immortelle: ainsi Bérengère, en cédant à son propre penchant, se persuade qu'elle obéit à la voix de Dieu, et elle répond: « Non, ce n'est point seulement parce que mon intérêt m'en presse, que je souscris à votre projet, mais parce qu'il me semble que le ciel même vient de parler par votre bouche: Mathilde, votre âme me paraît si belle, si supérieure à toutes les âmes humaines, que je me croirais coupable en agissant autrement que vous ne l'avez décidé..... Je partirai, ma sœur; j'irai apprendre aux Chrétiens que le temps des miracles a reparu pour eux, et que l'esprit divin est descendu sur la terre sous la forme angélique d'une vierge de seize ans: je dirai à Richard de quelle sainte et éblouissante lumière votre nom couvrira l'illustre race des Plantagenets; et si, dans ces jours de tribulations qui vont être votre partage, votre âme avait un moment de tristesse, songez que vous avez sauvé ma vie, que, sans vous, l'enfant de mes entrailles n'aurait jamais vu le jour, et que cette pensée vous console et vous soutienne. »

Mathilde soupire, serre la main de la reine, et ne répond rien: sans doute elle est loin d'éprouver aucun repentir, elle n'éprouve pas même de crainte; mais la vraie piété n'est pas présomptueuse, et la sienne, qui voit le triomphe que la reine lui promet, comme le plus désirable de tous les biens, n'ose pas le voir comme le plus assuré, et se contente de l'ambitionner avec ardeur, sans l'attendre avec confiance. Cependant le jour fuit, les femmes destinées à accompagner la princesse, font autour d'elle les préparatifs du départ: bientôt la nuit vient, Mathilde profite de son silence et de son obscurité pour envelopper sous les larges plis de son chaste habit de lin, les traces visibles de l'état de Bérengère: elle attache son bandeau virginal sur le front de cette épouse passionnée, et a soin d'en couvrir son visage, sa taille, et son sein; elle regrette ses simples habits, et ne se voit point sans confusion parée des magnifiques vêtements de la reine. Mais déjà les ténèbres s'éclaircissent, le vent souffle, les mariniers s'éveillent, le vaisseau tend sa voile, une sourde rumeur annonce aux princesses qu'on approche de leur appartement, et que l'heure du départ va sonner. Bérengère pâlit; Mathilde, près de s'évanouir, se ranime à l'aspect de la faiblesse de la reine, elle la serre contre sa poitrine. « Du courage, lui dit-elle, car là haut, Dieu nous voit, nous soutient, et nous approuve : élevez votre âme à lui, je vais prier pour vous. » En achevant ces mots, elle s'arrache à sa sœur éperdue, et court s'enfermer dans son oratoire : Bérengère avait à peine eu le temps de rejeter son voile sur son visage, lorsque le duc de Lancastre entra, suivi des femmes de Mathilde et des gardes du prince. « Je viens chercher votre altesse, lui dit-il; on n'attend plus que vous. » Bérengère, en silence, présente au duc sa main, enveloppée dans la grande manche de son habit. « Ne pourrai-je, demande le duc, ne pourrai-je, avant de partir, présenter mon hommage à mon illustre reine? » Bérengère secoue la tête, et fait signe que la reine ne peut le recevoir. Le duc se tait, et soutient les pas tremblants de celle qu'il prend pour Mathilde; il marche avec elle vers le port sans s'étonner de son émotion, et sans oser lui adresser la parole. Personne ne soupçonne la pieuse supercherie, la reine monte dans le vaisseau sans soulever son voile : Metchoub la reçoit; elle s'incline, baisse la tête, et passe sans lui parler; les gardes du prince se retirent, l'air agite les banderolles flottantes au haut des mâts, l'ancre est levée; les mariniers, de leurs rames agiles, brisent les flots de la mer; le vaisseau fend l'onde, il glisse avec rapidité, bientôt les côtes de l'Egypte disparaissent. Cependant la reine, renfermée dans l'étroit et obscur asile qui lui est destiné, feint d'être malade, et ne se laisse voir qu'au duc de Lancastre et à ses femmes, qui, loin de la trahir, apprennent avec des transports de joie que leur reine est libre, et qu'ils vont la remettre dans les bras de son époux. Metchoub, indifférent au sort comme à la douleur de sa prison-

nière, ne la visite pas une seule fois, et déjà ils entrent au port de Ptolémaïs, qu'il n'a pas conçu un seul soupçon; mais puisque la reine, à l'abri de tous les dangers, va jouir paisiblement du bonheur de revoir son époux et ses frères, quittons-la, et revenons à la douce victime qui s'est volontairement immolée pour elle.

CHAPITRE XV.

En se séparant de Bérengère, Mathilde s'était retirée au fond de son oratoire, et, sans songer à prier pour elle-même, ses lèvres ne s'ouvraient que pour demander au ciel de veiller sur les jours de la reine, lorsqu'Herminie, comtesse de Leicester, et la plus fidèle amie des princesses, inquiète de savoir sa souveraine livrée dans la solitude à toute l'amertume du désespoir, se hasarda à entrer dans l'oratoire où elle la croyait enfermée; Mathilde l'entend, la reconnaît, lui fait signe de fermer la porte, et se découvre; Herminie jette un cri : « Paix, lui dit Mathilde, que rien ne transpire de ce grand secret, car, si j'étais reconnue aujourd'hui, un léger vaisseau pourrait être envoyé après celui de la reine, l'atteindre, et la ramener ici; un tel malheur serait sans doute le dernier qu'aurait à souffrir ma déplorable sœur; comtesse de Leicester, empêchez donc tous les regards de pénétrer jusqu'à moi; dites que la reine est malade, on le croira facilement, et demain, si le prince revient à Damiette et demande à me voir, j'espère qu'il sera trop tard pour avoir à craindre pour la reine; et quant à moi, ô mon Dieu! appuyée sur la force de votre bras invincible, mon âme s'élève au-dessus de toute crainte. » Elle avait raison, jamais la vertu ne paraît plus facile qu'au moment où on vient de lui faire un grand sacrifice, tant elle se hâte de donner ses récompenses, en remplissant d'une force nouvelle le cœur qui a eu la force de la préférer à tout. Cependant Mathilde réfléchit sur sa situation; elle ne peut se dissimuler la violente impression que sa vue fera sur le prince. Pour en détourner l'effet, elle cherche à en prévoir les suites ; mais il y a dans cette pensée quelque chose de vague, de confus, d'inquiétant, dont sa pudeur se détourne, et sur quoi la prudence la ramène toujours. Jamais tant d'idées nouvelles ne se présentèrent à son esprit ; car maintenant, loin de les rejeter, elle les accueille et les examine. Le temps n'est plus où elle croyait devoir écarter tout ce qui pouvait éclairer son ignorance ; puisqu'elle est entourée de dangers et qu'elle est seule pour s'en défendre, il faut bien qu'elle apprenne à les connaître. C'est dans cette longue suite de méditations et de rêveries qu'elle passe tout le jour et une partie de la nuit ; tantôt rougissant de trop approfondir des mystères inconnus à l'innocence, tantôt s'effrayant de les comprendre trop peu pour savoir s'en garantir. Si quelquefois elle sent son âme se troubler à la vue des maux prêts à fondre sur elle, plus souvent encore elle attend d'un cœur résigné l'avenir que Dieu lui réserve. Il y a tant d'espérances et de soumission au fond d'une conscience tranquille, que la princesse encore pure, même d'une pensée répréhensible, se sent comme dans l'heureuse impossibilité de perdre jamais la paix et la confiance dont elle jouit.

Deux jours se sont écoulés depuis le départ de la reine, et le prince n'est point revenu encore ; chacun est persuadé dans le palais que Mathilde vogue vers Ptolémaïs, et la joie habite dans le cœur d'Agnès ; mais cette joie devait être aussi fugitive que l'avaient été les heures de son bonheur passé : déjà le troisième jour vient de commencer, le bruit des armes, les instruments de guerre se font entendre ; c'est Malek Adhel qui entre dans Damiette avec les troupes qu'il ramène : ce héros ne veut pas perdre un jour, car il sent bien que c'est dans les moments où il s'abandonne au repos, que l'image de Mathilde reprend sur son cœur un empire contre lequel ses forces ne pourraient pas lutter longtemps ; il ordonne que sa grande galère soit prête le lendemain pour remonter le fleuve jusqu'au Caire, et envoie demander à la reine un instant d'audience.

Herminie se hâte d'aller prévenir la princesse que Malek Adhel marche sur ses pas ; la princesse tressaille ; dans le désordre de son esprit, elle oublie ce qu'elle avait projeté de dire, elle ne sait plus ce qu'elle doit faire ; cet isolement où elle se trouve la frappe de terreur ; il est si effrayant pour une jeune fille de regarder en vain autour d'elle sans trouver un ami qui lui prête un secours et lui donne un conseil ! Mathilde pense du moins à s'entourer de toutes les images que Dieu permet d'avoir de lui sur la terre ; elles seront sa force et son appui : ranimée par cette espérance, c'est dans son oratoire qu'elle va attendre le prince : elle couvre sa tête d'un voile épais, et, prosternée devant le prie-dieu de la reine, elle élève ses regards vers le divin Fils de Marie. Étendu devant elle sur la croix de douleur, il semble lui dire qu'il n'y a point de vertu sans épreuves, de victoire sans combat, et qu'un vrai Chrétien doit supporter avec courage des souffrances toujours légères, en comparaison des grands opprobres et des horribles blasphèmes dont le monde a couvert celui qui n'y était venu que pour le sauver.

Pendant que Mathilde réussit à calmer ses frayeurs par ces actes pieux d'oraison intérieure, le prince arrive dans le palais, traverse le salon de jaspe et la chambre de la reine : tous ces lieux où il a vu Mathilde, et où il a été si heureux, maintenant qu'elle s'en est éloignée pour toujours, lui semblent vides d'espérance de bonheur, et muets comme les tombeaux. Ces images d'un bien à jamais perdu affaiblissent le héros, et l'amour reprend possession d'un cœur dont il avait été banni avec tant de courage ; la comtesse de Leicester le conduit en silence vers l'oratoire : il n'y était point entré encore. « Où me menez-vous ? » demande-t-il. Herminie, trop émue pour pouvoir parler, ne répond rien ; et le prince, trop agité lui-même pour s'apercevoir de l'émotion de la comtesse, ne pense pas à l'interroger une seconde fois : il est à

7.

la porte de l'oratoire; Herminie l'ouvre, nomme le prince; Mathilde, prosternée devant le prie-dieu et la tête couverte, fait signe qu'il peut entrer; Malek Adhel paraît, la comtesse se retire, ferme la porte; ils restent seuls. Le prince ne reconnaît point Mathilde vêtue des habits de la reine, et entièrement couverte d'un voile long et épais; il s'assied à quelque distance, et dit : « Je vois avec plaisir, Madame, que votre piété vous a préservée du désespoir : vous devez croire qu'il m'en a beaucoup coûté pour vous affliger; mais votre peine, Madame, ne sera que passagère; vous êtes sûre de revoir bientôt l'objet de votre tendresse; vous n'en êtes pas séparée pour toujours; votre douleur, à vous, ne sera pas éternelle. » En achevant ces mots, le jeune Arabe ne peut retenir quelques larmes; Mathilde les voit à travers la gaze qui est devant ses yeux; elle voit aussi le profond abattement qui est empreint sur les traits du prince, et l'affliction qu'il éprouve redoublant ses craintes sur le moment où il la reconnaîtra, l'intimide à tel point, qu'elle ne se sent point encore la force de répondre. Il continue : « Ne parlons que de vous, Madame, ne pensons qu'aux peines qui peuvent finir : je vais vous conduire au Caire dans le palais des califes, où vous serez aussi libre qu'ici. En un instant je rassemble mes troupes, je pars, je suis auprès du sultan, j'en obtiens l'ordre de votre liberté, je vous l'envoie; alors vous partez, vous allez rejoindre votre époux, vous allez revoir celle que je ne dois plus revoir...... Lui parlerez-vous de moi, Madame? daignera-t-elle vous entendre? Dites-lui que son départ a rempli mon âme de dégoûts et d'amertumes; dites-lui que bientôt les combats, les chagrins surtout, me délivreront de ce reste de vie, image anticipée de l'enfer, comme lui pleine de regrets déchirants, de douleurs sans terme, comme lui éternellement fermée à l'espérance.... Hélas! elle ne sait pas quel culte j'aurais voulu lui rendre! jamais je n'ai osé lui dire à quel excès je l'adorais.... Je le dis maintenant à tout ce qui

l'a vue ici, à ces murs silencieux, à ces bois muets, à toute la nature; à vous, Madame.... mais rien ne répond, tout est désert, tout est mort depuis que Mathilde est partie. » Il dit, et toujours plus faible à mesure qu'il appuie davantage sa pensée sur le souvenir de celle qu'il aime, il penche sa tête sur ses deux mains, et pousse de profonds gémissements. La princesse, troublée jusqu'au fond de l'âme, se relève, et retenant avec effort les larmes qui la gagnent, d'une voix inarticulée elle dit : « Il n'est plus temps de feindre, seigneur.... » Malek Adhel a reconnu cet accent; frappé au cœur, il se lève avec un cri terrible, il doute de ce qu'il entend; il n'ose croire ce qu'il voit, il ne sait quelle terre il habite, il ne sait même s'il habite la terre; c'est le ciel qui s'ouvre, et dans le désordre d'une imagination enflammée, il se promène à grands pas, son âme s'égare et se perd dans le délire du ravissement et du bonheur. Mathilde, les yeux baissés, reprend d'un ton doux et humble : « La reine allait mourir, seigneur; il fallait la sauver à tout prix; elle est partie sous mes habits; je suis restée à sa place; ouvrez-moi sa prison : trop heureuse d'y vivre loin du monde, innocente et sans tache, ignorée des hommes et connue de Dieu seul; ma destinée sera encore assez belle, je ne m'en plaindrai point. » Depuis le moment qu'elle avait commencé à parler, Malek Adhel s'était arrêté tout-à-coup, immobile devant elle, respirant à peine; il la regardait dans une muette extase, hors d'état de prononcer un mot; une joie trop impétueuse, trop subite, vient de tomber sur son cœur; embrasé, éperdu, en proie à un sentiment vif et délicieux, mêlé d'un tourment capable d'arracher la vie, il croit qu'il ne résistera pas à ce qu'il éprouve. A la fin, il tombe à genoux, et élevant les bras vers elle, il s'écrie : « Se peut-il, ô beauté adorée! se peut-il que tu n'aies pu te résoudre à me donner la mort? tu es donc restée pour sauver mes jours? — Seigneur, interrompit-elle, je vous ai déjà dit que ce n'était qu'à cause de la reine que j'avais pu m'imposer un si grand sacrifice. » Le prince la regarde avec un mélange de mélancolie, d'amour, et de plaisir. « Tu veux en vain, lui dit-il, t'efforcer de m'ôter mon bonheur par tes discours, ta présence est plus puissante qu'eux ; au moment où je croyais t'avoir perdue pour toujours et où je te retrouve, tu pourrais me parler de ton indifférence et presque de ta haine ; tu ne m'empêcherais pas d'être heureux. — Seigneur, reprend la princesse avec autant de sévérité qu'elle en put mettre dans son maintien, je me plais à croire que vous n'abuserez pas de l'éloignement où je suis de tous les miens, pour me parler sans cesse d'un sentiment que je ne puis entendre sans honte ; quoiqu'isolée en apparence, Dieu et mon courage me restent ; avec eux je ne suis pas seule au monde, et ils ne m'abandonneront pas. » A ces mots, Malek Adhel se lève, il approche d'elle, et lui prenant une main qu'elle s'efforce en vain de retirer, il dit : « Mathilde, je puis vous promettre de vous respecter toujours, mais non de ne plus vous aimer et de cesser de vous le dire ; au contraire, désormais je ne veux plus mettre de bornes à ma passion, car l'indispensable nécessité qui préside à nos destinées, en vous forçant à rester ici malgré vous et même malgré moi, nous apprend qu'elle ne nous permet plus de nous quitter, et que notre sort étant de vivre toujours ensemble, notre devoir doit être de nous aimer toujours. — Qu'osez-vous penser ? s'écria Mathilde effrayée. — J'ose penser, continua-t-il en pressant contre son cœur la main qu'il tenait, qu'à force de soins, d'amour, et de prières, je vous attendrirai un jour, et qu'un jour vous consentirez à prendre le nom de mon épouse. — Votre épouse ! moi ! interrompit la princesse en reculant de quelques pas ; horrible blasphème ! ô mon Dieu ! pardonnez-lui, car il ne sait ce qu'il dit. — Ecoute, reprit Adhel, je t'aime à un tel excès, que tu ne peux pas plus le comprendre que je ne puis l'exprimer ; ta religion, tes armées, ta famille, ton Dieu, et ton frère lui-même, ne sont rien

devant mon amour, et ne pourraient t'empêcher d'être à moi. Cependant demeure Chrétienne, si tu le veux, je respecterai ta foi ; je ne prétends pas changer ta croyance ; mais il faut que tu m'aimes, beauté céleste, il faut que tu m'appartiennes avec ton doux maintien, tes modestes grâces, surtout avec ta pudeur, pudeur divine qui me désole et que j'adore, et qui, dans un moment où les mondes croulant sur ma tête n'enchaîneraient pas mes transports, a le pouvoir de les arrêter. » Il dit, et retombe à ses pieds. Tant d'amour étonne Mathilde ; elle aurait eu des forces contre la violence de la passion, elle n'en a point contre un sentiment si tendre ; ses larmes coulent avec abondance, ses yeux ont perdu leur sévérité ; jamais elle n'éprouva de telles émotions ; leur douceur l'entraîne, mais leur nouveauté l'alarme, et lui donne le besoin d'être seule afin de les montrer à Dieu, et de lui demander si elles sont coupables. « Seigneur, dit-elle, demain je serai prête à partir pour le Caire ; mais s'il est vrai que mes prières aient quelque pouvoir sur vous, je vous en conjure, quittez-moi en ce moment. » Il la regarde. « Vous le voulez, Mathilde ? » demanda-t-il. Elle fait signe qu'elle le veut. Il se lève, il marche vers la porte, et, prêt à sortir, il s'arrête, et dit : « Ecoutez, Mathilde, vous avez vu quel désespoir m'accablait en entrant, quelle joie m'a saisi quand je vous ai reconnue, quels ardents transports allaient m'égarer, quel respect les a retenus ; tant de vives et tumultueuses agitations ont dû vous prouver que jamais passion n'égala la mienne, et si vous m'êtes assez chère pour qu'il me soit doux de vous préférer à moi-même, pensez du moins, quand je ne serai plus ici, que vous chercheriez inutilement dans tout l'univers un mortel qui vous aimât comme moi. »

Il sort, et Mathilde ne peut s'empêcher de lui obéir ; si elle ne songe qu'avec effroi aux nœuds que le prince espère, elle revient avec attendrissement sur les sentiments qu'il exprime, et croit en effet que jamais mortel n'aima comme lui. Qu'il y a de dangers dans cette pensée! et qu'il est difficile au cœur le plus humble, le plus pur, de se défendre d'un tendre orgueil à l'idée d'être l'objet d'une passion profonde, unique, telle que jamais nul homme sur la terre n'en connut de semblable! La princesse soupire, pleure, mais il y a de l'amour dans ses larmes, et déjà elles lui cachent les périls qui l'entourent, et qui le matin même l'épouvantaient encore. La soumission, la prompte obéissance de Malek Adhel la frappent; elle croit pouvoir y fonder de grands motifs de sécurité; pour l'éloigner, à peine a-t-elle eu besoin d'une prière; un regard, un signe ont suffi; que peut-elle donc craindre d'un prince si docile et si respectueux? et pourquoi redouter l'approche de celui pour lequel un seul mot est un ordre? Ainsi Mathilde, satisfaite de se conserver chaste, va donc oublier de se conserver pure, et pourvu que sa vertu demeure inébranlable, elle ne songera plus que ces entrevues avec un homme, ces discours passionnés qu'elle écoute, sont autant d'atteintes à son innocence; que ces mêmes choses, qu'elle veut regarder comme peu importantes aujourd'hui, lui eussent paru criminelles à son arrivée à Damiette; elle ne songera point que c'est ainsi qu'en négligeant de compter tous les pas qu'on fait dans la carrière de la séduction, et que se rassurant sur tous ceux qu'on fait encore, par la certitude de ne pas aller plus avant, on est entraîné par une pente insensible jusqu'au fond de ce gouffre des passions humaines, où il n'y a de choix qu'entre la mort et la honte.

Mais c'était la première fois que Mathilde tentait de justifier ses fautes, et la première fois qu'on est coupable, la conscience est bien prompte à en avertir. Aussi, tout en se persuadant qu'elle devait être tranquille, elle ne l'était point, et cette confiance dont elle s'efforçait de remplir son âme, y apportait plus d'agitation que de calme; car ce n'est pas en obéissant à ses passions, c'est en leur résistant qu'on se procure la vraie paix du cœur. Etonnée de cette secrète inquiétude

qui la dévore, quand il lui semble que tout autour d'elle tend à la rassurer, elle cherche dans les divines Ecritures la cause et le remède de son mal. Mille fois l'archevêque lui a recommandé d'y avoir recours, les comparant à des prairies saintes et mystérieuses, dont les herbes ravissantes et salutaires nourrissent l'âme et la fortifient contre les langueurs et les amertumes de la vie; mais c'est en vain qu'elle s'efforce de lire, longtemps elle en est incapable, l'amour ne le lui permet pas. Cependant ses yeux distraits se fixent sur ce passage qui la frappe: « La sécurité des « méchants naît de leur orgueil, mais à « la fin ils s'y trouvent trompés. » — « O mon Dieu! s'écrie-t-elle, est-ce à moi que vous parlez? Ma sécurité aussi n'est-elle que vanité, et m'annoncez-vous que j'y serai trompée un jour? » La page s'est tournée, elle lit encore: « Les occasions « ne nous rendent pas fragiles, elles nous « font voir seulement combien nous le « sommes. » Elle s'arrête tout-à-coup: cette émotion qu'elle a sentie auprès du prince, ce secret penchant qui lui persuadait de se rassurer contre de tels torts et de tels dangers, tout cela revient à la fois à sa pensée, et lui découvre jusqu'à l'évidence qu'il n'y a point de si grands périls que ceux qu'on est tenté de ne pas voir. Elle reprend son livre, et lit: « Après la colère des rois, les abîmes de « la mer, et l'éclair des tempêtes, ce que « tu dois le plus redouter, c'est ton pro- « pre cœur. » Elle ne s'arrête point ici, elle ne veut pas descendre dans son cœur, elle craindrait trop d'y trouver l'image d'Adhel, et c'est pour fuir cette humiliante frayeur qu'elle passe promptement aux lignes suivantes: « Il est bien plus « aisé de vaincre l'ennemi lorsqu'on lui « ferme toutes les avenues de l'âme, et « qu'on le repousse au moment où il se « présente pour entrer. » Elle s'interrompt alors, quitte son livre, et s'écrie: « Oui, mon Dieu! je jure de le repousser de tous mes efforts, cet ennemi fatal, qui, sous les formes les plus douces, les plus séduisantes, a jeté un trouble si nouveau dans mon cœur; mais je jure que, quelle que soit ma faiblesse, il ne la découvrira pas; toujours repoussante et sévère, je fermerai mon oreille à ses plaintes et mon cœur à son amour; seulement que je voie bientôt le terme de mes épreuves. Ah! plût au ciel que le jour de la mort fût venu, et que tout ceci, qui doit finir, fût déjà passé! »

Elle dit, et cette âme repentante s'efforce de satisfaire à la justice divine, par les mortifications et les pénitences qu'elle s'impose; mais de si légères blessures ne peuvent apaiser le feu intérieur. O chaste vierge! qu'es-tu devenue? Se peut-il que l'ennemi ait vaincu ton courage? et cet amour contre lequel tu te débats, s'est-il accru à un tel point que tu ne trouves déjà plus dans ta modestie assez de voiles pour te le cacher?

CHAPITRE XVI.

En sortant de l'oratoire de la reine, le plus vif contentement brillait dans toute la personne de Malek-Adhel; ceux qui l'y ont vu entrer triste et désolé ne comprennent point par quelles paroles Bérengère a produit un pareil changement; chacun forme mille conjectures; nul ne pénètre la vérité, et le prince la renferme dans son cœur. Avant de déclarer le bonheur qu'il a eu d'être trompé, il veut examiner sa situation et se fixer sur le parti qu'il doit prendre. Sa première et sa plus irrévocable résolution est de ne jamais renoncer à Mathilde. Soit qu'il n'apprécie pas bien toute la générosité de cette jeune fille, soit que son œil pénétrant devine tous les mouvements de l'âme et perce jusqu'aux moindres replis, il lui semble que jamais Mathilde ne se serait décidée à rester à Damiette, si son cœur avait été aussi contraire que sa religion à l'amour qu'il lui exprime. Si l'un peut être touché, Malek-Adhel espère que l'autre pourra être sacrifié; devant un si doux avenir il n'hésite plus. Maintenant ce n'est pas son amour seul qui l'entraîne, c'est aussi sa volonté qui le détermine; et ce n'est pas une volonté faible que celle qui a pu triompher un moment d'un pareil amour.

Le voilà donc s'abandonnant à sa passion comme on s'abandonne à sa destinée: mais si cette pensée est la première dans son cœur, elle n'est pas l'unique, et, tout en s'occupant de Mathilde, il ne peut oublier son frère, ce frère qui l'attend, qui ne veut combattre qu'avec lui; le sort de l'Empire en dépend peut-être; il faut donc se hâter de partir; mais emmènera-t-il la princesse? la conduira-t-il dans un camp si voisin des Chrétiens? approchera-t-il une si belle proie de ses fiers ravisseurs, qui pourraient là lui enlever sans retour? Mais s'il la laisse en Egypte, il faudra donc la quitter! Cependant, qu'est-ce qu'une séparation de peu de jours en comparaison de l'éternelle absence dont il a été menacé; et, s'il a eu de la force contre ce malheur, comment une moindre peine abattrait-elle son courage? Non, le frère de Saladin ne doit pas permettre à l'amant de Mathilde d'être faible; et déjà le héros s'est fixé à la résolution suivante.

Il partira le lendemain pour le Caire avec la princesse, afin que dans cette ville, où elle n'est point connue, et où puisse ignorer plus longtemps que les ordres du sultan n'ont pas été exécutés: c'est pour la sûreté même de Mathilde qu'il veut que l'Egypte n'apprenne le départ de la reine que quand Saladin en sera instruit et l'aura approuvé. Il entourera la beauté qu'il aime d'une garde sûre; et, tandis qu'elle vivra ignorée et tranquille dans le vaste palais des califes, il marchera à Kouroutba; il ira combattre avec son frère; et, fidèle ainsi à tous ses devoirs, il attendra avec plus de confiance le bonheur qu'il demande à l'avenir. A l'instant, tous ses ordres sont donnés; déjà ses troupes réunies, ayant à leur tête un de ses meilleurs officiers, marchent vers Pharamia: c'est là qu'elles doivent attendre le héros qui promet de les joindre sous peu de jours, avec les braves soldats qu'il va chercher au Caire; l'espoir a rendu à sa contenance toute sa fierté; il relève son front superbe, et le bonheur qu'il tient de l'amour anime ses traits d'un tel éclat, qu'il ne cause pas moins d'admiration par sa beauté que de surprise par sa joie.

Cependant Agnès, toujours vigilante, toujours attentive, apprit par ses créatures que le prince, accablé de douleur en arrivant à Damiette, n'a eu besoin que d'un mot de la reine pour être consolé; elle sait qu'il part le lendemain pour le Caire, que Bérengère doit l'y suivre, que sans perdre un moment il y rassemble ses troupes pour les conduire en Syrie : mais Agnès apprend encore que, malgré la promptitude de son départ et la rapidité de sa marche, il a de si importantes nouvelles à mander à Saladin, qu'il ne peut attendre l'instant où il pourra les lui dire lui-même, et qu'avant la fin du jour, un de ses esclaves, chargé de ses lettres, va partir pour Kouroutba : toutes ces nouvelles l'étonnent; son esprit soupçonneux y cherche un mystère, et la jalousie lui fait concevoir la même pensée que la générosité a inspirée à Mathilde : elle veut s'en assurer sans tarder davantage; elle passe chez la reine, et demande à la voir; Herminie ne lui permet pas d'entrer; sa souveraine, lui dit-elle, est faible, abattue, malade, et hors d'état de parler à personne. Agnès répond qu'elle a bien eu la force d'entretenir le prince, et qu'elle aura bien celle de partir le lendemain. A tant d'obstination, la comtesse oppose les ordres de sa maîtresse, et la fille d'Amaury, convaincue qu'on la trompe, regarde Herminie d'un œil sévère et menaçant, qui semble lui dire qu'elle a pénétré son secret. Voyant bien que ses tentatives seront vaines, elle n'insiste pas davantage, et rentre chez elle, la rage dans le cœur, car elle est comme assurée que Mathilde n'est pas partie; mais il lui importe de savoir si Malek Adhel a trempé dans l'odieux complot, et elle se sert, pour le trahir, des richesses dont il l'a comblée : tous ses bijoux, ses trésors, sont à l'esclave chargé de la lettre du prince, et la lettre est à elle. Elle lit :

« Mon frère, j'ai voulu t'obéir; mais
« sans doute que je ne le devais pas,
« puisque tes ordres n'ont pas pu être
« remplis. Le ciel n'a pas voulu que je
« renonçasse à la beauté que j'aime; il
« n'a pas voulu que je manquasse au ser-
« ment que j'avais fait à la reine de la
« renvoyer à son époux : pendant mon
« absence, Metchoub, chargé de l'exé-
« cution de ta volonté suprême, a été
« trompé : il n'est donc pas coupable;
« mais ton frère ne l'est pas non plus,
« et j'espère te le prouver dans peu de
« jours en chassant les Chrétiens de
« Ptolémaïs, et rapportant à tes sacrés
« genoux les clefs de ce boulevard de
« l'Orient. »

« Elle est donc ici, » s'écrie Agnès; et sa voix tremblante, ses joues pâles et livides, manifestent la présence des furies qui bouleversent son sein; elle se tait, elle combine sa vengeance : l'esclave qui est devant elle s'empare de l'or, prix de sa trahison, et lui demande la lettre. « Je ne te la rendrai point, esclave, s'écrie-t-elle; emporte tes richesses, cours avec elles chercher un asile à la cour d'Antioche, le bras de Malek Adhel ne t'y atteindra pas. » Le coupable serviteur se hâte de fuir; il court dérober sa tête à la colère d'un maître outragé, et le prince, confiant et tranquille, croit qu'il vole vers Saladin.

Demeurée seule, la fille d'Amaury promène autour d'elle ses yeux chargés d'une sombre colère; elle désire ses armes, ses armes qui doivent la venger; et comme l'art de séduire lui est bien connu, elle parvient à obtenir d'un de ses gardes le casque, le bouclier, la cuirasse, et surtout le poignard qu'elle est avide de plonger dans le cœur de la victime. En voyant ces armes étalées devant elle, une joie cruelle se peint dans ses yeux, car elle est sûre maintenant qu'un nouveau jour ne se lèvera que pour éclairer sa vengeance, et que Mathilde ne suivra pas le prince au Caire.

CHAPITRE XVII.

Mathilde ne sait point encore quels sont les projets du prince; elle ignore s'il restera avec elle au Caire, ou s'il voudra qu'elle le suive en Syrie; elle repousse également ces deux partis, et ne s'arrête que sur celui qui la séparerait de Malek

Adhel : une prison, quelque horrible qu'elle fût, pourvu que les regards d'aucun homme ne pussent y pénétrer, lui paraîtrait le premier de tous les biens, puisqu'il la délivrerait de ce danger mystérieux, confus, séduisant, qui l'entoure, la presse, l'attire, l'effraie, jette son âme dans l'amertume, et ne lui permet plus de goûter aucun repos. Mais déjà le jour vient de naître, le prince entre précipitamment dans les salles où Herminie de Leicester, aidée des femmes de Bérengère, faisait les préparatifs du départ, il dit qu'il vient chercher la reine, et demande à la voir; la comtesse lui montre l'oratoire, il y court, il fait part à Mathilde des raisons qui lui font désirer qu'elle persiste dans son déguisement; elle les écoute, les approuve, et répond cependant : « O prince! pourquoi être rebelle à la volonté de Saladin ? Il avait défendu le départ de la reine, et la reine est partie, mais il avait ordonné le mien, et en l'ordonnant aussi, vous prouverez à votre frère que, dans ce qui a dépendu de vous, vous lui avez été soumis: oh! pourquoi, plus cruel que Saladin lui-même, me retenez-vous ici, quand il me permet de m'éloigner? — Mathilde, lui dit-il, je ne connus jamais rien de si cruel, de si barbare que vous; votre cœur est inaccessible à toute émotion, à toute pitié; ne pouvant me fuir, vous voulez du moins que votre haine nous sépare : mais quel que soit le sort que vous me réservez, n'espérez pas être rendue à vos frères : tant que mon cœur battra dans mon sein, vous ne sortirez pas de l'empire dont je dispose; consolez-vous cependant, car si je vais vous conduire au Caire, je n'y resterai pas avec vous; la patrie et Saladin m'appellent, et à peine serez-vous dans le palais des califes, que je vole aux combats. — O déplorables Chrétiens! s'écria-t-elle en élevant ses yeux au ciel; ô mon frère, cher et brave Richard! t'ai-je dit un adieu éternel, et es-tu destiné à tomber sous les coups de notre ennemi ? —Mathilde, répliqua Adhel avec une profonde affliction, est-ce moi que vous nommez votre ennemi? est-ce de ma main que

vous craignez de voir périr votre frère? O beauté inhumaine, mais moins inhumaine encore que tu n'es adorée, tu connais bien mal mon cœur, si tu crois que, même au moment où je périrais victime de tes inflexibles rigueurs, mon dernier vœu ne serait pas de te sauver un chagrin, de t'épargner une larme : vis tranquille, Mathilde, si ton frère m'attaque, ce n'est pas lui qui périra; si la sanglante épée de la mort est levée sur sa tête, je m'élancerai au-devant, et ce n'est pas sa tête qui tombera. Mais, Mathilde, ajouta-t-il en se jetant à ses pieds, quand j'aurai sauvé votre frère aux dépens de mes jours, et qu'il ne restera de l'infortuné qui vous adore, qu'un corps froid et glacé, étendu sans mouvement dans la tombe, votre haine ne s'adoucira-t-elle pas, et ne verserez-vous point sur ma cendre une seule de ces larmes de pitié que mon amour ni mon désespoir n'ont jamais pu obtenir de vous? » Il dit, et élève les bras vers elle d'un air suppliant, les yeux pleins d'amour et de tristesse; ses paroles, si mélancoliques et si tendres, portent de cruelles atteintes au courage de Mathilde. Il lui demande de la pitié : ah! s'il pouvait lire dans son âme, ce n'est pas de la pitié, ce n'est pas même de l'amour qu'il lui demanderait; il bénirait son sort et ne demanderait plus rien.

Mathilde, debout, penche sa tête sur le dossier du grand fauteuil de la reine, et s'efforce de dérober au prince les pleurs que lui arrachent les images funèbres qu'il vient de lui présenter. A genoux près d'elle, il gardait le silence et attendait une réponse, quand tout-à-coup un bruit terrible se fait entendre, des cris perçants s'élèvent dans l'appartement voisin, et la porte s'ouvrant avec fracas, un guerrier armé d'un glaive nu paraît et s'élance vers la princesse; elle allait périr, si Malek Adhel n'eût voulu périr pour elle : sans armes pour la défendre, il n'a que sa vie à lui donner, et la donne avec transport; il se jette au-devant d'elle; le bras d'Agnès allait percer Mathilde, mais il perd une partie de sa force, quand c'est Malek Adhel qu'il faut frapper; la blessure est légère, mais le sang coule; Mathilde le voit; ce sang humain qui rejaillit sur elle, et que dans sa pensée elle mêla toujours à l'idée de la mort, la frappe d'une horrible terreur; elle croit que Malek Adhel va expirer, elle le croit, et tombe sans connaissance.

Cependant sur les pas d'Agnès, Herminie est accourue, elle voit l'état de sa maîtresse, et vole à son secours : après avoir remis celle qu'il aime entre les bras de cette fidèle amie, le prince ne songe qu'à se venger du guerrier téméraire qu'il n'a pas reconnu encore : blessé et sans armes, il court à lui pour le terrasser; Agnès recule quelques pas, lui présente son glaive et dit : « Prends garde, car tu n'as pas affaire à un faible ennemi ni à un ennemi indulgent. » Il a reconnu cette voix, et frémit. « Misérable Agnès! s'écrie-t-il. » Elle interrompt d'une voix forte et menaçante : « Misérable, sans doute, car elle a manqué sa vengeance; mais peut-être qu'avant peu d'instants d'autres la serviront mieux. » Elle dit, et sort avec une brusque précipitation. Le prince recommande vivement Mathilde aux soins de la comtesse, et, sans songer à sa blessure, il court sur les pas d'Agnès, afin de s'opposer aux desseins furieux qu'elle médite.

En revenant de son profond évanouissement, Mathilde se trouve sur le lit de la reine, Herminie est auprès d'elle, plusieurs esclaves l'entourent; elle les examine d'un œil hagard; elle cherche à rappeler ses pensées, mais c'est avec tant d'agitation et de désordre qu'elles se présentent à son esprit, que son esprit ne peut lui présenter à son tour que des images confuses de tout ce qui vient de se passer; elle soulève la tête, promène ses regards autour d'elle, elle aperçoit le sang qui couvre ses habits, et cette vue répand une vive lumière sur tous ses souvenirs. « Apprenez-moi, s'écrie-t-elle avec un sentiment d'horreur, apprenez-moi si le prince est sans vie? » D'un air troublé et les yeux pleins de larmes, la comtesse s'approche et lui répond que le prince vit et combat en ce moment. Ma-

thilde s'étonne et s'écrie : « Quels ennemis ont pu l'attaquer dans une ville où il commande? — Ah! Madame, répond Herminie, cette femme perfide que vos bontés protégeaient, cette Agnès si passionnée, si terrible, a causé le désordre qui règne ici et la sédition qui vient de s'élever dans la ville. Son épée d'une main, la lettre du prince de l'autre, elle a été apprendre aux soldats et au peuple que les ordres de Saladin avaient été méprisés, que la reine d'Angleterre était partie, que vous étiez encore à Damiette; que, trompés par vos artifices, le sultan, l'Egypte, et tout l'Empire, étaient le jouet d'une vile Chrétienne; elle ajoute que le prince, victime de vos séductions, va trahir lui-même sa patrie si on ne vous arrache à lui. Ses cris forcenés émeuvent la populace, elle l'entraîne sur ses pas aux portes de ce palais; une troupe furieuse demande votre vie, le prince revêt ses armes et vole à votre défense. — Ah! courez, interrompt la princesse, courez lui dire qu'il me laisse périr plutôt que de s'exposer pour moi à de nouveaux dangers. — Nul de nous n'est libre d'y aller, répond Herminie; avant de quitter ce palais, le prince, par une précaution qu'il a jugée indispensable pour la sûreté de votre altesse, a établi à la porte une garde nombreuse qui ne permet à personne d'y entrer ni d'en sortir. — O ma chère Herminie! reprit la princesse en pleurant, il est donc certain que le coup qu'il a reçu n'est pas mortel? — Il l'eût été sans doute, Madame, si Agnès l'eût frappé sur votre cœur; et, si l'amour n'eût affaibli son bras, le prince périssait..... — Il périssait pour me sauver! interrompt Mathilde d'un ton exalté; je lui dois donc la vie! n'est-ce pas, comtesse de Leicester, c'est à lui que je dois la vie? » Elle s'arrêta alors, émue, oppressée, et ce ne fut qu'après un moment de silence qu'elle eut la force de reprendre la parole pour demander combien d'heures s'étaient écoulées depuis cette cruelle scène? « Au moins sept, répondit la comtesse en regardant la grande horloge dorée qui ornait la chambre. — Et aucun moyen de savoir si ses jours sont en sûreté? répéta la princesse avec amertume. » Herminie, d'un air triste, fit signe qu'il n'y en avait point. « Il faut donc attendre et se résigner à la volonté divine, » reprit Mathilde en soupirant. Pâle et abattue, elle se lève alors : la vue de sa robe la fit frémir. « Au nom du ciel! s'écria-t-elle, ôtez-moi ces habits où la mort du prince me semble écrite en caractères de sang. » Herminie voulut les remplacer par d'autres habits de la reine. « Non, lui dit la princesse, rendez-moi les miens, puisque tout est découvert maintenant, je puis quitter ces brillantes livrées du monde pour reprendre mes humbles vêtements. » Elle espérait sans doute retrouver avec eux cette paix de l'âme et cette innocence de pensées dont ils étaient le symbole. Mais, hélas! l'habit ne sert de guère à l'état intérieur; Mathilde l'éprouve et en gémit. Ce dernier événement vient de lui découvrir toute l'étendue de la plaie que l'amour a faite à son cœur; et, au moment où le prince s'expose encore pour elle, elle n'ose demander d'en guérir. « Hélas! s'écrie-t-elle, quand il vient de me donner son sang, quand, à cause de moi, sa vie est toujours en danger, ne serais-je pas ingrate, ne serais-je pas coupable de vouloir écarter son souvenir! Sans doute je le ferai quand ses jours seront en sûreté; mais jusque-là, ô mon Dieu! me défendriez-vous de prier pour lui? »

L'horloge venait de sonner minuit, et Mathilde priait encore, lorsque les portes de son appartement s'ouvrirent, et le duc de Norfolk parut. « Je viens, lui dit-il, rassurer votre altesse sur la sédition excitée contre elle par une femme jalouse; tout est tranquille maintenant; le prince s'est montré au peuple, il a parlé à ses troupes; et pour faire tout rentrer dans le devoir, il n'a pas eu même besoin de combattre. Agnès, voyant ses espérances renversées, a disparu; on l'a vainement cherchée dans Damiette.... — Mais le prince, interrompit Mathilde, le prince a été dangereusement blessé par elle; ne craint-on pas pour sa vie? — S'il ne reçoit jamais de plus fâcheuses blessures, reprit le duc, la chrétienté pourra regretter longtemps que la main d'Agnès n'ait pas été plus ferme. — O ciel! qu'entends-je? s'écria la princesse, voudriez-vous donc que ce héros eût péri victime d'un assassinat? — Si j'avais été près de lui à cet instant, repartit le duc, j'aurais risqué, pour le défendre, le reste de vieux sang qui coule dans mes veines; mais je ne puis pas oublier, et votre altesse ne peut pas oublier, non plus, que c'est le bras de ce formidable guerrier qui a renversé Jérusalem, ébranlé l'empire du Christ; qui s'apprête à le détruire sans retour, et qu'enfin, la vraie foi n'ayant pas de plus grand ennemi, le jour de sa mort serait pour elle l'aurore du plus beau jour. » Mathilde baisse les yeux et ne réplique rien; le duc de Norfolk se retire; la voilà seule. Oh comme un mot vient de changer ses idées et ses dispositions! tout à l'heure encore elle s'approuvait de laisser aller toutes ses pensées selon le penchant de son cœur; elle se livrait avec complaisance à la tendre pitié que lui inspirait un héros magnanime qui l'avait préservée du poignard homicide, et qui combattait un peuple entier pour la sauver; mais tout-à-coup on lui rappelle que ce prince, qui l'occupait si entièrement, est celui qui a renversé Jérusalem, ébranlé l'empire du Christ, qui s'apprête à le détruire..... Elle sent son cœur rempli d'une seule image, et de quelle image encore? de l'ennemi de ses frères et de son Dieu. Les ténèbres de la nuit règnent autour d'elle, mais dans son esprit règnent de plus horribles ténèbres; elle ne peut goûter aucun repos : elle demeure debout, elle se promène, elle s'assied, elle s'écrie : « Mon Dieu, pardonnez mon égarement, car une foule de pensées qui affligent mon âme et lui donnent les dernières frayeurs, se sont élevées en moi : comment échapperai-je sans blessures; comment surmonterai-je mes faiblesses? mon cœur me presse et me tyrannise; mais j'aime mieux souffrir tous les tourments imaginables, j'aime mieux mourir que de consentir à ce qu'il m'inspire. » Alors elle se prosterne, et d'une voix fervente elle ajoute : « O toi qui dis à la mer, Calme-toi, et à l'aquilon, Ne souffle plus, commande que je sois tranquille, et bientôt j'aurai repris ma sécurité première! » Mais, hélas! c'est en vain qu'elle prie; car si elle invoque le ciel, c'est toujours au prince qu'elle pense, et la vue du Rédempteur étendu devant elle sur la croix, la touche moins que le souvenir du sang que Malek Adhel a répandu pour elle; aussi cette vierge égarée se lève-t-elle des pieds du consolateur de tous maux sans être consolée; car ce n'est que pour un cœur pur que la prière est efficace. L'infortunée cherche le sommeil, et ne trouve que le souvenir du prince; elle se réveille, et le trouve encore : il n'y a pour elle aucune différence entre l'état dont elle sort et celui où elle entre, car l'importune et chère image la suit également dans tous deux, l'accable de la même puissance, la tourmente des mêmes pensées, comme une flamme vive et perçante écarte, anéantit tout ce qui n'est pas elle, se fait jour à travers tout ce qui lui résiste, la pénètre de toutes parts, et parvient à régner seule sur les déchirements de la conscience et sur la religion en pleurs.

Cependant Mathilde se débat encore contre cet empire qu'elle déteste, elle se lève brusquement, court à sa croisée, l'ouvre, et demande à ce ciel resplendissant du feu de mille étoiles un secours contre les séductions qui la poursuivent; mais ce ciel même, en qui elle se confie, semble la trahir comme le reste de la nature. C'en est donc fait, tout l'abandonne, les hommes, la raison, et Dieu même : dans ce dénuement de secours, la vierge au désespoir va perdre sa résignation ainsi que son innocence; elle va ouvrir la bouche pour accuser le Tout-puissant, elle va lui demander compte de la force qu'il lui refuse, et lui reprocher d'avoir permis qu'elle aimât un Sarrazin.... Mais non, ces lèvres si pures s'arrêtent, elles ne savent point comment on blasphème, et ne font entendre d'autre murmure que celui du repentir. Triste princesse, te voilà à genoux, pressant contre ta poi-

trine le précieux reliquaire de l'abbesse, appelant à ton aide l'archevêque de Tyr, demandant à l'Eternel d'avoir pitié de tes larmes; mais quand tous ces secours te délaissent, quand tout est sourd à tes cris, comment arracheras-tu de ton sein l'effroyable sentiment qui te déchire? Porteras-tu sur toi une main meurtrière? Tu es prête sans doute à donner ta vie à Dieu, mais agréera-t-il ce sanglant holocauste? Au milieu de tant d'anxiétés et de remords, peut-être allait-elle s'arrêter sur ce projet criminel, et se précipiter ainsi pour toujours dans les piéges tendus autour d'elle par l'ancien ennemi de l'homme, quand une pensée divine lui apparaît, la frappe, et la calme à l'instant. Elle se souvient du pieux cénobite dont lui parla Guillaume; elle espère trouver auprès de lui un remède à son mal, et aussitôt, avec un transport de zèle qui ne lui permet pas une seule réflexion, elle s'engage par un vœu solennel à aller auprès du solitaire; et un vœu fait pour une pareille cause, prononcé avec une telle ardeur, ne peut rencontrer aucun obstacle et doit nécessairement s'accomplir. Mathilde en est si persuadée, que déjà elle recueille une partie du bien qu'elle s'attend à recevoir des conseils de l'homme de Dieu : elle élève cette confuse et céleste espérance entre son cœur et l'image du prince, et à l'ombre de ce saint abri, son cœur soulagé respire enfin de la puissance qui le tyrannisait.

Cependant le prince a tout préparé pour son départ; sa blessure ne l'arrête point; mais maintenant, en allant au Caire, il ne veut plus y laisser Mathilde; il craint pour elle les fureurs superstitieuses d'une multitude aveugle, et ne sera tranquille qu'en la voyant toujours près de lui. Qu'importe qu'il la conduise dans le voisinage des Chrétiens, qu'en peut-il redouter? Lui, toujours invincible jusqu'à ce moment, pourrait-il cesser de l'être, quand il aura à défendre la beauté qu'il aime? Ainsi, elle le suivra au Caire, où il va rassembler le reste de ses troupes; elle le suivra à Suez, où ses autres soldats l'attendent : cependant, comme il sera obligé à cause d'elle de marcher plus lentement, comme il sait qu'Agnès a séduit l'esclave, et s'est emparée de la lettre qu'il envoyait à Saladin il en écrit une autre, et ajoute à tout ce que la première contenait, le détail de la perfidie d'Agnès et de la révolte de Damiette : puis, en chargeant le plus fidèle de ses serviteurs, il va goûter quelques heures de repos en attendant que le jour naisse et lui permette d'aller informer la princesse d'Angleterre de ses nouvelles intentions. Il avait fait vainement chercher Agnès dans toute la ville, elle n'y était plus : aussitôt que cette fille vindicative avait aperçu que la vue, les paroles, et l'ascendant du prince, calmaient le peuple et ramenaient la tranquillité, elle s'était échappée ; et couverte de ses armes, montée sur un cheval qu'elle avait acheté à prix d'or, elle suivait seule la route de Kouroutba, cherchant dans sa pensée quels moyens lui restaient pour perdre sa rivale et le prince ingrat qu'elle croyait haïr aussi. Tandis qu'elle y songe, enfoncée dans une sombre rêverie, un homme, monté sur un léger chameau, est prêt à la devancer ; elle le reconnaît pour le plus fidèle serviteur de Malek Adhel. « Où vas-tu, lui crie-t-elle d'une voix furieuse? » Il ne lui répond pas, et presse sa marche ; elle enfonce ses éperons, et s'élance après lui. « Donne-moi ce que tu portes, ou défends ta vie, s'écrie-t-elle. » Il lève sa lance, elle pousse son javelot, et fait mordre la poussière au Musulman, qui tombe sur le sable, victime de son zèle. L'impitoyable guerrière lui arrache le papier qu'il portait, et, sûre alors de pouvoir se venger, se plaît dans la joie qu'elle vient de répandre, et sourit au mal qu'elle va faire. Tandis qu'elle poursuit sa route vers Kouroutba, Malek Adhel, auprès de Mathilde, lui expose les motifs qui lui ont fait changer de pensée et qui le déterminent à la conduire avec lui auprès de Saladin : elle l'écoute en silence, la tête penchée sur sa main ; elle est émue moins de ce qu'il lui dit que de la pâleur qu'elle remarque sur son visage, car c'est le sang

qu'il a versé pour elle qui en est cause. Cependant plus elle est émue, plus elle persiste à vouloir accomplir son vœu. « Seigneur, lui dit-elle, courez où vos destins vous appellent, mais laissez-moi au Caire. » Il lui représente avec une nouvelle vivacité les dangers où peut l'exposer la colère d'un peuple fanatique, quand il ne sera plus là pour la défendre ; il lui peint les inquiétudes de son amour. D'une voix austère et grave, elle l'arrête en ces mots : « Seigneur, vous voyez quels sont les effets d'un amour coupable, et de quelle terrible manière l'Éternel sait châtier les sentiments qu'il réprouve ; c'est par votre sang qu'il vous a fait expier vos torts ; si vous y persévérez un jour de plus, c'est par votre mort peut-être qu'il vous en punira : ah! ne me forcez pas à pleurer, et à pleurer sans doute pour l'éternité celui à qui je dois la vie..... » Elle s'arrête ; ce souvenir lui a rendu toute sa faiblesse. « Eh bien, Mathilde, continuez, répond le prince, achevez de me faire regretter de n'avoir pas péri de la main d'Agnès. » La princesse contient la vive émotion que lui cause ce discours, et, pour se punir de ce qu'elle éprouve, elle reprend d'un ton plus sévère : « Éloignée depuis longtemps des autels de mon Dieu, privée de la manne céleste qu'il distribue à ses enfants, ne sachant quand je pourrai rentrer dans son adorable sanctuaire, je voudrais m'aller purifier des souillures sans nombre que j'ai dû contracter par ma demeure forcée avec les Infidèles ; il est, sur le bord de la mer Rouge, un monastère ruiné, où un enfant de Bazile, vainqueur du monde, qu'il a mis tout entier sous ses pieds, vit inconnu des hommes, mais non pas du Seigneur, qui l'y nourrit du pain de ses anges ; c'est là qu'un vœu m'appelle, c'est là qu'une triste captive vous demande de lui laisser faire un pèlerinage. » Malek Adhel la regarde, l'écoute avec un profond étonnement : « Mathilde, lui dit-il, qu'osez-vous projeter? connaissez-vous la moindre partie des difficultés qui s'opposent à votre entreprise? savez-vous qu'une fois arrivée au Caire, il vous faudrait traverser un désert brûlant, aride, immense, semé de soldats indisciplinés et d'Arabes homicides? — Dieu, qui lit dans mon cœur le motif qui me guide, reprit-elle en élevant au ciel des regards pleins de piété, Dieu me défendra contre tous les périls. Cette sauvage Thébaïde que je veux traverser n'est un désert que pour les incrédules; pour les vrais croyants elle est peuplée par les descendants des Antoine, des Pacôme, et surtout par l'immensité du Dieu de Jacob, qui n'abandonna jamais ses enfants au besoin. » Malek Adhel regarda la princesse avec une nouvelle surprise; il ne pouvait croire ce qu'il entendait, qu'une jeune fille eût formé seulement la pensée d'un si téméraire voyage. S'il avait su que la religion n'était pas la seule cause de l'espèce de délire fanatique qui la possédait, ce n'est pas seulement avec surprise qu'il l'eût regardée; mais à travers la sévérité de son maintien, Dieu, qui lit dans le cœur des hommes, pouvait seul connaître ce qui se passait dans celui de Mathilde, et seul il apercevait qu'elle eût envisagé les périls du désert avec plus de timidité, si elle avait eu moins d'effroi de ceux auxquels son cœur l'exposait.

Après un moment de silence, le prince reprit la parole : « Écoutez, Mathilde, lors même que mon devoir ne me commanderait pas d'aller joindre mon frère sans retard, lors même que je serais libre de vous suivre dans votre route, je ne vous permettrais à aucun prix de vous exposer aux innombrables dangers dont vous seriez menacée dans ces vastes solitudes. — Ah! interrompit-elle avec enthousiasme, elles ne vous inspireraient aucune crainte, si vous saviez comme moi que Dieu est tout-puissant; que ne puis-je vous convaincre que pour me sauver il n'a besoin du secours de personne; et, s'il veut que je périsse, ma vie n'est-elle pas à lui? qu'il la reprenne, je la lui abandonne avec joie. » La foi ardente qui brillait dans le maintien de la vierge, convainquit Adhel que le moment serait mal choisi pour la dis-

suader de son projet; résolu d'ailleurs de s'y opposer à force ouverte si elle y persistait, il voulut attendre d'être arrivé au Caire avant de la refuser positivement, espérant que dans cet espace de temps son projet s'affaiblirait de lui-même.

« Écoutez, lui dit-il, demain à la naissante aurore, mes galères seront prêtes; nous remonterons ensemble le grand fleuve jusqu'au Caire; là, tandis que j'assemblerai mon armée, vous consulterez sur les dangers de l'entreprise que vous avez conçue, vous verrez si je les ai exagérés, vous jugerez si je puis consentir à vous permettre de vous exposer à une mort certaine, et si je n'ai rien dit à cet égard qui ne soit exactement vrai; alors, Mathilde, je ne doute pas que vous ne renonciez à votre entreprise, et que vous ne vous déterminiez enfin à me suivre à la cour de Saladin. » Il dit, et se retire. La princesse, loin d'être émue par les mêmes frayeurs que lui, et sentant bien quel est son véritable péril, renouvelle aux pieds de l'Éternel le vœu de s'enfoncer dans les déserts de la Thébaïde, jure de n'en jamais sortir plutôt que de revenir auprès de Malek Adhel, et bénit ce Dieu, qui fait ressentir les effets de sa clémence en même temps que ceux de sa sévérité; car c'est en répandant sur les plaisirs coupables et les sentiments déréglés d'extraordinaires amertumes et d'insupportables dégoûts, qu'il oblige par ce moyen à chercher des plaisirs et des sentiments qui soient sans dégoût et sans amertume.

CHAPITRE XVIII.

LE lendemain matin, à peine l'aube commençait-elle à blanchir l'horizon, et le cri des mariniers à retentir dans les airs, que la princesse, accompagnée du duc de Glocester, de sa fidèle Herminie, et de quelques officiers anglais, se rendit au bord du Nil. Le soleil se levait, une abondante rosée rafraîchissait la terre, et le ciel était pur et sans nuages; des troupes d'oiseaux blancs se balançaient sur la cime des arbres, et leur plumage d'argent contrastait agréablement avec le vert foncé des dattiers; des milliers de tourterelles voltigeaient d'un oranger à l'autre, et des vols de pigeons s'abattaient sur les rizières qui bordent le fleuve, pour y chercher leur nourriture.

Mathilde monte dans la galère que le prince a fait préparer pour elle; il y monte aussi, il s'assied auprès d'elle sur un tapis de perse, à l'ombre d'un pavillon de drap d'or, tendu en dedans de riches étoffes de l'Inde : les plus rares parfums de l'Yémen brûlent autour d'eux dans des cassolettes de bois de rose, et se mêlent aux parfums plus doux encore des forêts d'amandiers et de jasmins d'Arabie, des touffes de baume, de basilic, et de rosiers, qui fleurissent le long du rivage : à travers des rideaux de gaze d'argent, Mathilde aperçoit tous les différents aspects d'une riante et fugitive campagne; elle parcourt ce Delta déjà fameux sous l'empire des Pharaons par sa riche abondance et sa riante fertilité. On y voit le sycomore s'unir au tamarin et à l'élégant cassier qui se pare de faisceaux de fleurs jaunes semblables à celles du cytise; au-dessus, la tête du dattier, chargée de ses énormes grappes, domine sur le bosquet; partout croît la cassie à la fleur odorante, partout les pommes dorées du citronnier couvrent la cabane du laboureur : ici, les larges feuilles du bananier opposent leur vaste ombrage aux rayons ardents du soleil; là, réuni en groupes agréables, le grenadier se rapproche du fleuve et y réfléchit sa jaune verdure et sa fleur écarlate; tandis que du sein de l'onde s'élève, roi des plantes aquatiques, le nénufar à la tête superbe et au large calice azuré : des canaux d'une eau pure et limpide rafraîchissent ces délicieux bocages, et tout ce que les eaux courantes ont de charmes sous un climat brûlant, tout ce que la verdure a d'éclat sous un ciel d'azur, enfin tout ce qu'un air doux, suave, balsamique, a de voluptueux, ne donne qu'une faible image des délices que la nature a

répandues sur cette terre favorisée que le Nil embrase de tout son amour.

Cependant, parvenu au plus haut du ciel, l'astre du jour darde ses feux sur toute la nature : le zéphyr se tait, le feuillage est immobile, l'onde dort, les mariniers tombent accablés sous le poids de leurs rames, et le sillage de la galère effleure à peine la surface du fleuve : chacun cherche un abri contre la chaleur, et ne le trouve que dans le sommeil; tout s'assoupit hors Mathilde et le prince, et seuls ils demeurent agités quand tout repose autour d'eux. Dès le matin la princesse a eu soin de s'envelopper davantage sous les larges replis de son voile, son chaste bandeau est plus avancé sur son front; elle aurait voulu pouvoir se dérober tout entière sous son habit; hélas! elle aurait mis moins de soins à se cacher, si elle avait su qu'ils ne servaient qu'à l'embellir, et que la modestie, la plus touchante des vertus, est encore la plus séduisante des parures : elle s'est placée le plus loin qu'elle a pu de Malek Adhel, sa tête est penchée en arrière, ses mains jointes et un peu élevées, et ses yeux fixés vers le ciel : à cette sorte d'attitude aérienne, à ce long habit de lin, à ces voiles dont l'ombre favorable adoucit l'éclat d'un teint d'albâtre, le prince croit ne l'avoir jamais vue si belle, et sent qu'il n'a jamais été si amoureux; il la regarde et ne demande rien; il la regarde et s'approche; il ne la touche pas encore, et déjà c'est en flammes ardentes que son sang court dans ses veines. Mathilde garde le silence, elle songe au vœu qu'elle a fait, à la résolution qu'elle a prise de tout risquer pour s'éloigner du prince, à cette éternelle séparation qu'elle a juré de mettre entre eux; et ce projet, qui doit le rendre si malheureux, va sans doute la rendre moins sévère : c'est toujours quand le sacrifice est prêt à s'accomplir, qu'on sent mieux tout le mal qu'il va faire, et qu'on voit moins toutes les raisons qui le commandent; elles s'affaiblissent devant la douleur qu'on éprouve, surtout devant celle qu'on cause; et à l'idée des larmes du prince, Mathilde ne sait presque plus quels motifs assez importants ont pu la déterminer à vouloir affliger celui à qui elle doit la vie. Hélas! tout conspire contre elle : la reconnaissance et la pitié qui lui parlent en faveur d'Adhel, l'amour qui soutient leurs voix de toute la puissance de la sienne, l'air qu'elle respire, tout chargé de volupté, une sorte d'émotion inconnue qui trouble ses esprits, et dont son innocence s'étonne; elle soupire, détourne les yeux de l'objet qui est auprès d'elle, et ne comprend point comment tant de douceur peut être attachée à tant de souffrance, et tant de tourment à tant de félicité. Peu à peu le prince s'est placé si près d'elle, que, même en ne le regardant pas, elle ne perd aucun de ses mouvements, aucune de ses émotions : cette vue a quelque chose de contagieux qui augmente son trouble; distraite, préoccupée, penchant sa tête sur sa poitrine oppressée, hélas! ce n'est plus à son Dieu qu'elle pense, son imagination ne va ni si haut, ni si loin. Sans doute le prince l'a devinée, car il ose prendre sa main entre les siennes et la presser contre ses lèvres. Mathilde essaie de la retirer, mais ses efforts ne servent qu'à montrer sa faiblesse; elle la sent sans pouvoir la vaincre, et également tourmentée de repentir, de crainte, et d'amour, son cœur se gonfle et son visage se couvre de larmes. Adhel a vu ses larmes et a cru voir son triomphe; il serre Mathilde dans ses bras; elle frémit et le repousse : dans ce mouvement, le bandeau virginal qui couvre son front s'est dénoué, ses beaux cheveux blonds s'échappent en boucles sur ses épaules, et le reliquaire qu'elle portait sur sa poitrine se détache, il tombe par terre; elle le voit, et aussitôt ses devoirs, ses fautes, lui apparaissent dans toute leur étendue, et la situation où elle se surprend la frappe de terreur : les tendres émotions disparaissent, le repentant effroi leur succède; maintenant elle a des forces pour échapper aux séductions qui l'entourent, et elle va tomber à quelques pas, couverte de larmes et dans un désespoir effrayant. En vain le prince lui parle, elle ne l'entend plus; Dieu seul est présent à sa vue, seul il est devant ses yeux comme un juge inexorable, prêt à venger ses lois violées, et à la frapper pour l'éternité. « Pardonne, s'écrie-t-elle dans l'égarement de sa douleur, pardonne, Dieu terrible, si je suis restée auprès de ton ennemi..... Tu as vu quels combats j'ai soutenus, tu as vu quelle horreur j'ai conçue pour ma faiblesse. Ah! si j'avais pu secouer ce joug qui m'est plus dur et plus cruel que la mort même, je l'aurais fait.....; mais je t'ai vainement demandé des secours, tu me les as refusés; privée de ta force, quelle force pouvait être mon recours. »

Malek Adhel l'écoute avec un mélange de crainte, de surprise, et de bonheur. Si quelquefois, en voyant l'émotion de la princesse, il s'était flatté de pouvoir la toucher, plus souvent encore son silence, sa sévérité, lui avaient ôté tout espoir; jamais sa soumission, ses respects, ses véhémentes prières, n'ont pu obtenir un aveu qu'il aurait payé de sa vie; elle paraissait ne vouloir que le fuir, ne désirer que son départ; mais à présent ce qu'il entend ne le rassure-t-il pas? si elle était demeurée indifférente, se reprocherait-elle ainsi sa faiblesse? Cependant il ne peut jouir de ce qu'il espère en voyant ce que souffre Mathilde; sa raison paraît aliénée; c'est parce que le remords l'accable qu'elle a laissé deviner la cause de son remords, et ces paroles qui lui échappent ne disent qu'elle aime que parce qu'elles avouent une faute. Pâle, échevelée, noyée dans ses pleurs, en proie au plus violent égarement, elle ne reconnaît même pas l'objet qui peut l'emporter dans une âme comme la sienne sur ses serments et son Dieu; s'il est vrai qu'une passion profonde appartient aux hommes de tous les climats et de toutes les religions; s'il est vrai qu'il n'est point de préjugés qu'elle ne détruise, ni d'habitude qu'elle ne surmonte, on ne s'étonnera pas sans doute de voir un disciple de Mahomet s'oublier pour celle qu'il aime, et Malek Adhel ne pouvoir plus être heureux quand Mathilde est si affligée. Il s'accuse de sa douleur, et pour la voir tranquille, il serait prêt à renoncer à l'espoir d'être aimé. S'il n'ose la quitter dans l'état où elle est, il ose moins encore s'approcher d'elle : « Mathilde, lui dit-il d'une voix soumise, daignez m'entendre. — Eternel, s'écrie-t-elle dans un désordre toujours croissant, éloigne, éloigne cette voix qui me poursuit partout. — Ma bien-aimée, lui dit-il, si ma présence vous afflige, je m'éloignerai. — Mon Dieu, continue-t-elle, pourquoi me le montras-tu? Avant de le voir je vivais si paisible! mon cœur, pur comme tes cieux, soumis comme tes anges, n'avait jamais formé une pensée dont il eût craint de t'avoir pour témoin.... Pourquoi l'Infidèle me suit-il en tous lieux? pourquoi le retrouvai-je partout? pourquoi as-tu permis que sa main impie osât toucher la future épouse de ton Christ, sans qu'aussitôt tu l'aies écrasé de ta foudre? — Hélas! Mathilde, reprit tristement le prince, vous appelez donc la vengeance de votre Dieu sur ma tête? — L'ai-je fait, s'écria l'infortunée en élevant ses deux bras vers le ciel; ai-je formé des vœux si barbares? O mon Dieu! rejette-les; punis-moi, mais ne me venge pas. » A ces mots plus doux, Malek Adhel fait quelques pas vers la princesse, et lui dit : « Mathilde, daignez m'entendre; Mathilde; s'il est vrai, s'il est possible que vous m'aimiez.... » A ce mot, elle s'écrie avec un accent plein d'indignation : « O Sarrazin! qui te donne l'audace de supposer que je t'aime? — Mathilde, reprend-il, pardonne mon audace; mon espérance est née de ton repentir; si tu n'avais point d'amour, pourquoi t'accuserais-tu? — Ah! malheureuse, interrompt-elle, ai-je donc dévoilé mon opprobre? suis-je tombée si bas que désormais un Infidèle ait le droit de me faire rougir? O cœur qui n'es rempli que de faiblesse, d'indigence, et d'amertume! en te laissant toucher par les discours d'un Sarrazin, tu as bien mérité la honte de l'en voir instruit. » Alors, la tête penchée sur son sein, les cheveux épars sur son voile à demi détaché, d'une voix suppliante elle dit : « O prince! que l'é-

tat d'abjection où vous me voyez réduite suffise à l'orgueil du démon qui règne sur vous; détournez vos regards de ma misère, ne me forcez pas à la découvrir davantage, et à chercher dans mon âme des choses que je n'y pourrais pas voir sans horreur. Ah! si ma honte doit être connue, ce n'est pas à vous que j'en dois l'aveu; laissez-moi verser mes pleurs loin de vous; laissez-moi, rendez-moi la paix; que dès ce moment une séparation éternelle soit entre nous. Je ne sais, ô Malek Adhel! jusqu'à quel point ce sacrifice peut te coûter; mais apprends que l'homme n'en peut pas faire de si grands dans ce monde, que Dieu n'ait encore dans l'autre de plus grandes récompenses pour l'en payer. »

En prononçant ces mots, le visage de la vierge s'était animé d'une ferveur céleste; elle penche humblement son front vers la terre, en signe de repentir et de contrition. A la vue de cette innocence qui s'humilie, Malek Adhel est saisi d'un saint respect; car il y a tant de beauté, de noblesse, de grandeur, il y a tant de divinité dans l'innocence qui s'humilie! Après un long silence, il répond d'une voix profondément émue : « Jamais je n'entendis de semblables paroles et ne ressentis de pareils mouvements; tu m'as touché au cœur, et sans doute il y a quelque chose de plus qu'humain en toi. O noble fille! vis en paix sous l'aile de ce Dieu qui sait donner tant de force et de puissance à un sexe faible et timide; je jure de ne te plus parler d'un amour qui t'offense; j'en mourrai sans doute, mais t'offenser est bien plus que mourir. »

Il s'éloigne, il quitte le pavillon de la princesse, et va ensevelir au fond de la galère la profonde douleur dont il est dévoré. O sort bizarre! c'est au moment où l'espérance d'être aimé vient d'entrer dans son cœur, qu'il perd pour jamais celle d'être heureux. Etranger aux préceptes de cette religion sublime et sévère, qui seule a le courage de lutter contre les passions, et la force d'en triompher, Adhel n'avait attribué la froideur de Mathilde qu'à son indifférence,

III. 8

et ne doutait pas que s'il parvenait à la toucher elle ne rejetterait plus ses vœux; mais à présent que, toute sensible qu'elle s'est montrée, il l'a vue, plus ferme que jamais, repousser sa tendresse, et préférer aux plus séduisantes joies de l'amour, la pénitence, l'humiliation, et la mort, il rejette toutes les espérances de bonheur qu'il avait embrassées jusqu'à ce jour, et se détourne en frémissant d'un avenir qui ne lui présente plus que le choix d'un éternel malheur, ou pour lui, ou pour celle qu'il aime.

Arrivée au Caire, la princesse se dérobe soigneusement à tous les regards; elle ne se laisse voir qu'à quelques Chrétiens dispersés dans ces climats, qui, ayant appris son arrivée au Caire, se réunissent joyeusement autour de sa personne sacrée. Elle les interroge sur les dangers du pèlerinage qu'elle médite; ils sont terribles, mais pas assez pour l'intimider; et ce cœur, si faible devant le prince, s'élève avec une intrépidité sans pareille au-dessus des terreurs de la mort. « Écoutez, mes frères, leur dit-elle; j'ai fait un vœu, rien ne saurait le rompre; qu'est-ce que la vie devant lui? Je veux traverser ce désert; je le veux, car je ne crains rien au monde que Dieu et le péché: mes frères, quel de vous me suivra? » Tous, répondent-ils unanimement; car une beauté si angélique, une piété si fervente, et une résolution si héroïque; ne permettent à aucun d'eux de reculer. « Gardez un profond secret sur ce que je vous confie, ajoute-t-elle; faites en silence les préparatifs du voyage, avant peu vous serez avertis de l'instant et du lieu où je pourrai me réunir à vous. »

A peine est-elle seule, que le duc de Glocester paraît. « Madame, lui dit-il, daignez vous approcher de cette croisée, et jeter les yeux sur le bord du Nil; c'est là que le plus actif, le plus intrépide de guerriers a déjà rassemblé son armée; voyez comme elle est brillante et nombreuse. Tristes Chrétiens, avec le capitaine qui la conduit, de quels affreux dangers ne vous menace-t-elle pas? » Mathilde s'avance et distingue aussitôt le

triple panache du héros qui parcourt tous les rangs; elle baisse les yeux, et d'une voix timide elle dit: « Le prince s'apprête donc à partir aujourd'hui? — Non, Madame, ces innombrables bataillons ne sont pas encore suffisants à son gré; il va chercher de nouvelles troupes à Memphis et à Arsinoé; demain il reviendra; le jour d'après est désigné pour le départ de l'armée et celui de votre altesse: la lettre que voici, que le prince m'a chargé de remettre, vous en instruira sans doute. » La princesse la prend, elle lit, et une tendre rougeur vient colorer les lis de son front; pénétré du regret de l'avoir offensée, Malek Adhel n'ose point se présenter devant elle; ce héros, qui sous ses yeux se distingue de tous les guerriers qui l'entourent par la fière audace de sa contenance; qui, prêt à affronter mille morts, semble né pour commander le monde, et ne connaître aucune crainte, est arrêté pourtant par celle de lui déplaire; et un regard sévère retient et fait trembler celui que l'univers entier n'intimiderait pas. Comment n'être pas touchée de tant d'amour, comment n'être pas flattée de tant de puissance? Mais plus Malek Adhel s'empare du cœur de Mathilde, plus elle sent la nécessité de le fuir. « Après-demain, lui écrit-il, nous partirons ensemble; je vous conduirai à la cour de Saladin, dans cette Jérusalem si chère à votre piété: si vous l'exigez, je ne vous verrai point, je ne vous parlerai pas; je me soumettrai à tous les sacrifices, hors à celui de vous rendre aux Chrétiens, et j'obéirai à tous vos ordres, hors à celui de vous laisser traverser le désert. » Non, quelle que soit la volonté du prince, Mathilde sera fidèle à son vœu; elle l'a juré à l'Éternel; y manquer serait un sacrilége, et sa perte en serait le châtiment. Sûre de l'entier dévouement du duc de Glocester, elle lui fait part de sa position et de son projet; ému de la grandeur d'âme que lui découvre la noble sœur de son maître, il lui demande de partager la gloire de son entreprise; elle y consent, lui indique le lieu où les Chrétiens réunis font les apprêts du voyage, et ajoute : « Dites-leur que tout soit prêt ce soir : à l'entrée de la nuit, quand Malek Adhel aura quitté le Caire, vous viendrez m'en instruire ; nous nous réunirons tous alors, et, sous les auspices du même Dieu, nous irons chercher le saint qui nous apprendra comment on traverse le monde sans faiblesses, et comment on arrive au but sans s'égarer. » Le duc de Glocester obéit ; Mathilde, demeurée seule, attache ses regards avec un peu plus de hardiesse sur le héros prêt à passer le Nil pour se rendre à Memphis ; elle va le perdre de vue ; elle sent que c'est peut-être pour toujours, et ses yeux se remplissent de larmes. Si elle trouve la mort au désert, elle quittera la vie sans l'avoir revu, sans l'avoir détrompé de ses fatales erreurs, sans l'avoir béni pour tous les biens qu'elle en a reçus. Ce prince magnanime, que les Chrétiens chérissent, révèrent, malgré son aveuglement, ce prince qui n'a point d'égal dans le monde, ce prince à qui elle doit cette vie qu'elle va offrir à Dieu pour expiation d'un amour coupable, elle ose presque l'aimer en cet instant ; oui, elle l'ose, parce que cet instant est sans doute le dernier où ses yeux pourront l'apercevoir sur cette terre. « Ah ! s'écrie-t-elle involontairement, regarde-moi, regarde mes larmes ; qu'elles te consolent de tout le mal que je vais te faire. » Elle pleure et ne peut achever ; elle pleure et s'étonne, et s'afflige, et se repent des mouvements qui l'agitent. Hélas ! où sont les tranquilles plaisirs, les paisibles joies de son adolescence ? qu'a-t-elle gagné à chercher d'autres biens, et qu'a-t-elle rencontré hors de sa retraite ? d'épaisses ténèbres, de cruelles agitations, et une infinité de maux dont les noms lui étaient même inconnus dans son premier état d'innocence.

CHAPITRE XIX.

En se séparant pour deux jours de Mathilde, Malek Adhel était loin de soupçonner la fuite qu'elle méditait : s'il avait été surpris qu'elle eût conçu le hardi projet de traverser le désert, il lui semblait impossible qu'elle l'exécutât ; et la pensée qu'elle allait profiter de son absence pour tenter en secret ce grand voyage, était une pensée si étrange, qu'elle ne s'était jamais présentée à son esprit. Un seul doute à cet égard l'eût empêché de partir ; et, au moment où il marche vers Memphis, s'il pouvait deviner quel malheur le menace, comme il reviendrait précipitamment sur ses pas, comme tout autre intérêt s'effacerait devant celui-là. Hélas ! dans deux jours, quand il va rentrer au Caire, et qu'il apprendra que la princesse n'y est plus, que deviendra-t-il, et que pourra-t-il faire, si ce n'est de tout abandonner pour la suivre, et d'aller la disputer au désert, à la mort, et à Dieu. De son côté, Mathilde ne pense point que l'amour inspirera un tel dessein au prince : elle s'attend si peu à être poursuivie, qu'en quittant le Caire, elle croit ne plus revoir Malek Adhel ; mais cette pensée cruelle, qui déchire son cœur, ne suspend point ses desseins, et c'est le jour même du départ du prince qu'elle commence à les accomplir.

A l'instant où la nuit commence, le duc de Glocester vient la chercher : elle sort avec lui ; elle feint de se rendre au petit village de la Matarée, ainsi nommé parce qu'il a une source d'eau douce fameuse par une ancienne tradition : c'est là que, fuyant la persécution d'Hérode, se réfugia la sainte famille, et que le divin enfant fut baigné dans cette fontaine. Chacun croit aisément que la dévotion de la princesse l'appelle dans un lieu si sacré pour sa foi, et si célèbre par les miracles qui s'y sont opérés, que les Musulmans eux-mêmes le révèrent ; en effet elle s'y rend ; elle y trouve avec les moines chrétiens, qu'elle a prévenus, tous ses fidèles Anglais, qui ont juré aussi de la suivre au désert : deux chameaux, trois guides, des fruits secs, un peu de farine, et plusieurs outres d'eau fraîche sont cachés dans une grotte voisine ; c'est là tous les secours que les **Chrétiens**

8.

ont pu se procurer sans être soupçonnés par les Musulmans. Enfin la troupe se réunit dans la caverne, quelques flambeaux en éclairent à peine les noires profondeurs; mais c'est dans ce lieu même que Mathilde, avant de se mettre en route, veut qu'un des prêtres de sa suite célèbre le grand mystère; elle n'y participe point encore, et pour se croire digne de la céleste victime qui se dévoue chaque jour pour l'homme mortel, elle attend que les péchés dont elle s'accuse lui aient été remis par le saint du désert.

Durant le premier jour, la caravane traverse une campagne fertile, où le doura à feuilles de roseaux élève sa tête vigoureuse et se couronne de gros épis; à côté, le pistachier sauvage couvre la terre de ses vastes rameaux; le vert foncé de son feuillage et le pourpre délicat de ses naissantes grappes contrastent agréablement avec l'azur des cieux; à ses pieds le lin étend ses plaines bleuâtres; plus loin le palmier de la Thébaïde étale ses feuilles en forme d'éventail, et le concombre et le melon dorés pendent au bord des innombrables canaux que le grand fleuve s'ouvre dans les terres. Mais le second jour, ce riant aspect change de face; on arrive dans la plaine sablonneuse d'Elbakara, dont l'étendue ne présente qu'une plage immense et stérile; on rencontre seulement dans l'enfoncement des rochers, et sur le bord des torrents d'hiver, un peu de verdure, des acacias qui produisent la gomme arabique, le séné, le bois de scorpion, et quelques autres plantes; les autruches, les chamois, les gazelles, et les tigres, habitent les antres des rochers, et bondissent à travers ces sables, où jamais une seule herbe ni une touffe de gazon ne viennent réjouir leurs regards. En vain cherche-t-on quelque fontaine pour apaiser la soif ardente dont on est dévoré; ce n'est qu'au pied du mont Kaleil qu'on trouve une source d'eau saumâtre, la seule où les bêtes féroces et les hommes puissent se désaltérer; deux ou trois sycomores l'entourent, et au-dessus on aperçoit des grottes d'ermites abandon-

nées, que la ferveur des premiers siècles du christianisme avait conduits dans cette affreuse solitude.

La princesse les regarde en soupirant: « Ah! se dit-elle tout bas, heureux ceux qui avaient choisi ce séjour sauvage! c'est là que, séparés du commerce des humains, rien ne troublait leurs jours paisibles. Sans doute les miens le seraient encore, si je n'avais pas franchi ces murs sacrés qui me cachaient aux yeux des hommes; séduite par la présomptueuse espérance de valoir mieux que mes compagnes, en venant adorer le Sauveur du monde, c'est mon orgueil qui m'a entraînée sur ces bords funestes, et c'est lui qui m'a perdue. » Tandis que, plongée dans cette rêverie, Mathilde ne s'occupait que de ses fautes et de ses remords, le chameau qui la portait descendait, sans qu'elle s'en aperçût, la pente rapide de la montagne; bientôt des exclamations d'effroi retentissent à ses oreilles; elle lève la tête, et voit les compagnons de ses pieux travaux effrayés de la perspective qui se découvre à eux: c'est une mer de sable dont le soleil a dévoré toutes les substances végétales, que le vent soulève par moments en tourbillons impétueux, et dont l'immensité n'a de bornes à l'orient que l'horizon, et à l'occident qu'un demi-cercle de roches brûlées. L'intrépide princesse contemple cet horrible aspect, et le voit d'un œil ferme: que peut-elle craindre dans la situation où elle est? que sont tous ces dangers auprès de celui qu'elle fuit? de quoi peut-elle trembler, si ce n'est de retourner en arrière? et qu'est-ce que la mort a d'effrayant pour l'infortunée qui, portant dans son sein une passion terrible, entend à tous moments le ciel qui lui crie qu'il y faut renoncer. Indifférente sur les maux qui l'attendent, Mathilde ne s'inquiète que sur ceux des gens qui la suivent; elle les rassure, les encourage; elle fait parler la foi, la religion, l'espérance, et, élevant sa main vers le ciel, elle leur montre le but du voyage. Pour arriver là, c'est bien peu de quelques heures de douleur. Elle rappelle ces paroles de Jéré-

mie : « Rougissez, Sidon, dit la mer. —
« Et de quoi? — On entreprend de longs
« voyages pour un petit bénéfice, et
« pour la vie éternelle à peine veut-on
« faire un pas. » « Ah ! continue-t-elle,
qu'a donc la mort de terrible pour celui
qui ne voit en elle que la porte de l'éternité, et qu'a la vie de regrettable pour
qui en connaît toutes les tentations et
les misères ? Hélas ! en vivant longtemps,
nous ne devenons pas toujours meilleurs,
nous en mourons souvent plus chargés
de fautes. » Elle dit ; et semblable à la
rosée de la nuit qui, tombant sur la
terre, redonne la vie aux plantes desséchées par la chaleur du jour, les paroles
de la vierge descendent dans tous les
cœurs, les relèvent et les raniment. A la
touchante onction de sa voix, les guerriers ont retrouvé leur courage, les Chrétiens, leur antique ferveur ; et tous, étonnés de voir une fille délicate et timide
braver, par la seule ardeur de son zèle,
des fatigues auxquelles ils sont près de
succomber, croient que Dieu lui prête
sa force ; touchés de ce miracle, ils courbent la tête, et tombent à genoux en
chantant devant elle, *Hosanna in excel-
sis.*

La repentante Mathilde rougit ; loin
de s'enorgueillir des louanges qu'on lui
prodigue, elle s'humilie, car elle se sent
vide au dedans des vertus qu'on admire.
Hélas ! ils ne savent pas, ceux qui l'entourent, que c'est le remords d'un amour
criminel qui lui donne cet extraordinaire
courage. « Arrêtez, dit-elle à la petite
troupe prosternée à ses pieds, en face
de l'effroyable désert ; ne profanez pas
ces paroles sacrées, en les prononçant
devant une pauvre pécheresse, car nul
ici n'est souillé d'autant d'iniquités que
moi. » Tous l'écoutent avec une admiration nouvelle, et prennent cet aveu
pour la religieuse ardeur d'une sainte
qui, en se mettant au-dessous de tout,
croit ne s'être jamais assez rabaissée.
Cependant, comme ils voient que leur
admiration l'afflige, ils se taisent, se
lèvent, et s'élancent courageusement à
la suite de la vierge, dans les brûlantes

régions qui s'étendent sous leurs yeux.
Ils marchent tout le jour au sein de
ces landes sablonneuses que les feux
d'un soleil ardent frappent à plomb, et
dont la réverbération réfléchit un éclat
qui blesse les yeux, et une chaleur si
terrible que les hommes les plus robus-
tes ont peine à la supporter. La nuit
ne leur apporte presque aucun soulagement ; car alors, les vents cessant de
souffler, le calme les laisse exposés aux
exhalaisons suffocantes des sables embrasés qui leur servent de lit ; mais, au
milieu de tant de maux, il n'échappe
pas une plainte, pas un regret à Mathilde ;
loin de trouver qu'elle paie trop cher le
salut qu'elle va chercher, elle voudrait
que plus de souffrances expiassent encore
mieux sa faiblesse, et se réjouirait que
son corps fût déchiré par les douleurs
les plus aiguës, si elles pouvaient, en
pénétrant jusqu'à son cœur, y détruire
l'amour qui le remplit, et que jusqu'ici
rien n'a pu seulement affaiblir.

Mais si elle se plaît dans les maux
qu'elle endure, ceux qu'éprouvent les
compagnons de sa route la trouvent
compatissante et sensible. Tandis qu'ils
sont couchés, haletants, sur une terre
brûlée, la charité lui prête ses forces
pour les secourir ; elle panse les plaies
de l'un, baigne les yeux saignants de l'autre, soulage celui-ci par des paroles, ranime celui-là par des prières ; et enfin,
par un mélange d'humanité et de pénitence, elle se prive d'une partie de la
portion d'eau qui lui est destinée, et la
partage elle-même aux faibles et aux malades.

Après avoir erré encore deux jours et
deux nuits dans ces affreuses solitudes,
les voyageurs épuisés entendent au loin
le bruit des vagues d'une autre mer que
celle qu'ils viennent de traverser ; bientôt
leurs yeux découvrent à l'extrémité de
l'horizon l'étendue de la plaine liquide,
dont, à cette distance, les ondulations
semblent se confondre avec celles des
sables du désert. Mais déjà ce bienfai-
sant aspect a ranimé tous les courages,
a dissipé toutes les fatigues ; les poitri-

nes desséchées commencent à respirer un air plus frais; on se hâte, on court, on arrive, tous se précipitent dans les ondes salutaires qui leur offrent un si doux soulagement, et dont le voyageur qui vient de parcourir le désert peut seul comprendre l'inexprimable délice. La modeste princesse se détourne, s'éloigne, s'assied à l'ombre d'une roche; là, les pieds nus et baignés dans la mer, elle découvre, en remontant le rivage, l'extrémité vers laquelle le chef des Israélites passa avec tout son peuple à travers les flots suspendus, et au sud-est le mont fameux d'Oreb et de Sinaï, où il reçut les tables de la loi.

Après une halte assez longue, la caravane se réunit et côtoie les bords de la mer. Combien, en comparaison du désert aride, ces frais rivages ont de beautés! Couverts de coquillages sans nombre, les plantes marines en tapissent les rochers, et du sein de l'onde s'élèvent des forêts de coraux, dont la tête écarlate se marie merveilleusement avec la fluidité verdâtre des eaux de la mer. Mais la triste Mathilde demeure indifférente aux charmes de cette nature, comme elle l'a été aux horreurs de celle du désert; une pensée unique l'occupe et l'absorbe : hors le poison qui la tue et le remède qu'elle va chercher, rien ne peut trouver place dans son imagination ni dans son cœur; et le seul plaisir que lui cause la vue de ces rivages, naît de l'espoir d'arriver plus tôt au monastère ruiné, où l'enfant de Bazile doit lui ouvrir la route de la miséricorde et du salut.

Les voyageurs passent le jour entier à chercher quelques traces de l'habitation où tendent tous leurs vœux; ils se dispersent çà et là, s'interrogent, se découragent, et murmurent de ne trouver dans ces vastes solitudes aucun être vivant qui dirige leurs pas incertains. Cependant la princesse marche seule à leur tête; elle aperçoit de loin un rocher menaçant, dont le pied repose dans la mer; une sorte de flèche s'élève au-dessus; elle approche, le cœur palpitant, et distingue bientôt la croix qui lui

indique la demeure du saint. A cette vue, elle sent ranimer sa foi et sa vertu; pleine de confiance dans les salutaires instructions qui l'attendent, et ne doutant pas qu'elles ne la délivrent du pouvoir de l'enfer, déjà elle se croit sauvée, et dans son ardente reconnaissance, elle bénit à haute voix le nom sacré de l'Eternel.

Sa petite troupe la rejoint; d'une main elle lui montre le signe révéré de la rédemption, de l'autre elle détache son chaste bandeau, et les cheveux épars, les pieds nus, les yeux baissés, les mains croisées sur sa poitrine, et dans l'attitude du recueillement et de la contrition, elle s'avance humblement vers la grotte de l'ermite.

Avant de l'atteindre, elle erre longtemps à travers les débris d'un monastère, dont les ruines récentes déposent moins contre les injures du temps que contre l'impiété des Infidèles. Deux pêchers sauvages croissent parmi les décombres, et plusieurs tronçons de colonnes corinthiennes, avec une croix au milieu du chapiteau, jonchent un pavé de granit rouge, chargé d'hiéroglyphes. En foulant aux pieds ces restes antiques, Mathilde est arrivée sous un vaste portail, dont l'œil peut à peine mesurer la hauteur; au-delà elle entrevoit les ténèbres du sanctuaire; et à l'instant où elle va s'y enfoncer, elle s'arrête, saisie d'un frémissement religieux, comme si elle n'osait pénétrer dans cette nuit profonde, où réside la suprême majesté d'un Dieu; mais tout-à-coup elle entend une voix dont les sons mélodieux lui inspirent des pensées célestes; elle croit que c'est l'Eternel lui-même qui l'appelle. A la lueur des rayons de la lune qui percent à travers le dôme écroulé, elle parcourt les bas côtés de l'église, et aperçoit enfin le pieux cénobite prosterné sur les marches de l'autel, et chantant les louanges du Seigneur dans le calme et le silence de la nuit.

Elle tombe devant lui, la face contre terre, en s'écriant : « O ancien des hommes! ô saint des saints! » Le solitaire étonné se retourne : depuis trente années qu'il remplit ce désert de sa longue et merveilleuse pénitence, c'est la seconde fois qu'une voix humaine a frappé son oreille; il s'approche; quelle est sa surprise en voyant une fille si jeune et si belle dans la créature qui lui a parlé : par quel miracle a-t-elle eu la force de traverser tant de déserts, et où a-t-elle trouvé assez de zèle pour arriver jusqu'à lui? Mais la rare beauté de la vierge lui donne bientôt une autre pensée; il croit que c'est Satan lui-même qui, sous cette forme enchanteresse, vient essayer de tenter sa sagesse. « Retire-toi, s'écrie-t-il avec une terreur religieuse; que viens-tu chercher ici, que veux-tu de moi? — O mon père, répond la princesse sans quitter son humble attitude, ne me repoussez pas : je suis venue ici au péril de ma vie; j'ai bravé de grands dangers pour obtenir de vous le secours qui peut seul me sauver. Si vous me le refusez, à qui recourir, où trouver un appui contre mon propre cœur? Je deviendrai la proie d'un Sarrazin, et mon âme immortelle sera à jamais perdue. » Ces mots, son accent surtout, persuadent le vieil ermite; il relève avec bonté la vierge éperdue. « Je t'entendrai, ma fille, lui dit-il, et, quelles que soient tes fautes, la foi qui t'a conduite ici, la foi, le plus grand trésor des Chrétiens, te sauvera; mais sans doute tu n'es pas venue seule : où sont tes compagnons? qu'ils viennent, qu'ils partagent avec toi les faibles secours que je puis vous offrir. — Ils sont restés en arrière, reprend Mathilde, et je crois entendre retentir leurs pas dans ces ruines. » L'anachorète s'avance au-devant d'eux, il les distingue facilement à la clarté de la lune, qui, sous le ciel pur et serein des tropiques, jette une lumière plus vive que le soleil nébuleux du septentrion; attendri de retrouver des hommes après avoir vu tant de jours, s'écouler dans la solitude du désert, il sourit à ses frères et appelle sur eux les bénédictions du Très-Haut. « O vous, leur dit-il, que la Providence a conduits jusqu'ici, sans doute une même croyance nous unit; mais de quels bords venez-vous? Etes-vous nés dans cette fertile Europe dont toutes les heureuses nations reconnaissent la loi du Christ, ou bien avez-vous vu le jour dans ces murs sacrés qu'entourent des nations infidèles, et où le Chrétien est obligé de leur disputer sans cesse la terre teinte du sang de son Rédempteur? — C'est au nom du divin fils de Marie que nous venons tous auprès de vous, reprit le duc de Glocester; ceux-ci, en montrant les pélerins, sont des Chrétiens natifs de Syrie et d'Egypte : ces guerriers et moi avons abandonné la florissante Albion, notre patrie, pour venir combattre les Infidèles; et cette jeune et belle vierge est Mathilde d'Angleterre, sœur de ce vaillant roi Richard, dont les hauts faits d'armes retentissent dans tout l'univers. — Ah! ma fille, s'écria l'ermite en tournant ses regards attendris vers la princesse, sous un extérieur si délicat, quel cœur intrépide portes-tu? Née au milieu des gloires du trône, tu as eu le courage de les fouler aux pieds, pour venir chercher ici la retraite du plus humble des solitaires : quiconque a renoncé comme moi au monde et à ses vanités, compterait sans doute ta naissance pour rien, si elle ne rehaussait la rare vertu qui, à la fleur de ton âge, t'a fait préférer le sac de la pénitence à la pourpre des rois : beaucoup d'hommes obscurs ont fui au désert les terribles tentations d'une chair corrompue; mais quel sacrifice fut jamais plus grand que le tien? » Mathilde soupire; en effet, si elle en croit son cœur, jamais sacrifice ne fut plus grand que le sien. « Viens, auguste vierge, continue le solitaire, et vous, mes frères, venez aussi partager avec moi les seuls fruits qui naissent sur ces bords, venez vous désaltérer auprès de ma fontaine, et après avoir pris un peu de repos, vous m'apprendrez quelles grandes catastrophes ont agité le monde depuis les derniers sons qu'il a fait retentir jusqu'ici. » Il dit, et entre dans sa grotte pour y préparer le frugal repas; il allume un flambeau de la résine qui découle du térébynthe; aussitôt la flamme vive et odorante éclaire et

parfume l'intérieur de l'humble cellule :
il prépare une pâte assaisonnée avec de
l'huile de sésame, il y joint des pêches
sauvages, des dattes séchées au soleil,
un rayon de miel, quelques noix de cocos
pleines d'un lait sucré; il pose ces mets
sur une pierre polie, qui est la seule table qu'il possède, comme la natte grossière qui lui sert de lit est le seul siége
qu'il ait à offrir : et en donnant tout ce
qu'il a, il ne s'afflige que de n'avoir pas
davantage à donner. « Depuis trente années que j'habite ce désert, leur dit-il,
je ne m'étais pas aperçu encore de ma pauvreté, et voici la première fois que j'ai
senti qu'il me manquait quelque chose.
— Mon père, reprit un des plus vieux
guerriers, il y a plus d'hospitalité dans
ce peu de paroles, qu'on n'en trouverait
maintenant dans le palais des grands et
à la cour des rois. — Mon fils, répondit
l'ermite, la France a-t-elle donc perdu
ses monarques? leur cour était autrefois
l'asile de la religion et de toutes les vertus. — On remarque dans le jeune héritier de ce vaste Empire, repartit un des
Chrétiens d'Asie, toutes les brillantes
qualités qui distinguèrent jadis ses ancêtres; mais une trop vaste ambition et
une soif insatiable des grandes conquêtes
font craindre à ses sujets que son règne
ne soit pas celui des vertus paisibles. Philippe-Auguste est son nom; maintenant
en Syrie, il a réuni son armée à celle de
Richard, afin de marcher de concert à la
conquête de la cité sainte. — Qu'entends-
je? reprit le cénobite, la maison de Bouillon ne règne-t-elle plus sur le trône de
Jérusalem, qu'elle avait acquis par tant
de travaux et de sang? — Deux lions sortis de la plaine de la Mésopotamie, répondit un des soldats anglais, sont venus
déposséder cette antique race et dévorer
l'empire des Chrétiens : tout tombe, tout
est renversé sous l'épée foudroyante de
Saladin et de Malek Adhel..... — Ah !
quels funestes noms prononcez-vous, interrompit le solitaire : j'ai su vers quel
temps ces deux effrayants météores parurent tout-à-coup en Egypte, renversè-
rent la famille des Atides, et exercèrent

de grandes cruautés contre les Chrétiens;
un d'eux, échappé du supplice, se réfugia dans le désert, et parvint jusqu'ici;
il me parla de ce terrible Saladin, dont
l'ambition faisait trembler tout l'Orient,
de ce Malek Adhel, plus terrible encore,
dont l'ardente valeur menaçait déjà tous
les descendants du pieux Godefroi : à ce
récit, je plaignis les Chrétiens, je prévis
leurs désastres, et je gémis sur les crimes
du monde, qui devaient être bien grands,
puisque Dieu avait permis que, pour le
punir, deux nouveaux Goliath parussent
ensemble, sans qu'un David se levât pour
les combattre : peu après le Chrétien fugitif s'ennuya de ma profonde retraite;
redoutant le séjour des villes, et n'osant
retourner parmi les persécuteurs de la
foi, la mélancolie le saisit, et il mourut
dans mes bras : avec lui s'éteignit le bruit
que son arrivée avait fait dans le désert,
et tout rentra ici dans le silence; je me
retrouvai seul, moins seul cependant
qu'auparavant; je restais avec un tombeau : le voilà, ajouta-t-il en montrant
une large pierre à l'entrée de la grotte;
je l'ai creusé moi-même; c'est là que repose le seul cadavre humain que couvrent
les sables de ce rivage, et la seule société
qui me soit restée des hommes. »
Pendant que le solitaire parlait, Mathilde avait toujours eu les yeux attachés
sur lui; elle ne pouvait se lasser d'admirer
la sérénité bienheureuse qui respirait
dans tous ses traits : la nouvelle de la chute
de Jérusalem ne l'avait pas même altérée;
on eût dit que les malheurs du monde ne
pouvaient plus atteindre celui qui avait
mis trente années de solitude et de pénitence entre ce monde et lui; la vie, dont
il avait rejeté avec mépris les caresses,
les infidèles joies, et les vaines amitiés,
n'était plus pour lui qu'une route de paix
qui le conduisait à ce ciel où il avait déjà
toutes ses pensées : aussi le temps, qui
ne marque sa course sur le visage des
hommes qu'à l'aide des soucis et des agitations, ne trouvant jamais une inquiétude dans l'âme du solitaire, ne laissait
sur lui presqu'aucune trace de son passage, et multipliait les années sur sa tête

sans pouvoir donner à sa vieillesse l'air de la décrépitude.

CHAPITRE XX.

Les voyageurs, épuisés de fatigue, s'abandonnent bientôt au sommeil; Mathilde va reposer quelques heures sur le petit lit de mousse qu'on lui a préparé; et l'ermite profite du moment où il voit ses hôtes endormis, pour aller sur le bord de la mer ramasser des coquillages et des œufs de tortues pour la nourriture du jour : quand il est seul, il s'abstient de toucher à aucune créature douée de vie; mais le repas de la veille a épuisé ses faibles provisions, et son premier devoir est de songer à ses frères.

Il va ensuite préparer l'autel, où, pour la première fois, les vœux de plusieurs hommes vont se joindre aux siens, et monter ensemble vers le trône du Tout-puissant : l'attente de cet instant si désiré par Mathilde, hâte celui de son réveil : elle se lève, regarde autour d'elle; le vieux du désert ne paraît pas, elle sort de la grotte pour le chercher; et au moment où ses yeux découvrent à l'orient le golfe Arabique, elle demeure éblouie du spectacle qu'il présente. Les riches teintes de pourpre, de violet, et d'aurore, dont le ciel éclate, à demi plongées dans la mer, y réfléchissent leurs teintes adoucies. Tout repose encore dans le silence, et les ondes, agitées d'un léger frémissement, semblent attendre avec respect la naissance de l'astre qui va sortir de leur sein pour se rendre dans le ciel, qui l'attend à son tour. Tout-à-coup il paraît, semblable d'abord à un point lumineux qui jaillit hors des eaux; il se change bientôt en un globe de rubis éblouissant, qui répand comme une traînée d'or transparent sur tout le cercle de l'horizon; à son superbe aspect, la pointe des roches blanchâtres qui bordent le rivage étincelle de mille feux, chaque vague roule des flots d'or, et le brillant auteur de tant de merveilles, répandant par torents ses gerbes enflammées, inonde son vaste empire de sa pure lumière, et monte vers la voûte céleste avec l'éclat et la majesté du roi de l'univers, du pere de la vie, et du triomphateur des ténèbres et du temps. Appuyée contre le roc dont le pied est constamment battu par les flots, Mathilde en silence contemple avec un saint respect la scène magnifique que la mer, la terre, et le ciel, réunis, présentent à ses regards; elle s'écrie : « Astre immense qui sembles devoir être immortel, un jour pourtant tu t'éteindras, un jour tu tomberas avec le monde; jour terrible! l'ange sonnera la trompette sacrée, les générations, secouant la poudre des tombeaux, s'assembleront devant le trône de l'Eternel, et dans sa justice rigoureuse, Dieu pèsera les fautes des hommes; il faudra comparaître devant lui, dévoiler ses faiblesses et montrer tout son cœur..... Ah! malheureuse, il faudra donc montrer ton amour, cet amour coupable qui te consume, et dont la redoutable pensée du dernier jugement ne peut pas te guérir; il faudra donc avouer tes criminels regrets, confesser que la joie que tu goûtes en servant Dieu est si faible, que tu ne peux t'en contenter, et que ton cœur, qui ne saurait vivre sans joie, est assez infidèle pour en aller chercher dans l'amour d'un Sarrazin; il faudra donc dire enfin que ce Sarrazin te touche plus que toutes les merveilles du monde, et que tu n'aspires plus qu'avec tiédeur à ce ciel qu'il ne doit point habiter avec toi. »

L'accent de la princesse, en prononçant ces mots, avait quelque chose d'amer et de déchirant qui retentit aux oreilles de l'ermite; il écoute attentivement d'où partent ces sons douloureux, et il se hâte d'aller porter la paix à l'affligée qui la demande : « Ma fille, dit-il, d'où viennent les plaintes que tu formes? Quels honteux secrets cachés dans ton âme agitent ainsi ta conscience? Se pourrait-il que sous les dehors de la plus céleste innocence, tu portasses le remords d'un crime? — Je n'en ai commis aucun, mon père, reprit Mathilde avec un profond soupir; mais mon cœur n'en est pas plus pur, car il se plaît dans son désordre et aime le péché que Dieu lui défend. Aujourd'hui je vous parlerai, mon père, je ne prendrai ni repos, ni sommeil que vous ne m'ayez entendue, et j'espère qu'un nouveau jour ne se lèvera pas sans me trouver réconciliée, par votre saint ministère, avec ce Dieu que j'ai tant offensé. — Je t'entendrai, ma fille, répliqua le cénobite; mais voici tes compagnons qui s'éveillent, commençons par offrir tous ensemble un sacrifice à l'Éternel; humilie-toi, verse devant lui cette humble douleur du péché, qui lui est un sacrifice d'une odeur infiniment plus agréable que celle de l'encens et des parfums. C'est ce parfum précieux qu'il vit répandu avec tant de plaisir sur ses pieds sacrés par la pécheresse, car il n'a jamais rejeté un cœur contrit et repentant. — Hélas! repartit Mathilde en le suivant la tête baissée, qu'il me serait doux, en m'approchant du grand mystère, d'y répandre, comme Madeleine, les pleurs d'un cœur pénétré de l'amour divin; mais où trouve-t-on cette abondante effusion de larmes saintes, quand le cœur s'échappe ailleurs? » Le solitaire la comprit, mais ne lui répondit rien; car il ne pouvait apporter de remède à son mal qu'autant qu'il en connaîtrait la cause et l'étendue. Il continua à marcher en silence jusqu'au lieu où les Chrétiens s'étaient endormis; il les trouve debout : « Mes frères, leur dit-il, consacrons ce jour mémorable; l'autel nous attend, unissons nos prières, et que nos voix, élevées jusqu'aux cieux, y fassent entendre qu'il n'y a point de désert si aride, de retraite si solitaire, où le Dieu de Jacob ne trouve des enfants fidèles et des adorateurs zélés. » Chacun courbe la tête; il s'avance alors au milieu des décombres, les Chrétiens le suivent; ils regardent autour d'eux, et contemplent, sans pouvoir se lasser, ces colonnes éparses, brisées, ces pilastres entassés, ces vestiges d'une magnificence passée, et ces innombrables débris qui étonnent l'imagination par leur grandeur, comme ils attristent l'âme par leur ruine. « Hélas! mon père, s'écrie un des guerriers, cette nef auguste qui

subsiste encore en partie, ce double rang de piliers, et cette arcade si élevée, que l'œil se fatigue à en mesurer la hauteur, tout cela aussi se détruira-t-il ? » Il dit, et du sein du silence qui règne dans ces vastes ruines, une pierre ébranlée se détache, tombe, et lui répond. A cette voix de la destruction, tous les assistants prennent une contenance morne et lugubre; l'ermite s'arrête, et élevant ses deux bras au-dessus de sa tête, il s'écrie avec un accent animé : « Autrefois ce temple fut debout, il fut habité par de pieux solitaires, dont les saintes hymnes se confondaient chaque jour avec celles des anges; voici la grotte de son fondateur, de saint Jean Climaque, qui s'y retirait pour pleurer les crimes du monde, et désarmer en sa faveur la colère céleste; alors on n'approchait de cette place qu'avec un cœur plus pur, une foi plus ardente; mais l'impie n'a fait que paraître, et tout s'est écroulé. La mort a frappé les serviteurs de Dieu, les sacrés cantiques ont cessé, et le silence et la destruction se sont emparés de cette demeure désolée; encore un peu de temps, et la seule voix qui retentit dans ces ruines s'éteindra aussi; encore un peu de temps, et ce corps misérable retournera en poudre comme ces colonnes qui rampent sur la terre, après avoir touché jusqu'aux cieux; encore un peu de temps, elles et moi nous nous dissoudrons en entier, et il ne restera de nous qu'un peu de poussière qui ira se mêler et se perdre avec les sables du désert. Alors, si des Fidèles viennent chercher ici les vénérables restes de ce monument, ils les chercheront en vain; tout aura disparu, et la piété elle-même ne reconnaîtra plus la place où elle versait ses larmes. Mais alors, mes frères, continuat-il avec un enthousiasme prophétique, alors je serai avec vous dans ce temple immortel qui n'a point été bâti par la main des hommes, dont la destruction et l'impiété ne peuvent approcher, où jamais ne cessent les sacrés concerts des chérubins, où rien ne passe, ne change, ne finit, et où le bonheur du juste n'a d'autre terme que cette éternité qui n'en a point. »

En parlant ainsi, le vénérable ermite, avec son cilice de poil de gazelle, sa tête chauve, sa barbe blanche, et le front tout chargé de palmes évangéliques, semblait, au milieu de ces décombres, comme l'ange précurseur des miséricordes divines, debout au milieu des débris du monde. Cependant il s'avance et monte vers l'autel; les Chrétiens se rangent autour de lui; le duc de Glocester, la tête nue, s'agenouille avec ses Anglais autour d'un énorme bloc de granit, dont la mousse commence à faire sa proie; plus loin, les pèlerins, vieux soldats du Christ, sont prosternés près d'une colonne brisée; au milieu de tous ces hommes, la vierge, seule de son sexe, se distingue moins par ses habits que par sa pieuse attitude et sa merveilleuse beauté; tout en larmes, elle offre mille fois son cœur à Dieu, s'efforce de laisser le passé dans l'oubli, l'avenir à la Providence, et de donner le présent au ciel; mais toujours un invincible penchant l'entraîne vers d'autres intérêts que les siens; le nom de Malek Adhel se mêle à toutes ses prières; si elle les commence pour elle, c'est pour lui qu'elle les finit; et quand elle demande à Dieu ses grâces victorieuses, dans lesquelles il n'entre pas moins de puissance que d'amour, et que son beau visage se colore d'un feu plus vif, ce n'est pas alors pour elle qu'elle prie. Ah! que ses prières seraient plus animées encore, que la reconnaissance y prêterait une plus ardente ferveur, si elle savait ce qui se passe au désert, si elle savait que les Bédouins la menacent, et que, tandis qu'elle demande à Dieu de sauver Malek Adhel, Malek Adhel s'avance pour la sauver.

L'auguste cérémonie est achevée, le cénobite ramène ses hôtes dans sa cellule, il leur présente le repas qu'il leur a préparé le matin, et ne se lasse point de les questionner sur tout ce qui se rapporte à la propagation de la foi et à l'accroissement du royaume de Jésus-Christ. Il s'informe surtout de l'archevêque de Tyr,

de ce grand apôtre de la doctrine évangélique. « Quand je quittai le monde, dit-il, Guillaume était jeune encore, mais déjà la supériorité de ses lumières, d'éminentes vertus, et un zèle infatigable pour la foi, l'avaient fait nommer à la seconde dignité épiscopale de l'Orient, et l'unanimité des suffrages le désignait au patriarcat de Jérusalem, comme seul capable de remplir dignement cet honorable et sublime ministère. Y a-t-il été appelé en effet? — Mon père, répondit le duc de Glocester, je ne profanerai point la pureté de cette solitude en vous faisant le récit de tous les scandales de la cour de Jérusalem; c'est bien plus les vices de ses rois que la valeur des Infidèles qui a entraîné la chute de ce grand royaume. Lorsqu'il subsistait encore, au lieu de nommer un Héraclius, un monstre de débauche, au siége de Jérusalem, si on y eût appelé le vertueux Guillaume, la sainteté de ses mœurs eût servi d'édification et de boulevard aux Chrétiens, et on eût vu alors ce que la différence d'un homme à un autre homme peut avoir d'influence pour la conservation des empires; mais je ne m'étendrai pas davantage sur cet objet, je vous dirai seulement que l'archevêque de Tyr est toujours l'homme que vous avez connu : longtemps, par la seule sagesse de ses conseils, il a retenu le trône de Jérusalem sur le penchant de sa ruine; et lorsque les débordements des Chrétiens et les armes des Infidèles l'eurent précipité dans l'abîme, seul il ne désespéra point du royaume du Christ : il se dépouilla de toutes ses dignités, il partit, et fut demander en Europe des secours pour le rétablir. C'est lui qui a prêché cette grande croisade, la plus nombreuse, la plus brillante que jamais l'Orient ait reçue dans son sein; c'est à sa voix que d'innombrables armées, sorties de l'Occident, s'apprêtent à reconquérir la Judée et à humilier le croissant; c'est à sa voix que se sont assoupies les discordes qui divisèrent nos plus grands capitaines, et la prise de Ptolémaïs a été moins le fruit de leur valeur que de son éloquence; chaque jour son zèle attire de nouveaux enfants à l'Evangile, et sa charité les soutient.... — Voilà, s'écria l'ermite avec transport, voilà le véritable descendant des premiers évangélistes, le parfait modèle des saints, et l'homme dont le monde chrétien doit le plus s'enorgueillir. — Mon père, reprit la vierge en le regardant avec admiration, croyez-vous donc que le monde vous ait oublié? — Il le doit, ma fille, puisque je l'ai quitté, interrompit vivement le solitaire : ah! gardez-vous de jamais comparer le Chrétien qui n'évite les tentations qu'en les fuyant, avec celui qui leur résiste, et demeure dans le monde pour le sauver : celui-ci, rempli d'un zèle divin, risque chaque jour son salut pour celui de ses frères; le second, plein d'une craintive défiance, en ne s'occupant que du sien, ne sert à celui de personne; l'un s'expose sans cesse, combat sans relâche, triomphe toujours, croit n'avoir jamais assez fait quand il lui reste quelque chose à faire, et par la multiplicité de ses œuvres et l'ardeur de sa foi, est un exemple vivant d'édification et de sainteté qui doit lui attirer la reconnaissance et la bénédiction de l'univers : l'autre, dans sa solitude, n'ayant aucune occasion de faillir, ne doit point se glorifier de sa sagesse; il se nourrit de l'amour de Dieu, mais il n'agit point pour Dieu; il vit en paix parce qu'il vit seul et loin des hommes auxquels il est inutile; il doit être oublié de ce monde qu'il n'a point su servir; aussi quand le grand jour du jugement arrivera, le pieux Guillaume sera un des premiers élus, et Dieu le couronnera d'une double, d'une triple gloire, d'une gloire égale à la quantité de convertis qu'il aura faits, tandis que celle du solitaire, humble et obscure comme lui, le placera au dernier rang de la table des justes. — Mon père, lui dit alors la princesse attendrie, vous avez raison; sans doute c'est sous les traits de l'archevêque de Tyr que la religion chrétienne nous offre le prodige de sa charité; mais permettez-moi de dire que c'est sous les vôtres qu'elle nous offre celui de son humilité. »

Cependant le soir arrive, et tandis que les Chrétiens trouvent parmi les décombres de l'église un lit que la fatigue leur rend agréable, Mathilde demande à l'ermite de consentir à l'entendre. « Je le veux, ma fille, lui dit-il, » et il la conduit à l'entrée de la grotte, d'où on découvre la vaste mer; en ce moment elle est calme, unie, et présente un pur miroir aux étoiles étincelantes du firmament. La princesse, à genoux, se recueille en silence : mais autour d'elle tout la frappe et parle à son cœur; elle voit à ses pieds un autre ciel s'unir à celui qui brille au-dessus de sa tête dans le lointain grisâtre de l'immense horizon; elle écoute le mouvement continuel de la vague qui vient, se brise, recule, revient encore, expire de nouveau pour renaître toujours; les trois grands attributs de l'intelligence suprême, l'immensité de cette mer sans bornes, l'éternité de ces vagues toujours roulantes, l'infinité de cette foule d'astres errants, racontent la gloire de Dieu, et la princesse ressent les effets de ces grandes images sans que son esprit ose seulement s'élever jusqu'à elles; mais l'ermite voit l'impression qu'elle éprouve, et prenant la parole : « Ma fille, celui qui a fait tout ceci est celui qui a dit . *En vérité, en vérité, si les hommes se taisent, les pierres s'écrieront*[1] : voilà la puissance; mais il a dit encore : *Venez à moi, tous tant que vous êtes, qui êtes travaillés et qui êtes chargés, et je vous donnerai du repos*[2] : voilà la bonté. La puissance et la bonté c'est Dieu, ma fille; si loin de nous par l'intelligence, il a voulu s'en rapprocher par l'amour. En effet, si nous pensons à sa grandeur, nous pensons à notre néant; à sa puissance, à notre faiblesse; à sa souveraineté, à notre dépendance; à sa justice, à nos fautes : mais quand nous pensons à son amour, ma fille, nous pouvons penser au nôtre, c'est le seul point par où nous puissions, sans témérité, nous élever et nous unir à Dieu : car enfin, quand il nous juge, nous ne pouvons

1 S. Luc, ch. xix, v. 40.
2 S. Matthieu, ch xii, v. 28.

le juger; quand il nous commande, nous ne pouvons le commander; mais quand il nous aime, ô Mathilde! nous pouvons l'aimer : dévoue donc ta vie à cette seule affection, car de même que Dieu, tout Dieu qu'il est, ne peut rien faire de plus avantageux pour toi que de t'aimer; aussi de ta part ne peut-il exiger rien de plus digne de lui, ni de plus parfait que ton amour; aime donc ton Dieu avant tout, ma fille; car, je te le dis, cet amour est le plus grand trésor du cœur de l'homme. »

« Hélas! mon père, reprit Mathilde avec émotion, je vois par vos paroles que votre œil perçant a déjà pénétré dans les replis de mon âme l'iniquité qui l'oppresse? — Oui, ma fille, j'en connais déjà la cause, mais j'en ignore l'objet. — Hélas! répliqua la princesse en pleurant, c'est ce nom qui est mon plus grand crime, et ce qui me coûte le plus à vous dire; puisse du moins cet aveu me servir d'expiation. » Alors, en face du ciel, prosternée près de l'ermite, les yeux attachés sur le crucifix qu'il tenait à la main, et encouragée par la douceur évangélique du saint, elle révéla ainsi les mystères de son cœur.

CHAPITRE XXI.

« Mon habit a dû vous instruire déjà, mon père, de l'état que je devais embrasser : les trônes, les grandeurs humaines, tous les titres auxquels le monde attache son éclat, me semblaient vils auprès de celui si glorieux d'épouse du Christ; dès ma plus tendre enfance, je n'en ambitionnai point d'autre, et ce fut pour le mériter mieux, que je voulus me joindre aux Chrétiens qui se croisaient en foule pour la délivrance de la cité sainte, afin de venir adorer le sacré tombeau avant que mes derniers vœux m'eussent à jamais fermé les portes du monde; la pieuse épouse de Richard fut ma fidèle compagne; le même vaisseau nous portait : sans doute le ciel, pour nous punir ou nous éprouver, nous retira son secours, car il permit aux Infidèles de nous attaquer, de nous vaincre, et de nous réduire en es-

clavage.... — Quoi! sans égard pour votre rang, on osa vous donner des fers? — O mon père! que j'eusse été moins malheureuse d'en porter et d'être jetée au fond d'un humide cachot, n'ayant de nourriture qu'un pain grossier trempé de mes larmes! mais, hélas! reçue dans un palais superbe, comblée d'honneurs, entourée de respects, traitée en souveraine.... — Eh bien! ma fille, d'où viennent ces pleurs et ces gémissements? continuez votre récit, et nommez-moi ce généreux vainqueur dont le joug est si doux aux Chrétiens? — Mon père, que me demandez-vous? Ce vainqueur si grand, si terrible, auquel nulle perfection ne manque, hors la lumière de la foi; ce héros superbe, qui sait se faire également craindre, admirer, et bénir par ses ennemis; ce prince, digne objet de l'affection de Guillaume, dont l'image, toujours présente à ma pensée, règne en souveraine sur mon âme, et me poursuit jusqu'aux pieds de ce Dieu ici présent.... Que dis-je! je m'égare.... Mais non, mon père, je n'ai plus rien à vous apprendre; vous avez entendu mon secret et mon crime. » En parlant ainsi, elle cache sa face contre terre et couvre de poussière l'or de sa chevelure. « Humilie-toi, ma fille, répondit l'ermite, car ton crime est grand en effet; cependant ne perds pas courage, car celui qui est la lumière, la vie, et la force des cœurs qui le cherchent et qui l'aiment, peut te rouvrir la voie de son salut et te rendre la perfection de son saint amour; mais explique-toi; ce vainqueur qui donne des chaînes aux Chrétiens ne peut être qu'un Musulman; par quel affreux miracle, ô fille chrétienne! un Musulman s'est-il emparé de ton cœur? — Mon père, que vous dirai-je? Dès le premier instant où je le vis, je conçus de nouvelles pensées, des pensées qui m'avaient été inconnues jusqu'à ce jour; j'appris qu'un Sarrazin pouvait être regardé sans horreur; insensiblement j'appris qu'il pouvait posséder toutes les vertus; j'appris enfin qu'il pouvait être aimé... L'habitude d'une vie pure et sainte, et la présence de l'archevêque de Tyr, me retinrent longtemps sur le penchant de l'abîme; mais quand ce digne prélat m'eut quittée, je ne sais si un esprit d'aveuglement et d'orgueil s'empara de moi, ou si les circonstances où je me trouvais me firent une loi de m'approcher de la séduction; mais obligée de paraître souvent en la présence de Malek Adhel..... — Malek Adhel! as-tu dit? interrompit l'ermite en frémissant; Malek Adhel! le frère de Saladin, de ce tigre d'Orient qui dévore tous les Chrétiens; Malek Adhel! qui cent fois trempa sa main impie dans le sang de tes frères, et dont la redoutable épée a reculé l'empire de l'enfer? — Chacun de ses forfaits, mon père, est un arrêt de réprobation contre moi, puisqu'ils n'ont pu m'empêcher d'aimer Malek Adhel. De vous dire comment cet amour s'est emparé de mon cœur, je ne le saurais; il me semble que tout ce qui m'entourait m'instruisait à l'aimer : c'étaient les bénédictions dont la reine, ma sœur, payait ses bienfaits, les louanges que lui prodiguaient tous nos Chrétiens; c'était surtout la secrète complaisance que je remarquais pour lui dans le cœur de Guillaume : l'unanimité de ces suffrages me fit connaître un orgueil que je n'avais jamais connu pour moi, et enflèrent mon âme de vanité et de joie, en voyant que tout autour de moi justifiait ma faiblesse; j'imprimais dans mon souvenir le récit de toutes les grandes actions de Malek Adhel; je recueillais son image dans le fond intime de ma pensée; enfin je m'accoutumai à la vue de son amour. Ce fut alors que mon égarement s'augmenta au point que, dans mes heures de solitude, Malek Adhel était toujours auprès de moi; la marche du temps me semblait changée; je vivais éperdue dans l'oubli de toutes les choses du monde, comme s'il n'y avait eu que lui de créature sur la terre. Cependant j'avais souvent des retours vers Dieu, je le conjurais de me donner des forces, mais il ne m'en donnait pas. Des pensées qui me faisaient horreur entraient aussi facilement dans mon esprit qu'elles en sortaient avec peine; enfin, au lieu de ce pain des anges dont je me nourrissais autrefois, je me suis vue réduite à manger d'un pain de douleur, couvert de la cendre de la pénitence et de sa mortalité, et les jours d'affliction m'ont atteinte. — Ah! reprit l'ermite, les jours d'affliction sont le partage de celui qui désobéit; et, je le demande avec Job, qui est-ce qui s'est opposé à Dieu et s'en est bien trouvé? Mais, ma fille, dites-moi, quelle raison vous donniez-vous pour vous permettre de continuer à aimer Malek Adhel? — Mon père, je ne le sais ni n'y connais rien; je le voyais et j'aimais. — Mais, était-ce la vue de la beauté de votre amant qui enlevait votre cœur? — Je ne regardais pas à cette beauté. — Étiez-vous séduite par des images de plaisirs, de grandeurs? — Elles ne me venaient pas dans l'esprit. — A quoi pensiez-vous donc quand vous étiez près de lui? — J'aimais. — Mais ne songiez-vous pas alors que le devoir, la religion, vous faisaient un crime de cet amour? — Mon père, j'y songeais sans cesse. — Oubliiez-vous que cet homme était soumis au joug de l'enfer, et l'ennemi de votre Dieu? — Cette affreuse pensée était toujours devant mes yeux. — Eh bien, que faisiez-vous alors? — Je pleurais, mon père, et j'aimais encore. — Ma fille, ce feu criminel qui vous dévore et vous punit n'est qu'une faible image de celui que l'enfer réserve aux pécheurs qui persévèrent dans leurs iniquités. Ah! pourquoi, malheureuse égarée, as-tu désiré la joie des biens de ce monde? ne sais-tu pas qu'ils ne sont que vanité; que quiconque ne boira que de cette eau sera toujours altéré; qu'il disparaîtra comme un songe, s'évanouira comme une vision; que ceux qui l'auront vu se demanderont, Où est-il? Tandis que la mémoire de la vertu demeurera toujours parmi les hommes, et sera là-haut *triomphante à jamais, ayant combattu pour une récompense éternelle* [1]. — Ah! mon père, que vous dirai-je? je ne sais point expliquer ce que j'éprouve : c'est un mélange inouï de toutes les oppositions, une union de tout ce

[1] Sapience.

que l'enfer a de plus terrible et le ciel de plus doux : je suis entraînée vers ce qui me fait horreur, je vois un abîme, et je voudrais y tomber ; je souffre jusqu'à mourir, et je me plais dans mon tourment ; je suis venue à travers tous les périls vous demander des forces contre Malck Adhel, et je tremble que vous ne m'en donniez ; enfin, dans ce moment où votre voix va m'annoncer les vengeances d'un Dieu irrité, quand je découvre en frémissant le redoutable avenir que je me prépare, ce cœur rebelle s'élève par la force du seul amour au-dessus de ces saintes frayeurs, et jusque dans le tribunal de la pénitence, rempli de l'image de Malek Adhel, se perd, se fond en elle, et ne peut plus désirer d'autre bien.... —Arrête! malheureuse, s'écria l'ermite. » Hélas! la vierge ne l'entendait plus ; épuisée par les fatigues de sa route, et plus encore par le combat que la religion livre à l'amour dans son cœur, ses forces viennent de l'abandonner ; elle est tombée sans connaissance sur la terre, une sueur froide coule sur son front, ses mains et ses joues sont pâles et glacées ; elle ne respire plus. L'ermite craint qu'elle ne touche à son heure dernière ; il s'émeut pour elle, il tremble qu'elle n'expire dans cet état de réprobation : « O Eternel! dit-il, avec un accent suppliant, ne prendrez-vous pas pitié de la faiblesse d'une si fragile créature? la condamnerez-vous sans retour? Attendez du moins, avant de l'appeler à vous, attendez qu'elle se soit repentie. » Il court alors à la fontaine, prend de l'eau dans le creux de ses mains, et se hâte de venir en inonder le visage de la princesse. Elle tressaille et se ranime ; elle ouvre les yeux et s'écrie : « Où suis-je? ai-je quitté la terre? n'entends-je pas la sinistre trompette qui m'appelle devant le trône de Dieu? vais-je être précipitée pour jamais dans le séjour des éternelles ténèbres? — Reprends courage, fille du Christ, lui dit le compatissant cénobite ; regarde devant toi ce Dieu mourant sur la croix ; c'est pour ta faute qu'il est là, c'est pour effacer tes souillures qu'il a versé son sang, c'est pour te sauver qu'il

s'est immolé ; il n'y a point de péchés que le feu d'une si ardente charité ne consume ; ne sais-tu pas qu'il pardonna à Madeleine, aux Publicains, à tous ceux qui pleuraient sincèrement sur leurs iniquités? N'a-t-il pas dit qu'il était venu, non pour appeler les justes, mais les pécheurs, à la pénitence? et ne sais-tu pas aussi que quand la pénitence est vraie et entière, elle peut en quelque sorte s'égaler à l'innocence? Repens-toi donc, ma fille, autant d'avoir manqué de confiance en la miséricorde de Dieu, que de l'avoir offensé par ton coupable amour ; que cette eau qui t'a rappelée à la vie te la rende doublement ; qu'elle soit un nouveau baptême qui efface tous tes péchés : et vous, mon Dieu! quoique ce cœur soit un temple bien indigne de votre majesté, puisqu'il n'est rempli que des ruines que la passion y a laissées, daignez y rentrer, et, en y rentrant, vous en réparerez les brèches, et vous lui rendrez sa première perfection et son ancienne magnificence.... O créature régénérée, lève-toi maintenant, car te voilà en paix avec le Seigneur ton Dieu. » Elle se lève, regarde autour d'elle d'un air surpris, fait quelques pas, et, apercevant du côté de l'Orient les premiers feux du soleil qui dardent dans la mer, elle s'écrie, animée d'un saint transport : « Un nouveau jour m'éclaire, et l'espérance est rentrée dans mon cœur. » Puis, tombant à genoux d'un air humble et résigné, elle ajoute : « Ordonnez, mon père, me voici soumise à tout ce que vous croirez devoir m'imposer pour me rendre digne de la charité toute divine qui consent à pardonner mes erreurs.—Il faut commencer par étendre et tirer le voile sur votre âme, afin que, n'ayant aucune vue sur les créatures, elle demeure seule avec Dieu. C'est avec ce dépouillement de toute autre pensée qu'il faut entrer dans le saint sanctuaire ; et pour le pouvoir, ma fille, il faut surtout vivre à jamais séparée du musulman Malek Adhel. — Mon père, sans doute je ne le reverrai plus ; en ce moment il s'éloigne de l'Egypte, il marche vers son frère. — Et comment a-t-il consenti à se séparer de vous? comment ne vous a-t-il pas emmenée à sa suite? — Il voulait bien que je l'accompagnasse en Syrie; mais j'avais fait vœu de le quitter, de venir près de vous, et, comme il s'opposait à mon voyage, je me suis échappée sans son aveu. — Et vous êtes sûre de ne pas le retrouver au Caire? — Assurément, mon père; lorsqu'en revenant de Memphis il aura appris mon départ, pressé d'obéir aux ordres de Saladin, il n'aura pas attendu mon retour. — Et les ordres de Saladin l'appellent aux combats; c'est contre les Chrétiens qu'il marche? —Mon père, je le crois. — Et cette pensée, ma fille, ne vous le fait-elle pas haïr? » La vierge rougit, baissa les yeux, et répondit d'une voix faible et timide : « Pas encore, mon père.—Dans cette disposition, reprit l'ermite, si vous deviez retrouver le prince au Caire, j'aimerais mieux vous voir expirer au sein de ces déserts, que de vous y laisser retourner; mais puisqu'il n'y est plus, que le moment où vous le reverrez est sans doute très-éloigné... — Peut-être même ne viendra-t-il point; j'espère obtenir du prince, pendant son absence, de me laisser retourner au camp des Croisés; alors je repartirai pour l'Angleterre sur le premier vaisseau, je me jetterai dans mon cloître. — O ma fille! interrompit le solitaire, si jamais tu rentres dans ce port, tu seras sauvée... En attendant, livre ton cœur au guide céleste, qui est la sagesse qui nous instruit, la sentinelle qui veille pour nous, la paix qui nous calme, et la portion d'héritage qui nous doit échoir; bannis de ta pensée le souvenir de Malek Adhel. — Mon père, dépend-il de moi de l'en bannir? —Si tu le veux, ma fille, si tu le demandes, si tu le désires sincèrement; quand nous disons que Dieu refuse d'aider notre faiblesse et d'exaucer nos prières, nous nous mentons à nous-mêmes, et la vérité n'est point en nous, car il est écrit : *Tout ce que vous demanderez à Dieu, ayant la foi, vous l'obtiendrez* [1]. »

[1] S. Matthieu.

L'ermite allait continuer, quand des cris tumultueux frappent soudain son oreille et suspendent la parole sur ses lèvres. Il s'étonne, il écoute; il entend un cliquetis d'armes : « Dieu! s'écrie-t-il, après tant de jours de paix, faut-il voir la solitude de ces rivages troublée par des assassinats?—Qu'est-ce, mon père, que ce bruit terrible? s'écria la princesse effrayée. — Une horde de Bédouins homicides, sans doute, qui, ayant aperçu au loin dans le désert ta petite caravane, sera venue la surprendre pendant son sommeil. Je cours au milieu du combat offrir à Dieu les restes de ma vie en secourant des Chrétiens; toi, ma fille, enfonce-toi dans les profondeurs de cette caverne, cache ta céleste beauté à des brigands impies qui ne respectent rien. » Il dit, et se prépare à sortir; mais déjà à la porte de la grotte se présentent plusieurs Arabes demi-nus, le sabre à la main, couverts de sang, et jetant d'avides regards dans l'intérieur de l'humble cellule; il n'y a là ni or, ni argent qui puisse tenter leur cupidité; mais la jeune fille qu'ils aperçoivent est d'un prix au-dessus de tous les trésors, ils se préparent à la saisir, l'ermite se jette au-devant d'elle la contenance courroucée, les regards étincelants; il élève un crucifix au-dessus de sa tête, et, rempli de l'esprit divin, il s'écrie d'une voix tonnante : « Téméraires, arrêtez! car j'atteste le Dieu suprême, ce Dieu ici présent, que le premier d'entre vous dont la sacrilége audace osera toucher cette fille, sera foudroyé à l'instant. » A cette menace, Mathilde joint ses timides supplications, demande grâce, et se défend avec ses prières et ses larmes. Les Bédouins étonnés, interdits, s'arrêtent; leur férocité est adoucie, leurs desseins sont suspendus; les êtres les plus faibles, un vieillard, une vierge, ont vaincu leur courage; oui, ils l'ont vaincu, car cette faiblesse est soutenue des deux plus fortes puissances dont le ciel ait armé la terre, l'innocence et la religion.

Cependant, au moment où la troupe immobile commençait à bannir la pitié et à poursuivre son affreux dessein, s'élance au milieu d'elle un guerrier terrible, l'œil en feu, revêtu d'armes menaçantes, et le bras chargé d'un sanglant cimeterre; il attaque les Arabes, en fait un carnage horrible, disperse, détruit à lui seul la troupe entière; la mort et la victoire lui ouvrent le chemin jusqu'à la princesse; plus prompt que l'éclair, il la saisit, l'enlève, la transporte au milieu des décombres, d'un mouvement si rapide que l'ermite l'a déjà perdu de vue avant d'avoir eu le temps de former une pensée; il aperçoit seulement les Arabes fuyant de tous côtés, éperdus de terreur, et faisant retentir la solitude du rivage du grand nom de Malek Adhel. L'ermite frémit sur le sort de la princesse, et pleure de ce que le désert et les assassins ont épargné sa vie. Cependant les corps expirants des Arabes et des Chrétiens n'arrêtent point la marche impétueuse du héros; il ne voit que Mathilde, il ne songe qu'à ses dangers; il la pose sur un cheval superbe, se place derrière elle, d'une main la presse contre lui, saisit de l'autre la bride du coursier, et suivi de quelques soldats musulmans, s'éloigne au grand galop de cette scène de carnage.

Le trouble de Mathilde est au comble. La grotte du solitaire, le solitaire lui-même, la surprise des Bédouins, les cris des combattants, la vue inopinée de Malek Adhel, lui semblent autant d'illusions qui la remplissent de leurs impostures : mais en est-ce une aussi que cette main qui la serre si tendrement, et contre laquelle son cœur bat avec tant de violence? Elle s'efforce de le croire, et demeure immobile, silencieuse, de peur qu'un mot, un geste, ne rompent l'enchantement, et, en la rendant à la vérité, ne la rendent à sa faiblesse, à l'amour, à la présence de Malek Adhel, enfin à tout ce qui composait le danger terrible qu'elle a fui au désert, et qui, plus terrible que jamais, revient la menacer encore, et lui ravir peut-être tout moyen de salut.

III.

CHAPITRE XXII.

LE soleil était au milieu de sa course, lorsque le prince arriva au pied du Colzoum : il s'arrêta alors pour donner un peu de repos à Mathilde; une mère n'a point pour son enfant une sollicitude plus tendre; il s'inquiète de la voir exposée à l'ardente chaleur du jour, et regarde autour de lui s'il n'y a pas, dans les rochers du Colzoum, quelque enfoncement où il puisse la mettre à l'abri : au-dessus de quelques rocs brûlés, il aperçoit un bouquet de sycomores et de tamarins, aussitôt il quitte son cheval, et sans se séparer du fardeau précieux qu'il tient toujours embrassé, il gravit la montagne, atteint l'ombre, y place la princesse, et s'éloigne à quelque distance.

Alors seulement Mathilde revient à elle, et se rappelle ce qui s'est passé, mais elle ne peut comprendre par quel inconcevable prodige Malek Adhel a paru tout-à-coup pour la sauver des mains des Arabes : et l'ermite, que sera-t-il devenu? qu'aura-t-il pensé de cet événement? Mais, hélas! existe-t-il encore? N'aura-t-elle été interrompre le repos de sa solitude que pour lui apporter la mort? Et ses chers, ses fidèles Anglais, elle n'en voit aucun autour d'elle; auraient-ils tous péri dans le combat, et seraient-ils, ainsi que le duc de Glocester, les victimes de leur dévouement à son service? Tandis qu'elle s'occupe et s'inquiète de toutes ces pensées, elle voit revenir le prince, la tête nue, le front couvert de sueur et de poussière, et portant entre ses mains son casque plein d'une eau fraîche et pure, il le présente à la princesse; elle le regarde avec un mélange de surprise, de reconnaissance, et d'embarras. « Mon Dieu! s'écrie-t-elle, si ce que je vois n'est pas une illusion, s'il y a quelque réalité dans les événements de ce jour, qu'ils sont terribles, et que je dois en redouter les suites! Quel sera le sort de ce vénérable solitaire? quel sera celui de mes fidèles Chrétiens? et le mien, ô mon Dieu; à présent, que sera-t-il? —Mathilde, répond le prince, consentez à boire cette eau, elle calmera le trouble de vos esprits, et vous permettra de prêter une oreille plus tranquille à ce que je vais vous dire. » La princesse pose ses lèvres sur le vase de fer, et rafraîchit sa poitrine oppressée. « Maintenant, continue Malek Adhel, attendons, avant de nous mettre en route, que la brise de mer nous apporte un peu de fraîcheur ; je profiterai de ce temps pour vous reprocher votre imprudence : ah! si elle n'exposait que ma vie, Mathilde, je ne vous la reprocherais pas. » Il s'arrête; elle est frappée de sa profonde tristesse; elle cache son visage entre ses mains, et répond d'une voix un peu émue : « Hélas! j'espérais que ce voyage n'aurait eu des dangers que pour moi; j'espérais que vous, surtout, n'y seriez point exposé, et que quand votre frère vous attendait, aucune considération n'aurait pu vous retenir. — Vous l'espériez, Mathilde, interrompit-il vivement, je vous ai donc bien mal exprimé mon amour, puisque vous pouvez croire qu'il y a quelque chose de plus fort que vous dans mon âme. Ah! quand je suis rentré au Caire, et que j'ai appris votre départ, que je n'ai pu douter que vous marchiez vers le désert, ai-je pensé à mon frère, à ses ordres, aux combats, à ma gloire? Non, Mathilde, je n'ai pensé qu'à vous; j'ai volé sur vos traces sans écouter les murmures du peuple et de mon armée; mes braves soldats voulaient bien m'arrêter, ils me montraient la colère de Saladin; mais qu'importe sa colère, qu'importe qu'il demande ma tête, pourvu que Mathilde soit sauvée: j'espérais vous rejoindre plus tôt, vous ramener malgré vous avant que vous eussiez atteint le terme de votre voyage; mais dans ces vastes déserts où nulle route n'est tracée, je me suis égaré. Ah! Mathilde, que ne sommes-nous partis ensemble comme je le voulais, nous toucherions aux tentes de Saladin, et tout un peuple ne vous reprocherait pas ma désobéissance. » Il s'arrête, il ne veut pas faire passer dans l'âme de Mathilde toutes les craintes dont il est déchiré; il ne veut pas lui dire que, pour la suivre, il a usé de violence; que son armée, in-

dignée, s'opposant à son départ, voulait le forcer à marcher en Syrie; que des cris menaçants se sont fait entendre contre Mathilde, et qu'ayant choisi pour l'accompagner ses plus fidèles soldats et ses plus dévoués serviteurs, il n'a pas encore la pleine confiance de leur respect et de leur zèle pour celle qu'il aime. Mathilde lui demande comment, ayant été égaré dans sa route, il a pu trouver la grotte de l'ermite. « Etant arrivé sur le bord de la mer Rouge, dit-il, à une grande distance du monastère ruiné, pour l'atteindre j'ai toujours côtoyé le bord du rivage; enfin ce matin, aux premiers rayons de l'aurore, j'ai entendu le cri des Bédouins, ce cri forcené avant-coureur des massacres; je me suis précipité de ce côté; toutes les frayeurs déchiraient mon sein; j'arrive à travers les ruines; vos Chrétiens, surpris au sein du sommeil, sont les victimes des Bédouins; le duc de Glocester, percé d'un coup mortel, me voit, me reconnaît, se soulève, et me montrant la grotte : *Sauvez la princesse*, me dit-il, et il tombe sans vie. J'ordonne à mes soldats de secourir vos amis; ils obéissent, et je vole vers vous…. Quel affreux spectacle! Mathilde, l'idole de mon cœur, prête à tomber entre les mains d'une horde barbare! Ah! si je fusse arrivé trop tard, si un seul de ces brigands eût osé porter sur vous une main sacrilège!…. Mathilde, je t'ai vengée, j'ai donné la mort à tous ceux qui t'avaient osé regarder; faible expiation d'une si téméraire audace! — O fidèle ami de mon frère, noble duc de Glocester! s'écrie Mathilde en pleurant, j'ai donc causé ta mort, c'est pour moi que tu es venu expirer sans gloire au fond des déserts; et tous les Chrétiens ont-ils donc péri avec lui, je n'en aperçois aucun ici? — J'ai laissé presque toute ma troupe auprès d'eux, répondit le prince; je serais resté moi-même pour les défendre, si ma première pensée n'eût été de songer à vous. » Mathilde pleure sur les infortunés qu'elle a exposés à la mort; elle se reproche de les avoir attirés dans le désert pour les y abandonner à leur détresse. « Ah! lui dit le prince, de quel secours votre présence leur serait-elle? ne pleurez pas, Mathilde, sur le danger auquel je vous ai arrachée, mais sur celui qui vous menace ; j'entends le vent du midi prêt à s'élever ; je vois au sud de l'horizon des colonnes de sable et des nuages rougeâtres.... Je frémis, je tremble; ô Mathilde! jusqu'au jour où je vous ai connue, je n'avais jamais tremblé. » Dans l'espoir d'éviter l'ouragan, en dirigeant sa route vers le nord, Malek Adhel quitte la montagne et rejoint ses soldats avec Mathilde : il les trouve frappés de terreur à la vue des signes funestes qui s'élèvent autour d'eux; les chevaux, plus effrayés encore, accablés, haletants, refusent absolument de marcher : le prince, convaincu que tout retard peut être funeste, se résout à fuir avec ses seuls chameaux; mais les soldats s'y refusent, ils ne veulent point faire la route à pied, et pour ne point abandonner leurs chevaux, ils proposent de se réfugier au sommet du Colzoum; mais Malek Adhel, qui ne voit autour de lui qu'une vingtaine d'hommes, et qui sait que les cavernes de cette montagne sont le repaire des bêtes féroces et d'intrépides brigands, ne veut point exposer Mathilde à leurs attaques, et il commande le départ : la troupe hésite encore; pour l'encourager, le prince déclare que lui-même marchera à pied : ce généreux exemple détermine tous les soldats, et il n'en est aucun qui ose reculer devant des fatigues auxquelles son maître ne craint pas de s'exposer.

Voilà la caravane en route ; elle garde un profond silence; nul n'ose dire les dangers qu'il prévoit et les craintes qu'il éprouve : Malek Adhel marche auprès du chameau qui porte Mathilde, et que précèdent trois autres chameaux chargés d'outres pleines d'eau, d'une tente, et de provisions pour la route; les soldats suivent après l'œil morne, la contenance triste, et comme prêts à se révolter.

Cependant la journée se passe sans accident, la nuit approche, et les craintes cessent; mais les voyageurs viennent d'entrer dans le passage le plus dangereux, dans le vaste désert de sable : si le lendemain les avant-coureurs de l'oura-

gan se remontrent encore, le péril sera presque sans remède; il faut donc se hâter de sortir de ce lieu terrible. Les soldats demandent à marcher toute la nuit; le prince aussi voudrait bien se hâter, mais comment ne pas donner quelques moments de repos à Mathilde? supportera-t-elle une si longue fatigue? Elle est couchée sur le chameau, presque sans mouvement, pâle, respirant à peine, et prête à expirer de lassitude. Malgré les murmures de sa troupe, Malek Adhel ordonne qu'on fasse une halte; il fait planter sa tente au milieu du désert, étend son manteau sur le sable, et conjure Mathilde d'essayer de dormir quelques heures. Forcés de suspendre leur marche, les soldats s'abandonnent au sommeil; le prince seul, debout, en dehors de la tente, veille, dans la crainte d'une surprise, et contemple avec la plus douloureuse anxiété cette toile qui renferme tout ce qu'il aime, et ces sables enflammés qui menacent ses jours. A cet instant, tout est calme, tout est tranquille, la lune éclaire un sol nu et aride, où la froide bise de la nuit ne trouve pas une seule herbe à agiter, pas un seul rameau où elle puisse frémir et former un bruit. Le silence règne au désert, et n'est interrompu que par le rugissement lointain des tigres et le cri triste et perçant de l'autruche, qui semble annoncer que le jour de la calamité est près, et que les malheurs qui doivent arriver se hâtent.

Cependant Mathilde ne dort pas tranquille, ses songes sont troublés par l'image des périls qui l'entourent; et ce n'est pas ceux dont le prince lui a parlé qu'elle redoute le plus. Tandis qu'elle repose, qui est-ce qui veille sur son innocence? Est-ce donc sur la foi, sur l'honneur d'un Musulman qu'elle compte, ou bien sur la protection de Dieu? mais si son amour pour Adhel l'en a rendue indigne, elle sent qu'elle doit y compter moins que jamais. Agitée par cette crainte, elle ne cherche point un nouveau sommeil, et, se levant de sa couche, elle entr'ouvre sa tente, pour s'assurer de ce qui se passe autour d'elle. A la clarté de la lune, elle distingue tous les soldats endormis sur le sable; un seul homme est debout à la porte de la tente, il lui tourne le dos, et cependant elle n'a pas eu besoin de regarder le triple panache qui s'élève au-dessus de son casque, pour reconnaître Malek Adhel. Elle laisse retomber aussitôt la toile qu'elle avait soulevée, et se demande, dans une sorte de vague inquiétude, pourquoi Malek Adhel veille seul auprès d'elle. Cependant elle relève la toile pour le regarder encore : il était toujours à la même place, immobile, debout, et appuyé sur son sabre; et, sans s'expliquer encore tout ce qu'elle craignait, il lui semble qu'elle doit être rassurée, et que la plus grande des injustices serait de former un soupçon sur l'honneur de Malek Adhel. Mais, en s'accusant ainsi ce nom lui échappe; le prince se retourne, voit Mathilde éveillée, et se précipite auprès d'elle : « Ma bien-aimée, lui dit-il, est-ce l'inquiétude qui trouble votre sommeil? — Oui, répond-elle; mais maintenant il me semble que je ne dois plus en avoir. » Malek Adhel n'entend pas le véritable sens de ces paroles, il ne songe qu'aux dangers du désert; pour les lui éviter, il donnerait son sang, sa vie. « Hélas! dit-il, je ne partage point votre sécurité; qu'il me paraît effrayant et terrible, le danger qui vous menace! Vous adorer, vous perdre, sentir tout mon courage inutile pour vous sauver.... voilà quelle est ma situation, voilà quels sont les tourments que mon amour me cause; mais, Mathilde, vous n'avez aucune pitié des tourments de mon amour.» La princesse appuie ses deux mains sur son cœur, et, levant les yeux au ciel, elle dit : « O mon Dieu! que n'ai-je mérité ce reproche, je ne serais pas si coupable devant vous. — Eh bien! lui dit-il, si tu plains l'affreuse amertume qui remplit mon cœur, adoucis-la, tu le peux; oui, même en ce moment, si tu me dis que tu m'aimes, j'aurai cessé d'être malheureux. — Prince, répond Mathilde avec une sage modestie, ce moment où nous sommes est celui du courage, et non de

la faiblesse; de la pénitence, et non de l'endurcissement; de la mort peut-être, et non des coupables amours : la foudre de Dieu nous entoure, il ne faut peut-être qu'un mot, que ce mot que vous me demandez, pour la faire tomber sur nous... Rompons, rompons cet entretien, abandonnons de criminelles pensées, et ne songeons qu'à profiter de la fraîcheur de la nuit pour nous éloigner d'ici. — Vous avez si peu dormi, Mathilde, répond le prince avec tristesse, que ce trop court repos ne vous aura pas donné la force de vous remettre en route. — Ah! reprit-elle involontairement, ce n'est pas pour soutenir la fatigue que je crains d'en manquer. » Le prince veut lui répondre, elle ne le permet pas, et sort vivement hors de la tente. Les soldats s'éveillent, les chameliers rechargent les chameaux, et la caravane se remet en route dans le même ordre que la veille.

Mais à peine les premiers rayons du jour commencent-ils à éclairer la terre, qu'on aperçoit d'énormes colonnes de sable, qui tantôt courent avec une prodigieuse rapidité, tantôt s'avancent avec une majestueuse lenteur; bientôt le soleil en les pénétrant leur donne l'air de véritables colonnes de feu, et la rougeur de l'air semble annoncer le terrible vent du midi. A l'aspect de ces sinistres présages, les murmures éclatent hautement; plusieurs soldats proposent de jeter la tente et une partie des provisions au milieu du désert, afin de fuir avec plus de vitesse. Troublée par la frayeur et le fanatisme, la troupe entière fait bientôt entendre que tant de malheurs ne leur sont envoyés que pour les punir des soins extraordinaires qu'on les force de prodiguer à une Chrétienne; ils vont même jusqu'à dire, que si elle demeure plus longtemps parmi eux, Mahomet les engloutira tous dans le sable. A ces insolentes paroles, Malek Adhel est transporté de fureur, il tire son glaive, et regardant ses soldats avec des yeux étincelants : « Je jure, dit-il, d'abattre la tête du premier d'entre vous qui osera prononcer un seul mot contre la personne sacrée de la princesse d'Angleterre. — Puissé-je ne voir la Mecque de ma vie, répondit l'un des plus mutins, si j'entendis jamais un Musulman traiter de personnes sacrées ces adorateurs du crucifié, qui désertent leur pays pour inonder le nôtre.—Misérable! interrompit le prince en le terrassant devant lui et levant le sabre sur sa tête, tu as vu ta dernière heure. — Grand Dieu! qu'allez-vous faire? s'écria Mathilde; au nom du ciel et du repos de ma vie entière, grâce, grâce, ou je meurs à l'instant. » Aux accents de cette voix chérie, le prince s'arrêta tout-à-coup, et regardant avec indignation le tremblant Musulman qu'il foulait aux pieds : « Vil rebut de la terre, lui dit-il, lève-toi, et rends grâces à la princesse, car il n'y avait qu'elle au monde qui pût fléchir ma colère; mais garde-toi bien de la rallumer encore, continua-t-il d'une voix forte et menaçante, car je déclare, sur la tête du Prophète, qu'il n'y a point de prières qui puissent m'engager à pardonner deux fois. » L'action du prince, son accent, ses regards, intimident tous les soldats; ils se taisent, mais non sans peine, et c'est bien moins la crainte de la mort qu'une superstition fanatique, qui, dans ce moment leur rend la soumission si dificile. N'ont-ils pas bravé vingt fois le fer ennemi avec intrépidité, et ces mêmes hommes qui tremblent à l'aspect d'un ciel enflammé, ne sont-ils pas prêts à se précipiter, à la voix de leur chef, au milieu des bataillons chrétiens? Mais ils sont persuadés que les soins du prince pour Mathilde offensent le Prophète; sans elle, il n'aurait point désobéi aux ordres de Saladin, il combattrait déjà. Les fléaux dont ils sont menacés leur apparaissent comme un avertissement salutaire du châtiment qui approche, et auquel ils ne peuvent espérer de se soustraire qu'en sacrifiant une grande victime à la colère de Mahomet.

Le lendemain, vers le milieu du jour, au moment où le soleil, entouré d'un nuage de pourpre, semblait embraser toute la terre pour la brûler de ses rayons, le chameau de Mathilde se heurta contre une des roches semées dans ce désert, et en peu d'instants son pied enfla si prodigieusement, qu'il fût hors d'état de marcher. Le prince ordonne qu'on en prépare un autre; mais alors toutes les superstitieuses fureurs éclatent de nouveau, et d'une commune voix les soldats déclarent qu'ils n'obéiront pas; le malheur arrivé au chameau de Mathilde leur paraît un signe maniteste de la volonté du ciel. On ne peut refuser d'y croire, disent-ils, sans une horrible impiété; et comme il ne leur reste d'espérances de regagner la protection du Prophète qu'en immolant la Chrétienne, les plus hardis s'avancent vers elle, dans l'intention de la saisir; mais à peine l'impétueux Adhel a-t-il vu leur dessein, que, sans considérer l'inégalité du nombre, il s'élance, enlève la princesse de dessus le chameau, la soutient d'un bras, la défend de l'autre, et fait voler la tête du premier mutin qui ose approcher. A ce spectacle, les autres poussent des cris affreux, vomissent des imprécations contre l'étrangère qu'un grand prince préfère à ses propres sujets, et l'entourent pour lui arracher l'objet de son amour. L'intérêt de Mathilde éclaire l'aveugle ardeur de l'intrépide guerrier; s'il était seul, vingt hommes bien armés n'effraieraient pas son courage; mais à cause d'elle il a pensé qu'il pourrait succomber, et alors quel recours aurait-elle contre la rage de ces vils séditieux; il frémit à l'idée des outrages qu'elle aurait à souffrir, et, prenant son parti sur-le-champ, il recule quelques pas, dirige son glaive sur le sein de sa bien-aimée, et s'écrie : « S'il faut que cette vierge soit immolée, moi seul je la frapperai; mais en retirant ce fer tout sanglant de son cœur, je l'enfonce aussitôt dans le mien, et j'expire avec elle, en appelant la vengeance du Prophète sur vos têtes criminelles; et ne croyez pas, misérables, qu'il laisse la mort de votre prince impunie; au grand jour du jugement, vous paraîtrez tout couverts de ce sang que vous m'aurez forcé de répandre.—Non, non, interrompirent les soldats en se prosternant devant lui, nous vous respecterons jusqu'à notre dernier soupir ; nous ne vous demandons que de nous sacrifier l'Infidèle qui vous arrache à tous vos devoirs ; à peine son sang aura-t-il rougi le sable, que nous déposons tous nos sabres à vos pieds, pour que vous disposiez de nos vies selon vos volontés. — O généreux Adhel ! s'écrie Mathilde, ne sacrifiez pas vos précieux jours à une infortunée qui n'a plus que peu d'instants à vivre ; je sens que je vais mourir, votre dévouement ne me sauverait pas. Ah ! je vous en conjure, enfoncez ce glaive dans mon cœur ; mon Dieu, donnez-lui le courage de le vouloir, c'est ma dernière prière. » Elle dit, ses lèvres pâles se ferment, et la connaissance l'abandonne. La troupe rebelle s'approche de plus près, il s'en élève un cri : « Prince, nous jurons tous de mourir pour vous ; montez sur un chameau, marchez à notre tête, la Chrétienne seule périra. — Elle ne périra point, interrompt Malek Adhel d'une voix terrible, ou je périrai avec elle ; si vous faites un pas de plus vers nous, à l'instant nous tombons tous deux sans vie sur le sable. » Les soldats effrayés reculent à leur tour, ils ont effroi du sang de leur prince ; il leur semble que ce serait pour eux comme un feu dévorant qui les consumerait dans ce monde et dans l'autre ; les plus furieux n'osent proposer que d'abandonner le prince, avec celle qu'il aime, à la colère céleste qui le poursuit ; les autres ne peuvent s'y résoudre, et frémissent à l'idée de livrer leur chef, leur maître, le frère de leur soudan ; à une mort presque certaine, quand tout-à-coup l'un d'eux, comme saisi d'une inspiration divine, s'écrie : « Que hasardons-nous ? si Mahomet lui pardonne, Mahomet le sauvera ; s'il le laisse périr, c'est qu'il l'aura condamné. » Ces paroles les décident, les entraînent ; ils laissent au prince le chameau blessé, la tente, trois outres pleines d'eau, quelques fruits secs, s'éloignent ensuite le plus promptement qu'ils peuvent avec les trois autres chameaux, et abandonnent ainsi le prince et

la vierge dans l'immensité du désert.

Mathilde est couchée sur le sable, sans mouvement ; le prince le voit, redoute un malheur plus grand, et cependant ne perd pas courage. D'un bras vigoureux il relève la tente, en forme un abri, y place la princesse, prodigue une partie de l'eau qu'on leur a laissée à la rappeler à la vie ; mais ce n'est que quand l'air du soir commence à rafraîchir le désert, qu'elle se ranime et rouvre une paupière languissante. Son premier cri est pour Adhel : « Où est-il ? demande-t-elle ; est-il sauvé ? — Il est près de toi, répond-il, il y est pour toujours. » Mathilde soulève sa tête, rappelle ses idées, regarde autour d'elle, ne voit que le prince, et ajoute avec une profonde tristesse : « Ils sont donc partis, et partis sans vous ? — Ils m'ont laissé seul, Mathilde, mais non pas sans courage ; ne t'alarme point ; ma bien-aimée, tout espoir n'est pas perdu encore ; la moitié de mes soldats marchent sans doute sur nos traces avec le reste de ta suite. De ceux-là j'en suis sûr ; pour secourir des Chrétiens, j'ai dû choisir mes plus fidèles amis, et ceux qui viennent derrière nous ne m'auraient pas abandonné. Attendons-les ici jusqu'au jour ; je craindrais, pendant l'obscurité de la nuit, de m'écarter de la route qu'ils doivent suivre ; si demain, à la naissante aurore, ils ne sont pas arrivés ; je te porterai dans mes bras à travers le désert ; le chameau, quoique blessé, pourra nous suivre, et si nous pouvons avant la nuit atteindre le mont Kaleil, nous sommes sauvés ; il faut nécessairement que ma petite troupe y passe pour se rendre au Caire ; nous pourrons l'y attendre ; là, nous trouverons une source d'eau, des fruits secs, et des grottes pour te garantir de l'ardente chaleur. — O mon Dieu ! s'écrie la princesse avec un accent tendre et plaintif, regardez ce qu'il fait pour moi : il me donne sa vie, et vous me défendez de l'aimer ! — Ah ! reprit-il avec une tristesse passionnée, pourrais-tu croire à un Dieu qui te défendrait de m'aimer ; va, sois-en sûre, si ton Dieu existe, si ton Dieu est le vrai Dieu, il est touché de notre amour, et ne je condamne pas. » Elle ne répond point, elle se lève, et sort de la tente : le firmament étincelle du feu de mille étoiles. « Pourquoi, dit-elle, ne poursuivrions-nous pas notre route, le ciel ne nous prête-t-il pas assez de lumière pour nous guider? — Non, Mathilde, la moindre erreur pourrait nous rejeter bien loin du mont Kaleil, et nous perdre pour jamais; avec le jour, je pourrai distinguer les vapeurs qui s'élèvent vers le sommet de cette haute montagne, peut-être aussi les têtes grisâtres des pyramides; alors, je marcherai avec assurance. Maintenant, la clarté de la lune ne me permettant d'apercevoir que les objets qui nous entourent, et non ceux qui s'élèvent à l'horizon, ne me fournit aucun point assuré qui puisse m'indiquer ma route. » Mathilde n'insiste plus, elle s'appuie contre la tente, et jette des regards de douleur sur la vaste étendue du désert; tous les dangers qui les menacent tournent au profit de l'amour; car c'est l'amour qui y a exposé le prince, c'est pour elle qu'il a voulu mourir, c'est à cause d'elle qu'il mourra peut-être; cette pensée, qui revient sans cesse, remplit son cœur d'une émotion qui l'effraie. N'osant exprimer ses craintes, ni adresser hautement ses prières au ciel, elle se jette à genoux en fondant en larmes. Le héros s'approche d'elle, il lui prend la main; le trépas qu'il prévoit ne sert qu'à redoubler sa passion, et quand tout disparaît à ses yeux, qu'il n'y a presque plus d'espoir de vie dans son âme, l'amour, qui reste seul, n'en acquiert que plus de force. « Mathilde, lui dit-il, écoute-moi : nous sommes seuls au monde, perdus ensemble dans ces immenses déserts; peut-être le soleil de demain nous apportera-t-il la mort, et ne verrons-nous pas finir un autre jour; ma bien-aimée, faudra-t-il quitter la vie sans avoir été uni à toi? » Mathilde n'en écoute pas davantage; elle se lève, le Dieu qu'elle vient d'invoquer prête à toute sa contenance quelque chose de sa sainte majesté; debout, devant le prince prosterné devant elle, elle lui dit : « Malek Adhel, je vous aime; Dieu a reçu dans le tribunal de la pénitence cet aveu de ma faiblesse, cet aveu que je ne vous ferais pas entendre, sans doute, si la mort qui nous menace ne l'excusait pas; oui, Malek Adhel, je vous aime, et si vous étiez Chrétien, l'univers entier ne m'offrirait rien qui vous fût comparable; si vous étiez Chrétien, je préférerais ce désert avec vous à toutes les grandeurs que les rois du monde pourraient m'offrir; si vous étiez Chrétien, enfin, j'aurais désiré je l'avoue, que Dieu me permît de n'adresser qu'à vous ces mêmes vœux, par lesquels je devais m'enchaîner à lui : mais fussiez-vous Chrétien, Adhel, je n'en ferais pas moins ici à Dieu le serment solennel de demeurer fidèle à l'honneur, et de ne souiller ma vie d'aucun crime; qu'elle soit courte, mais qu'elle soit pure; et si je meurs demain, que j'expire du moins sans remords. » En prononçant ces paroles, l'amour brillait dans les regards de la vierge, mais c'était un amour plein de chasteté, et qui semblait s'être comme enveloppé d'innocence pour avoir le droit de se montrer. Quoique éperdu, enflammé, Malek Adhel, toujours aux pieds de Mathilde, n'ose lui adresser que des reproches : « Non, lui dit-il, tu ne m'aimes point; si tu m'aimais, tu serais touchée de mes pleurs, tu serais sensible à ma peine, tu ne me laisserais pas mourir dans le désespoir; si tu m'aimais, tu me préférerais à toi-même, et dusses-tu être coupable, tu voudrais l'être pour moi..... Mais qui te l'a dit, Mathilde, que la passion te serait reprochée, et que l'amour était un crime? qui te l'a dit que tu serais punie pour t'oublier toi-même, quand ton amant meurt à tes pieds?... — Qui me l'a dit! interrompit la vierge avec enthousiasme, Dieu, Dieu lui-même. Adhel, ta voix est bien puissante sur mon cœur, mais celle du Dieu mort pour moi y parle plus haut encore : sans doute ce n'est pas trop de ses ordres pour résister à ton amour, et c'est ce qui fait ma gloire; mais c'est assez pour m'en donner la force, et c'est ce qui fait ma sûreté. » En parlant ainsi, la princesse, les yeux élevés vers le ciel, semblait s'être détachée de la terre, et son maintien avait pris quelque chose de si imposant et de si pur, qu'elle apparut en ce moment aux yeux d'Adhel, comme l'ange du désert; il est étonné, ému; son âme est ébranlée, il s'écrie : « Sans doute tu dis vrai, Dieu s'est révélé à toi, c'est par ses inspirations que tu parles, c'est, armée de sa force, que tu te défends; tu es le temple vivant où il se tient enfermé; sa vérité est sur tes lèvres, fais-la couler dans mon cœur, pénètre-moi de sa lumière, rends-moi digne de t'appartenir. — Qu'entends-je! s'écria Mathilde en joignant les mains avec un mouvement passionné, tes yeux s'ouvriraient! Dieu, dans son infinie bonté, aurait touché ta grande âme! Oh! que cela fût vrai, que cela fût possible, et tu deviendrais l'objet de mon éternel amour, et je mettrais mon bonheur en toi plus que dans toutes les choses du monde, plus que dans tout ce qui n'est pas toi! ô Adhel! »

C'est ainsi que s'exhale la flamme que la vestale tenait cachée au fond de son chaste cœur. Le prince, à ses pieds, jure de vivre ou de mourir avec elle, et la supplie de s'engager par les mêmes serments. Elle ne répond pas encore, elle lui prend la main, la serre entre les siennes, et lui dit : « Es-tu Chrétien? — Ah! lui répondil dans une sorte de délire passionné, que me demandes-tu? n'es-tu pas maîtresse absolue de mon âme et de ma volonté? Sais-je ce que je suis, et puis-je en ce moment penser, vouloir autre chose que t'adorer et être ton époux? Oh! daigne, daigne me nommer de ce titre si doux. — Je ne le puis avant ta réponse; Malek Adhel, es-tu Chrétien? — Hélas! répondit-il, même au prix de ton amour je ne voudrais pas te tromper; Mathilde, je l'avoue, ta vertu m'étonne, et je crois qu'il y a quelque chose de divin en toi; mais pour te dire que je suis soumis à ta loi, j'en connais trop peu les devoirs; si elle m'imposait de trahir mon frère et de porter les armes contre ma patrie, je la rejetterais; mais sans doute elle ne me l'imposera pas : la religion qui a fait Mathilde ne doit pas faire des perfides; tout en elle doit être

beau, sublime comme en toi; nomme-moi donc ton époux, Mathilde, afin que ce titre me donne plus de droits aux grâces de ton Dieu. »

La princesse est tout-à-coup vaincue par cette pensée; elle espère en effet ouvrir plus facilement la voie du salut à Malek Adhel, en unissant son âme à la sienne, et se flatte que le nom d'époux avancera sa conversion. Cependant, avant de se résoudre, elle invoque le Tout-puissant, lui demande des secours, lui montre tout son cœur, ce cœur si pur qui n'ose céder à l'amour qu'à la voix de la religion, et qui ne va prononcer le serment de l'hymen que pour avoir plus de moyen d'appeler à la lumière le plus grand héros du monde.... « Eternel! Eternel! » s'écriet-elle avec un accent suppliant. C'est tout ce qu'elle peut dire, car la vivacité des sentiments qui l'oppressent dépasse de beaucoup le langage des hommes. Le prince, humblement prosterné devant elle, demande au Dieu inconnu qu'il lui voit invoquer, de fléchir le cœur de Mathilde. Pendant leurs muettes prières, la lune verse son feu tranquille sur toute l'étendue du désert; aucun bruit, aucun son n'en interrompt le silence; il semble qu'au sein de ce calme et de cette solitude, Dieu doit mieux entendre les prières de l'âme qui l'implore, y mieux entendre sa voix. La princesse croit qu'elle a retenti dans son cœur; elle croit que Dieu lui-même lui commande de dévouer sa vie entière au salut du héros qui deux fois a voulu lui sacrifier la sienne; elle laisse tomber sa main dans la main du prince, les élève unies vers le ciel; détachant ensuite le reliquaire qui pend sur sa poitrine, elle le place devant les yeux de Malek Adhel, et s'écrie : « Ici, où toute la nature se tait, où toutes les créatures font silence, parlez-lui vous seul, ô mon Dieu! » Adhel tressaille; il y a quelque chose dans l'air et l'accent de la vierge qui vient d'étonner son cœur : c'est plus que de l'amour; il n'a jamais connu de pareilles émotions. Mathilde a deviné ce qu'il éprouve, elle s'écrie : « Et maintenant tu es digne d'être mon époux; je jure de n'en avoir jamais d'autre que toi, je jure à ce Dieu qui en ce moment remplit de son immensité et de sa toute-puissance, et ce désert et ton cœur....! » Elle s'arrête; Malek Adhel ne peut parler, il est accablé d'un inexprimable bonheur et d'un sentiment inconnu. Mathilde est à lui, Mathilde est son épouse. Mais en appelant Dieu dans le désert, en le rendant témoin de leur auguste union, en le plaçant entre elle et lui, la vierge s'est entourée de tant de majesté, que devant le respect qu'elle inspire, la passion n'ose plus se faire entendre, et que les images de plaisirs et de volupté s'effacent même de la pensée de Malek Adhel.

CHAPITRE XXIII.

L'AURORE va bientôt paraître, Malek Adhel ne verra peut-être pas la fin de ce nouveau jour; mais comment ne le bénirait-il pas, il le commence en nommant Mathilde son épouse. Ce nom, qu'il prononce sans cesse, n'alarme point la pudeur de la vierge, car il a juré de fermer les yeux sur ses chastes attraits jusqu'au moment où Guillaume consacrera leurs serments; et elle se repose avec confiance sur la foi de l'époux à qui elle a tout promis, hors le sacrifice de son innocence. Plein de courage et de joie, Malek Adhel s'apprête au départ; il se flatte d'arriver le soir au mont Kaleil, et d'y attendre en paix la caravane qui les suit. Il présente à Mathilde quelques dattes et un peu d'eau : « Ma bien-aimée, lui-dit-il, c'est tout le repas nuptial que j'ai à t'offrir. » Elle sourit avec mélancolie, et répandant sur le sable quelques gouttes d'eau, elle s'écrie : « De même que cette eau humecte une terre aride, puisse, ô mon Dieu, votre divine parole tomber comme une rosée salutaire sur le cœur de mon époux! » Puis, jetant sur lui un regard chaste et tendre, elle lui présente le seul bien qu'elle ait à donner, le reliquaire sur lequel elle a juré d'être à lui; elle l'attache elle-même sur sa poitrine, en le conjurant de ne jamais se séparer de ce gage de sa tendresse; il le promet, et alors, satisfaite

et pleine de confiance, Mathilde veut essayer de marcher; mais le prince ne le permet pas, il redoute pour elle les cailloux tranchants dont le désert est semé. Il la prend dans ses bras, il s'anime d'une force nouvelle, il ne craint plus rien. Mathilde ne partage point son espérance, mais elle se tait, penche sa tête sur la poitrine de Malek Adhel, ferme les yeux, et tombe par degrés dans une sorte de stupeur insensible; bientôt l'affaissement augmente, elle ne sait plus où elle est; elle a cessé de voir et les sables qui la menacent, et le soleil qui la dévore; ses combats, ses remords, sa patrie, son hymen, s'effacent de son souvenir; ses pensées se perdent dans le vide, et enfin, hors l'amour qui l'anime et l'époux qui la presse, l'univers entier a disparu pour elle.

Cependant, au bout de quelques heures elle croit sentir que le mouvement qui la transporte se ralentit; une crainte vague la frappe au cœur et l'arrache au néant où elle se perdait; elle ouvre les yeux, regarde le prince, s'effraie de son extrême pâleur, s'effraie bien plus du sang dont il est couvert. Elle s'écrie, en s'arrachant précipitamment de ses bras : « O ciel! qu'est-il arrivé? mon Adhel, mon époux, dis-moi, quel monstre t'a blessé? — Mathilde, je t'en conjure, calme-toi; tes craintes me font mille fois plus souffrir que mon mal; je suis bien, très-bien.... » Il dit, et cependant une sueur froide coule sur son front; il tombe sur ses genoux, et, regardant Mathilde, il lui sourit et s'efforce de la rassurer, en ajoutant d'une voix affaiblie : « Je suis bien, très-bien. » Cependant le sang coule toujours; la fatigue, la chaleur, l'agitation, ont brisé un vaisseau dans sa poitrine; et Mathilde, saisie d'effroi en reconnaissant la cause de son malheur, prodigue sans espérance de son soins inutiles, et demande à Dieu de ne pas permettre qu'elle survive à ce qu'elle aime. Malek Adhel voit sa douleur et cherche à l'adoucir : « Ma bien-aimée, dit-il, je reprends des forces, essayons de marcher encore, le mont Kaleil n'est pas loin. — Non, reprit-elle, non; mourons plutôt ici; mourir ensemble, Adhel, n'est pas le plus grand des malheurs : ah! si un jour il fallait te quitter, avec quelle ardeur je redemanderais au ciel cette mort qui va nous unir. » Ainsi, en voyant le tombeau s'ouvrir devant elle, Mathilde trouve la force et la volonté de dire combien elle aime, et son tendre cœur se plaît dans une mort qui lui permet de montrer tout son amour; mais plus cet amour se montre, plus il ranime dans l'âme de Malek Adhel le désir de vivre. Soutenu par la princesse, il se relève, et s'efforce de découvrir la tête chauve et grisâtre du mont Kaleil; il appelle, il implore et le ciel et la terre; rien ne paraît, rien ne répond, et ses cris perdus sur une plaine rase ne lui sont pas même rendus par les échos. Découragé par ce silence et plus encore par l'espace effrayant qui le sépare du monde, il s'approche de Mathilde, s'assied à son côté, se résout à mourir; et elle, doucement penchée vers lui, avec l'accent le plus tendre, lui dit que cette heure où elle ose l'aimer sans crainte serait la plus douce de sa vie, s'il voulait lui promettre de la suivre dans l'éternité. Le prince la regarde, et ce regard l'assure qu'il ne veut point la quitter. « Si tu y consens, ajoute-t-elle, dans peu d'instants Dieu nous recevra tous deux dans son sein. » Malek Adhel presse contre ses lèvres le reliquaire qu'il a reçu de Mathilde, et lui répond : « Je veux te suivre partout, et me perdre avec toi plutôt que de m'en séparer. » La vierge lève les yeux au ciel avec reconnaissance, pose une main sur son cœur, et donne l'autre à son époux en prononçant ces mots : « Pour toujours! » Il répond par le même vœu, ils se regardent et sourient encore; peu à peu leurs forces défaillent, leurs pesantes paupières se rouvrent avec peine, ils fléchissent, et s'appuient l'un contre l'autre; les ténèbres commencent à les envelopper, la froideur de la nuit va glacer leur sang, un autre jour ne se lèvera pas pour eux, ils ont vu leur dernier soleil.....

Cependant, au milieu du lugubre silence de ces grandes solitudes, au loin vers l'Orient, un bruit s'est fait entendre; une soudaine joie se réveille dans le cœur du prince; il se lève, prête l'oreille, le bruit augmente; il n'ose exprimer encore tout ce qu'il espère, mais il écoute plus attentivement; il distingue les pas des chameaux; le hennissement d'un cheval, bientôt des voix d'hommes; il frappe des mains et s'écrie : « Le ciel a eu pitié de nous; j'entends là marche d'une caravane, nous sommes sauvés. — Ah! reprit la princesse avec un faible soupir, quelques moments encore; et je n'avais plus de malheurs à craindre. — O ma bienaimée! ranime-toi, le bonheur va nous être rendu avec la vie. » Et tandis qu'il fait quelques pas au-devant de la caravane, Mathilde lui répond : « Hélas! quel plus grand bonheur puis-je attendre de la plus longue vie, que celui de mourir avec toi? » Mais le prince l'écoute à peine; il ne songe qu'à la sauver. Des hommes s'approchent, Malek Adhel reconnaît ses guerriers; à la vue de leur prince, ils sont frappés de surprise, et tombent à ses pieds la face contre terre. « Mes perfides soldats m'ont trahi, leur dit Malek Adhel, ils ont levé le fer contre moi, et m'ont abandonné dans le désert avec la princesse d'Angleterre. » Les fidèles serviteurs du prince ne répondent à ces paroles qu'en chargeant de malédictions les auteurs d'un crime qui leur fait horreur. « Braves amis, leur dit-il en montrant la princesse, sauvez cette illustre infortunée qui allait mourir avec moi; secourez-la; je ne puis vous aider..... mes forces sont épuisées; sans vous je n'aurais pas vu une autre aurore. » Il dit; ses guerriers obéissent; les uns transportent Mathilde sur un chameau, les autres calment les ardeurs de la poitrine du prince, en lui présentant le lait d'une jument enlevée aux Arabes; enfin, on atteint le mont Kaleil, on s'y arrête, et dans les grottes abandonnées des ermites, Mathilde, durant toute la nuit, goûte un long repos; et le prince, en la voyant hors de danger, ose enfin s'abandonner lui-même au sommeil.

Le lendemain ils aperçoivent la tête des pyramides, bientôt les hautes tours du Caire; mais plus on approche de la demeure des hommes, plus Mathilde se sent oppressée de tristesse; elle songe au lien qui l'unit au prince et aux obstacles qui les séparent, à la guerre funeste qui divise l'empire du croissant de celui des Chrétiens, et à l'incertitude où elle est du parti que Malek Adhel va prendre entre eux : abandonnera-t-il son frère? désertera-t-il ses drapeaux, pour se ranger sous les drapeaux de la croix? Elle n'ose s'en flatter, elle n'ose presque le vouloir : cependant, s'il demeure fidèle à sa patrie, elle est sûre que Richard ne consentira jamais à lui donner pour époux, l'ami, l'allié, le défenseur de Saladin, et Richard a sur elle, comme roi et comme frère, des droits sacrés auxquels elle ne peut se soustraire. C'est ainsi qu'au moment où elle vient d'échapper au trépas, l'intérêt seul de son amour l'occupe, et que l'image des devoirs qui lui seront peut-être imposés dans ce monde qui se rouvre devant elle, ferme son cœur au plaisir de vivre. De son côté Malek Adhel est agité aussi; le sévère honneur, l'inviolable amitié lui imposent des lois presque semblables à celles que la religion prescrit à Mathilde, et il reconnaît avec honte que l'amour les lui a fait braver plus d'une fois. Depuis longtemps ne devrait-il pas être près de son frère et avoir remporté plus d'une victoire? Au lieu de cela, que fait-il? il abandonne son armée pour suivre au désert les traces de la beauté qu'il aime; il oublie son devoir, sa gloire; subjugué par sa passion, il vient de promettre d'être Chrétien; mais s'il est Chrétien, Saladin le regardera-t-il encore comme son frère? et s'il demeure fidèle à Saladin, Mathilde le regardera-t-elle encore comme son époux? Ces sombres pensées dissipent insensiblement ses espérances, et la profonde tristesse de Mathilde lui dit assez qu'il n'a pas tort. Tous deux se devinent trop pour oser s'interroger; ils gardent le silence et entrent au Caire sans s'être parlé de bonheur,

sans s'être félicités d'avoir échappé à la mort.

En revoyant Malek Adhel, le peuple qui, sur le rapport des soldats arrivés deux jours avant, croyait qu'il avait été massacré par les Bédouins; le peuple, dont il est adoré, sort de son affliction et fait éclater sa joie par des cris vifs et tumultueux : bientôt il apprend par les guerriers qui accompagnent le prince, la lâche perfidie de ceux qui l'ont trahi, et à l'instant il se précipite en foule vers la demeure de ces parjures; pour les maudire et venger sur eux l'attentat dont ils se sont rendus coupables. Malek Adhel ne peut empêcher un peuple furieux de lui donner ces sanglants témoignages d'amour, il peut moins encore l'empêcher d'éclater en murmures contre la princesse d'Angleterre : il n'y a pas un Musulman qui ne l'accuse d'être la cause du désastre de Ptolémaïs, et de l'inaction où demeure le prince; ces reproches sont justes, Malek Adhel le sent; il se trouble, il gémit, il s'indigne; jamais cette âme héroïque ne ressentit de pareils tourments : tandis que Mathilde se repose de ses terribles fatigues, il veille le jour et la nuit autour du palais, car il sait que ses dangers n'ont fait que changer de nature; les voûtes superbes qui la couvrent ne la garantiront pas de l'aveugle fureur d'un peuple fanatique; et l'aveugle fureur d'un peuple fanatique est plus difficile à apaiser que les brûlants tourbillons de sable que le vent du midi soulève dans la grande plaine du désert; cependant si l'amour tient continuellement ses yeux ouverts, au fond de son cœur le remords ne dort pas non plus; et si chaque Musulman qu'il rencontre semble lui dire : *Malek Adhel, ton frère t'attend*, sans cesse il se répète à lui-même, *Malek Adhel, ton frère t'attend.* Mais toute puissante qu'est cette voix, elle l'est moins que la crainte de risquer de nouveau la vie de Mathilde, soit en la laissant au Caire au milieu des fanatiques qui l'entourent, soit en l'exposant à de nouvelles fatigues en la conduisant tout de suite en Syrie : d'ailleurs, qu'espère-t-il de Saladin? Saladin austère, religieux, ennemi de l'amour, sera-t-il touché de sa passion, entendra-t-il ses excuses; consentira-t-il à lui donner une épouse chrétienne? Ainsi réfléchit le héros, et devant tant d'incertitude et de tourments sa grande âme se laisse abattre; accablé, indigné de sa faiblesse qu'il n'a pas la force de surmonter, il est prêt à haïr également le devoir qui crie, la gloire qui l'appelle, et l'amour qui le retient.

CHAPITRE XXIV.

Peu de jours s'étaient encore écoulés depuis le retour du désert, lorsqu'un matin, à la porte du palais, s'arrêta un guerrier couvert d'armes vertes, la visière baissée; seul, sans écuyer, il était monté sur une jument d'un noir d'ébène; à son bras il portait un bouclier représentant un champ de sinople et un zodiaque d'argent, au milieu duquel était une boussole tournée vers le signe de la vierge, avec ces mots alentour : *Je ne cherche qu'elle.*

Il demande à être introduit à l'instant auprès de Malek Adhel : les huissiers du palais le conduisirent par le grand escalier de marbre dans un superbe vestibule, et l'y laissèrent en attendant qu'ils eussent été avertir le prince de son arrivée : il était en ce moment auprès de Mathilde; surpris de ce qu'on lui annonçait, il demanda quel était ce guerrier; l'esclave répondit, qu'à ses armes, à sa démarche, on le croirait un Chrétien, s'il était possible de croire qu'un Chrétien osât venir seul dans une ville ennemie. Malek Adhel, qui les connaissait assez pour savoir que beaucoup l'oseraient, commanda qu'il fût introduit à l'instant, et à l'instant le guerrier fut admis en sa présence. Malek fit signe à ses esclaves de se retirer, et, demeurés seuls, il dit : « Fais-toi connaître maintenant; sans doute la présence de l'illustre Mathilde ne te retient pas, et de moi que peux-tu craindre? — Tout, si nous étions sur le champ de bataille, mais rien quand c'est à ta générosité que je me livre; Malek Adhel, c'est Montmorency qui est devant toi. » En achevant ces mots, il ôta son casque et découvrit

cette noble figure où respiraient également le calme d'une grande âme et l'émotion d'un grand sentiment. En le reconnaissant, Mathilde prévit que son sort allait changer, et ce fut moins la surprise que la crainte qui lui arracha un cri et couvrit son visage d'une vive rougeur. Malek Adhel, frappé de la même pensée, sentit son trouble s'augmenter encore en apercevant sur le bouclier de Montmorency le sujet et la devise qui lui apprenaient que Mathilde était le seul objet qu'il venait chercher au Caire : après l'avoir considéré un moment dans le silence d'une profonde surprise, il lui dit : « Vainqueur de Ptolémaïs, quelle est ton audace, et quel funeste génie t'a conduit dans des murs où ton nom seul serait un arrêt de mort dont toute mon autorité ne pourrait te garantir? — Aussi n'est-ce qu'à toi que je confie mon nom et mes projets; écoute, les moments nous sont chers, et je ne puis trop me hâter de te dire le motif qui m'amène. » Alors, se tournant vers la princesse, il mit un genou devant elle, baisa le bas de sa robe, et la pria de prêter l'oreille à son récit; Mathilde le fit relever en rougissant, et se disposa à l'entendre, et Josselin, assis entre elle et le prince, commença ainsi :

« Ce ne fut qu'en arrivant au camp des Croisés, que Metchoub apprit que c'était la reine d'Angleterre et non la princesse, qu'il y avait ramenée; il n'était plus temps de la retenir, et sa colère n'eut point de bornes; il se répandit en plaintes amères contre vous, prince, il vous accusa de perfidie, et prétendit que votre conduite était moins un effet de votre amour, que du désir de vous rendre indépendant de Saladin, et de former une alliance avec les Chrétiens, qui vous aidât à monter sur le trône d'Egypte : cette opinion s'accrédita dans tout le camp, et tous les Croisés s'en réjouirent : Richard lui-même y ajouta foi, il ne mit point en doute que la main de sa sœur ne fût le prix que vous demanderiez pour unir vos armes aux nôtres; cependant, l'avantage d'une pareille réunion ne pouvait le déterminer à la voir avec plaisir; Lusignan a vu la princesse dans l'île de Chypre; depuis ce moment, il a perdu sa liberté : à la mort de Sibylle, il ouvrit son cœur à Richard, et Richard, qui voit en lui son frère d'armes et son plus cher ami, lui jura que, si jamais sa sœur renonçait à ses vœux et consentait à prendre un époux, elle n'en aurait jamais d'autre que lui. — Téméraire promesse! s'écria impétueusement Malek Adhel, il ne la remplira pas mieux que celle de lui rendre sa couronne; le trône de Jérusalem et le cœur de Mathilde sont hors du pouvoir de Richard. » A ces mots la princesse rougit, Montmorency la regarda avec un peu de surprise, elle baissa les yeux; il ajouta alors avec un faible soupir : « Philippe-Auguste et les autres souverains croisés blâmèrent unanimement l'obstination de Richard en faveur de Lusignan; ils déclarèrent que, loin de vous refuser la princesse Mathilde, il fallait vous l'offrir pour épouse, dans le cas où vous consentiriez à vous attacher à notre parti et à notre culte. Quelques chevaliers s'élevèrent vivement contre toutes ces opinions, et prétendirent que nul n'avait le droit de disposer du cœur de la princesse, qu'elle seule en était maîtresse, et qu'on ne pouvait rien décider sur son sort, sans avoir obtenu son aveu : non-seulement je me rangeai de cet avis, mais je proposai d'aller, à la tête de plusieurs guerriers, chercher la princesse Mathilde dans quelque lieu de la terre que vous eussiez pu la cacher, afin de connaître ses intentions et de verser tout notre sang pour les exécuter : j'eus bientôt mille guerriers sous mes ordres; j'en aurais eu le double, j'aurais eu toute l'armée, si l'intérêt général ne s'y fût opposé. Philippe-Auguste demanda que je fusse nommé chef de cette noble troupe, et Richard nous décora du titre de Chevaliers de la Vierge : il me chargea, Seigneur, de vous offrir tel prix que vous demanderiez pour la rançon de sa sœur; ébranlé même par les prières des princes confédérés, il ajouta que, s'il était vrai que vous voulussiez adopter la foi chrétienne et joindre vos armes aux nôtres, il se ferait relever par le pape du serment de ne donner sa sœur qu'au seul Lusignan. Et moi, Madame, continua-t-il en s'adressant à Mathilde, je n'ai saisi avec tant de joie l'occasion de venir jusqu'ici, que pour vous déclarer que mes mille guerriers et moi ne souffrirons jamais qu'on fasse la loi à vos sentiments, au nom d'aucun intérêt politique : faites donc connaître votre volonté, Madame, soit que vous désiriez vous retirer parmi les saintes filles du Carmel, où vous rendre auprès du roi votre frère, vous n'avez qu'un mot à dire, et aussitôt mille épées s'élèveront pour vous obéir. — Sans doute, lui dit Malek Adhel avec émotion, la troupe est cachée près du Caire; tu n'auras pas risqué d'entrer avec elle dans la ville? — Je suis seul ici, répondit Josselin; les braves guerriers qui m'ont suivi sont hors de tous les regards; si tu nous refuses la princesse, ils ne paraîtront que pour te combattre. — Si c'est sur votre seule valeur que vous comptez pour l'arracher de ce palais, reprit Malek Adhel, il faut que vous en présumiez beaucoup, car j'ai ici une nombreuse armée pour la défendre. — Double-la si tu veux, s'écria Montmorency, mais ôte-lui son chef, et je ne la craindrai pas; au reste, je n'ai plus que deux questions à faire : Veux-tu être Chrétien? et vous, Madame, voulez-vous être libre? »

Devant un héros un autre héros ne peut pas être faible; et auprès de Montmorency, Malek Adhel sentit le feu de l'honneur se rallumer dans son âme avec une ardeur nouvelle; il n'hésite pas, il s'écrie : « Je ne puis pas être Chrétien, je ne puis pas trahir mon frère; ma gloire me le défend; mais vous, Mathilde, voulez-vous être libre? — Ah! Malek Adhel, reprit-elle avec une vive douleur, refuser d'être Chrétien, n'est-ce pas m'ordonner de vous fuir? » La vivacité de cette exclamation frappa Montmorency : elle lui fit pressentir un grand malheur; il reprit d'une voix un peu altérée : « Assurément il est impossible que votre altesse regrette la terre des Infidèles; ah! Madame, si vous saviez par quels vœux ardents la chrétienté entière vous appelle dans son sein; chaque jour elle présente des sacrifices à Dieu pour votre délivrance : à cause de vous, le pieux Guillaume a bien souvent, dans le saint mystère, mêlé ses larmes au divin sang du Christ; à cause de vous, la gloire que le roi votre frère recueille de ses nombreux triomphes, n'est qu'une gloire mélangée, et la joie que la reine goûte auprès de son époux, n'est qu'une joie imparfaite; il n'y a pas un souverain qui ne s'empresse à vous offrir un trône, et pas un chevalier, ajouta-t-il avec émotion, qui ne gémisse de n'en point avoir à vous offrir. — Montmorency, interrompit vivement le prince, peut-être Mathilde n'est-elle plus libre de les accepter? » Josselin fit un mouvement de surprise; la princesse se détourna en rougissant; mais durant ce moment de silence, un bruit étrange vient de se faire entendre dans la pièce voisine; des esclaves semblent approcher; inquiet pour Montmorency, Malek Adhel court précipitamment à leur rencontre; le premier objet qu'il aperçoit est un jeune Arabe nommé Kaled, Kaled, un de ses plus dévoués serviteurs, et le plus brave officier de l'armée de Saladin. Etonné, il lui demande pourquoi il a quitté le sultan. D'un air triste, l'Arabe lui répond qu'il veut l'entretenir en secret. Malek Adhel hésite; tandis qu'il parlera à Kaled, il craint qu'un œil curieux ne pénètre dans l'appartement de Mathilde, n'y reconnaisse Montmorency, et ne répande la nouvelle que le vainqueur de Ptolémaïs est au Caire. Kaled s'approche, et lui dit à l'oreille : « Crois-moi, Malek Adhel, prends ton parti; car tu n'as pas un moment à perdre; tout est en fermentation autour de toi. En traversant la ville pour arriver à ton palais, j'ai entendu murmurer qu'un guerrier chrétien y était renfermé; on nomme Lusignan, Richard, et Montmorency. Tous trois, tu le sais, sont également proscrits par ton frère et la haine du peuple; d'un moment à l'autre, ce peuple peut venir forcer ta garde, briser tes portes,

et sa fureur est encore le moindre des dangers qui te menacent; le sultan, ajouta-t-il plus bas, ton frère lui-même a proscrit ta tête. — De tout ce que tu m'as dit, répliqua Malek Adhel, voilà ce qui me surprend davantage, mais non ce qui m'effraie le plus; mon frère me connaîtra un jour. Viens, Kaled, viens, continua-t-il. » Et il l'entraîna vers l'appartement de la princesse, prévoyant bien qu'il n'était pas le seul intéressé dans le récit qu'il allait entendre. A peine y furent-ils renfermés, qu'il lui commanda de s'expliquer sans crainte devant l'illustre princesse et le brave et loyal guerrier qui étaient devant ses yeux; et au nom d'ami qu'il donna à Kaled, Josselin leva aussitôt la visière de son casque, en disant qu'il n'avait rien à redouter d'un ami de Malek Adhel; celui-ci, frappé de cette noble confiance, jura qu'elle ne serait point trompée, et montrant sa poitrine : « Voilà, s'écria-t-il, ce qui te servirait de bouclier, si tu étais attaqué dans mon palais; mais laissons des protestations inutiles entre gens qui savent bien que ce qu'il y a de plus beau dans la vie est de la perdre avec honneur, et raconte-moi, Kaled, quelle cause a pu enflammer la colère de Saladin contre moi, au point de vouloir me faire périr. » A ces mots, la princesse jeta un cri d'effroi. Sans donner au prince le temps de la rassurer, Kaled répliqua vivement : « Quelle cause! Malek Adhel, peux-tu le demander? Malgré les ordres de ton frère, n'as-tu pas renvoyé la reine d'Angleterre aux Chrétiens? n'as-tu pas gardé la sœur de Richard auprès de toi? Et quand t'es-tu rendu coupable de cette désobéissance? quand le sultan venait de te pardonner la prise de Ptolémaïs! Enfin, en cet instant, quand il t'attend pour combattre, pourquoi es-tu ici? — Le sultan n'a-t-il pas reçu depuis longtemps l'explication de ce que tu demandes? s'écria le prince; l'esclave que je lui envoyai en quittant Damiette, ne lui a-t-il pas remis mes lettres; et après les avoir lues, a-t-il pu lui rester un doute sur ma fidélité? — Je ne sais, repartit Kaled, si Saladin a vu ton esclave; il ne m'appartient pas de pénétrer ses augustes secrets; mais ce que je puis t'affirmer, c'est que s'il a reçu ta justification, elle ne l'a point apaisé. Il y a quelque temps que la fille d'Amaury se présenta devant lui et lui raconta tes perfidies; Saladin refusa de la croire; le respect qu'il avait pour ton caractère imposait silence à ses soupçons, et il lui fallait l'évidence pour oser mal penser de toi. Mais le jour où Metchoub parut dans sa tente, le regard sombre, les habits déchirés, et s'écriant d'une voix sinistre, en frappant son front contre la terre, que tu l'avais trompé, que tu étais un perfide; il fit frémir tous ceux qui étaient présents à cette terrible accusation; et Saladin..... ah! comment t'exprimerai-je le désespoir et la fureur qui le saisirent; il demeura un moment abattu; il ne l'aurait point été, si Metchoub ne lui avait appris que la perte de son empire. Cependant, l'image de son royaume désolé, des ravages des Chrétiens, de la chute de l'islamisme, ranimèrent son courage, et le déterminèrent à frapper de toute sa puissance les traîtres qui voulaient s'élever contre elle; il entendit le récit de Metchoub, il sut que, rebelle à ses ordres, tu avais renvoyé la reine et retenu la princesse d'Angleterre; que, parti avec celle-ci pour le Caire, tu allais l'y faire couronner, et que les Chrétiens s'apprêtaient à te soutenir dans ton nouvel empire. Alors ton frère ne mit plus de bornes à sa colère; plus il avait eu de peine à te croire coupable, plus il te trouvait sans excuse de l'avoir été, et ne connaissait pas de vengeance qui ne fût au-dessous de ton crime. Le soir même il assembla le conseil des émirs; j'y fus admis, et voici les terribles paroles qu'il nous fit entendre : « J'ai trop aimé Malek Adhel, je l'aurais préféré à mes sujets, à mes enfants peut-être; le Prophète m'en punit; le parjure Adhel, soumis à la puissance d'une femme, d'une Chrétienne, déserte notre culte, trahit sa patrie, ternit l'éclat de sa gloire; il déchire le cœur de son frère; un seul de

ces crimes mériterait la mort, que méritent donc tous ces crimes réunis ? » Les émirs consternés gardèrent un profond silence. « Vous n'osez prononcer, reprit Saladin, votre langue cherche en vain un châtiment digne de la faute, elle n'en trouve point; la mort serait celui d'un esclave; mais Malek Adhel ne la craint pas, et c'est trop peu pour lui que de mourir; je saurai le punir davantage. Metchoub, pars pour le Caire, douze mille hommes te suivront; avec eux tu soumettras ceux de mes sujets que le traître Adhel aurait entraînés dans sa rébellion, avec eux tu te saisiras du traître lui-même, s'il est possible toutefois à un bras mortel d'enchaîner son courage. Pour le réduire, use de tous les moyens, tous sont bons contre les parjures; chargé de chaînes, tu le feras conduire dans la grande place du Caire, et avant de lui donner la mort, tu livreras sous ses yeux la princesse d'Angleterre à la plus vile populace... — Arrête, Kaled, arrête, tu blasphèmes, assurément, s'écria Malek Adhel avec impétuosité; non, un si noir projet n'a pu être conçu par Saladin. — Depuis que le sultan voit en toi un perfide, le sultan est méconnaissable, sombre, défiant, dévoré de soucis, il verse le fiel du soupçon sur tout ce qui l'entoure, et a cessé de croire à la vertu, en cessant de croire à la tienne : il se fait une joie de ta peine, et prétend que tout ce que tu pourras souffrir n'égalera pas les tourments qu'il éprouve; enfin les derniers ordres que Metchoub a reçus de lui, c'est de ne se présenter devant ses yeux que ta tête à la main. — O Saladin! s'écria le prince, il faut que tu sois bien malheureux, puisque tu es devenu si cruel. Mais, Kaled, dis-moi, sais-tu si l'armée de Metchoub s'avance vers le Caire? — Il la conduit avec une telle célérité, reprit l'Arabe, que je l'aurai à peine devancée de deux jours. A l'instant où Saladin eut donné ses ordres, j'oubliai tes torts, je ne vis que tes dangers, et je voulus les prévenir ou les partager. En sortant du conseil des émirs, je montai sur un cheval dont la vitesse égalait celle des vents, et en moins de deux jours j'avais atteint la montagne de Thor; et cependant du haut de son sommet j'aperçus de loin dans les plaines sablonneuses qui entourent Rama, l'armée de Metchoub, qui faisait des marches prodigieuses. Je redoublai alors de rapidité, mon coursier laissait à peine l'empreinte de ses pieds sur le sable; mais Metchoub est animé contre toi d'une si vindicative ardeur, que je ne serais pas étonné qu'il me suivît de près, et que la première aurore ne le vît camper sur les rives du Nil. Prends donc tes précautions, Malek Adhel, car tu vois que les ordres du Sultan sont rigoureux, et Metchoub ne les adoucira pas. — Malek Adhel, s'écria Montmorency, crois-moi, accepte notre alliance, rends-toi indépendant d'un frère sanguinaire; je vais chercher mes guerriers, les conduire ici, ils te défendront, ils défendront la princesse : mille Chrétiens et toi, c'est assez pour mettre en fuite toute l'armée de Metchoub. — Noble Montmorency, répondit le prince en lui serrant la main, je te rends grâce, mais je n'accepte point ta proposition; non, jamais on ne verra Malek Adhel commander des Chrétiens contre des Musulmans: la condamnation que mon frère a portée contre moi est un léger malheur, c'en serait un affreux de la mériter. Cependant j'userai du bras de tes guerriers, non pour moi, mais pour elle, ajouta-t-il en montrant Mathilde, pour elle qui ne peut plus rester au Caire sans exposer sa vie, et plus que sa vie peut-être; pour elle, dont il faut me résoudre à me séparer. —O Malek Adhel! qu'avez-vous dit, s'écria la princesse éperdue! O douce mort du désert! je devais donc te regretter. » Mais à peine ces mots lui furent-ils échappés, qu'elle fut troublée de n'avoir pas eu la force de les retenir; et des larmes de honte se mêlèrent aux larmes de douleur qui couvraient son visage. Malek Adhel se détourna pour ne point la voir; il sentit que le regret de Mathilde venait d'abattre sa résolution, que l'amour allait l'emporter encore; et ce-

pendant, devant un témoin comme Montmorency, comment consentir à se montrer faible! De son côté, le héros chrétien, frappé de ce que lui révélait le trouble de la princesse, cacha son visage entre ses mains, et essuya même quelques larmes, que tout l'effort de son courage ne put retenir au fond de son cœur. Mathilde indifférente lui apparaissait comme un de ces êtres angéliques hors de proportion avec le reste du monde, et qui par cela même ne causent que de célestes rêveries et de pieux transports; mais Mathilde sensible venait de lui montrer toute l'étendue de ce qui pouvait être la félicité humaine, et c'est au moment qu'il en conçoit l'idée, qu'il y faut renoncer...... Sous ses yeux un Musulman en jouit, le plus grand des Musulmans sans doute; mais enfin, qu'est-ce que le plus grand des Musulmans devant un Chrétien? et cependant, c'est là le mortel qui a su toucher le cœur de Mathilde. O Mathilde! que de délicatesse, que de respect il y avait dans l'âme de Montmorency, puisqu'à ce moment il n'osa que s'affliger, et ne vous condamna pas.

Cependant, triste et pensif, Malek Adhel se tait, cherche encore si ce n'est qu'en se séparant de Mathilde qu'il la sauvera, car ce n'est qu'à ce prix qu'il peut se déterminer à le vouloir; s'il ne risquait que sa propre vie en la gardant près de lui, ni Montmorency, ni ses mille guerriers, ni Metchoub et ses douze mille hommes, ni Saladin lui-même avec toutes les forces de son royaume, ne pourraient l'arracher à son amour; mais ce peuple, ces soldats, qui sont prêts à verser tout leur sang pour le défendre, sont prêts aussi à se révolter contre ses ordres, s'il leur commandait de secourir Mathilde; loin d'obéir, ils seraient les premiers à la livrer à la barbarie de Metchoub. Le fanatisme avec toutes ses fureurs s'est élevé contre elle, chaque musulman la désigne comme une victime dévouée, et l'infortuné prince voyant qu'il dispose de tout en Egypte, hors du pouvoir de faire respecter celle qu'il aime, n'hésite plus, et s'approchant d'elle, il lui prend la main, la met dans celle de Montmorency, et ajoute avec une profonde émotion : « Conduisez-la au camp des Croisés; c'est à votre loyauté, Montmorency, à votre vaillance, à votre honneur, que je confie l'honneur et la vie de l'épouse de Malek Adhel. » Josselin recule avec une vive surprise; ses craintes n'avaient point été jusque-là; il s'écrie : « La sœur de Richard, une princesse chrétienne, la future épouse du Christ, serait l'épouse de Malek Adhel.....? » Il s'arrête; la vierge se lève alors, et tournant vers Montmorency ses yeux baignés de larmes, et qui peignent si bien la tristesse de son âme, la modestie de son caractère, et la dignité de son rang, elle lui dit : « Montmorency, je ne suis point l'épouse de Malek Adhel, car Malek Adhel n'est point Chrétien encore, et il n'y a qu'un Chrétien qui puisse obtenir ma main; mais j'ai juré à ce prince, et je renouvelle ici le serment de n'être jamais à d'autre mortel qu'à lui; s'il persiste dans ses erreurs, alors je retournerai à mes premiers vœux, et Dieu seul le remplacera dans mon cœur; si le ciel l'éclaire, s'il est Chrétien..... » — Le frère de Saladin ne peut jamais l'être, interrompit vivement Kaled. Comment, grand prince, comment en permets-tu seulement la supposition? — Ecoute-moi, Kaled, reprit Malek Adhel; tu as vu plus d'une fois avec quelle ardeur j'ai défendu l'empire de l'Islamisme contre celui du Christ, tu sais même que ma piété était révérée parmi les Musulmans; mais alors je ne savais pas qu'une vierge de seize ans pût s'élever au-dessus de toutes les séductions, résister même à celles de son propre cœur, et moins craindre la mort que la honte; je ne savais point, ajouta-t-il en regardant Josselin, qu'un mortel rempli d'une passion profonde pût enchaîner ses désirs, taire ses regrets, et devenir le défenseur de son rival : de si grandes vertus n'appartiennent qu'aux Chrétiens; la loi de Mahomet ne fait point de pareils prodiges; je l'avoue, ils m'ont touché, et si la vérité est quelque part, elle

III.

est dans la religion qui les opère. Cependant, quoique ébranlé, je ne suis point converti, et jamais je n'adopterai une croyance dont le premier précepte serait de me rendre infidèle à mon frère et à mon pays; mes premiers serments ont été pour Saladin, je les tiendrai jusqu'à mon dernier soupir; il peut bien proscrire ma tête, mais non pas m'empêcher de lui dévouer ma vie. Le flambeau du mahométisme ne jette plus dans mon âme qu'une lumière pâle et tremblante; celui du Christ n'y luit pas encore, mais toujours l'honneur y parle en maître; qu'il soit donc seul ma religion et ma loi. J'admire les Chrétiens, et je les combattrai; j'adore Mathilde, et je vais la quitter; et si je ne pouvais obtenir sa main qu'au prix d'une perfidie, je renoncerais à sa main. Dis-moi, brave Montmorency, si tu me voyais à tes côtés lever le glaive contre ma patrie et m'abreuver du sang de mon frère, de quel œil me regarderais-tu....? Mathilde, vous baissez les yeux; Montmorency, tu crains de me répondre; tout Chrétiens que vous êtes, vous n'osez me dire que votre loi commande et approuve un parjure. O Mathilde! si j'abandonnais tous mes devoirs pour vous suivre, serais-je digne de vous posséder? et si je violais tous mes serments, mériterais-je de recevoir les vôtres? Ma bien-aimée, en me séparant de toi je me sépare de tout, hors de l'espérance de te retrouver; ce jour viendra, n'en doute pas; pour l'atteindre, je ne compterai pas les obstacles, je les renverserai; car il n'y a rien d'impossible sur la terre pour Malek Adhel, si ce n'est de devenir un traître et de vivre sans toi.... et maintenant reçois mes adieux, car il faut que dans une heure d'ici..... » Il s'arrête, sa langue ne peut achever sa pensée, et il détourne les yeux une seconde fois; il craindrait, en regardant encore Mathilde, de n'avoir plus la force de la laisser partir. Durant ce moment de silence, la princesse elle-même a douté si elle pourrait consentir à s'éloigner; ce n'est pas la connaissance de son devoir qui lui manque, c'est le courage de s'y soumettre,

10

et si Dieu ne lui prête son secours, elle va demeurer auprès de Malek Adhel : car la raison peut bien nous montrer la route de la vertu, mais la religion seule donne la force d'y marcher. Dans une muette oraison, la princesse demande à celui qui peut tout de l'arracher à sa faiblesse; et Malek Adhel, qui la voit hésiter, éprouve une sorte de délire où il est prêt à se persuader que seul il pourra la défendre contre les forces de toute la terre; que Mathilde eût dit un seul mot en faveur de cette espérance, et il allait y croire, et peut-être ne partait-elle pas; mais la puissance qu'elle venait d'invoquer ne lui permit pas de le dire, et sentant qu'il était temps de renoncer à la vaine prétention d'être heureuse sur la terre, elle baissa son voile sur son front, et d'une voix faible et résignée, elle articula ces mots : « Je suis prête à partir. » Son consentement rendit Malek Adhel à la vérité et à tout son malheur. « C'en est donc fait ! » s'écria-t-il; et il sortit précipitamment pour ordonner les préparatifs du départ.

CHAPITRE XXV.

En peu d'instants le prince a réuni tous les Chrétiens qui sont au Caire; il leur fait donner des armes, il leur parle lui-même, leur recommande de sortir séparément de la ville, et de se réunir à une distance qu'il leur indique près des ruines d'Héliopolis : c'est là qu'ils doivent l'attendre, et qu'il leur promet de les joindre avec la princesse d'Angleterre et le chevalier inconnu, dont il craint même de dire le nom à des Chrétiens. A l'activité qu'il met à tous ces apprêts, à la diligence avec laquelle ses ordres sont exécutés, à la manière vive et impatiente dont il presse le départ, on croirait que c'est de son bonheur qu'il s'occupe : ah! c'est bien plus, c'est de la sûreté de Mathilde. Eperdu, agité, il revient près d'elle. « Tout est prêt, lui dit-il, vos femmes et vos litières vous attendent; vous sortirez secrètement par une des portes dérobées du palais. Kaled vous conduira. — O Malek Adhel ! reprend-elle en se levant,

je pars, je m'éloigne; mais avant de nous quitter, ne me direz-vous point ce que vous allez devenir, et de quelle manière vous vous déroberez à la colère de Saladin ? — Je n'en sais rien, répond-il : une seule pensée m'occupe, et ce n'est pas celle-là; ne me demandez plus rien, Mathilde, ne me parlez pas, épargnez ma faiblesse; au nom de votre propre vie, éloignez-vous; car je ne suis pas sûr dans un moment d'avoir encore le courage de vous laisser partir. Viens, Montmorency, tu es ici le plus en danger; je ne te quitte point; suis-moi, nous rejoindrons la princesse au bout de l'aqueduc, près de la montagne de Mokatham. » Il dit, et entraîne avec lui le héros. A la porte du palais, ils trouvent une foule innombrable qui paraît disposée à leur fermer le passage : Montmorency a baissé la visière de son casque; Malek Adhel ôte le sien et découvre ces traits majestueux, et ce front élevé où brille la noblesse d'une grande âme : il fait un geste, commande au peuple de s'écarter, et le peuple étonné de son audace, vaincu par son ascendant, et trop timide pour résister à un héros, obéit et s'écarte à l'instant : les deux chevaliers passent lentement au milieu de cette multitude qui frémit de se sentir invinciblement enchaînée par le respect qu'inspire un grand courage; cependant Malek Adhel n'est point sans alarme, car il craint pour Montmorency; mais Montmorency n'en éprouve aucune, car il ne craint que pour lui-même. A peine sont-ils un peu éloignés que Malek Adhel lui dit : « Tu viens de passer à travers mille morts, et ton âme n'a pas été seulement émue. » Le chevalier répondit avec un doux sourire, que peut-être l'archevêque de Tyr lui dirait qu'il y a eu un peu d'orgueil à y être passé aussi tranquillement. Le prince repartit vivement : « Montmorency, je te l'avoue, si j'avais cru t'apercevoir que ton courage eût été ébranlé par l'horrible trépas dont un peuple furieux vient de te menacer, l'innocence de Mathilde ne m'aurait pas semblé en sûreté avec toi, car l'homme qui est faible devant la mort doit l'être bien plus devant les passions. — Ecoute, répondit le héros chrétien, quels que soient mes secrets sentiments, en me confiant les nœuds qui te lient à la princesse, tu as mis entre elle et moi une barrière que mes désirs mêmes ne franchiront pas : s'il était vrai que je fusse assez malheureux pour conserver un amour sans espoir, je le renfermerais si avant dans mon cœur, que Mathilde ne l'y découvrirait pas, et que je mourrais sans lui demander seulement de me plaindre. » Malek Adhel, plus touché que jaloux d'un héroïsme auquel il sentait bien qu'il ne pouvait atteindre, allait répondre lorsqu'il aperçut la litière de Mathilde, et aussitôt il fut la joindre avec Montmorency ; ils continuèrent la route tous ensemble le long du Nil. Vers les ruines d'Héliopolis, ils trouvèrent les Chrétiens qui, selon les ordres du prince, s'étaient rassemblés dans ce lieu ; le cortége s'arrêta. Alors seulement Malek Adhel fit connaître Montmorency aux Chrétiens, et leur montra leur chef ; tous le reconnurent avec respect et allégresse. Après avoir reçu leurs serments, le héros chrétien se mit à la tête de cette petite troupe, ayant la litière de Mathilde à sa gauche, et Malek Adhel à sa droite ; bientôt il les conduisit vers la chaîne de montagnes qui s'élèvent à l'Orient : après quelques détours au milieu des torrents et des routes escarpées, il entra dans une gorge sombre et si sauvage que, depuis la naissance du monde, c'était la première fois sans doute que tant d'hommes y avaient pénétré : les mille guerriers y attendaient Montmorency ; à la vue des Chrétiens revêtus d'armes musulmanes, ils se crurent surpris, et se levèrent pour combattre ; mais Josselin s'avançant au-devant d'eux, les arrêta. « Ne craignez rien, leur dit-il, je vous amène, il est vrai, le plus redoutable appui de l'empire du croissant, mais il vient ici en ami, il y vient seul, s'abandonnant à notre honneur avec une confiance aussi glorieuse pour lui que pour nous : il vient nous remettre le plus précieux trésor, qu'après le tombeau du Christ, les armes mahométanes aient jamais enlevé aux nôtres ;

il nous rend la princesse d'Angleterre. » A ces mots il fut interrompu par des cris de joie ; tous les chevaliers entourèrent la litière, s'inclinant avec respect et baisant la pointe de leur épée vers la terre. Montmorency reprit la parole : « Après avoir rendu votre premier hommage à la sœur d'un de nos plus grands rois, le second ne sera-t-il point pour son libérateur, pour ce héros dont la chrétienté admire les vertus et redoute la vaillance, pour Malek Adhel, enfin ? » Ce nom si grand, si redouté, causa parmi les chevaliers une émotion aussi vive que l'avait fait celui de Mathilde ; et Malek Adhel aurait été touché sans doute des honneurs qui lui furent prodigués, s'il avait pu, dans un pareil moment, être sensible à autre chose qu'à la douleur de quitter Mathilde. Tandis que Kaled indique aux Chrétiens la route qu'ils doivent prendre pour éviter de rencontrer l'armée de Metchoub, la princesse se retire derrière une roche qu'ombragent des touffes de citronniers sauvages. Le prince la suit ; elle essaie de prononcer quelques mots, la force lui manque, sa poitrine s'oppresse, et dans son désordre elle penche sa tête sur le sein de Malek Adhel ; il la presse dans ses bras avec une ardeur passionnée, il lui dit : « Jure-moi, Mathilde, que ni la volonté du roi ton frère, ni les sollicitations des Chrétiens, ni les ordres même du chef de ton Eglise, ne pourront t'engager à prendre un autre époux. — Je le jure, répondit-elle, en relevant son visage noyé de pleurs : à toi ou à Dieu. » Malek Adhel la regarde, il tressaille, il tremble ; une sueur brûlante coule sur son front : cent fois il a vaincu la mort, et il ne peut se vaincre lui-même ; en vain cherche-t-il son courage au fond de son cœur, il n'y trouve que son amour ; et le héros, en voulant prononcer un dernier adieu, a laissé échapper des sanglots : il s'enfuit, il s'écrie : « Adieu, Mathilde, car si je restais un instant de plus, je partirais avec toi. » Plus prompt que l'éclair, il s'élance sur son coursier ; les Chrétiens le retiennent : instruits par Montmorency de sa querelle avec Saladin, ils le conjurent de

10.

se joindre à eux, ils lui promettent tous les honneurs, toutes les félicités, le droit de s'asseoir entre Richard et Philippe-Auguste, et la main de Mathilde; il n'est point d'éloquence qu'ils n'emploient pour le persuader : le sentiment qui plaide pour eux dans l'âme de Malek Adhel, en a bien plus encore. Mathilde, qui voit le prince arrêté, qui entend les sollicitations des Chrétiens, tombe à genoux; elle ne disait rien, mais ses larmes étaient des paroles, et Malek Adhel les voyait : elle prie, il dépend de lui de la satisfaire, il peut pour elle ce qu'elle demande à Dieu, il peut remplir son cœur d'une joie sans mesure, il peut céder, être Chrétien, être son époux. Kaled, étonné du silence qu'il garde, s'approche de lui, et d'un ton indigné, lui dit : « Malek Adhel, est-ce que tu hésites ? » Il frémit, regarde son ami, et tournant aussitôt la bride de son cheval, sans répondre à Montmorency, il fuit d'une course rapide. A cette vue, la prière commencée expire sur les lèvres de la vierge; elle penche la tête, ferme les yeux, et voudrait ne les rouvrir jamais; elle ne doit plus voir Malek Adhel.

Cependant, au bout de quelques minutes, Montmorency, d'un air respectueux, s'approche d'elle, et lui demande si elle veut partir. « Partons, dit-elle, à présent je n'ai plus rien à quitter. » Triste et pensif, Josselin la conduit à sa litière; elle couvre sa tête et s'enfonce dans sa voiture; si ses yeux ne versent plus de pleurs, son cœur déchiré en répand encore : toutefois elle ne demande point à Dieu de lui ôter sa douleur, car elle ne veut point s'en séparer : sa douleur, qui se lie, s'unit, s'attache au souvenir de Malek Adhel, est, en ce moment, sa seule consolation et le bien le plus précieux qui lui reste.

CHAPITRE XXVI.

En rentrant au Caire, Malek Adhel ne va point gémir dans les lieux où Mathilde n'est plus; ce n'est pas à la pleurer qu'il songe, c'est à la rejoindre : le monde n'a pas assez d'obstacles pour l'empêcher de ressaisir le bonheur qui vient de lui échapper; car les événements passent, mais quand la volonté demeure ferme et invariable, elle finit toujours par en trouver un favorable. Avec cette pensée, il a recouvré toutes ses forces, ses yeux éteints, toutes leurs flammes, et le héros a repris possession de lui-même. Cependant, tout fidèle qu'il est demeuré à son frère, il ne veut point se laisser traîner en esclave devant lui; sa grande âme peut se plier à une soumission volontaire, mais elle se révolte contre une soumission forcée, et c'est par d'autres preuves qu'il veut convaincre Saladin de sa fidélité : il dit un mot, et aussitôt ses troupes éparses se réunissent autour de la ville; des fossés se creusent, des murs s'élèvent, des retranchements se forment de toutes parts; car si le prince est décidé à se défendre contre Metchoub, il ne voudrait point l'attaquer. Jamais mortel n'eut mieux que lui toutes les qualités qui font l'homme de guerre : à une bouillante valeur, il joint une prudence consommée; tout en combattant comme un soldat, il se souvient qu'il est chef; et dans le moment où il paraît le plus occupé à lever la lance et à pousser le javelot, il ne cesse de conduire et de diriger l'armée, à laquelle il est plus utile encore par ses lumières que par la force d'un bras que rien n'égale.

Le second jour après le départ de Mathilde, les sentinelles placées au haut des tours du Caire avertissent le prince qu'on aperçoit au loin dans la plaine, à travers des nuages de poussière, de nombreux bataillons dont les lances étincellent dans les airs; Malek Adhel assemble ses troupes et le peuple dans la place publique, et leur dit : « Saladin me croit un rebelle, mais je jure qu'il se trompe, et je le lui prouverai; il envoie Metchoub chercher ma tête, voulez-vous la lui livrer ? » Un cri d'horreur retentit, et les regards de Malek Adhel ne rencontrent que des regards qui lui jurent qu'il n'y a pas un seul homme autour de lui qui ne soit prêt à lui donner sa vie. De si vifs témoignages d'amour le touchent, l'étonnent, l'instruisent de l'étendue du pouvoir dont il dispose ; mais il ne peut aimer un pouvoir avec lequel il pourrait être maître de l'Egypte entière, et qui ne lui a pas permis de garder Mathilde près de lui ; et si en tout temps ce héros eût dédaigné un trône usurpé, combien plus maintenant cette ambition doit paraître étroite, bornée, insuffisante aux vastes désirs d'un cœur qui ne peut être rempli que par les immenses félicités de l'amour.

Malek Adhel sent bien qu'en opposant une armée à l'armée de son frère, il va donner l'exemple de la rébellion, et devenir coupable ; mais il est irrité du silence que Saladin a gardé avec lui depuis le message qu'il lui envoya de Damiette ; il est irrité qu'un mot de sa part n'ait pas eu plus de poids sur l'esprit de son frère, que toutes les accusations de Metchoub ; et il veut enfin ne se soumettre que quand il aura prouvé au sultan qu'il aurait pu commander.

Cependant, pour éviter de verser le sang musulman, il envoie un héraut d'armes porter des propositions de paix à Metchoub. Metchoub s'étonne d'apprendre que Malek Adhel, prévenu de son arrivée, est déjà préparé au combat : il ne comprend point comment cette nouvelle a volé si vite, mais il comprend trop que cette circonstance accroît les difficultés de son entreprise. Surpris, Malek Adhel eût fait payer cher sa défaite ; prévenu, il sera assurément victorieux. Cet obstacle anime encore le ressentiment de Metchoub, et donne une activité nouvelle à ses désirs de vengeance : toutefois il ne peut refuser d'entendre les propositions du prince ; Saladin pourrait un jour blâmer ce refus : suivi de quelques officiers de son armée, il s'avance vers le Caire et entre dans le palais de Malek Adhel ; il se courbe avec le respect qu'il doit au frère de son souverain : le prince lui fait signe de s'asseoir, et après un moment de silence, il lui parle ainsi : « Je sais que Saladin t'envoie au Caire avec l'ordre de livrer la princesse d'Angleterre au plus honteux supplice, et de faire tomber ma tête ; aucun des deux ne s'exécutera : au moment où je parle, la princesse Mathilde

est bien près du roi son frère, et la disposition de mes soldats est telle, que si je dis un mot, ce soir ton armée n'existera plus. Crois-moi donc, Metchoub, reprends aujourd'hui même la route de Syrie ; va apprendre à mon frère ce que tu as vu ici ; dis-lui que la prudence ne t'a pas permis de livrer un combat où tu ne pouvais être défait sans honte, ni victorieux sans regret ; dis-lui que je n'ignore pas que les Chrétiens, vainqueurs à Ptolémaïs, s'apprêtent à attaquer Césarée ; dis-lui que je vais m'y rendre, et que, s'il vient m'y trouver, c'est là qu'il connaîtra son frère et qu'il sera maître de le punir. — Je sais, répond Metchoub, que si ton bras soutient Césarée, Césarée ne succombera pas ; mais, cependant, je ne puis reparaître devant le sultan sans lui donner des preuves de mon obéissance et de ta soumission. — Et quelles sont les preuves que tu exiges ? lui demanda fièrement le prince. — Que tu te rendes mon prisonnier, et que tu te laisses emmener captif aux pieds de Saladin. — Moi ton prisonnier, reprit Malek Adhel avec un sourire amer ; avec une seule parole tu veux faire ce que n'ont pu les Chrétiens avec toutes leurs armées : non, Metchoub, ce serait trop de gloire, et ce n'est pas tes mains qui donneront des chaînes aux miennes. Tu as entendu mes propositions, je n'ai rien de plus à y ajouter ; si tu les rejettes, retourne à l'instant dans ton camp, prépare-toi au combat, et nous verrons avant la fin du jour lequel sera le prisonnier de nous deux. »

Tout offensé qu'il est de la hauteur de cette menace, Metchoub se réjouit d'y trouver une raison d'accepter le combat ; il déclare au prince qu'étant chargé par le sultan de faire respecter les droits et la suprême majesté du trône, il périra pour obéir, et qu'il va prendre les armes. Il dit, et se retire ; mais il n'est pas encore arrivé dans son camp, que déjà les dispositions de Malek Adhel sont prises afin d'envelopper entièrement l'armée ennemie ; d'un coup d'œil il a tout vu, dans un instant il a tout terminé. A peine les troupes de Metchoub commencent-elles à s'ébranler, qu'elles se voient entourées d'ennemis, et que l'intrépide Adhel fond sur elles, la visière haute et l'épée à la main, en s'écriant : « Amis, compagnons de mes travaux, braves Musulmans avec qui j'ai conquis Jérusalem, vous en voulez donc à ma vie ? » A cette voix si chère à leurs cœurs, à cette contenance héroïque, à ce front que la victoire couronna toujours, tous les soldats de Metchoub sont en désordre; en vain veut-il les rallier, ils ne l'entendent plus : les uns jettent leurs armes, d'autres fuient, le plus grand nombre court se ranger sous les drapeaux de leur ancien général. Metchoub reste seul, et le soir même, ainsi que Malek Adhel le lui avait prédit, il était prisonnier au Caire, et son armée avait disparu.

Une victoire si facile permet au prince d'accorder quelques heures de repos à ses troupes; l'aurore du jour suivant les voit réunies autour de lui dans la place du Caire. Il fait amener Metchoub, et en présence des soldats et du peuple, il lui dit : « Loin d'éprouver aucun ressentiment de ta conduite, Metchoub, j'y applaudis; en obéissant à ton maître, tu as suivi ton devoir; je ne veux pas le priver plus longtemps des services d'un sujet si fidèle; retourne auprès de lui, je te rends ta liberté; ramène les soldats qui voudront te suivre, ils sont libres comme toi : jamais les sujets de Saladin ne seront les prisonniers de Malek Adhel. Cependant, de même que je leur permets de te suivre, tu ne t'opposeras pas à ce qu'ils marchent avec moi à Césarée, s'ils le préfèrent; c'est à eux de choisir entre nous. »

Il dit, et Metchoub cherche en vain autour de lui un homme qui le console de la désertion de tous les autres; il n'en trouve pas un seul; pas un seul n'a même hésité : il le voit et frémit de rage. Ainsi, ces nombreux soldats qu'il amena pour châtier un rebelle, sont devenus les instruments de son triomphe, et n'ont servi qu'à en rehausser l'éclat; et celui dont il espérait se venger est celui qui lui pardonne; il faut qu'il s'en retourne seul avec sa honte par ces mêmes chemins où,

peu de jours avant, il croyait marcher à la victoire. Le prince voit son chagrin et cherche à l'adoucir ainsi : « Ne t'afflige point, Metchoub, et ne vois dans la conduite de tes troupes que l'effet de leur courage : j'ai parlé de combattre, et tous ont voulu me suivre; si c'était toi qui leur eusses montré l'ennemi, c'est avec toi qu'elles auraient voulu marcher. »

Ces généreuses paroles ne calment point la confusion de Metchoub, elles irritent au contraire son ressentiment en le forçant à la reconnaissance; il se hâte de quitter le théâtre de sa honte, et part avec quelques officiers qui, touchés de son délaissement, consentent à lui servir d'escorte. Tandis qu'il reprend la route de Kouroutba, Malek Adhel, adoré des soldats qu'il vient de conquérir, les entend se féliciter d'avoir changé de chef; dans leurs avides regards, il lit que la certitude de la victoire est attachée pour eux au bonheur de l'avoir pour maître, et il récompense une si flatteuse confiance par le seul prix digne de l'acquitter : il donne l'ordre du départ, et marche vers Césarée.

Les habitants de cette ville ne considéraient point sans inquiétude les préparatifs des Chrétiens qui menaçaient leurs murailles. Effrayés par l'exemple de Ptolémaïs, ils voyaient dans sa chute l'annonce de la leur; et, pour obtenir une capitulation plus douce, ils étaient résolus à se soumettre aux vainqueurs dès qu'ils paraîtraient sous leurs remparts. Mais voici une armée qui se montre tout-à-coup, le désordre est dans Césarée; on s'écrie, on répète : Ce sont les Chrétiens! ce sont les Chrétiens! et le peuple et les chefs, troublés, saisis d'effroi, proposent d'ouvrir les portes à l'ennemi. Cependant, au moment où les chaînes crient sous les mains des soldats qui vont baisser les ponts-levis, l'étendard du croissant s'est fait reconnaître; bientôt on apprend que c'est Malek Adhel qui s'avance, que c'est lui qui vient défendre la ville, et à l'instant ce nom fait autant de braves de tous les lâches qui étaient prêts à se rendre; les voilà déterminés à s'ensevelir sous leurs murs, et mettant l'honneur d'une mort glorieuse bien au-dessus de la honte d'une longue vie; tant il est vrai que la vue d'un héros élève tout ce qui l'entoure, bannit les pusillanimes frayeurs, et inspire les grands sentiments. Le peuple de Césarée sort par flots des portes de la ville, et se précipite au-devant du libérateur qui vient le sauver, en poussant des cris de joie; chacun veut toucher son vêtement, baiser ses mains victorieuses; les bénédictions dont on le couvre s'élèvent jusqu'au ciel: on le nomme l'appui de Césarée, le sauveur de l'empire; l'ivresse que sa présence inspire éclate par les plus touchants transports; il le voit et en gémit, car il sent que l'amour ne peut se payer que par l'amour, et qu'il ne serait pas digne de la tendresse de ce peuple, s'il lui refusait la sienne. « Hélas! Mathilde, se dit-il tout bas, voilà donc le peuple que ta loi me forcerait d'abandonner, et dont elle me forcerait de verser le sang peut-être! » Accablé par cette pensée qui lui arrache toute espérance, en lui montrant toute l'étendue de ses devoirs, il tombe dans une profonde tristesse; cependant il n'en accueille pas avec moins de bonté, il n'en reçoit pas avec moins de reconnaissance les vives effusions des cœurs qui se jettent au-devant de lui : il entre dans Césarée au bruit des acclamations générales : les uns couvrent de fleurs, les autres baisent la terre où il imprime ses pas; les chefs de la ville lui remettent les clefs, et semblent bien plus heureux de lui en céder le gouvernement, qu'ils ne l'ont été de le recevoir. Son premier soin est de faire reposer ses troupes; le second, d'aller visiter les fortifications de la ville, et de s'informer de ses moyens de défense : son infatigable activité en a bientôt parcouru tous les détails : alors seulement il consent à se retirer, sous le prétexte de prendre quelques heures de sommeil, mais en effet pour s'occuper de l'intérêt qui est le premier de son cœur, quoique l'honneur en ait triomphé.

Il appelle Kaled. « Kaled, dit-il, j'ai besoin d'un ami qui expose sa vie pour moi, et c'est toi que j'ai choisi. — Tous les tiens m'envieraient cette glorieuse préférence, répond Kaled, mais nul ne la mériterait mieux que moi : parle, me voilà prêt, tout mon sang t'appartient. — Sors cette nuit de Césarée, avance-toi vers le camp des Chrétiens, tâche même d'y pénétrer, informe-toi si la princesse d'Angleterre y est arrivée : Kaled, je te l'avoue, jusqu'à ce que je la sache en sûreté, la blessure que son départ a laissée dans mon cœur ne se fermera point. Si tu pouvais la voir! mais comment l'espérer, on ne te le permettra pas..... Cependant, si tu étais surpris, traité comme un espion par les Chrétiens, si tes jours étaient menacés, demande à être conduit devant la princesse, elle reconnaîtra mon ami et saura bien empêcher qu'il lui soit fait aucun mal. — Je t'entends, reprend Kaled, et je te promets que la prudence ne dirigera pas mes démarches au point de m'empêcher d'être conduit devant la femme que tu aimes; sois sûr que je ne reviendrai pas ici sans l'avoir vue. » A ces mots, le prince ému le serre dans ses bras; plein de respect, Kaled s'incline et lui dit : « Maintenant je peux mourir, j'ai reçu ma récompense. — O amitié! s'écrie Malek Adhel, que tes larmes sont douces et que tes sentiments sont grands! — Tu vois ce ciel qui est au-dessus de nos têtes, reprend Kaled, eh bien, l'amitié d'un homme tel que toi élève le cœur bien plus haut encore. Grand prince, demeure toujours ce que tu es, le soutien de cet empire dont tu pourrais être le maître : soumis à ton frère, laisse-lui la puissance et règne par l'amour : porte les armes de Saladin jusqu'aux bornes du monde, et sois sûr que dans l'étendue de cette vaste domination, si tout se fait par ses ordres, rien ne se fera qu'en ton nom. — Kaled, répliqua tristement le prince, que me dis-tu? ai-je jamais envié le pouvoir de mon frère? est-ce l'éclat d'un trône qui m'a séduit? est-ce pour y monter que j'ai pris les armes? Ah! loin d'être touché par ces misérables grandeurs, je gémis d'y tenir de si près : dans un rang plus obscur, je pourrais me livrer aux faiblesses de mon cœur sans craindre les reproches de mon souverain, de ma patrie, et de ma conscience: quand l'amour gémissant m'a demandé d'abandonner mon frère, et me l'a demandé en vain, que peux-tu craindre de l'ambition? — Pardonne-moi, répondit Kaled, d'avoir pu concevoir un pareil doute; d'autres pourront le concevoir aussi, car il est donné à peu d'hommes de savoir lire les grandes choses qui sont dans ton cœur, et de croire que celui qui peut tout ne veuille rien..... Mais en voilà assez, la nuit s'avance, je vais partir; compte sur mon zèle: si je suis destiné à ne plus te revoir ici-bas, nous nous retrouverons dans un meilleur monde, et là, si tu me dis : Kaled, je suis content de toi, Kaled n'aura plus rien à demander à Mahomet. » En achevant ces mots, il n'attend point la réponse du prince, il part, il part heureux d'avoir trouvé une occasion de prouver son dévouement à son maître; et Malek Adhel, en se voyant l'objet d'un zèle si ardent et si pur, verse des larmes plus tranquilles, et la douce affection que l'amitié répand dans son âme, y calme un moment les dévorantes ardeurs de la passion : depuis le départ de Mathilde, il goûte quelques instants d'un sommeil tranquille, et c'est à la bienfaisante amitié qu'il le doit.

Mais tandis que le repos s'est approché de lui, quelle confusion règne dans la cour de Saladin! quelle rage embrase le cœur d'Agnès! En revenant, Metchoub l'a rencontrée qui s'avançait vers le Caire, à la tête d'un parti nombreux de Musulmans; elle venait aider à la défaite du prince, et jouir du supplice de sa rivale : mais en apprenant que Malek Adhel est vainqueur, et que Mathilde est sauvée, elle serait morte de douleur et de colère, si Metchoub ne lui avait donné l'espoir de pouvoir, par une marche rapide, atteindre et punir la princesse d'Angleterre avant son arrivée au camp des Croisés : Agnès n'en écoute pas davantage; la jalousie et la vengeance lui prêtent leurs ailes, et suivie des soldats qu'elle commande, elle vole sur la route de Ptolémaïs. Metchoub

poursuit son chemin; il arrive, il apprend au sultan que son frère a levé hautement l'étendard de la rébellion, qu'il est maître de l'Egypte entière; que, séduits par ses largesses, les douze mille hommes envoyés pour le combattre sont passés sous ses drapeaux; que peu content de dominer sur l'Afrique, il marche vers Césarée, et que c'est là où il doit conclure son alliance avec les Chrétiens, et défier avec leurs forces réunies toutes celles de l'empire du croissant.

Pâle et immobile, Saladin a écouté ce récit dans un profond silence : mais à peine Metchoub a-t-il cessé de parler, qu'il ne retient plus sa fureur, et que des cris terribles s'échappent de sa poitrine : jamais il n'éprouva de telles angoisses, jamais il n'essuya de pareils affronts : ses plus fidèles soldats l'ont trahi, ils l'ont abandonné pour le perfide auquel il avait livré son cœur et la moitié de son empire. Malheureux prince, déchiré dans tes sentiments les plus vifs, dans ton orgueil et ton amitié, tu ne respires que la vengeance, et ce n'est plus sur les Chrétiens que tu brûles de la verser; les Chrétiens ne sont plus les ennemis que tu crains, que tu hais davantage; il te semble même que tu n'as plus dans le monde d'autre ennemi que Malek Adhel; c'est de son sang seul que tu as soif; la chute de Ptolémaïs n'est plus rien pour toi; tu ne songes qu'à la résistance de Césarée, et il t'importe peu que les Chrétiens triomphent de ton empire, pourvu que l'indigne ami qui t'a osé trahir périsse de ta main.

Saladin sort de sa tente, il assemble son armée, il parcourt tous les rangs, il lance des imprécations terribles contre ceux qui ne maudiraient pas avec lui la perfidie de Malek Adhel et celle des troupes qui ont abandonné Metchoub: « Césarée! Césarée! s'écrie-t-il, c'est toi qui seras témoin de ma vengeance; elle sera terrible comme le forfait. Mahomet, toi dont l'indigne Adhel a déserté le culte, aide-moi à frapper le perfide; que tous ceux qui nous ont outragés éprouvent les effets de notre colère; que le glaive de Dieu arrache les esprits de leurs corps; moissonne leurs âmes, abandonne leurs cadavres à la poussière ; qu'en un moment la campagne en soit couverte comme des feuilles qui tombent dans l'automne; que nos épées s'abreuvent de leur sang jusqu'à l'ivresse; que les lions des combats s'en rassasient avec les dents de la victoire : je m'élèverai sur mon cheval pour passer ce fleuve de sang, et en voyant le parjure Adhel rendre son dernier soupir, je lui dirai : Toi qui as si bien su comment Saladin savait aimer, vois maintenant comment il sait punir. »

Il dit, et toute l'armée touchée de sa douleur, émue de sa colère, partage son indignation ; des milliers d'épées s'élèvent dans les airs, des cris forcenés en troublent le silence : on entend retentir de tous côtés : Césarée! Césarée! « Oui, c'est là que nous trouverons le traître, et qu'il faut marcher à l'instant même, » s'écrie le sultan. Et à l'instant même ses troupes sont prêtes à marcher. Saladin quitte son camp, qu'il a soin de mettre à l'abri de toute attaque; il donne à Metchoub le commandement de l'avant-garde de l'armée; il se place au centre, marche à grands pas, et ne sort du silence sinistre où la douleur le plonge, que pour répéter d'une voix courroucée et formidable : Césarée! Césarée !

CHAPITRE XXVII.

LE sentiment que Mathilde avait inspiré, celui qu'elle éprouvait, avaient éclairé son innocence sur les divers langages de l'amour, et quoique celui de Montmorency ne s'exprimât que par son silence, elle ne pouvait s'empêcher de l'entendre, mais elle ne pouvait s'empêcher aussi d'admirer la force avec laquelle il le contenait dans les bornes du plus profond respect : à quelque distance de sa litière, il marchait triste et pensif, et si elle l'interrogeait, il lui répondait le plus brièvement possible : une fois seulement, comme elle lui parlait de Bérengère et de la joie qu'elle avait dû éprouver en revoyant son époux, il répondit : « Ah! Madame, pour qui vous connaît et vous aime,

peut-il y avoir quelque joie loin de vous! » Après ce peu de mots, qui firent rougir la princesse, et qu'elle laissa sans réponse, il se tut; et craignant d'en avoir trop dit, il expia sa faute en lui parlant moins encore.

Cependant ils approchaient de la Palestine, Ascalon et Ramâ fuyaient derrière eux, et bientôt les hautes collines qui entourent Ptolémaïs allaient se montrer à leur vue, lorsqu'un détachement considérable de soldats musulmans parut dans le lointain. L'avantage du nombre devait lui donner une grande confiance, mais s'ils avaient su que Montmorency commandait les Chrétiens, peut-être qu'avec le double de forces, ils ne se fussent pas crus encore assez forts. Josselin, en voyant les ennemis fondre sur lui à bride abattue, hésite sur le parti qu'il prendra : il voudrait, selon son usage, s'élancer au-devant d'eux; mais il ne veut point quitter la princesse, car c'est elle surtout qu'il doit défendre; ainsi ce héros, qui jusqu'à ce jour ne se vit jamais attaqué le premier, et ne calculait le nombre de ses ennemis qu'après les avoir vaincus, pour la première fois de sa vie les compte, les attend, et tout l'effort de son courage est employé à retenir sa valeur, les autres chevaliers imitent son exemple; rangés autour de la princesse, ils se contentent de prendre une attitude défensive. En les voyant immobiles et disposés à éviter le combat, les Musulmans étonnés se demandent si ce sont bien des Chrétiens : s'ils les croient tels à leurs armes, ils en doutent à leur action; car, depuis les longues et furieuses guerres qu'occasionne entre ces deux peuples la possession de l'aride territoire de Juda, on n'a pas vu encore les nobles défenseurs du Christ s'arrêter devant les lions de l'Islamisme. Cette sorte de frayeur dont les Musulmans les supposent atteints, leur inspire une confiance téméraire; ils s'avancent avec précipitation, persuadés qu'il ne faut pas de grands efforts pour vaincre un ennemi qui a l'air de les craindre; mais tout-à-coup leur première ligne est renversée par le bras de Montmorency; il enfonce la seconde, rompt la troisième : ses coups sont si sûrs, qu'ils portent tous, et si rapides, que les Musulmans tombent sans avoir reconnu la main qui les frappe. Cependant, à sa mine altière, à sa haute valeur, le nom de Montmorency vole de rang en rang, et ce nom formidable y jette tant d'épouvante, que celui de Malek Adhel pourrait seul y ramener le courage : tout se disperse, tout fuit, un seul guerrier résiste et combat encore ; il ne songe point à se défendre ni à attaquer, toute sa fureur semble se diriger contre la litière qui renferme la princesse ; il parvient à en approcher, et pousse son javelot ; le trait part, traverse le bois de la litière, et vient mourir sur le bras de la princesse. Le sang coule : à cette vue, Montmorency frémit de rage et se précipite sur le guerrier sacrilége ; celui-ci, que la foule des Chrétiens n'avait pas effrayé, tremble devant le regard de Montmorency, car il sent que la mort va le suivre ; il presse les flancs de son coursier ; mais ni la vitesse des vents, ni la profondeur des abîmes ne le déroberaient au courroux du héros ; cependant il l'entraîne par mille détours, et ne ralentit la rapidité de sa course que quand ils sont bien loin des Chrétiens. Josselin s'élance, frappe d'un bras vigoureux ; la valeur de son adversaire l'étonne, mais il en triomphe bientôt ; jamais la victoire n'a fait attendre Montmorency ; son ennemi est renversé, il lève le bras, il va lui ôter la vie. « Frappe, Montmorency, s'écrie d'une voix sourde le guerrier vaincu : enfonce ton poignard dans le sein d'une femme. » A ce nom, le héros français s'arrête, il doute de ce qu'il entend, car la force qu'on vient de lui opposer est celle d'un soldat ; mais, en coupant les liens qui attachent le casque, il reconnaît les traits délicats et la longue chevelure d'une femme ; et quoiqu'il aperçoit les Musulmans qui se rallient et reviennent sur lui, l'honneur ne lui permet pas de s'éloigner avant d'avoir offert ses secours à celle qu'il vient d'abattre ; mais à peine Agnès est-elle debout, qu'elle ressaisit sa lance, reprend son bouclier, et recom-

mence le combat ; Montmorency pare ses coups et n'en porte plus ; sans doute il méprise la princesse qui, désertant son culte et sa patrie, combat pour les ennemis de sa foi ; mais il respecte en elle le sexe qu'il a juré de défendre : cependant les Musulmans approchent. « A moi, sujets de Saladin, s'écrie Agnès, et Montmorency est à vous. » Elle dit, Josselin est enveloppé : libre alors de l'ennemi qui l'arrêtait, la fille d'Amaury part pour rejoindre les Chrétiens et assouvir sa vengeance ; Montmorency voit son dessein et tremble pour Mathilde ; il lève sa redoutable épée, il abat, il disperse la foule d'ennemis dont il est entouré ; c'est une armée qu'il lui faut combattre, mais sa valeur vaut seule une armée ; il a rompu les bataillons musulmans, il se précipite sur les pas d'Agnès ; celle-ci, éperdue de le revoir encore, se retourne avec rage, et lui porte des coups terribles ; le héros hésite : s'il renverse Agnès, il échappera aux Sarrazins qui courent sur lui avec furie, et bientôt il aura rejoint les Chrétiens ; mais il craint moins la mort que la honte de verser le sang d'une femme : avec un courage tranquille, il se dévoue donc, attend les Mahométans, et combat à la fois et Agnès et une armée. N'aura-t-il pas rempli son sort, n'aura-t-il pas assez vécu, s'il peut, en mourant, sauver Mathilde et les Chrétiens ? et n'entend-il pas ses aïeux qui lui crient du fond de leur tombeau que peu importe la vie, pourvu que l'honneur reste ; et qu'avec le nom qu'il porte, il doit compter pour perdus tous les jours qui ne sont pas donnés à la gloire ?

Cette héroïque résolution l'anime d'une ardeur nouvelle ; on s'étonne de ce que la valeur de Montmorency ait pu augmenter encore, et Agnès elle-même commence à croire qu'il n'a point d'égal : en le voyant lutter seul contre des milliers d'ennemis, l'inégalité du nombre la trouble, et elle sent dans son âme quelque chose qui ressemble aux remords : loin de l'attaquer encore, elle est prête à se ranger de son côté ; elle l'eût fait, si elle n'eût vu dans Montmorency un défenseur de Mathilde. Cependant le héros entasse les victimes ; sa formidable épée parcourt tous les rangs, elle semble se multiplier, elle est partout, chaque Musulman croit avoir Montmorency à combattre ; et, pendant un instant, l'armée entière a reculé devant lui ; mais les Sarrazins reviennent à la charge, ils ne peuvent consentir à l'affront de fuir devant un seul guerrier ; ils l'entourent de toutes parts ; en vain Josselin abat une foule de têtes, ses ennemis ne diminuent pas ; bientôt son corps est couvert de blessures ; sa cuirasse est teinte de sang, son épée se brise dans la poitrine d'un Musulman, il en arrache le tronçon, et, affaibli par le sang qu'il perd, il tombe à genoux, combat toujours, et les prodiges de ses dernières forces surpassent encore les hauts faits de sa glorieuse vie.

Mais depuis longtemps les Chrétiens se sont aperçus de l'absence de leur chef ; ils se dispersent dans la plaine pour le chercher ; à la fin, ils découvrent les ennemis, et, sans s'être dit une seule parole, ils volent tous ensemble à leur rencontre ; la fière Agnès tente de les arrêter, ils la renversent et passent outre ; à la quantité de morts qu'ils foulent aux pieds, ils cherchent quels Chrétiens ont aidé Montmorency à vaincre, et le voient seul, un genou en terre, renversant encore les Musulmans avec la poignée de sa lance, tandis que, près de lui, son cheval abattu, semble moins se plaindre de mourir que de ne pouvoir plus être utile à son maître.

Les Sarrazins, qui commençaient à ne pouvoir plus soutenir les efforts de Montmorency, fuient à l'aspect des Chrétiens, entraînant Agnès avec eux : mais, hélas ! il est trop tard ; Josselin, noyé dans son sang, couvert des ombres de la mort, penche sa tête et ferme ses yeux à la lumière ; les Chrétiens le soulèvent dans leurs bras, le transportent vers le petit camp où leurs frères défendaient Mathilde ; là, ils délacent son armure, et s'aperçoivent avec effroi que le fer d'une lance est demeuré tout entier dans sa

poitrine. Un de ses écuyers examine ses blessures, et ne désespère pas de le guérir s'il peut arracher le fer qui est resté dans le sein du héros : il tente quelques efforts, la douleur ranime les sens de Montmorency, il ouvre les yeux : tous ses amis, tristes, abattus, sont autour du brancard où on l'a étendu : un peu plus loin, Mathilde, pâle et désolée, mêle ses pleurs au suc des plantes qu'elle exprime entre ses mains délicates, et qui doit servir à composer le premier appareil. Montmorency la voit et la conjure de s'approcher ; elle vient, le visage baigné de larmes, et les traits empreints d'une profonde tristesse ; elle présente sa main au héros, il s'en empare, la porte contre ses lèvres, profère quelques paroles à voix basse, et ajoute ensuite : « Elle seule saura mon secret, je ne l'emporterai pas tout entier au tombeau. » Les pleurs de Mathilde redoublent, elle voudrait parler, et elle ne peut que prononcer, avec un cœur déchiré : « O magnanime héros, nous serez-vous enlevé... ? vous coûterai-je la vie ? — Ah ! lui dit-il, mon sort est plus doux que je ne l'espérais ; je meurs en votre présence, j'aurais vécu loin de vous. » Son écuyer l'interrompt ; il voudrait essayer d'arracher le tronçon de la lance qui peut rendre la blessure mortelle, Montmorency l'arrête. « Attends un moment, lui dit-il, ma vie me quittera sans doute avec ce fer, et j'ai besoin encore de quelques minutes d'existence ; alors il baisse la voix, et dit à la princesse : « Devant ce trône de la miséricorde divine où je vais paraître, je prierai pour la conversion de Malek Adhel ; puisse-t-il être Chrétien, puissiez-vous être heureuse, ce sont mes derniers vœux : un jour vous les lui direz, et vous verserez ensemble quelques larmes sur ma mémoire ; je verrai votre bonheur, et je n'en serai pas jaloux, on ne l'est plus dans le ciel. » La princesse attendrie tombe à genoux et s'écrie : « O le plus généreux des mortels ! si les Chrétiens vous perdent, que deviendra leur armée où vous ne combattrez plus ? Que vais-je devenir moi-même, quand tout le camp désolé me demandera compte de votre vie, me reprochera votre mort, pleurera chaque jour l'ouvrage commencé de la conquête de Jérusalem, que votre bras pouvait seul achever ! » À ces mots, la douleur des chevaliers éclate ; de tous côtés ils font entendre leurs regrets ; l'un s'écrie : « O saint temple ! demeure dans la poussière, Montmorency ne te relèvera pas. » Un autre dit : « Tendre et superbe fleur, tu tombes avant le temps, et cependant, dès ton aurore, tu avais laissé toutes les gloires au-dessous de la tienne. » D'une voix faible et émue, Josselin répondit : « S'il est vrai qu'un peu de gloire ait illustré mes premiers ans, si l'honneur fut ma loi et la religion mon guide, si je meurs fidèle à tous mes serments et au Dieu de mes pères, mon souvenir ne descendra pas tout-à-fait avec moi dans la tombe, il vivra dans le cœur des héros, et dans le vôtre peut-être, Madame. — Toujours, s'écrie Mathilde en mettant la main de Josselin sur son cœur, et levant les yeux au ciel pour le prendre à témoin de la sincérité de ses paroles. — Maintenant, reprend-il, qu'aucun repentir ne vienne troubler vos belles destinées, car je vous dois plus de bonheur par ce seul mot, que le monde entier n'aurait pu m'en offrir sans vous. » Alors se retournant vers les Chrétiens qui l'entouraient : « Nobles et généreux amis, leur dit-il, si vous jugez que trop d'orgueil ne dicte pas ma demande, vous élèverez mon tombeau au-devant de Ptolémaïs, de manière qu'il faille le fouler aux pieds pour arriver au pied de ses remparts ; peut-être les Infidèles ne l'oseront-ils pas. — Nous te le jurons, illustre héros, s'écrièrent les chevaliers d'une voix unanime ; et nous avons le malheur de te perdre, ta tombe, élevée en face de la superbe ville que tu as conquise, lui servira de bouclier, et du sein du trépas, tu nous défendras encore. » Josselin sourit avec reconnaissance, puis mettant sa main sur sa poitrine, il regarde son écuyer et lui dit : « N'est-ce pas ce fer qui t'inquiète et que tu veux enlever ? — Oui, repartit l'écuyer, et puisse ma main ne pas trembler en l'essayant. — Si tu n'as

besoin que d'une main ferme, reprit son maître, la mienne ne tremblera pas. » Et aussitôt arrachant avec courage le fer qui déchire son sein, il ajoute : « Quand on le reçoit pour la défense de l'innocence et de la religion, cela ne fait pas de mal. » Mais cet effort subit et violent, joint à celui qu'il a fait pour parler, font couler son sang avec une nouvelle abondance, et épuise le peu de force qui lui reste ; ses lèvres pâles murmurent un dernier adieu et se ferment pour jamais. Ses yeux ne verront plus ce jour moins pur que son cœur ; ses mains refroidies tombent sans mouvement, son sang glacé s'arrête, les larmes de la reconnaissance et de l'amitié n'arrosent plus qu'un corps inanimé, et l'âme d'un héros a disparu.

La princesse enveloppe sa tête dans un voile de deuil, et pousse de déchirants soupirs : tant de maux vont briser son cœur ! Cependant elle rappelle quelques forces, afin de pouvoir honorer les restes du grand homme dont elle a causé la mort : on l'a couché sur un lit funèbre, construit à la hâte avec les drapeaux et les lances que son bras a enlevés aux Infidèles dans ce dernier combat : sa tête superbe, à laquelle le trépas a laissé toute sa beauté, est penchée languissamment, et il semble que sa chevelure d'ébène brille avec plus d'éclat sur son front pâle et glacé. Tous les chevaliers, la contenance morne, l'œil humide, la lance renversée, pleurent une perte irréparable, et un chef qui laisse Malek Adhel sans égal sur la terre. Suivie de toutes ses femmes, la princesse s'approche de la couche du héros, répand sur ses cheveux de précieux parfums, les couronne de fleurs, et jette sur sa froide dépouille un crêpe noir qu'elle inonde de larmes ; puis, à genoux près du lit, avec toute sa suite, elle chante un de ces saints cantiques qui semblent destinés à accompagner l'âme des mortels du séjour de la terre à celui du ciel, où le concert des anges la reçoit et la conduit au pied du trône de l'Éternel.

Après avoir employé le reste du jour à lui rendre de lugubres honneurs, les chevaliers reprennent le lendemain la route de Ptolémaïs; ils approchent du camp, et s'en approchent avec tristesse; car s'ils reviennent avec la princesse d'Angleterre, ils ne ramènent point celui qui l'a délivrée; et si Richard va les bénir pour le retour de sa sœur, les cris de Philippe-Auguste vont les poursuivre et leur demander sans cesse : Qu'avez-vous fait, qu'avez-vous fait de mon héros?

Bientôt du camp des Croisés on a reconnu la brillante devise qui éclate sur le bouclier des chevaliers de la Vierge : Richard et Lusignan se précipitent à leur rencontre, Philippe-Auguste les suit; Bérengère gémit de ce que la dignité de son sexe et de son rang ne lui permet pas de les accompagner, et de savoir un moment plus tôt si elle va retrouver sa sœur. L'archevêque de Tyr, au pied des autels, attend avec une pieuse impatience l'instant qui lui apprendra s'il faut qu'il offre à Dieu sa résignation sur l'absence de Mathilde, ou des bénédictions sur son retour.

Enguerrand de Fiennes est le premier chevalier que les deux rois rencontrent; son maintien triste et abattu les fait tressaillir; Richard s'écrie : « Les Infidèles ont retenu ma sœur. — La princesse d'Angleterre revient avec nous, répondit Enguerrand; dans peu d'instants elle sera entre les bras de son frère. — Comment! elle vous suit, s'écrie Lusignan; vous avez enlevé cette glorieuse proie des chaînes de l'impie, et la plus profonde douleur est empreinte sur votre front! » Enguerrand se tut et baissa vers la terre des regards pleins de tristesse. Les deux rois, étonnés de ce silence, le gardèrent aussi, n'osant interroger le guerrier sur un malheur dont ils pressentaient l'étendue, puisque la joie du retour de Mathilde ne le faisait pas oublier; cependant ils cherchaient en eux-mêmes quel était l'événement le plus fatal aux Chrétiens, et n'ayant plus à redouter la prise de Jérusalem, ils pensèrent à la mort de Montmorency. Cette crainte les frappa tous deux à la fois, elle fit pâlir l'intrépide Richard, et jeta dans son âme un sentiment qui lui était inconnu; car il

ressemblait à l'effroi; Lusignan, jaloux de toute gloire qui surpassait la sienne, devait être moins affecté de cette perte, et conserva la force de prononcer le grand nom de Montmorency : Enguerrand mit un genoux en terre, d'une main montra le cercueil qui s'avançait, et de l'autre le ciel : Richard demeura immobile; en vain il commençait à distinguer la litière de sa sœur; il ne s'en approchait pas, ne se sentant plus, dans un pareil moment, le courage d'être heureux; mais, en apercevant Philippe-Auguste, il s'écria : « Ah! sire, était-ce avec des larmes que je devais vous annoncer l'arrivée de ma sœur! assurément elle m'est bien chère, mais je n'aurais pas payé son retour ce qu'il nous coûte. » Philippe-Auguste aperçoit au même instant la jeune Mathilde qui s'avance lentement vers son frère, et un peu plus loin, un cercueil recouvert d'un drap mortuaire aux armes des Montmorency : il se trouble, il frémit; sa douleur est trop grande pour lui permettre de saluer la princesse; il oublie qu'elle est femme, il ne voit point qu'elle est belle, il ne sent que la mort de son ami, et sans songer à s'excuser, il va cacher dans sa tente et ses regrets et ses larmes. Mathilde reçoit avec tristesse les embrassements de son frère, qui n'ose la serrer dans ses bras qu'en soupirant. Ce cercueil du plus grand des héros semble ne la suivre que pour effacer par des larmes la joie de son retour; elle entre dans le camp, traînant après elle le deuil et la mort, et ne rencontre que des cœurs abattus et des regards affligés qui n'osent même admirer l'éclat de sa beauté, en voyant à ses côtés la fin de tout ce qui brille le plus sur la terre, et tout ce qui reste de la gloire.

Le lendemain on célébra en grande pompe les obsèques de l'infortuné Montmorency; les diverses nations assemblées dans le camp y assistèrent en cérémonie; toutes avaient paré leurs drapeaux d'un signe de deuil. Mais on en voyait une qui ne ressemblait point aux autres, et c'était plus encore à l'abattement de leur contenance et à la profonde tristesse de leur visage, qu'à la glorieuse enseigne des lis qui flottait sur leurs têtes, qu'on reconnaissait les Français; ils pleuraient dans Montmorency, non-seulement un héros enlevé à la fleur de son âge, dont la valeur était le plus ferme appui de la foi, mais un héros dont la gloire rejaillissait sur eux, et donnait à leur nation une prépondérance qu'elle allait perdre avec lui; ils marchaient lentement, traînant leurs piques renversées, tandis qu'à leur tête, Philippe-Auguste, enseveli dans de profondes pensées, se préparait déjà à quitter cette terre malheureuse qui venait d'engloutir l'objet de ses plus chères espérances, et dont les exploits naissants avaient déjà jeté tant d'éclat sur son règne.

Mathilde parut à cette fête funèbre; elle avait quitté ses habits religieux pour revêtir une longue robe de deuil; un voile de gaze noire couvrait sa tête, et ses cheveux blonds paraissaient à travers le tissu transparent semblables à un réseau d'or; pâle, triste, et timide, mais plus belle par sa pâleur, sa tristesse, et sa timidité, on s'étonnait de voir une beauté si jeune verser déjà tant de larmes, et on l'eût prise pour la fleur du matin sur laquelle, aux plus beaux jours du plus beau printemps, l'aurore vient de verser tous ses pleurs.

Les vieux chevaliers admiraient dans la mélancolie de ses regards, une sorte de pureté qui attirait leurs respects; les jeunes sentaient leurs cœurs troublés par le mélange de sensibilité qu'ils croyaient y apercevoir : ils commençaient à aimer près de ce tombeau où tout finissait; près de ce tombeau qui venait d'engloutir tant de gloire, de jeunesse, et de beauté, ils se jetaient dans l'avenir et s'y livraient à de tendres espérances. La mort, toute grave, toute solennelle qu'elle est, ne repousse donc pas l'amour, et il sait venir se placer jusque sur un cercueil : enfant de la mélancolie bien plus que de la joie, jamais ses feux ne sont plus ardents que quand il les allume dans des yeux noyés de pleurs; et ce n'est que nourri par la tristesse qu'il peut être éternel. Ainsi l'amour, cette première des félicités humaines, a besoin, pour être durable, que la douleur lui prête ses larmes; le plaisir le dissipe, le rend léger comme lui, remplace par de fugitives jouissances les longues et profondes émotions, et remplit l'âme d'un vide plus difficile à supporter que le malheur. O étrange penchant du cœur de l'homme, qui lui fait trouver plus de douceur dans une situation où il jouit peu et où il espère beaucoup, que dans celle où, rassasié de biens, il n'a plus de vœux à former! étrange penchant en effet, s'il n'était la preuve de sa glorieuse destination. Jeté sur la terre pour exercer des vertus et en recueillir le fruit, il n'y doit trouver rien qui le fixe, qui le contente, qui lui suffise; car le secret de sa faiblesse et de ses misères, le mystère de ses passions et de sa conscience, et le but de sa vie entière, sont tous renfermés pour lui dans ce seul mot : *Attends*.

Ce fut à une demi-lieue de Ptolémaïs, au pied d'une petite éminence et à l'entrée d'un bois de sycomores, que furent déposés les restes de Montmorency. On couvrit son tombeau des innombrables dépouilles de sa dernière victoire; et à la vue de tant d'oriflammes, de boucliers, et d'armures, enlevés aux Infidèles par une seule main, et dans un seul combat, ceux qui savaient le mieux qu'il n'y avait rien d'impossible à la valeur de Montmorency s'étonnaient encore, et se demandaient entre eux : Comment a-t-il péri, celui qui pouvait ainsi renverser des armées? Philippe-Auguste s'approcha de la tombe, baissa dessus la pointe de son épée, et dit : « Cher et brave Montmorency, je donnerais la moitié de mon royaume pour racheter ta vie, je donnerai l'autre pour venger ta mort : périssent les impies qui ont osé attenter à tes jours, qui n'ont triomphé de toi qu'en opposant toutes leurs forces à la seule force de ton bras; que jusqu'au dernier, tous servent d'expiation à tes mânes : ô vous qui m'entourez, Chrétiens de toutes nations, jurez avec moi de n'épargner aucun Musulman; et vous, Madame, continua-t-il en s'adressant à Mathilde qui était pros-

ternée près du tombeau, vous qui ne pouvez faire que des vœux, mais dont les
vœux doivent être accueillis par Dieu,
comme le sont ceux des anges, demandez-lui que sa foudre immole à votre libérateur ce que l'empire du croissant
contient de plus grand et de plus illustre. — Sire, reprit la vierge en élevant
vers lui ses yeux noyés de pleurs, il n'y
eut jamais d'âme plus belle et plus généreuse que celle de Montmorency; permettez-moi donc de ne pas former d'autres vœux que les siens, et de ne demander à Dieu que d'exaucer ceux que ce héros lui adresse en ce moment. » Elle dit,
et le souvenir des dernières paroles de
Montmorency en faveur de Malek Adhel
redouble son attendrissement, et donne
un tel caractère de ferveur à ses prières,
que Philippe-Auguste et presque tous les
assistants ne doutent point qu'en regret-
tant Montmorency, elle ne regrette plus
que le héros.

Le jour fuit, les rois se retirent, la
foule rentre au camp et dans Ptolémaïs;
les prêtres restent auprès du tombeau :
la nuit n'interrompt ni leurs hymnes,
ni leurs pleurs; la croix à la main, la
religion console encore les froides dépouilles que le monde abandonne, elle
ne se lassera point de gémir sur ceux
qu'il va oublier; constante, invariable,
elle demeure quand tout passe, brave le
temps, survit aux sentiments fugitifs,
aux vaines amitiés, et, par ce caractère
auguste, se distingue de tout ce qui est
humain, nous montre sa source, et nous
apprend qu'au milieu des choses de la
terre, seule elle n'est point de la terre.

CHAPITRE XXVIII.

BÉRENGÈRE était impatiente de parler
de son bienfaiteur, et d'apprendre de
Mathilde si elle était toujours restée indifférente à son amour, et insensible à
ses vœux; elle ne tarda pas à l'interroger à cet égard. A peine eut-elle prononcé le nom de Malek Adhel, que l'émotion de la princesse fut visible; mais
elle se tut : la reine insista; et, pour

obtenir la confiance de sa sœur, lui
montra un cœur où il y avait un peu
trop d'indulgence, car elle alla jusqu'à
lui dire qu'il lui semblait qu'à sa place
son choix serait fait. Mathilde rougit
d'être si bien devinée, et peut-être aurait-elle avoué tous ses secrets à la reine,
si elle n'avait craint qu'il ne passassent
jusqu'à Richard; mais, quoiqu'elle aimât et honorât son frère, elle le redou-
tait trop pour supporter la pensée qu'il
devînt jamais le confident de sa faiblesse.

Après un assez long silence, les yeux
baissés et le front rougissant, elle dit à
la reine : « Depuis votre départ de Damiette, j'ai reçu de Malek Adhel des
preuves d'une tendresse si pure, si délicate, si dévouée, qu'il faudrait que j'eusse
un cœur bien ingrat, s'il n'en avait pas
été touché; il l'a été beaucoup; mais l'a-
t-il été trop, je n'en sais rien : Guillaume
me l'apprendra sans doute, et ce n'est
qu'après lui avoir parlé, ma sœur, que
je pourrai être sûre que ma reconnaissance n'a pas été trop loin, et que je
puis vous en parler sans rougir. »

O candeur de seize ans! te voilà donc
altérée, et déjà la funeste influence des
passions vient de ternir ta pureté. Hélas! la princesse le savait bien que sa reconnaissance avait été trop loin; elle
n'avait pas oublié la promesse si sainte-
ment jurée à Malek Adhel de n'être jamais qu'à lui : son choix était donc fixé
en effet, et la reine ne se trompait pas;
mais comment oser dire à la reine qu'elle
ne se trompait pas? comment oser lui
dire surtout qu'elle n'avait deviné que la
moitié de sa faiblesse, et que, non-seulement son choix était fait, mais que
l'objet de son choix en était instruit?

En considérant tout ce qu'elle aurait
à avouer, la vierge commence à s'alarmer de ce qu'elle a fait. Quand on n'a à
répondre qu'à soi, le sentiment qui nous
domine trouve mille moyens de nous engager aux actions qu'il désire, de nous
persuader même qu'elles n'ont rien de
coupable; pour avoir un peu combattu,
on croit avoir beaucoup fait, parce qu'on
mesure bien plus le mérite du combat

sur ses douleurs que sur sa durée; mais quand il faut montrer à des regards étrangers, et nos faibles efforts, qui ne seront point jugés sur la peine qu'ils nous ont coûtée, et notre entraînement si rapide, qui ne sera point excusé par la force qui le détermina; quand enfin nous sommes sûrs qu'on ne regardera que le résultat de notre conduite et non les mouvements qui l'ont ordonnée, alors ce résultat se montre à nous comme il sera considéré par les autres; le point d'où nous sommes partis, et celui où nous sommes arrivés demeurent seuls, nous rejetons les nuances qui les lient; et, épouvantés du chemin que nous avons fait, nous le sommes plus encore de l'avoir fait sans l'avoir vu.

Comment Mathilde se résoudra-t-elle jamais à se montrer aux yeux de l'archevêque de Tyr, si différente de ce qu'elle était en arrivant en Égypte, lui qui l'a vue alors, à l'aspect d'un Musulman, saisie de ce saint effroi qu'une âme chrétienne éprouve pour l'œuvre du démon? que dira-t-il en la sachant unie à ce même Musulman, par les plus tendres liens que le ciel et la terre aient établis entre les hommes? Hélas! quand Malek Adhel, suppliant à ses pieds, la conjurait d'être à lui, elle croyait faire bien peu en ne donnant qu'une promesse; mais maintenant qu'il faut la révéler, elle commence à en sentir l'importance et la témérité. Sans doute, en se rappelant tous les détails du passé et les terribles scènes du désert, elle ne peut se trouver bien coupable; mais Guillaume ne verra ni ces détails, ni ces scènes; du moins il ne les verra pas avec le même cœur, et Mathilde sent bien que ce n'est que dans son cœur qu'ils peuvent avoir une excuse. Cependant elle est si humble, elle craint si peu de s'accuser, elle écouterait les reproches avec tant de douceur, et se soumettrait aux pénitences avec tant de zèle, qu'il faut bien que ce ne soit pas l'orgueil qui arrête ses aveux. Ah! si elle pouvait être sûre que le premier ordre de l'archevêque ne fût pas de lui commander de bannir une chère pensée, si

elle pouvait espérer qu'il lui permît de continuer à aimer; délivrée de cette crainte, aucune autre ne l'arrêterait: l'archevêque aurait déjà lu dans son cœur, il saurait ce que Malek Adhel est pour elle; et, dût-il la blâmer, elle ne le fuirait plus, car, parler de son repentir, ce serait encore parler de son amour. Mais elle connaît la sévérité et la sagesse du prélat; elle sait qu'ennemi de toute faiblesse, il va poursuivre la sienne jusque dans les replis les plus cachés de son âme, et lui défendre peut-être jusqu'au plaisir de pleurer sur elle. Habituée à se soumettre à ses ordres, elle ne sait point comment elle y pourrait résister; mais s'il lui commandait d'étouffer sa tendresse, elle sait moins encore comment elle y pourrait obéir. Tourmentée par cette incertitude, elle évite les occasions de se trouver seule avec Guillaume, et écarte toujours en dépit des inquiétudes de sa conscience, un entretien qu'il semble chercher toujours; pour y mieux réussir, elle vit moins retirée, se montre plus souvent dans le monde, et ne quitte presque jamais la reine.

Depuis que Bérengère était revenue au camp, elle y avait tenu une cour brillante et nombreuse, où tout ce qu'il y avait de plus illustre parmi les rois et les chevaliers, se faisait un honneur d'être admis; c'est là que parut Mathilde, et dès-lors les beautés qui en étaient l'ornement ne furent plus que des beautés ordinaires: Mathilde éclipsa tout, et réunit tous les hommages.

Ce n'était plus cette vierge sévère qui se cachait aux hommes et fuyait leurs regards: j'ai dit le motif secret qui l'éloignait de la solitude, et cette différence de conduite fit naître l'idée qu'elle pourrait renoncer à la vie religieuse; d'ailleurs, le sentiment qu'elle portait dans son cœur donnant à son maintien quelque chose de plus touchant, et à son regard quelque chose de plus doux, le respect qu'elle avait inspiré jadis par l'austérité de ses manières, fit place à des mouvements plus vifs. On ne vit plus en elle une sainte destinée pour le ciel, mais une femme *créée pour le bonheur* et l'ornement du monde, et enfin on osa l'aimer, parce qu'on pressentit qu'elle pouvait s'attendrir.

Le roi de Naples, Boémond d'Antioche, Raymond de Tripoli, le duc d'Athènes, et par-dessus tout, le roi de Jérusalem, se consumaient en soins pour attirer ses regards. Les travaux de la guerre les laissaient-ils respirer un moment, le camp retentissait aussitôt du bruit des tournois et des joûtes, dont la princesse d'Angleterre était l'unique objet; et tous ces nobles rivaux ne désiraient la victoire que pour recevoir d'une si belle main le prix de leur vaillance et de leurs exploits. Mais au milieu de tant d'hommages, Mathilde n'en distinguait aucun; indifférente aux plaisirs dont elle était entourée, comme aux vœux qu'on lui prodiguait, elle portait partout une tristesse que rien ne pouvait dissiper, et ne paraissait se plaire qu'auprès du vieux comte Hugues de Tibériade. Hugues avait été plusieurs années prisonnier à la cour de Saladin; il connaissait Malek Adhel; c'était de sa main que le prince avait chaussé les éperons et avait été armé chevalier; Hugues le chérissait pour sa valeur, sa générosité, et pour toutes les vertus qui faisaient de lui un prince accompli. Il lui devait sa liberté, celle de sa nombreuse famille, ses trésors, que Malek Adhel lui avait fait rendre : aussi ne parlait-il jamais de son bienfaiteur qu'avec un feu et un enthousiasme qui expliquent assez le plaisir que Mathilde trouvait à l'entendre. La même cause qui lui faisait goûter les entretiens du comte Hugues, était celle qui l'engageait à assister à presque tous les tournois. Là, le nom de Malek Adhel était souvent répété; car les Sarrazins, accoutumés à voir les Chrétiens de près dans les escarmouches, s'approchaient d'eux sans crainte dans les moments de trêve, et souvent même s'exerçaient avec eux dans les joûtes données sous les murs de Ptolémaïs; les deux champions entrés en lice n'en venaient aux mains qu'après s'être harangués l'un l'autre; le

vaincu était fait prisonnier de guerre ou racheté, et enfin la familiarité était telle, que les Chrétiens dansaient souvent au son des instruments arabes, et chantaient ensuite pour faire danser les Sarrazins. Cette extrême liberté fournissait à la princesse de fréquentes occasions d'entretenir les Infidèles, et elle les saisissait avec empressement, espérant apprendre par eux quelques nouvelles de Malek Adhel ; mais ses espérances étaient toujours déçues, et tous les Musulmans qu'elle interrogeait, moins inquiets qu'elle sur le sort du prince, n'en étaient pas plus instruits.

Un jour cependant, à une des plus brillantes fêtes qui eussent encore été données depuis son retour, se présente tout-à-coup à l'entrée du camp un Arabe, monté sur un cheval superbe; sa contenance est haute et fière, et la visière de son casque est baissée. Il propose de briser une lance contre les deux premiers champions qui voudront lui faire cet honneur, et ne demande, pour prix de sa victoire, que la permission de saluer la princesse d'Angleterre, et de s'éloigner ensuite sans être connu. On accepte. Mathilde est priée de choisir parmi les Chrétiens ceux qui combattront l'Infidèle : un instinct secret lui fait nommer les plus faibles guerriers, et à sa voix, le prince de Galilée et le comte de Jaffa viennent de descendre dans l'arène. L'Arabe fournit sa carrière, revient sur eux, brise la lance du premier sans être ébranlé, renverse l'autre, et s'approche, en caracolant, du balcon où Mathilde est assise, et où elle contient avec peine l'émotion de son cœur, qui palpite, à la vue de cet inconnu, comme s'il pressentait de quelle part il lui est envoyé. Lusignan, debout auprès d'elle, s'indigne de la facile victoire de l'Arabe, et se dispose à l'aller combattre à son tour; mais la princesse le retient : « Sire, lui dit-elle, les conditions du combat ont été remplies, ce serait les changer que de proposer une nouvelle course, et l'honneur ne le permet pas. » Lusignan s'arrête, impatient d'être arrêté, et surtout de l'être par la princesse; cependant tous les témoins se rangent de l'opinion de Mathilde, et décident que le vainqueur doit obtenir le prix de son triomphe. L'Arabe remet alors les rênes de son coursier aux écuyers du camp, puis, montant les degrés qui conduisent au balcon de Mathilde, il met un genou à terre, s'incline profondément, baise le bas de sa robe, et, en se relevant, il lui dit à voix basse : « Malek Adhel a vaincu l'armée de Saladin au Caire, il est à présent à Césarée; c'est lui qui m'envoie près de vous, il ne pouvait vivre dans l'incertitude où il était sur votre sort; je suis Kaled. » A ces mots la vierge rougit, se trouble; elle veut parler, la voix lui manque; et l'Arabe est déjà bien loin avant qu'elle ait rappelé ses esprits. La joie de ce qu'elle vient d'apprendre, le regret de n'avoir rien répondu, l'agitent si violemment, que tous les regards se fixent sur elle. La reine sourit et lui prend la main; l'archevêque de Tyr l'embarrasse de son œil pénétrant et sévère; Richard l'interroge : « Ma sœur, lui dit-il, cet Infidèle vous a-t-il appris son nom ? — S'il l'avait fait, sire, reprit-elle dans une confusion inexprimable, et qu'il m'eût demandé le secret, me serait-il permis de vous le dire? — Comme votre frère et votre roi, peut-être pourrais-je l'exiger, répondit Richard. — Mais comme le plus galant chevalier de la terre, vous ne l'exigerez pas, interrompit vivement Philippe-Auguste; et qui pourrait ici s'étonner que la plus belle personne du monde reçoive les hommages de toutes les nations de l'univers? » Richard sourit, et se retournant vers sa sœur, dont l'embarras augmentait de plus en plus, il lui dit : « Pourquoi rougir ainsi, Mathilde ? une telle timidité pouvait être convenable, lorsqu'en sortant de votre couvent, le monde et les hommes s'offraient à vous pour la première fois; mais maintenant que vous avez traversé l'Océan et les déserts; que des plus grands héros ont déposé leur liberté à vos pieds; que nos ennemis même, vaincus par vos charmes, viennent vous porter leurs vœux jusque dans notre camp, et que le roi de France, en vous

voyant si belle, trouve une excuse à leur témérité, il faut prendre un peu plus d'assurance et savoir mieux soutenir les regards que vous savez si bien attirer. »

Ce discours n'était pas fait pour diminuer le trouble de Mathilde; hors d'état de répondre à son frère, elle jetait sur la reine un œil suppliant, qui la conjurait de vouloir bien venir à son secours. Bérengère l'entendit, et se levant aussitôt, elle déclara qu'elle allait se retirer : la princesse lui serra la main et se hâta de la suivre. Lusignan demande à Richard la permission de les accompagner jusqu'aux chars qui doivent les reconduire à Ptolémaïs; il l'obtient sans peine, et présentant aussitôt son bras à la princesse, il lui dit tout bas : « A présent, Madame, que les conditions du combat ont été remplies, ne puis-je, sans blesser les lois de l'honneur, et sans risquer de vous déplaire, attaquer l'heureux inconnu dont j'envie bien moins la victoire que l'intérêt qu'il a paru vous inspirer ? — Sire, reprit la princesse avec un peu de fierté, mon frère lui-même n'a pas osé dire que j'eusse marqué de l'intérêt, il n'a parlé que de mon embarras; quant au chevalier inconnu, si vous pouvez l'atteindre, je n'ai aucun droit de vous empêcher de le combattre. — Je l'atteindrai, Madame, et j'en triompherai, fût-ce Malek Adhel lui-même. » Mathilde le regarda d'un air de doute; et il ajouta avec un accent irrité : « Votre altesse le croit-elle donc invincible ? — Mais il me semble, reprit-elle en souriant, que, jusqu'à ce jour, c'est le seul reproche que les Chrétiens aient trouvé à lui faire. »

En achevant ces mots, elle monta dans le char de la reine. Lusignan, resté seul, réfléchit au ton dont elle avait prononcé le nom de Malek Adhel, et de ce moment il commença à craindre que la mort de Montmorency ne l'eût pas délivré du plus redoutable de ses rivaux : l'amour et l'ambition lui faisaient également désirer la main de Mathilde, et avec leurs forces réunies, il n'y avait point d'excès où ces deux passions ne pussent le porter. Richard l'aimait beaucoup, et il lui avait promis de soutenir ses droits; mais ce n'était point assez, il fallait que Richard l'aimât au point de forcer sa sœur de s'unir à lui; parce qu'alors, devenant personnellement intéressé à sa cause, il braverait tous les obstacles pour rendre le trône de Jérusalem à celui qu'il aurait nommé son frère. Lusignan sent bien que, hors cette alliance, il n'y a pour lui aucun moyen de reconquérir son royaume, et il frémit à l'idée des propositions qui ont été faites à Malek-Adhel. On a beaucoup parlé de son amour pour Mathilde; s'il était vrai qu'elle en eût été touchée, s'il était vrai qu'elle eût éclairé ses erreurs, et que ce fût elle qu'il demandât pour prix de sa conversion et du secours de ses armes, Richard la refuserait-il? Il ne se dissimule pas que cette alliance serait un inestimable avantage pour la chrétienté, mais elle serait la mort de toutes ses espérances, et dès-lors il ne la regarde que comme le plus grand des malheurs. Ainsi dévoré par ses inquiétudes, il se promène sombre et pensif sur le bord de la mer, cherchant par quels moyens il pourra gagner Richard, et il ne rejette aucun de ceux qui peuvent l'amener à son but. Il ne parle point de sa tristesse au roi d'Angleterre; il laisse à ses regards le soin de la peindre, et affecte même de fuir le monde et ses fêtes, pour s'ensevelir dans des lieux sombres et cachés. Richard s'inquiète de ce changement; il va au-devant de son frère d'armes, il lui reproche son silence: « Mon ami est malheureux, lui dit-il, et mon ami me fuit. » Lusignan soupire, et lui fait entendre que la délicatesse ne lui permet pas de découvrir sa peine à celui qui pourrait seul la faire cesser. Le brave Richard exige un aveu sincère, et Lusignan, comme vaincu par la puissance de l'amitié, nomme Mathilde, et tombe aux pieds du roi. « Viens dans mes bras, mon frère, s'écrie Richard; depuis long-temps mon cœur t'avait donné ce titre, la main de ma sœur le confirmera. — Auguste monarque, répond Lusignan, vous dont le grand cœur est incapable de faiblesse, comprendrez-vous la faiblesse du

mien? Je vous dois tout; c'est vous qui m'avez fait triompher d'un orgueilleux rival; c'est vous qui me rendrez mon royaume; mais si à tant de dons vous ne joignez la main de Mathilde, abandonnez-moi, car la gloire et mon royaume ne me consoleraient pas de la perte de ce bien-là. » A ces mots, Richard l'interrompt avec une brusque franchise, lui reprochant le doute qu'il paraît avoir sur la sincérité de son amitié, et s'engage, avant l'année révolue, à le rendre maître de Jérusalem et de Mathilde. Le cœur de Lusignan est gonflé de joie; il reçoit le serment du roi; cependant il lui dit: « Vous qui pouvez tout, illustre monarque, pouvez-vous disposer du cœur de la princesse? — S'il est demeuré libre, reprend Richard, elle me le laissera diriger; et je crois être sûr qu'il n'a été encore touché par personne. — Dans l'âme d'une vierge, des secrets de cette nature sont cachés si avant, repartit Lusignan, qu'il est bien difficile de les pénétrer. » Richard lui promit d'y parvenir, et ne crut pas lui promettre beaucoup; car, habitué comme il l'était à voir tout plier devant lui, il lui semblait qu'aussitôt qu'il l'aurait ordonné, Mathilde lui dévoilerait toutes ses pensées.

Le jour même de cette conversation, Richard se trouvant seul chez la princesse, avec la reine et l'archevêque de Tyr, lui parla en ces termes:

CHAPITRE XXIX.

« Ma sœur, lorsque, le jour des funérailles du grand Montmorency, je vous vis revêtir une robe de deuil, j'applaudis à votre conduite, et je vous approuvai d'honorer ainsi publiquement la mémoire de votre libérateur; mais si vous prolongiez plus longtemps ces marques de tristesse, on pourrait croire qu'il y a plus que de la reconnaissance dans vos regrets. — Si on doit le supposer, sire, reprit-elle, je vais les quitter aujourd'hui, et reprendre mes humbles habits. — Non, ce ne sont pas ceux-là que vous devez reprendre, interrompit-il vive-

11.

ment, et le moment est venu de m'expliquer avec vous sur ce point.

« Depuis votre arrivée dans le camp, j'ai remarqué que vous vous montriez dans le monde sans répugnance, et que même vous sembliez un peu négliger les pieux exercices qui vous occupaient constamment autrefois : ce changement, je l'avoue, m'a donné l'espérance de vous voir renoncer à vos vœux, non que je ne respecte l'état où vous vouliez vous consacrer ; mais les vertus d'une fille de votre rang doivent briller sur un plus grand théâtre, et vos destinées vous appellent bien plus au trône qu'à la retraite. Je vois ici une foule de princes s'empresser autour de vous ; votre main est l'objet de tous les vœux ; parmi eux, le roi de Jérusalem est au premier rang : mais, ni son mérite, ni l'amitié qui m'unit à lui, ne semblent vous toucher, et votre indifférence est égale pour tous. Je sais qu'à Damiette votre fierté ne s'est pas démentie ; l'archevêque et la reine m'ont dit tous deux que les rares et brillantes qualités du prince Adhel ne vous avaient pas empêché de rejeter ses vœux avec le plus froid dédain : votre cœur est-il donc inaccessible, ma sœur, et ne pouvez-vous rien aimer ? — Hé quoi ! reprit Mathilde en rougissant, votre majesté me reproche mon indifférence ? Aurait-elle donc approuvé que j'eusse été sensible à l'amour d'un Musulman ? — Si le mérite du frère de Saladin avait fait quelque impression sur vous, reprit gravement Richard, j'en aurais été peu surpris, et faiblement affligé : certain que votre raison et votre piété auraient facilement triomphé d'un pareil penchant, j'aurais pu espérer que, si un Infidèle avait réussi à toucher votre cœur, un prince chrétien, honoré de mon amitié, présenté, recommandé par moi, y réussirait bien mieux encore. — Peut-être vos espérances auraient-elles été déçues, répondit Mathilde avec un peu d'émotion : je ne sais quel est le sort que le ciel me réserve ; mais s'il était possible que je fisse jamais un choix, ce serait bien en vain qu'on tenterait de me le faire oublier ; je n'ai pas un cœur qui puisse

aimer deux fois. — Si vous fûtes douée de tant de constance, répliqua le roi en souriant, je dois rendre grâces au ciel de votre indifférence pour Malek Adhel ; car, assurément, quelle que soit ma tendresse pour vous, j'aimerais mieux vous voir privée de vie, qu'éprise de ce Musulman. Mais, parlez-moi avec sincérité, ma sœur : est-il vrai que, parmi les princes et les chevaliers qui vous entourent, nul ne vous a paru assez aimable pour vous donner le désir de renoncer au cloître ? — Non, repartit Mathilde, aucun n'a produit cet effet. — Ainsi, vous persistez toujours dans le dessein de vous consacrer à Dieu ? » A cette question, le front de la princesse se couvrit de la plus vive rougeur ; elle baissa les yeux et se tut. « Vous ne répondez rien, Mathilde, et semblez interdite ; si ce n'est point votre vocation à la vie religieuse qui vous éloigne de l'hyménée, quel peut être votre motif ? » Pour toute réponse, sa sœur essuya en silence quelques larmes furtives qui s'échappaient malgré elle. Alors le roi ajouta : « Je vois qu'un étrange secret pèse sur votre cœur, je n'en demande point l'aveu de votre bouche, je respecte la pudeur d'une vierge ; mais, accoutumée à vous ouvrir sans réserve au saint archevêque qui nous écoute, je suppose qu'il sait déjà quel sentiment vous agite, et je vous prie de lui permettre de m'en instruire. — Depuis le retour de son altesse, sire, reprit gravement Guillaume, elle n'a pas daigné m'appeler une seule fois auprès d'elle, et ses dispositions intérieures ne me sont pas mieux connues qu'à votre majesté. — Qu'entends-je ! s'écria Richard avec surprise ; après son long exil parmi les Infidèles, la pieuse Mathilde n'a eu rien à vous dire ; son premier soin, en arrivant ici, n'a pas été de se mettre en état de recevoir le pain de vie, elle qui jadis se croyait coupable de passer une semaine sans se faire absoudre, de fautes dont un ange n'aurait pas rougi. — La princesse, depuis son retour, répondit le prélat, a assisté régulièrement à toutes nos cérémonies, mais elle n'a participé à aucune. — Puis-je croire ce que vous me dites ? interrompit le roi ; quelle peut donc être la cause d'un si grand changement ? Vous vous taisez toujours Mathilde, et vos regards, pleins de confusion, n'osent se lever sur moi ; mais cette honte même, et ces larmes qui coulent sur vos joues, m'apprennent que le moment du repentir est venu, et que vous ne garderez pas plus longtemps un silence qui, en se prolongeant, pourrait me faire concevoir d'étranges soupçons. Je vous laisse avec le pieux Guillaume, parlez-lui, ma sœur, et puisse-t-il ne rien entendre qui altère la tendresse que je vous ai toujours témoignée ; et me fasse repentir du consentement que j'ai donné à votre voyage en Palestine. » Ces derniers mots furent prononcés d'un ton si sévère, que Mathilde en fut consternée : Bérengère voulut s'approcher d'elle pour la consoler, mais Richard ne le permit pas, et, emmenant la reine avec lui, il laissa l'archevêque de Tyr tête à tête avec Mathilde.

A peine furent-ils seuls, que d'une voix tremblante, et les regards attachés vers la terre, elle lui dit : « Je ne sais, mon père, quels soupçons le roi a conçus ; je ne sais si vous les partagez aussi..... — Ma fille, interrompit Guillaume, que prétendez-vous par ces mots ? N'est-ce pas assez de vous taire, chercheriez-vous à me tromper ? mais n'espérez pas y réussir ; je vous connais, j'ai lu dans ce cœur plein de faiblesses, dans ce cœur que vous ne me fermeriez pas, si je ne devais rien y trouver de coupable, dans ce cœur qui a oublié son Dieu pour se livrer à un idolâtre. — Mon père, lui dit Mathilde, avec un grand trouble, cet idolâtre est celui qui a rendu la reine à son époux, qui a brisé mes chaînes et les vôtres, et dont les vertus, admirées de tout l'Orient, l'ont été souvent aussi des Chrétiens et de vous-même. — Oui, ma fille, je sais tout cela, répondit l'archevêque ; je sais quel est Malek Adhel, et à quelle terrible épreuve je vous ai laissée exposée : sans doute pour y résister il fallait une haute vertu, je vous en crus capable ; chaque jour j'adressais mes

prières pour vous à l'Eternel, et j'espérais ne vous revoir que pour bénir votre glorieux triomphe..... Dieu n'a pas voulu me donner une si grande joie ; vous voyez, ma fille, les larmes que me coûte mon erreur, elles ne tariront pas. — O mon père ! s'écria la princesse, émue au dernier point des pleurs qu'elle voyait couler avec abondance sur le visage vénérable de l'archevêque, vos paroles me percent l'âme ; sans doute je fus coupable, mais, si vous saviez à quelles étranges extrémités j'ai été réduite, si vous connaissiez les dangers auxquels Malek Adhel m'a arrachée, et les sacrifices qu'il m'a faits ; peut-être la pitié succéderait-elle au mépris. — Je ne vous méprise point, ma fille, car je sais que l'Eternel n'appelle pas toutes ses créatures à la victoire, mais il ouvre à toutes la voie du repentir : si vous avez été comme ceux qui ne croient que pour un temps, et qui se retirent aussitôt que l'heure de la tentation est arrivée, détestez votre faiblesse ; pénétrée d'une vive douleur, revenez tout à Dieu ; votre cœur, enflé par l'orage des passions, se calmera dans son sein, et c'est là seulement qu'il trouvera la paix qu'il chercherait en vain dans l'amour des créatures. » Mathilde se mit à genoux devant l'archevêque, et cachant dans ses deux mains son visage baigné de larmes et enflammé de honte, elle dit : « Mon père, daignez m'entendre ; il est temps que le terrible secret qui me tue s'épanche dans votre sein... Mais, de quels termes me servirai-je pour un pareil aveu ? comment vous dire qu'une promesse solennellement jurée, des nœuds secrets, le devoir même, me lient à Malek Adhel ? » Elle dit, et penche son front humilié sur les genoux de l'archevêque. « Mon Dieu ! s'écrie-t-il, quelle amertume réserviez-vous à ma vieillesse ? Cette fière et chaste Mathilde, cette vierge, le modèle des vierges, a été la proie d'un Musulman....! — Mon père, que dites-vous ? interrompit vivement la princesse, je ne suis point si coupable que votre soupçon ne puisse m'offenser encore : dans l'immensité du désert où j'avais été abandonnée avec Malek-Adhel, où il venait de me sacrifier sa vie, où je demeurais seule avec lui. J'ai aimé, j'ai promis : voilà tous mes crimes. Mon père, je ne croyais plus voir la terre des vivants, la mort planait sur ma tête, Malek-Adhel expirait près de moi : en lui donnant le nom d'époux, il consentait à prendre celui de Chrétien, à me suivre devant le trône de l'Éternel.

— Dieu puissant, confirmez mon espoir, s'écrie Guillaume, avec un accent élevé : ma fille, vous pouvez regarder encore le ciel sans rougir. — Mon père, je le crois, répondit la princesse en baissant les yeux. — Tombez à genoux, ma fille, interrompit une seconde fois l'archevêque, et adorez la bonté qui vous a sauvée. » Mathilde se prosterna, bénissant Dieu, sans doute, mais bénissant aussi Malek-Adhel : car c'était autant à son respect qu'elle croyait devoir son salut, qu'à la force dont l'Éternel l'avait armée : cependant il y avait dans ce sentiment quelque chose de trop tendre, pour oser paraître devant l'archevêque, et sortir des lèvres d'une vierge : il resta donc tout entier dans son cœur, sans que sa pudeur même lui permît de regarder de trop près tout l'amour qu'il renfermait.

Après un moment de silence, Guillaume lui dit : « Ma fille, répétez-moi ces paroles extraordinaires : Malek-Adhel a pris le nom de Chrétien ? — Au moment où il croyait mourir, mon père. — Et en revenant à la vie, il a abandonné la lumière ? — Si vous eussiez été auprès de lui, mon père, si votre éloquence lui eût ouvert la source des divines clartés, s'il eût pu croire que la foi du Christ ne l'obligeait pas à trahir sa patrie... Mais moi, timide, ignorante, que pouvais-je lui dire ; faible roseau, m'appartenait-il de vouloir édifier un si grand ouvrage. Cependant l'Éternel le sait, combien l'espoir d'en faire un Chrétien a eu de séduction pour mon cœur, et a donné de force à ma tendresse. — Si, par mes soins, je voyais jamais la parole de vie descendre et germer dans l'âme de ce prince, s'écria Guillaume, je ne demanderais pas d'autre gloire à Dieu, ni d'autre bien, que de bénir

votre hymen et de mourir. — Mon père, dit-elle alors avec une touchante confusion, si Malek-Adhel était Chrétien, vous me permettriez donc de l'aimer ? — Je vous le permettrais sans doute, répliqua-t-il avec véhémence, et j'emploierais tout mon zèle à engager Richard à vous le permettre aussi. — Et pourquoi faudrait-il tout votre zèle pour l'y engager ? mon frère n'est l'ennemi que de l'erreur, et non de la personne de Malek-Adhel. — Ce prince a été souvent l'objet de l'admiration du roi ; mais fût-il Chrétien, peut-être hésiterait-il à lui promettre votre main, car il l'a presque engagée... — Il l'a engagée ! interrompit vivement la princesse ; puis elle continua avec ce calme que donne la confiance : Mon père, cette téméraire promesse m'inquiète peu, mon cœur n'appartient qu'à moi, nul n'a le droit d'en disposer, et je jure qu'il ne sera jamais qu'à Dieu ou à Malek-Adhel. Si Dieu parle, j'obéirai, mais je n'obéirai qu'à lui, lui seul peut m'arracher au héros à qui je dois tout, les hommes ne le pourront jamais. » L'archevêque la regarda d'un air surpris, car son accent avait un caractère de tranquillité et d'assurance, qui prouvait une force de résolution dont il ne l'aurait pas crue capable ; cependant, en se souvenant dans quelle position elle avait résisté à Malek-Adhel, il songea qu'il devait y avoir dans cette âme de grands moyens de résistance, et qu'ayant à opposer aux événements, aux choses, et aux hommes, le même courage qui l'avait défendue contre l'amour, on devait s'attendre à la trouver inébranlable. Après une longue pause, Guillaume lui dit : « Ma fille, avec le cœur que vous portez, et le caractère de Richard, si Malek-Adhel ne se convertit pas, l'avenir vous apportera de grands malheurs. — Il m'en apportera un bien terrible, sans doute, reprit-elle, s'il ne se convertit pas : hors celui-là, qui le perdrait à jamais, je puis supporter tous les autres. — Mon enfant, lui dit l'archevêque, avec cette charité enflammée qui faisait son caractère distinctif, et vers laquelle il avait tourné toute la vivacité de ses passions, si dans la sincérité de votre âme, vous croyez pouvoir former quelque espérance sur la conversion de ce prince, ne tardez pas à me le dire; j'irai, à travers tous les obstacles, consommer ce grand ouvrage.

— Mon père, il est vrai que Malek Adhel a refusé de me suivre ici; mais quand je me suis séparée de lui au Caire, Saladin le menaçait, et il était décidé à le combattre. — Malek Adhel combattre contre Saladin! s'écria l'archevêque, ô miracle inattendu! ô Providence! ce sont là de tes coups. — Mon père, il était décidé à le combattre, continua la princesse, et je sais qu'il l'a combattu, qu'il en a été vainqueur, et que maintenant il est à Césarée. — Ma fille, reprit l'archevêque, un jour vous me direz quelle est l'invincible puissance qui vous instruit de son sort, et depuis quand cette étrange nouvelle est parvenue jusqu'à vous : aujourd'hui je vais me hâter d'aller la révéler à nos chefs, elle peut être utile à leurs armes. Assez, et trop longtemps, nos ennemis ont profité de nos divisions, il est juste que nous profitions des leurs. — Allez-vous tout découvrir au roi? lui demanda Mathilde émue; me faudra-t-il rougir à ses yeux d'un sentiment qu'il désapprouvera sans doute? Cependant, mon père, si vous jugez que j'ai mérité cette honte, je consens à la subir. — Non, ma fille, vous n'en méritez point, repartit Guillaume, en la regardant avec attendrissement : si vous avez eu quelques faiblesses, vous avez remporté de grandes victoires, et la puissance de Dieu est forte dans votre cœur; je vous montrerai à Richard telle que vous êtes, telle que vous serez toujours; il saura que, touchée par les vertus d'un grand prince, reconnaissante des dangers dont il vous a sauvée, sensible surtout à l'espoir de le convertir à la vraie foi, vous vous êtes livrée à un sentiment de préférence, mais à un sentiment tel que la vertu n'en rougit point, que la dignité de votre sexe n'en est point blessée, et que la religion pourrait toujours en triompher. »

Il dit, et quittant aussitôt l'appartement de la princesse, il se rendit auprès du roi.

CHAPITRE XXX.

En entrant chez Richard, l'archevêque le trouva avec le roi de Jérusalem et le duc de Bourgogne, auxquels il parlait avec beaucoup d'action. Aussitôt qu'il aperçut Guillaume, il se tourna de son côté, et lui dit que l'armée française venait de perdre son chef; que Philippe-Auguste était parti pour l'Europe, en laissant le duc de Bourgogne pour le remplacer. L'archevêque le savait déjà : le roi de France lui avait confié son secret; car telle était l'influence de sa haute vertu, que les plus puissants monarques le consultaient toujours dans leurs entreprises, et avaient besoin, pour les croire justes, qu'il les eût jugées telles. Cependant Richard s'inquiétait du départ de son jeune et brillant rival; il redoutait son ambition, et le soupçonnait d'être capable de profiter de son absence pour porter ses armes en Angleterre. Guillaume repoussa en ces termes un doute si injurieux à la gloire de Philippe-Auguste : « Avec son courage et son royaume il pourrait beaucoup, sans doute; mais il ne voudra jamais rien que de magnanime et de grand; souffrons donc qu'il aille apaiser les troubles survenus dans son vaste royaume; et, au lieu de l'accuser, plaignons-le plutôt de ce qu'il ne verra point Jérusalem. Un nouveau bienfait de la Providence semble nous en ouvrir la route : les deux lions qui la défendaient sont en guerre. Saladin et Malek Adhel ont cessé d'être unis; leurs armées ont combattu au Caire; celle du sultan a été battue. Son frère, victorieux, est venu s'enfermer à Césarée; et, si nous en croyons les apparences, ce n'est pas pour défendre cette ville contre nous, mais pour la défendre avec nous contre son frère. » Ces paroles causèrent une vive surprise aux deux rois et au duc, et celui-ci s'écria que le moment était venu d'envoyer une ambassade vers Malek Adhel, et de lui offrir, pour le gagner, tel prix qu'il demanderait. Lusignan s'éleva vivement contre cette opinion : ne voyait-on pas que la main de la princesse Mathilde serait le premier gage qu'il demanderait; et l'alliance d'un Infidèle était-elle si importante que, pour l'obtenir, il fallût lui sacrifier ce qu'ils avaient de plus précieux? « Si vous songez que cet Infidèle est Malek Adhel, reprit le duc de Bourgogne, je vous défie d'imaginer rien de plus heureux pour notre cause, que de la lui voir défendre; et quant au sacrifice, si j'ose dire toute ma pensée, je ne crois point que la princesse d'Angleterre en fît un. — Soupçonneriez-vous donc ma sœur d'avoir eu la faiblesse d'aimer un Musulman? s'écria Richard d'un ton irrité. — En serait-ce une, sire, lui dit l'archevêque, d'avoir reconnu de grandes vertus dans Malek Adhel; d'avoir désiré l'attacher à votre parti, en ouvrant ses yeux à la lumière? et pour prix d'une si grande conquête, si votre sœur avait promis sa main..... — Ma sœur n'a pas pu la promettre, interrompit Richard avec colère; elle connaît trop ses devoirs et mes droits, pour avoir osé s'engager; seul je dispose d'elle, et j'en ai disposé: si elle avait persisté dans ses premiers vœux, je ne me serais point placé entre le ciel et elle; mais, puisqu'elle y renonce, Lusignan sera son époux, et je jure qu'elle n'en aura point d'autre. » A ces mots, le duc de Bourgogne osa représenter au roi combien cette résolution pouvait être funeste aux Chrétiens. « Elle l'est à un tel point, sire, s'écria-t-il, que si Malek Adhel se convertit, et vous demande votre sœur, vous verrez tout le conseil des princes, tout le camp réuni, toute la chrétienté, vous conjurer de consentir à l'alliance la plus utile que la princesse puisse former pour les intérêts de la foi; et vous n'y résisterez point. » — Et pourquoi le roi n'y résisterait-il point? s'écria vivement Lusignan. N'a-t-il pas auprès de lui des guerriers dont la valeur est égale à celle de Malek Adhel? et ne peut-on vaincre sans ce Musulman? Ah! si l'ardeur qui est dans mon âme pouvait animer tout le camp, avec quel mépris nous rejetterions les secours d'un Infidèle, et comme

nous lui prouverions que nous n'en avons pas besoin! — Lusignan, lui dit l'archevêque d'un ton sévère, n'est-ce donc pas assez de l'idée d'avoir perdu un royaume, pour rabattre les enflures de votre cœur, en arrêter toutes les fougues, et vous contenir dans l'humilité? n'est-ce pas assez d'avoir, pour des intérêts purement humains, élevé dans le camp cette sanglante querelle, qui menaçait de ruiner la cause du ciel? n'est-ce pas assez d'avoir été confirmé dans un titre et dans une dignité que vous ne méritez pas peut-être, puisque vous vous les étiez laissé ravir? Faut-il que vous forciez le roi d'Angleterre à vous tenir une promesse contraire aux intérêts de la foi, et dont vous seriez étrangement coupable de ne pas le dégager à l'instant même? — Mon père, s'écria impétueusement Richard, n'allez-vous pas audelà de ce que vos fonctions vous permettent, et vous appartient-il de vous établir juge entre Lusignan et moi? — Il m'appartient, reprit l'archevêque d'un ton grave et imposant, de défendre la religion contre quiconque s'apprête à lui nuire; il m'appartient de soutenir l'innocence et la faiblesse, contre quiconque s'apprête à les opprimer; et si je ne me suis jamais écarté en public du respect qu'on doit aux têtes couronnées, qui sont comme les images de Dieu sur la terre, il m'appartient en particulier de leur parler comme à des individus, comme à des hommes malheureusement remplis de faiblesses et d'erreurs, et qui trop souvent méconnaissent et repoussent la voix de ce Dieu qu'ils représentent. Vous, Richard, j'ose vous déclarer que si, abusant de votre titre de monarque et de frère, vous tyrannisiez le cœur de la princesse Mathilde, j'oserais la défendre contre vous; et vous, Lusignan, si l'intérêt d'une passion aveugle fermait vos yeux à de plus grands intérêts, si, contraignant Richard à tenir la promesse que son imprudente amitié vous a donnée, vous l'obligiez à refuser une alliance qui nous rendrait la ville sainte seulement un jour plus tôt, sachez que mon devoir serait de vous déclarer à jamais indigne de la posséder, et que jamais je n'ai trahi mon devoir. » En achevant ces mots, Guillaume s'inclina devant les rois et sortit.

« Que m'importent la témérité de son zèle, et ses préventions obstinées! s'écria Lusignan; que m'importent et ses vaines menaces et celles du conseil réuni! tout cela ne m'effraierait guère et ne changerait rien à mes résolutions, si j'étais assuré des vôtres, » dit-il à Richard. Celui-ci lui répondit avec une sorte d'indignation : « Est-ce que vous vous méfiez de ma parole? » En le voyant offensé, Lusignan se jeta dans ses bras et lui dit : « Pardonne à ton frère, plains-le; juge de son amour par sa faute, et ne le punis pas d'avoir douté de ta foi. — N'en parlons plus, répliqua Richard; d'autres intérêts nous appellent : Malek Adhel est à Césarée, assurons-nous de ses intentions; si elles sont telles qu'on nous le dit, s'il est vrai qu'il se soit révolté contre Saladin, en faisant avancer une partie de nos troupes, elles pourront surveiller nos ennemis, profiter de leur querelle, et ouvrir le chemin de la victoire au reste de l'armée. »

Le duc de Bourgogne approuva cette résolution, et Lusignan n'ayant pas osé s'y opposer, en moins d'une heure le conseil fut assemblé. Richard y parla le premier; il mit sous les yeux des princes les événements qui s'étaient passés au Caire et qu'il tenait de la bouche de Guillaume, et ne cacha point l'espérance qu'on avait de pouvoir attirer Malek Adhel dans le parti des Chrétiens; il voulait ajouter son opinion à cet égard, mais cela ne lui fut pas possible: l'espérance qu'il venait de donner avait répandu dans le conseil une joie qui avait besoin d'éclater, et ce fut d'un sentiment unanime qu'on s'écria qu'il n'y avait aucun prix dont on ne dût payer l'avantage de gagner un pareil auxiliaire. Les évêques surtout, appuyés par le légat du pape, prétendirent que la conversion de Malek Adhel étant, pour le bien de la chrétienté, d'un intérêt infiniment supé-

rieur à la conquête de plusieurs royaumes, quiconque s'opposerait à ce qu'on satisfît entièrement aux conditions que ce prince pourrait exiger, serait regardé comme criminel devant Dieu et devant les hommes. A ce discours, Lusignan se leva avec colère, et répondit qu'il était honteux que des Chrétiens semblassent faire dépendre d'un Infidèle le gain de la cause sacrée qu'ils défendaient, en consentant à acheter son secours à tout prix. « Eh quoi donc! s'écriait-il, nous fions-nous si peu à Dieu et à notre courage, que nous n'osions espérer de victoire si Malek Adhel n'est avec nous? et sommes-nous tellement dégénérés, que nous ne puissions compter dans notre armée des héros qui le vaillent? Montmorency est tombé, il est vrai, mais Richard vit encore; si Philippe-Auguste nous abandonne, le valeureux duc de Bourgogne nous demeure : et vous, illustre comte de Saint-Paul; vous, Esmengards d'Asp, noble chef de l'invincible troupe des Hospitaliers, vous qui jamais n'avez reculé devant l'ennemi, ne rougissez-vous pas de voir des Chrétiens élever la valeur d'un Infidèle au-dessus de la vôtre, et accorder à sa protection ce qu'ils refuseraient peut-être à votre dévouement? Enfin, je vous le demande à vous tous, jeunes et braves héros qui avez juré de défendre la beauté gémissante aux dépens de vos jours, pour obtenir le singulier avantage d'être commandé par un Musulman, souffrirez-vous que la princesse d'Angleterre lui soit sacrifiée? » Il ne put achever : de toutes les parties de l'assemblée, les princes qui aspiraient à l'hymen de Mathilde se levèrent indignés, en s'écriant que jamais ils ne permettraient qu'elle devînt la proie d'un Infidèle. Alors l'archevêque de Tyr fit signe qu'il allait parler, et le respect ferma toutes les bouches. « Il me semble, dit-il, que le roi de Jérusalem a mal compris et plus mal interprété les intentions et les désirs du parti qui, dans cette assemblée, s'est prononcé en faveur de Malek Adhel. A Dieu ne plaise que nous demandions à voir les Chrétiens commandés par un infidèle, ni que nous pensions à offrir un tel époux à l'auguste sœur du roi d'Angleterre; mais Malek Adhel, Chrétien, n'est plus un infidèle; d'ennemi qu'il était, il devient le plus ferme appui de notre sainte entreprise, et élevé, par la gloire de son baptême, mille fois au-dessus de la gloire de sa naissance, il est digne de toutes les récompenses qu'il soit en notre pouvoir de donner. Cependant, si c'est l'hymen de la princesse qu'il demande, on s'écrie de toutes parts qu'elle ne doit point être sacrifiée; non, sans doute, elle ne doit point l'être, mais l'avantage de la chrétienté n'est-il pas le premier vœu de cette vertueuse et chaste princesse? tout ce que la religion réclamera d'elle, la religion l'obtiendra; et je suis le premier à vouloir que, si Malek Adhel exige sa main, on ne la lui accorde qu'autant qu'elle y donnera un libre consentement. »

Le conseil acquiesça d'une voix unanime à une proposition qui lui parut également remplie de justice et de raison; et dans cette occasion, comme dans toute autre, aussitôt que l'archevêque de Tyr eut parlé, tout le monde se trouva d'accord.

« Maintenant, dit le duc de Bourgogne, notre premier soin doit être d'envoyer une partie de nos troupes à Césarée, pour savoir quelles sont les véritables dispositions de Malek Adhel; le second doit être d'élire le chef qui les conduira, et un pareil honneur serait vivement disputé, sans doute, s'il était possible, en l'absence de Philippe-Auguste, de le disputer à Richard. »

Il dit, et soudain les acclamations de l'assemblée annoncent l'allégresse qu'inspire cet illustre choix.

Lusignan demande à suivre le roi d'Angleterre à Césarée; mais ses désirs rencontrent la plus forte opposition. On prétend que, pendant l'absence de Richard, le camp pouvant être attaqué par l'armée de Sbladin, il faut que Lusignan reste pour le défendre. Guillaume appuie cette opinion; et jamais les Chrétiens n'ont pris une détermination contraire aux avis de Guillaume.

Fier et heureux de la marque d'estime et de confiance qu'il vient de recevoir des princes croisés, Richard ne veut pas tarder un jour de plus à s'en montrer digne; il annonce que dans peu d'heures il sera déjà loin de Ptolémais, et va dans le camp choisir lui-même les soldats qu'il destine à le suivre. Il leur parle, leur communique ses projets, exalte la gloire qu'ils recueilleront de la conquête de Césarée, et leur fait entrevoir l'espérance d'être soutenu dans cette entreprise par Malek Adhel lui-même. Il dit, et toute l'armée s'écrie qu'il n'y a plus d'ennemi à combattre, de victoire qui ne soit assurée, de ville en état de résister, si Malek Adhel abandonne les Musulmans. A voir la joie qui se répand dans le camp, on dirait que les portes de Jérusalem viennent de s'ouvrir, et que l'empire du Christ ne peut plus tomber, puisque le héros arabe consent à le soutenir. Richard s'étonne de l'impression que produit cette nouvelle; elle élève si haut la gloire de Malek Adhel, que la sienne en est blessée, et il ne peut lui pardonner une réputation de vaillance qui éclipse celle qu'il s'est acquise. Son noble espoir était d'être regardé comme le premier capitaine de son siècle; en lui disputant ce rang, Philippe-Auguste avait mérité son aversion; céderait-il à un Musulman une prééminence qu'il ne pouvait accorder au monarque du premier empire chrétien? Les troupes qu'il va conduire, qu'il vient de choisir, ont montré moins de confiance et de joie de l'avoir pour chef, que de n'avoir plus Malek Adhel pour ennemi. Cette pensée remplit son cœur d'une amère jalousie; et, de ce jour, les serments que l'amitié lui avait fait prêter à Lusignan furent scellés par sa haine pour Malek Adhel. Le cœur ulcéré, il rentre dans sa tente pour prendre ses armes. Tandis que la tendre Bérengère les attache elle-même en les mouillant de larmes, il laisse échapper des paroles menaçantes contre Malek Adhel. La reine suppose que ce courroux naît de l'inquiétude d'être vaincu par le prince, et en s'efforçant de le rassurer elle l'irrite davantage; elle lui retrace tous les bienfaits de ce héros, elle lui peint tous les avantages attachés à l'espoir de le voir passer dans le parti des Chrétiens; elle lui dit enfin, que lors même qu'il demeurerait fidèle à Saladin, qu'il serait victorieux, elle serait sans inquiétude, car il a promis de respecter les jours de son époux. A ce mot, le roi fit un geste de colère et de dédain : être ménagé par Malek Adhel lui semblait la plus mortelle injure; et ne pouvant arrêter la fougue de son ressentiment, il répondit à la reine, que si jamais il lui entendait dire un mot en faveur du prince, il croirait qu'elle n'a pas été impunément auprès de lui. Éperdue de ce qu'elle entendait, Bérengère ne trouva pas de paroles pour se justifier d'un pareil soupçon; et Richard, honteux d'avoir osé l'élever, mais trop irrité pour s'en repentir, passa dans l'appartement de Mathilde, portant dans son âme le regret d'un tort qui était pour lui un nouveau sujet de haïr Malek Adhel. Il trouva sa sœur à genoux devant son prie-dieu, plongée dans de pieuses méditations; elle leva la tête lorsqu'il entra, et tressaillit à la vue de ce guerrier tout armé, qu'elle ne reconnut pas d'abord. Le roi s'arrêta debout à quelques pas d'elle, d'un air sombre, et lui dit : « Ma sœur, je pars à l'instant pour Césarée; je vais surprendre cette ville, m'en emparer peut-être, on dit que le prince qui la défend est disposé à nous seconder; on dit, et c'est par vous sans doute que l'archevêque de Tyr l'a appris, que déjà au Caire il a levé l'étendard de la révolte contre Saladin. Je ne considère point si cette conduite est approuvée par l'honneur, et si la religion doit s'enorgueillir d'une conquête qu'elle doit à l'amour, et qu'elle n'obtient que par un parjure; je ne considère point de quel œil vous recevriez les vœux d'un prince qui ne pourrait s'unir à vous et à notre foi qu'en violant les lois du sang et de la patrie : tout ceci m'importe peu; les seuls objets dignes de m'occuper sont le triomphe de la croix et la fidélité de mes serments.

J'ai promis de rendre Jérusalem aux Chrétiens, je la leur rendrai; j'ai promis à Lusignan de vous faire monter sur son trône, vous y monterez; ici je ne consulte ni ne veux connaître votre penchant, les filles des rois n'en ont point, les volontés de leur famille et l'intérêt de leur patrie règlent seuls leur destinée. — Sire, interrompit la vierge, d'une voix tremblante, et mes vœux, et mon cloître? — Il ne peut plus être question de cloître maintenant, s'écria-t-il vivement; une beauté aussi célèbre a perdu le droit de se vouer à l'obscurité, et la splendeur d'un trône pourra à peine égaler l'éclat de votre nom; celui de Jérusalem vous attend, la conquête de Césarée nous en ouvrira la route; si le prince Adhel nous aide à l'aplanir, j'accepterai son secours; mais si votre main est le prix qu'il y met, souvenez-vous bien que, lors même que le conseil des Croisés vous engagerait à l'accepter, votre frère vous le défend. Une telle conversion ne peut être respectable qu'autant qu'elle serait pure et désintéressée; si ce prince est vraiment Chrétien, il n'a pas besoin de récompense; s'il ne l'est pas, voulez-vous être à lui? Que ce soit donc sans condition qu'il nous aide à reconquérir Jérusalem, sinon qu'il demeure dans ses erreurs, nous saurons vaincre sans lui : c'est les armes à la main que je combattrai son aveuglement; heureux, en lui donnant la mort, de délivrer les Chrétiens de leur plus grand ennemi, et d'estimer assez ma sœur, pour être sûr qu'attachée comme elle l'est à sa foi, elle renoncera sans peine à un infidèle. »

En achevant ces mots, il regarda Mathilde d'un air plus doux, et sortit sans attendre sa réponse. L'infortunée, restée seule, pleure et se détourne en frémissant d'un avenir où elle pourrait rencontrer l'affreuse image de son frère plongeant le fer mortel dans le sein de Malek Adhel, de Malek Adhel qui, à cause d'elle, n'oserait peut-être se défendre. Bientôt, au bruit des trompettes et des timbales qui annoncent le départ de l'armée, ses gémissements ont redoublé. Le pieux Guillaume, dont la charité entend de loin les pleurs des malheureux, a deviné sa douleur, et vient la soulager; en le voyant, elle élève les bras vers le ciel, et s'écrie : « Mon père! ô mon père! » et elle s'arrête, honteuse d'un amour dont l'excès l'a fait rougir, et qui, loin de s'affaiblir par les obstacles, semble s'augmenter avec eux. Guillaume voit son désespoir, et tout en le blâmant, il songe plus encore à le calmer; il lui dit que si Malek Adhel demeure dans ses erreurs, il faudra renoncer à lui; mais il lui dit plus souvent que s'il se convertit, elle pourra l'aimer. Trop pieux pour ne pas lui adresser des reproches sur l'imprudence de sa tendresse, il ne peut que la plaindre quand elle s'accuse, se repent, et demande elle-même à Dieu de remplir toute son âme; mais en vain la religion y reprend son empire, elle ne peut y détruire celui de l'amour, et le combat devient plus terrible. D'une voix timide, la triste victime révèle toutes ses douleurs; et l'archevêque, ému à la vue des plaies sanglantes de ce cœur déchiré, oublie qu'elle est coupable, pour lui donner des consolations et des larmes; il parle le premier de la conversion de Malek Adhel. Mathilde lui dit les ordres de son frère, ces ordres cruels qui ne lui laissent pas l'espérance d'être heureuse, lors même que Dieu aurait touché le cœur du prince. L'archevêque jette un voile sur toutes ces paroles de l'amour, il n'écoute que celles qui intéressent la religion et que la religion purifie, et les résolutions de Richard sont l'objet de plus d'un entretien avec Mathilde; il lui promet de tout tenter pour les changer. « Le légat du pape et moi n'épargnerons rien, dit-il, pour persuader à votre frère qu'il serait responsable de tout le sang chrétien que son refus pourrait faire couler : sans doute il serait plus honorable pour Malek Adhel, qu'une passion humaine ne déterminât pas sa foi; mais quelles que soient les voies dont Dieu se sert pour ramener les Infidèles à lui, nous devons les adopter et les soutenir. » Ainsi les

promesses de Guillaume raniment les espérances de Mathilde; et en le voyant, chaque jour, lever vers le ciel ses mains vénérables pour lui demander la conversion du héros, elle ose tout attendre de ses prières; et le cœur plein de reconnaissance, elle se demande comment elle a pu taire si longtemps ses peines à celui qui en est devenu le seul consolateur. Elle renonce au monde, ne paraît plus à la cour, et ne préfère à sa solitude que les moments où Guillaume consent à l'entendre; alors même elle ne lui parle pas de son amour, mais de ses espérances; la sévérité du prélat ne se prêterait pas aux tendres confidences, mais sa religion accueille avec joie tout ce qui peut l'induire à croire qu'un grand miracle se prépare, et sa charité s'enflamme à l'idée de conquérir un nouvel enfant à l'Eglise. Mathilde lui dit quelquefois : « Mon père, Malek Adhel n'a jamais ressemblé aux autres Mahométans, qui tous méprisent et outragent les Chrétiens; vous avez été témoin vous-même de la bonté avec laquelle il les traite : s'il ne croit point au nom sacré du Christ, du moins il le respecte, et jamais sa bouche n'a prononcé un mot qui ait pu scandaliser ma foi... Ah! sans doute, c'est bien plus par attachement pour son frère que pour Mahomet, qu'il a jusqu'à ce jour repoussé le baptême... S'il pensait que ma croyance fût fausse ou dangereuse, n'aurait-il pas tenté de me l'arracher; que de fois, au contraire, et dans les moments où ma religion repoussait le plus son amour, il a paru étonné de sa sainteté, de sa puissance; enfin, si nous étions morts au désert, il mourait Chrétien.... O mon père! il est prêt à vous entendre, prêt à vous croire, et peut-être ne faut-il que quelques-unes de vos instructions pour que la lumière de vérité touche son cœur et lui arrive de toutes parts. »

C'est ainsi que, sans artifice, et entraînée par le besoin de croire ce qu'elle désirait, l'innocente Mathilde remettait sans cesse sous les yeux de l'archevêque les raisons qui pouvaient encourager ses dispositions en faveur de Malek Adhel, et donner plus de force à ses prières, en lui donnant plus de foi en leur succès. Guillaume, dont l'imagination ardente et le cœur brûlant aimaient Dieu avec une vivacité d'autant plus passionnée, que la parfaite austérité de ses mœurs ne lui avait jamais permis d'aimer un autre objet; Guillaume trouvait dans son âme tant de foi, de charité, et d'amour, qu'il devait bien y trouver aussi l'espérance. Plein de ce zèle qui compte pour rien le travail, et entreprend au delà de ses forces, il ne doutait point qu'un jour il ne fût appelé à la gloire de conférer l'auguste sacrement du baptême au plus grand héros du monde; et pour consommer cette œuvre de miséricorde, s'il n'avait fallu donner que sa vie, Guillaume n'aurait pas hésité.

Cependant les jours s'écoulent, et nulle nouvelle de Richard n'arrive à Ptolémaïs; le même silence enveloppe le sort de Malek Adhel; en vain Mathilde, bravant sa timidité ordinaire, multiplie des questions qui font presque deviner son secret; elle demeure toujours dans cette ignorance qui, pour les âmes vives et tendres, est le pire des tourments, parce que, permettant de tout supposer, elle permet aussi de tout craindre. Souvent on la surprend au pied des autels, à genoux sur le marbre, abîmée dans un profond recueillement, ne voyant rien, n'entendant rien de ce qui se passe autour d'elle; nul alors n'ose l'interrompre, si ce n'est l'archevêque, qui, la connaissant bien, s'approche d'elle et lui dit : « Ma fille, ma fille, quelle pensée vous occupe donc si longtemps et si entièrement? Songez-y bien; si, semblable aux successeurs d'Aaron, vous portez dans le tabernacle un feu étranger; si c'est le seul amour humain qui vous y conduit et vous y retient; si, bien loin d'y captiver vos souvenirs, vous leur donnez toute licence, ma fille, vous êtes toujours une victime, non plus de la miséricorde; mais de la colère et de la vengeance de Dieu. »

CHAPITRE XXXI.

Deux grandes armées se dirigeaient vers Césarée; le héros qui la défendait, et les combats dont elle allait être témoin, la rendaient en ce moment la plus importante ville de l'Orient. Tandis que du côté de la mer Richard venait d'atteindre une colline couverte de bois, d'où il découvrait aisément les minarets de Césarée, surmontés de leurs flèches aiguës, Saladin, du côté opposé, venait d'arriver sous les murs de la ville; et Malek Adhel instruit de l'approche de son frère, se préparait à aller à sa rencontre. Cependant les Chrétiens, en apercevant la nombreuse armée du Sultan se déployer dans la plaine, profitent de l'ombre qui les cache pour observer en silence le parti que Malek Adhel va prendre, et saisir l'instant favorable de tomber sur leurs ennemis; mais la distance où ils sont ne leur permet que de voir le mouvement général des troupes; les actions particulières leur échappent; ils ne distinguent point Saladin s'avançant avec colère vers les portes de la ville; ils ne distinguent point surtout Malek Adhel venant les ouvrir avec soumission. Cette marque d'obéissance n'apaise point le sultan; pour l'attribuer à d'autres motifs que la frayeur, la révolte du Caire est encore trop présente à son esprit; il s'étonne pourtant de la timidité de Malek Adhel; il en rougit pour lui : en perdant sa vertu, il a donc perdu son courage, se dit-il; et sans daigner jeter les yeux sur un frère qu'il n'estime plus, il s'écrie : « Soldats, saisissez le rebelle, et que vos épées étincelantes le consument du feu de ma colère avec la rapidité de l'éclair. » A cet ordre cruel, ses troupes demeurent muettes et consternées; mais celles de Malek Adhel, qui l'ont entendu, s'ébranlent, volent au secours de leur chef, et l'arrachent de la vue du sultan. Saladin, furieux, tire son glaive et ordonne à ses soldats de le suivre; ceux du prince, sans attendre son ordre, ni considérer le désavantage du nombre, s'élancent avec une telle impétuosité, que la troupe ennemie est bientôt repoussée, et que le fier soudan lui-même est obligé de reculer. Du sommet de leur colline, les Chrétiens ont aperçu ce combat; ils ne doutent plus que Malek-Adhel ne soit en révolte ouverte; que le moment ne soit venu de se joindre à lui, et tous se précipitent, fondent sur l'arrière-garde de l'armée du sultan, la surprennent, la dispersent, la taillent en pièces. En se voyant attaqué de tous côtés, Saladin ne peut bannir l'épouvante qui s'empare de son armée; les rangs plient et cèdent sans combattre; en peu d'instants les Chrétiens ont fait tant de captifs qu'ils sont presque inquiets de leur nombre. Richard dit au prince de Tarente : «Prenez quinze cents hommes avec vous, et conduisez nos prisonniers au camp, annoncez ma victoire; que nos frères se réjouissent : Malek-Adhel est à nous, et ce soir le nom du Christ sera béni dans Césarée.» Le prince de Tarente obéit; il charge de chaînes les Mahométans, et reprend la route de Ptolémaïs; tandis qu'il s'éloigne, Malek-Adhel a vu, du haut des murs de Césarée, l'étendard de la croix flotter dans les airs; il a vu la défaite de Saladin, la fuite de l'armée, et aussitôt la patrie et le sang ont fait retentir dans son cœur leurs puissantes voix. Il n'hésite pas à leur obéir; d'un pas rapide, il traverse les escadrons les plus serrés, cherche son frère, le rejoint, et lui dit : «Maintenant soyons amis; Saladin, l'ennemi est là qui nous l'ordonne, repoussons-le ensemble; après la victoire tu seras à temps de me faire mourir.» Il dit, et sans attendre la réponse de son frère, il perce à travers les rangs éclaircis, rallie les soldats, se met à leur tête, et partout où il se montre, il fait changer la fortune. Ému, surpris, Saladin le suit de l'œil; dans le trouble de mille pensées confuses, il se demande ce qu'il doit croire, et s'il doit voir dans Malek-Adhel un traître ou le plus ferme appui de sa couronne. Tandis que, plongé dans cette incertitude, il ne songe ni à attaquer, ni à se défendre, l'aile droite des Chrétiens vient d'être enfoncée par Malek-Adhel; pendant qu'il la poursuit, la gauche profite de ce

moment pour fondre tout entière sur le sultan : au triple panache jaune et noir qui éclate sur son casque, Richard l'a reconnu; il s'élance, il s'écrie : « A moi, Chrétiens, Saladin est pris. » A l'aspect d'un si grand danger, le sultan revient à lui; sa redoutable épée fend en deux le bouclier de Richard, mais la course de l'intrépide monarque n'en est pas arrêtée; il jette en l'air les éclats de son bouclier, saisit d'une main la bride du cheval de Saladin, de l'autre, lui présente son épée, et s'écrie : «Rends-toi, Saladin.» — Je ne te rendrais pas même mon cadavre, repartit le sultan, mon frère le sauverait de tes mains. — Que parles-tu de ton frère? lui dit Richard, ton frère est à nous. — Mon frère est à moi, interrompit-il; puis tout-à-coup, d'une voix tonnante, il s'écrie : A moi, Malek-Adhel, les Chrétiens sont vainqueurs! » Dans le fort de la mêlée, Malek-Adhel l'a entendu; il court, vole, renverse les cimiers brisés, les cottes d'armes déchirées; Saladin le voit auprès de lui, et, fort de son invincible appui, il ne se défend plus, il attaque; l'audacieux Richard va être exposé au même péril que le sultan courait tout à l'heure; mais cette pensée ne le fait point reculer, car il sait bien que, toute brillante qu'est sa couronne, elle n'est pas un titre, mais seulement un engagement à la gloire; et la gloire lui est si chère, qu'à quelque chose qu'elle s'attache, même à la mort, il la désire encore. A cet instant, le choc des deux armées sépare une seconde fois les deux frères; mais Malek-Adhel poursuit avec acharnement le guerrier téméraire qui a menacé les jours de Saladin. Richard, qui le voit, se dégage des fuyards qui l'entraînaient, et revient lui-même sur le prince : un combat terrible commence entre eux; déjà leur sang coule et rougit leurs cuirasses, étonnés de la résistance qu'ils s'opposent, ils redoublent d'efforts; le cheval de Richard s'abat sous lui, mais Richard se relève si promptement, que sa chute n'interrompt point le combat. Malek-Adhel lève son épée, et en porte un si furieux coup sur la tête de son adversaire, que le casque du roi se brise et le laisse un moment éperdu. Mais loin de poursuivre sa victoire, Malek Adhel s'arrête subitement; il regarde Richard, et trouve sur son visage une ressemblance qui fait palpiter son cœur; il lui dit: « Quel est ton nom, guerrier invincible? à tes traits, à ta valeur, je soupçonne que tu dois m'être bien cher. — Je suis ton ennemi, reprend le roi d'un air farouche; oui, ton éternel ennemi. Je triomphais de ton frère, la victoire était à moi; tu me l'as arrachée. Tu m'as vaincu, tu m'as épargné: non, il n'y a point de bienfaits qui puissent me faire oublier de pareils affronts. — Eh bien! superbe Richard, s'écria le prince avec une profonde émotion, car il n'y a que toi qui puisses me tenir un tel langage, si tu crois devoir me haïr parce que j'ai été fidèle à mon pays, je porterai avec douleur le poids de ta haine, mais elle ne m'empêchera pas d'honorer en toi le plus grand roi du monde, et de t'aimer comme l'auguste frère de celle à qui j'ai consacré ma vie. » Il en aurait dit davantage, s'il n'eût aperçu les troupes mahométanes qui accouraient sur eux. A l'instant, il donne son cheval à Richard, et lui dit vivement: « Fuis, noble monarque, au nom de ton épouse, de ta sœur, résous-toi à fuir; contre tant d'ennemis tout l'effort de ta valeur ne t'empêcherait pas de perdre la vie sans utilité pour ta cause. » Le roi le sent bien, et c'est là ce qui le détermine. L'intérêt des Chrétiens lui commande de ne pas les abandonner; c'est à lui qu'appartient de réunir et de sauver les restes de l'armée; son devoir de chef fait céder son courage, et ici c'est l'honneur qui l'emporte sur l'orgueil. Mais en reculant il verse des larmes de rage, et sa haine pour Malek Adhel s'accroît bien plus par la honte d'avoir fui à ses yeux, que par le mal que ce prince a fait aux Chrétiens en demeurant fidèle à Saladin.

Tandis que le héros anglais rejoint ses troupes, les rallie, et fuit avec elles, Saladin les poursuit et égorge impitoyablement tous les Chrétiens qu'il peut atteindre. Malek Adhel les épargne et ne fait que des prisonniers; l'image de Mathilde, qui vient de se présenter à lui au milieu du carnage, s'attache et s'unit à tous les Chrétiens; il a horreur de leur sang, son bras est sans force pour le répandre, et il ne peut regarder d'un œil ennemi ceux que sa bien-aimée appelle ses frères. Elle va s'affliger de leur défaite, elle va peut-être haïr leur vainqueur, et à cette pensée, il ne peut s'empêcher de détester sa victoire. Maintenant qu'il a tout fait pour l'amitié, il commence à regretter de n'avoir pas tout fait pour l'amour. Abattu par les combats que se livrent en son cœur la plus impérieuse des passions et le plus saint des devoirs, n'entrevoyant point dans l'avenir l'espérance de les accorder, et ne se sentant point la force de sacrifier l'un des deux, il s'arrête tristement au milieu des cadavres dont la terre est jonchée, et ces yeux éteints, ces lèvres pâles, ces cœurs qui ont cessé de battre, n'excitent point sa compassion; un tel sort lui paraît doux en comparaison des cruels tourments qui le déchirent: ils sont tranquilles, se dit-il en promenant ses regards sur cette foule de morts; et à cette pensée il songe bien moins à les plaindre d'avoir perdu la vie qu'à leur envier le bonheur de ne plus souffrir.

Cependant tous les ennemis ont disparu, le calme est rétabli; Saladin abandonne la poursuite des Chrétiens, et revient suivi des étendards déchirés et des oriflammes sanglants qu'il leur a ravis. Le triste et victorieux Adhel s'avance vers son frère, il appelle autour de lui tous les soldats qui l'ont soutenu dans sa révolte du Caire, tous ceux qui ont délaissé Metchoub pour le suivre; il leur dit: « Jurez-vous par Mahomet et son divin alcoran d'obéir à tous mes ordres? — Nous le jurons, s'écrient-ils. — Imitez-moi donc, reprend-il, tombez aux pieds de votre souverain, et quelle que soit la peine qu'il veuille nous infliger, soumettons-nous, car nous l'avons méritée. Mon frère, continua-t-il en mettant un genou en terre devant Saladin, et lui présentant son cimeterre, je t'offre ma tête, prends ta victime; ta vengeance est juste, mais fais grâce à tous ces braves guerriers, soutiens de ton empire et de ta puissance; mon exemple seul a pu les écarter de leur devoir, ma mort les y fera rentrer. » A ces mots, le fier soudan s'attendrit; il essuie avec surprise les larmes qui remplissent ses yeux, et ne comprend point quelle est cette émotion inconnue qui, en oppressant son cœur, fait ainsi trembler sa voix. Hors d'état de parler, il ouvre ses bras à son frère; Malek Adhel s'y jette. « Ah! Saladin, lui dit-il, as-tu pu croire que l'ami de ton enfance ait eu la volonté de t'abandonner et la pensée de te trahir? — Maintenant je le verrais moi-même que je ne le croirais pas, s'écrie le sultan. O Malek Adhel! si tu as eu des torts, je les oublie; puisses-tu oublier de même la vengeance que j'en ai voulu tirer. » Il dit, et serre contre son cœur un frère qu'il chérit; celui-ci répond à sa tendresse, et pendant quelques instants perd la mémoire de son amour, ou ne s'en souvient que pour s'applaudir de n'y avoir pas cédé. Touchée de leur sainte et fraternelle amitié, l'armée célèbre leur réconciliation par mille cris de joie; et par l'ordre de Saladin lui-même, les soldats de Malek Adhel se mêlent et se confondent avec les siens, afin qu'il puisse ignorer toujours quels furent les musulmans qui osèrent porter les armes contre lui.

Les deux frères sont également impatients de se trouver seuls; ils s'interrogent, se questionnent, s'expliquent, Saladin écoute le récit de tout ce qui s'est passé à Damiette; il voit que Malek Adhel a voulu obéir; que c'est malgré ses ordres que la reine est partie et que la princesse est restée; mais quand il entend qu'un esclave chargé de l'instruire de ce grand événement lui a été envoyé, il s'écrie : « Je ne l'ai point vu, nul message de ta part n'est parvenu jusqu'à moi, et, je l'avoue, ce silence si extraordinaire, qui appuyait toutes les accusations de Metchoub, fut la seule cause qui pût me porter à les croire. » Alors Malek Adhel comprend la colère de son frère; toutes

les apparences l'ont montré si coupable, qu'en le pardonnant sans l'avoir entendu, il trouve lui-même que Saladin s'est montré bien indulgent. A la prière de celui-ci, il continue son récit; il raconte les scènes du désert, et sa noble franchise ne dissimule pas qu'au moment de mourir, les larmes de Mathilde l'avaient rendu infidèle à Mahomet. « Mais, ajoute-t-il, si les séductions de cette fille céleste ont pu ébranler ma croyance, je puis te jurer qu'elles n'altèreront ni mon zèle pour mon pays, ni ma fidélité pour toi. Je conviens que l'amour a une grande puissance sur mon cœur, mais tu as vu aujourd'hui qu'elle n'affaiblissait pas mon bras lorsqu'il s'agissait de défendre l'honneur de tes armes. — Ecoute, reprend le sultan, je t'ai entendu, et je ne t'ai pas trouvé coupable; si la reine d'Angleterre a été renvoyée au camp des Croisés, je n'en puis accuser que l'artifice de la princesse Mathilde; en l'y renvoyant elle-même, tu m'as épargné une cruauté qui aurait souillé ma gloire; enfin, en défendant ta vie contre Metchoub, tu as plus fait que me conserver mon empire, tu m'as conservé mon ami; il m'eût été doux d'avoir à te pardonner, mais je n'ai rien à te pardonner... Que dis-je? n'est-ce pas au moment même où je venais d'ordonner ta mort, que tu as sauvé mon armée et ma vie? Je ne connais qu'un moyen de m'acquitter envers toi, c'est de te donner la beauté que tu aimes : accepte le trône de Jérusalem, fais-y asseoir avec toi la princesse d'Angleterre, qu'elle t'apporte Ptolémaïs pour sa dot, et que les Croisés, satisfaits de voir une reine de leur sang et de leur religion régner sur la Judée, retournent enfin dans leur Europe. Tu demeureras toujours le serviteur de Mahomet, l'ami de ton frère; unis de cœur, d'opinions, et de gloire, la sainteté de nos nœuds servira d'exemple aux nations, et Saladin alors pourra mourir en paix. — Je te savais si grand et si généreux, répond Malek Adhel dans l'effusion de sa reconnaissance, que ce que tu fais aujourd'hui me touche, mais ne me surprend pas. Saladin, j'accepte tes dons, afin qu'ils me lient plus étroitement encore, s'il est possible, à tes intérêts et à mes devoirs ; j'accepte le trône que tu m'offres, afin d'être le premier de tes tributaires, et de te donner un nouveau gage de ma fidélité, en te nommant mon bienfaiteur. »

Le prince voudrait porter lui-même au camp des Croisés les propositions de Saladin, mais Saladin s'y oppose ; il ne veut point que son frère abaisse la fierté mahométane et l'orgueil du trône jusqu'à prendre le titre d'ambassadeur auprès des rois chrétiens ; il ordonne même à celui de ses serviteurs qu'il revêt de cette grande dignité, de ne se montrer au camp de Ptolémaïs qu'entouré de cette pompe orientale, qui retardera sa marche, sans doute, mais qui fera mieux sentir l'importance de sa mission, et la grandeur du souverain qu'il représente.

CHAPITRE XXXII.

TANDIS que le sultan ordonne les préparatifs de cette solennelle ambassade, si lents au gré de Malek Adhel, quoiqu'il les presse avec toute l'activité que le plus violent amour peut inspirer au caractère le plus bouillant, la nouvelle précipitée de la prise de Césarée vient d'arriver au camp des Croisés.

Quand le prince de Tarente y rentra, au bruit des clairons et des trompettes, et entouré de la foule de captifs qu'il ramenait, Mathilde était seule dans son oratoire : elle entend ce signal du retour de l'armée, et il porte dans son cœur un mortel effroi ; elle va savoir dans quel parti s'est rangé Malek Adhel ; toute sa destinée est là, c'est l'arrêt de sa vie, et les espérances qu'elle avait nourries jusqu'à cet instant, se dissipent pour faire place à la crainte ; elle oublie l'amour du prince, les serments du désert, tout ce qui peut la rassurer enfin, pour ne se souvenir que du courage avec lequel il s'est séparé deux fois d'elle : si sa pensée lui retrace l'impression que la foi du Christ fit sur l'âme du héros, ce n'est que pour reprocher à cette foi

d'avoir manqué de ces lumières vives et pénétrantes qui ne permettent pas d'hésiter ; cependant le moment du reproche se perd bientôt dans celui du repentir ; elle s'accuse, s'agite, se prosterne, se relève ; au plus léger bruit, son sang se porte vers son cœur, l'étouffe, la brûle ; bientôt il se glace avec le silence qui succède, et elle est prête à défaillir. Pour être plus tôt instruite, elle voudrait s'élancer au-devant de l'armée ; mais au même instant, épouvantée de la nouvelle qui s'avance, elle fuit dans le lieu le plus reculé de son appartement. Cependant une main bien connue vient de frapper à sa porte ; c'est l'archevêque de Tyr ; elle ne sait si elle ouvrira : deux fois elle s'avance et deux fois elle retombe sans force sur son siége. Enfin, rassurée par sa faiblesse même, qui ne lui permet pas de croire qu'elle pourra survivre à la perte de ses espérances, elle se sent le courage d'apprendre le malheur que la mort doit suivre, et d'une main tremblante, les yeux baissés, elle ouvre à l'archevêque, semblable à une victime qui se détourne pour ne pas lire sur le front de son juge l'arrêt qui va la condamner. « Réjouissez-vous, ma fille, lui dit Guillaume, les Chrétiens sont vainqueurs. » Elle le regarde ; son front chauve rayonne d'un doux contentement ; elle recommence à espérer ; mais avant de se réjouir, elle attend que l'archevêque lui apprenne quelque chose de plus. « Votre frère a vaincu les Infidèles, ajoute-t-il, et à cet instant Césarée est à nous. » La vierge ne répond point encore ; l'archevêque ne lui a point dit sous quels drapeaux a combattu Malek Adhel. Elle se tait : elle craindrait de montrer trop d'amour en prononçant le nom dont son cœur est plein, et qui seul va faire la joie ou la douleur de la nouvelle qu'on vient de lui annoncer ; mais malgré la pudeur de son silence, ses regards ont parlé : l'incertitude, l'anxiété qu'ils peignent, ont révélé à l'archevêque que la victoire des Chrétiens n'est rien pour elle s'ils ne la doivent à Malek Adhel. Guillaume blâme sa faiblesse, et ne veut point y compatir ;

cependant, puisque son bonheur dépend d'un mot, et que ce mot dépend de lui, il ne le fera pas attendre; mais voulant purifier, pour ainsi dire, la joie de Mathilde en la rattachant à la pensée de Dieu, il ajoute : « Oui, ma fille, Richard est maître de Césarée, et l'Éternel a touché le cœur de Malek Adhel; ces deux grandes conquêtes nous montrent sa puissance, sa miséricorde, et nous prouvent que de lui seul procèdent tous les biens, et que lui seul doit être notre fin et notre espérance. » Mathilde baisse son voile; elle sent que les transports de félicité qui remplissent son cœur, vont éclater dans ses yeux, et sa modestie rougit de les laisser voir. L'archevêque continue : « Quand le prince de Tarente s'est éloigné de Césarée, l'armée de Saladin séparait encore Malek Adhel et Richard; mais celui-ci, vainqueur sur tous les points, se préparait à percer avec ses troupes à travers celles du sultan, et ne doutait pas qu'aussitôt qu'il serait parvenu à joindre Malek Adhel, ils ne combattissent de concert, et ne parvinssent à mettre le sultan en fuite, et à arborer, le jour même, l'étendard triomphant de la croix sur les murs de Césarée. — Mon Dieu! s'écria la princesse, puis-je croire ce que j'entends? se peut-il que Malek Adhel ait combattu contre son frère, et que l'amour ait eu tant de puissance dans son cœur? — Ma fille, reprit l'archevêque d'un ton sévère, s'il l'a fait, gardez-vous de l'attribuer à l'amour : les passions humaines ne font point de tels prodiges, la cause en est plus haut; et si j'ai voulu vous annoncer moi-même cette miraculeuse conversion, c'était pour empêcher votre cœur de s'égarer dans une folle joie, et l'avertir de ne pas s'attacher si fortement aux biens qui lui sont promis, qu'il ne soit pas tout résigné à les perdre s'il plaisait à Dieu de les lui ôter. »

C'est ainsi que, d'une main sage, la religion contient les passions dans leurs justes bornes, et défend l'excès même aux plus légitimes : bienfaisante jusque dans la sévérité, elle permet le plaisir et n'en proscrit que le délire; et si elle tempère la joie, elle sait mieux encore calmer les douleurs. Ah! qu'elle est bien ce qu'il faut au cœur de l'homme! qu'elle en connaît bien toutes les faiblesses et les misères, cette religion qui nous empêche de trop aimer les jouissances fugitives, qu'il nous faut perdre tôt ou tard! Dans les temps de prospérité, quand tout nous rit, que les jeunes espérances et les vaines illusions enflent notre cœur d'une folâtre allégresse; enfin, lorsque nous sommes prêts à oublier que les félicités humaines ont un terme, la religion, pour nous sauver du désespoir où nous plongerait un si dangereux oubli, ne cesse de nous rappeler que tout passe, et de nous montrer comment tout finit; mais si elle est ainsi utile et salutaire aux jours du bonheur, aux jours plus nombreux de l'adversité, qu'elle est tendre et touchante! C'est là qu'elle déploie toute sa puissance; c'est là qu'elle trouve, contre le malheur, des paroles et des promesses devant lesquelles il se dissipe; c'est là qu'elle s'élève jusqu'au ciel pour y puiser, dans le sein même de Dieu, des consolations pour l'homme; et celui qu'elle a pu laisser insensible quand, prudente et sage, elle prévenait les longs regrets en arrêtant les fougues de la joie, ne peut lui résister quand elle console, lui refuser son amour quand elle montre tout le sien, ni s'empêcher de pleurer avec elle quand elle pleure avec l'infortune. Guillaume était chrétien, lorsqu'hier encore il mêlait ses larmes à celles de Mathilde; il ne l'est pas moins aujourd'hui, quand il lui recommande de ne pas s'abandonner immodérément à l'avenir flatteur qui s'ouvre devant elle; « et maintenant, ma fille, lui dit-il, vous pouvez passer chez la reine; elle vous attend et vous désire : vous trouverez chez elle le prince de Tarente; il vous instruira, avec plus de détail, de ce que vous désirez savoir, et préviendra les questions que votre timide modestie n'oserait pas hasarder. »

Aussitôt Mathilde rattache ses voiles épars; elle répare le désordre de sa parure, sèche la trace de ses pleurs, et se présente chez la reine, les yeux baissés et les joues brûlantes d'émotion. A l'instant où elle parut, le prince de Tarente s'avança respectueusement vers elle, et Bérengère, lui prenant vivement la main, lui dit : «Ma sœur c'est à vous qu'il faut rendre grâces d'une victoire à jamais fameuse dans les annales de la chrétienté soumis à votre empire ; le noble Malek Adhel embrasse notre culte, notre parti ; le bruit s'en répand déjà dans tout le camp ; déjà on n'y attribue qu'à vous la gloire de sa conversion, et vos deux noms sont si bien unis dans toutes les bouches, qu'ils semblent ne pouvoir plus se séparer. — Oui, Madame, s'écria le prince de Tarente : aidés de Malek Adhel, les Chrétiens vont marcher de conquêtes en conquêtes ; celle de l'Orient entier ne sera pas trop vaste pour leur ambition ; mais ils n'y aspirent que pour avoir le droit de vous l'offrir : c'est là le seul trône digne de vous, c'est là qu'ils vous placeront avec le héros que vous leur avez donné ; c'est là que, souveraine de ces immenses provinces où règne maintenant l'empire du démon, vous ferez découler sur elles, du haut de votre trône, des torrents de cette lumière divine dont l'Eternel a rempli votre cœur. — De si hautes destinées, reprit la princesse avec un trouble extrême, sont trop au-dessus de mes espérances. — Et quelles destinées, quelles espérances peuvent être au-dessus de ce que votre merveilleuse beauté vous donne le droit d'attendre ! interrompit le prince de Tarente avec enthousiasme ; quels cœurs n'embraserait-elle pas ? quels empires ne peut-elle pas conquérir ? où fut-il jamais d'armes plus invincibles ? Ah ! pour être vaincu par elle, pour tomber à vos pieds, vous offrir son trône, et croire à votre Dieu, il n'a manqué à Saladin que de vous avoir vue un instant. » De pareilles louanges blessaient l'humble modestie de Mathilde ; par sa contenance imposante et grave, elle fit entendre au prince de Tarente, qu'elle désirait qu'il changeât de langage : alors, craignant de l'avoir offensée, il se tut, et ce ne fut qu'à la prière de la reine, qu'il reprit la parole pour raconter à Mathilde comment les dispositions de Malek Adhel devant Césarée, et le combat de ses troupes avec celles du sultan, avaient dû faire présumer aux Chrétiens qu'il favorisait leurs projets ; et en l'écoutant l'innocente Mathilde se confirma dans des espérances bien chères, et qui devaient, hélas ! si peu durer.

Le lendemain, toute la cour se réunit chez la reine d'Angleterre : là, les rois de Jérusalem et d'Antioche, les comtes de Tripoli et de Jaffa, et tous les vaillants chevaliers demeurés au camp, délibéraient entre eux, impatients de gloire, s'ils n'iraient pas joindre Richard à Césarée, afin de cueillir aussi leur part de lauriers. Les héros surtout qu'enflammaient les charmes de Mathilde, brûlaient du désir de combattre ; car ils ne pouvaient endurer la pensée que Malek Adhel, remportant seul l'honneur de la victoire, en méritât seul le prix. Dévoré de jalousie, d'orgueil, et de haine, Lusignan s'écria que, quelle que fût la conduite de Malek Adhel, soit qu'il demeurât fidèle à ses lois, soit qu'il soutînt les Chrétiens et trahît pour eux sa patrie et son frère, il était également indigne du prix qu'il osait demander ; « et je ne crois pas, Madame, ajouta-t-il en regardant Mathilde, que la noblesse de votre sang et la pureté de votre âme, vous permettent de jamais accepter pour époux un homme dont le culte est horrible à Dieu, et dont la conversion serait une perfidie, » Mathilde fit un geste de surprise et d'indignation ; Bérengère voulait répondre, Guillaume ne lui en donna pas le temps : «Qu'osez-vous avancer, sire ! s'écria-t-il ; quelles paroles impies venez-vous de faire entendre ? Quoi ! vous regarderiez comme un traître celui que Dieu daignerait éclairer, et qui, détestant son faux prophète, pour recevoir l'eau du baptême... — Je vous demande pardon, mon père, interrompit brusquement Lusignan ; mais ici il s'agit d'honneur et non de religion, et sur ce point, permettez-moi de le dire, je me crois meilleur juge que vous : les lois de la chevalerie ne sont pas toujours confor-

-mes à celles de l'Eglise, et souvent les unes autorisent la même action que les autres réprouvent. — Le héros qui a peut-être le mieux connu les saintes lois de la chevalerie, reprit la princesse un peu émue, le grand Montmorency, pensait autrement que votre majesté ; si Malek Adhel eût été Chrétien, il l'aurait estimé au-dessus de tous les rois du monde ; en mourant, il priait pour sa conversion, et si cette conversion eût été criminelle, sa belle âme ne l'aurait pas demandée à Dieu. — Je ne prends l'opinion de personne pour règle de la mienne, répliqua fièrement le roi de Jérusalem, et surtout les dernières pensées d'un mourant. Il se peut que, quand le monde s'efface, et que tout va changer d'aspect, on change aussi de sentiment ; mais soyez assurée, Madame, que si Montmorency vivait encore, il ne porterait pas un autre jugement que le mien, et qu'en voyant Malek Adhel combattre avec les Chrétiens, il ne verrait en lui qu'un traître qui a déshonoré la gloire de ses armes en les tournant contre sa patrie et son légitime souverain ; sa voix, comme la mienne, le déclarerait lâche et perfide à la face de tout l'univers ; et mon épée, comme la sienne, saura bien soutenir ces paroles. » Bérengère, blessée de la manière dont il parlait du bienfaiteur qui l'avait rendue à son époux, mêla, pour la première fois de sa vie, un peu d'amertume à ses paroles, et répondit que, quelque formidable que fût son épée, elle ne pensait pas que le héros, surnommé à si juste titre le *foudre de guerre de tout l'Orient*, pût s'en effrayer beaucoup. A ces mots, Lusignan contraignit avec peine la violence de son dépit, et, sans répondre à Bérengère, il se tourna vers Mathilde, et lui dit : « Je suis étonné, je l'avoue, de voir la reine d'Angleterre professer des sentiments si contraires à ceux de son illustre époux ; mais je le serais bien plus, je l'avoue, s'ils étaient approuvés par votre altesse. — Sire, reprit-elle avec une fière dignité, si je me suis toujours honorée de penser comme la reine ma sœur, je ne cesserai point de m'unir à elle lorsqu'elle avoue hautement son estime pour le héros qui vous a ravi votre empire, et qui vous le rendra peut-être. » Elle achevait à peine, que des cris tumultueux s'élevèrent dans le camp et rompirent la discussion. Au même moment, la porte s'ouvrit ; Richard parut tout armé et couvert de poussière : sa contenance était sombre, farouche, et il ne daigna pas répondre à la reine, qui s'était précipitée près de lui. « O mon frère ! mon frère ! » s'écria Mathilde d'une voix altérée ; et elle jetait des regards inquiets derrière lui, pour voir si Malek Adhel ne le suivait pas. Tous les princes et les chefs, saisis d'une extrême surprise, lui demandèrent la cause de son retour, et comment il revenait à Ptolémaïs quand ils le croyaient maître de Césarée ? « J'ai été vaincu, reprit Richard d'un air consterné, et jurant dans son âme une haine implacable à celui qui le forçait à un pareil aveu. — Eh quoi ! reprit le prince de Tarente, votre majesté a-t-elle donc été repoussée avant d'avoir pu joindre Malek Adhel ? — Que parlez-vous de Malek Adhel ? interrompit brusquement Richard, c'est lui seul qui nous a perdus, qui a causé notre défaite et ruiné notre entreprise. J'avais enfoncé toute l'armée de Saladin ; ses escadrons rompus, frappés de terreur, dispersés dans la plaine, ne pouvaient éviter les Chrétiens ; ils fuyaient de tous côtés ; de tous côtés ils trouvaient l'esclavage ou la mort ; et si je n'avais eu que le sultan à combattre, il serait prisonnier à Ptolémaïs, et dans peu de jours peut-être nous serions à Jérusalem ; mais Malek Adhel est venu m'arracher la victoire : tel qu'un astre malfaisant, il a paru tout-à-coup, et le désordre de l'armée ennemie a cessé, les troupes ont été ralliées, les Chrétiens ont été vaincus, et, pour la première fois de sa vie, Richard a fui.... O honte insupportable ! continua le fier monarque en frappant son front contre ses deux poings armés de gantelets ; ô superbe Malek Adhel ! ton nom sera toujours mon opprobre ; tant que tes yeux seront ouverts à la lumière, il existera un *homme qui* pourra se dire, J'ai fait reculer Richard; et, ce qui met le comble à mon injure, j'ai perdu le pouvoir de t'ôter la vie. — Mon frère, s'écria Lusignan en lui serrant la main avec force, pourquoi l'as-tu perdu? Le malheur a-t-il abattu ta grande âme, et te défies-tu de ta valeur? — Emporté par mon courage, répondit Richard avec sa loyale franchise, j'allais tomber entre les mains de l'armée entière des Musulmans; Malek Adhel l'a vu, et m'a sauvé; je lui dois la liberté, peut-être la vie: fatale obligation, qui redouble la honte de mon affront en me défendant de m'en venger! — Eh! n'as-tu pas ici ton frère qui périra pour te venger? répliqua Lusignan, les yeux étincelants d'ardeur et de joie; suis-je même le seul qui soit sensible à tes outrages, au point de payer de tout mon sang l'honneur de les effacer? N'es-tu pas entouré d'amis qui te chérissent, et qui tous vont jurer avec moi de ne poser les armes qu'après que la mort de Malek Adhel aura délivré ta gloire du seul homme qui puisse se vanter de t'avoir vu fuir. » Ces mots, dits à dessein, animèrent d'une telle fureur le ressentiment de Richard, que sa générosité ordinaire en fut étouffée; et, pressant son frère d'armes contre sa poitrine, il s'écria: « Brave Lusignan, je t'entends, et je promets la main de ma sœur au vainqueur de Malek Adhel. » A l'instant, tous les chevaliers et les rois qui aspiraient à l'hymen de la princesse, se réunirent autour du roi, et élevant leurs épées d'un commun accord, ils jurent la mort de Malek Adhel.... Mais à l'aspect de tous ces fers étincelants destinés à percer le cœur qu'elle adorait, l'infortunée Mathilde pâlit, ses yeux se fermèrent, et elle tomba sans mouvement sur le plancher.

En la voyant évanouie, Bérengère fit un cri et accourut vers elle: Richard tressaillit, mais il ne s'approcha point de sa sœur, et, faisant un geste, il dit à la reine: « Faites appeler vos femmes, Madame, qu'elles emportent cette jeune fille loin d'ici; j'excuse les frayeurs d'une vierge timide, et je me plais à croire

qu'il n'y a pas d'autre motif à son saisissement. Mon père, continua-t-il en s'adressant à l'archevêque, veuillez la suivre, je vous prie; quand elle sera en état de vous entendre, dites-lui que vous m'avez assuré que son devoir lui était plus cher que sa vie, et que son premier devoir est de m'obéir; qu'elle sache bien que si jamais, sans égard pour sa gloire; elle osait tenir un autre langage, la mienne ne me permettrait pas de le souffrir. » Avant de suivre les femmes qui emmenaient Mathilde, Guillaume s'inclina avec respect devant le roi, et répondit: « Je connais la princesse d'Angleterre, sire; j'ai lu souvent dans ce cœur pieux, soumis, tel qu'il n'en existe pas un autre sur la terre; il n'y a point de sacrifice qu'elle ne fasse à la religion, il n'y en a point qu'elle ne lui ait fait, et peut-être chercheriez-vous en vain autour de vous quelqu'un qui en pût dire autant: je réponds donc à votre majesté que la conduite de la princesse Mathilde honorera toujours le sang dont elle sort. — Qu'elle n'oublie donc pas, répliqua le roi d'un air mécontent, que, pour en être digne, il faut que la faiblesse qu'elle a montrée aujourd'hui soit la dernière de sa vie; car quiconque est faible n'est pas du sang de Richard. »

CHAPITRE XXXIII.

QUAND une grande infortune tombe avec violence sur le cœur, d'abord il demeure comme anéanti; il ne voit, il n'entend, il ne sent plus rien; la vie y semble suspendue: mais à peine y a-t-elle repris son cours, que toutes les douleurs s'y précipitent avec elle, s'y pressent en foule, le brisent, le déchirent de toutes parts; alors on crie, on s'agite, on voudrait mourir; mais on craint, en mourant, d'emporter son malheur avec soi; on veut d'abord s'en délivrer, le rejeter dans le monde; et mourir ensuite pour se reposer de l'avoir souffert.

Telle était la situation de la triste Mathilde: en retrouvant la vie, qui la rendait à la douleur, elle aurait rappelé à grands cris la mort, qui l'en délivrait, si elle avait pu supporter la pensée de descendre au tombeau, en laissant subsister derrière elle l'horrible serment qu'elle venait d'entendre. « O ma sœur ! disait-elle à la reine, laissez-moi sortir d'ici ; je veux retourner devant Richard, devant tous les féroces guerriers qui l'entourent ; je veux tomber à leurs pieds ; j'aurai encore la force d'aller jusque-là : peut-être se laisseront-il attendrir par mes larmes, peut-être mes prières pourront-elles les fléchir. Ils rétracteront le vœu sanglant, le serment impie qui menace les jours du héros qui a sauvé votre époux. — Oui, mon enfant, lui dit l'archevêque en prenant les deux mains de la vierge entre les siennes, priez pour celui qui vous a rendu la liberté, et qui a épargné les jours de votre frère, cela vous est permis ; car ce Dieu qui nous a tout donné, a fait de la reconnaissance le premier de nos devoirs ; mais que ce sentiment, ô ma fille ! soit désormais le seul qui s'attache à la pensée de Malek Adhel. » La princesse ne répondit que par un torrent de larmes, son cœur était loin des paroles de l'archevêque ; car le moment où l'on craint pour ce qu'on aime, est celui où on aime le plus ; et, en voyant la vie de Malek Adhel menacée, il lui était devenu si cher, qu'elle doutait presque que Dieu lui-même eût assez de puissance pour lui ôter son amour. A la fin, d'une voix gémissante, elle dit : « O mon père ! quand je verse devant le ciel mes pleurs avec mes prières, ce n'est point pour qu'il change mon cœur, mais pour qu'il change celui des ennemis de Malek Adhel, afin que, tranquille sur sa vie, je puisse mourir en paix. — Vous voulez mourir, Mathilde ! interrompit Bérengère effrayée. — Ma sœur, reprit-elle en se jetant dans ses bras ; j'ai perdu tout espoir, et vous le demandez !... — Ainsi, reprit l'archevêque d'un ton sévère, au lieu de déplorer vos folles amours dans le sein de la pénitence, vous voulez couronner vos erreurs par un crime ? — Non, mon père, je ne porterai pas sur moi-même une main homicide, j'attendrai que la douleur ait

brisé tous les liens de ma vie ; elle ne tardera pas ; j'ai trop souffert : hélas ! je mourrai bien jeune ; mais pas encore assez pour n'avoir pas eu le temps de désirer la mort. — Ma fille, répliqua Guillaume, frémissez que Dieu ne vous exauce, car la mort avec le péché ; voilà ce qu'il y a de plus terrible dans les trésors de sa colère. — Ah ! voilà bien ce qui me fait frémir, s'écria Mathilde : les barbares ! ils veulent lui arracher la vie, tandis qu'il est encore dans l'erreur, le perdre pour l'éternité..:. Pardonnez, mon père, mais à cette affreuse pensée, je sens que mon esprit se trouble, s'égare ; je sens que, si Malek Adhel devait être rejeté de Dieu, je voudrais en être rejetée aussi... — Arrête ! malheureuse enfant, s'écria vivement l'archevêque ; hâte-toi de bannir, de détester un amour qui t'a appris comment on blasphème : Dieu puissant, pardonnez-la, car voilà sa première faute. Mathilde, rappelle ta vertu, et pleure toute ta vie d'avoir osé dire que tu préférais un homme à ton Dieu ! — L'ai-je dit, mon père ? mon délire m'a-t-il poussée jusque-là ? s'écria-t-elle ; pleine d'un saint effroi. Hélas ! je n'ai donc plus de sagesse, je n'ai donc plus d'honneur ; les devoirs et la religion ont donc perdu leur empire sur ce cœur que tout abandonne, hors l'amour qui le remplit et le remords qui le déchire. — Ma fille, reprit Guillaume avec un accent plus doux, ne vous livrez pas au désespoir, car Dieu peut pardonner plus encore que l'homme ne peut pécher ; il n'est point de fautes qui ne puissent être effacées par des larmes, et, dans l'immensité de sa miséricorde, il n'attend pas même qu'on le prie ; il exauce les simples désirs, et entend jusqu'aux dispositions des cœurs. — Ah ! reprit la princesse attendrie, qu'il entende donc le vœu que je fais de renoncer à Malek Adhel ; mais dans cette vie périssable seulement ; Dieu me permettra bien l'espérance de le retrouver dans l'autre. — Il vous permettra même de le lui demander, répondit l'archevêque, et peut-être ne sera-ce pas sans effet ; car la prière a le pouvoir spécial et le privilége divin de monter au plus haut des cieux, et de toucher le cœur de Dieu en lui exposant les misères des hommes : mais de telles grâces ne s'obtiennent que par de grands sacrifices ; il faut vivre, Mathilde, et ne vous permettre ni plaintes, ni murmures ! il faut supporter vos épreuves, il faut même les aimer, et vous garder d'appeler la mort, qui les termine, car là mort est le désir de la faiblesse, et la vertu seule peut vivre dans le malheur. — Puisque mes prières peuvent être efficaces, reprit la princesse, j'étais bien coupable de vouloir mourir : ah ! que l'Eternel, au contraire, daigne prolonger des jours qu'il me permet de consacrer à lui demander la grâce de Malek Adhel. — Oui, mon enfant, il vous le permet ; mais prenez garde pourtant que votre cœur séduit n'abuse de la prière, pour porter devant Dieu les intérêts de vos passions. — Hélas ! répliqua la vierge, il n'y a plus de passions dans le lieu où je désire m'enfermer ; et là, les prières, dégagées de tout intérêt humain, sont dignes sans doute d'arriver jusqu'au ciel. Mon père, je veux quitter le monde, et retourner à mes premiers vœux : ô mon guide révéré ! couvrez-moi de votre protection ; empêchez que je ne sois sacrifiée aux puissances de la terre ; conduisez-moi dans ce saint asile que vous vouliez faire ouvrir à la malheureuse Agnès : puisque je fus coupable aussi, pourquoi me retenir dans le monde ? pourquoi mettre obstacle à ma pénitence.....? Oh ! que je voie seulement mon frère renoncer à son injuste haine, et ses sanguinaires amis cesser de poursuivre la vie de Malek Adhel ; alors vous me verrez m'éloigner avec joie de ce monde auquel je n'aurai plus rien à demander, et où je n'ai connu que des malheurs et des faiblesses. — Ma sœur, dit alors la reine, jamais vous n'en obtiendrez la permission de Richard ; il a attaché son cœur et sa volonté à votre hymen avec Lusignan, et il vous contraindra à lui obéir. — Il me contraindra, reprit fièrement la princesse ; et quel est son droit, quelle sera sa force ? — Ses ordres suffiront sans

doute, répliqua Bérengère, car assurément il est impossible de résister à ceux de Richard. — Dans cette occasion, il est plus impossible encore d'y obéir, repartit vivement Mathilde. — Ma fille, lui dit l'archevêque, il faut un grand courage pour s'opposer à la volonté des rois. — Ah ! reprit-elle avec amertume, et comme entraînée par une force invincible, il en faut bien moins que pour renoncer à ce qu'on aime. »

Alors elle laissa tomber sa tête entre ses deux mains et demeura ensevelie dans une longue méditation, pendant laquelle Bérengère et Guillaume gardèrent un profond silence. Il durait encore lorsqu'on vint avertir la reine que Richard la demandait : arrachée alors à sa rêverie, Mathilde releva sa tête, son visage était plus recueilli, sa physionomie plus calme, et déjà on voyait qu'elle pourrait sourire encore ; elle prit la main de la reine, et lui dit : « Je vous prie, attendez encore un moment. Mon père, continua-t-elle, je voudrais accompagner la reine, embrasser les genoux de Richard, le conjurer d'agir en cette occasion comme si je n'existais pas, comme si je n'avais jamais existé : il a promis ma main à quiconque ôterait la vie à Malek Adhel ; mais du moment que je m'ensevelis dans les ombres de la mort, ma main ne peut plus être à personne, et le roi, n'ayant plus de prix à donner, n'aura plus de serment à recevoir. — Ma sœur, reprit Bérengère, attendez quelques jours encore ; aujourd'hui vous ne feriez qu'irriter la colère du roi. — Vous m'aiderez à l'apaiser, répliqua Mathilde ; vous qui devez la vie de votre époux à la générosité de Malek Adhel, ne parlerez-vous pas pour lui ? — Je le ferai, sans doute, dit la reine, mais je redoute l'effet de mes tentatives, car le courroux de Richard est un courroux terrible ; il s'augmente et s'enflamme par tout ce qui tente de l'arrêter, et le projet de changer sa volonté est une témérité qu'il ne me pardonnerait peut-être jamais. — Ecoutez, Mathilde, ajouta l'archevêque, ne précipitez point ainsi vos résolutions : les passions extrêmes veulent des partis violents, mais la sagesse ne commande que des mesures modérées ; demeurez en paix, le moment n'est pas venu de voir votre frère ; demeurez en paix, dis-je, car la vie de Malek Adhel n'est pas en danger. Enfermé dans les murs de Césarée, nos guerriers ne peuvent l'atteindre, et ce n'est que quand les Chrétiens mettront le siége devant cette ville, que le vœu formé contre sa vie pourra être rempli ; mais ce siége n'est pas prêt à commencer encore : d'ici là, je parlerai au roi ; je ferai plus, je parlerai à Malek Adhel. — Vous, mon père? s'écria Mathilde dans un transport de surprise. — Oui, ma fille, et tel est mon devoir ; s'il est vrai que quelques germes de vérité soient tombés dans l'âme de ce prince, Dieu m'appelle à les y développer : sa conduite à Césarée m'afflige, mais ne me décourage pas. Hélas! ils ne sont plus les temps heureux des subites et merveilleuses conversions : pour en opérer maintenant, il faut une marche plus lente ; Dieu ne daigne plus parler lui-même, et les raisonnements, qui sont la voix de l'homme, doivent avoir moins d'effet que les miracles, qui sont la voix de Dieu. Ma fille, je marcherai vers Césarée, je me présenterai devant les Infidèles, je parlerai à Malek Adhel. — Mon père, s'écria la reine, votre charité vous égare ; les Infidèles vous chargeront de chaînes, peut-être même oseront-ils plus. — Ils ne l'oseront pas, reprit Guillaume plein d'une divine confiance ; quiconque agit pour le ciel est protégé par le ciel. Dieu voit mes intentions, il les bénira ; et, s'il permettait que mon sang fût répandu, ce serait pour servir d'expiation, et racheter du péché l'âme que je vais lui rendre. Bienheureuse destinée, qui, me faisant participer aux souffrances de mon Rédempteur, me ferait participer à ses mérites, et élèverait ma gloire au-dessus de toutes les gloires de la terre ! » Et, en parlant ainsi, aucun sentiment de vanité n'enflait le cœur de l'archevêque ; car il appartient à la religion, mais à la religion seule, d'exhausser l'homme au-

dessus de l'humanité, sans lui donner d'orgueil. Mathilde était tombée à ses pieds ; elle s'écriait : « Homme divin, dirigez mes volontés, ordonnez à mon cœur, c'est Dieu qui vous inspire, me voilà prête à obéir. — Ma fille, reprit-il avec douceur et simplicité, promettez-moi de ne prendre aucune résolution importante avant mon retour. — Je le jure, répliqua-t-elle avec cet accent qui fait les inviolables serments. — Eh bien, dit-il, mon enfant, soumettez-vous à la Providence. *Je vous laisse la paix, je vous donne la paix, je ne vous la donne point comme le monde, mais comme le ciel la donne ; que votre cœur ne soit point troublé, qu'il ne craigne point, car je ne vous laisserai point sans appui, et je reviendrai à vous :* telles furent les paroles du Christ au disciple bien-aimé ; appliquez-les sur votre cœur, elles en calmeront toutes les blessures. » Il dit, et suivi de la reine, il sort de l'appartement de Mathilde, et se rend sous la tente de Richard. « Eh bien! s'écria le roi en le voyant, avez-vous disposé ma sœur à l'obéissance, et serai-je satisfait de ses résolutions? — Sire, répondit gravement l'archevêque, je lui ai défendu d'en prendre aucune jusqu'à mon retour. — Et où allez-vous? lui demanda Richard avec surprise. — Où le ciel me désigne un grand devoir à remplir, répondit Guillaume : je ne m'expliquerai pas davantage à présent ; et comme la reine est instruite de mon secret, je demande à votre majesté de vouloir bien ne pas user de ses droits, et de lui permettre de continuer à vous le taire. »

En achevant ces mots, l'archevêque se retira, laissant Richard dans une telle surprise, qu'elle balançait et dominait même son ressentiment ; et quand le soir fut venu, le digne apôtre du Christ, plein d'un zèle évangélique, sortit des portes de la ville et prit la route de Césarée. Vêtu des plus simples habits, dépouillé des marques de sa dignité, grand de ses seules intentions, il s'appuie sur son bâton blanc, et ne sent point la fatigue ; car, selon la belle expression de Tertullien, quand l'âme est dans le ciel, le corps ne sent point ses chaînes, elle emporte avec soi tout l'homme; il marche au sein des ténèbres, éclairé de la lumière de sa bienfaisance; il marche seul, et ne s'effraie point : que peut craindre l'homme qui ne voit dans le passé et dans l'avenir que le bien qu'il a fait, ou celui qu'il va faire? Il jette autour de lui de paisibles regards, et autour de lui tout semble lui sourire, et ne lui renvoyer que de doux souvenirs et de touchantes espérances; car, semblable au signe de l'alliance, dont l'arc lumineux traverse les airs et repose en même temps aux deux bouts de l'espace, d'un trait aussi rapide, l'homme de bien s'élève vers Dieu, y puise la lumière, redescend la porter au monde, embrasse d'une seule pensée, l'un de son amour, l'autre de sa charité, et paraît dans l'univers moral comme ce lien brillant, mystérieux, et sublime, qui unit le ciel et la terre, les faiblesses aux miséricordes, et rappelle aux hommes comment Dieu se venge, et comment il pardonne.

CHAPITRE XXXIV.

Souvent, quand l'ombre et la fraîcheur commençaient à descendre sur la terre et à tempérer l'ardeur brûlante qui l'avait dévorée tout le jour, Mathilde accompagnée de ses femmes, allait respirer sur le bord de la mer les émanations embaumées de la nuit; plus souvent elle dirigeait sa promenade vers le tombeau de Montmorency : là, elle se plaisait à s'entretenir avec l'ombre de ce héros, des derniers vœux qu'il avait formés pour Malek Adhel; elle invoquait son intercession auprès du Très-haut, et osait tout en attendre. Dans ce lieu sacré, sa mélancolie prenait un caractère plus pieux et plus tendre, et des larmes plus abondantes soulageaient son cœur oppressé. Quelquefois elle montait sur la colline qui dominait le tombeau et la mer; et, en découvrant cet espace sans bornes, qu'elle avait traversé pour venir chercher tant d'épreuves et de douleurs,

en revenant par la pensée vers l'asile solitaire où elle avait passé tant de jours paisibles, elle soupirait, elle gémissait, et cependant elle ne formait pas le désir de ne l'avoir jamais quitté : là, sa vie s'écoulait sans qu'elle la sentît, et on aime à sentir la vie; ses agitations, ses perplexités, en nous déchirant nous attachent, et nous trouvons, à nous plaindre, une sorte d'attrait que nous ne trouvons pas au bonheur. Sans doute, si la peine nous fait plus vivre que le plaisir, c'est qu'elle développe davantage et met plus en exercice tous les sentiments de notre cœur et les facultés de notre esprit. Dans la peine, la vie tout entière est devant nous : le passé avec ses regrets, le présent avec ses larmes, l'avenir avec ses espérances; nous nous attendrissons sur nous-mêmes, nous sommes plus chers à ce qui nous entoure, et, en étant plus aimés, nous devenons meilleurs. C'est dans la peine que l'imagination s'élève aux grandes pensées de l'éternité et de la justice suprême, et qu'elle nous jette sans cesse hors de nous pour chercher un remède à nos maux. Dans le bonheur, nous sommes plus tranquilles; mais être tranquilles, être heureux, n'est pas notre destination sur la terre, et j'oserai même dire que ce n'est pas notre penchant. Ah! si la douleur attire le cœur de l'homme, s'il sent que c'est là son élément, c'est qu'elle n'a été donnée qu'à lui, c'est que seul, parmi les créatures, il a reçu le privilége de souffrir, et qu'il est fier de ce privilége, parce qu'il en aperçoit le but; car, je le demande, si Dieu n'avait pas jeté le malheur sur la terre, comment y aurait-il placé la vertu?

Oh! combien de fois, au milieu des rêveries que lui inspirait l'aspect de l'immense horizon, la vierge s'écria d'une voix plaintive : « Cloître saint, où mes sœurs m'attendent; toi que j'ai quitté avec tant de larmes, et que je ne reverrai peut-être que pour en verser plus encore; retraite obscure qui m'aurais mise à l'abri des orages, et où je serais sortie du monde sans l'avoir jamais connu; port tranquille et inaccessible, où seraient venues échouer les passions, leur désespoir et leurs faiblesses; un jour plus tard, j'aurais été ensevelie dans ton sein; mes vœux, comme une impénétrable barrière, se seraient placés entre les hommes et moi; j'aurais ignoré ce qu'il ne m'était pas permis de connaître; j'aurais ignoré les larmes que je verse, le repentir que j'éprouve, les désirs que je forme, le sentiment qui me consume : hélas! je n'aurais point aimé..... » Et, à ces mots, si Mathilde s'arrête, si elle se penche vers les cendres muettes de Montmorency, c'est pour achever, sans doute, la fin de sa pensée, que le monde ne doit point entendre, et qu'elle n'ose révéler qu'à l'ombre auguste à qui elle attribue le pouvoir d'en obtenir le pardon devant Dieu.

Depuis le départ de l'archevêque, Mathilde avoit évité les occasions de se trouver avec son frère, et Richard ne les avait pas cherchées; son ardeur guerrière l'emportait sur tout autre intérêt; et, en attendant que le siège de Césarée l'appelât à déployer sa valeur, il allait chaque jour attaquer des postes sarrazins, et ne revenait jamais qu'au camp chargé de leurs dépouilles. Lusignan l'accompagnait toujours, et c'était toujours du même laurier qu'ils ceignaient leurs fronts victorieux. Fiers de leurs triomphes, enivrés de leur gloire, ils ne doutaient point qu'en ouvrant un plus grand champ à leurs exploits, ils ne le parcourussent sans obstacles : aussi pressaient-ils du même cœur et des mêmes désirs les préparatifs du siège de Césarée. Leur vaillance, leurs discours animaient tous les soldats : devant de tels héros, la terreur du nom de Malek Adhel commença à s'affaiblir; et les Croisés, bouillants de courage et d'espoir, ne délibérèrent plus, et marquèrent l'instant où toutes leurs forces réunies iraient attaquer Césarée.

La veille de ce grand jour, l'inquiète Mathilde était passée chez la reine pour savoir si elle n'avait reçu aucune lumière sur le sort de l'archevêque, et Bérengère n'avait pu lui en donner. Toutes deux pleuraient ensemble sur ce silence et sur les combats qui allaient commencer le lendemain. L'image de Richard, armé contre les murs défendus par Malek Adhel, les troublait également; il leur semblait toujours les voir opposés l'un à l'autre, se défier, se combattre, se déchirer. La reine, tremblante pour son époux, épouvantée de la valeur de son ennemi, priait Dieu de sauver Richard, et n'osait rien ajouter; et Mathilde, prosternée auprès d'elle, s'écriait tout en larmes : « O ma sœur! prions pour Richard, mais prions aussi pour ceux qui ont plus besoin que lui encore des miséricordes du ciel. »

Tandis qu'elles élevaient ainsi vers l'Éternel leurs tendres cœurs et leurs mains innocentes, la clameur des instruments de guerre redoubla dans le camp, et bientôt Richard parut devant elles, la tête désarmée et les yeux brillants de joie. « Femmes, leur dit-il, pourquoi pleurez-vous quand nous défendons votre foi, et quand la victoire nous couronne? Aujourd'hui mon bras a détruit des milliers de Sarrazins, et Lusignan s'est élevé au-dessus de sa valeur ordinaire. Suivis de peu de soldats, nous errions tous deux au-delà des bois qui ceignent le pied du Carmel; dans l'espérance que la fortune nous fournirait quelque occasion de faire éclater notre courage. Elle nous a favorisés au-delà de nos espérances. Un convoi d'armes et de vivres venant de Jérusalem, soutenu de trois mille Sarrazins, se dirigeait vers Césarée. La belle proie! me suis-je écrié en regardant Lusignan. La veux-tu? m'a-t-il dit, je vais te la donner; c'est bien moins que je n'ai reçu de toi, tu m'as promis ta sœur. Il dit, et se précipite; je le suis. Étonnés de notre audace, les Infidèles résistent à peine, ils abandonnent leurs trésors; je les poursuis, je les taille en pièces; Lusignan s'empare de leurs biens, et, en les ramenant au camp, y ramène l'abondance; nous les abandonnons aux soldats, et maintenant ils en veulent davantage, et demandent le siège de Césarée : demain, nous y marcherons, et la victoire avec nous; et le sang de l'infidèle effacera mes affronts..... — O mon noble frère! interrompt Mathilde en se jetant à ses pieds; parmi toutes les vertus qui remplissent votre âme, n'y a-t-il donc point de place pour la reconnaissance? — Jeune vierge, reprit-il d'un ton un peu sévère, n'oubliez pas que depuis le jour où Malek Adhel a versé le sang des Chrétiens devant Césarée, toute espérance de conversion a dû s'évanouir, et qu'il vous a été défendu de l'aimer. — Ah! sire, s'écria-t-elle, c'est depuis ce jour que je lui dois la vie de mon frère; sans sa générosité, je n'embrasserais pas maintenant vos sacrés genoux: Vos ordres, que j'honore et que je révère, pourraient-ils m'empêcher de conserver éternellement le souvenir de ce bienfait? » Ému de l'accent si tendre qu'elle avait mis dans cette réponse, Richard allait lui adresser des mots plus doux, lorsque Lusignan, accompagné de l'élite des chevaliers, se présenta dans l'appartement, priant la reine de l'excuser s'il se présentait chez elle sans permission; et lui donnant pour motif l'empressement de tous les guerriers à rendre hommage au lion de l'Angleterre. Il fit à son tour le récit de la victoire du roi; il parla de Césarée, de Jérusalem; et l'image de tant de conquêtes, dont le bruit allait retentir dans toute l'Europe, enflamma l'âme de Richard d'une telle ardeur qu'il ne pouvait la contenir; et dans un tel moment, ne supposant pas qu'il y eût quelque chose au-dessus de la gloire, et un intérêt plus puissant qu'elle, il ne pensa pas affliger Mathilde en lui disant : « Ma sœur, l'éclat de nos triomphes rejaillira sur vous; je jure que le vainqueur de Césarée recevra votre main sur les débris de cette ville en cendre. » Mathilde tressaillit; elle fut prête à avouer au roi le serment qui la liait à Malek Adhel, et l'irrévocable détermination où elle était de quitter le monde et de prononcer ses vœux dans le monastère du Carmel; mais en se souvenant qu'elle s'était engagée avec l'archevêque à ne prendre

aucune résolution importante avant son retour, elle garda le silence; il lui coûta beaucoup; car elle craignait que le roi ne l'interprétât d'une manière favorable à ses projets : mais, dans ces temps antiques, les serments garantis par le nom de Dieu, étaient regardés comme si sacrés, qu'il fallait être réduit à de grandes extrémités pour oser s'en affranchir. Il y avait même des chevaliers qui, dans aucune situation, ne croyaient avoir le droit de les violer; leur fortune, leur vie, j'ai presque dit leur réputation, étaient à leurs yeux, d'un moindre prix que l'innocence et l'honneur. Il leur suffisait des regards de Dieu et du témoignage de leur conscience, pour demeurer inébranlables dans le sentier de la droiture : les jugements des hommes les flattaient sans doute, mais ne payaient pas suffisamment leurs nobles sacrifices; ils les portaient à un tribunal plus élevé, car la piété seule s'est réservé le droit de récompenser dignement la vertu; aussi n'est-ce que dans les siècles religieux que la renommée fait entendre, avec le bruit des exploits éclatants, celui plus glorieux des actions héroïques et des sublimes dévouements.

Le silence de Mathilde, qui laissait croire qu'elle pourrait accepter le vainqueur de Césarée pour époux, étonna la reine, satisfit Richard, et enflamma les espérances et la valeur de tous les prétendants à sa main : la promesse d'un royaume les eût laissés plus tranquilles; car l'ambition, toute puissante qu'elle peut être, n'allumera jamais les mêmes désirs, et ne fera jamais faire les mêmes prodiges que l'amour; et tous les guerriers qui entouraient la princesse, jetaient sur elle des regards qui disaient assez que, pour l'obtenir, rien ne leur paraissait impossible. Cependant Lusignan s'écria que le titre de vainqueur de Césarée était un titre trop vague; puisque, se précipitant tous ensemble à l'assaut de cette ville, mille guerriers pourraient le mériter. « Sire, continua-t-il, la plus grande gloire du monde n'est pas trop pour le prix que vous daignez y attacher; il faut, pour en être digne, une victoire éclatante, unique, dont aucune autre ne puisse approcher. — Eh bien! interrompit le duc d'Athènes, ne l'aura-t-il pas remportée celui dont le bras arborera le premier l'étendard de la croix sur les murs de Césarée? » Hangest de Coucy, le plus brave des chevaliers français, depuis la mort de Montmorency, répondit au duc que quiconque amènerait Saladin prisonnier à Ptolémaïs, aurait plus fait encore. « Saladin n'est pas le plus redoutable ennemi des Chrétiens, repartit l'altier Lusignan; ce n'est pas celui qui leur a fait le plus de mal, et sur qui ils ont le plus d'injures à venger; ce n'est pas Saladin qui a porté le premier coup à la cité de Jérusalem; ce n'est pas lui qui a déshonoré une princesse de mon sang; ce n'est pas lui qui, par de décevantes apparences, a cherché à tromper les Chrétiens; ce n'est pas lui, enfin, qui a fait rougir le front de mon frère, et qui donnera le plus de gloire à son vainqueur.... — Eh bien! interrompit Richard en saisissant la main de Mathilde, c'est donc au vainqueur de Malek Adhel que je la promets une seconde fois. — Dites donc au vainqueur du héros qui vous a sauvé la vie! » s'écria la princesse indignée. Mais aussitôt la confusion, la frayeur, s'emparèrent d'elle. Son secret qui, devant tant de témoins, venait de s'échapper de son cœur, lui causait une honte inexprimable; elle se précipita dans les bras de la reine, et Bérengère, qui s'aperçut du courroux que ces paroles excitaient dans l'âme de Richard, se hâta de l'apaiser en lui disant : « Sire, pardonnez à l'excès de l'amour fraternel, c'est lui seul qui a emporté Mathilde au-delà de sa réserve ordinaire; c'est à sa tendresse pour vous qu'elle proportionne sa reconnaissance pour Malek Adhel. » Richard sut gré à la reine d'avoir interprété de cette manière l'exclamation de Mathilde, et il feignit d'y croire, afin que personne ne se crût le droit d'en parler autrement. « Ma sœur, lui dit-il, il ne faut pas que votre amitié pour un frère égaré votre

jugement : imitez-moi, et croyez que, quand je mets l'intérêt de la patrie et de la foi au-dessus de la reconnaissance, vous pouvez les y mettre aussi. » Peu de moments après, la reine congédia sa cour, et Mathilde se retira chez elle.

Accablée de tristesse, elle se jeta sur son lit; mais à peine le sommeil se fut-il emparé de ses sens, que les plus horribles fantômes vinrent la livrer à d'insupportables tourments : elle croit voir Malek Adhel traîné dans la poussière, jeter vers elle des cris douloureux, et lui montrant le sang qui coule par flots de ses larges blessures, lui reprocher d'avoir laissé mettre un prix à sa mort : trois fois elle s'éveille et s'efforce d'écarter ces funèbres images, trois fois elle se rendort et les retrouve encore; ce n'est pas seulement le cadavre ensanglanté du prince qui la poursuit, c'est le barbare Lusignan, le foulant aux pieds avec orgueil; ce sont les plaies de Malek Adhel qu'elle compte; c'est une voix sépulcrale qui lui crie : « Que n'as-tu parlé; que n'as-tu avoué à ton frère le lien qui nous unit; il l'aurait respecté, il aurait retenu les bras qu'il encourage, et je ne serais pas tombé dans les gouffres éternels. » A ces mots, le sommeil fuit de la paupière de Mathilde; frappée d'une inconcevable terreur, l'âme déchirée d'angoisses, elle se lève, s'écrie, s'épouvante de plus en plus; car, tout éveillée qu'elle est, les mêmes images l'entourent, et maintenant son rêve ne lui paraît plus une vapeur fantastique, fruit d'un esprit toujours occupé du même objet, mais une révélation certaine du malheur qui l'attend. La profonde nuit où elle est lui paraît celle du tombeau; le silence qui règne autour d'elle, celui de la mort; une froide sueur coule sur tous ses membres : non, non, elle ne se rendra pas complice d'un meurtre; non, elle ne laissera pas croire que sa main sera le prix du sang de Malek Adhel; non, quand elle peut le sauver, une vaine crainte ne l'arrêtera pas, elle ira vers son frère, elle étendra vers lui ses mains suppliantes, elle révèlera les secrets de son cœur, si c'est une honte que de les avouer, les taire serait un crime, et il vaut mieux rougir devant les hommes que devant Dieu. Le jour commence à paraître, et le jour ne dissipe pas le fantôme ensanglanté de Malek Adhel, et il n'impose pas silence au bruit des abîmes de l'enfer qui s'ouvrent pour recevoir cette grande victime. La vierge n'hésite plus; elle part, ses frayeurs l'entraînent; elle oublie la promesse qu'elle fit à l'archevêque, ou plutôt elle croit qu'un devoir supérieur lui commande d'oublier celui-là : une âme tendre, ignorante, et timide, est toujours superstitieuse; et, certaine que ses songes sont une voix du ciel, Mathilde se croirait réellement coupable de la mort de Malek Adhel, si elle ne lui obéissait pas.

Elle sort de son appartement, se présente aux gardes qui veillent devant la tente de Richard, et demande à parler à son frère. Etonnés de la voir à une pareille heure, ils balancent, mais n'osent pourtant refuser l'entrée à la sœur de leur souverain; ils la préviennent seulement que déjà les principaux chefs de l'armée sont réunis chez le roi. Elle les écoute à peine, franchit le seuil de la porte, entre chez Richard et tombe à ses pieds. Près de lui étaient les ducs de Bavière et de Bourgogne, et le roi de Jérusalem. Surpris à l'aspect de la princesse pâle, tremblante, en désordre, les cheveux épars, et portant dans ses regards l'effroi qui l'a agitée toute la nuit, ils accourent vers elle pour la relever; elle les repousse, serre les genoux du roi contre sa poitrine, et s'élevant au-dessus de toute crainte, elle dit : « Sire, daignez m'entendre, prenez pitié de mes frayeurs; cette nuit un songe horrible est revenu jusqu'à trois fois m'épouvanter de son lugubre présage : il me semblait voir Malek Adhel couché sur la poussière, expirant, percé de coups, précipité dans les abîmes éternels, me reprocher sa mort, son irrévocable condamnation; il me criait, je crois l'entendre encore : Mathilde, pourquoi as-tu pressé ma mort? encore quelques jours, et Dieu m'aurait sauvé peut-être.... Sire,

vous avez promis ma main à son vainqueur, et moi, je jure une haine immortelle à quiconque portera le premier coup sur cette tête sacrée....— Mathilde, qu'osez-vous dire...! » interrompit Richard enflammé du plus ardent courroux. Elle ne lui donna pas le temps d'achever, et reprenant la parole d'une voix élevée, les bras tendus vers le ciel et les regards suppliants : « O mon frère! il n'est plus temps de rien dissimuler, dit-elle; au désert, Malek Adhel, pour me sauver la vie, me sacrifia la sienne : nous allions mourir; en ce moment suprême, Dieu seul était mon appui et mon guide : Malek Adhel promettait d'être Chrétien; il reçut mes serments; je jurai de n'avoir jamais d'autre époux. » L'effort qu'elle venait de faire pour prononcer de telles paroles, avait épuisé toutes ses forces; elle retomba aux pieds du roi, sans voix et sans couleur. Lusignan et le duc de Bourgogne s'empressèrent de la secourir; elle repoussa le premier; et soutenant sa faiblesse sur le bras de l'autre, tremblante et les yeux baissés, elle attendit la réponse du roi. Immobile d'étonnement, de colère, il regardait sa sœur comme ne pouvant croire ce qu'il voyait. A la fin il lui dit : « Exécrables serments! criminelle de les avoir faits, criminelle de les tenir; est-ce la sœur de Richard, la fille de Henri II, que je viens d'entendre ? Est-ce bien elle qui, éprise d'un vil Tartare, le choisit pour époux et ose me demander d'y consentir ?— Non, sire, reprit-elle avec une dignité modeste, je ne vous le demande point; et pour refuser de s'unir à un Infidèle, votre sœur n'a pas besoin de vos ordres, non, Malek Adhel mahométan ne sera jamais mon époux : tel est mon devoir, et je le suivrai; mais après les serments qui m'engagent à lui, mon devoir m'ordonne plus encore de renoncer à tout autre époux, et de dévouer ma vie entière à le sauver, si je puis, de l'éternelle réprobation. O sire! j'en appelle à votre justice, à votre équité; après l'aveu que je viens de faire, m'est-il permis de vous laisser promettre ma main au vainqueur de Malek Adhel ? » Le roi ne répondit point; il se jeta sur un fauteuil, le visage caché dans ses deux mains. Lusignan s'approche de Mathilde, et, d'une voix oppressée, lui dit : « Vous m'avez percé le cœur; mais si mon désespoir vous importe peu, regardez celui où vous avez plongé votre frère. Les voilà donc évanouies, ces douces espérances de bonheur qui charmaient notre amitié et animaient notre valeur ! Et pourquoi? pour un vain serment dont le chef de l'Eglise pourrait aisément vous délier. — Oui, il le pourrait, s'écria Richard en se relevant tout-à-coup, car il fut prêté par la faiblesse; mais il ne pourrait me dégager de celui que je t'ai fait, ô Lusignan! car il fut prêté par l'honneur; et puisque l'imprudence de ma sœur ne te la rend pas moins chère, puisque tu consens à l'oublier…. — Ah ! que dites-vous, sire, interrompit Lusignan en se jetant aux pieds de Mathilde, si je deviens jamais possesseur d'un si précieux trésor, de quoi pourrai-je me souvenir, si ce n'est de bénir l'Eternel de l'inestimable bienfait que je tiendrai de vos bontés et de sa munificence ? » Richard prit alors la main de sa sœur pour l'unir à celle de Lusignan ; Mathilde le repoussa avec effroi. D'un ton sévère, le roi lui dit alors : « Ma sœur, obéissez, car votre pardon n'est que là. » Eperdue devant la colère de son frère, la timide vierge levait ses beaux yeux vers le duc de Bourgogne pour lui demander protection, lorsque le duc de Norfolk, capitaine des gardes du roi, se présenta à la porte et dit : « Votre majesté excusera sans doute la témérité qui me fait interrompre une conférence importante, lorsqu'elle saura que je viens la prévenir sur un événement qui étonne et agite tout le camp. Déjà l'avant-garde de l'armée, conduite par Adam de Turenne, commençait à défiler, lorsqu'on a aperçu au loin dans la plaine un drapeau flottant dans les airs; bientôt on reconnaît les armes du croissant; un héraut s'avance seul; il précède, lui dit-il, une brillante ambassade, chargée de propositions de paix de la part de Saladin : c'est à vous, sire, qu'elle est principalement adressée, et je viens re-

cevoir vos ordres. » A ces mots, Richard étonné regarde sa sœur, qui rougit et ne peut contenir l'excès de son émotion; puis il se tourne vers le duc de Bourgogne et le roi de Jérusalem, et leur dit, qu'il ne croit pas qu'on puisse refuser d'entendre des propositions de Saladin. Outré de colère et de chagrin d'un contretemps qui venait ruiner peut-être ses espérances, Lusignan répondit que, quelles que fussent ces propositions, il les rejetait sans les entendre, si la main de la princesse d'Angleterre en devait être le prix. « Mais votre majesté se souviendra, j'espère, repartit fièrement le duc de Bourgogne, que sa volonté n'est pas notre loi; que l'intérêt de la foi doit aller avant celui de son amour, et qu'en un mot le conseil des princes croisés a seul le droit de décider sur cet objet et de répondre à Saladin. » L'impatient roi de Jérusalem était prêt à répliquer d'une manière offensante; et non moins impatient que lui, Richard s'écriait que seul il avait le droit de disposer de sa sœur, lorsque le duc de Bavière les interrompit par ces mots : « Eh quoi! nous ne connaissons pas encore les propositions du sultan ; et déjà le ressentiment éclate parmi nous! attendez du moins de les connaître avant de vous livrer à ces vaines altercations; estimons-nous assez mutuellement pour croire que l'intérêt de la religion dictera seul notre réponse. » La sagesse du duc de Bavière prévalut. Lusignan, qui s'aperçut que Richard lui-même se rangeait de cette opinion, n'hésita pas à s'y conformer aussi; il sentit bien qu'en insistant davantage, il mettrait contre lui tout le parti sage de l'armée, et que, pour le gagner, la force ferait bien moins que l'adresse. Ce dernier moyen, d'ailleurs, convenait si parfaitement à son esprit et à son caractère, qu'il n'eut aucune peine à s'y arrêter. Richard, touché de sa déférence et de son feint désintéressement, lui serra la main en lui disant de ne rien craindre; puis il fit retirer Mathilde, et se tournant vers le duc de Norfolk, il lui commanda de faire avertir les princes et les chefs de l'armée, que le conseil général s'assemblerait dans une heure pour écouter les propositions de Saladin.

CHAPITRE XXXV.

Qui pourrait exprimer toutes les espérances qui s'éveillent, tous les sentiments qui se pressent dans le cœur de Mathilde? Elle se demande quelle peut être la cause de cette ambassade solennelle, envoyée par Saladin aux princes croisés; et aussitôt elle a nommé tout bas Malek Adhel. Quel charme ce nom répand sur les pensées vagues et confuses qui se présentent à son esprit; cependant elle écarte toutes celles qui viendraient s'appuyer sur trop de bonheur, et s'efforce de ne point abandonner entièrement son âme à ces tendres rêves, à ces illusions ravissantes, que désormais elle sent bien qu'elle ne pourrait plus perdre qu'avec la vie.

Au milieu de ces tumultueuses agitations, elle implorait le retour de l'archevêque, et s'affligeait d'avoir manqué à la parole qu'il avait reçue d'elle. L'infraction d'un devoir s'expie toujours par une peine; Mathilde ne l'ignorait pas, et repentante de sa faute, elle demandait seulement à Dieu de ne pas appuyer sa verge sur la plaie la plus sensible de son cœur, en la punissant dans Malek Adhel. Tandis qu'elle pleure, craint, espère, et s'accuse, sa bonne et fidèle Herminie de Leicester entre, et lui dit que, parmi les gens qui forment le cortège de l'ambassadeur, elle a reconnu un des plus fidèles serviteurs du prince Adhel. Mathilde l'interrompt vivement, et lui demande si elle lui a parlé. Non, répond Herminie; le roi, votre frère, a défendu toute communication entre la suite de l'ambassadeur et les Chrétiens, jusqu'à ce que le conseil des princes ait décidé sur les propositions de Saladin. Herminie s'arrête, n'osant, par respect, en dire davantage si la princesse ne l'interroge pas; Mathilde se tait, l'extrême délicatesse de sa modestie ne lui permet pas de demander ce qu'elle voudrait savoir; mais l'attention qu'elle a prêtée au discours d'Herminie,

ses yeux, qui écoutent encore, disent assez que parler de Malek Adhel ne sera pas l'offenser. La comtesse de Leicester croit avoir compris son désir; mais cachant qu'elle l'a compris, elle dit : « Toutes secrètes que sont encore les propositions du sultan, on en parle dans le camp; on dit que son envoyé Mohamed est chargé de demander la main de votre altesse pour Malek Adhel; depuis deux heures il a été introduit devant le conseil secret qui se tient chez le roi votre frère, et rien n'a encore transpiré. » A ces mots, Mathilde détourne la tête, et cache entre ses deux mains son visage et son émotion; la comtesse de Leicester demeure debout auprès d'elle, et ne dit plus rien. Tout-à-coup retentit un bruit de trompettes et de tambours; Herminie s'écrie : « Le conseil est terminé, et l'ambassadeur arabe retourne sans doute dans sa tente. » La princesse ne change point d'attitude; mais son silence a pris quelque chose de religieux; on voit que si elle soupire, que si elle s'agite, Dieu règle encore ses mouvements, et qu'au milieu des passions qui remplissent son cœur, cette grande pensée n'en est pas bannie, et tempère moins la vivacité de ses désirs qu'elle n'en contient les écarts : cet amour si pur, mais si tendre, n'a point échappé aux regards d'Herminie; elle voit que la princesse a besoin de l'exhaler; mais elle est sûre qu'elle ne l'osera que devant Dieu seul; alors elle se retire; Mathilde tombe à genoux : « O mon Dieu! s'écrie-t-elle, Malek Adhel est-il à vous, Mathilde sera-t-elle à lui? » Elle n'a pas la force d'en dire davantage; mais toute sa destinée est dans ces mots; elle retombe à demi-couchée sur le fauteuil où elle était assise : à mesure que les heures se passent, son courage s'affaiblit, et la pensée de Malek Adhel s'empare de plus en plus de son imagination et de son cœur; elle le voit avec ses vertus, son héroïsme, son regard étincelant de courage et d'amour : elle ne retient plus sa tendresse; aimer Malek Adhel est la félicité suprême, la céleste volupté des anges; aimer Malek Adhel est la seule éternité qu'elle demanderait, et il lui semble que s'il n'obtenait pas comme elle, et près d'elle, un bonheur sans fin, Dieu lui-même n'aurait pas le pouvoir de la rendre heureuse. Jamais elle n'a laissé prendre une telle licence à ses sentiments; ils sont de la passion, et ses chastes voiles sont trempés des larmes de l'amour. Un bruit soudain l'arrache à sa rêverie, la rappelle à elle-même; elle fait un cri et se cache, de peur qu'un regard jeté sur elle ne découvre l'état où elle est, et les secrets qu'elle vient de surprendre dans son cœur. C'est Bérengère qui entre; c'est elle qui s'écrie : « Dans quel abattement vous trouvé-je? vous pleurez quand tout vous prospère! » Mathilde tressaille, lève la tête, et la regarde avec étonnement, n'osant encore la regarder avec joie. Bérengère s'approche, et, le front brillant d'allégresse, lui dit : « Reine de Jérusalem, venez que je vous salue. — Affreux titre! interrompit Mathilde, jamais on ne me verra assise sur le trône de Lusignan. — Que dites-vous, ma sœur? ce n'est pas Lusignan, mais Malek Adhel qui vous y place. » La princesse pâlit, tremble; elle ne peut croire ce qu'elle entend; et ce bonheur qu'elle a tant désiré, maintenant qu'il est devant ses yeux, l'intimide et la trouble. La reine lui prend la main, et ajoute d'un ton affectueux : « Ceci paraît un prodige, sans doute; mais, ma sœur, vous ne savez pas qu'il n'y en a point pour l'amour; qu'il ne connaît aucun obstacle, et que sa puissance est telle, que l'homme qui le porte dans son sein, semble ne marcher jamais qu'entouré de miracles. » Elle dit, la regarde, et sourit. Mathilde ne peut sourire encore, trop d'agitations gonflent son sein; elle ne sait où elle est; c'est un monde nouveau qui vient de s'ouvrir devant elle, Malek Adhel le remplit; mais, maintenant que l'amour est satisfait, l'innocence reprend tous ses droits, et ne permet pas à la princesse de se livrer au bonheur. Etonnée de son silence, la reine lui dit : Eh quoi! Mathilde, quand la Providence change pour vous le cœur des rois et la marche ordinaire des événements, afin de vous unir au héros que

vous aimez, vous demeurez interdite et ne la bénissez pas? » Ce mot rappelle Mathilde à la reconnaissance, mais en même temps à la pensée qui peut seule lui en inspirer une vive, pure, et extrême. « O ma sœur! s'écrie-t-elle, vous ne m'avez pas dit que Malek Adhel fût Chrétien. — Ce point est encore dans l'obscurité, répondit la reine. — Ah! répliqua-t-elle vivement, ne me parlez donc pas de bonheur jusqu'à ce qu'il soit éclairci; » et, versant un torrent de larmes, ce fut par sa douleur seulement qu'elle osa laisser voir tout le prix qu'elle attachait au bien qu'on venait de lui promettre. La reine lui dit alors : « Mathilde, cette disposition à repousser l'espérance et à douter des faveurs célestes, n'est-elle pas une ingratitude envers Dieu? — Peut-être en est-ce une, répliqua la vierge en essuyant ses pleurs. — Lisez ceci, ajouta Bérengère en lui remettant un papier; il vous apprendra qu'il dépend de vous peut-être de changer la face de cet empire. » Mathilde le prit; il contenait les propositions de Saladin, en ces termes :

« Au nom du Dieu unique dont le rè- « gne n'a point de fin, et de son prophète « Mahomet, qu'il a envoyé pour réfor- « mer la seule véritable loi, nous, très- « illustre sultan, défenseur de la parole « de vérité, ornement de l'étendard de la « foi, roi des Musulmans, serviteur des « deux villes saintes, la Mecque et Mé- « dine, Saladin, fils d'Ayoub, faisons « savoir aux princes unis par la loi du « Christ, que nous avons donné à très- « grand et très-noble Malek Adhel, no- « tre frère, la colonne de notre empire, « le royaume de Jérusalem, toute la Ju- « dée, et plusieurs villes importantes de « Syrie; mais que tous ces vastes états « ne pouvant le satisfaire si la princesse « d'Angleterre n'y règne avec lui, nous « proposons cette alliance comme le gage « d'une paix éternelle entre l'Orient et « l'Occident; nous consentons qu'une rei- « ne chrétienne soit assise sur le trône de « Jérusalem, et que, par sa présence et « sa protection, elle ranime son peuple « abattu, et entretienne l'union entre les

« Musulmans et les Chrétiens ; nous de-
« mandons seulement qu'elle nous ap-
« porte pour sa dot, Ptolémaïs la su-
« perbe. A ce prix, nous permettons
« qu'elle consacre à son culte le temple
« de la Résurrection [1] ; nous lui resti-
« tuerons ses monastères, nous permet-
« trons à tous vos pèlerins de visiter la
« ville sainte [2], et nous vous garderons
« une paix inviolable ; mais si vous nous
« renvoyez notre ambassadeur avec un
« refus, loin de vous craindre, nous irons
« au-devant de vous, et Dieu, par sa su-
« prême puissance, nous accordera la
« victoire. Deux fois la chrétienté entière
« s'est soulevée contre nous : vous n'i-
« gnorez pas quel a été l'effet de cette
« double entreprise ; depuis ce temps
« Dieu a bien augmenté notre puissance
« et diminué la vôtre : nous avons con-
« quis tous vos Etats ; tous les princes
« musulmans sont nos vassaux ; tous les
« sultans, nos tributaires : si nous man-
« dions même au calife de Bagdad (que
« Dieu comble de bénédictions !) de nous
« amener des troupes, il descendrait de
« son trône sublime pour accourir au
« secours de notre hautesse. Décidez
« donc si vous voulez la paix ou la guerre ;
« et si Dieu a résolu votre ruine dans
« ses décrets éternels, venez, nous mar-
« cherons à votre rencontre, à la tête de
« tous les différents peuples qui compo-
« sent notre empire, dont cette lettre ne
« pourrait contenir les noms, et qu'au-
« cune mer, aucun désert, aucun obsta-
« cle, ne sauraient arrêter. »

Mathilde lut deux fois ce papier, avec
la plus grande attention ; quand elle eut
fini, elle pencha sa tête sur l'épaule de
la reine, et d'une voix pleine de tristesse,
elle lui dit : « Savez-vous la réponse que
le conseil a faite à ces propositions ? —
Elles y ont produit d'abord la plus violente altercation, répondit Bérengère :
la majorité du conseil s'est prononcée en
leur faveur ; mais le roi de Jérusalem les
a rejetées avec une audacieuse fureur.
Richard l'a soutenu ; la querelle s'est en-

[1] Le saint sépulcre. — [2] Jérusalem.

III.

flammée ; les cris, les menaces, les i-ju-
res, remplissaient le conseil, nulle parole de sagesse ne s'y faisait entendre,
et on voyait bien que l'archevêque de Tyr
était absent. Le parti le plus nombreux
était pour le sultan ; le parti le plus violent était contre. Cependant, au milieu
de cette effroyable agitation, Lusignan
se tait tout-à-coup ; on s'en étonne. Il
s'approche de Richard, l'entretient à voix
basse, et demande ensuite à être entendu
de l'assemblée ; elle y consent, et l'écoute
en silence. « Princes, dit-il, c'est un
royaume qu'on me demande de céder à
Malek Adhel ; c'est bien plus qu'un royaume encore, c'est la beauté dont le roi
d'Angleterre m'avait promis la main :
cependant, tout grands, tout cruels,
que sont ces sacrifices, si la religion
m'ordonne de les faire, je suis prêt à
obéir ; mais, pour m'y résoudre, il faut
que je sois sûr qu'elle me l'ordonne en
effet ; et comment puis-je l'être, à moins
que Dieu ne l'ait décidé par la voix de ses
ministres ? Je demande donc que la réponse aux propositions de Saladin soit
suspendue, jusqu'à ce que le conseil des
évêques, présidé par le légat du pape,
ait prononcé sur cette question : savoir,
si c'est un avantage pour le christianisme
d'abandonner Jérusalem à un prince musulman, et s'il est permis à une fille du
sang royal d'Angleterre, de jurer obéissance et soumission à un Infidèle. » Il y
avait dans ce discours de Lusignan une
apparence de modération qui lui a ramené tous les esprits, et son opinion a
paru si sage et si désintéressée, que le
conseil l'a adoptée d'une voix unanime.
On a donc conclu que les évêques ayant
seuls le droit de décider sur une matière
où la religion était compromise, jusqu'à
ce qu'ils eussent donné leur avis, on demanderait à Saladin un délai et une trève.
Et vous pensez bien, ma sœur, que puisqu'on les laisse libres de décider sur ce
point, ils n'hésiteront pas à accepter une
alliance qui rendrait à la vraie foi une
partie de son antique puissance. Ne ver-
ront-ils pas que de ce trône sacré où la
pieuse Mathilde sera assise, partiront

des rayons de lumière qui se répandront de jour en jour sur l'Orient....! — Ah ! que Malek Adhel puisse en être éclairé! interrompit la princesse ; je ne puis former d'autres vœux ni désirer davantage. Mais dites-moi, ma sœur, savez-vous si cette ambassade est un effet de la présence de l'archevêque de Tyr à Césarée ? Si je croyais que son influence eût dicté ces propositions, je n'aurais plus aucun doute, aucune inquiétude, je serais assurée des dispositions de Malek Adhel. — On ne dit rien de Guillaume, reprit la reine ; il paraît même qu'on ne l'avait point vu encore à Césarée lorsque Mohamed en est parti. » La princesse leva ses mains et ses yeux au ciel avec une tendre et profonde mélancolie, et se demandait au fond de son cœur comment Dieu, qui peut tout, tardait tant à appeler Malek Adhel à lui.

« En revenant du conseil, continua Bérengère, mon époux était pensif et silencieux ; il n'a pas ouvert la bouche une seule fois durant tout le temps que le duc de Bourgogne m'a fait le récit des agitations de l'assemblée ; mais, quand il a été terminé, il s'est approché de moi, m'a remis ces dépêches, m'a engagée à passer chez vous pour vous les communiquer, en ajoutant qu'il viendrait bientôt vous en parler lui-même. — Mon Dieu ! s'écria Mathilde, cette complaisance de Richard cache assurément quelque mystère : se pourrait-il que Lusignan eût obtenu de sa loyauté, de sa franchise, de savoir dissimuler comme lui ? Ce conseil des évêques, assemblé par l'artificieux roi de Jérusalem, me trouble, je l'avoue ; et rien de bon, de favorable, ne me paraît devoir être le fruit des propositions de Lusignan ; mais, ma sœur, sans l'archevêque de Tyr, ce conseil osera-t-il se former? sans la voix de Guillaume, osera-t-il prononcer? — Lusignan demande avec instance qu'il ne soit pas attendu ; il redoute cette prévention qu'en dépit de toute sa piété, Guillaume n'a pu s'empêcher de concevoir en faveur de Malek Adhel. — Éternel, s'écria la princesse, quand la gloire, le flambeau

de votre Église ne peut s'empêcher de s'intéresser à ce grand prince, mon faible cœur est-il donc si coupable de n'avoir pu lui résister ? » Les paroles qu'elle allait ajouter demeurèrent tout-à-coup suspendues sur ses lèvres, parce que la porte s'ouvrit, et que Richard parut devant elle. Son regard était inquiet et sévère ; il se promena longtemps en silence, comme méditant ce qu'il allait dire : à la fin, il s'arrêta devant sa sœur, qui baissait les yeux, et lui dit : « Mathilde, lorsque je quittai l'Europe, que j'abandonnai mon royaume, ce fut pour venir ici arracher le tombeau du Christ des mains des Infidèles, et le remettre entre celles des Chrétiens : dans l'île de Chypre, je connus Lusignan ; je fus touché de ses malheurs, je jurai de lui rendre sa couronne, et ce serment fut scellé par la foi d'amitié et de fraternité d'armes. Que me propose-t-on aujourd'hui ? d'être parjure à cette foi sainte et sacrée, d'abandonner mon ami, mon frère, à son malheur, de consentir à le voir dépouillé de ses droits, et à en revêtir moi-même un prince musulman ! Ce n'est pas tout : il faut que nous rendions aux Infidèles cette Ptolémaïs conquise par tant de travaux, et enfin que ma sœur, mon propre sang, issue de la noble race des Plantagenets, s'allie à celle d'un Arabe vagabond : l'honneur, le fier honneur me permet-il d'endurer de tels affronts? Quoi! dans toute l'Europe on dira que ce Richard qui était venu menaçant et terrible, dont l'épée était la consolation de Jérusalem et l'effroi de l'Orient, s'est retiré honteusement à la première proposition de Saladin ; et je le souffrirais....! » Il s'arrêta comme oppressé de colère ; la reine et la princesse gardèrent le silence. Après une assez longue pause, il ajouta : « Ce que les instances de tout le camp ne m'auraient pas fait faire, Lusignan l'a obtenu ; sa générosité ne lui a pas permis d'écouter son intérêt, ne lui a pas permis même de me le laisser défendre, et si j'ai cédé, je l'avoue, ce n'a été que pour mieux faire éclater une générosité si héroïque. Il a voulu que le conseil des évêques décidât une question dont notre épée aurait bien mieux décidé; j'y ai consenti. Mathilde, un si grand exemple ne sera pas perdu pour vous, sans doute, il vous apprendra tout ce qu'un pareil sacrifice de ma part et de la sienne, exige de déférence de la vôtre; il vous apprendra jusqu'à quel point on peut plier quand l'intérêt de l'état l'exige; il vous apprendra que, si des serments prononcés au nom de l'amitié et de l'honneur ont pu céder à de plus grands devoirs, ceux arrachés par l'amour à la faiblesse, y doivent plus céder encore; il vous apprendra enfin le seul parti qui vous restera à prendre si le conseil des évêques refuse l'alliance proposée. Vous vous souviendrez qu'ayant le pouvoir de me faire obéir, je n'ai pas voulu en user; que l'impétueux mouvement de ma volonté a pu s'arrêter, et les plus chers sentiments de mon cœur se soumettre; et, qu'après un si grand effort sur moi-même, si vous ne l'imitiez pas, si, loin de vous en montrer digne, vous hésitiez seulement un moment à reconnaître mon autorité et à accepter le choix que j'ai fait pour vous, il n'y aurait point de témérité plus grande ni d'ingratitude pareille à la vôtre. »

Il se tut, Mathilde baissa les yeux et ne répondit point. Quoique touchée de certaines paroles de son frère, quoique surprise de l'apparente générosité de Lusignan, elle sentait bien qu'aucun événement ne pourrait jamais lui donner, ni le courage, ni même la volonté d'accepter pour époux un autre homme que Malek Adhel; mais, si elle avait assez de fermeté pour s'attacher invariablement à cette résolution, elle n'en avait pas assez pour oser la dire au roi. Bérengère, pour lui sauver l'embarras d'un silence qui commençait à déplaire à Richard, demanda à celui-ci, d'une voix timide, si le conseil des évêques s'assemblerait bientôt, ou s'il attendrait le retour de Guillaume. — Vous qui savez où il a été porter la parole du Christ, reprit-il avec une sorte d'amère ironie, vous pourriez nous dire sans doute si l'importance de sa mission le retiendra longtemps; mais le secret que vous avez promis ne vous permettant pas de nous éclairer là-dessus, il a fallu agir au hasard, et nous avons résolu que, si dans huit jours, Guillaume n'était pas de retour, le conseil des évêques s'assemblerait sans lui. » Il s'arrêta encore en regardant fixement Mathilde, et comme attendant une réponse; elle n'en fit point; alors il ajouta: « Vos espérances sont bien silencieuses, ma sœur; peut-être que, pour l'intérêt de votre gloire, eût-il été convenable que vos craintes l'eussent été autant ce matin. Vous avez fait une grande imprudence en engageant votre foi à Malek Adhel, une plus grande en l'avouant publiquement; cependant, à cause de l'amour que je vous porte et de votre extrême jeunesse, je puis vous pardonner: mais, ma sœur, dans le rang où vous êtes, songez que tous les regards sont sur vous, qu'une imprudence de plus serait sans excuse, et que le monde et moi ne vous la pardonnerions jamais. » Il sortit alors, en la prévenant qu'il désirait qu'elle parût le soir chez la reine. A cet ordre-là, elle pouvait obéir, et quoiqu'il lui en coûtât beaucoup, elle obéit. Avec un esprit inquiet et un cœur agité, il fallut se résoudre à écouter tous les propos que faisait naître la nouvelle du jour, et s'efforcer d'y répondre. Les uns, pleins d'admiration pour elle et pour Malek Adhel, applaudissaient à l'alliance proposée et au triomphe de sa beauté; d'autres, curieux et malins, cherchaient à pénétrer son secret: les femmes la regardaient avec envie; Richard, avec froideur; Bérengère, avec une tendre pitié: tous les chevaliers qui avaient brigué sa main, laissaient éclater leur colère par des plaintes et des menaces; les évêques, silencieux et graves, refusaient de répondre à toutes les questions relatives au jugement qu'ils devaient porter, et imposaient à leur physionomie la même réserve qu'à leurs discours, afin qu'on ne pût seulement soupçonner ni pressentir leur opinion sur cette grande affaire. Lusignan, appuyé sur le dossier du fauteuil de la princesse, paraissait plongé dans une profonde tristesse, et voyait avec plaisir que sa résignation, sa générosité, et sa douleur, produisaient l'effet sur lequel il avait compté, en inspirant pour lui un intérêt général. Nul homme n'avait naturellement moins de grandeur d'âme que Lusignan, mais nul ne savait mieux que lui combien elle pouvait être utile en certaines occasions; et ce n'était pas la première fois que, magnanime par artifice, il eût calculé que, pour obtenir beaucoup, il fallait avoir l'air de tout céder. Le matin, il s'était bien aperçu que la grande majorité du conseil lui était contraire, qu'en persistant à rejeter tout accommodement avec Saladin, il aliénait les esprits de plus en plus; que Richard seul ne le soutiendrait pas contre toute l'armée, et qu'enfin le parti le plus sûr pour son intérêt même, était de consentir à abandonner tous ses droits. En faisant ce sacrifice lui-même, avant qu'il lui fût proposé, avant que le conseil le lui eût prescrit, il s'élevait dans l'estime de tous les Croisés, il devenait plus cher à Richard, et peut-être touchait-il le cœur de Mathilde : ce n'est pas tout, dans ce conseil des Pères de la foi, il allait avoir pour lui le secours du temps et de l'intrigue, deux puissances dont il savait si bien disposer, que, quand il se voyait maître d'en faire usage, il était presque sûr d'être maître de tout.

Mais de toutes les choses du monde, celle qui est le plus hors de la portée de l'artifice, c'est un cœur simple : il y a dans un cœur simple un instinct de droiture qui repousse la fraude, et ne peut être gagné par elle; aussi Mathilde pouvait bien croire à la générosité de Lusignan, mais non en être touchée; et, jusque dans la profonde affliction qu'il montrait, il lui inspirait une répugnance qu'elle aurait pu se reprocher peut-être, mais qu'elle n'aurait pu vaincre. Penché derrière le siège de la princesse, il lui disait : « Ah! Madame, si Malek Adhel ne m'avait demandé que de lui céder mon royaume, et que je pusse

espérer qu'un amour comme le mien suffît à votre ambition, vous n'auriez qu'un mot à dire pour me faire abandonner tous mes droits.— Sire, reprit-elle froidement, et sans le regarder, comment Malek Adhel a-t-il pu vous demander de lui céder Jérusalem et ma main, puisque Jérusalem est à lui, et que ma main n'est qu'à moi? » Elle dit, et pour fuir un amant qu'elle déteste, elle se lève et s'approche de la reine, qui causait avec le légat du pape; Lusignan la suit encore, et, craignant qu'elle n'adresse quelques prières à ce vénérable représentant du chef de l'Eglise, il s'adresse à lui en ces termes : « Que votre éminence se trouve sur ses gardes, et s'éloigne de cette dangereuse beauté, car il découle de ses lèvres une irrésistible éloquence; et se permettre d'écouter la princesse Mathilde, c'est s'exposer à ne pouvoir obéir qu'à elle.— Vous nous offensez tous deux, sire, reprit le légat d'un air grave; la princesse est aussi loin de m'adresser une demande que je ne dois pas entendre, que je le serais d'y répondre si elle osait me l'adresser.— Et j'ajouterai, interrompit Mathilde un peu amèrement, que votre majesté a bien su se garantir de cette soumission dont elle parle; car, en effet, s'il suffisait de m'écouter pour m'obéir, depuis longtemps elle aurait cessé de m'adresser ses vœux. » Lusignan allait répliquer, elle ne le permit pas : impatiente de se retrouver avec ses pensées et ses espérances, elle demanda et obtint de la reine la permission de se retirer; et, en profitant aussitôt, elle s'éloigna sans daigner tourner la tête vers Lusignan, qui lui demandait en grâce de l'écouter un moment.

CHAPITRE XXXVI.

MATHILDE, retirée au fond de son oratoire, dont les croisées donnaient sur le rempart, se livrait sans témoins aux espérances qui s'ouvraient devant elle, et aux sentiments dont il allait peut-être lui être permis de s'honorer : elle se rappelait en rougissant, mais enfin elle se rappelait cette pompe nuptiale qui avait couronné l'hymen de Bérengère; ce serment d'un éternel amour, prononcé par la reine avec tant de joie; et cette joie commençait à moins étonner l'innocence de Mathilde; en ce moment son imagination, perçant au-delà des abîmes de la mort, y retrouvait l'amour et Malek Adhel, et se perdait dans des extases et des félicités dont la réalité n'appartient qu'au ciel, mais que Dieu a permis à l'homme de concevoir, afin qu'il ne pût jamais douter que le ciel existe; car ce serait une trop grande impiété de croire que l'homme peut imaginer plus que Dieu n'a pu faire.

Depuis près d'une heure elle était plongée dans un torrent d'ineffables rêveries, lorsque la comtesse de Leicester entra d'un air troublé, pour lui dire qu'un Arabe inconnu était à sa porte, et demandait à lui remettre des lettres de la part du prince Adhel. Mathilde lui ayant dit de les prendre, la comtesse ajouta qu'il refusait de les lui confier, et ne voulait les donner qu'à son altesse. Faites-le donc entrer, répliqua vivement Mathilde, car il est tard; l'heure où l'on ferme les portes de Ptolémaïs ne va pas tarder à sonner, et cet Arabe serait perdu si on le trouvait encore dans la ville après cet instant. Herminie sortit et revint aussitôt avec le soldat musulman, dont la visière était baissée, et la contenance, mystérieuse : la princesse l'interrogea avec un peu d'émotion; il ne lui répondit point. Etonnée de ce silence, l'attribuant à la présence d'Herminie, elle lui fit signe de se retirer; à peine le Musulman se vit-il seul avec elle, qu'il se précipita à ses pieds en s'écriant, d'une voix qui retentit jusqu'au fond du cœur de la vierge : « Enfin je la revois, et Mathilde m'est rendue! — O Dieu suprême! interrompit la princesse éperdue, si c'est une illusion qui m'abuse, si ce n'est pas lui que j'entends, si mon imagination troublée se figure ce qui n'est pas, ôtez-moi la vie, mais ne m'ôtez pas mon erreur! » Malek Adhel ne lui répond point; il est trop ému pour pouvoir parler; il jette son casque, se montre aux yeux de Mathilde, elle reconnaît le visage où l'amour a placé toutes ses flammes; la surprise, la joie l'ont frappée au cœur, et dans ce saisissement qu'elle éprouve, il lui semble qu'elle va mourir. A l'aspect d'une si vive émotion, Malek Adhel sent exalter la sienne jusqu'au délire; il presse contre son sein la beauté qu'il adore; mais Mathilde frémit et résiste, car la pudeur demeure encore lors même que la raison n'y est plus. A cet instant, du temple voisin, le son d'une cloche qui s'ébranle pour appeler les Chrétiens à la prière, remplit la vierge d'une sainte frayeur. « Malek Adhel! entends-tu cette voix? s'écrie-t-elle; c'est celle de Dieu même! — O Mathilde! répond-il d'un ton passionné, en opposant toujours ton Dieu à ma félicité, tu veux donc me le faire haïr? — Insensé! qu'as-tu dit? moi, te le faire haïr! Mon Dieu, vous le savez, si je vous ai jamais demandé d'autre grâce que de vous révéler à lui; mais parlez, Malek Adhel, apprenez-moi par quel prodige vous êtes ici; est-ce l'archevêque de Tyr qui vous envoie? vous a-t-il rencontré à Césarée? ses paroles sont-elles entrées dans votre cœur? — Je ne sais ce que vous voulez dire, Mathilde, reprit le prince; je n'ai point vu l'archevêque; il n'est point à Césarée, et ce n'est pas lui, mais le seul amour qui me conduit à vos pieds. Nul mortel sur la terre ne me sait ici; mon frère lui-même n'en est pas instruit; généreux, mais fier, Saladin n'aurait pas permis que je vinsse essuyer ici l'affront d'un délai.... Mais je n'ai pu attendre loin de vous une réponse d'où dépend ma vie; je n'ai pu résister à l'espoir de vous voir un moment : sous l'armure d'un simple soldat, ignoré même de Mohamed, je suis venu à sa suite, tandis que le sultan me croit occupé à visiter Ascalon et Jaffa. — Vous savez, lui dit la vierge en rougissant, quelle a été la réponse des princes aux propositions de Saladin? — Je sais, répliqua-t-il avec impatience, que Lusignan, dont la téméraire audace ose aspirer à votre main, a obtenu que le conseil de vos évêques déciderait seul sur ce point; je sais que votre frère s'est déclaré contre moi, qu'il soutient, qu'il protége les présomptueuses espérances de Lusignan. Peut-être son ascendant sur l'esprit de vos évêques décidera leur réponse; peut-être rejetteront-ils les propositions de Saladin; peut-être, Mathilde, vous ordonneront-ils de trahir la foi que vous m'avez jurée. » Et il s'arrêta, comme pour contenir la douleur terrible que cette seule pensée lui causait; il ajouta d'un ton plus doux : « S'ils vous l'ordonnaient, Mathilde, dites-moi, quel parti prendriez-vous ? » A ces mots, elle se prosterna devant l'image du Christ; et obligeant le prince à l'imiter, elle répondit : « C'est au nom de cet objet de mon immortelle vénération, que je renouvelle le serment de n'être jamais à d'autre qu'à vous. — Mathilde, interrompit-il vivement; ce n'est pas assez, il faut que tu me jures d'être à moi. — Je le veux, s'écria-t-elle, donne-moi ta main. » Surpris et charmé, Malek-Adhel la donna; elle la prit, et la posant, unie à la sienne, sur le livre des Évangiles, elle ajouta avec un vif enthousiasme : « Me voici prête à m'unir à toi, Malek-Adhel, pour la vie, pour l'éternité; je n'attends qu'un mot : es-tu à mon Dieu ? » Troublé, hors de lui, le prince s'écrie : « Mathilde, que me demandes-tu ? — Mon éternelle félicité et la tienne, répondit la vierge avec des regards divins, voudrais-tu me le refuser ? » Peut-être allait-il céder; peut-être allait-on voir dans l'espace de peu d'instants la religion deux fois victorieuse, se servir, pour éclairer un Infidèle, de ces flammes d'amour dont elle venait de triompher; mais le bruit d'une marche précipitée vint effrayer la princesse; et Malek-Adhel avait eu à peine le temps de remettre son casque, lorsqu'Herminie parut. « Madame, dit-elle, les portes de la ville viennent d'être fermées; le roi de Jérusalem, en faisant sa ronde autour des remparts, prétend avoir entendu dans votre appartement le son d'une voix étrangère; les gardes qui veillent ici près, l'ont assuré qu'un Musulman avait été introduit chez

vous, et qu'il n'en était pas sorti encore. Alors il est venu à votre porte; il y est; il veut entrer, il veut savoir, dit-il, quel est l'audacieux qui ose vous entretenir à une pareille heure, et enfreindre ainsi la règle qui défend à tout Mahométan de demeurer, après la nuit, à Ptolémaïs ? » Eh bien ! s'écria Malek-Adhel, incapable de se contraindre davantage, qu'il paraisse, qu'il vienne assouvir l'impatience que j'ai de verser son sang ! » Herminie fit un cri de surprise en reconnaissant le prince. « Que fais-tu, Malek-Adhel ? s'écria Mathilde dans un trouble inexprimable; veux-tu me perdre par un pareil éclat ? Ah ! si ma gloire t'est chère, garde-toi de te faire connaître; suis Herminie, elle va te conduire hors d'ici; si tu rencontres Lusignan, tu lui diras que tu ignorais la loi qui interdit aux Musulmans de rester dans Ptolémaïs après la nuit; tu lui diras que c'est en mon nom que tu demandes grâce; s'il s'emporte et ose te menacer, je jugerai de ton amour par le silence que tu garderas. » Le prince lui serra la main avec une vivacité passionnée, et répondit : « Tu me demandes de préférer ton honneur au mien; je promets de t'obéir, Mathilde, et je te laisse avec ce souvenir; il te dira ce que je dois attendre de toi un jour. »

En prononçant ces paroles, il s'éloigne; Herminie le suit; à la dernière porte, il trouve le roi de Jérusalem, à la tête de ses soldats, qui l'arrête et lui dit : « Présomptueux Arabe, d'où te vient tant d'audace, d'oser rester dans Ptolémaïs, et surtout chez la princesse d'Angleterre, après une pareille heure? Sais-tu que c'est un crime qui mérite la mort ? » Le prince répondit avec une émotion que chacun attribua à la crainte du châtiment : « Je suis Sarrazin, arrivé depuis peu d'heures dans les tentes de Mohamed, j'ignorais la règle établie à Ptolémaïs; j'étais chargé par Malek-Adhel de lettres pour la princesse Mathilde; je suis venu obéir à mon maître. — Ah ! ne fut-ce qu'à cause de ce maître abhorré, repartit Lusignan d'un air furieux, je veux te punir de manière à lui apprendre le sort que je lui réserve à lui-même. — Je ne vous le conseille pas, reprit fièrement Malek Adhel; car le ciel qui alluma dans son sein le feu du courage, et lui fit un cœur incapable de crainte, pourrait bien l'amener ici pour vous apprendre à vous-même, au milieu de vos amis, au milieu de vos soldats, comment il traite ceux qui l'offensent par leurs discours insolents, et leurs prétentions orgueilleuses. — Vil Sarrazin! interrompit le roi de Jérusalem en frémissant de rage; crois-tu que je supporte patiemment les insultes d'un misérable tel que toi? Soldats, qu'on le charge de chaînes à l'instant, qu'on le jette au fond d'un noir cachot jusqu'à ce que son maître vienne le réclamer; nous verrons alors comment il recevra la réponse que je lui prépare, et si cette épée, que je ceignis pour le fils de Marie, ne me fera pas raison de cet odieux Musulman. — Si les combats vous plaisent autant qu'à lui, repartit Malek Adhel, et si la mort ne vous effraie pas, je vous offre le combat et la mort: venez à l'instant même; les ténèbres de la nuit ne vous garantiront pas; en dépit d'eux, mon épée saura bien trouver votre cœur. Crois-tu donc, reprit Lusignan avec dédain, que j'abaisserai la majesté royale jusqu'à me mesurer avec un si abject ennemi; va, demain, à la face de tout le camp, et aux yeux de Mohamed lui-même, un supplice infâme expiera ta témérité et me vengera de tes insultes. Il dit, et ordonne qu'on le charge de fers. Malek Adhel saisit son épée avec un mouvement qui décèle un héros. Lusignan le regarde, s'étonne, et lui dit: « Qui es-tu, pour songer ainsi à te défendre? » Si Malek Adhel n'eût exposé que sa vie, il n'aurait répondu qu'en attaquant Lusignan; mais exposer le secret de Mathilde, il ne le voulait pas. Cependant, en se laissant enchaîner, il serait inévitablement reconnu, et c'était encore désobéir à Mathilde. Dans cette alternative, il osa se confier à son rival : « Écoute, lui dit-il tout bas, je suis Malek Adhel; si je ne

charge pas mon épée de te l'apprendre, c'est afin de prévenir un éclat qui offenserait celle à qui nous avons dévoué notre vie, et selon l'usage que tu feras du secret que je remets à ta foi, je verrai si tu es digne du nom de chevalier et de l'estime d'un rival qui te hait. — Je te hais mille fois davantage, reprit Lusignan d'une voix altérée par la colère; et il ne faut pas moins que mon respect pour l'illustre Mathilde, pour me forcer au silence, contenir ma colère, et suspendre ma vengeance. — Pour peu que tu sois pressé de l'assouvir, repartit Malek Adhel, je ne te la ferai pas attendre : trouve-toi demain, au soleil couchant, dans le bois de sycomores qui s'étend le long de la mer du côté de la porte de Nazareth; et la vie de l'un de nous y restera. » Pour toute réponse le roi de Jérusalem lui serra la main, et élevant la voix, il dit à ses soldats qu'il était satisfait des excuses de cet esclave, qu'on pouvait le reconduire hors des portes de la ville, et qu'il leur ordonnait de garder le silence sur cette aventure.

Sans se montrer, Herminie avait entendu toute cette scène, et elle vint la raconter à sa maîtresse aussitôt qu'elle eut vu le prince en sûreté. Mathilde devina aisément quelles paroles Malek Adhel avait dites en secret à Lusignan; elle savait trop que la fière arrogance de ce dernier n'aurait pas fait grâce à un soldat qui venait de l'insulter, si ce soldat, en se faisant connaître, n'eût, par cette haute preuve d'estime, forcé Lusignan à se montrer digne de l'avoir reçue. Mais elle était, pour le moins aussi sûre que l'un n'avait pu se résoudre à plier, et l'autre, à se taire, que dans l'espérance de venger promptement leurs affronts. Elle ne pouvait donc pas douter qu'ils ne se fussent provoqués au combat; et quoiqu'elle crût bien Malek Adhel invincible, la valeur de Lusignan l'effrayait. Toute la nuit elle songea aux moyens d'éviter le danger qui menaçait le prince, et la crainte et l'amour lui suggérèrent un projet qu'elle se hâta de mettre à exécution. A peine le jour commençait-il à paraître, qu'elle envoya chez Richard le conjurer de lui permettre de célébrer, le jour même, par une fête solennelle, l'heureuse trève qui venait de se conclure entre les deux empires, et qu'elle espérait qu'il lui ferait la grâce d'y assister, ainsi que les principaux chefs de l'armée.

Richard, surpris de ce message, fut sur le point d'y répondre par un refus; il ne pouvait souffrir que sa sœur eût le désir de célébrer un événement qui l'avait si vivement chagriné; cependant, comme il était bien aise qu'en se montrant avec éclat, elle fît une sorte d'abjuration publique de ses premiers vœux, il pensa qu'en donnant son consentement à ce qu'elle demandait, c'était la lier d'un nœud de plus à l'obligation de rester dans le monde, et de se soumettre à ce qu'il lui ordonnerait un jour : il lui fit donc répondre que non-seulement il agréait sa proposition, mais qu'il lui recommandait de répandre sur son banquet une pompe somptueuse et une magnificence royale, et qu'il se chargeait d'honorer les dames et les chevaliers qui auraient l'honneur d'y assister.

Tous ceux que le roi d'Angleterre daigna choisir, s'estimèrent heureux de cette glorieuse préférence, et se rendirent avec empressement sous les riches et superbes tentes que la princesse avait fait dresser sur le bord de la mer. Le roi de Jérusalem y parut un des premiers; il vint avec l'espérance de pouvoir s'échapper vers le milieu du jour, pour aller combattre Malek Adhel dans le bois de sycomores; il vint surtout avec le projet de se venger de Mathilde, en lui laissant pénétrer qu'il était maître de son sort, puisqu'il l'était de son secret; mais, avant qu'il eût eu le temps de le lui faire entendre, la conduite de la princesse déconcerta tous ses projets, et lui prouva que la crainte de voir découvrir le mystère de la veille, n'était pas ce qui l'occupait le plus.

Tout ce que l'Europe et l'Asie avaient de plus illustres souverains, de braves chevaliers, et de beautés aimables, était réuni autour d'une table immense que la princesse d'Angleterre présidait avec une grâce admirable, lorsqu'à la fin du repas elle se leva tout-à-coup, et, le front couvert d'une modeste rougeur, elle dit : « Avec la permission du roi mon frère, je requiers de tous les chevaliers ici présents de vouloir bien m'accorder un don. » Elle était si touchante et si belle en parlant ainsi, qu'elle n'avait assurément besoin ni de sa royale naissance ni de l'ordre de Richard pour se faire obéir. Sans attendre que celui-ci eût parlé, tous les chevaliers, d'un commun accord, se levèrent et promirent, quelle que fût la volonté de Mathilde, de s'y soumettre aveuglément. Cependant elle hésitait à parler avant d'avoir obtenu l'approbation de Richard, qui, de son côté, hésitait à la donner, dans la crainte de se trouver engagé malgré lui. Cependant, les lois de la chevalerie lui imposant de ne rien refuser à sa sœur dans une occasion aussi solennelle, il répondit avec un peu de trouble, que, loin de s'opposer à ce que le don qu'elle requérait lui fût accordé, il connaissait assez sa réserve et sa prudence, pour pouvoir s'engager lui-même à la satisfaire autant qu'il serait en sa puissance. « Puisque votre majesté me permet d'exprimer mon vœu, reprit-elle avec une douce dignité, je vous demande donc, sire, ainsi qu'à tous les chevaliers qui viennent de me jurer obéissance, de promettre que, durant la trève qui vient d'être conclue avec Saladin, toute arme offensive soit suspendue, qu'on ne se serve dans les tournois et les joûtes que de fer émoussé; et qu'enfin nul d'entre vous, et sous aucun prétexte, n'ensanglante nos jeux en provoquant ou en acceptant le combat à mort, soit contre les Chrétiens, soit même contre les Musulmans. » A ces mots, tous les chevaliers baissèrent la pointe de leurs épées aux pieds de Mathilde, en déclarant traître et félon celui qui enfreindrait son serment avant qu'elle ne l'en eût relevé. Le roi de Jérusalem s'avança un des derniers, et, s'agenouillant à regret, il dit tout bas à Mathilde, en lui jetant un regard de reproche : « Ah! Madame, que vous me rendez vos lois pénibles, et qu'il m'est affreux d'être obligé de vous obéir aujourd'hui ! » Mathilde était si satisfaite du succès qui venait de couronner son espérance, que, dans sa joie, elle regarda Lusignan avec plus de bonté qu'à l'ordinaire, et lui répondit d'une voix basse et mystérieuse, en lui tendant la main : « Je sais tout ce que je vous dois, et ce que votre discrétion a de droits à ma reconnaissance. » Lusignan, transporté d'une faveur que ses soins empressés et ses plus ardentes sollicitations n'avaient pu lui obtenir jusqu'alors, ne pensait point qu'il la dût au bonheur que goûtait Mathilde, d'avoir mis la vie du prince hors de danger durant toute la trève; bonheur qui remplissait tellement son âme, qu'elle ne pouvait le contenir, et que ses regards en devinrent plus doux, et ses paroles, plus tendres, comme si tout eût été Malek Adhel autour d'elle. Lusignan osa croire qu'il pourrait parvenir à la toucher, en continuant à se montrer grand à ses yeux: sa conduite au conseil, sa modération avec le prince, avaient dû lui mériter l'estime de la noble vierge, et étaient les seuls moyens d'arriver à son cœur. Il se confirmait ainsi dans la résolution d'employer tout son art à paraître généreux, et à feindre des vertus qu'il n'avait pas. Hélas! que n'employait-il les mêmes efforts à les avoir! avec bien moins de peine, il eût obtenu plus de succès; car si l'intrigue, en ramassant toutes ses ruses, peut quelquefois ressembler à la magnanimité, trop faible base de la vertu, tôt ou tard elle s'écroule, et avec elle le fantôme imposteur qu'elle avait élevé.

CHAPITRE XXXVII.

Déjà les rayons du soleil commençaient à pâlir, lorsque Malek Adhel, parcourant pour la troisième fois la lisière orientale du bois de sycomores, et ne voyant point venir Lusignan, cherchait, mais en vain, quel obstacle pouvait le retenir; car enfin, après le plaisir d'être préféré par l'objet qu'on aime, il n'y en a point de plus doux que de se venger de son rival; et comment pouvait-il tarder si longtemps à le venir goûter? Cependant un nuage de poussière s'élève, Lusignan paraît, poussant son coursier à toute bride; mais il est sans armes, sa main est sans bouclier; au lieu de sa redoutable épée, il tient une lance dont le fer est émoussé; un chapeau ombragé de plumes a remplacé son casque; et au défaut de cuirasse, un manteau de pourpre à fleurs d'or flotte sur ses épaules. Immobile de surprise, Malek Adhel lui demande l'explication d'une telle parure. Lusignan la donne, mais non pas entière: il dit bien que Mathilde l'a surpris avec adresse, et lui a fait promettre de n'accepter aucun combat durant toute la trève; mais il ne dit point qu'elle l'a exigé pareillement de tous les chevaliers; et, par la couleur qu'il donne à ce récit, on pourrait croire que c'est par intérêt pour lui que Mathilde a demandé ce serment. Malek Adhel le regarde avec un froid dédain, et lui dit : « Lusignan, je puis te haïr et non te craindre; va, retourne auprès de la princesse d'Angleterre; use, pour la séduire, de tous les artifices que ton caractère pourra te suggérer; je la connais trop pour n'être pas tranquille. » Il dit, et s'éloigne au grand galop; mais il est loin de jouir de la paix dont il parle; son cœur est rempli de trouble et de confusion : il ne peut pardonner à Mathilde d'avoir contracté une obligation avec Lusignan, en recevant une promesse de sa part; il ne peut comprendre la cause de cette étrange conduite; il ne s'arrête pas un instant à l'idée du danger dont elle a voulu le préserver. Accoutumé, comme il l'est, à ne rien trouver d'invincible, ne regardant la défaite de Lusignan que comme un jeu, et ne pouvant s'imaginer que, dans un pareil combat, Mathilde ait pu craindre pour un autre que pour cet odieux rival, il est prêt à croire que, si elle n'eût pris aucun intérêt à sa vie, elle ne l'aurait pas empêché de venir l'exposer; cependant, en se rappelant la candeur, l'innocence de cette vierge, et surtout l'émotion si tendre qu'elle a montrée la veille, il rougit de ses soupçons, et brûle d'aller à ses pieds en obtenir le pardon. Combien, dans sa bouillante impatience, il presse, il dévore les heures, les instants qui vont s'écouler encore jusqu'à ce qu'il puisse revoir Mathilde! Ah! pour ôter de sa vie tous les jours qui le séparent de cet heureux jour, il donnerait avec transport tous ceux qui doivent le suivre. Ainsi, pour les âmes passionnées, il n'y a qu'un point dans l'existence: hors celui-là, tout est néant; et pour s'en saisir un seul moment plus tôt, elles consentent à s'abîmer pour toujours dans ce néant qu'elles aperçoivent au-delà. O sagesse suprême! quel serait donc notre sort, si, cessant de veiller sur nous et de décider de nos destinées, vous nous permettiez de les régler à notre gré, et de contenter tous nos vains désirs? impatients de réaliser les rêves variés et riants de notre imagination, au lieu d'espérer longtemps, nous jouirions sans délai; et, comme il n'y a de vraies et durables jouissances que celles que les longues espérances ont achetées, passant en un instant du désir au bonheur, nous passerions en un instant du bonheur au dégoût, et du dégoût à la mort peut-être; car elle est moins cruelle que lui; ainsi, un jour aurait suffi pour dévorer notre rapide existence, et souvent encore l'aurions-nous trouvé trop long.

Malek Adhel ne retourne point en droiture à Césarée. En quittant Saladin, il lui a dit qu'il allait visiter Ascalon et Jaffa, et il ne veut point tromper son frère; cependant le temps le presse; les jours qu'il a employés à se rendre à Ptolémaïs, et à attendre Lusignan, ne lui permettent pas d'aller plus loin qu'Ascalon; Jaffa est d'ailleurs d'une bien moindre importance; il n'y entre pas, et reprend avec rapidité la route de Césarée. Saladin s'empresse de lui dire que Mohamed est revenu, que les Chrétiens acceptent la trève, qu'ils paraissent incliner en faveur de l'alliance proposée, mais qu'ils en ont remis la décision au conseil de leurs évêques. « Je ne pense pas, ajouta-t-il, que nous devions nous offenser de ce vain honneur

qu'ils veulent déférer à leurs prêtres. Le roi d'Angleterre annonce qu'il va célébrer cette trève par des jeux magnifiques; ils seront le prélude de ceux qui couronneront le plus brillant hyménée dont l'univers ait été témoin : je veux m'y rendre, mon frère; je veux jouir du spectacle de tant de rois d'Europe réunis dans l'antique Asie; je veux assister à leurs fêtes : peu accoutumé à leurs tournois, je n'y combattrai point; mais toi, Malek Adhel, à qui ces jeux sont familiers, toi qui sais vaincre également partout, manqueras-tu l'occasion de faire éclater aux yeux de tant de rois, la valeur, l'adresse, et la magnificence qui t'ont élevé si haut dans l'Orient? — Je t'accompagnerai assurément, repartit Malek Adhel. — Oui, mon frère, continua le sultan, ne nous quittons point, mon cœur ne peut se passer de toi, et il n'est point de sacrifice qu'il ne soit prêt à te faire, hors ceux qui toucheraient à mon culte et à mon pays. » Le prince serra dans ses bras le généreux soudan; mais, au milieu de ces fraternelles tendresses, il croyait entendre au fond de son cœur la voix de Mathilde, qui lui criait : Es-tu chrétien? ma main n'est qu'à ce prix. Et aussitôt l'amour qui le tyrannisait, et la lumière divine qui commençait à l'éclairer, cherchaient à s'emparer de toute son âme; mais l'amitié désolée, l'honneur outragé, la patrie menaçante, ne le permettaient pas. Déchiré par ces perplexités, dont il n'osait confier le tourment à son plus cher ami, malheureux par l'amour, par l'amitié, par la religion, la patrie, et la gloire; malheureux enfin par la réunion de tous les biens dont se compose la félicité, Malek Adhel, consumé de tristesse, de crainte, et d'amertume, sentait que les obstacles qui le séparaient du bonheur ne pouvaient être détruits que par un miracle, et ce miracle, il ne savait déjà plus à quel dieu le demander. Suivi d'un nombreux cortège, le sultan se mit en route pour Ptolémaïs; cent cavaliers à cheval marchaient devant lui; l'air agitait leurs mobiles panaches, et sur leur brillante armure l'or et l'azur faisaient éclater leurs feux; cinquante gardes à pied les précédaient; le front ceint d'un turban; habillés de longues robes chamarrées d'argent et de soie; ils conduisaient des chameaux chargés des tentes du sultan, et des présents qu'il destinait à la future reine de Jérusalem. Parmi cette troupe, l'austère Saladin se distinguait par sa mâle simplicité; et Malek Adhel, par sa bonne mine et sa magnificence; ils étaient montés sur des chevaux arabes, dont la tête superbe se relevait avec orgueil, comme s'ils eussent été sensibles à l'honneur de porter de si grands héros.

La troisième aurore, depuis leur départ, commençait à colorer le ciel de ses nuages d'or et de pourpre, lorsqu'ils aperçurent les clochers de Ptolémaïs, le camp des Chrétiens, et les drapeaux de la croix. Saladin s'arrêta aussitôt, et fit dresser ses tentes au pied d'une colline, d'où descendait à gros bouillons une source limpide, et qu'ombrageaient des bosquets de palmiers et de tamarins. Il se hâta d'envoyer prévenir les princes croisés de son approche, de son intention d'assister à leurs jeux, et du désir de Malek Adhel d'y combattre avec leurs chevaliers. A cette nouvelle, tout le camp des Croisés fut en rumeur et en mouvement; chacun était impatient d'aller contempler de près la figure du grand Saladin et de ce Malek Adhel, plus grand encore, et qui, jusqu'à ce jour la terreur des Chrétiens, demandait à s'allier à eux par les saints nœuds de l'hyménée. Lusignan fut frappé au cœur; il prévit tout ce que la présence de Malek Adhel allait lui ravir de succès, et l'honneur des joutes, dont il se flattait de remporter seul le prix, ne lui parut plus aussi certain en voyant avec quel concurrent il aurait à le disputer. Pourtant il cacha sa tristesse, car il vit que le loyal Richard était sensible à la haute preuve d'estime que Saladin donnait aux Chrétiens : il venait seul, sans armée, au milieu de ses ennemis; il se livrait à eux sans crainte, sans conditions : une si grande

confiance supposait une grande générosité, et Richard avait trop d'élévation dans l'âme pour ne pas sentir et reconnaître une action magnanime; aussi oublia-t-il tous ses intérêts personnels pour donner des louanges vives et sincères à la démarche de Saladin et de Malek Adhel, et n'hésita pas à leur rendre confiance pour confiance, en se rendant à l'instant même sous leurs tentes.

En le voyant arriver sans suite, sans gardes, accompagné de sa seule vaillance, le sultan, charmé d'une si haute marque de courtoisie, y répondit de son mieux; il lui offrit les glaces et les sorbets; et, lui prenant la main d'une manière franche et affectueuse, il lui dit : «Grand roi, la dernière fois que nous nous vîmes, tu m'appris combien il était dangereux de t'avoir pour ennemi; tu m'apprends aujourd'hui le bonheur qu'il y aurait à t'avoir pour ami. — Ton cœur ne consent-il pas à nous donner ce nom, illustre Richard, s'écria Malek Adhel, ému de retrouver sur ce visage mâle et fier, l'image de la beauté qu'il aime; et refuseras-tu d'y joindre celui d'allié et de frère? » La vue du prince réveille à l'instant, dans l'âme de Richard, le souvenir de sa défaite ainsi que celui de sa colère; et il répond d'une voix altérée : « Invincible guerrier, avant de t'avoir vu, jamais Richard n'avait fui; s'il savait comment on attaque, il ignorait comment on recule : faut-il que la main de sa sœur te paie la honte de le lui avoir appris? — Que dis-tu, noble Richard! repartit vivement le prince, quelle est la victoire qui oserait se placer auprès d'une semblable retraite? Ne parus-tu pas au milieu de notre armée comme le lion du désert, qui fond sur une caravane, l'attaque seul, la disperse, ne cède qu'au nombre et ne quitte sa proie qu'après avoir marqué son passage par les plus terribles coups? » La réponse, le ton, et la contenance de Malek Adhel, plurent à Richard, et il ne put échapper à l'ascendant que ce prince obtenait sur tous ceux qui étaient admis en sa présence; ascendant qu'il devait à la noble franchise qui couronnait ses autres vertus, et donnait de la dignité à tous ses discours et de la grâce à toutes ses actions. La conversation fut longue; Richard leur parla des nœuds qui le liaient au sort de Lusignan, du mortel regret qu'il éprouverait si le conseil des évêques le forçait à abandonner son ami et à parjurer sa foi; il ne dissimula point que, sans ce serment où il avait attaché son honneur, il verrait avec plaisir l'alliance proposée, et sa sœur devenir le gage de la paix des deux mondes. Durant cette explication, Malek Adhel avait été obligé de se contraindre plus d'une fois pour ne pas l'interrompre : cependant, quand il entrevit que, si le conseil des évêques ne lui était pas favorable, Mathilde serait peut-être forcée à donner sa main à Lusignan, il ne put s'empêcher de dire à Richard que la princesse n'était plus libre d'engager sa foi, qu'il l'avait reçue au désert. « Je sais, s'écria le roi, quelle promesse l'imprudente a osé vous faire; mais je sais aussi que le chef de notre Eglise a le droit de l'en relever, et qu'il serait peu sage à vous de compter sur elle..... — J'y compte pourtant jusqu'à la mort, interrompit Malek Adhel avec véhémence; j'y compte comme sur mon honneur, comme sur le tien, et ce n'est pas peu dire. » Richard voulait répliquer; Saladin l'arrêta. « Pourquoi vous laisser emporter ainsi tous deux par le feu de la colère, dit-il; remettons le moment des tempêtes au moment où il nous faudra peut-être recommencer à être ennemis : quand le conseil de vos prêtres se sera expliqué, il sera temps de savoir si nous devons nous jurer la guerre à mort, ou l'éternelle paix; en attendant, montrons à l'univers que nous savons aussi bien nous estimer que nous combattre. » Ces paroles éteignirent tout esprit de discorde; et Richard et Malek Adhel, se serrant la main avec une franche cordialité, oublièrent leur ressentiment. Cependant l'heure approchait où les tournois allaient s'ouvrir; Richard le dit à Saladin, et lui demanda s'il ne viendrait pas les honorer de sa présence,

« Et toi, brave Malek Adhel, ajouta-t-il, ne viendras-tu pas aussi faire éclater ta vaillance, et te mesurer avec nous? le prix des jeux sera donné par ma sœur, et sans doute tu voudras l'obtenir? — J'y vole, s'écria le prince, en secouant sa lance, et les yeux étincelants d'amour et de gloire. — Réprime pour aujourd'hui encore l'impétuosité de ton courage, repartit le roi d'Angleterre; aujourd'hui tu ne seras que spectateur de nos jeux; les juges du camp l'ont résolu ainsi : demain seulement le champ te sera ouvert. — Demain! répliqua Malek Adhel avec douleur, et aujourd'hui peut-être je verrai couronner Lusignan; mais, n'importe, demain vengera bien des injures. » Alors il demanda à Richard s'il pouvait voir la princesse Mathilde, et se présenter chez elle. « C'est une liberté qu'aucun chevalier chrétien n'oserait prendre, répondit Richard, et qui ne peut t'être accordée; mais elle accompagnera la reine au tournois, elle assistera aux fêtes qui lui succèderont, et là tu pourras la voir et lui parler. » Il dit, et les quitta. Bientôt le bruit des fanfares annonça à Saladin et à son frère que les joûtes allaient commencer, et aussitôt tous deux se hâtèrent de s'y rendre.

CHAPITRE XXXVIII.

A l'instant où le sultan parut aux barrières du camp, Richard vint l'y recevoir, suivi de toute la fleur des chevaliers chrétiens : on le conduisit sur un trône élevé en forme de tour, qu'on avait préparé exprès pour lui. Il était recouvert en dedans de riches tapis à fleurs d'argent; au-dessus, des oriflammes brodées de mille couleurs, ornées des armes du croissant, se déployaient majestueusement dans les airs : pour peu que le vent les agitât, elles semblaient, dans leurs molles ondulations, s'incliner à dessein vers les bannières de la croix, qui flottaient alentour, comme pour se confondre ensemble, et donner ainsi l'exemple de l'union et de la paix aux religions et aux puissances qu'elles représentaient.

Saladin se plaça sur un siège très-élevé; un peu plus bas s'assit Malek Adhel : sur la poitrine du jeune héros, on voyait étinceler un riche vêtement, trempé trois fois dans la pourpre de Tyr, et au-dessus de son casque d'airain, un triple panache blanc s'épanouissait par étage et se balançait dans l'air; il regardait autour de lui, et ne voyait point encore Mathilde; les combats allaient s'ouvrir, et il lui était interdit de s'y mêler : ces pensées le remplissaient de tristesse, et sa contenance était inquiète et pensive. Le sire de Coucy s'en aperçut; Coucy, jadis le plus cher ami de Montmorency, et qui eût été son rival de gloire à la cour de France, si Montmorency en avait pu avoir; il devina la cause du chagrin de Malek Adhel, et crut l'adoucir par ces paroles flatteuses : « Jeune héros, il te paraît étrange de demeurer oisif quand on combat autour de toi; pardonnes-nous de l'avoir voulu; c'est un hommage de plus rendu à ta valeur, puisque nous avons craint, en te laissant aspirer tous les jours à la victoire, qu'elle ne couronnât jamais un Chrétien. » Malek Adhel n'avait pas l'esprit assez libre pour répondre à cette politesse; occupé d'une seule pensée, il dit à Coucy : « Brave Français, puisque je ne puis prétendre aujourd'hui au prix dont la main de la princesse Mathilde doit orner la tête du vainqueur, ne permets pas que Lusignan l'obtienne. —Eh ! pourquoi lui fais-tu l'honneur d'être plus jaloux de lui que de moi? s'écria Coucy d'un ton blessé. — Si la princesse devait choisir entre vous, répondit Malek Adhel, je te craindrais davantage; mais les prétentions de Lusignan, soutenues de l'approbation de Richard, ont éclaté aux yeux de tous; et, je l'avoue, je voudrais qu'aux yeux de tous elles fussent humiliées. » Alors Coucy lui serra la main, en l'assurant qu'il espérait le satisfaire; et comme les tambours et les trompettes commencèrent à retentir, il ajouta : « Voici le champ qui s'ouvre, et la reine d'Angleterre qui paraît sur le balcon en face de toi, avec la princesse Mathilde. » Malek Adhel tressaillit, car il aperçut Bérengère, et derrière elle sa sœur, que Lusignan conduisait. Sans doute au désert il l'avait vue aussi belle et plus touchante; mais jamais elle n'avait paru à ses yeux avec tant d'éclat et de magnificence : sa robe de gaze et d'argent était élégamment relevée avec des nœuds de rubis et de pierreries, dont les feux éblouissaient; et, sur sa tête, un tissu délicat d'or et de pourpre retenait sa blonde chevelure. Transporté, hors de lui, Malek Adhel ne vit plus ni les témoins qui l'entouraient, ni le camp, ni l'univers; il se leva dans une sorte d'extase, et s'écria, en serrant la main de son frère, mais sans pouvoir détacher ses regards de l'objet qui l'enivrait : « Saladin, la voilà! » La beauté de la princesse surprit le sultan; il fit un geste d'admiration, et répondit à son frère qu'il rendait grâces au ciel que l'amitié eût prévenu la justice. « En voyant l'excuse de ta faiblesse, lui dit-il, comment ne t'aurais-je pas pardonné? mais pour te pardonner, tu le sais, je n'ai pas eu besoin de la voir. » A cet instant, Bérengère ayant reconnu le prince, le salua avec une vive expression de reconnaissance et de joie; Mathilde leva les yeux sur lui et les baissa, en rougissant, avec tant de grâce, que sa beauté en augmenta encore, et que Malek Adhel ne put s'empêcher de dire à son frère : « Saladin, je consens à mourir pour toi; mais je jure que je ne vivrai pas sans elle. »

Tout-à-coup les fanfares sonnent, les barrières s'abaissent, les combattants se mêlent, et les jeux commencent : on voit briller tour à tour la force, l'adresse, et la vaillance; Lusignan, animé d'une ardeur sans égale, lutte dans les pas d'armes, les castilles, et les joûtes, et lutte victorieusement. Bientôt, monté sur un cheval fougueux, dont l'impétueuse impatience répond à la sienne, il lève la lance et donne le dernier défi. Aussitôt tous les fers se croisent, se choquent, se brisent; l'éclair brille, le feu jaillit; hommes, chevaux sont renversés pêle-mêle sur la poussière : Lusignan et Coucy restent seuls debout; irrités de se voir disputer si longtemps une victoire qui leur est si chère; ils fournissent leur carrière et reviennent l'un sur l'autre à bride abattue, enflammés de courroux et d'orgueil; leurs lances se brisent jusqu'au poignet; ils tirent leurs épées; tous les spectateurs sont émus; Malek Adhel ne peut s'empêcher d'applaudir. Cependant les juges du camp s'approchent, et rappellent que les lois des jeux ne permettent que le combat au fer émoussé : les deux fiers rivaux renoncent avec dépit à l'espoir de verser leur sang; mais, au défaut de l'épée, ils se servent du tronçon de leurs lances; ils se serrent, se pressent, voltigent l'un autour de l'autre, cherchent à se surprendre et à se saisir. Malek Adhel les suit de l'œil, ne perd aucun de leurs mouvements, de la pensée encourage Coucy, lui indique les moyens de vaincre, se désespère quand il les manque, et reconnaît dans Lusignan un rival digne de lui. Cependant le sire de Coucy paraît avoir l'avantage; il vient d'enlever son ennemi, et de le renverser à terre : il s'y précipite avec lui; mais au moment où il va l'accabler, Lusignan, par un tour adroit, se relève, lui fait faire un faux pas, le héros français tombe; Malek Adhel laisse échapper un cri de regret; Lusignan le regarde d'un air de triomphe et d'orgueil, et poursuivant sa victoire, il oblige Coucy renversé et vaincu à avouer sa défaite. Le camp retentit d'acclamations; toutes les voix s'écrient : Honneur à Lusignan! honneur au roi de Jérusalem! A ce titre Saladin et son frère se regardent et sourient, le premier avec ironie, l'autre avec amertume. Le vainqueur passe avec fierté sous le balcon de Mathilde; il la salue et se prépare à aller recevoir de sa main le prix qu'il vient d'obtenir; monte les degrés, se met à genoux devant elle, baise sa main; elle est obligée de le permettre, et de passer autour de son cou une magnifique chaîne d'or, signe éclatant de sa victoire. A ce spectacle, Malek Adhel ne peut contenir sa douleur;

elle éclate dans ses yeux, dans son geste, et l'égare jusqu'au point de lui faire trouver que Mathilde est coupable. Il l'accuse, la condamne; il aurait voulu qu'aux yeux de tout le camp, elle eût refusé de couronner Lusignan. Il se meurt d'impatience de lui faire entendre ses plaintes; mais comment lui parler au milieu de tant de témoins? ne sait-il pas que ses discours, ses gestes, et jusqu'à ses regards, tout va être épié. Il n'y songerait guère s'il ne pensait qu'à lui; mais, malgré sa colère, il pense toujours à elle, et même au moment où il ose lui reprocher un tort, il donnerait encore mille vies, s'il les avait, pour lui épargner un chagrin. Cependant il va enfin lui être permis de se rapprocher d'elle. Dans un magnifique pavillon que Richard a fait élever sur le bord de la mer, les danses vont succéder aux jeux, et Saladin est invité à s'y rendre avec Malek Adhel; mais l'austère sultan s'y refuse : les folâtres plaisirs le touchent peu, sa vaste ambition ne lui permit jamais de s'y plaire; il se retire, il va sous sa tente s'occuper des grands intérêts de son empire, et laisse Malek Adhel prendre seul le chemin du pavillon où les princes chrétiens l'attendent. Richard vient au-devant de lui et le présente à Bérengère; il se courbe devant elle, et s'incline avec respect sur la main qu'elle lui offre. Dans la crainte de déplaire à son époux, elle s'efforce de vaincre l'émotion que lui cause la vue de son libérateur; mais elle ne peut en être maîtresse; des larmes révèlent malgré elle la vivacité de la reconnaissance qu'elle n'ose exprimer; d'une voix altérée, elle dit : « Ah! prince, que ne puis-je vous rendre ici une partie des biens que j'ai reçus de vous! — Madame, répond-il, vous savez assez quel est celui que j'y viens chercher. » Alors elle se hâta d'ajouter d'un ton plus bas, et en feignant de se baisser vers lui pour le relever : « Noble Malek Adhel, que ne suis-je maîtresse d'en disposer, vous ne l'attendriez pas longtemps. » Il la remercia par un regard plein de gratitude, et se tourna pour saluer Mathilde, qui était à demi-cachée derrière le siège de la reine. Debout auprès d'elle, Lusignan, d'un air fier et dédaigneux, semblait insulter aux hommages du prince; et celui-ci, outré de retrouver toujours cet odieux rival à côté de Mathilde, ne pouvait contenir l'amertume de son cœur, et n'osant la révéler, regarda Mathilde d'un œil si sévère et si triste, que dans le trouble qu'elle en ressentit, elle laissa retomber la main qu'elle avançait vers lui, et une larme vint mouiller sa paupière. Malek Adhel le vit; saisi de repentir, il s'accusait déjà, se disant en lui-même, que le tort d'affliger Mathilde était au-dessus de tous ceux qu'il lui supposait; mais il fut bientôt interrompu dans ses réflexions par le bruit des instruments de joie qui annonçaient que les danses allaient commencer. Lusignan, comme vainqueur des joûtes, avait seul les honneurs de la fête; c'est à lui qu'appartenait d'ouvrir la riante cérémonie, et de choisir le premier parmi les dames : il prit la main de Mathilde, et la conduisit au milieu de l'immense salle; tous les regards étaient sur eux. Lusignan avait quitté sa pesante armure; un riche et court manteau couvrait ses épaules, de légers éperons d'or ornaient ses pieds, et sur son front désarmé éclatait une vive et brillante joie. Son corps souple et agile se prêtait avec grâce à tous les mouvements d'une danse grave, et jamais il n'avait paru avec tant d'avantages qu'en ce moment, où il joignait à la gloire du triomphe, le plaisir d'être auprès de Mathilde, et le plaisir plus doux d'affliger son rival. Néanmoins sa satisfaction n'était pas pure et entière; car il ne pouvait se dissimuler avec quelle peine la princesse d'Angleterre se prêtait à ce que l'étiquette des cours et les ordres de son frère exigeaient d'elle. Forcée d'accepter la main de Lusignan, et de se montrer seule avec lui au milieu d'une foule immense de spectateurs qui les unissait dans ses applaudissements, la profonde mélancolie empreinte dans ses regards, et la langueur de ses mouvements, disaient assez que la place qu'elle occupait n'était pas celle que son cœur aurait choisie, si elle avait été libre de n'écouter que lui. Cependant la répugnance qu'elle éprouvait ne pouvait altérer ses attraits ni diminuer ses grâces; la danse sérieuse convenait parfaitement à la dignité de son maintien : l'abandon que la tristesse jetait sur ses manières leur donnait un charme de plus, et imprimait à toute sa personne cette grâce divine et morale qui vient de l'intérieur, et pare la beauté du corps de la beauté de l'âme.

Un triple rang de spectateurs assis sur de riches gradins, vêtus des plus somptueux habits; le feu éblouissant des lumières, des dorures, des cristaux taillés en girandoles et en colonnes; le bruit des instruments de joie, des fanfares guerrières; la beauté des dames, la valeur des chevaliers, et l'éclat de tant de sceptres réunis; jetaient sur cette assemblée une pompe et une magnificence auxquelles le monde n'avait encore rien vu de comparable. Mais que tous ces vains et brillants spectacles touchent peu un cœur vraiment occupé! Au milieu de ces royales grandeurs, Malek Adhel ne songeait qu'à Mathilde, n'entendait qu'elle, ne désirait que lui parler un moment; s'il s'enorgueillissait de la voir si belle, de la voir élevée au-dessus de toutes les beautés de l'univers, il s'indignait qu'aux transports d'admiration qu'elle excitait, on osât joindre le nom de Lusignan, et que cet arrogant souverain eût le droit de tenir de son triomphe, la faveur de se placer auprès d'elle dans le banquet fastueux qui succéda aux autres plaisirs.

Cependant, quand les danses folâtres et bruyantes succédèrent aux danses graves et sévères, Mathilde revint se placer auprès de la reine; l'assemblée, dont elle charmait les yeux, osa manifester le désir de la revoir danser encore, et de voir Malek Adhel remplacer Lusignan dans l'honneur de la conduire. Le prince, charmé, vole vers elle, lui prend la main; la vierge se lève, et ce visage, pâle et mélancolique, est animé tout-à-coup des plus vives couleurs et d'une douce joie :

Lusignan, furieux, accourt et les sépare, mais pas si promptement pourtant que Mathilde n'ait eu le temps de glisser dans la main du prince un billet et une clef. Malek Adhel interdit, et du don qu'il reçoit, et de l'audace de Lusignan, demeure un moment immobile; Lusignan s'écrie que son triomphe lui a donné le droit d'être en ce jour le seul chevalier de la princesse, que nul ne peut le partager avec lui; « et si j'étais d'humeur à le céder, ajouta-t-il d'un ton menaçant en regardant Malek Adhel, crois-tu que ce soit pour toi que je le voulusse faire? » Le prince frémit de colère; et, rendant menace pour menace, il répond : « Tu fais bien, Lusignan, d'user de ton droit aujourd'hui, car je jure que c'est le dernier jour de ta vie où je t'en laisserai jouir; demain, je pourrai combattre; demain, pour être vainqueur, tu ne me feras pas ordonner par tes rois de demeurer oisif, et nous verrons demain, et durant le reste des jeux, lequel des deux sera assis aux côtés de l'illustre Mathilde. » Il dit, et s'éloigne; et s'il n'en dit pas davantage, c'est qu'une confuse et inexprimable joie remplit tellement son cœur, qu'il n'y peut rester aucune place pour la colère; et s'il s'éloigne si promptement, c'est que le mystérieux papier qu'il tient, la clef qui y est jointe, lui promettent des biens qu'il ne touche encore que par la pensée, et dont il est accablé. Osera-t-il croire tout ce qu'il suppose? obtiendra-t-il tout ce qu'il attend? que va lui dire ce papier? et cette clef, source de toutes les plus ravissantes espérances, où est-elle destinée à le conduire?

A peine est-il hors de la vue du camp, qu'il précipite ses regards sur le billet de la princesse; c'est la première fois que les traits de cette main chérie viennent s'offrir à lui; et quel amant vit jamais sans émotion l'écriture de la beauté qu'il aime? Il ne peut commander à son impatience : d'une main tremblante il brise le cachet, et lit ce qui suit :

« Demain, aux premiers rayons du « jour, cette clef vous ouvrira le monu- « ment où reposent les cendres du grand

« Montmorency; c'est là que vous trou- « verez Mathilde. »

Malek Adhel doute s'il veille : un rendez-vous! Il est trop heureux pour songer à être surpris; mais, s'il était moins heureux, peut-être serait-il surpris de la démarche de Mathilde. En effet, quel motif a pu inspirer à cette jeune et timide vierge la hardiesse de proposer un rendez-vous? Ah! sans doute, ce cœur pur et religieux n'a pu concevoir une si téméraire pensée, qu'avec la vue d'un grand bien à faire et d'un important devoir à remplir. Maintenant elle connaît assez le monde pour savoir qu'une pareille conduite la compromettrait étrangement; et la modeste Mathilde craint beaucoup de mal faire aux yeux des hommes, et de s'attirer leur censure; mais la pieuse Mathilde craint plus encore de mal faire aux yeux de l'Eternel, et de mériter le reproche d'avoir mis le respect humain au-dessus des lois divines : c'est pour y obéir, bien plus que pour obéir à son amour, qu'elle s'est déterminée à entretenir Malek Adhel en secret. Elle a de grands sacrifices à lui demander, des sacrifices qui ne peuvent être retardés d'un jour, et d'où dépend peut-être le salut éternel de ce prince. Devant de si hautes considérations, elle a dû faire taire les bienséances ordinaires, et c'est parce qu'elle a commencé par n'écouter que sa conscience, indépendamment de son cœur, qu'elle permet ensuite à son cœur d'être satisfait des conseils de sa conscience.

Cependant, malgré la pureté, j'ai presque dit la sainteté de ses intentions, quand le jour naît, et que le moment d'aller joindre Malek Adhel approche, sa pudeur s'étonne et s'alarme; elle hésite, elle balance : et c'est bien plus le devoir que l'amour qui lui donne le courage de partir.

Elle sort de Ptolémaïs, à l'heure où le soleil commence à faire disparaître la rosée; elle monte dans son char; ses femmes et ses gardes l'entourent; ce n'est que surveillée par ce nombreux cortége, que Richard lui permet d'aller respirer l'air à quelque distance de la ville, et même il a sévèrement défendu de laisser jamais approcher d'elle aucun chevalier, fût-il chrétien ou musulman, sans excepter Lusignan lui-même.

Elle dirige sa promenade vers le tombeau de Montmorency; le char s'arrête, et les gardes se placent alentour pour écarter tout indiscret; les femmes de la princesse l'accompagnent jusqu'au pied du monument: comme son cœur palpite en songeant que Malek Adhel est là, et que ce funèbre édifice, qui couvre les cendres du héros qui n'est plus, couvre aussi le héros qu'elle aime! Elle s'approche de la porte, elle va la pousser; un frémissement universel la saisit et l'arrête : « O mon Dieu! dit-elle en tombant à genoux, si l'amour a troublé ma raison et séduit ma conscience, si c'est l'amour qui me conduit ici, si c'est pour voir, pour entendre Malek Adhel, plutôt que pour vous faire voir, vous faire entendre à son cœur; enfin, dans les motifs qui me guident, si votre œil perçant découvrait une faiblesse, et si je devais sortir de ce lieu avec un repentir, ne permettez point que je passe le seuil de cette porte; ôtez-moi la vie, je la quitterai sans murmure, car je crains bien moins de mourir que de vous offenser. » Cette fervente prière rend à Mathilde toute sa force et sa vertu; soutenue par le bras de Dieu, elle ne craint plus rien, et se sent supérieure aux faiblesses de son cœur; elle se retourne vers ses femmes, et leur dit : « Laissez-moi seule ici quelques instants, ne troublez pas mes méditations; je vais prier pour la prospérité de la foi et la conversion des Infidèles. Les femmes ne s'étonnent point de cet ordre; elles sont habituées à lui voir faire de longues retraites sous le cénotaphe de Montmorency, dont elle et l'archevêque de Tyr ont seuls la clef. En partant, Guillaume lui remit celle qu'il possédait, et il était loin de soupçonner qu'elle fût destinée à passer entre les mains de Malek Adhel. Mais Mathilde a cru devoir le faire, et, en ouvrant la porte, elle ne pense pas que Guillaume lui-même blâmât sa démarche. Elle entre d'un pas tremblant;

III.

elle s'enfonce sous les lugubres ombres de ce monument où repose le plus grand des chevaliers français; tout l'intérieur est tendu de noir, et une magnifique lampe d'argent l'éclaire nuit et jour : c'est à la lueur de ses pâles rayons qu'elle aperçoit Malek Adhel; il l'a reconnue, il se précipite; l'amour, la joie, l'émotion, l'empêchent de proférer des paroles suivies; mais sa joie va se manifester par des acclamations : elle se hâte, par un signe expressif, de lui imposer silence; il obéit, et se tait; mais son cœur ne peut se taire, il exprime le délire de sa félicité avec des transports, des regards, et des larmes; la chaste vierge se recule, baisse la vue, et, d'une voix recueillie, lui parle ainsi :

CHAPITRE XXXIX.

« Malek Adhel, vous devez croire que ce n'est point pour écouter votre amour, ni pour nous livrer à de tendres joies, que je suis venue ici; ce serait profaner les tombeaux, insulter à la mort. Les paroles qu'on fait entendre auprès d'un cercueil doivent être saintes, sévères, et solennelles comme lui. » En prononçant ces mots, Mathilde avait mis en effet tant d'austérité dans son maintien et sa physionomie, que Malek Adhel en fut frappé. Ce que les images de la mort n'avaient pu faire, fut produit à l'instant par l'accent de Mathilde, et aussitôt qu'elle eut parlé, les pensées voluptueuses qu'il avait osé nourrir jusque dans cet asile du trépas, s'évanouirent pour faire place à une crainte respectueuse. « Mathilde, lui dit-il, loin de vous comme en votre présence, je ne puis m'occuper que du seul amour; les plus tristes objets n'en peuvent détacher ma pensée; il est avant tout, il est le premier des biens..... — Le premier des biens terrestres, interrompit-elle; mais le premier des biens terrestres est peu de chose pour une âme chrétienne. Ecoutez-moi, Malek Adhel, l'intérêt le plus pressant que je puisse connaître, l'intérêt de votre salut, a pu seul m'entraîner dans une démarche qui,

14

pour n'être pas ce qu'il y a de plus téméraire, doit être ce qu'il y a de plus pur
et de plus saint; c'est demain que s'as-
semble le conseil des évêques, et cependant le vénérable Guillaume ne paraît
pas : on va prononcer sur nos destinées,
et cependant votre âme est encore dans
les ténèbres de l'erreur; le conseil des
Pères de l'Eglise osera-t-il me donner à
un époux infidèle? et s'il l'ose, si la politique les engage à le vouloir, la religion
me permettra-t-elle de le vouloir aussi?
— Que dites-vous, Mathilde? s'écria le
prince avec une surprise mêlée de colère;
ai-je bien entendu? Si vos évêques vous
donnaient à moi, je n'aurais pas encore
vaincu tous les obstacles, et j'aurais la
douleur, douleur aussi terrible qu'inattendue, d'en trouver un dans votre cœur?
— Hélas! reprit-elle, je crains bien que
vous ne l'y trouviez pas; je suis faible, l'amour est puissant, et vous êtes bien près
de Dieu dans mon âme; mais écoutez,
Malek Adhel, écoutez quel motif m'a
conduite ici. Vous ignorez pourquoi l'archevêque de Tyr n'est point à Ptolémaïs;
vous ignorez les obligations inouïes que
vous avez à ce digne prélat : s'il a quitté
la cour et ses grandeurs, s'il a déposé sa
mitre et sa pourpre, c'est pour vous qu'il
l'a fait. Entraîné par sa charité, soutenu
de sa vertu et de son Dieu, il a pris seul
la route de Césarée pour vous voir, vous
parler, et employer toute l'ardeur de son
éloquence à vous faire goûter la parole
de vérité. — Quand j'ai quitté Césarée,
l'archevêque n'y avait point paru encore,
repartit le prince. — Et cependant, ajouta
Mathilde, il était parti plusieurs jours
avant ce jour.... dirai-je doux, dirai-je
terrible, où vous me surprîtes à Ptolémaïs. — O ma bien-aimée! interrompit-
il, il n'y a de jours terribles que ceux où
je ne vous vois pas. — Eh bien, ce sont
pourtant de ces jours-là que je vais vous
demander, reprit-elle avec force et dignité : Malek Adhel, l'honneur, la reconnaissance, et notre intérêt même, vous
imposent également d'abandonner les
combats, la victoire, l'amour et ses plaisirs, pour aller chercher des lumières sur

le sort de cet infortuné vieillard, qui maintenant gémit peut-être dans les fers ou
expire dans les tourments, parce que votre salut lui a été plus cher que sa vie.—
O ciel! Mathilde, s'écria-t-il, qu'exigez-
vous? vous voulez que je vous quitte! —
A l'instant même; car, lorsque le danger est pressant, le devoir est impérieux,
et il n'y a pas un instant à perdre. — Vous
voulez que je m'éloigne, que je m'éloigne
le jour où je dois humilier Lusignan, et
triompher à vos yeux! — Misérable vanité humaine! reprit la princesse, qui jamais n'est rassasiée d'éclat et de succès,
et qui, en gonflant l'âme de biens périssables, l'empêche de se nourrir des biens
éternels. O Malek Adhel! qu'est-ce qu'un
triomphe contre Lusignan? n'en avez-
vous pas remporté cent fois de plus glorieux? et quel fruit en avez-vous recueilli?
mais un triomphe sur vos propres penchants, un triomphe du devoir sur les
plus impétueux désirs, un triomphe de
la vertu sur la gloire elle-même, ceux-là
peut-être vous sont encore étrangers, et
cependant ils demeurent toute la vie, et
nous suivent même au-delà. Malek Adhel,
que t'importe d'humilier Lusignan? sa
chute est-elle digne de ce que tu sacrifierais? et ne seras-tu pas bien plus grand
en t'élevant au-dessus de toi-même qu'en
t'élevant au-dessus de lui? Crois-moi,
abandonne des combats dont la victoire
t'est assurée; consens même, s'il le faut,
à ce que Lusignan reçoive de ma main
une nouvelle couronne, et, sûr de mon
cœur et de mon éternel amour, cours les
mériter davantage en volant où l'humanité et la reconnaissance t'appellent. —
Mais, Mathilde, répliqua le prince, pourquoi faut-il que je parte, pourquoi me
l'ordonnez-vous? ne puis-je pas envoyer,
à la recherche de Guillaume, des serviteurs pleins de zèle et de dévouement,
qui pourraient me remplacer...? — Te
remplacer, lorsqu'il s'agit d'être généreux et grand! interrompit-elle avec vivacité : ne me permets pas de croire que
cela soit possible; ne me permets pas de
croire que, quand il faut secourir l'infortune, un autre que toi y mît autant de

zèle et y trouvât autant de plaisir. Malek Adhel, si, par un miracle de la providence de Dieu, quoique Musulman, tu ne surpassais pas les autres hommes en vertus, où serait l'excuse de mon amour? Il n'y a que toi dont la bonté infatigable puisse suivre et reconnaître les traces du digne archevêque; et, s'il est vrai, comme je le crains, que les Infidèles l'ont chargé de fers, il n'y a que toi qui sois puissant dans l'empire de Saladin, pour les briser et ouvrir les cachots où on le retient. Ah! que par une pareille conduite tu acquiers de nouveaux droits à sa reconnaissance, à l'estime des Chrétiens, à ma tendresse; et quand l'univers apprendra que tu as délaissé de vains triomphes pour sauver un vieillard, crois-tu que ta gloire y perde? et quand tu te présenteras au conseil des évêques, comme libérateur de Guillaume, crois-tu qu'il sera moins disposé en ta faveur, que si tu t'y présentais comme vainqueur de Lusignan? et quand toutes ces récompenses humaines te manqueraient, ta conscience, Dieu, et l'amour de Mathilde, te manqueront-ils...? — Je pars, interrompit le prince en se mettant à genoux devant elle : ô fille du ciel! tu m'ouvres un nouveau monde où je sens qu'il y a quelque chose de mieux que le plaisir, et où la vertu a une volupté supérieure à celle de l'amour même; Mathilde, si vous n'êtes pas une femme unique, s'il y en a d'autres qui vous ressemblent en Europe, je ne m'étonne plus des hommages qu'on leur rend et de l'empire qu'elles y exercent. Comment ne pas voir une créature toute divine dans la beauté à laquelle on ne peut plaire qu'à force de gloire et de vertus? O heureux chevaliers chrétiens! ne vantez plus votre vaillance : combien elle doit vous être facile, quand le même objet qui vous enflamme d'amour est celui qui vous enflamme d'honneur...... ! oui, Mathilde, je t'obéis, je pars; et tu as mis un sentiment si nouveau dans mon âme, qu'il me semble que je pars sans peine. — O mon Dieu! s'écria la princesse avec transport, qu'est-ce donc que cette âme de Malek Adhel, puisqu'elle est si grande quoi-

qu'elle ne vous possède pas encore? Tout ce qu'il y a de plus excellent est fait pour demeurer éternellement en elle; il n'y a point sur la terre d'asile plus digne de vous : mon Dieu, quand donc y descendrez-vous? et toi, noble Montmorency, ajouta-t-elle en se prosternant près du cercueil, toi dont les cendres doivent s'émouvoir devant un héros si semblable à toi, redouble tes prières, implore toutes les puissances du ciel, qu'elles demandent avec toi la grâce de Malek Adhel; parle pour lui, esprit bienheureux, comme tu parlais à ton lit de mort; et que tes larmes, tes vœux, et ton sang, soient le lien qui unisse et réconcilie Malek Adhel avec Dieu. » A ces mots, le prince s'agenouilla aussi près du cercueil, et dit : « Illustre héros, toi dont j'admirais la vie et dont j'honore la cendre; toi dont le trépas m'a coûté des larmes et dont l'amitié m'eût été si chère; toi, enfin, à qui seul je pouvais pardonner d'aspirer à la main de Mathilde, parce que seul tu m'en paraissais digne, sans doute il reste autre chose de toi que cette poussière insensible : ah! de ce séjour inconnu que tu habites, daigne, daigne parler à mon cœur, et lui apprendre comment il pourra concilier l'honneur, l'amitié, et l'amour.»

Après une longue pause, Mathilde lui répondit d'une voix plus calme, et en se relevant : « L'archevêque de Tyr vous en instruira; hâtez-vous de le joindre; partez à l'instant même, sans retourner au camp, sans le dire à Saladin; Saladin pourrait vous retenir, et un jour de délai peut tout perdre; le conseil des évêques s'assemble demain; peut-être ne durera-t-il pas plus de huit jours : il faut qu'avant ce terme vous ayez trouvé Guillaume, que vous l'ayez ramené ici; il faut qu'avant ce terme Guillaume vous ait converti, vous ait ébranlé du moins, parce qu'alors il parlera pour vous au conseil; il parlera pour moi, il demandera notre union, et, vous le savez, rien ne résiste à l'éloquence de Guillaume. — Ma bienaimée, répliqua-t-il avec tristesse, tu me déchires le cœur; je ne puis renoncer à toi, et je ne puis trahir un frère qui m'accable de bienfaits. Eh quoi ! pour concilier tant de devoirs contraires, ne ferais-tu pas mieux d'accepter un époux musulman ? je ne le serais pas de cœur, Mathilde, et je servirais en secret le même Dieu que toi. — Hélas ! reprit la vierge, l'Éternel ne veut point être servi en secret, et je crains bien qu'il ne se tînt pour offensé d'un encens qu'on n'oserait lui adresser publiquement... Mais, je l'avoue, si l'archevêque de Tyr pensait autrement, je n'aurais point de peine à penser comme l'archevêque de Tyr. Pars donc, Malek Adhel, va chercher Guillaume ; il t'aime comme l'enfant de ses entrailles, il donnerait son sang pour ton salut, et cette secrète tendresse, que tes vertus ont obtenue de sa grande âme, le disposera sans doute à une indulgence que les autres évêques n'auraient point ; Guillaume nous soutiendra, si tu es Chrétien dans le cœur ; peut-être sera-t-il satisfait, peut-être attendra-t-il du temps et de mon influence une plus entière conversion ; peut-être enfin m'ordonnera-t-il des choses auxquelles je n'oserais consentir sans lui.... — O Mathilde ! interrompit le prince avec impétuosité, dis-moi donc quelle inconcevable magie s'attache à tes discours ? Oui, malgré les réserves de ta modestie, je crois avoir entendu ton cœur ; et maintenant mon sang bouillonne et ma pensée dévore les instants, les distances ; il me semble même que je suis impatient de te quitter. — Adieu donc, lui dit-elle en élevant les bras vers lui, va chercher l'ami de Dieu, et rapporte-moi la permission d'être heureuse. — O ma bien-aimée ! reprend-il en la pressant sur son cœur, ma future épouse, adieu ; » et il se tait, hors d'état d'ajouter un seul mot. La chaste vierge se détourne, se recule ; elle lui abandonne sa main, et, appuyant son visage contre une des figures de marbre qui pleurent autour du cercueil, elle le couvre de larmes véritables, mais ce sont des larmes de tendresse et de bonheur ; celles dont le prince arrose sa main sont brûlantes et passionnées : ils pleurent et se taisent, et jamais l'amour ne régna avec

plus d'enthousiasme et d'empire, que sur ces deux cœurs qui pleurent et se taisent : quel langage qu'un tel silence ! que de vie auprès de ce tombeau ! Ils demandent, ils espèrent de longs jours de félicité, en foulant aux pieds cette cendre qui ne demande, qui n'espère plus rien ; et c'est du milieu des ombres de la mort que s'échappe de leurs lèvres le serment de l'éternel amour. Ah ! sans doute, à ce serment, la joie des bienheureux est descendue un moment dans leurs âmes ; car, qu'est-ce que la joie des bienheureux, sinon cet éternel amour ? Cœur humain, te voilà donc comme Dieu t'a fait, avec tes oppositions et tes contrastes, ayant autant de larmes à donner à l'excès du bonheur qu'à l'excès de l'infortune ; si faible que, quand la volupté t'accable, à tes plaintes, à tes gémissements, on dirait que tu te meurs d'angoisse ; et si grand qu'aucune chose de la terre ne peut te suffire ni te remplir, et qu'à moins que le ciel ne s'y place tout entier avec ses biens incompréhensibles et son éternelle immensité, il y reste toujours du vide !

Mathilde se préparait à sortir du tombeau et à retourner à Ptolémaïs avec tout son cortége, afin de rendre à ce lieu sacré la solitude dont ce prince avait besoin pour s'éloigner à son tour, lorsqu'un bruit soudain se fit entendre à la porte. « Qu'est-ce ? s'écria la princesse effrayée. — C'est moi, répondit une voix qu'elle reconnut à l'instant pour celle de Bérengère, je suis venue ici vous joindre avec le roi, et nous ne voulons pas que vous demeuriez si longtemps enfermée dans un tombeau. — Mon Dieu ! nous sommes perdus, dit-elle tout bas, Richard est là ; s'il entre, s'il vous voit.... tout votre sang versé.... O Malek Adhel ! nous mourrons ensemble. — Calme ta frayeur, ma bien-aimée, reprend-il, je saurai me dérober aux regards du roi. » Il dit, et se place sous le drap mortuaire qui couvre le cercueil de Montmorency : Mathilde, en l'arrangeant sur sa tête, éprouve une nouvelle terreur ; mais ce n'est plus la crainte d'être surprise qui la cause : en voyant Malek Adhel sous ce linceul funèbre, et comme enseveli par les ombres du trépas, il lui semble qu'il vient d'être retranché du nombre des vivants; qu'entre elle et lui, la mort est là qui lui crie que le jour n'est pas loin où elle sera appelée à le couvrir pour toujours du voile funéraire. Frappée de ce funeste pressentiment, elle pâlit, chancelle, et d'une main tremblante ouvre avec peine la porte où Bérengère l'attend. Surprise de l'extrême altération de ses traits, la reine lui demande quelles sont les sombres méditations qui ont pu la changer ainsi; mais trop de frayeurs troublent encore l'âme de la vierge pour qu'elle ait la force de répondre : elle regarde Bérengère, essaie de sourire; ses lèvres se refusent à ses efforts, et elle est obligée de s'asseoir pour calmer ses sens éperdus; Richard l'examine attentivement : « Jamais, dit-il, on ne se plut autant dans les tombeaux, et on n'en sortit avec tant de peine et d'effroi ; quel est donc le charme qui vous y retient, et les pensées qui vous y occupent? » Il s'avance alors sous le mausolée, Mathilde frémit; elle voit un abîme devant elle, et la destruction s'élever à ses côtés : si Malek Adhel dit un mot, s'il laisse échapper un soupir, si l'inflexible Richard l'aperçoit, rien ne pourra arrêter l'impétuosité de sa colère, il plongera son épée dans le cœur du prince, et les gouffres de l'enfer s'ouvriront pour recevoir leur proie. Ah! plutôt que de laisser consommer sa perte, elle est décidée à tout braver, elle s'élancera au-devant du héros qu'elle aime, elle lui servira de bouclier; pour que Richard atteigne ce cœur généreux, il faudra qu'il perce celui d'une sœur, et peut-être reculera-t-il devant son propre sang. Déterminée ainsi, elle se lève, s'approche, écoute, prête à voler au moindre bruit; mais elle n'entend rien; tout est tranquille, et Richard reparaît bientôt avec un air calme qui l'instruit assez qu'il n'a rien découvert : il sort, ferme la porte, prend la clef, et dit à sa sœur : « Vous ne rentrerez plus ici, Mathilde; les impressions que ces images font sur vous sont trop vives pour être renouvelées, et tant

de tristesse ne convient pas au sort qui vous attend. Dites donc adieu à ce monument, car je jure que vous ne reverrez plus les lugubres objets qu'il renferme. » Richard, en prononçant ces paroles, ne sait point le mal qu'elles font à sa sœur, ni quel sinistre pressentiment elles confirment : sans être coupable, elle vient presque d'éprouver les terreurs du crime; sans avoir rien perdu, elle éprouve maintenant celles du désespoir. L'infortunée dévore sa douleur en silence; et, élevant seulement vers le ciel ses yeux mouillés de larmes, elle y cherche celui qui peut seul l'entendre, l'excuser, et lui prêter des secours pour ce qu'elle espère, ainsi que des consolations pour ce qu'elle craint.

CHAPITRE XI.

DANS le courant de cette journée, les jeux recommencent, et le champ d'honneur s'ouvre pour les Musulmans. Saladin vient prendre sa place accoutumée, mais Malek Adhel n'est point auprès de lui. Chacun s'étonne et ne sait qu'augurer de son absence. Comment se peut-il que là où il y a un triomphe à obtenir, un rival à humilier, et un prix à recevoir des mains de la princesse d'Angleterre, Malek Adhel tarde tant à paraître. Par considération pour ce grand prince et les prières de Saladin, on suspend encore quelques heures l'ouverture du tournois. Durant cette attente, tous les regards se tournent vers Mathilde, afin de découvrir sur son visage les traces de ses sentiments secrets; mais elle a repris sa sécurité, la terreur de ses pressentiments s'est effacée, et, satisfaite de la générosité et du dévouement de Malek Adhel, elle est bien plus près de se réjouir que de s'affliger de son absence. Lusignan s'approche d'elle, et d'un air ironique, il lui dit : « Malek Adhel est bien lent, Madame, à venir exécuter ses menaces, et bien peu empressé de justifier cette confiance qui ne lui permettait pas de douter hier qu'il n'obtînt le prix aujourd'hui; si c'était une grande présomption à lui d'en être si sûr, c'é tait le moindre de ses devoirs de venir le disputer. — Sire, reprit la princesse avec une froide dignité, Malek Adhel est trop connu pour qu'il soit permis d'en mal penser; et la récompense due à un si noble caractère, c'est d'être sûr que quand il ne remplit pas un devoir ordinaire, c'est qu'il en remplit un plus grand. »

Elle dit, et s'éloigne : Lusignan demeure confondu; il s'approche de Richard, et lui demande s'il est sûr que sa sœur n'ait reçu aucun message, aucune visite de Malek Adhel; le roi l'affirme. Néanmoins, Lusignan doute encore; car l'amour jaloux est pénétrant; et il se souvient du jour où le prince fut introduit chez Mathilde, à l'insu de Richard. Mais il est arraché à ses sombres réflexions par le bruit des fanfares, qui annoncent que le temps désigné pour attendre Malek Adhel, vient d'expirer; et que les juges du camp ont levé les barrières : la gloire brille, les guerriers volent, et en ce jour de réunion, les Musulmans se mêlent aux Chrétiens, et le combat devient plus vif et plus acharné que la veille; contre quelques-uns, les Sarrazins ont l'avantage; Kaled renverse les plus valeureux chevaliers; mais Lusignan le renverse à son tour, et finit par l'emporter sur tous : il est une seconde fois couronné des mains de la princesse; il l'est encore le lendemain et les jours suivants. Cependant tous les esprits sont en fermentation; Saladin commence à s'inquiéter vivement de l'absence de son frère; il ne peut y trouver aucune cause. Abandonner toutes les victoires à son rival, s'éloigner du théâtre où ses destinées se décident, et de l'objet dont son cœur est épris, paraissent au sultan des choses si étranges, que son amitié s'alarme de la seule explication qu'il peut y donner; il connaît Malek Adhel, l'impétuosité de son courage et la violence de ses passions; il sait que le monde n'a point d'obstacle capable de l'arrêter; Malek Adhel serait-il perdu pour le monde et pour lui? Tandis que cette terrible pensée déchire son cœur fraternel, et que, par ses ordres, des émissaires volent

de tous côtés sur les traces du prince, le temps fuit, et le jour approche où le conseil des évêques doit prononcer l'arrêt qui décidera des destinées du monde. Le plus profond secret enveloppe leurs discussions, et ces Pères vénérables n'ont laissé pénétrer à personne de quel côté ils feront pencher leurs saintes balances. En vain Lusignan a-t-il cherché à le découvrir; en vain, pour se faire des partisans parmi eux, a-t-il remué sourdement toutes les intrigues; en vain leur a-t-il rappelé souvent que c'était à lui qu'ils devaient l'auguste mission dont la chrétienté les avait chargés; il n'a pu réussir à surprendre leur religion, ni à altérer la droiture de leurs jugements : plus ils reconnaissent l'importance du fardeau dont on les a honorés, et la confiance qu'on a eue en leurs lumières, plus ils veulent s'en montrer dignes. Ce n'est pas seulement de l'intérêt politique de deux empires dont ils s'occupent, c'est de la cause du ciel; ils sont les arbitres de la foi; ils travaillent pour Dieu, et cette grande pensée, qui les élève si haut, les a dépouillés de toute faiblesse humaine. Lusignan s'en étonne, et se trouve ainsi déçu dans ses espérances. En proposant ce conseil, il avait bien calculé tout ce que la dissimulation et la flatterie ont de puissance sur l'esprit des hommes, et il ne s'était pas trompé; mais ces hommes étaient des Chrétiens; et des Chrétiens animés du véritable esprit de leur loi divine, sont plus que des hommes : voilà ce qu'il avait trop oublié. Cependant il ne se rebute pas, il sait que l'archevêque de Nazareth et l'évêque de Bethléem détestent les Infidèles; qu'ils sont, après Guillaume, les plus éloquents Pères de l'Église, et il croit pouvoir compter sur eux : il voudrait bien que Richard employât son crédit sur les évêques de son royaume, pour les éloigner de tout esprit de conciliation; mais il n'ose lui proposer de les séduire : il respecte trop le caractère de Richard pour lui parler de semblables moyens, et craindrait même d'altérer son amitié en lui laissant voir qu'il en fait usage : du moins il tire parti de la brusque franchise du roi; il sait lui faire déclarer publiquement, en plusieurs occasions, que le conseil l'obligerait en prononçant un refus; et parvient même à obtenir de son amitié, de presser la fin de cette assemblée, car il craint que si Guillaume y paraissait, il n'entraînât tous les avis en faveur de Malek Adhel, et un pressentiment confus lui crie que Guillaume est près d'arriver. Enfin il a paru ce jour où la décision va se prononcer, où la trêve va être changée en paix ou en guerre; où Mathilde va connaître son sort; dans douze heures, elle n'aura plus d'espérances à nourrir, ni de changements à attendre; dans douze heures, tout sera fini pour elle. Ce jour terrible se passera-t-il, comme les précédents, dans un lugubre silence, sans qu'aucune voix lui révèle, l'instruise du sort de Malek Adhel et de l'archevêque? C'est maintenant que son âme est agitée, et que sa physionomie dit le secret de son âme. Si elle osait, elle se repentirait d'avoir exigé du prince d'aller à la recherche de Guillaume; mais son intention était trop pure, pour qu'au prix de son malheur même, elle se permette de la condamner. Elle s'efforce de résigner son âme, et de vaincre la douleur comme elle a vaincu le plaisir; mais cette victoire est plus difficile, et ce n'est pas l'affaire d'un moment que de la remporter : aussi, au sein même de la prière, souvent l'amour la distrait, la domine, et sans y penser, elle s'écrie : « Ô mon souverain bien! qui rompra mes liens, et me donnera des ailes pour voler jusqu'à toi? jusqu'à quand différeras-tu à venir me rendre la joie, et me retirer du vide affreux où je suis? Hâte-toi, car je porte avec douleur le poids de ton absence; et je t'aime de telle sorte que mon cœur se perd en toi, et ne peut plus désirer d'autre bien. » Mais à peine a-t-elle entendu les accents passionnés qui lui échappent, qu'elle rougit, s'humilie, et les rétracte. Cependant à mesure que ses espérances s'affaiblissent, elle croit sentir que son amour augmente, et jamais il n'eut plus de force que dans ce jour, où elle va peut-

être recevoir l'ordre d'y renoncer. Que de différentes tristesses affligent son âme! le prix réservé pour le dernier combat, ce prix le plus précieux de tous, est le portrait de Mathilde elle-même. Faudra-t-il qu'elle soit réduite à la honte de le donner à Lusignan? Hélas! quand elle a consenti qu'il fût fait, elle croyait qu'il aurait un autre maître. Bérengère la surprend dans le tumulte de ces diverses agitations : sous le prétexte de la conduire au tournois, elle vient la plaindre et partager sa peine. Mathilde s'assied auprès de la reine, pleure, et se tait; ses cheveux et ses habits sont en désordre. Quoique l'heure de la fête approche, elle ne peut se résoudre à insulter à sa propre douleur, en se parant de magnificence et d'éclat. Elle repousse les mains de ses femmes; et couvre de larmes amères le bandeau de pierreries dont on veut orner son front. En vain l'impatient Richard lui fait dire de se hâter; elle écoute le récit de sa colère avec indifférence, et ne tremble que de voir arriver la fin du jour; il lui semble qu'elle la retarde en retardant l'ouverture des jeux; et comme on l'attend pour les commencer, elle est décidée à ne s'y montrer que le plus tard possible. Cependant le moment fatal où tous les prétextes sont épuisés arrive enfin; il faut partir; elle n'a point cette hardiesse qui résiste ouvertement : la passion seule la donne, et la timide vierge a bien plus de tendresse que de passion. On l'entraîne, comme une victime, vers le lieu de pompe et de somptuosité où tous les regards et les cœurs l'attendent. Hélas! dans un rang plus obscur, elle pourrait cacher dans l'ombre ses agitations et ses larmes; mais il faut que les siennes soient exposées à tout l'éclat du jour et aux yeux de tous ceux qui l'entourent. Comme cette muette douleur qu'elle renferme dans son sein s'augmente par les sons belliqueux des instruments de joie et de victoire! Et comme elle détourne ses regards avec amertume, de tous ces visages où brillent la satisfaction, le plaisir, et les douces espérances, plus charmantes encore que le plaisir! Elle appuie son coude sur le balcon, penche doucement sa tête sur sa main; et, sans daigner jeter un coup d'œil sur les combattants, qui ne regardent qu'elle, elle tient ses yeux constamment fixés vers le chemin de Césarée, qui est le seul lieu de la terre maintenant d'où lui peut venir un espoir ou une joie.

Jusqu'à ce jour, Saladin n'avait point combattu : accoutumé aux coups meurtriers des batailles, il ne l'était point aux exercices galants et guerriers de la chevalerie européenne, et n'avait point voulu compromettre son rang dans une lutte dont la défaite était une honte, et dont la victoire n'était qu'un jeu. Cependant, en voyant ses plus valeureux capitaines toujours vaincus par Lusignan, ce roi présomptueux qui ose prendre devant lui le titre de roi de Jérusalem, maître de tous les prix, et prêt à s'emparer en ce jour du portrait de cette princesse destinée à l'hymen de Malek Adhel, il ne peut contenir plus longtemps son indignation et sa colère; du haut de son trône, il se lève et s'écrie : « Attends-moi, roi de Jérusalem, tu n'es pas vainqueur encore, et peut-être m'appartient-il de te faire perdre tous tes droits au prix de ce jour, comme au royaume dont tu portes le titre. » Lusignan, enivré de ses succès, regarde Saladin avec une orgueilleuse ironie, et lui dit : « Viens, superbe soudan, je suis fier de ton défi; viens, hâte-toi, et que le bruit de ta chute soit comme l'avant-coureur de celle de ton trône et de la fin de ton usurpation. » Saladin frémit de tant d'arrogance, et se précipite dans l'arène. Les voilà aux mains : jamais tant d'animosité et de rage n'enflammèrent deux ennemis; là pointe émoussée de leurs glaives sert mal leur ressentiment, et, à son défaut, ils voudraient que la violence des coups remplaçât le mal qu'elle ne peut faire. Tous les spectateurs sont émus; ils regardent en silence cette lutte terrible; Mathilde elle-même y donne toute son attention; elle ne se permet pas de faire des vœux pour Saladin, ce grand ennemi de Dieu, qui lui a jadis inspiré tant d'horreur;

mais elle est bien sûre qu'elle en fait contre Lusignan : non, tout l'effort de son courage, et la soumission de sa foi, ne pourraient la déterminer à vouloir qu'il devînt possesseur de son portrait. Longtemps le combat est égal, et la victoire, incertaine; mais Lusignan, habitué à ces sortes de jeux, en connaît toutes les ruses, ainsi que l'art de ménager ses forces : Saladin ne sait que porter des coups mortels, et comme dans ce genre de luttes aucun ne le peut être, il épuise ses forces sans succès, et voit avec surprise qu'il perd sa vigueur sans avoir obtenu le moindre avantage. Lusignan profite de l'imprudence de son ennemi, il tourne autour de lui, l'agace, l'irrite, esquive tous ses coups, lui en porte sans cesse de nouveaux; attend, épie l'instant favorable, le frappe à droite quand Saladin le croit à gauche, et, au moment où le sultan lève le bras pour l'accabler de tout le poids de son épée, Lusignan fait volte-face, passe subitement derrière lui, le saisit avec adresse, l'enlève par le milieu du corps, le jette à terre, et s'écrie : « Ainsi tombera l'usurpateur. » Un si beau coup de lance ravit toute l'assemblée; il s'en élève un transport d'enthousiasme; Lusignan va être couronné, lorsque tout-à-coup la princesse, d'une voix éclatante, s'écrie : « Voici le vengeur. » A peine a-t-elle achevé ces mots, qu'elle tombe dans les bras de Bérengère, et que Malek Adhel, couvert de sueur et de poussière, sur un cheval ruisselant d'écume, arrive comme la foudre, s'élance d'un trait au-dessus de la barrière, se présente à tous les regards, et voit avec horreur son frère abattu devant Lusignan. Celui-ci, désespéré de cette subite apparition, dont il prévoit toutes les suites, dissimule son dépit, et, d'un air froidement dédaigneux, s'écrie : « Tu viens bien tard pour me disputer la victoire. — Je viens assez tôt pour te l'arracher, répond le héros; ô Saladin! console-toi, tu vas être vengé. » Et en ce moment, irrité de la honte d'un frère qu'il aime, il songe davantage à lui qu'à Mathilde, et combat plus pour effacer son affront, que pour obtenir le prix de la victoire. Il s'élance impétueusement; les éclairs jaillissent de sa main redoutable; il presse, il pousse son ennemi avec une telle valeur, que Lusignan, étonné, éperdu de la promptitude et de la rapidité de ses coups, se trouble, chancelle, et est prêt à tomber sans avoir combattu. Malek Adhel s'aperçoit de son désordre, s'arrête, et lui dit : « Remets-toi, Lusignan : pour te vaincre, je n'ai pas besoin de te surprendre. » A ces mots, les acclamations partent de toutes parts; les Chrétiens oublient que c'est un Musulman qu'ils applaudissent; et devant tant de magnanimité, la religion a consenti à se taire un moment. Lusignan, témoin du triomphe que vient d'obtenir le caractère de son rival, voyant trop que sa vaillance lui en réserve un second, que, pour deux victoires, il ne lui aura fallu qu'un moment, et qu'une si brillante gloire va effacer tous ses triomphes, Lusignan ne prend plus conseil que de son désespoir; il s'abandonne en furieux : s'il ne peut plus vaincre, il voudrait mourir, car la mort hideuse et sanglante est à ses yeux un objet moins effroyable que Malek Adhel couronné des mains de Mathilde. N'ayant plus rien à ménager, il ose attaquer son rival, et c'est avec tant de violence et de rage, que, si Malek Adhel pouvait être étonné, il le serait en ce moment. Jamais il n'éprouva une pareille résistance; ses armes retentissent sous les coups qu'il reçoit, et Lusignan enfin l'a forcé à reculer; mais, même en reculant, sa supériorité ne l'abandonne point. « Lusignan, dit-il, ta défaite n'est pas un jeu; je croyais n'avoir à combattre qu'un rival, tu rehausses ma gloire en m'apprenant que c'est un héros que je vais vaincre. »

A peine ces paroles sont-elles achevées, que, semblable à la flamme qui vole, consume, et renverse, il s'est précipité sur Lusignan, et l'a terrassé à ses pieds. « Achève, lui dit ce triste monarque, et ôte-moi la vie comme tu m'as déjà ôté mon honneur, mon royaume, et le cœur de Mathilde. — Lusignan,

reprend le héros avec bonté, et en lui tendant la main, un instant de malheur doit-il effacer huit jours de succès, et ne peux-tu me pardonner de te ravir un prix que tu as ravi toi-même à mon frère, et à tous ceux qui ont osé se mesurer avec toi? — Eh! que m'importent mes triomphes passés! s'écria douloureusement Lusignan, empêcheront-ils que Mathilde ne croie qu'ils ne sont dus qu'à ton absence? Superbe Musulman, quelle fatalité inouïe t'a ramené aujourd'hui dans ces lieux, t'a jeté au milieu de ma gloire pour la ternir, et m'arracher avec elle le portrait de l'illustre Mathilde! —Le portrait de Mathilde est le prix du combat, et je ne l'ai pas reçu encore! » interrompit Malek Adhel; et aussitôt, avec la même vivacité qu'il avait renversé son rival, il court aux pieds de la princesse : elle le voit, rougit, et, après l'avoir vu, elle le regarde encore; dans ce regard, elle a mis avec tout son cœur, ses inquiétudes, ses espérances, et son amour; et, quoiqu'elle n'ait pas dit un seul mot, Malek Adhel n'a jamais été si sûr d'être aimé. Avec quel délice les bras de la vierge s'arrondissent autour du cou du héros pour y passer la chaîne où pend son portrait! avec quelle voluptueuse lenteur elle l'attache! qu'elle est heureuse et fière de pouvoir lui faire ce don aux yeux de tant de nations réunies! combien elle trouve qu'il a mérité davantage encore! et comme la tendre espérance qu'elle pourra un jour lui donner tout ce qu'il mérite, sait ajouter de charmes à sa beauté! On conçoit l'union de la pureté et de l'amour, mais dans le ciel seulement : comment les yeux de Mathilde l'ont-ils dérobée au ciel? Prosterné devant elle, Malek Adhel profite du moment où elle se baisse afin de le relever, pour lui dire mystérieusement : « Guillaume sera demain ici; mais, avant son arrivée, un mot, un seul mot dans le tombeau de Montmorency. » Ce nom échappait à peine de ses lèvres, que Richard s'approche et l'interrompt; le reste des spectateurs sépare les deux amants; de tous côtés on interroge Malek Adhel sur la cause de son absence, il refuse de s'expliquer; mais, sur son front inquiet et soucieux, on ne voit point éclater la joie de son triomphe. Bientôt Saladin, retiré dans sa tente, fait dire à son frère de le venir joindre. Malek Adhel obéit; il se retire : Lusignan, sombre, silencieux, et encore froissé de sa chute, baisse de farouches regards sur la terre, et demeure seul à l'écart. Le bouillant Richard ne dissimule pas le mécontentement qu'il éprouve; la honte de son frère d'armes le touche sensiblement; elle a réveillé le souvenir de la sienne, et il ne peut endurer la pensée d'une alliance avec celui qui les a humiliés tous deux. Une sorte de consternation règne dans cette noble assemblée; chacun semble agité de sombres pensées; et Mathilde n'est pas celle dont le cœur est le moins occupé. Guillaume arrive demain, lui a dit Malek Adhel, et cependant le conseil des évêques va se terminer ce soir : il faut qu'elle l'empêche; il faut qu'elle annonce ouvertement le retour de l'archevêque; oui, il le faut; quelles que soient les dispositions du conseil : favorables au prince, elle a besoin de l'aveu de Guillaume pour les adopter; contraires au prince, elle a besoin de la présence de Guillaume pour les adoucir. « Mon frère, dit-elle à Richard, l'archevêque sera demain ici; sans doute le rang qu'il tient dans l'Eglise, et la haute réputation de sagesse dont il jouit, ne permettra pas au conseil des évêques, quand il n'a qu'un jour à l'attendre, d'oser prononcer sans lui. » A ce discours, Lusignan se lève tout-à-coup avec colère; Richard prend un air sévère, et demande à sa sœur comment elle peut affirmer que Guillaume sera le lendemain à Ptolémaïs. « Le prince me l'a dit, répliqua-t-elle en rougissant; sans doute il l'aura rencontré quelque part. » Les yeux pleins d'une noire tristesse, Lusignan dit à Richard : « Votre majesté permettra-t-elle que le conseil des évêques soit rompu? » Avant que le roi d'Angleterre eût eu le temps de répondre, les ducs de Bourgogne, d'Autriche, de Bavière, tous les princes

et chefs, s'écrièrent d'une commune voix qu'il était d'une rigoureuse justice d'envoyer prévenir le conseil des évêques du retour de Guillaume. Lusignan voulut répliquer, on ne le lui permit pas. « Mon frère, dit alors la princesse avec une respectueuse douceur, ne vous semble-t-il pas qu'un jugement ne peut être parfaitement juste et équitable qu'autant qu'il est sanctionné par la prudence de Guillaume? C'est elle qui, jusqu'à ce jour, a dirigé mes pensées et mes actions : m'abandonnera-t-elle à la plus importante époque de ma vie? Mon frère, consentez qu'on aille instruire le conseil des évêques de la prochaine arrivée de Guillaume. — Vous n'avez qu'à y envoyer, répliqua Richard avec dépit; cette affaire vous intéresse plus que moi; et elle m'a donné trop de chagrin jusqu'à ce jour, pour que je n'aie pas regretté souvent d'y avoir pris le moindre intérêt. » La princesse n'attendit pas un consentement plus obligeant, et se hâta d'envoyer un de ses pages avertir le légat du pape de ce qui se passait : au bout de peu d'instants, les portes s'ouvrirent; et tous les prélats parurent. « Hé bien! mes Pères, s'écria Richard, vous avez donc suspendu votre décision? — La prochaine arrivée de Guillaume, et le désir de la princesse, nous ont paru deux raisons si puissantes, répondit l'évêque de Nazareth, qu'elle seule aurait suffi pour remettre notre jugement à demain. » Pendant ce discours, le légat regardait la princesse avec un mélange de pitié et d'attendrissement; et dans le courant de la soirée, s'étant trouvé près d'elle, il ne put s'empêcher de lui dire à voix basse : « Ah! mon enfant, qu'avez-vous fait? » puis il s'arrêta tout-à-coup. La vierge fut troublée; elle le regarda pour entendre la fin de sa pensée; il baissa les yeux pour l'en empêcher; alors elle s'efforça de contenir l'extrême émotion qu'avait fait naître le peu de mots que le légat venait de laisser échapper; et répondit d'une voix altérée : « Ce que j'ai fait, mon père! mon devoir, ce me semble; et j'espère que Dieu ne m'en punira pas. »

CHAPITRE XLI.

En quittant Mathilde, Malek Adhel ne doutait point qu'elle ne se rendît à sa prière, et que l'aurore du lendemain ne les vît réunis dans le tombeau de Montmorency; mais, en venant se renfermer dans son appartement, la princesse y fut suivie par les cruelles anxiétés de l'incertitude, et cette nuit tout entière fut pour elle sans sommeil. Les paroles de Malek Adhel retentissaient dans son cœur, et en étaient tendrement accueillies : pouvait-elle refuser une entrevue de peu de moments à un héros qui, dès le lendemain, allait devenir peut-être le maître de sa destinée; qui, plusieurs fois, avait exposé sa vie pour elle, et avait sauvé celle de Richard; qui, pour lui obéir, venait de céder à un rival huit jours de triomphe et de gloire; et qui, par le nombre de ses bienfaits et la grandeur de ses sacrifices, lui avait imposé de telles obligations, que, quoique sa reconnaissance fût devenue une passion, il lui semblait qu'elle n'était pas encore assez vive, et ne l'acquittait pas assez?

« Sans doute j'irai le joindre, se disait-elle avec véhémence, comme pour étouffer un murmure secret qui s'élevait au fond de son âme; je l'ai promis, rien ne lui sera refusé de ce que la religion et la vertu me permettent de lui accorder; et quand une si importante journée va commencer pour moi, et que peut-être, chancelant encore dans la foi, il a besoin de mes avis et de mes encouragements pour l'y soutenir, n'est-ce pas le devoir même qui me prescrit d'aller à lui? » Mais en prononçant ce mot de *devoir*, la princesse l'articula faiblement, comme si elle avait senti que ce n'était pas là sa place. D'ailleurs, ajouta-t-elle, n'est-il pas nécessaire que je connaisse les dispositions de Guillaume, et l'effet de ses discours sur l'esprit du prince, afin de pressentir quelle sera son opinion dans le conseil des évêques, et m'efforcer de la changer si elle ne devait pas nous être favorable? Alors, s'interdisant de plus longues réflexions, elle s'arrêta à ce parti, résolut d'aller le lendemain au tombeau de Montmorency, et, en attendant, alla chercher sur son lit quelques heures de repos ; mais reposer sur un projet coupable, l'innocente vierge le pouvait-elle? et le sommeil pouvait-il fermer des yeux que les sourdes inquiétudes d'une conscience agitée rouvraient toujours? Au moment où l'on va s'endormir, et où les efforts qu'on a faits pour se tromper soi-même commencent à s'affaiblir, il vient une pensée, il en vient une autre; elles ne sont plus le fruit d'une erreur qu'on aime, mais de la vérité qui reprend tous ses droits, aussitôt que la volonté a cessé de retenir l'erreur. Mathilde ne peut plus se soustraire à cette puissance : troublée, mécontente, elle quitte brusquement ce lit où elle est si loin de trouver la paix, s'habille à la hâte, traverse son oratoire, et ouvre les croisées qui donnent sur son balcon; elle s'y promène en silence; tout est tranquille; elle n'entend aucun bruit que celui des vagues de la mer, qui se brisent contre les rochers du rivage. « Toujours agitées aussi, dit-elle, mais moins agitées que moi. » Après une pause, elle ajoute : « O mon Dieu! guidez-moi; car, je le jure, je ne veux point que l'amour triomphe de vous. » Elle marche encore; mais une disposition plus religieuse vient de lui donner de meilleures pensées. « Lorsqu'en dépit de la pudeur et des bienséances, dit-elle, j'osai donner un rendez-vous à Malek Adhel, il me sembla que j'obéissais à la voix de Dieu, et qu'en l'envoyant au secours de l'archevêque de Tyr, je l'envoyais à la lumière et à son salut: Moi seule, je pouvais le déterminer à ce sacrifice; je n'avais que ce moyen d'opérer sa conversion, puisqu'elle ne pouvait être le fruit que des soins de Guillaume; et je n'avais pas un moment à perdre, puisqu'il fallait qu'en moins de dix jours il eût trouvé l'archevêque, se fût laissé convaincre, et l'eût ramené ici avant la fin du conseil, de manière à ce que Guillaume, assuré de ses saintes dispositions, employât toute son éloquence à parler en notre faveur. Mais aujourd'hui qu'ai-je à lui dire? quelle raison assez importante peut m'entraîner à cette démarche? son désir. Hélas, mon Dieu! ce serait bien assez pour moi; mais ce n'est pas assez pour vous. Si Guillaume vous l'a rendu, je saurai un peu plus tard cette grâce de votre miséricorde; mais du moins, sans avoir à rougir de la manière dont je l'aurai apprise : s'il a persévéré dans ses erreurs, si les instructions de l'archevêque ont été infructueuses, quel espoir puis-je avoir dans les miennes? Insensée! l'amour te donnerait-il tant de présomption, d'oser croire que tu réussirais, quand cette source d'éloquence et de sainteté aurait coulé en vain? Et quand j'apprendrais que la sagesse de Guillaume va s'élever contre les désirs de mon cœur, et que j'aurais la coupable volonté de l'en détourner, puis-je croire que j'y parviendrais? Guillaume est-il un homme faible, capable d'abandonner la voie et la justice de Dieu, pour des intérêts humains? Ne suis-je pas même sûre que, s'il arrive aujourd'hui, il se rendra au conseil sans me parler ni me voir; mais, si je ne puis rien espérer de la faiblesse de Guillaume, ne dois-je pas tout craindre de la mienne, et ne sais-je pas que, quiconque aime et cherche le péril, y périra[1]? Ah! puisqu'un tel rendez-vous n'est pas nécessaire, il serait criminel; et maintenant, quelle que soit ma destinée, il faut l'attendre et me soumettre.... Mon Dieu, faites donc taire la voix de Malek Adhel qui crie dans mon cœur, et acceptez mon sacrifice. » Elle dit, tombe à genoux, penche son front sur la rampe de fer du balcon, et l'arrose de larmes; pendant longtemps, les sanglots qui s'échappent de sa poitrine sont le seul langage de sa douleur. A la fin, elle dit : « Commencer cette journée en subissant le joug du plus rude devoir, n'est-ce pas un moyen de rendre le ciel plus favorable à mes vœux? Peut-être sera-t-il touché de l'effort que je fais pour lui plaire; peut-être m'en récom-

pensera-t-il en touchant le cœur de Malek Adhel.... O douce obligation que de souffrir pour lui! ô divin fils de Marie! si son salut doit être le prix de mon bonheur terrestre, privez-moi de tout celui que j'attendais de cette journée; je puis, pour des biens plus grands, renoncer à tous les biens de ce monde. » Elle s'arrête, et maintenant elle pourrait dormir, car elle ne reposerait pas sur une pensée coupable. Cependant, au milieu de tant de perplexités, la nuit s'est écoulée, et à l'instant où la princesse, tristement satisfaite de ses résolutions, allait rentrer dans son appartement, les étoiles qui s'effacent, et l'horizon qui blanchit, viennent arrêter ses pas et altérer un peu les saintes dispositions de son esprit. « Hélas! dit-elle avec un profond attendrissement, dans cet instant il part sans doute; il ne soupçonne point le cruel arrêt que j'ai porté contre lui; il ne croit point mon cœur capable d'une force si barbare; il part, il espère, il va m'attendre dans le séjour de la mort, compter tous les instants, m'accuser, souffrir.... O mon Dieu! où sont vos miséricordes? se peut-il que vous m'ordonniez de faire souffrir Malek Adhel? Non, non, je m'exagère sans doute vos rigueurs. Isolée, sans appui, sans conseil, pour éviter une faute j'en vais commettre une plus grande : ah! Dieu de bonté et d'amour, y en a-t-il de plus horrible à vos yeux que de faire souffrir ce qu'on aime...? Si Guillaume était près de moi, son cœur, moins dur, moins cruel que le mien, me permettrait de partir, d'aller consoler l'affligé qui crie... Ah! créature pleine d'erreur et de misère, qu'oses-tu supposer? Ne te dirait-il pas plutôt, que traiter avec sa faiblesse, c'est traiter avec la mort? Peux-tu être incertaine sur l'ordre qu'il te donnerait? Non, non, tu ne l'es pas; ne le sois donc pas dans tes résolutions. » En achevant ces mots, elle s'arrache à la vue de ce jour qui la trouble et la désole; elle ne veut point que la progression de la lumière lui révèle les angoisses qui déchirent l'âme de Malek Adhel, et la vaine attente où il se consume.

[1] Isaïe, ch. xxviii, v. 15.

Ah! qui pourrait dire quel est en cet instant le plus à plaindre des deux? Qui pourrait dire lequel souffre davantage, de celui qui impose la peine, ou de celui qui l'endure?

Malgré l'obscurité où elle s'est renfermée, Mathilde a compté trop exactement tous les instants pour ne pas savoir que le jour doit être bien avancé : alors seulement elle sort de sa retraite, parce que l'heure d'être faible étant passée, elle ne court plus risque de l'être. Impatiente d'apprendre si Guillaume est arrivé, elle passe chez la reine; Bérengère la presse dans ses bras, et lui dit : « Ma sœur, un heureux pressentiment m'assure que les jours de tristesse sont passés, et que celui-ci va commencer pour vous une vie toute de bonheur. — Le bonheur est beaucoup, reprit la vierge; mais j'ai demandé plus que cela à Dieu. — J'ose croire, répliqua la reine, qu'il vous accordera tout ce que vous lui avez demandé. Voyez comme depuis hier tout vous prospère; Malek Adhel apparaît tout-à-coup pour obtenir le dernier prix et la plus belle victoire, et ce matin l'archevêque de Tyr vient d'arriver pour déterminer le conseil selon vos vœux. — L'archevêque est ici, demanda vivement Mathilde, et depuis quand? vous a-t-il vue? lui avez-vous parlé? — Il n'y a pas plus d'une heure qu'il est entré à Ptolémaïs, répondit la reine, et depuis ce temps il est en conférence secrète avec le légat. » A cette nouvelle, la princesse, le cœur palpitant et les jambes tremblantes, fut obligée de s'appuyer contre le lambris pour se soutenir. Bérengère courut à elle, la fit asseoir, et lui dit en la regardant avec inquiétude : « Assurément, je ne doute point que cette journée n'ait une heureuse issue; mais s'il en était autrement, et qu'il fallût vous séparer du prince, vous ne le pourriez pas? — Pour un court pélerinage, répliqua la vierge, je crois que j'en aurais le courage, mais pour toujours, toujours.... » Elle secoua la tête, leva les yeux au ciel, et répandit un déluge de pleurs. A cet instant la porte s'ouvrit, et un page annonça le roi et l'archevêque de Tyr; Mathilde, éperdue, se leva pour fuir, se sentant également faible contre l'excès de félicité ou d'infortune dont sa destinée allait se composer; mais avant qu'elle eût eu le temps de faire un pas, Richard parut, suivi du pieux Guillaume; et aussitôt, renfermant son émotion, elle les salua en baissant les yeux, et s'assit en silence, sans oser même chercher sur la physionomie de l'archevêque ce qu'elle avait à craindre ou à espérer. « Mon père, s'écria la reine, vous nous êtes donc rendu! quel événement a prolongé si longtemps votre absence, et quel heureux destin vous ramène? — J'ai été pris par les Infidèles, répondit l'archevêque d'un ton tranquille et grave : arrêté à Jaffa où commandait Metchoub, par son ordre je fus chargé de chaînes, jeté dans un cachot; et, en dépit de la trève qui suspendait toute hostilité, le vindicatif Metchoub, ne pouvant me pardonner la part qu'il supposait que j'avais eue à la prise de Ptolémaïs, profita de l'autorité suprême qu'il exerçait à Jaffa pour ordonner ma mort. Déjà on en faisait les apprêts; je n'avais plus qu'un jour à vivre; et, soumis, résigné, je le voyais finir sans murmure; car ne pouvais-je pas me dire : J'ai combattu, j'ai rempli ma carrière, et j'ai gardé la foi. Mais au milieu de la nuit que je regardais comme la dernière, j'entends briser les portes de ma prison; je crois qu'on veut hâter l'heure de ma mort; je marche au-devant d'elle..... qu'aperçois-je! un guerrier qui vole à mon secours, qui brise ma chaîne; un libérateur.....! » A ce mot, la vierge laisse échapper un cri de reconnaissance et de joie. « Et ce libérateur, quel était-il? » demanda vivement Richard. Le cœur de la princesse venait de le deviner; c'était Malek Adhel en effet qui avait rendu à Guillaume la liberté et la vie. « Je ne sais, ajouta l'archevêque, par quel miracle de la Providence il a été conduit vers moi quand tout concourait à me retenir ici; il a constamment refusé de s'expliquer là-dessus. — Cette conduite renferme d'étranges

mystères, repartit Richard d'un air mécontent; et il est assez difficile d'imaginer comment Malek Adhel a été conduit
vers vous si à propos, quand il n'y avait
ici que ma sœur et la reine qui connus-
sent le motif de votre absence. — Ce
sont des mystères, il est vrai, répondit l'archevêque, mais des mystères de
vertu, de générosité, que je me garderai
d'approfondir par respect pour la main
qui ne veut verser ses bienfaits qu'en se
cachant. — Mon père, repartit Richard
d'un ton vif et emporté, vous êtes sin-
gulièrement prévenu en faveur de Malek
Adhel; tout ce qu'il fait, tout ce qui
se rapporte à lui, est toujours excusé ou
approuvé par vous, et je ne sais s'il n'y
a pas lieu de craindre que cette prévention n'altère un peu l'intégrité de votre
opinion dans le jugement qu'on va prononcer. — Sire, répliqua l'archevêque,
je ne prétends point le nier : Malek
Adhel m'est cher, j'ai conçu pour lui
une affection vraiment paternelle; ses
vertus m'en feraient une loi, quand la reconnaissance ne m'en ferait pas un devoir; je dirai au conseil des évêques,
comme je le dis ici, tout le bien que je
pense de ce grand prince. Pourquoi le
cacherais-je? est-il nécessaire d'être injuste pour soutenir les droits de la religion, et le cœur le plus équitable n'est-
il pas celui qui les connaît le mieux? Il
ne m'est pas permis de communiquer à
votre majesté mes pensées et mes projets; mais j'ose croire que l'œil perçant
de celui à qui rien n'échappe, sera content de leur pureté. » Richard répondit
avec un peu de confusion, qu'il était
loin d'avoir soupçonné sa droiture. « Et
quand vous l'auriez fait, sire, repartit
Guillaume, aurais-je le droit de m'en
plaindre? Je suis homme, tout homme
est fragile; partout où il passe, la faiblesse et l'imperfection montrent qu'il
a passé; et puisqu'il est sujet à l'erreur, il doit être soumis au soupçon.
— O vénérable saint! s'écria la vierge
dans l'enthousiasme de son cœur, vous
seul êtes comme l'agneau sans tache, au-
dessus de la corruption comme des cen-

sures du monde. — Apaisez ces transports, ma fille, lui dit Guillaume, ou
réservez-les pour de plus grands objets : nul n'est pur et sans tache sur la
terre, et chacun porte son péché en lui;
mais ne nous en plaignons point, c'est
notre gloire qu'il y soit, puisque c'est
notre force qui nous en délivre. » La
reine prit la parole alors, et demanda à
Guillaume, d'une voix timide, si, dans
le nombre des éloges qu'il donnerait à
Malek Adhel, il parlerait de sa docilité
à l'entendre. Cette question, qui inté-
ressait si vivement Mathilde, puisque
tout son sort y était compris, boule-
versa son âme, et le regard qu'elle jeta
sur Guillaume l'en instruisit; il détourna
les yeux pour ne point la voir, et répondit à la reine, qu'en satisfaisant sa curiosité, ce serait lui apprendre l'opinion
qu'il allait prononcer au conseil, et que
son devoir ne le lui permettait pas : « Je
me retire même à l'instant, ajouta-t-il,
pour ne pas m'exposer davantage à de
muettes sollicitations que je ne puis
m'empêcher d'entendre, et que je ne dois
pas écouter. » Il dit, et s'éloigne; mais
sur les rides de son front vénérable, la
princesse a aperçu l'empreinte d'une forte
agitation et d'un combat intérieur; avec
l'affection qu'il porte à Malek Adhel,
s'il avait à parler pour lui, pourquoi
ne serait-il pas tranquille? Comme son
cœur palpite de douleur à cette pensée!
comme elle accumule sur quelques minutes de sa vie tous les tourments d'une
vie entière! pâle, immobile, les yeux
fixés vers la terre, elle ne voit plus rien
que ses craintes, et demeure en ce moment également indifférente à l'amitié
de la reine et au mécontentement de
Richard; cependant il ne peut, en la regardant, s'empêcher à la fin d'être ému;
il s'assied près d'elle, lui prend la main,
la trouve froide et humide. « Ma sœur,
lui dit-il, ma chère Mathilde, comment
votre piété vous permet-elle d'attacher tant de prix aux choses qui passent? » D'une voix faible et inarticulée,
elle répond : « Ce n'est pas des choses
qui passent que je m'occupe en ce mo-

ment. » Le roi l'examine avec surprise et tombe dans la rêverie ; Bérengère debout garde le silence comme eux ; mais une rumeur sourde vient de se faire entendre ; un page accourt, ouvre la porte, et dit : « Sire, le prince Malek Adhel s'est présenté chez la princesse d'Angleterre ; il demande à la voir ; le roi de Jérusalem s'y oppose, et jure qu'il n'entrera pas sans un ordre exprès de votre majesté. Le prince, furieux, a tiré l'épée ; Lusignan l'a imité, et leur sang va couler si votre majesté ne vient apaiser cette terrible querelle. » A ces mots, Richard regarde sa sœur ; elle n'était plus la même : son visage pâle s'était animé d'une vive rougeur, et sa main, qu'il tenait encore, était devenue brûlante. « Etrange créature! dit-il en se levant, comment aurait-on soupçonné qu'un extérieur si timide et si doux cachât tant de passions ? Madame, continua-t-il en s'adressant à la reine, faites retirer cette jeune fille, elle n'est pas en état d'être vue. » A peine fut-il sorti, que Mathilde se leva. « Le roi a raison, dit-elle, je ne suis pas en état d'être vue ; aucun regard humain ne doit tomber sur moi ; aucun ne peut m'apporter de soulagement, de secours, ni de force. — Passez dans l'alcôve de mon oratoire, lui dit la reine, vous y trouverez le consolateur que votre cœur appelle ; et même à travers les rideaux qui le séparent de cette pièce, vous pourrez entendre, sans être vue, tout ce qui se passera ici. » Mathilde se hâta d'y aller. Les voix confuses de plusieurs personnes, parmi lesquelles elle distinguait celles de Malek Adhel et de Lusignan, précipitèrent encore davantage sa fuite. En entrant dans l'alcôve de l'oratoire, elle se prosterna devant l'image du Christ mourant, et répéta à plusieurs reprises, et d'un cœur fervent, ces paroles écrites au-dessous : *Mon père, s'il est possible, que cette coupe passe loin de moi ; cependant non pas ce que je veux, mais ce que tu veux.* Mais bientôt ces paroles, quoique si bien assorties à sa situation, moururent sur ses lèvres, et

elle n'eut plus d'attention ni de pensée que pour ce qui se disait auprès d'elle.

CHAPITRE XLII.

BÉRENGÈRE dérangea son siége et s'assit contre le rideau qui cachait la princesse, afin qu'elle pût mieux entendre tout ce qu'on allait décider sur son sort ; Malek Adhel s'avança le premier vers la reine, et, d'une voix émue, la conjura d'être en ce jour sa protectrice, son sauveur, de le délivrer d'une insupportable peine qui pesait sur son cœur depuis que le jour avait commencé à paraître ; ce jour si important pour lui, destiné à être le plus beau de sa vie, était né au milieu des plus funèbres présages : « Il me semblait, disait-il, que l'illustre Mathilde avait disparu de dessus la terre ; je la demandais à tout l'univers ; l'affreux silence de la mort me répondait seul. Ah! madame, qu'est-elle devenue ? apprenez-moi quelle main jalouse me l'a ravie ? » Bérengère, qui ne le comprenait pas, lui répondit avec un peu de surprise qu'il n'était arrivé rien de fâcheux à la princesse. Malek Adhel ne le pouvait croire ; il se fit répéter souvent qu'elle était libre, et qu'aucun accident n'avait altéré sa santé. Autant de fois qu'il questionna la reine à cet égard, autant de fois elle lui répondit avec la même complaisance ; à la fin, quand il fut bien convaincu que ses craintes n'avaient aucun fondement, il s'écria avec beaucoup de trouble, que maintenant il ne lui demandait plus rien, qu'il était content et tranquille ; et il s'assit auprès d'elle, plus agité et plus malheureux qu'auparavant. « Vous conviendrez, sire, s'écria alors Lusignan en s'adressant à Richard, que si quelque chose pouvait ajouter à la haute réputation de bonté que la reine d'Angleterre s'est acquise, ce serait la condescendance qu'elle vient de mettre à répondre à de si extraordinaires questions. » Pendant qu'il parlait, Richard observait Malek Adhel, assis à la même place où il venait de voir sa sœur un moment auparavant. Pâle, immobile comme elle, absorbé de même par une seule idée qui l'empêchait de voir et d'entendre ; et frappé d'une ressemblance si marquée, il ne put s'empêcher de s'écrier : « Non, je ne vis jamais un pareil amour ! » Cette exclamation fit tressaillir tous ceux qui l'entendirent, et Mathilde ne perdait pas un mot de ce qu'on disait. Lusignan, d'un air froid et offensé, demanda au roi de quel amour il voulait parler. « Ah ! mon frère, repartit Richard en lui serrant la main, je l'avoue, j'aurais été touché sans vous. — Eternel, s'écria doucement Mathilde derrière le rideau, et en se souvenant seulement alors que Dieu était devant elle, le cœur des rois est dans vos mains, et si vous le vouliez, Richard prendrait pour Malek Adhel les sentiments qu'il a pour Lusignan. — Sire, reprit gravement le roi de Jérusalem, je vois bien que je ne dois plus fonder mes espérances que sur la justice et la religion du conseil. — Et ma justice, et ma religion, et mes serments surtout, repartit Richard avec colère, vous les comptez donc pour rien ! » Lusignan, satisfait de l'avoir blessé, s'écria avec un feint emportement : « Eh que m'importe que les serments de votre majesté soient inviolables, si ce n'est plus son amitié qui les tient. — Mon frère, s'écria Richard, voici la première parole de mécontentement qui se soit dite entre nous ; jurons que ce sera là la dernière. » A ces mots, Lusignan se jeta dans les bras du roi, et tandis qu'ils se tenaient embrassés, Bérengère se pencha vers Malek Adhel, et lui dit doucement qu'elle accepterait bien des jours d'esclavage pour le voir en cet instant à la place de Lusignan. — Hélas ! répliqua-t-il, hier encore, j'aurais envie de si vifs témoignages d'affection, mais aujourd'hui, je n'ai de place dans mon âme que pour un seul désir : voir Mathilde un moment, lui dire un mot.... — Dites-le-moi, interrompit la reine, je vous assure qu'il ne sera pas perdu pour elle. — Non, Madame, répondit Malek Adhel, elle seule doit l'entendre. » Bérengère ayant regardé si son époux ne l'observait pas, fit un geste de

la main, pour désigner le rideau qui les séparait de l'alcôve de l'oratoire, en ajoutant très-bas et très-vite : « Eh bien, je vais me reculer, et elle seule vous entendra. » Il la comprit, et son cœur tressaillit d'espérance et de joie : il jeta sur la reine un regard d'une telle gratitude, qu'il lui sembla que c'était ainsi qu'elle avait dû le regarder, le jour où il avait consenti à la rendre à son époux. Ce souvenir vint apaiser à l'instant l'espèce de remords que lui causait sa désobéissance aux ordres de Richard ; car si la soumission conjugale est un devoir sacré, ne l'est-il pas aussi celui qui commande d'acquitter les dettes de la reconnaissance ?

Maintenant Malek Adhel ne céderait pas sa place pour le trône de Philippe-Auguste, ni pour aucun autre de l'univers. Il penche sa tête du côté de l'alcôve, demeure longtemps en silence ; et tandis que les deux rois, le croyant enseveli dans une profonde rêverie, s'entretiennent entre eux, en marchant à grands pas dans l'appartement, Malek Adhel saisit l'instant où ils sont le plus éloignés, pour proférer bien bas les mots suivants : « Mathilde, entendez-vous ma douleur ? prêtez-vous l'oreille à ma prière ? » Aussitôt il crut distinguer le mouvement de la main qui agitait le rideau ; mais comme alors les deux rois étaient revenus vers lui, il se tut, et cacha dans ses deux mains les tendres espérances qui brillaient sur son front. A peine furent-ils éloignés de nouveau, qu'il ajouta : « Je vous ai attendue en vain, ce matin ; et cependant, qu'il nous était important de nous voir ! car si vous n'êtes plus à temps de parler à l'archevêque, nous sommes perdus pour jamais. — Mon Dieu ! s'écria Mathilde dans une silencieuse oraison, en me déchirant le cœur pour vous obéir, aurais-je commis une faute, et m'en puniriez-vous ? — Sans doute, dit Richard en ouvrant une croisée qui donnait sur la grande place des Hospitaliers, où se tenait l'assemblée des évêques ; sans doute le conseil est fini : voici tous les prélats, et à leur tête le légat et l'archevêque de Tyr, qui s'avancent de ce côté-ci pour nous instruire du résultat de leur conférence. — Voilà donc mon sort décidé! s'écria Lusignan. — Et le mien aussi, interrompit Malek Adhel.» Les mêmes mots, répétés par Mathilde, furent mourir dans le sein du Dieu qu'elle invoquait. Le légat et l'archevêque entrèrent. «Sire, dit le premier en s'adressant au roi d'Angleterre, hier, au soir le conseil penchait pour donner un époux musulman à votre auguste sœur, et telle eût été notre décision si on ne nous eût pas forcés de la suspendre : aujourd'hui l'éloquente et profonde sagesse de Guillaume a changé toutes les opinions, et nous avons prononcé un refus absolu, à moins que, sous trois jours, Malek Adhel n'ait consenti à recevoir le baptême et à jurer de ne plus porter les armes contre nous. — Je jure à l'heure même qu'il n'en sera rien, s'écria vivement le prince; croit-on que j'aie besoin de trois jours pour me décider à ne pas commettre une perfidie! — En serait-ce une de ne point porter les armes contre nous? s'écria l'archevêque de Tyr; les Chrétiens ne vous demandent que cela. — Ainsi, interrompit vivement Richard, vous refusez donc ma sœur aux conditions qui vous sont offertes? — Je refuse seulement de trahir l'amitié de Saladin, répliqua le prince; et cette beauté illustre qui réunit toutes les perfections, ne devrait pas être le prix d'une action si lâche. Moi, j'accepterais de si honteuses propositions! non, jamais; et les flots qui battent le rivage s'uniront à la mer du désert avant que je lève une main sacrilége contre mon pays et mon frère.» Il se rassit, hors d'état de continuer, et dans une inexprimable agitation. «Respectable pontife, dit alors Lusignan à Guillaume, combien vous êtes élevé au-dessus du reste des hommes, et qu'ils sont indignes de pénétrer l'étonnante droiture de votre cœur! C'est donc à vous que je dois la vie, vous, dont j'osais redouter l'influence sur l'esprit du conseil.—Sire, reprit Guillaume

avec une tristesse grave, ici je n'ai servi aucune créature; je n'ai écouté aucun intérêt; le zèle de la religion a seul ouvert ma bouche; dans cette grande cause je n'ai vu que Dieu et ses droits, je n'ai dû voir que cela. — J'avoue qu'hier mon opinion était contraire à celle de l'archevêque, dit le légat; et, en agissant ainsi, je croyais me conformer aux dispositions de sa sainteté apostolique, car je savais combien les lettres écrites par Malek Adhel à Clément et à Alexandre III, lui avaient rendu le saint Siége favorable.» Tandis qu'il continuait son discours, Malek Adhel, occupé d'un intérêt plus pressant, reprit son attitude méditative; et profitant du bruit qui se faisait autour de lui pour exprimer, sans être entendu, les nœuds auxquels il attachait sa vie, il se pencha vers le rideau et dit : «Mathilde, te souviens-tu du serment que tu fis au désert? hors le sacrifice de ton innocence et de ta foi, tu t'engageas à ne m'en refuser aucun; le moment est arrivé d'acquitter ta promesse; demain, il faut nous voir dans le tombeau de Montmorency; en ce moment je cours m'y ensevelir, j'y reste jusqu'à ce que tu y viennes; si tu n'y viens pas, j'y resterai encore; et un jour, auprès des cendres d'un héros, on trouvera celles de Malek Adhel.» La tremblante Mathilde se traîne sur ses genoux contre le rideau, elle y appuie son visage, le prince a cru distinguer son souffle. Il lui dit encore : «Mathilde, me laisseras-tu mourir, et violeras-tu ton serment?—Non,» répond-elle, d'une voix si faible qu'il n'y avait que le cœur de Malek Adhel qui pût être sûr qu'elle avait parlé. Il allait la bénir sans doute, lorsqu'il aperçut Guillaume qui s'avançait vers lui; il se tut. L'archevêque s'arrêta devant la reine, et lui dit : «Où est la princesse, Madame? on assure qu'elle est chez vous; ne puis-je pas y entrer? j'ai besoin de la voir, de lui parler, et de disposer son angélique piété à m'entendre. — Mon père, reprit Bérengère, attendez quelques instants; pourquoi vous hâter ainsi? pourquoi arracher ma sœur au bien dont elle jouit encore? il

III. 15

doit, hélas! si peu durer. — Quand j'expliquerai mes motifs à la princesse, répliqua Guillaume, je prierai votre majesté de vouloir bien les entendre, elle verra si l'intérêt, si la pureté de la religion permettaient d'accepter l'alliance qui nous était proposée; elle verra si ce n'était pas tenter la faiblesse d'une jeune fille, que de lui donner un époux musulman; si ce n'était pas l'exposer à chanceler un jour dans la vraie foi, et nous rendre par là tous responsables de son sort éternel. — Non, mon père, vous n'auriez pas dû le craindre, répartit Malek Adhel; vous saviez quelles avaient été mes promesses; mais votre inflexible zèle n'a pas pu se résoudre à plier. — Le zèle dont Dieu est l'objet ne peut pas plier, s'écria l'archevêque; et quand c'est pour lui que l'on combat, quoi qu'il en coûte, il faut savoir vaincre. Mon fils, on n'est point Chrétien quand on craint de se montrer tel; on n'est point Chrétien quand l'opinion des hommes, les intérêts humains, et les amitiés de la terre, peuvent être préférés au ciel. » Malek Adhel reprit très-bas, et en penchant la tête de manière à ce que Mathilde pût l'entendre : « Mon père, vous m'avez fait plus de mal aujourd'hui que tous les hommes réunis ne pourraient m'en faire, et cependant il n'en est aucun que j'estime autant que vous, et j'espère que nous ne quitterons pas le monde l'un et l'autre sans être réconciliés. » Alors il s'avança vers Richard, et lui dit avec un peu de fierté : « Sire, je suis doublement malheureux, et par le jugement qu'on vient de rendre, et par la joie qu'il paraît vous causer. Il me semble que, si vous aviez donné quelques regrets à ce qui fait ma tristesse, elle m'en eût été moins amère; mais je vois trop qu'ici tout est conjuré contre moi, et que c'est ailleurs que je dois placer mes espérances... Je vous quitte, sire, je vais rejoindre mon frère et lui apprendre la réponse de vos évêques; je prévois qu'à cette nouvelle il va recommencer la guerre, plus sanglante, plus meurtrière que jamais, à moins que quelque événe-

ment aussi heureux qu'imprévu ne vienne détourner cette calamité. »

Tous les témoins furent étonnés de la modération de Malek Adhel, et du calme de sa douleur. Lusignan crut démêler un sens caché et mystérieux dans quelques-unes de ses paroles; il soupçonna qu'avant de s'éloigner, peut-être trouverait-il quelques moyens d'écrire à Mathilde, et de la mettre de son parti. Pour renverser ce projet, il résolut de ne pas perdre le prince de vue; et, sous prétexte de lui faire honneur, il proposa aux plus illustres chefs des Croisés de l'accompagner jusques aux dernières barrières du camp. Richard saisit avec plaisir l'occasion de rendre cette espèce d'hommage à un prince qu'il estimait; et, en le conduisant, il s'exprima avec beaucoup de courtoisie sur le prix qu'il aurait attaché à son alliance, si la différence de religion, et surtout la foi de ses premiers serments, ne lui avaient pas fait un devoir de la repousser. Malek Adhel, certain au fond de son âme que cette alliance aurait lieu, se montra très-touché de la bienveillance du roi, et ils se séparèrent avec toutes les marques de la cordialité et de l'affection.

A peine le prince fut-il arrivé sous les tentes de Saladin, qu'il le prit à part, et lui dit : « Sais-tu à quelles conditions les Chrétiens consentent à me donner la sœur de Richard? — A celles que j'ai proposées, sans doute, repartit le Sultan. — Non, ils les ont refusées; et, à moins que je n'embrasse leur culte et que je n'abandonne ton parti, ils ne m'accorderont point celle que j'aime. — Eh bien! tu as renoncé à elle, j'en suis sûr? s'écria Saladin. — Non, je n'y ai pas renoncé, répondit son frère. — Que dis-tu, Malek Adhel? reprit le sultan étonné; un lâche amour ferait de toi un perfide, et c'est un ennemi que j'aurais devant mes yeux! — Ne prononce point de semblables paroles, interrompit le prince; elles souilleraient tes lèvres, et tu sais bien que ton cœur les dément. Je suis ton frère, Saladin, comment veux-tu que je puisse être jamais ton ennemi? Ecoute, il n'y a plus à délibérer ; le refus des Chrétiens est irrévocable : tu vas partir, sans doute; moi, je ne pars pas avec toi, je reste ici : ne crains point que les Chrétiens, en me surprenant sur leurs terres après la rupture de la trève, me traitent en ennemi; j'ai dans ces lieux un asile sacré, dont je ne puis te dire le secret, mais où les Chrétiens ne viendront pas me chercher. Cependant, je ne tarderai pas à te rejoindre; attends-moi à Césarée, je ne te demande pas plus de trois jours pour t'y amener mon épouse. — Ton épouse! s'écria Saladin avec le plus profond étonnement, la princesse d'Angleterre? — Elle-même; son cœur m'appartient, ses serments sont à moi, je suis sûr qu'elle ne les trahira pas. Il n'y a plus d'obstacle qui puisse m'arrêter, et je te réponds du succès de mon entreprise : emmène tous tes guerriers, ils me seraient inutiles; Kaled restera seul avec moi; je connais son dévouement et son courage : c'est tout ce qu'il me faut. — Intrépide guerrier, ta confiance m'en inspire, lui dit le sultan; qui n'a peur de rien, doit triompher de tout : va donc faire ta destinée; hâte-toi d'amener à ma cour la reine de Jérusalem : heureux le jour où je pourrai te saluer de ce nom, et poser sur ta tête la couronne que je te cède ! — Et voilà l'homme qu'on me proposait d'abandonner ! » s'écria Malek Adhel en se jetant dans les bras de son frère. Le sultan l'y tint longtemps embrassé, et ensuite ils se séparèrent. Saladin reprit, avec son nombreux cortège, la route de Césarée; et Malek Adhel, accompagné du fidèle Kaled, s'avança avec lui vers le bord de la mer, dans un endroit où d'âpres rochers formaient un profond enfoncement. Ce fut dans ces sombres cavités qu'il fit cacher son ami. Il laissa paître sur la montagne voisine deux chevaux arabes qui, ayant été nourris de sa propre main, obéissaient à ses gestes et accouraient à sa voix; ensuite il revint s'enfermer dans le tombeau de Montmorency, et là, sa grande âme, abattue par le poids des douleurs et les tourments de la passion, ne se sentit plus la force de vivre sans bonheur : en face du héros mort pour Mathilde, il jura de mourir aussi pour elle, et d'ensevelir à jamais ses malheurs et son amour dans cet asile du trépas, à moins qu'elle ne vînt elle-même l'en arracher.

CHAPITRE XLIII.

A peine la princesse eut-elle entendu que Malek Adhel venait de s'éloigner, qu'elle quitta aussitôt l'alcôve de l'oratoire pour aller attendre l'archevêque dans le cabinet de la reine. Là, elle chercha à se recueillir : mais il lui fut impossible de pouvoir le faire : l'amertume, la confusion, l'effroi, se répandaient sur toutes ses pensées; des devoirs entièrement contradictoires lui demandaient impérieusement la même obéissance. D'un côté, Malek Adhel qui jure de mourir sur le cercueil de Montmorency, si elle ne vient l'y trouver; de l'autre, le scandale d'un rendez-vous secret avec un Musulman que toute l'Eglise vient de lui défendre d'aimer; d'un côté, ce serment solennel prononcé au désert, que le prince vient de lui rappeler, qu'elle ne peut violer sans perfidie; de l'autre, la religion menaçante qui réclame de plus saints serments, et la dégage, par son autorité suprême, de tous ceux qui lui seraient contraires. Que fera Mathilde dans cette situation? consultera-t-elle l'archevêque? Mais s'il lui défendait d'aller arracher Malek Adhel à la mort, elle sent bien qu'elle n'obéirait pas; et alors ne vaut-il pas mieux ne le pas consulter? Oh! que cet avenir qui se présente devant elle lui paraît rempli d'abîmes! partout des fautes ou des douleurs; nulle part le bonheur ni la paix : enfin il est tel, ce redoutable avenir, que, devant lui, le terrible présent s'efface et s'anéantit. Occupée de ce qu'elle prévoit, ce qu'elle éprouve n'est plus rien; et les événements qui l'attendent captivent si fortement toutes les puissances de son âme, que celui qui vient de la séparer de Malek Adhel ne peut obtenir d'elle

15.

une seule pensée. Étrange preuve de l'é-
troite limite de nos facultés! une violente peine entre dans notre âme, elle la
désorganise, la déchire, y porte des douleurs de mort : mais voici qu'une peine
plus violente encore y pénètre à son tour;
aussitôt l'autre est oubliée, elle demeure
et n'est plus sentie; elle est dans l'âme
comme si elle n'y était pas. C'est ainsi
que Mathilde, il y a quelques heures,
était prête à succomber sous la crainte
du malheur qu'elle redoutait; alors c'é-
tait tout, c'était la mort, c'était plus
encore. Eh bien! il la frappe, et elle ne
le sent plus! Cette horrible confusion de
douleurs ne faisait que croître à chaque
minute; elle répandait dans les regards
de la princesse une sorte d'égarement
qui fit frémir l'archevêque lorsqu'il se
rendit auprès d'elle; il s'assit à son côté,
lui prit la main, et resta un moment sans
parole, car il souffrait beaucoup, et, en
ce jour, son devoir lui avait été pénible
à remplir. A la fin, avec une voix pleine
d'onction et des regards d'une tendre
pitié, il lui dit : « Ma fille, êtes-vous en état
de m'entendre? — Mon père, je le suis,
répondit-elle, les yeux fermés et le corps
immobile. — Ma fille, il faut accepter
ce calice d'amertume que Dieu vous envoie; il faut l'accepter avec résignation
et même avec reconnaissance, car de si
grandes épreuves ne sont le partage que
de peu d'élus, et Dieu n'appelle pas toutes ses créatures à la gloire de lui faire
de si grands sacrifices. — Mon père, reprit la vierge, il a reçu celui de mon bonheur, et je n'en murmure point; mais,
si ma soumission lui plaît, qu'il accepte
donc aussi le sacrifice de ma vie. — Non,
mon enfant, il ne vous a demandé que
votre bonheur, et il vous a laissé la vie,
afin que vous sentiez, que vous renou-
veliez chaque jour votre sacrifice, et que
vous n'en murmuriez jamais; il n'y a
qu'une telle vertu qui puisse nous mériter une récompense sans fin, mais
peut-être en est-elle digne. Écoutez-moi,
ma chère fille, je vous dois compte des
motifs qui m'ont déterminé, je vous dois
compte des efforts que j'ai faits pour

gagner Malek Adhel à la foi du Christ,
et de leur inutilité..... — Et ce malheur,
ce terrible malheur, int rrompit vivement Mathilde, en jetant au ciel un regard de reproche, faut-il aussi s'y résigner? — Dans le cours de ma longue
vie, reprit Guillaume avec un ton de patience et de douceur, j'ai vu bien des
événements, bien des désastres, des calamités sans nombre, et d'effroyables
infortunes; mais je n'ai pas connu une
seule situation où il fût permis de ne
pas se résigner à la volonté de Dieu. —
Mais, mon père, répliqua la princesse
avec un grand trouble, est-ce tout que
de savoir se résigner? n'est-il pas des
situations où il faut savoir faire plus?
n'est-il pas des moments où Dieu et
la conscience ont comme cessé d'être
d'accord, et où cette lumière, qu'il nous
donna pour le connaître, semble nous
défendre de lui obéir? — Peut-être en
est-il, ma fille, reprit Guillaume en la
regardant avec une compassion mêlée de
tristesse : mais comment pouvez-vous
le savoir? un si criminel aveuglement
ne fut jamais que la suite des grandes
fautes, et la plus terrible punition que
Dieu pût leur infliger. — Mon Dieu! je
suis donc bien coupable? s'écria la vierge
en se frappant la poitrine.... Hélas! que
me reste-t-il à perdre, quand j'ai perdu
la vue de Dieu, et que mon oreille n'entend plus la voix de sa justice? » Elle
allait s'expliquer davantage, et laisser
couler le torrent de ses douleurs, lorsque la reine se présenta. Aussitôt ses
aveux rentrèrent en entier dans son âme;
ils étaient au-dessus de la portée des secours de l'amitié, car le ciel, en nous le
donnant, cette amitié, le plus pur, le plus
doux de ses biens, ne voulut pas qu'elle
suffit à tout sur la terre, et il se réserva
le remède de nos plus cuisantes douleurs,
afin de nous apprendre que, possédant
en lui quelque chose de plus parfait que
l'amitié, il pouvait encore nous consoler
quand elle ne le pouvait plus.

« Mon père, dit la reine en entrant,
je viens, ainsi que vous me l'avez permis, pour entendre le récit que vous

allez faire à ma sœur, et les explications que vous allez lui donner. » Si le pieux Guillaume avait été capable d'un sentiment d'impatience ou d'irritation, il l'eût éprouvé en ce moment; car il sentait bien l'importance de l'aveu qu'il venait de perdre, et la difficulté qu'il trouverait peut-être à l'obtenir une seconde fois du cœur de Mathilde. Cependant, habitué comme il l'était à voir dans le cours des moindres événements un ordre de la Providence, il se soumit à celui-ci, et crut même que si Dieu avait permis que cette confession fût interrompue, c'était parce qu'il réservait un moment plus favorable pour la finir. Bérengère se plaça auprès de la princesse, et, après un moment de silence, l'archevêque prit la parole, et leur dit :

« En partant de Ptolémaïs, je me rendis en droiture à Césarée. Le prince n'y était point; je l'appris de quelques officiers subalternes, dont aucun ne me connaissait. Ils me prirent pour un pèlerin qui profitait de la trêve afin de parcourir la Syrie, et me dirent que Malek Adhel était allé visiter Ascalon et Jaffa. Je le suivis à Ascalon, il n'y était plus; je le suivis à Jaffa, il n'y avait point paru. Là, je perdis ses traces, et je fus reconnu par Metchoub, qui se saisit de ma personne, et prononça l'arrêt de ma mort, ainsi que je vous l'ai dit ce matin. Je vous ai dit encore par quel miraculeux hasard Malek Adhel vint me délivrer le jour même où j'allais périr; ce n'était pas la première fois qu'il me rendait la liberté et me sauvait la vie : déjà à Damas, en Egypte, comme à Jaffa, sans lui j'aurais gémi dans les fers ou expiré dans les tourments. Ce prince généreux semble avoir été jeté au milieu de ma destinée pour me préserver de tous les dangers, et m'apprendre par là, sans doute, que mon premier devoir est de dévouer ma vie à son salut. Mais le moment du succès n'est pas venu encore : peut-être Dieu veut-il qu'une si sainte conversion ait d'autres motifs qu'un amour humain, et peut-être n'acceptera-t-il le retour de cette âme, que quand il en sera l'unique

motif. Quoi qu'il en soit, ma fille, vous devez être bien sûre que je n'avais pas besoin des nouvelles obligations que je venais de contracter, pour soutenir dignement les intérêts de la foi; mais, je l'avoue, la reconnaissance échauffait encore l'ardeur de mon zèle, et je ne sais si, tout indigne serviteur de Dieu que je suis, il ne daignait pas m'animer quelquefois de son esprit lorsque je parlais à Malek Adhel. Jamais ma langue ne retrouvera de semblables paroles ni de pareilles expressions; je l'ai vu ébranlé quand je lui ai peint les miracles de cette religion toute-puissante, qui, prêchée dans son origine par douze pauvres pêcheurs, s'est étendue sur tout l'univers, a soumis les philosophes en leur montrant la vanité de leur science, et les Césars en leur ôtant leur divinité; de cette religion qui a peuplé les cours et les déserts d'hommes si généreux, de vierges si pures, de martyrs si héroïques, et a révélé au monde des vertus inconnues à l'antiquité. Ah! c'est alors surtout que le cœur de Malek Adhel s'est ému; il n'a pu connaître, sans l'adorer, cette loi qui nous dit : *Aimez vos ennemis, faites du bien à ceux qui vous haïssent, priez pour ceux qui vous outragent et vous persécutent* [1]. De si divins préceptes n'appartiennent qu'aux Chrétiens, et de si touchantes paroles n'ont pu sortir que de la bouche d'un Dieu. Malek Adhel l'a bien senti; il a senti que la charité et l'amour n'étaient qu'en nous, et que la charité et l'amour faisaient plus d'heureux et de justes, que toutes ces sectes orgueilleuses dont les vains et pompeux discours touchent bien moins que ce seul mot : *Si ton frère a péché sept fois le jour contre toi, et que sept fois le jour il revienne à toi, disant je me repens, pardonne-lui.* Enfin, il a senti, ce grand prince, que c'était dans la religion, qui développe en nous le plus de vertus, que devait se trouver la vérité. — O mon père, s'écria Mathilde, s'il l'a senti, j'oublie mes larmes et

[1] Mathieu, ch. v, v. 44.

mes douleurs; et si Malek Adhel est Chrétien, quel que soit notre sort sur la terre, je puis être heureuse. — Hélas! ma fille, qu'est-ce que la persuasion sans les œuvres? plus Malek Adhel est éclairé, plus il est coupable; et je ne sais où sera le pardon de celui qui, ayant vu la lumière, a pourtant refusé de la suivre. Que n'ai-je pas fait pour le gagner à Dieu! peut-être, dans l'ardeur qui m'entraînait, ai-je outrepassé les bornes de mon ministère, et ai-je promis ce que le ciel n'aurait pas ratifié; mais, enfin, je consentais à ce qu'il ne combattît point contre son pays; ma fille; je me suis mis à ses pieds, j'ai arrosé ses mains de mes larmes pour qu'il reconnût hautement le nom de l'Éternel: il ne l'a point voulu : il lui semblait que prendre le nom de Chrétien, était prendre le nom d'ennemi de Saladin; cependant il promettait de vous laisser l'entière liberté de votre culte, et d'adorer en secret le même Dieu que vous. Mais, s'il l'eût adoré en effet, aurait-il craint de le dire au monde? et aurait-il été arrêté par la simple frayeur d'offenser son frère? et puisqu'il ne l'adorait point, devais-je, sur la foi d'une vaine promesse, consentir à ce qu'un Infidèle régnât paisiblement à Jérusalem! devais-je engager les Chrétiens à remettre entre ses mains cette Ptolémaïs conquise au prix de tant de sang, et, en vous liant à lui, vous exposer, ma fille, à d'effroyables dangers? car, une fois unie à ce Sarrazin, aveuglée par ses vertus, séduite par votre amour, obligée de lui obéir, quel eût été votre sort? Avez-vous la présomption de croire que, lorsqu'au milieu des plus saints exemples, il est si difficile de garder la pureté de la foi, vous lui seriez demeurée fidèle dans une situation où succomberait la vertu des saints, et même celle des anges? Et que seriez-vous devenue, si un jour Malek Adhel, subjugué par l'ascendant de Saladin, ascendant bien terrible assurément, puisqu'il a pu l'empêcher d'adopter les lumières qui l'ont touché, et de recevoir votre main qu'il désire avec

tant d'ardeur; si un jour, dis-je, entraîné par le sultan, il avait recommencé à persécuter les Chrétiens et à verser le sang de vos frères..., quel parti auriez-vous pris entre votre époux et votre Dieu? — Mon père, répondit Mathilde, d'une voix faible et gémissante, c'en est assez; j'étais sûre que vous ne me permettriez pas de donner mes vœux à un Musulman, et j'ose vous répondre, ajouta-t-elle en mettant la main sur son cœur, que, si j'eusse été seule maîtresse, j'aurais prononcé comme vous. — Si telle est votre vertu, répliqua l'archevêque avec attendrissement, s'il y a dans votre âme la force nécessaire pour de si héroïques résolutions, pourquoi ce zèle ne vous soutient-il pas, et comment paraissez-vous si abattue? » En effet, la princesse venait de se renverser sur le dos de son siège : épuisée par les émotions, les douleurs, les combats dont la religion et l'amour, le présent et l'avenir, avaient rempli son cœur, elle sentait la vie prête à lui échapper, et éprouvait comme une sorte de joie confuse de ce que la mort allait la délivrer des incertitudes de sa situation.

Elle demeura plusieurs heures dans cet état d'affaissement, où sa seule souffrance était de sentir que tout n'était pas fini encore. Cependant des soins aussi cruels que tendres la rendirent ensuite à toute la vivacité de ses angoisses, et en retrouvant la vie, il fallut bien retrouver avec elle le souvenir de ses serments, et l'impossibilité d'y manquer, et la honte de les tenir.

Quand les premières ombres de la nuit commencent à tomber sur la terre, Mathilde rentre dans son appartement; sa volonté est fixée, et ses desseins, arrêtés : elle est résolue à aller le lendemain au tombeau où Malek Adhel l'attend, mais elle l'est aussi à confier cette démarche à l'archevêque; elle n'a point voulu s'expliquer devant la reine, mais le soir même elle veut revoir Guillaume et lui ouvrir tout son cœur; elle le fait avertir, il ne vient point, et elle commence à craindre d'avoir à se décider sans lui; elle attend encore, elle ne veut point qu'on ferme son appartement; à la fin elle entend quelqu'un, elle ouvre sa porte : ce n'est point l'archevêque, mais Richard qui se présente. « Ma sœur, lui dit-il, je suis content de vous; cette journée a été orageuse, mais grâce à la force que vous tenez du ciel, vous avez fait un grand sacrifice; grâce à elle, vous ferez plus encore; et c'est pour vous montrer ce qu'il vous reste à faire que je suis venu vous entretenir. Ma sœur, il ne s'agit plus maintenant de vous soumettre à Dieu, mais de le servir. La guerre va recommencer; Saladin, furieux de notre refus, va tomber sur nous de toute la force de ses armes; Malek Adhel, plus furieux encore, lui prêtera son bras invincible. L'espérance d'arriver jusqu'à vous accroîtra sa valeur; il ne faut donc pas lui laisser d'espérance; mais ce qu'il faut surtout, c'est donner un nouveau zèle à nos troupes; et vous seule le pouvez faire. Tous nos soldats d'Europe soupirent après leur patrie, et ils commencent à murmurer de tous les dangers qu'ils courent, de toutes les fatigues qu'ils éprouvent pour remettre un Chrétien d'Asie sur le trône de Jérusalem : mais qu'ils aient la certitude d'y placer avec lui une princesse de mon sang, et vous les verrez, remplis d'une ardeur intrépide, courir en héros au-devant des Sarrazins, les repousser, les vaincre, et vous amener triomphante dans ce royaume où naquit l'arbre de la foi, et où, par vos soins, il relèvera sa tête abattue, et étendra ses innombrables rameaux jusques aux dernières limites de l'univers. Ma sœur, vous voyez que pour vous déterminer à l'hymen de Lusignan, le seul intérêt de la religion doit suffire, et je ne fais parler que lui; vous voyez aussi qu'il n'y a pas un moment à perdre, que dans peu de jours, il faut que nous marchions à Césarée, à Jaffa, et à Ascalon, afin de nous ouvrir la route de Jérusalem, et que je ne puis pas vous donner plus de trois jours pour vous préparer aux augustes nœuds que la chrétienté entière vous demande. »

A ces mots, la princesse fit un geste d'effroi; une pâleur mortelle couvrit son visage; elle regarda un moment son frère comme ne pouvant croire ce qu'elle entendait, puis elle baissa les yeux vers la terre, et ne répondit point. Richard lui dit alors : « En gardant un pareil silence, vous m'autorisez sans doute à l'interpréter comme l'exigent la sagesse de mes vues et la loi de votre devoir : peut-être la pudeur de votre sexe ne vous permet-elle pas de prononcer ce consentement; mais, pourvu que vous obéissiez, je serai satisfait. En me montrant comme ami, comme chrétien, je crois vous avoir assez convaincue de la nécessité de votre soumission, pour n'être jamais obligé de me montrer en frère irrité et en roi absolu; vous connaissez cependant quelle puissance je tiens de ces titres, et quels droits ils me donnent sur vous; vous savez aussi que les faiblesses du cœur ne sont pas permises à une fille de votre rang, et que, quand on est assis auprès du trône, les raisons d'état doivent étouffer toutes les secrètes inclinations; enfin, ma sœur, vous n'avez pas oublié sans doute quelles étroites obligations vous ont été imposées par l'extrême condescendance dont j'ai usé envers vous; si vous pouviez ne pas les reconnaître, et différer un jour à m'obéir, vous seriez sans excuse à mes yeux, à ceux du monde, et aux vôtres peut-être. » A ces mots, la princesse rougit, elle regarda son frère avec surprise, et après un assez long silence, elle lui dit d'une voix plus calme et plus ferme qu'il ne s'y attendait : « C'est donc dans trois jours que mon sort doit être fixé; je remercie votre majesté de m'en avoir prévenue, et lui promets que je vais m'y préparer. — Vous êtes vraiment ma sœur, reprit Richard en lui serrant la main; et je reconnais mon sang à votre courage. — Sire, interrompit-elle, dans de pareils instants je dois avoir besoin de recueillement et de solitude : votre majesté ne consentira-t-elle pas à me remettre, pour un jour seulement, la clef du mausolée de Montmorency? c'est près des tombeaux qu'on s'élève au-dessus des faiblesses, et qu'on se resout aux grands sacrifices. — La voici, ma sœur, répliqua Richard; mais que ce soit la dernière fois que vous ayiez besoin d'y aller chercher des secours; l'épouse de Lusignan en doit trouver assez dans sa seule vertu. »

Pour arracher le prince à la mort, si Mathilde avait eu un autre moyen que de demander cette clef à Richard, assurément elle l'eût employé; et en la recevant par un artifice, elle allait même hésiter à la prendre, si ce nom d'*épouse de Lusignan* n'avait fait évanouir tous ses scrupules. Richard se leva alors, et lui dit : « Je vous laisse avec vos réflexions, votre piété, et votre sagesse; si vous voulez n'écouter qu'elle, vous en recevrez de meilleurs avis que de la vue de ces monuments de mort qui ne servent qu'à échauffer davantage une imagination beaucoup trop exaltée. » Mathilde s'inclina, et se tut; il ajouta : « et j'espère que vous souffrirez demain sans peine la visite de l'heureux Lusignan. — Demain! s'écria-t-elle, votre majesté m'avait promis trois jours. — C'est dans trois jours en effet que vous formerez avec lui d'indissolubles nœuds, mais en attendant il faut bien que vous écoutiez ses transports et sa joie. Mathilde répondit froidement qu'elle préférait ne pas les entendre, mais que cependant elle recevrait sans murmurer toutes les personnes qu'il jugerait à propos d'amener chez elle. Alors, comme elle crut que son frère allait la quitter et qu'elle était impatiente d'être seule, elle se leva pour le saluer. Il s'aperçut de son désir, il le remarqua en souriant, et au moment de sortir il lui dit encore : « Voyez demain l'archevêque de Tyr, il vous confirmera dans toutes vos bonnes dispositions; il ne donnera pas de meilleures raisons que moi, mais peut-être que son éloquence vous les fera mieux sentir. — Pensez-vous donc, sire, s'écria vivement Mathilde, que l'archevêque approuverait le mariage que votre majesté me propose? — En pouvez-vous douter? répliqua Richard; n'avez-vous pas vu sa conduite aujourd'hui? est-ce lui qui balance quand il

s'agit des intérêts de la foi? prévenu comme il était en faveur de Malek Adhel, lui seul pourtant a parlé contre ce prince; et prévenu comme il l'est contre Lusignan, c'est encore lui qui ramènera tous les esprits et vous-même en faveur de ce monarque, et qui vous déterminera à une union qu'il regarde comme indispensable et sacrée, puisqu'elle est utile aux Chrétiens. » Il dit, et s'éloigne. Mathilde reste seule; les dernières paroles de Richard l'ont consternée; elle s'écrie : « Non, l'archevêque n'entrera point ici; non, je n'entendrai aucune parole en faveur de Lusignan.... Affreux hyménée, jamais je n'allumerai tes horribles flambeaux..... Ce n'était donc point assez de m'arracher à Malek Adhel, on veut me livrer à son plus mortel ennemi; et Guillaume approuverait cette tyrannie...! Non, je ne verrai point Guillaume.... je ne veux point qu'il m'empêche de sauver Malek Adhel.... En voulant trop serrer les liens de mon esclavage, on les brise, et demain... Oui, ajouta-t-elle d'une voix ferme, et comme pour répondre à sa conscience, demain j'irai le joindre sans consulter aucun ami, sans qu'aucune force puisse m'en empêcher. » Alors elle appelle Herminie, et lui dit de faire fermer ses portes, de ne laisser entrer personne, pas même l'archevêque de Tyr, et ordonne que le lendemain, au lever de l'aurore, son char soit prêt à la conduire au tombeau de Montmorency. Herminie obéit, et se retire. La princesse se jette sur son lit, à moitié habillée. Elle tombe dans cet état d'affaissement qui n'est ni la veille, ni le sommeil, où l'on ne pense plus quoique l'on souffre encore, et où l'on semble n'avoir gardé de la vie que le sentiment de ses douleurs.

CHAPITRE XLIV.

Aux premiers rayons du jour, Herminie entre chez sa maîtresse, l'avertit que tout est prêt, et que ses gens et son char l'attendent. Mathilde se réveille de son pénible assoupissement. Elle se lève, rappelle ses idées : la première est pour son devoir, et elle s'arrête; la seconde est pour l'hymen de Lusignan, et elle part.

Le char roule avec rapidité, il arrive; la vierge descend tout éperdue; plus elle sent dans l'intérieur de son âme qu'elle agit contre ses principes, plus elle se hâte, dans la crainte qu'ils ne l'arrêtent : elle pousse la porte, elle entre sans adresser une seule prière à Dieu, comme la dernière fois qu'elle y vint; ses pas sont précipités et tremblants, et ses esprits sont dans un tel trouble qu'elle néglige toutes précautions, et oublie en entrant de refermer la porte. Malek Adhel ne pense point à le faire; peut-il penser à autre chose qu'à Mathilde? Il court à elle, il embrasse ses genoux. « Laisse-moi, dit-elle d'un air égaré, laisse-moi; » mais elle ne peut se soutenir, elle chancelle, fléchit, et s'asseoit sur le cercueil. « Mon Dieu! dit-elle, ici tout devrait être si tranquille; la paix habite avec les tombeaux : ah! quand habitera-t-elle dans mon cœur?.... Malek Adhel, pourquoi m'as-tu appelée ici? que me veux-tu? quelle nouvelle douleur ai-je encore à connaître? quel nouveau combat me faut-il essuyer? parle, dévoile-moi tes projets, il est temps que tu m'en instruises, et que tout ceci finisse. — Mathilde, répondit le prince avec une surprise mêlée de crainte, je ne vous vis jamais dans un pareil état; jamais si vive anxiété ne se peignit dans vos yeux; qu'est-ce donc qui vous agite? ne pouvez-vous retrouver un peu de calme pour m'entendre? — Il me demande ce qui m'agite, reprit la princesse, et je suis ici! et j'y suis malgré mon frère, mon devoir, et mon Dieu! et hier toute la chrétienté sépara mon cœur du cœur de l'homme que j'aime! et, tout sanglant, tout déchiré qu'il était, m'ordonna, quelques heures après, de le donner à l'homme que je hais!.... Dans trois jours épouser Lusignan, voilà ce que Richard commande, ce que le ciel commande peut-être aussi...! Tyrannie horrible, contre laquelle toute mon âme se soulève....! Mais pour m'en garantir, que puis-je faire, que venir implorer ton secours? moyen honteux qui imprimera sur mon nom une tache ineffaçable...,! Ce n'est pas tout : tu es sur une terre où la mort t'environne; si on te découvre, un rival sanguinaire emploiera tous ses soins pour te perdre, et te perdra peut-être.... Je suis auprès de toi, l'ennemi des miens; toi que ma patrie déteste, toi qui as refusé de reconnaître mon Dieu; j'y suis par ma volonté, j'y reste par ma faiblesse; ma conscience crie, s'indigne, je ne l'entends plus, ou je ne l'entends que pour en être déchirée sans fruit.... Voilà ma position, Malek Adhel, et tu me demandes ce qui m'agite! et tu veux que je retrouve du calme pour t'entendre! — Non, s'écria-t-il avec impétuosité, maintenant ce n'est plus du calme que je te demande, mais de la résolution; ma bien-aimée, ne délibérons plus : le moment est arrivé, tout est prêt, il faut fuir, il faut que demain même tu sois avec moi à la cour de Saladin. — Téméraire, que dis-tu? interrompit la princesse avec effroi. — Ecoute, lui dit-il, je ne te parlerai pas, pour te décider, ni de l'hymen où tu serais peut-être forcée, ni de mon affreux désespoir, ni de ma plus affreuse vengeance; je ne te rappellerai que tes serments : hors le sacrifice de ton innocence, tu me juras de ne m'en refuser aucun; telles furent tes paroles au désert. eh bien! Mathilde, je ne te demande point de me sacrifier ton innocence, mais de te mettre à l'abri de l'autorité de tes tyrans : suis-moi auprès de mon frère; que sa cour soit ton asile; tu y vivras dans un palais réservé pour toi seule; tu t'y déroberas à tous les regards; moi-même je n'y entrerai que quand tu le permettras; tout l'Orient saura que rien n'est égal à mon inviolable respect et à ton angélique pureté; j'imposerai silence à mes désirs, à mes prières; et pour te conjurer de régner avec moi à Jérusalem, j'attendrai que ton frère soit apaisé, et que ton Dieu y consente. Dans cette retraite où tu vivras, tu ne seras entourée que de Chrétiens, tu y exerceras ton culte dans une entière liberté; et si quelquefois tu daignes m'admettre auprès de toi, j'assisterai à toutes tes cérémonies, je tâcherai de plier mon cœur à ta foi. —

Ah! si tu avais voulu la reconnaître en effet, interrompit Mathilde tout en pleurs, nous serions l'un à l'autre à présent; loin de rougir de ma tendresse, je m'en glorifierais, et près de toi, loin de craindre les regards de Richard, des Chrétiens, et de Dieu, je les prendrais pour témoins de mon bonheur. — Mathilde, s'écria vivement le prince, tu ne l'ignores pas, Saladin déteste ton culte, il a juré de l'anéantir, tout ce qui porte le nom Chrétien est son ennemi : devais-je prendre le nom de son ennemi? devais-je l'être? Car enfin, en prenant le nom de Chrétien, je l'aurais voulu soutenir; en reconnaissant ton Dieu, je l'aurais voulu défendre. Le défendre! et contre qui? Quoi! dans cette guerre que Saladin aurait recommencée avec une nouvelle furie, je n'aurais pas combattu! je serais demeuré tranquille, oisif entre ces deux armées où j'aurais vu dans l'une mon épouse et mon Dieu, dans l'autre ma patrie et mon frère! De quel côté du moins aurais-je porté mes vœux? nomme-moi des serments, si tu peux, qui ne soient point sacriléges, horribles, et je les prononce à l'instant. Mais je te vois frémir; j'en ai dit assez; écoute-moi donc à présent : si tu me suis, si, par cette démarche éclatante, tu te prononces contre le conseil des évêques, ce conseil qui n'a été entraîné que par Guillaume, reviendra à son premier avis : il te permettra de prendre l'époux musulman que tu auras choisi; tes Chrétiens, fatigués de la guerre, saisiront avec joie cette occasion d'accepter la paix, elle s'étendra sur les deux empires, le sang humain prêt à couler de nouveau s'arrêtera, tu monteras sur le trône de Jérusalem, tu seras maîtresse et plus maîtresse que moi de ce vaste empire, les Chrétiens règneront véritablement dans la cité sainte, je remettrai mon cœur entre tes mains, tu en disposeras en souveraine, j'adorerai tout ce que tu adoreras; et un jour peut-être, tous ces peuples et mon frère lui-même, gagnés par tes vertus, me permettront de croire au Dieu de qui tu les tiens...... Mathilde, ajouta-t-il, en tirant de sa poitrine le reliquaire qu'elle lui avait donné au désert, si tu ne me jures pas sur cet objet de ta vénération, d'être fidèle à tes serments, et de me suivre chez Saladin, c'est moi qui vais jurer dessus de ne pas survivre à ton refus. » Eperdue, hors d'elle-même, frappée par les raisons du prince, et surtout par cette dernière menace, la vierge s'écria, en pressant le crucifix entre ses mains tremblantes : « Mon Dieu! c'est vous-même qui parlez; c'est vous qui m'ordonnez de le suivre. — Eh bien, interrompit-il vivement, comme s'il eût eu la crainte qu'elle ne se rétractât, voici ce qu'il faut faire : retourne à Ptolémaïs, garde un profond secret avec tout le monde; n'excepte personne, ni la reine, ni l'archevêque : demain, au point du jour, tu monteras dans ton char, tu te feras conduire sur le bord de la mer, tu iras jusques aux premiers rochers du Carmel, et tu ne les auras pas dépassés que tu seras sauvée. Ne me demande pas quels sont mes moyens : ils sont sûrs, et ce détail inutile nous ferait perdre un temps précieux; éloigne-toi maintenant; au moment du succès ne risquons pas d'être découverts. — Malek Adhel, un mot encore, lui dit la princesse. — Non, pas un seul mot, répliqua-t-il, tout est dit, tout est fini; pars, Mathilde, et souviens-toi bien que si demain tu manquais à ta promesse, demain même tu me verrais arriver seul à Ptolémaïs pour y chercher la vie de l'indigne Lusignan, de ton frère peut-être, et mourir percé de coups au milieu de tes Chrétiens. » En parlant ainsi il la soutenait dans ses bras, et l'entraînait vers la porte, afin d'éviter qu'aucune réflexion vînt encore s'opposer à ses espérances; ils touchaient presque au seuil, et la princesse allait sortir, lorsque la porte s'ouvrit tout-à-coup, et l'archevêque de Tyr parut. Il les vit, les reconnut, et jeta un cri terrible; Mathilde ne songea alors qu'au danger du prince, et se précipitant vers Guillaume : « Mon père, lui dit-elle d'une voix étouffée, contenez-vous, un mot peut le perdre; venez, sortons d'ici; mes gardes, effrayés par le bruit qu'ils ont entendu, pourraient venir le surprendre. » Elle dit, entraîne l'archevêque, ferme soigneusement la porte et au même moment, ainsi qu'elle l'avait prévu, elle aperçoit ses gardes, qui, ayant été frappés par le cri de Guillaume, accouraient à son secours : « Ce n'est rien, leur dit-elle, d'un ton qu'elle s'efforçait de rendre tranquille, l'archevêque de Tyr, en entrant dans le tombeau de Montmorency, a cru qu'il m'était arrivé quelque malheur, mais il s'est trompé, ajouta-t-elle en le regardant fixement, il ne m'en est arrivé aucun. » Guillaume la comprit, et leva les yeux au ciel avec reconnaissance; cependant, si elle l'avait rassuré pour le moment présent, ce rendez-vous mystérieux, cette secrète intelligence avec le prince, lui causaient de vives inquiétudes pour l'avenir; il la voyait sur le point de se perdre, et sentit qu'il était temps de l'arrêter; mais, pour que ses paroles fussent plus efficaces, il voulut, avant de la menacer de la colère divine, lui en montrer les terribles effets. « Il est de bonne heure encore, lui dit-il, je désirerais qu'avant de rentrer à Ptolémaïs, votre altesse voulût descendre avec moi dans une de ces cabanes placées au pied de la colline. — J'y consens, mon père, répondit-elle; mais par quel motif le désirez-vous? — Je veux, répondit-il, que vous voyiez une fois ce que je vois tous les jours; je veux que vous mesuriez vous-même la profondeur de l'abîme où les passions peuvent entraîner, et quel châtiment Dieu réserve aux coupables qui y tombent. » La princesse comprit ce reproche, se soumit à cet ordre, et se prépara en silence au mal qu'elle allait souffrir. Durant la route il lui fut impossible de dire un mot à l'archevêque; ne pouvant lui confier les pensées qui l'occupaient, elle pouvait moins encore s'occuper d'autres pensées, et Guillaume se serait bien gardé d'interrompre un silence qu'il croyait causé par le repentir et la honte, et qu'il regardait comme la meilleure préparation au spectacle qu'il allait lui offrir.

A peu de distance de la cabane, il mit pied à terre avec la princesse, et il la conduisit dans un enclos entouré d'une haie de citronniers sauvages; au milieu était une chétive demeure, où tout respirait la tristesse et la misère; assise sur un banc, devant la porte, une vieille femme filait au rouet, et, près d'elle, deux jeunes filles de douze à treize ans nattaient des paniers de jonc. A la vue de l'archevêque, elles le saluèrent avec respect : il leur dit quelques mots de bienveillance, et passa outre : Mathilde, le cœur palpitant et les yeux baissés, le suivit en silence. Ils s'avancèrent vers un sombre enfoncement que quelques roches formaient à l'extrémité de l'enclos, et qu'ombrageaient quelques sapins épars; tout-à-coup Mathilde crut entendre des cris, sa poitrine se serra, il lui semblait que cette voix ne lui était pas inconnue; bientôt elle aperçut une femme pâle, échevelée, couchée sur la poussière, et qui se meurtrissait le sein en poussant de lugubres mugissements. « O mon père! s'écria la vierge en se pressant contre le bras de l'archevêque, je la reconnais; c'est elle, c'est Agnès. — Aux jours de sa sagesse, reprit Guillaume en regardant Mathilde d'un œil sévère, Agnès fut belle aussi; elle était fière, elle était la gloire de nos armes et l'orgueil de sa famille; mais un amour coupable l'emporta sur tous ses devoirs; et des traits défigurés, une beauté flétrie, un mépris général, une profonde misère, une raison aliénée, et par conséquent un crime sans repentir et une réprobation éternelle, voilà le fruit d'une faiblesse, et tout ce qui reste d'Agnès. » Il fut interrompu en ce moment par cette infortunée, qui, d'une voix aiguë et déchirante, faisait retentir les airs du nom de Malek Adhel. « O mon père! dit Mathilde avec effroi, fuyons ce lieu terrible; j'en ai assez vu. — Non, pas assez encore, repartit Guillaume en l'entraînant vers l'insensée, qui, étendue sur le sable, ne cessait de répéter : Malek Adhel! Malek Adhel! Vous connaissez tout le crime, il faut que vous connaissiez toute la punition, et de quelle terrible manière l'Eternel sait venger ses lois outragées. » La faible et tremblante Mathilde se traîna auprès du rocher qui couvrait Agnès, et, appuyant sa tête humiliée contre la pierre, elle prêta une oreille attentive aux paroles qui échappaient à cette déplorable victime. « Malek Adhel! s'écriait-elle, quand cesserai-je de te voir rouler dans ce gouffre sans fond? Un Dieu impitoyable l'a creusé lui-même.... Pour sa haine, ce n'était pas assez de mon supplice, c'est avec le tien qu'il me punit..... » Frappé de ce qu'il vient d'entendre, Guillaume comprend aussitôt que, pour un cœur passionné, le mal le plus à craindre est celui que souffre l'objet qu'il aime; et, se hâtant d'opposer l'intérêt de l'amour à l'amour même, il se penche vers Mathilde, et lui dit : « Vous le voyez, ma fille, les vengeances de Dieu ne sont point aveugles, son œil perçant sait découvrir l'endroit sensible du cœur, et c'est là qu'il frappe ses coups. Quand le jour sera venu où le Rédempteur reparaîtra au milieu des mondes écroulés, il réalisera pour cette pécheresse le supplice qu'elle croit subir maintenant, elle verra son ravisseur plongé dans un abîme de tourments éternels, dont elle sera éternellement le témoin...... — O mon père! interrompit la princesse en joignant les mains, n'est-ce pas trop de rigueur? se peut-il qu'une si horrible punition lui soit éternellement infligée par le Dieu des miséricordes? — Ma fille, si du sein de sa demeure elle laissait échapper un mot de repentir, tout ne serait pas perdu encore. — Malek Adhel! s'écria impétueusement Agnès, Dieu implacable! et toi, détestable Mathilde, quand cesserez-vous de déchirer mon cœur? .... il dégoutte de sang, et je ne puis verser celui de ma rivale! et je ne puis l'entendre pousser des cris comme les miens....! Malek Adhel! hâte-toi de la précipiter à mes côtés, fais-lui oublier son Dieu; que je voie sa douleur et ses mortelles blessures.... — Mon père, sauvez-moi, interrompit Mathilde avec un accent plein d'effroi. — Non, non, ne la sauvez pas, ne la sauvez pas, interrompit Agnès à son tour; et en se levant précipitamment; j'ai entendu sa voix,

cette voix qui me tue, cette voix qui est entrée dans le cœur de Malek Adhel; ne la sauvez pas; je veux la trouver, la déchirer comme elle me déchire; la poursuivre comme elle me poursuit. » Elle s'arrêta, ses idées se troublèrent de nouveau, d'autres images lui apparurent, d'autres remords vinrent la saisir, le fantôme de Montmorency s'éleva tout sanglant devant ses yeux, il semblait disputer Mathilde à sa rage, il la sauvait, et tombait assassiné; mais bientôt la pensée de Malek Adhel revint se placer devant toutes les autres. « Il est là, disait-elle, il m'appelle; la destruction est à ses côtés, je la vois bien; mais il m'appelle, je le suis, et la destruction m'engloutit... Cède, cède, Mathilde, ajouta-t-elle d'une voix furieuse, et la destruction t'engloutira.... — Venez maintenant, dit l'archevêque en relevant la vierge, je ne veux point que vous demeuriez plus longtemps en face de tant de misères, vos forces n'y résisteraient pas; » et, en l'entraînant, il ajoutait : « O ma fille! que notre fragilité est grande! et qu'il faut mettre peu de confiance en nos propres forces, puisqu'il suffit d'un moment pour nous précipiter de la gloire céleste dans des ténèbres de douleurs! » Mathilde ne répondit rien; il continua : « La séduction d'un homme, ma fille, a causé la chute d'Agnès; vous ne l'ignoriez pas, et c'est avec cet homme que je vous ai trouvée ce matin! » Mathilde ne répondit rien. « Et dans quel lieu vous ai-je trouvée! continua-t-il encore, dans quel lieu l'aveuglement de l'amour a-t-il pu vous entraîner! auprès d'un tombeau! comme s'il n'y avait que son silence qui ne vous fît pas entendre de reproche. Eh quoi! ne vous disait-il rien, ce silence? pour vous la mort n'a-t-elle pas de voix? et pendant que vous la braviez, cette mort redoutable, si elle vous avait frappée; si vous étiez expirée auprès de Malek Adhel avec les mots d'amour dans la bouche et dans le cœur, où seriez-vous maintenant? » Mathilde ne répondit rien; l'archevêque crut alors qu'elle était trop saisie; il la fit asseoir dans la chaumière sur un banc à demi rompu, et lui fit apporter un verre d'eau fraîche par la vieille femme : celle-ci la considérait d'un œil curieux, et demanda à l'archevêque si cette jeune fille était malade aussi, et si elle resterait avec l'autre. Guillaume répondit que non. « Ma foi, tant mieux, répliqua la vieille, car je n'en pourrais pas garder deux. Le jour, elle est assez tranquille; mais quand la nuit vient, c'est un train, un vacarme..... on dirait que tous les démons sont après elle; ah! c'est une véritable réprouvée. Le médecin que votre charité a envoyé ici n'en espère presque rien; cependant il vient tous les jours.— Bonne femme, lui dit l'archevêque, quelle que soit la peine qu'elle vous donne, et les soins qu'exige son état, n'en négligez aucun; veillez sur elle, la récompense ne vous manquera pas. — Ah! s'écria la vieille, vous m'avez déjà payée assez généreusement..... — Et surtout, interrompit vivement Guillaume, n'oubliez pas mon expresse recommandation : si elle montre la moindre lueur de raison, à quelque heure du jour ou de la nuit que ce soit, envoyez-moi avertir sur-le-champ. » La vieille lui promit de n'y pas manquer, et l'archevêque, reprenant alors le bras de la princesse, la soutint, et sortit avec elle de cette maison d'amertume et de douleur. Ils montèrent ensemble dans le char qui les attendait, et reprirent la route de Ptolémaïs. Mathilde, les yeux baissés, et toujours profondément rêveuse, n'avait pas prononcé un mot depuis qu'ils avaient quitté Agnès; l'archevêque, inquiet d'un si long et si sombre silence, essaya de l'en arracher, en lui disant d'un ton plus doux : « N'êtes-vous pas curieuse de savoir depuis quel temps Agnès a été réduite à ce dernier degré d'infortune et d'opprobre? » Mathilde leva les yeux, et, d'un faible signe de tête, elle fit entendre qu'elle écouterait ce récit avec intérêt. Il dit alors : « En s'échappant de Damiette, Agnès vint se réfugier auprès de Saladin, elle contribua beaucoup à enflammer sa colère contre Malek Adhel : c'est elle qui, vous poursuivant sans

cesse, attaqua les chevaliers qui vous ramenaient au camp; c'est elle qui livra Montmorency à une armée entière de Sarrazins; c'est elle qui fut l'assassin de ce héros, c'est elle qui, foulée aux pieds par les Chrétiens, demeura presque sans vie sur le champ de bataille. Depuis, déguisée en esclave musulman, elle a suivi Malek Adhel à Césarée, mais Malek Adhel refusa de la voir, et comme peu après elle eut connaissance de l'ambassade envoyée auprès des Chrétiens pour demander votre main, ses forces ne résistèrent point à tant de fatigues, de chagrins, et d'affronts; sa tête s'aliéna : je ne vous dirai point dans quel état je la trouvai à mon dernier voyage à Césarée; je rougirais, je l'avoue, de montrer à quel degré d'humiliation le crime a pu précipiter la fille des rois..... Je demandai qu'elle me fût confiée; je la fis conduire dans cette chaumière, afin d'être à portée de lui donner tous les secours dont je puis disposer; mais, jusqu'à ce jour, tous ont été infructueux; elle n'entend rien, elle ne reconnaît personne; c'est en vain que je me suis approché d'elle, que je lui ai parlé, Malek Adhel occupe seul sa pensée, Malek Adhel, l'auteur de sa misère, ô ma fille! pensez bien à cela. » Mathilde, qui, durant ce récit, avait levé la tête pour mieux entendre, la laissa retomber sur son sein aussitôt que l'archevêque eut fini; il attendit un moment sa réponse; voyant qu'elle n'en faisait aucune, il ajouta : « Ma fille, vous n'avez donc rien à me dire? — Mon père, répliqua-t-elle, je ne le puis encore; il y a une grande confusion dans mon esprit; et mon âme est cruellement oppressée; mais dans deux jours, à cette même heure, je connais un lieu où je vous verrai : là, je dévoilerai tout mon cœur; je pleurerai sur mes folles amours, et peut-être daignerez-vous épancher sur moi la rosée de la grâce céleste. » Elle se tait; l'archevêque n'insiste pas davantage : cependant il cherche dans sa pensée quel est le lieu où elle doit le voir : dans deux jours, a-t-elle dit; et c'est précisément dans deux jours que Richard a ordonné qu'elle s'unirait à Lusignan; elle ne l'ignore pas, il en est sûr; il sait que Richard lui a parlé : serait-il possible qu'elle pût consentir à former ces nœuds? « Ma fille, lui dit-il, vous savez que c'est dans deux jours que Richard vous a commandé de donner votre main à Lusignan, êtes-vous prête à obéir? — Et vous, mon père, interrompit-elle vivement, êtes-vous prêt à m'ordonner d'obéir? » Mais, sans attendre sa réponse, elle ajouta, en élevant vers lui ses mains suppliantes : « Mon père, je vous en conjure, ne m'interrogez pas, ma destinée est fixée; elle l'est, mon père, j'ose en être sûre, car il est des âmes si magnanimes, qu'on peut tout en attendre : cependant, ô mon père! que ces mots, *ma destinée est fixée*, ne vous effraient pas; elle l'est, il est vrai; mais Dieu n'en sera pas offensé, et mon devoir n'en murmurera pas. »

Comme elle achevait ces mots, le char entrait dans Ptolémaïs; Guillaume la quitta, en lui recommandant de méditer sur ce qu'elle avait vu, et de ne pas oublier que, si Dieu avait placé toutes les épreuves et les sacrifices dans ce monde, c'était hors du monde qu'il en avait placé la récompense. La princesse s'inclina sur la main pastorale de l'archevêque, et courut au fond de son appartement, cacher à tous les regards le grand trouble dont cette matinée avait rempli son cœur.

CHAPITRE XLV.

MATHILDE avait à peine goûté quelques heures de solitude, lorsqu'on vint lui annoncer que Richard lui faisait dire de se préparer à recevoir, le matin même, sa visite et celle du roi de Jérusalem. « Ils vont donc venir, se disait-elle, et maintenant il faut donc dissimuler! dissimuler est la langue du monde; ne puis-je pas la parler une fois avant de le quitter? demain j'aurai cessé d'y vivre, demain je n'aurai plus rien à cacher, rien à entendre. O mon Dieu! fortifiez mon âme, soutenez mon courage, je ne me méfie que de moi, je suis sûre de Malek Adhel,

car je n'ai besoin, pour être sauvée, que de sa générosité; et sa générosité est telle, ô mon Dieu! que, j'ose le dire sans craindre de vous déplaire, toute votre puissance ne pourrait pas y ajouter. »

En parlant ainsi, Mathilde se plaça devant une table et se mit à écrire. A son abattement, aux larmes qui roulaient dans ses yeux, à sa profonde résignation surtout, on eût dit qu'elle traçait ses volontés dernières et sacrées, qui ne s'écrivent qu'à l'ombre de la mort. Elle en était occupée encore, lorsque Richard entra avec Lusignan; aussitôt elle cacha dans son sein le papier qu'elle tenait, et salua les deux rois avec une contenance grave et sévère. Richard avait vu le mouvement de sa sœur, et son premier mot fut de demander que ce papier lui fût remis. « Je conjure votre majesté de ne le pas exiger d'aujourd'hui, répondit-elle avec beaucoup de dignité, je lui proteste qu'il ne sortira de mes mains que pour passer dans les siennes. » L'air de Mathilde en imposa à Richard lui-même; il ne lui demanda pas une seconde fois ce qu'elle refusait de lui accorder, et se contenta de lui dire qu'il était sûr qu'elle éviterait toute démarche injurieuse à sa gloire, et toute pensée contraire à la pureté du nœud qu'elle allait contracter. « Ah! Madame, interrompit Lusignan en se jetant à ses pieds, tant de bonheur serait-il mon partage? se peut-il que vous ayez consenti à m'appartenir? non, ma présomption ne s'élèvera pas jusqu'à une pareille espérance, à moins que vousmême ne me permettiez d'oser y croire. — Il faut bien que vous l'ayez osé, sire, puisque vous êtes ici, répondit froidement Mathilde; si vous étiez assuré d'un refus, vous ne seriez pas venu l'entendre. Mon frère, ajouta-t-elle, vous m'avez donné deux jours pour me préparer à mon sort, je n'en demande pas davantage; mais, pendant ce court intervalle, ne puis-je pas être seule? » Lusignan se hâta de prévenir la réponse du roi. « Vous serez libre, Madame, vous serez seule, lui dit-il, je ne veux point gêner vos désirs; et durant ces deux mortels jours qui me séparent encore du plus beau jour de ma vie, je ne reparaîtrai point ici; j'aime mieux me priver de ce bonheur que de ne le devoir qu'à votre seule obéissance. » Il se retira; alors Richard prit la parole d'un ton offensé et absolu : « Ma sœur, lui dit-il, je commence à être las de vos vagues réponses et de vos éternels mystères; depuis votre retour dans le camp, les Chrétiens ont été plus occupés de vos amours, que de la cause qui les a arrachés à leurs foyers et à leurs familles; la moitié de l'Europe ne serait-elle donc venue porter la guerre en Asie, que pour être témoin des incertitudes et des faiblesses de votre cœur? non, il est temps que tout ceci se termine, et que d'autres pensées remplissent l'âme et nourrissent les espérances de nos guerriers : dès qu'un hymen aussi sage qu'utile aura fixé votre destinée, nous ne songerons plus qu'à poursuivre nos hautes et importantes entreprises; après-demain, ma sœur, les flambeaux d'hyménée s'allumeront pour vous; le jour suivant, votre époux marchera avec moi à Césarée, nous en ferons le siége, nous emporterons la ville, Lusignan triomphera de Malek Adhèl, et par cette victoire, il vous prouvera qu'il était plus digne que ce prince du bonheur qu'il a obtenu. Maintenant, vous avez entendu mes ordres, vous connaissez votre sort, rien n'y sera changé, rien absolument; si vous demandiez une heure de délai, vous la demanderiez en vain : votre bonheur m'est cher, sans doute, mais moins que la gloire de nos armes et la réussite de nos projets; l'intérêt particulier doit plier devant celui de vos frères, et de frivoles considérations ne doivent plus arrêter les combats : préparez-vous, soumettez-vous; mais je vous préviens que, soumise ou non, vous n'en serez pas moins, dans deux jours, l'épouse de Lusignan. » Il dit, et la quitte sans attendre de réponse. Mathilde ne s'effraie point de cette menace; avant de l'entendre, ses desseins étaient arrêtés, ils sont demeurés les mêmes, et la colère du roi n'y a rien changé; tout le jour une sombre et profonde tristesse respire

dans ses traits et sa contenance, car elle a pour jamais détaché son cœur de toute espérance de bonheur; mais on n'y remarque plus d'agitation, car elle a vu son devoir, et elle est résolue à le remplir.

Le soir elle demande son char pour le lendemain, et quand ses ordres sont donnés et qu'elle se retrouve seule, elle dit : « Mon Dieu! je n'ai pu consulter personne; j'avais promis de me taire; mais pour tenir tous mes serments et ne m'écarter d'aucun devoir, j'espère n'avoir besoin que de votre force et de votre appui. »

L'aurore a paru, Mathilde sort de Ptolémaïs par la porte de Nazareth, elle se fait conduire sur le bord de la mer : un long voile blanc couvre sa tête et enveloppe toute sa taille. Elle est pâle, ses joues portent même l'empreinte de ses pleurs; mais son maintien est tranquille, et ses yeux, fixés vers le ciel, ont quelque chose de doux et de résigné qui montre le but où elle marche, et qui semble dire qu'en remettant son âme à Dieu, elle l'a remplie de cette confiance qui ne sait rien craindre et qui sait tout espérer.

Cependant au moment où elle aperçoit les premiers rochers du Carmel, un léger incarnat vient se mêler sur son visage à la blancheur des lis; elle met une main sur son cœur, comme pour y retenir toute sa force et sa volonté; le char avance encore; à l'instant, du fond des rochers, deux guerriers armés de toutes pièces s'élancent avec des cris terribles et courent vers la princesse; ses gardes veulent la défendre, Malek Adhèl se nomme, tous les bras demeurent enchaînés; Mathilde leur dit alors : « Chrétiens, ne tentez point une vaine résistance contre un prince invincible, et apprenez que, si Malek Adhèl se trouve ici, c'est que je n'ai voulu accorder qu'à lui seul le droit de me soustraire à l'autorité tyrannique qui veut forcer mes vœux malgré moi. Prince, ajouta-t-elle en se tournant vers lui, j'avais juré de me rendre en ce lieu, m'y voici; j'avais juré de fuir avec vous, je suis prête à vous suivre; mais souvenez-vous aussi de votre promesse : dans cet asile où je vais me retirer, je pourrai vivre dans une profonde solitude, à l'abri de tous les regards, même des vôtres, et y exercer mon culte dans une entière liberté? — Oui, Madame, interrompit le prince, je renouvelle ce serment à la face du ciel et de tous vos Chrétiens; vous serez obéie, révérée à la cour de Saladin, autant et plus encore qu'à celle de votre frère; hâtons-nous seulement de nous y rendre. — Un mot encore, reprit Mathilde : me sera-t-il permis de choisir moi-même le lieu de ma retraite? — Il sera assez temps d'y penser, Madame, répondit-il un peu ému, quand nous serons arrivés à Césarée. — Non, Malek Adhel, lui dit-elle, c'est ici même que je veux être libre de fixer mon choix. — Vous l'êtes, Madame; où voulez-vous être conduite? — Là-haut, répliqua-t-elle, en montrant de la main la montagne du Carmel; dans ce saint monastère; car c'est-là seulement que *je pourrai vivre dans une profonde retraite, à l'abri de tous les regards, même des vôtres, et exercer mon culte dans une entière liberté.* — Mathilde, s'écria-t-il avec un violent courroux, vous m'avez trompé? — Non, je ne t'ai pas trompé, interrompit-elle vivement, car je te préfère à toutes les créatures de la terre, et s'il n'y avait qu'elles entre nous deux, tu me verrais tout quitter pour te suivre, mais la main qui m'arrache à ton amour, ô Malek Adhel, est plus forte que celle des hommes et des rois... Écoute-moi un seul moment, ajouta-t-elle, en tombant à genoux dans le char où elle était encore; écoute-moi, ô toi! seul mortel que j'aie aimé : en te suivant au milieu des Infidèles, j'imprime à mon caractère une tache ineffaçable, je deviens un objet de mépris et d'horreur pour tous les miens : souiller ainsi sa gloire, n'est-ce pas perdre son innocence? et, tu le sais, Malek Adhel, cette innocence est le seul bien que je me sois réservé, le seul que j'aie préféré à toi... Cependant en ce moment je consens à te tout abandonner, afin de te tout devoir; je consens à te laisser l'arbitre de mon sort, afin que,

s'il est paisible sur la terre et heureux dans l'éternité, je puisse partager entre Dieu et toi mes bénédictions et ma reconnaissance; si tu me conduis dans l'asile sacré que je t'indique, j'y vivrai honorée des hommes, en paix avec le ciel, assurée de mon salut; si tu m'emmènes à la cour du sultan, l'ignominie marchera à ma suite, et le terrible souvenir de ma faute me fera vivre dans les remords, et mourir peut-être dans l'impénitence : tel est le choix qu'il me faut faire, et c'est toi qui vas le prononcer; je remets entre tes mains ma vie, mon honneur, et toute une éternité; décide donc, Malek Adhel, et vois si tu exiges que je te suive. En achevant ces mots, cette beauté touchante, baignée de pleurs, prosternée, les bras élevés, et portant dans ses regards la réunion de tout ce que la terre a d'amour, et le ciel, de piété, attend sans trembler la réponse de Malek Adhel; car elle sait bien qu'il ne peut y en avoir qu'une pour l'homme à qui l'on a laissé le droit de la faire.

Le prince ne dit rien, il fait plus, il s'approche de Mathilde, monte dans son char, la relève, s'asseoit auprès d'elle, saisit les rênes des coursiers, et dirige lui-même leur route vers le monastère. La vierge, attendrie, n'a point de mots pour tant de reconnaissance; elle penche sa tête sur l'épaule du héros, et pleure. Tremblante, elle ose presser ce bras invincible qui pouvait l'arracher à ses devoirs, et qui va la rendre à Dieu. Malgré la pudeur qui affaiblit ce mouvement, il a été excité par tant d'amour, que l'âme de Malek Adhel en est pénétrée; l'amertume s'en échappe; la douleur s'y calme; jamais il n'a été autant aimé; il le voit dans les yeux de Mathilde; il le doit à son sacrifice, il ne se plaint plus; il ne murmure plus; son sacrifice est payé.

Jamais peut-être le devoir et la vertu ne remportèrent un plus beau triomphe; Mathilde, pieuse et soumise à la voix de l'Eternel, immole son bonheur et son amour; Malek Adhel, généreux et magnanime, à la voix de celle qu'il aime; abandonne ses espérances et ses désirs; tous deux sont libres cependant; ils s'adorent; ils pourraient vivre toujours ensemble, et ils vont se séparer! se séparer peut-être pour jamais! Cette pensée, ils l'ont; cet avenir, ils le voient; et pourtant, qui oserait dire que, même en cet instant, ils ne sont pas heureux? Pour trouver dans son cœur la force de renoncer à la plus ardente passion, il faut bien y trouver quelque chose de plus puissant qu'elle et de supérieur à ses voluptés : la passion est beaucoup assurément, et ses voluptés sont des délices; mais ce sont les délices de la terre, et quiconque les sacrifie, en conçoit donc de plus ravissants encore; autrement, pourquoi les sacrifierait-il?

Le char s'élève sur le Carmel; les femmes de la princesse, étonnées, éperdues, accompagnent leur maîtresse, toutes également décidées à s'ensevelir dans sa retraite. Les gardes suivent, et l'ami de Malek Adhel ferme le cortége. Bientôt, à travers les rochers et l'épais feuillage des cèdres, on aperçoit l'antique édifice élevé par sainte Hélène [1]. Malek Adhel pâlit et se trouble; Mathilde étouffe ses soupirs; il lui dit alors : « Je t'ai obéi, je ne m'en repens point, car je n'ai pas en ma puissance les moyens de te résister; mais comment calmeras-tu mes frayeurs : ce cloître est sur les terres des Chrétiens; il est sous leur dépendance; ils t'en arracheront. —Non, répond-elle, ne le crains pas; en prenant le parti le plus généreux, tu as pris aussi le plus sûr : ici la religion me défendra mieux contre les Chrétiens, que ne l'auraient pu faire tes hautes murailles, et ta valeur peut-être : dans ce lieu sacré, une simple barrière de bois arrêterait l'armée des Croisés et la colère de mon frère; cette sainte maison est celle de Dieu même; en violer l'entrée serait un sacrilége... —Rassure-moi encore, ajouta-

t-il; peut-être, dans l'exaltation de ta piété, croiras-tu nécessaire de te dévouer toi-même; peut-être penseras-tu que ma conversion ne pourra être achetée que par un grand sacrifice..... —Sans doute, je le pense, interrompit-elle; mais ne venons-nous pas de le faire aujourd'hui? — Promets-moi donc, répliqua-t-il, de n'en pas faire d'autre, et de ne t'engager par ces nœuds terribles et indissolubles que quand je t'en aurai donné l'aveu..... Peut-être te le donnerai-je un jour, ma bien-aimée, ajouta-t-il en la regardant fixement; la guerre est allumée, Saladin m'appelle; mais, je le sens, maintenant mon bras sera faible contre tes frères; je ménagerai moins mon sang que le leur, et il est un événement qui pourrait me faire désirer de te voir renoncer au monde. » La vierge le comprit, et fondit en pleurs. Toutes les mélancolies que le cœur peut connaître oppressèrent le sien; à côté de la pensée de la mort de Malek Adhel, venait bien se placer celle de la miséricorde de Dieu; mais cette miséricorde divine qui se perd dans les mystères de l'infini, et qui est la plus douce joie d'une âme pieuse, la console et ne l'égaie pas; car dans la religion tout est grave, jusqu'au bonheur. Baignée de larmes, Mathilde se pencha vers celui qu'elle avait nommé son époux au désert, et ne put lui faire entendre que ces mots : « Crois-moi, quiconque a mis un grand devoir au-dessus des vains plaisirs de la vie, est bien sûr de ne pas périr tout entier avec elle. » Cependant la route se rétrécissait de plus en plus; l'escarpement des rochers et l'épaisseur des buissons et des ronces ne permettaient pas au char d'aller plus avant : la princesse mit pied à terre; elle dit à ses gardes : « Je vous demande de m'accompagner jusque dans l'enceinte du monastère; je veux que vous m'y voyiez entrer; je veux que vous voyiez les grilles se fermer sur moi, afin qu'à votre retour au camp, vous puissiez dire à mon frère quelle autorité j'ai préférée à la sienne, et pour quel maître je l'ai quitté; et vous, ajouta-t-elle en s'adressant à ses femmes;

---

[1] Au sommet du Carmel, on voit les ruines d'un antique édifice, qui inclinent visiblement sur les cellules des Carmés; l'auteur du *Théâtre de la Cité sainte* assure que ce monument était un monastère de filles, de la construction de sainte Hélène, mère de Constantin.

si votre intention est de venir pleurer et prier avec moi, vous pouvez me suivre; autrement, évitez une fatigue inutile et ne venez pas plus loin. » A ces mots, toutes se jetèrent à ses pieds, et baisant le bas de sa robe, lui demandèrent la permission de ne jamais la quitter. Emue de ce désir, elle leur tendit les bras en s'écriant : « Venez donc, nous prierons ensemble ici et là haut. » Alors elle se tourna vers Malek Adhel, et lui prit la main, la serra en silence, car il n'y a que le silence pour de pareils adieux. « Non, lui dit-il, n'espère pas que je me sépare de toi, tandis que je puis te voir encore quelques minutes. » Eperdue, elle répond : « Hâte-toi de fuir, tu es sur une terre ennemie; je te vois menacé de mille dangers..... — Mathilde, s'écrie-t-il impétueusement, ne peux-tu m'aimer assez pour les oublier? Viens, ajouta-t-il en la pressant dans ses bras; viens, qu'une fois encore je t'épargne la fatigue d'une route pierreuse, dévorée d'un soleil ardent..... O jours du désert où elle me nomma son époux! jours heureux où nous allions mourir ensemble, pouvais-je croire alors que je serais jamais assez infortuné pour vous appeler heureux.....! Alors elle ne voulait pas me quitter; sa vie ne lui était rien auprès de son amour : son Dieu ne lui disait pas qu'il fallait nous séparer : ô Mathilde, que votre cœur est changé! — O mon Dieu! s'écria-t-elle, vous qui savez tous les secours dont vous m'avez entourée depuis mon retour au camp, daignez lui dire si tout l'effort de votre puissance a pu changer mon cœur, et dans ce moment, si j'ai la force de renoncer à lui! Vous m'accusez, je le sens, de ne l'avoir puisée ni dans votre crainte, ni dans mon devoir, mais dans le seul intérêt de l'amour. O Malek Adhel! si mon crime n'avait dû retomber que sur moi, peut-être aurais-je aimé mon crime, peut-être pour être à toi, aurais-je consenti à perdre mon âme; mais, pour sauver la tienne, ô maître absolu de ma vie! j'ai dû renoncer à toi. » En l'entendant parler ainsi, Malek Adhel la serre passionnément contre sa poitrine; mais à cet instant la forêt vient de s'éclaircir, le monastère se montre à découvert, une humble croix de bois en désigne l'entrée, et de loin on entend le son de la cloche se mêler aux saints cantiques. La vierge, à cet aspect, saisie d'une pieuse terreur, s'arrache précipitamment des bras de Malek Adhel. « Mon Dieu! s'écrie-t-elle, ce n'est point ainsi que je dois approcher du lieu où vous avez établi votre demeure. Pardonnez, ô pardonnez mon délire, et daignez purifier mon cœur! » Elle dit, et se prosterne au pied de la croix; ses femmes et ses gardes l'imitent; Malek Adhel et son ami restent seuls debout; Mathilde le voit, et soupire. « O divin Rédempteur! dit-elle à voix basse, pour m'accorder la plus grande de vos grâces, vous me demandez, je le sens, le plus grand des sacrifices, et celui-là n'est pas de renoncer à mon époux, mais de renoncer à mon amour.... Hélas! ma volonté consent à vous le faire; mais toute votre puissance suffira-t-elle pour m'aider à l'achever? » Elle se lève alors, s'appuie contre la croix, regarde Malek Adhel, et ajoute d'un ton plus grave : « Je ne te permettrai point d'approcher davantage; tu ne poseras point le pied dans l'enceinte sacrée où les Chrétiens seuls ont le droit d'entrer.... Adieu; c'est ici qu'il faut nous dire adieu, un long adieu.... O sainte victime qui avez sauvé le monde, daignez aussi sauver cet homme! c'est à vous que je le laisse, que je le confie.... Malek Adhel, entends sa voix, que l'amour la fasse entrer dans ton cœur.... Hélas! continua-t-elle en lui montrant le cimetière qu'elle allait traverser, l'amour finit là, et avec lui toutes les félicités de la terre; mais souviens-toi que d'autres félicités nous sont promises; souviens-toi qu'il est un lieu où l'on ne souffre plus, où l'on aime toujours, et que c'est là où Mathilde va t'attendre. » Elle dit, et fuit loin du héros; elle court vers la porte du couvent avec la rapidité d'une flèche : il lui obéit; il ne la suit point, mais il ose monter sur les dégrés de la croix pour la regarder plus longtemps. Au moment d'entrer dans le cloître, la princesse s'arrête et tourne une fois encore ses yeux vers Malek Adhel; elle le voit embrassant de ses deux mains le signe de la rédemption, et il lui semble que Dieu l'a entendue. « O Christ, s'écrie-t-elle, consomme ton ouvrage. » Alors elle étend une main vers le prince, lui montre son cœur, lui montre le ciel, et se dérobe aussitôt sous les impénétrables grilles du monastère.

En la perdant de vue, Malek Adhel croit que tout l'univers vient de s'anéantir; il tombe accablé devant la croix; il ne songe plus qu'à mourir dans le lieu où il vient de quitter Mathilde : mais Kaled ne le permet pas; il s'approche, il lui dit : « Oublies-tu que sur la terre où nous sommes, chaque instant qui s'écoule peut nous perdre? — Fuis, Kaled, s'écrie le prince, fuis dans ce monde désert où je ne veux plus rentrer; ma vie est ici, continua-t-il en montrant le monastère, je ne veux pas quitter ma vie. — Si tu demeures, reprit froidement Kaled, je demeure avec toi; si tu péris, je jure de te suivre; maintenant dispose de mes jours, tu en es le maître; » et il s'assied tranquillement auprès de lui. Malek Adhel le regarde, il sait que Kaled n'a jamais juré en vain; il voit que son parti est pris, et à l'instant le sien l'est aussi. Il se lève, lui serre la main, et s'écrie : « Partons; maintenant qu'elle est en sûreté, songeons à sauver mon ami. » Il dit, et s'éloigne. Kaled le devance; ils appellent les chevaux errants sur la montagne; les chevaux accourent; les deux guerriers s'élancent dessus et fuient. Déjà le Carmel n'est plus qu'une masse confuse, et le cloître, perdu dans l'horizon, n'est présent qu'à la pensée du héros. Encore quelques heures, et le voilà à Césarée; Saladin l'y attendait impatiemment; les soins de la guerre l'appelaient ailleurs, et il ne voulait cependant abandonner cette ville importante qu'après en avoir remis la défense à son frère. « Malek Adhel, lui dit-il, je ne m'informe point pourquoi tu reviens seul; des soins plus importants que ceux de l'amour doi-

vent nous occuper aujourd'hui. Je vais mettre Ascalon en état de soutenir un siége; précaution inutile sans doute; car les Chrétiens ne l'entreprendront qu'après avoir abattu Césarée, et je te laisse à Césarée. Césarée est donc invincible, et les ennemis ne viendront pas jusqu'à moi. »

CHAPITRE XLVI.

La journée touchait presque à sa fin, lorsque les gardes de la princesse rentrèrent à Ptolémaïs; ils trouvèrent tout le camp en rumeur, Lusignan au désespoir, Richard dans la plus violente colère, et la reine et l'archevêque tourmentés de mortelles alarmes. Le matin, la longue absence de Mathilde avait commencé par causer de l'étonnement; l'inquiétude avait succédé. Vers le milieu du jour, Bérengère était entrée dans l'appartement de sa sœur, et ayant trouvé sur une table un papier adressé au roi, elle s'en était saisie avec empressement; mais n'osant le remettre elle-même à Richard, elle fit prier l'archevêque de se rendre auprès d'elle, et lui montra ce billet pour qu'il le donnât au roi. A cette vue, Guillaume soupira, il ne put plus douter que Mathilde ne fût partie volontairement, et qu'avec lui-même elle n'eût employé de la dissimulation. Cette pensée déchirait son cœur, car il savait bien qu'elle ne lui cachait pas sa conduite, quand sa conduite était pure; que pouvait-il penser d'une jeune et imprudente vierge qui lui dérobait sa confiance, repoussait ses conseils, se reposait sur ses propres lumières, et s'entourait d'artifices....? Ah! ce n'est pas par de semblables routes que marche la vertu. Cependant, avant de la condamner, il veut connaître ce qu'elle écrit au roi, et s'il doit la condamner alors, du moins veut-il savoir si dans le piége où elle est tombée, elle peut être sauvée encore.

Aussitôt il était entré chez le roi, et, croisant les mains sur sa poitrine, baissant les yeux, dans un profond silence, il lui avait remis la lettre de Mathilde;

à l'instant Richard s'était écrié aussi :
« Elle est donc partie volontairement !
O Mathilde ! Mathilde ! vous nous avez
donc trompés ! » Ce billet ne contenait
que ce peu de mots :

« Je quitte Ptolémaïs afin de me sous-
« traire à une autorité tyrannique et à
« un hymen horrible à mes yeux : je
« connais trop mon frère pour oser déjà
« lui demander mon pardon ; je n'espère
« point qu'il suive de si près une démar-
« che qui paraîtra sans doute téméraire ;
« mais le pardon du ciel, j'en suis assu-
« rée, car mes intentions sont pures,
« et le ciel connaît tout mon cœur. »

« Elle a raison ! s'était écrié Richard
en finissant, je ne lui pardonnerai jamais ; » et voyant que l'archevêque ouvrait la bouche pour lui répondre, il
avait ajouté, qu'une telle conduite étant
sans excuse, quiconque tenterait de la
justifier serait aussi coupable qu'elle à
ses yeux. Alors il était sorti enflammé
de colère, pour envoyer de tous côtés
des troupes à la poursuite de sa sœur.
Guillaume, resté seul, avait repris le
billet, et en le lisant avec sa charité ordinaire, la phrase qui le terminait avait
un peu calmé ses craintes ; il se disait :
« Puisque ses intentions sont pures, et
qu'elle est assurée des miséricordes du
ciel, je puis donc la pardonner aussi, et
m'efforcer de croire que ce n'est peut-
être pas pour cacher une faute qu'elle a
entouré son départ de tant de mystère. »

Cependant le jour s'était écoulé sans
que les troupes de Richard eussent apporté aucune lumière sur le sort de la
princesse, lorsque la vue de ses gardes
et de son char, qui revenaient sans elle,
causèrent une surprise générale.

En un instant la nouvelle de son entrevue avec Malek Adhel, et de sa retraite dans le cloître du Carmel, fut répandu dans tout le camp et le divisa en
plusieurs partis. Le plus nombreux ad-
mirait la vertu et la fermeté d'une jeune
vierge qui, libre de régner sur un vaste
royaume avec le prince qu'elle aimait,
avait préféré les ombres de la retraite et
de la pénitence, à une puissance et à une

félicité que la religion réprouvait ; mais
les amis de Richard et de Lusignan la
blâmaient de n'avoir su que vaincre son
penchant pour un Infidèle, et non se résoudre à un hymen que toute la chrétienté lui demandait. Enfin le roi d'Angleterre, indigné du désordre que cette
nouvelle jetait dans tout le camp, et de
l'influence qu'une femme exerçait sur
l'âme de tant de guerriers, déclara qu'une
résolution sévère allait mettre fin à tant
de trouble ; et que dès le lendemain,
usant des droits que sa naissance lui
donnait sur sa sœur, il irait dans le couvent même où elle s'était retirée, la forcer à donner sa main à Lusignan. « Non,
avait interrompu Guillaume, ce serait
mettre les droits du sang avant ceux de
Dieu ; ce serait, envers la Majesté suprême, une insulte, une profanation
que je ne permettrai jamais ; cependant,
ce que je demande, ce que je veux aussi,
c'est que le sort de la princesse Mathilde
cesse enfin d'être le premier intérêt qui
nous occupe : guerriers, nobles et vaillants guerriers, il est temps d'oublier et
la beauté et l'existence de cette vierge.
Est-ce donc pour elle que vous aviez
ceint l'épée ? est-ce pour l'obtenir que
vous avez traversé les mers ? ne craignez-
vous pas que le Fils de Marie, indigné de
votre abandon, ne vous livre à votre
faiblesse, et ne vous refuse ses secours ?
Laissez, laissez la sœur de Richard s'ensevelir loin du monde ; plût au ciel qu'elle
n'y eût jamais paru ! O vous ! magnanimes héros, accourus de toutes les parties du monde chrétien pour la conquête
de la cité sainte, élevez votre âme à la
hauteur de votre entreprise ; ne voyez
que ce but, ne soyez émus que de cette
espérance ; courez devant Césarée, qu'elle
tombe sous vos coups. Malek Adhel la
défend ! Que vous importe ? si vous ren-
contrez plus d'obstacles, ne remporte-
rez-vous pas aussi plus de gloire ? Marchez
donc où Dieu vous appelle ; en le servant,
songez à ne servir que lui, et n'oubliez
pas que c'est être coupable que de vouloir unir les intérêts de la terre aux intérêts du ciel. »

n° il dit, et les ressentiments s'apaisent, et les esprits sont persuadés, et la piété renaît dans tous les cœurs. Le courroux de Richard et l'amour de Lusignan résistent seuls encore ; il leur semble à tous deux qu'aussi longtemps que Mathilde sera libre, les espérances de Malek Adhel subsisteront et enflammeront son courage ; Lusignan surtout insiste sur ce point : Guillaume répondit qu'il était facile de calmer de pareilles craintes, et que, sans forcer la princesse à s'unir à lui, il existait un moyen sûr d'anéantir les espérances de Malek Adhel. « Qu'elle le prenne donc ce moyen ; s'écria vivement Richard ; et sans tarder davantage, qu'elle prononce ses vœux, qu'elle renonce à ce monde où elle n'a paru que pour y porter la confusion et la discorde. Oublie-la, Lusignan, puisqu'elle rejette ta main ; elle n'est plus digne de tes regrets. Mon père, tandis que nous marcherons demain à Césarée, allez vers cette fille rebelle, portez-lui les derniers ordres d'un frère offensé ; qu'elle sache que, si dans huit jours elle n'est pas à Dieu, j'irai la forcer d'être à mon ami. »

En prononçant ces mots, l'emportement de Richard était porté à un tel excès, qu'il eût été imprudent d'essayer de le calmer, et impossible d'y réussir ; Guillaume s'inclina en silence, et l'assemblée se retira.

La guerre allait devenir sanglante ; le camp n'était pas un lieu sûr ; et Ptolémaïs pouvait être attaquée. Le couvent du Carmel avait toujours été respecté par les Infidèles ; Richard, inquiet pour Bérengère, crut donc qu'elle serait dans cet asile plus à l'abri des hasards que dans aucun autre ; la nuit même il fit ses adieux à la reine, la confia à l'archevêque, et leur recommanda à tous deux d'employer toute leur influence sur Mathilde pour la disposer à lui obéir.

Mathilde, en se présentant devant les saintes filles du Carmel, et en leur demandant une retraite parmi elles, avait cru devoir ne leur cacher ni son nom, ni son rang ; mais cet aveu, loin de donner de l'orgueil à son maintien et à ses paroles, en avait redoublé l'humilité. « Ne voyez point en moi, leur disait-elle, la sœur d'un puissant monarque, mais une infortunée qui vient purifier son cœur par vos exemples, et déplorer ses fautes au pied de vos autels. Mes torts furent grands sans doute ; mon repentir l'est davantage, et c'est à ce titre seul que j'aspire à être admise parmi vous. »

Sa douceur, sa modestie, et surtout la contrition de ses regards, touchèrent en sa faveur d'humbles recluses que sa royale naissance n'avait point éblouies. Dans cette austère retraite on ne connaissait d'autre roi que Dieu, d'autre royaume que le ciel, d'autre temps que l'éternité ; le bruit du monde ne s'y faisait point entendre ; le mouvement des passions n'y remuait aucun cœur ; tout y était calme, silencieux, sévère ; les lois de l'ordre ne permettaient pas de prononcer une seule parole qui regardât d'autres intérêts que ceux de l'avenir et de la pénitence ; aussi la guerre qui retentissait au pied du Carmel serait-elle restée inconnue à cette maison de paix, si l'archevêque de Tyr n'avait instruit ces pieuses filles des malheurs de Sion, afin que leurs prières intercédassent auprès du Très-Haut en faveur des Chrétiens. Si le pur esprit de l'Évangile, qui régnait parmi elles, avait permis à l'orgueil de s'y faire sentir, peut-être auraient-elles pu en éprouver en voyant que ce monde, à qui elles ne demandaient rien, et dont elles s'étaient entièrement détachées, avait recours à elles dans ses calamités ; et que, toutes pauvres et obscures qu'elles s'étaient faites, elles étaient plus riches que lui avec ses pompes et ses gloires, puisqu'elles avaient encore des biens à lui donner, et qu'il n'en avait aucun à leur rendre.

Mathilde ne fut point étonnée de voir arriver l'archevêque ; elle le connaissait assez pour être bien sûre que sa charité ne la délaisserait pas ; et elle était impatiente de lui révéler tout son cœur ; mais la vue de la reine la surprit et la troubla :

si son premier mouvement fut de la joie, parce qu'elle prévit bien que le nom de Malek-Adhel serait prononcé par Bérengère; le second fut de la crainte, parce qu'elle sentit que cette indulgente amitié qui pardonnait toutes les fautes, affaiblirait peut-être l'efficacité du repentir. Cependant, en entrant dans l'auguste cloître, Guillaume, avant de lui parler, s'adresse en ces termes aux recluses : « Mes sœurs, les grands de la terre se réfugient auprès de vous, rassasiés de vanité et de douleurs; ils viennent y chercher du repos et des consolations, et se jettent dans vos bras quand la joie de leurs cœurs a cessé, et que leurs plaisirs se sont tournés en deuil. Une grande reine vous demande des prières pour son époux; une jeune princesse veut que vous lui appreniez à aimer Dieu avant toute chose; et moi, mes sœurs, je viens unir mes vœux aux vôtres, pour que la défaite des Infidèles rende à l'antique Sion son culte, ses temples, ses honneurs, ses enfants, et sa gloire. »

À la voix de l'archevêque, le chaste troupeau obéit, les dociles vierges commencent leurs cantiques; Mathilde les entend; Mathilde, prosternée auprès d'elles, frémit de voir toutes ces âmes angéliques s'élever vers Dieu pour lui demander la destruction des Musulmans, car c'est lui demander celle de Malek Adhel; plus il lui paraît impossible que l'Éternel refuse quelque chose à de si pieuses âmes, à de si ferventes prières, plus elle repousse les sentiments religieux auxquels elle attribue tant de puissance, et peut-être ne fut-elle jamais plus loin de Dieu que dans ces moments où, entourée de torrents d'encens, de chants divins, et d'images sacrées, il lui semblait que ces parfums, ces voix, et ces anges, lui répétaient qu'elle ne pouvait être digne du ciel qu'en demandant aussi la mort de Malek Adhel.

Quand cette cérémonie fut achevée, et que l'archevêque se trouva seul avec Mathilde, il lui parla ainsi : « Ma fille, en venant vous enfermer ici, sans doute vous avez formé la résolution de n'en jamais sortir ? » À cette question, la princesse rougit et baissa les yeux en silence. Guillaume reprit : « Si vous m'aviez confié vos projets, votre fuite eût été plus décente, je vous aurais accompagnée moi-même ici, et le monde aurait su que je connaissais vos desseins et que j'approuvais vos refus; oui, ma fille, je les approuve; après la préférence que vous avez avouée pour Malek Adhel, recevoir les vœux d'un autre homme eût été manquer à cette pudeur délicate qui est le premier devoir de votre sexe; mais ce serait y manquer bien plus, que de conserver une liberté qui ferait croire que vous tenez encore au monde par vos espérances et vos désirs. Vous avez aimé, ma fille, beaucoup trop aimé; un amour passionné est toujours une faute; vous auriez dû savoir que Dieu ne permet point qu'on s'attache avec une telle tendresse à des créatures qui passent, ni qu'on poursuive avec tant d'ardeur un bonheur purement humain : vous étiez coupable, vous deviez être punie; heureuse, et mille fois heureuse de l'avoir été sur la terre ! Pour expier les faiblesses de votre cœur, Dieu vous a séparée pour toujours de l'objet de vos faiblesses; il a même placé entre vous une si inexpugnable barrière, que l'espoir de la franchir ne pourrait être le fruit que de la plus folle passion. Fille des rois, voudriez-vous permettre au monde de penser que l'amour d'un homme a plus de puissance sur vous que les ordres de l'Église; et que les monceaux de cadavres, les ruisseaux de sang chrétien dont cet aveugle Musulman va s'entourer, ne peuvent vous faire renoncer à lui ? rejetée par cet Infidèle, ne pouvez-vous le rejeter aussi ? ne pouvant rien sur lui, vous tenez encore à lui; car, si vous n'y teniez pas, pourquoi tiendriez-vous encore au monde ? » Il la regarde, et s'arrête. Durant son discours, le visage de la princesse, tantôt pâle et abattu, tantôt animé et brûlant, avait exprimé les diverses émotions de son âme; la honte et la fierté, le repentir et l'amour, s'y étaient peints également. Quand l'archevêque eut cessé de parler, elle pencha sa tête dans ses deux mains, et après quelques minutes de recueillement elle dit ; « Mon père, vous savez dans quelle paix profonde j'ai passé seize années de ma vie ; la dix-septième est à peine écoulée que toutes les agitations et les anxiétés que le cœur peut connaître ont déchiré le mien ; c'est au sein de ce trouble que vous m'ordonnez de revenir à mes premiers vœux ; ô mon père ! ma bouche peut bien les prononcer, mais lisez au fond de mon âme, et voyez s'il dépend de moi d'y apporter les mêmes dispositions. — Non, ma fille, elles doivent avoir changé ; ce n'est plus une paix de douceur et d'ignorance que vous êtes appelée à goûter, mais une paix de pénitence et de repentir. — Hélas ! interrompit-elle, j'ai tant souffert dans le monde, qu'il n'est à mes yeux qu'un objet d'effroi, et ce n'est pas du jour où mes vœux m'en sépareront sans retour, que j'aurai commencé à mourir ; mais, mon père, daignez m'entendre ; vous verrez quelle promesse me retient encore ; si votre voix m'en affranchit, tout est fini entre le monde et moi : il m'échappe, il disparaît à mes regards, il me laisse ici ensevelie dans le cercueil, traînant mon cœur, mes souvenirs, et ma vie sur la poussière des tombeaux ; il me laisse ici, oubliée de toutes les créatures ; car, lorsqu'on a disparu à leurs yeux, on est bientôt effacé de leur esprit. »

Alors Mathilde commença son récit du jour où Guillaume était parti pour Césarée ; elle lui dit par quelle suite de circonstances difficiles, d'événements inattendus, par quel enchaînement de promesses enfin elle était arrivée à la situation où elle se trouvait maintenant. Quand elle eut fini, l'archevêque, qui l'avait écoutée avec une profonde attention, et souvent avec attendrissement, lui répondit : « Ma fille, si ce livre sacré, qui a été apporté sur la terre par Dieu même, avait toujours été votre guide et

votre lumière, bien des fautes vous eussent été épargnées ; car quel est le péché contre lequel l'Evangile s'élève le plus ? l'orgueil : c'est l'orgueil qui vous permit de vous exposer aux fréquentes visites du prince après mon départ de Damiette ; c'est l'orgueil qui, dans la vue d'opérer la conversion de l'Infidèle, vous fit prononcer le serment téméraire de n'appartenir qu'à lui ; c'est l'orgueil qui, vous persuadant de faire plus que votre devoir, vous entraîna à donner ce premier rendez-vous dans le tombeau de Montmorency. Ma fille, la simplicité est le véritable caractère de la loi chrétienne ; contente d'exécuter ce que Dieu lui ordonne, elle ne cherche point à aller au-delà, et résiste au désir de faire le bien plutôt que de l'obtenir par des voies répréhensibles. Il était généreux de vouloir me sauver la vie ; mais ne pouvant y parvenir que par le moyen d'un rendez-vous condamnable, il fallait vous reposer sur Dieu du soin de ma délivrance ; et, ferme dans la route qu'il vous a tracée, laisser agir sa providence sans vous croire appelée à m'en tenir lieu. Ma fille, j'ai besoin de courage pour vous adresser un pareil reproche, car je suis plus touché que je ne puis le dire, en voyant que vous avez fait pour moi ce que le seul amour n'aurait pas obtenu de vous ; mais plus je vous dois de reconnaissance, plus je dois m'acquitter en me montrant ferme et rigoureux envers vos erreurs : pour me sauver de la mort, vous avez risqué de tomber dans le péché ; c'était là une de ces fautes que l'orgueil érige en vertus, et que repousse le véritable esprit de Dieu ; car il nous apprend que la mort n'est pas un mal, puisqu'elle n'est que le commencement de la vie, mais que le péché est un mal terrible, car il est le commencement de la mort.

« Maintenant Malek Adhel vous a fait promettre de ne pas prendre le voile sans son aveu : durant un instant, Malek Adhel a pu disposer de votre sort ; il a pu vous entraîner avec lui, devenir le maître de votre éternité, et cependant il a renoncé à toutes ces terrestres voluptés, les seuls biens qu'il connaisse, pour vous remettre au Dieu qu'il méconnaît..... Quelles étranges choses se passe-t-il donc dans le cœur de cet Infidèle? Vous avez contracté avec lui des obligations immenses que Dieu seul peut acquitter.... Il les acquittera.... Si mes yeux ont bien lu dans l'avenir, le moment n'est pas loin; encore quelques jours, et les nations seront étonnées, et un grand exemple s'élèvera au milieu du monde, et le Nil s'enrichira des funérailles de la terre, et ces lieux sauvages se réjouiront, et le cœur aveugle sera rempli de la connaissance de l'Eternel, comme le fond de la mer des eaux qui la couvrent [1]..... Ma fille, c'est assez; jetons un voile sur ce qu'il ne nous est pas permis de voir encore, et préparez-vous, en attendant, au joug de cette maison; car, ou je me trompe fort, ou ce sera là votre dernière demeure. »

Mathilde obéit; elle se dépouille de ses somptueux vêtements pour revêtir l'humble habit des filles du Carmel. Soumise à toutes leurs règles, elle suit tous leurs exercices, subit les mêmes austérités, s'unit aux mêmes prières, et ne sépare son cœur de leurs vœux, que quand elle les entend demander au Seigneur l'entière destruction des Infidèles: dans ce lieu de pénitence, où il semble que l'on apprenne à se détacher des tendres pensées, elle sent que tout l'y ramène; si elle mortifie son corps, elle compare à ses souffrances celles du désert, et les regrette, quoique plus douloureuses: si du sein de la paix, de l'union, de l'amour qui règnent dans le monastère, s'élève un mouvement de haine, c'est contre Malek Adhel qu'il est dirigé, et cette haine qu'on lui porte ne fait qu'accroître sa tendresse: enfin, quand elle se promène dans ce cimetière où vont s'éteindre toutes les espérances, c'est là que toutes les siennes se raniment, et ce n'est qu'au fond des tombeaux, que son œil ose chercher encore l'union que son cœur n'a point cessé de désirer. Mais si tous les objets lui par-

[1] Zacharie, ch. xiv, v. 9.

lent ainsi de Malek Adhel, la reine seule ne lui en parle plus : soit que Bérengère ait reconnu la force des obstacles qui séparent Mathilde du prince, soit que l'obstination de celui-ci l'ait irrité, ou que, plus docile aux volontés de son époux, elle veuille enfin s'y conformer tout-à-fait, elle ne prononce plus le nom que la princesse attend toujours; et feignant de ne comprendre ni sa tristesse ni son silence, elle détourne les yeux chaque fois que ceux de Mathilde tentent de l'interroger. Bientôt de nouveaux motifs viennent appuyer la fermeté de Bérengère, et donner des couleurs plus coupables à la faiblesse de sa sœur : on apprend que les Chrétiens ont mis le siége devant Césarée, qu'ils se préparent à livrer l'assaut; mais que la ville, défendue par Malek Adhel, résistera sans doute, ou ne se rendra qu'après un carnage terrible. A cette nouvelle, la reine, tout à son amour, oublie sa reconnaissance, et ne voit plus dans Malek Adhel qu'un ennemi formidable qui menace les jours de son époux : l'archevêque ne cesse de répéter que si les Croisés sont repoussés des murs de Césarée, cette défaite leur ravit pour toujours l'espoir de rentrer dans Jérusalem. Les religieuses s'effraient, et les cloches du couvent s'ébranlent, et les prières recommencent avec une plus ardente ferveur; et Mathilde, l'infortunée Mathilde, toujours baignée de larmes sans savoir pour qui elle pleure, toujours prosternée au pied des autels sans savoir pour qui elle prie, incertaine de ce qu'elle doit demander, mais assurée qu'elle ne peut rien demander qui ne lui apporte une douleur nouvelle, passe ses jours et ses nuits sans oser adresser un seul vœu à ce Dieu qu'elle implore sans cesse.

CHAPITRE XLVII.

FORTE de ses larges et profonds fossés, de ses hautes murailles, de sa vaste citadelle, de sa nombreuse garnison, et surtout du héros qui la défendait, Césarée voyait sans inquiétude l'armée entière de Croisés se préparer à l'assiéger : dès les premiers jours, Richard et Lusignan, animés tous deux d'une ardeur qui allait presque jusqu'à la furie, firent environner la place d'un rivage à l'autre; leurs mineurs sautèrent dans les fossés pour saper le mur, tandis que leurs archers lançaient des flèches contre les assiégés, qui, faisant jouer leurs machines du haut des murailles, écrasaient les mineurs et accablaient les ennemis de pierres et de traits. Encouragés par la présence de Malek Adhel, et croyant tout possible à leur vaillance sous un tel capitaine, ils demandaient à faire des sorties, afin de terminer plus tôt cette guerre désastreuse. Malek Adhel s'y refusait obstinément : fidèle à son frère, il était résolu à défendre Césarée; mais, en remplissant ce devoir, l'amant de Mathilde désirait épargner le sang chrétien, et sauver les sujets de Saladin sans attaquer ceux de Richard.

Cette disposition donnait à sa conduite une sorte de timidité qui enhardissait la valeur des assiégeants; chaque jour les assauts devenaient plus terribles : Lusignan, exposé à tous les coups, présent à tous les dangers, pressait, sollicitait ses troupes, appliquait lui-même les échelles, et montait le premier à l'escalade. De concert avec Richard, ils avaient fait miner une partie des murailles du côté de l'Orient; l'intrépide Lusignan s'avance à la tête de tous ses soldats, et, en dépit des traits qui pleuvent sur lui, de sa propre main met le feu aux étançons : aussitôt le mur s'écroule à grand bruit dans le fossé; mais les Sarrazins ont prévu cet accident; ils ont placé derrière cette grande ouverture une énorme quantité de bois qu'ils allument à l'instant; les Chrétiens, montés à la brèche, trouvent une barrière de feu : étonnés, ils s'arrêtent; cependant, entraînés par Lusignan, ils allaient la franchir et revenir à la charge, lorsque Malek Adhel se présente toutà-coup devant eux. Son aspect formidable, ses regards étincelants, sa voix terrible, les effraient bien plus que les flammes qu'on leur opposait; en vain Richard les rallie, en vain Lusignan, resté seul

sur la brèche, les rappelle par son exemple; la vue de Malek Adhel armé de son glaive, et se préparant à les attaquer, les a frappés d'une insurmontable terreur : ils se précipitent dans leur camp pour y chercher un refuge, et le roi de Jérusalem, abandonné de ses soldats, se voit obligé de les suivre, et d'aller cacher dans sa tente sa colère et sa honte.

Cependant, loin de perdre courage, il ranime celui de ses troupes; il les fait rougir de leur frayeur; il en reçoit la promesse de ne plus reculer : alors, avec un zèle infatigable, il passe les nuits à faire construire de nouvelles machines, les jours à les essayer; il envoie sur les montagnes voisines chercher des pierres que ne fournit point le terrain de Césarée, et en fait remplir les fossés; enfin, il n'est point de soins qu'il ne prenne, point de fatigue qui le rebute; il trouve dans Richard un zélé compagnon d'armes; et, unis d'un nouveau nœud par les travaux qu'ils partagent ensemble, c'est d'une même voix qu'après avoir préparé tous les instruments meurtriers qui doivent renverser Césarée, ils demandent à toute l'armée l'assaut général pour le lendemain.

Le lendemain, au bruit des timbales, des trompettes, des cris des soldats, et du fracas des machines, on donne l'assaut général. Lusignan, Richard, et le duc de Bourgogne, réunissent leurs efforts contre une des plus fortes tours; ils en font saper les supports, et, du sein de la vaste machine qui les roule tous trois dans ses flancs, et les met à l'abri des traits ennemis, ils lancent des crochets de fer contre le mur et l'ébranlent avec de longs béliers; enfin, cédant à leur attaque, la tour s'écroule et se renverse. Fiers de ce succès, et sûrs de la victoire, les Chrétiens courent en cet endroit pour se jeter dans la ville; mais une seconde fois la flamme les arrête : une immense quantité de paille et de foin embrasés sert de rempart aux Infidèles, et aveugle les Chrétiens. Ceux-ci suspendent leurs coups, et ne reculent point; ils se flattent que, quand ces matières combustibles seront épuisées, ils pourront passer librement; mais à peine la fumée est-elle dissipée, qu'ils découvrent, de l'autre côté, qu'un nouveau mur s'est élevé; un mur de piques, de lances, d'épées, non moins meurtrier que le feu, et bien plus impénétrable. Vainement ils s'efforcent d'avancer, les Musulmans, immobiles, les repoussent sans les attaquer; Richard lui-même, à la vue de ce nouveau rempart, si habilement construit qu'on n'aperçoit que les lances qui le forment, et non les hommes qui le soutiennent, l'intrépide Richard se sent ému, et s'arrête étonné. « Mon frère, dit-il à Lusignan, en nous jetant contre ce mur extraordinaire, nous courons à une mort certaine; mais crois-tu que nous puissions le renverser, et ouvrir ainsi un passage aux Chrétiens qui nous suivent? — Je n'en sais rien, lui répond Lusignan, furieux de ce nouvel obstacle; mais le moment est venu où je méprise les conseils de la prudence, et où je ne veux plus que la victoire ou la mort : recule-toi, mon frère, car, si je succombe, tu pourras venir du moins, sur mon corps expirant, mettre le feu à Césarée, et arracher la vie à mon odieux rival. — Qu'un autre que toi m'eût dit de reculer, s'écria Richard avec des regards enflammés, c'eût été sa dernière parole : viens, mon frère, périssons ensemble. — Chrétiens, s'écrie Lusignan, que ce mur ne vous intimide point; derrière sont les palmes du martyre et le tombeau de votre Dieu, et je vais vous montrer comment on le renverse. » Il dit, s'élance; les Chrétiens le suivent; mais tout-à-coup ce mur, d'immobile qu'il était, et sans changer d'aspect, s'avance avec une vélocité prodigieuse; les Chrétiens, à la vue de cette multitude de fers aigus qui les menacent et se meuvent comme par enchantement, se renversent les uns sur les autres, et tombent pêle-mêle dans les fossés. La déroute est générale : en dépit des efforts d'une valeur incomparable, Lusignan est entraîné par les fuyards; le duc de Bourgogne, aidé de ses Français, résiste encore, et ne se retire que

quand tout espoir est perdu; Richard, de la brèche où il combattait, saute sur l'autre bord du fossé, et, là, s'arrête immobile; il ne peut se résoudre à abandonner sa proie; il la dévore du regard; il oublie qu'il est seul, que déjà tous les siens sont rentrés dans le camp; et emporté par ce courage qui lui acquit dans cette guerre le surnom de Cœur-de-Lion, armé de son épée; il va recommencer le combat. Les Musulmans le reconnaissent, moins à ses armes qu'à sa valeur; ils quittent alors leur attitude menaçante, et courent vers lui pour le charger de chaînes, en s'écriant : C'est le roi! c'est le roi! » C'est le roi! interrompt une voix bien connue de Richard : le roi, seul et à pied! qu'on lui amène un cheval [1]. » A cet ordre, les Sarrazins obéissent; ils présentent à Richard un coursier superbe, et se retirent dans la ville, où déjà Malek Adhel s'occupe à réparer les murailles ébranlées; et Richard, honteux de sa défaite, et chargé d'un nouveau bienfait, s'achemine lentement vers le camp, sans savoir lui-même si c'est la haine ou la reconnaissance qui domine le plus dans son cœur.

Tout le camp est dans la tristesse; les troupes sont découragées, un noir chagrin dévore l'âme de Lusignan. Debout, au milieu de sa tente, appuyé sur sa longue lance, sa cotte d'armes déchirée et couverte de sang, il médite en silence de vastes projets; et, ne pouvant devoir la victoire à son courage, il cherche par quel autre moyen il pourra l'obtenir; il renferme au fond de sa pensée les sombres desseins qui l'agitent, et se garde bien de les dire à Richard. Richard déteste la ruse; même pour entrer à Jérusalem il ne l'emploierait pas; et dans son âme, comme dans celle des Chrétiens, il y a une loyauté qui ne leur permettrait pas de vouloir d'un triomphe qu'ils devraient à une perfidie.

En voyant Richard arriver dans sa tente, Lusignan lui prend la main, et lui dit : « Mon frère, il serait inutile de

[1] Trait historique.

tenter un nouvel assaut; si une victoire ne vient ranimer nos troupes, nous pourrons mourir sans combat devant les murs de Césarée : crois-moi, Richard, portons nos forces ailleurs; voyons si Saladin ne sera pas plus facile à vaincre que Malek Adhel; tandis que celui-ci nous croira occupés à réparer nos désastres, cette nuit même, à la tête de nos meilleures troupes, avance-toi vers Ascalon; si tu as besoin de mon bras, j'irai te joindre; sinon, je resterai ici, dans l'espérance que Malek Adhel, fatigué de son inaction et de la nôtre, fera enfin quelque sortie où je pourrai le trouver, le combattre, et le vaincre peut-être. » En achevant ces mots, dans les yeux de Lusignan roulait un feu ardent et sombre, tel que la vengeance en allume dans les âmes haineuses. Richard approuve son projet; il le communique aux principaux chefs; tous y applaudissent. Alors le roi d'Angleterre partage l'armée : une moitié le suit; il laisse l'autre sous le commandement de Lusignan, et veut que, pendant son absence, tous les princes soumis à ses ordres le soient à ceux de son ami; personne ne conteste à Lusignan la glorieuse marque d'honneur qu'il reçoit; et le courage intrépide qu'il a montré dans les deux derniers assauts, le fait accepter avec joie pour chef suprême de tout le camp.

Malgré les précautions de Richard, rien n'échappe à l'œil perçant de Malek Adhel; il sait qu'une partie de l'armée s'éloigne du camp et s'enfonce dans les forêts qui entourent Césarée; mais il ignore quel chef la conduit et quelle route elle prend : divers bruits lui font croire qu'elle retourne vers Ptolémaïs; ce mystère l'étonne, peut-être il pourrait l'éclaircir en faisant une sortie, et, par des détours qui lui sont bien connus, surprendre l'armée et remporter une facile victoire; mais la victoire l'appelle moins que le combat ne le révolte. Le sang des Chrétiens lui fait horreur, ce sont les frères de Mathilde, et une sorte de voix prophétique crie au fond de son cœur que le moment n'est pas loin où ce seront aussi les siens.

Les Croisés, renfermés dans leur camp, ont cessé leurs attaques, et Malek Adhel poursuit en paix ses travaux. Il réédifie la tour écroulée, il répare les brèches, et redonne une solidité nouvelle aux murailles chancelantes. Pendant qu'il s'étonne du peu d'obstacles que les ennemis opposent à la défense qu'il prépare, les Musulmans, descendus dans les fossés de la ville pour soutenir les fondements des murs, ont surpris un soldat qui semblait les observer avec attention; ils s'en saisissent et l'amènent devant Malek Adhel; à la vue de ce prince, il se trouble, il pâlit, et cache dans ses mains des pleurs qu'il s'efforce en vain de retenir. Malek Adhel étonné lui dit : « Si c'est la frayeur qui t'agite ainsi, et que tu redoutes le châtiment qui t'est dû pour t'être approché de nos murailles afin d'espionner nos travaux, connais-tu si peu ton juge que tu ne puisses espérer en sa clémence? — Ah! c'est parce que je le connais, ce juge magnanime, répondit le soldat d'une voix entrecoupée et en frappant sa poitrine, que je ne puis me pardonner ma perfidie! — Ta perfidie! quelle est-elle? explique-toi; un aveu sincère peut tout réparer. — Hélas! repartit le guerrier avec une expression de douleur plus vive encore, il en est que rien ne répare, et peut-être au moment où je parle, tout est-il perdu pour vous. — Que veux-tu dire? s'écria vivement le prince, qu'ai-je perdu? et qu'est-ce que ta perfidie m'a ravi? — Je ne puis le dire qu'à vous, » répondit le soldat tremblant et confus. Malek Adhel fit un signe, tous les témoins s'éloignèrent; les voilà seuls; l'étranger tombe aux genoux du prince. « Ah! lui dit-il, je suis indigne de vivre, je vous ai trahi, j'ai trahi la princesse Mathilde; à cette heure-ci elle vous accuse sans doute de n'avoir pas prévenu son malheur..... — Chrétien, interrompt ce prince, que dis-tu de Mathilde et de son malheur? parle, précipite tes paroles, ton silence me fait mourir. — Seigneur, détournez de moi votre colère, ne voyez que mon repentir..... — Ne me parle ni de ton repentir ni de ma colère, s'écria impétueusement le prince, ne me parle que de Mathilde; que la frayeur ne t'arrête plus; quoi que tu aies fait, ta grâce t'est assurée. — Noble prince, reprit le soldat avec un peu plus de hardiesse, prêtez donc l'oreille au récit que j'ai à vous faire, et plaise au ciel que ce ne soit pas trop tard. J'ignore si votre pénétration, à qui rien n'échappe, a eu connaissance de l'absence de Richard et des intentions de Lusignan. »

Malek Adhel, dont le cœur commençait à concevoir d'horribles soupçons, s'écria : « J'ai aperçu une partie de l'armée se détacher du camp, mais je n'en sais pas le motif; hâte-toi de me l'expliquer. » L'étranger reprit : « La nuit même qui suivit le jour où vous repoussâtes les Chrétiens avec tant d'habilité, Richard, à la tête de ses meilleures troupes, s'avança du côté d'Ascalon, dans l'espoir de surprendre Saladin et de venger sur lui notre défaite; il s'éloigna, laissant Lusignan, maître du camp et chef de tous les souverains; mais à peine ce dernier se vit-il libre de disposer de l'autorité que l'absence de Richard lui laissait, qu'il dit au conseil réuni, qu'avant de marcher à Ascalon, l'intention du roi d'Angleterre était de se rendre au Carmel. « C'est là qu'il m'attend, ajouta-t-il, pour me donner une épouse que j'aime, pour ranimer, par cette auguste union, le courage de nos troupes désolées, et nous venger de Malek Adhel. » Il dit, chacun le croit; suivi de peu de soldats, il quitte le camp, prend la route du Carmel; nul ne s'oppose à son départ. Attaché depuis longtemps au service du roi d'Angleterre, je veux m'assurer s'il est en effet auprès de sa sœur; et je suis Lusignan..... Seigneur, que vous dirai-je? tous les discours du roi de Jérusalem n'étaient qu'un tissu d'horribles faussetés, et sa conduite n'était que perfidie; c'était à dessein qu'il avait éloigné Richard; et, en s'appuyant de son autorité auprès des Chrétiens, il les avait trompés. J'ai vu, seigneur, j'ai vu ce roi sacrilége violer la sainte retraite,

abattre les grilles sacrées, j'ai vu la princesse d'Angleterre, pâle et tremblante, amenée en esclave devant lui; mais sans pitié pour elle, sans remords sur sa trahison, il a fait décorer l'église, les flambeaux d'hymen se sont allumés; il a juré qu'un jour de plus ne se passerait pas avant que la princesse fût à lui. Cependant, au milieu des guerriers qui accompagnent Lusignan, une des femmes de la princesse, la fidèle Herminie, me reconnaît; elle accourt vers moi, me remet un papier, et me dit : « Si demain ce billet est entre les mains du prince Adhel, il n'y a point de place si brillante où il ne t'élève. » Elle achevait à peine, qu'ayant aperçu Lusignan qui entrait à l'autre bout du grand corridor où elle me parlait, la frayeur la saisit, et elle s'enfuit précipitamment; mais Lusignan a tout vu; il s'approche, et me dit : « Donne-moi le papier que tu caches dans ton sein, et cette bourse est à toi. » Seigneur, vous l'avouerai-je, continua le soldat en redoublant de sanglots, je cédai à une vile tentation; les promesses de la princesse pouvaient être chimériques, l'or de Lusignan était devant mes yeux; il m'éblouit; je cédai, je donnai le papier; mais depuis ce moment, déchiré de remords, il me fut impossible de demeurer témoin du sacrifice qui allait se consommer; je partis la nuit même en secret; le repentir m'entraîna vers Césarée; j'espérais être pris, être traîné devant vous; ne pouvant vous remettre le billet de la princesse, vous dire du moins son malheur.... — Et dis-moi, dis, interrompit le prince, d'une voix tremblante de la plus violente émotion, quel est le jour désigné par Lusignan pour consommer son horrible forfait? — Seigneur, reprit le soldat, c'est aujourd'hui qu'était le jour désigné par Lusignan; mais il se pourrait que l'état et les prières de la princesse eussent obtenu un délai jusqu'à demain.... — Je serai demain auprès d'elle, s'écria impétueusement le prince; j'y serais aujourd'hui, s'il n'était pas indispensable au succès de mes desseins de ne sortir de Césarée qu'à la nuit, afin de n'être pas aperçu des Chrétiens. » A peine l'obscurité commence-t-elle à se répandre sur l'univers, que Malek Adhel fait appeler Mohamed et Kaled, ses deux plus fidèles serviteurs; il dit au premier : « Ecoute, Mohamed, des intérêts pressants m'appellent hors de Césarée; pendant deux jours que durera mon absence, commande à ma place; sois sans inquiétude, tu ne seras pas attaqué, j'en suis certain; Richard et Lusignan ont quitté le camp des Chrétiens, et, sans eux, les Chrétiens n'oseront pas combattre: toi, Kaled, assemble trente de mes plus braves soldats, et suis-moi dans la périlleuse entreprise où je vais m'engager; Kaled, si nous trouvons l'ennemi, de quelque nombre qu'il soit accompagné, nous ne reculerons pas; hâtons-nous, ami, un moment peut tout perdre. »

Mohamed et Kaled, persuadés que le soldat étranger a dévoilé au prince une marche secrète des Chrétiens, se réjouissent de le voir enfin décidé à les combattre: tous deux, jusqu'ici, savaient bien que le seul amour avait enchaîné la valeur du héros; ils se flattent qu'il a enfin vaincu l'amour; du moment qu'il consent à marcher à l'ennemi, ils sont sûrs que la victoire ne quittera plus leurs drapeaux; et, remplis de cette espérance, tous deux exécutent avec allégresse les ordres qu'ils viennent de recevoir.

CHAPITRE XLVIII.

En sortant de Césarée, Malek Adhel fit un long détour pour atteindre les forêts qui dominaient le camp des Croisés. Il fallait nécessairement les traverser pour arriver au Carmel, et le désir de n'être point retardé dans sa route, lui inspirait une prudence qu'il n'aurait pas eue pour sauver sa vie. Au point du jour il arriva au faîte de la colline, d'où on aperçoit le sommet sourcilleux du Carmel se projeter dans la vaste mer. A cet aspect, il n'est plus maître de lui-même : mille craintes, mille douleurs saisissent son âme. il presse les flancs de son coursier,

dont la vitesse défierait les vents; ses soldats ont peine à le suivre. Kaled, l'inquiet Kaled, en lui voyant prendre, d'un tel mouvement, le chemin du Carmel, commence à concevoir les plus sinistres alarmes; il continue à suivre son maître, mais il ne doute presque plus que la raison ne l'ait abandonné, et que l'amour ne soit l'unique cause d'une démarche qu'il avait attribuée à de bien plus glorieux motifs.

A quelque distance du monastère, Malek Adhel retient tout-à-coup son cheval, et dit à Kaled : « Sais-tu que Lusignan est ici? — Est-ce lui seul que tu viens y chercher? lui répond son ami d'un ton sévère. — Je viens le chercher, le punir, s'écria le prince; mais je viens surtout arracher Mathilde à sa tyrannie et à son odieux amour; viens, suis-moi, que rien ne nous arrête.— Je t'obéis, répond Kaled avec tristesse; maintenant les représentations seraient inutiles; mais, si j'avais connu ton dessein, tu ne serais sorti de Césarée que sur mon corps sanglant. Ah! malheureux prince, puisse ton imprudence ne pas te coûter plus que la vie. » Malek Adhel ne l'écoute pas, il s'élance avec ses soldats dans la cour solitaire du cloître; tout y est en silence; la grande porte est fermée, le prince ordonne qu'elle soit abattue, les grilles volent en éclats; le cimeterre nu à la main, il entre dans la sainte maison, appelant à grands cris Lusignan et Mathilde. Personne ne répond, les longs corridors sont déserts; il prête l'oreille, il écoute; des chants se font entendre, il croit que ce sont ceux de l'hyménée, et il précipite ses pas vers le lieu d'où ils partent; il traverse une cour intérieure couverte d'herbes sauvages, et derrière tous ces bâtiments gothiques, l'église avec son haut clocher et ses vitraux coloriés, frappe ses regards; il monte les degrés du temple; à travers la porte entr'ouverte il voit le pavé jonché de fleurs, d'innombrables flambeaux dont des torrents d'encens obscurcissent la lumière; l'archevêque de Tyr, revêtu de ses plus magnifiques habits, et près de lui la vierge qu'il aime, prosternée au pied de l'autel. Étranger au culte des Chrétiens, une si auguste cérémonie ne lui paraît devoir être que celle de l'hymen; quoiqu'il n'aperçoive point Lusignan, il ne doute pas qu'il ne soit là, et, se montrant tout-à-coup avec ses armes et ses soldats, il s'écrie d'une voix qui retentit dans toutes les voûtes de l'église : « A moi, Lusignan, viens me la disputer, si tu l'oses ! » et renversant tout ce qui s'oppose à son passage, sans respect pour la majesté du Dieu suprême, dont la présence remplit le temple saint, il arrache Mathilde éplorée de l'autel qu'elle tient embrassé. A son terrible aspect, les sacrés concerts sont interrompus, des cris de terreur leur succèdent; comme une troupe d'oiseaux timides, les vierges fuient en désordre, elles se jettent dans le chœur, se précipitent dans le sanctuaire, se réfugient derrière l'autel. Cependant avant de s'éloigner, le formidable guerrier cherche Lusignan du regard, l'insulte de la voix : « O perfide roi, s'écrie-t-il, où te caches-tu? toi qui as osé m'offenser, n'oses-tu me combattre? » Mais Mathilde est entre ses bras, sans connaissance; il ne songe plus qu'à la sauver; il fuit à grands pas avec elle, ses guerriers ont peine à le suivre : au bas du mont Carmel il s'arrête auprès d'une fontaine, il baigne d'une onde pure le front glacé de sa bien-aimée, en s'écriant hors de lui : « Dieu des Chrétiens, rends-lui la vie, et la mienne est à toi ! » Il achève à peine ces mots, que Mathilde soupire et se ranime. « Où suis-je ? dit-elle; pourquoi toutes les puissances de mon âme tressaillent-elles ainsi d'allégresse...? les sacrés parvis vont-ils s'ouvrir? ô Malek Adhel! es-tu ici pour y entrer avec moi ? » En entendant ces paroles si tendres, mais auxquelles la constante pensée de Dieu mêle tant d'innocence, Malek Adhel, enivré d'une félicité inconnue, s'abandonne sans contrainte aux vives et profondes émotions qui l'agitent; à genoux devant Mathilde, il la contemple et l'adore, il ne voit qu'elle, il a oublié toute autre pensée : c'est un de ces moments d'extase où on

devine le ciel,.... Ah! si un pareil bonheur pouvait être durable, s'il l'était, on ne voudrait plus quitter la terre; mais quand on est appelé à le goûter, on touche sans doute au terme de la vie, car il serait également au-dessus des forces humaines d'en soutenir la prolongation, ni de pouvoir survivre à sa perte.

Kaled, suivi de ses soldats, vient interrompre les ravissements célestes où le héros était plongé. « O prince téméraire! lui dit-il, comment oses-tu te reposer sur cette terre fatale, où les ennemis, les piéges, et la mort, t'environnent. » Ces mots rappellent Malek Adhel à tous les dangers de sa situation; il pense que Mathilde les partage, et il frémit : il se lève; son bonheur a disparu; une sombre terreur le remplace, car il craint d'être surpris par l'armée entière des Chrétiens, et il sent trop qu'alors tout l'effort de sa vaillance ne pourrait que lui faire perdre la vie avec honneur, et non sauver celle qu'il aime. A l'idée de la voir un moment entre les bras de Lusignan, son âme frissonne, et, pour la première fois s'ouvre à la frayeur de la mort; maintenant, atteint par toutes les faiblesses, s'il entend le bruit des feuilles que ses chevaux froissent sous leurs pieds, il croit distinguer dans le lointain l'approche de l'ennemi; quand les longues ombres de la nuit descendent sur la terre et la peuplent d'images fantastiques, partout il croit voir un Chrétien, surprendre un espion, reconnaître une troupe rangée en bataille; enfin, jusque dans le sifflement des vents qui courbent la tête des vieux pins et des antiques sycomores, son oreille est frappée du son des instruments de guerre et des cris précurseurs des combats. En proie à cette épouvante, il marche en silence sans oser même parler à Mathilde; mais elle, revenue peu à peu de son effroi, l'interroge, lui demande pourquoi il a violé son asile, et la promesse qu'il lui avait faite de l'y laisser vivre en paix? « Et toi, lui répond-il d'une voix sombre et farouche, pourquoi m'as-tu trompé, en m'assurant que les Chrétiens le respecteraient? pourquoi

Lusignan y a-t-il osé entrer? pourquoi t'a-t-il forcée à paraître devant lui? un jour plus tard n'étais-tu pas son épouse? — Malek Adhel, que dis-tu? reprit la princesse avec un profond étonnement; depuis mon départ de Ptolémaïs, je n'ai pas revu Lusignan; est, si j'en crois l'archevêque de Tyr, mon frère a renoncé à un hymen que j'abhorre, et me laisse libre de me donner à Dieu. » Ce peu de mots fut un coup de lumière pour le prince; il vit qu'il avait été trompé, et, quoiqu'il fût frappé à l'instant de toutes les fatales conséquences de cette perfidie, son premier mouvement fut un mouvement de joie. « Du moins, s'écria-t-il, elle n'est qu'à moi, et sa bouche a prononcé les vœux que pour notre amour ; ainsi, Mathilde, l'étranger qui m'a dit avoir accompagné Lusignan dans ton cloître, avoir été témoin de ton désespoir, et avoir reçu des mains d'Herminie un billet où tu me demandais du secours, cet étranger n'était qu'un imposteur? — Assurément, répondit Mathilde. — Dieu éternel, continua le prince, comment permettez-vous que le parjure emprunte ainsi les couleurs de la vérité! Mais que dis-je! ce n'est pas la subtilité du traître, c'est mon propre cœur qui m'a séduit; j'aurais été dupe de même du piège le plus grossier : du moment qu'on m'a parlé de toi, je n'ai plus vu que toi; et ton nom, comme un talisman enchanté, m'a jeté dans l'aveuglement et a rompu toute ma prudence pour laisser agir le seul amour..... O ma bien-aimée! ajouta-t-il avec un effroi qui le glaçait jusqu'au fond de l'âme, que du moins tu ne sois pas victime de ma crédulité : les Chrétiens, fiers de leur trahison, en voudront recueillir le fruit; ils nous attendent dans ces bois, et je ne puis te ramener à Césarée avec sûreté; mais comment aller ailleurs? comment endurer le honteux affront d'avoir abandonné la ville que j'avais juré de défendre? elle tombera, et seul j'en serai cause! O Saladin! que diras-tu de ton frère? ô Mathilde! retiremoi ton amour, j'en suis indigne, puisque j'ai trahi pour lui mon devoir et n'a

patrie! » Il s'arrête alors; il n'ose plus poursuivre sa route au milieu de ces forêts, où il n'est que trop sûr d'être surpris par les Chrétiens. Il appelle Kaled; il lui fait part de l'horreur de sa situation. Kaled baisse la tête, il est consterné; il sent, comme le prince, toute l'impossibilité de retourner à Césarée : il est certain, comme lui, que l'armée des Croisés les attend à quelque distance, et s'avancer de ce côté c'est vouloir tomber dans leurs fers ou perdre la vie dans un combat inégal. La fuite est le seul parti qui leur reste; mais comment se résoudre à donner un tel conseil à son maître; que pensera tout l'Orient d'une semblable désertion? cependant il peut moins encore se résoudre à le voir dans les chaînes des Chrétiens. Au milieu de ces perplexités, tout-à-coup un souvenir lui arrive et une lueur d'espoir le ranime. « Mon maître, lui dit-il, si ma mémoire ne m'abuse pas, la vie et l'honneur peuvent être sauvés encore. A l'opposé du camp des Chrétiens, à l'occident de Césarée, vis-à-vis la porte d'Omar, est une vaste excavation qui, par des chemins souterrains, va aboutir à une masse de rochers placés aux confins de la plaine sablonneuse de Jaffa : depuis que les Chrétiens ont perdu toutes les villes maritimes de la Syrie, cette route ténébreuse a été abandonnée; mais je me souviens de l'avoir parcourue en entier, tandis qu'occupé dans ton gouvernement d'Alep, Saladin, à ta prière, m'avait confié celui de Césarée. — Faut-il faire un long détour pour l'atteindre? s'écria le prince. » Kaled répondit que tout le jour suivant suffirait à peine. « Eh bien, sers-nous de guide et hâtons-nous, reprit Malek Adhel, car ce parti est le seul qui nous reste. »

Alors le prince et ses gens quittent la route qu'ils suivaient, et se détournent vers le sud; ils traversent la vaste forêt qui s'étend au loin vers l'intérieur du pays, se frayant un passage à travers les rochers, les branches rompues, et les arbres renversés. Au point du jour ils atteignent pourtant la lisière occidentale de ces ténébreuses solitudes, et Malek

Adhel, en retrouvant la plaine et la lumière, ne craignant plus de surprise, ne craint plus rien au monde. Tandis que Kaled s'éloigne un moment pour aller chercher quelques aliments dans des cabanes de laboureurs qu'il aperçoit à peu de distance, le prince veut que Mathilde se repose; il la fait asseoir sur des rameaux de fougère coupés à la hâte; il se place auprès d'elle, et lui dit. « Ma bienaimée, les maux que les Chrétiens ont voulu me faire retomberont sur eux-mêmes, et quand ils te sauront dans mon palais, au lieu de me voir dans leurs chaînes, ils seront assez punis. » La princesse soupire et se tait. « Eh quoi, Mathilde, reprend impatiemment le prince, soupires-tu après ta retraite, regrettes-tu d'être avec moi? Quoi! lorsque ta volonté est pure, je ne te verrai pas bénir l'erreur qui nous réunit, et jamais, jamais l'amour ne parlera seul à ton cœur? » Mathilde se retourne vers lui, le regarde avec des yeux pleins d'une tendresse que les larmes du repentir ne pouvaient éteindre : « Ah! répond-elle, ne me demande pas d'être plus coupable : puis-je me dissimuler les joies de mon lâche cœur, en voyant l'impossibilité où je suis de revenir sur mes pas : toute la nuit, tandis que nous traversions en silence cette auguste et sombre forêt, je songeais à retourner dans mon cloître, mais je ne le pouvais qu'en demandant à l'un de vous d'exposer sa vie pour moi; il me semblait qu'à ce prix je ne devais pas le vouloir; et rencontrant partout un obstacle, partout je trouvais un plaisir..... O Chrétienne sans force et sans foi, ton cœur, gonflé d'amour, n'a de goût que pour les biens périssables, et verrait avec effroi le chemin qui la ramènerait à Dieu. » Elle dit, et cache dans ses mains sa honte, son amour, et ses larmes. Malek Adhel s'écrie avec transport : O délices de ma vie, je ne redoute plus rien; me voilà heureux, nous sommes ensemble, et une existence toute de bonheur nous est assurée à jamais. — Ne parle point de bonheur, reprit la vierge éperdue, n'en parle jamais; le bonheur

n'est pas fait pour nous : téméraire, tu as violé le temple du Seigneur; je me vois avec joie près de toi, et nous connaîtrions le bonheur!.... Non, l'âme souillée de pareilles fautes ne peut pas être heureuse; car, plus elle s'attache à cette fausse félicité qu'elle chérit, plus elle s'enfonce dans sa misère..... Mon Dieu, je crois voir votre foudre suspendue sur nos têtes; elle va éclater : ah! ne prenez qu'une victime; que tout mon sang versé rachète celui de Malek Adhel; épargnez-le, épargnez-le. » En parlant ainsi, le remords frémissait dans l'âme de la timide beauté, et elle étendait ses deux bras vers le prince comme pour le préserver de la colère divine. Mais Kaled est revenu; il les interrompt, leur présente quelques aliments, et leur dit : « Hâtons-nous, car il faut atteindre l'ouverture du souterrain avant la nuit, afin que je puisse la distinguer et la reconnaître. » Malek Adhel sent toute la prudence du conseil de son ami; et, résolu de ne plus se livrer au plaisir d'entendre Mathilde jusqu'au moment où il la verra en sûreté dans son palais de Césarée, il la remet aux soins de Kaled, et la suivant de loin, il presse de toute sa puissance la rapidité de leur marche. Durant le jour, ils traversent les vastes plaines qui séparent Rama de Césarée, et arrivent avant la nuit aux rochers que Kaled désigne comme l'entrée de la caverne. Là, Malek Adhel s'arrête un moment indécis : de ce lieu il aperçoit au couchant Jaffa, où commande Metchoub, et, un peu plus près, vers le nord, sa chère Césarée. Il est décidé à s'y rendre; mais il se demande si Mathilde ne serait pas plus en sûreté à Jaffa : une ville assiégée, en proie à toutes les horreurs de la guerre, est-elle un asile assez sûr, assez tranquille pour y conduire celle qu'il aime? Mais n'est-il pas certain de la défendre; en combattant pour Mathilde, ne devient-il pas invincible; et en la sachant derrière lui, pourra-t-il être renversé? D'ailleurs Metchoub commande à Jaffa, et Metchoub est l'ennemi de Mathilde. Cette pensée le décide. « Non, non, s'écrie-t-il, je ne la quitte

rai point ; déjà assez de maux nous accablent, n'y joignons pas celui d'une séparation inutile. » Il dit, et prend la main
de sa bien-aimée, ils s'avancent ensemble vers une ouverture spacieuse, mais
sombre, profonde, et dont la route semble se précipiter vers les entrailles de la
terre ; Kaled marche en avant avec les
soldats, tenant entre leurs mains des
torches de paille allumées ; le prince
soutient les pas tremblants de Mathilde ;
ils s'enfoncent dans toutes les horreurs
de ces éternelles ténèbres : quelquefois
la voûte de la grotte se rabaisse à un tel
point, qu'il faut, pour ainsi dire, ramper
sur la terre humide, et se glisser entre
les rochers ; plus loin on rencontre des
pointes aiguës, on gravit avec effort
quelques escarpements glacés, et de l'œil
on mesure près de soi de noirs précipi-
ces où des pierres détachées tombent,
roulent sans fin dans des profondeurs
sans bornes ; par moments, quand la lumière de la paille jette un éclat plus vif,
et permet de distinguer l'intérieur de
ces immenses cavernes, on les aperçoit
hérissées de crystaux transparents, et
tapissées d'une prodigieuse quantité d'oiseaux de nuit, dont les innombrables
générations n'ont peut-être jamais vu le
jour depuis la naissance du monde. Cette
route pénible, effrayante, se prolonge
toujours : malgré tous ses efforts, Malek Adhel n'en peut sauver la fatigue à
Mathilde ; il ne la quitte point ; souvent
il essaie de la porter, mais la difficulté
du chemin ne le lui permet pas toujours ;
son habit de bure la défend mal contre
l'âpreté des rocs ; ils froissent sa peau
délicate, et, obligée de les embrasser pour
appuyer ses pas, leurs aspérités rudes et
aiguës déchirent ses mains. En voyant
sa souffrance, le prince est prêt à perdre
courage ; il le perd un moment, parce
qu'un moment Kaled croit s'être égaré
dans sa route, et revenant sans cesse sur
ses pas par un défilé qui tourne sans cesse,
il s'écrie que ce souterrain, autrefois
droit et d'un accès commode, s'est changé
en un labyrinthe sans fin et sans bout.
A ces mots, Mathilde, épuisée de las-

situde, demeure sans force sur le roc
où elle se traîne, et le prince, saisi d'un
mortel désespoir, l'entoure de ses bras,
et est tenté un moment de s'engloutir
avec elle dans les profonds abîmes dont
ils sont entourés : mais bientôt la fermeté de son âme lui suggère une autre
pensée ; il se lève, s'avance d'un côté
avec quelques soldats, tandis que les autres tournent du côté opposé, et de cette
manière il parvient enfin à découvrir la
véritable issue : alors il revient chercher
Mathilde sur le rocher où il l'a laissée ; et
au bout de peu d'heures, un air plus frais
leur annonce qu'ils touchent au but, et
que le monde va se rouvrir pour eux. Il
leur semble même qu'une faible lumière
arrive à travers les fissures des rochers ;
Kaled éteint ses flambeaux, et aussitôt
leur clarté est remplacée par celle de la
lune, qui perce dans le souterrain, au
milieu des touffes de ronces et des immenses draperies de lierre suspendues à
l'entrée de la caverne : Kaled tire son sabre, rompt ce faible obstacle, brise tous
ces flexibles branchages ; il fait un pas de
plus, Césarée est devant ses yeux ; il reconnaît la porte d'Omar, et la sentinelle
qui y veille ; il voit flotter sur les murailles et les mosquées les drapeaux jaunes et noirs [1], et distingue au nord,
dans la plaine, le camp des Chrétiens
et les bannières de la croix ; tout y paraît calme et tranquille, ainsi que dans
la ville : le fidèle cœur de Kaled tressaille
de joie ; son maître est sauvé, l'honneur musulman l'est aussi. « Mahomet
a veillé sur toi, dit-il au prince ; en faveur de tes services passés il a fait grâce
à ton imprudence. » Malek Adhel lève
les yeux au ciel, et remercie le Dieu qui
a sauvé Mathilde : il la transporte dans
ses bras, la conduit vers la porte d'Omar :
au nom de Malek Adhel elle s'ouvre à
l'instant ; des soldats, vêtus de l'habit
sarrazin, entourent le prince ; il croit

[1] Le drapeau noir était celui des califes abassides,
auxquels les sultans demandaient toujours l'investiture
de leurs états, sans les reconnaître pour souverains.
Le drapeau jaune était la couleur particulière de la
dynastie des Ayoubites, dont Saladin était le chef.

être au milieu des siens. « Enfin, s'écrie-t-il en serrant la princesse contre son cœur, les Chrétiens seront dupes de leur perfidie ; Mathilde est hors de leurs atteintes, et Lusignan ne me l'enlèvera plus. » Il dit, et tout-à-coup les troupes qui l'entourent se jettent sur lui, lui arrachent et son épée et Mathilde : en un instant Kaled et tous les soldats de sa suite sont chargés de chaînes : la surprise ne leur permet pas de tenter même une vaine défense ; Malek Adhel ne sait s'il veille ou s'il est sous la puissance d'un songe affreux. « Prodige infernal ! où suis-je ? s'écrie-t-il. — Sous la puissance des Chrétiens, sous celle de Lusignan, répond celui-ci en se faisant jour à travers ses troupes ; Césarée et Mathilde sont à moi, et tu es dans mes fers. » Malek Adhel, frappé d'une effroyable surprise, demeure immobile et éperdu ; une sueur froide coule sur tous ses membres ; il promène autour de lui des regards menaçants, terribles, et désespérés : perdre tout à la fois la liberté, Mathilde, et l'honneur, voilà son sort : il amène lui-même celle qu'il adore dans les bras de son rival, et il a laissé périr Césarée ! Césarée, que Saladin avait confiée à ses soins, et qu'il avait juré de défendre jusqu'au dernier soupir. Après de pareils maux on ne peut plus vivre : les remords qui brisent son âme font taire jusqu'aux gémissements de l'amour désolé, et la honte de sa faiblesse a abattu la fierté de son cœur ; il baisse sa tête humiliée ; il n'a plus ni force, ni courage ; il ne secoue point ses chaînes, et il marche dans un morne silence vers la tour où Lusignan a ordonné à ses soldats de le conduire.

CHAPITRE XLIX.

A l'instant où la princesse avait vu Malek Adhel chargé de chaînes, elle était tombée sans connaissance : on la transporta en cet état dans le palais qu'habitait Lusignan ; et, malgré les nombreux secours qui furent appelés autour d'elle,

une partie de la nuit se passa avant qu'elle revînt à la vie : mais quel moment pour elle que celui où elle ouvrit les yeux, et où elle apprit que Malek Adhel était enfermé dans une étroite prison, et que Lusignan était maître de son sort, maître de Césarée ; maître d'elle-même enfin. A ces affreuses nouvelles, elle enveloppe sa tête dans sa robe pour se cacher à la lumière ; elle a horreur du jour qui se lève sur de telles afflictions ; son cœur se brise sans qu'elle puisse verser aucune larme ; elle demeure sans mouvement, perdue dans sa douleur, n'ayant d'autre pensée que celle-ci, qu'elle adresse au ciel : « O mon Dieu ! est-ce donc sur l'étendue de mes fautes que vous mesurez celles de mon châtiment ! » Plusieurs femmes inconnues sont autour d'elle ; mais elle ne les regarde point, et ne leur parle point : tout-à-coup la porte s'ouvre, Lusignan paraît ; il commande qu'on le laisse avec Mathilde ; il est obéi ; la princesse frémit mais elle se lève debout, et le regarde avec une fière et imposante dignité ; il baisse les yeux : cette âme orgueilleuse qui, dans l'ivresse du triomphe, n'a pas craint d'insulter un rival enchaîné, tremble maintenant devant le courroux d'une jeune fille, et ne sait où trouver assez de force pour supporter ses reproches et résister à ses prières. Mais elle ne prie point encore ; tout humble qu'elle est, elle ne peut se résoudre à s'humilier jusque-là ; sans changer d'attitude, sans regarder Lusignan, sans faire un pas vers lui, d'une voix sévère elle dit : « C'est donc vous, Lusignan, qui êtes maître de Césarée ; en effet, en voyant les mains d'un héros chargées de chaînes, je devais être sûre que ce n'était pas mon frère qui commandait ici. — Madame, répond-il, les Chrétiens me doivent une grande victoire, et la pieuse Mathilde peut-elle ne pas se réjouir de la victoire des Chrétiens ? — Je m'en réjouirais en effet, répliqua-t-elle, si leur honneur ne m'était pas plus cher que leur triomphe, et si vous ne leur aviez pas fait acheter par une trahison. — Nos ennemis, madame, ne tiendraient pas un autre langage, interrompit Lusignan d'un air offensé. — C'est celui que vous tiendrait Richard, s'il était ici, reprit-elle fièrement; car sa grande âme dédaigne jusqu'à l'apparence d'une perfidie, et sa sœur s'honore de penser comme lui : eût-il souffert, ce grand monarque, que votre main osât donner des fers à celles de son libérateur, du plus grand héros du monde...? — Madame, interrompit Lusignan avec un violent dépit, vous avez une juste idée de votre pouvoir sur moi, puisque vous ne craignez point de parler ainsi, en ma présence, d'un rival dont je tiens la vie entre mes mains. — Sire, répliqua-t-elle d'un air grave et un peu solennel, en rendant à Malek Adhel la justice qui lui est due, que puis-je craindre de vous? Ne vous abaissez-vous pas trop en prétendant que c'est moi qui vous empêche de commettre une horrible lâcheté? Pour en prévenir seulement la pensée, ne suffit-il pas d'être Chrétien et chevalier? — Ah! madame, s'écrie Lusignan, vous n'avez guère d'idée de l'indomptable amour qui me dévore, si vous croyez qu'une autre puissance que la vôtre pût arrêter les fureurs d'une jalousie si long-temps contenue. »

En parlant ainsi, il jetait sur la princesse des regards étincelants de tant d'ardeur, qu'elle en fut un moment effrayée. Elle était seule avec un amant passionné, audacieux peut-être, qui commandait dans le palais et dans la ville entière; mais elle sentit que la conscience de la vertu et la pensée de Dieu sont deux grandes forces, et elle les avait. Ainsi rassurée, elle dit : « Vous parlez toujours comme si vous commandiez seul ici; mais les princes croisés sont-ils donc sans droits, sans pouvoir? S'ils vous ont aidé dans vos triomphes, ne doivent-ils pas disposer comme vous des prisonniers? — Non, repartit impétueusement le roi de Jérusalem, nul autre que moi n'est maître à Césarée, car seul j'ai conduit le siége, seul j'en ai assuré le succès; et pour me laisser l'entière disposition d'u   conquête qu'ils ne doivent qu'à moi, les princes croisés n'a-

vaient pas besoin, sans doute, que Richard en partant m'eût revêtu de sa suprême puissance. — Ainsi, repartit la princesse en le regardant fixement, puisque c'est vous seul qui avez assuré le succès de cette entreprise, c'est donc vous seul qui avez envoyé vers Malek Adhel cet esclave chargé d'impostures, qui, instruit par vous dans l'art de tromper, a entraîné ce prince dans la plus téméraire démarche; et si l'asile sacré où je m'étais retirée a été violé par les Sarrazins, c'est donc vous seul qui en êtes cause? — Me rendez-vous donc responsable de leur crime, Madame? lui demanda vivement Lusignan. — Et qui l'a plus commis que vous, ce crime affreux, repartit la princesse plus vivement encore; n'est-ce pas votre pensée qui l'a conçu? et, je le demande, quel est le plus coupable, du Musulman qui a porté le coup, ou du Chrétien qui l'a dirigé? » A ces mots Lusignan demeure interdit; si les reproches de Mathilde sont amers, ils ne sont pas injustes, et il s'en irrite d'autant plus qu'il est embarrassé d'y répondre : sans doute il y avait des remords au fond de son âme; mais l'orgueil et la jalousie le tournaient en rage, et il ne retirait d'autre fruit du sentiment de ses torts que la volonté d'y persister. L'idée que Mathilde accordait moins d'estime aux palmes qui ornaient son front qu'aux fers qui chargeaient les mains du prince, cette idée, dis-je, ulcérait son âme au point de le rendre capable des résolutions les plus désespérées; l'amour, l'admiration de la princesse étaient le partage de Malek Adhel, tandis que lui n'obtenait que son mépris et sa haine. Dans cette situation qu'avait-il à faire, qu'à tirer parti des circonstances où il se trouvait pour forcer la princesse à se donner à lui? Il ne veut pas même attendre le retour de Richard; il prévoit trop que Richard n'approuverait pas tout ce qu'il a fait, et que peut-être, en le voyant artisan de tant d'intrigues, il lui retirera son amitié; il faut donc que ses artifices lui tiennent lieu de tout, et lui aient assuré le succès de tous ses vœux avant le moment où ils pourront lui nuire dans l'esprit de Richard.

Après avoir roulé ces diverses pensées dans sa tête, il se décide à ne rien épargner pour contraindre la princesse à l'hymen qu'il désire; puisqu'il ne peut gagner son cœur, il la forcera du moins à lui donner sa main; s'il manque cette occasion, il est sûr de n'en trouver jamais une aussi favorable, et le sentiment de ses torts l'enhardit à aller plus avant. Il s'approche de Mathilde avec une contenance agitée; son œil est enflammé et sombre; sa voix, émue et tremblante. « Mathilde, lui dit-il, je vous aime avec une violence qu'il m'est impossible d'exprimer; je vous jure, par le Dieu vivant, qu'il faut que vous m'apparteniez; il le faut à tout prix; et, avant de renoncer à ce bien, je renoncerai à la vie. » Ce serment épouvante la princesse; elle fait un mouvement pour fuir, il la retient. « Non, Mathilde, vous ne me quitterez point; assez longtemps j'ai contenu mon cœur dans les bornes d'un respect inviolable; quand votre frère vous donnait à moi, que toute la chrétienté confirmait cet hymen, j'ai enduré votre dédain sans me plaindre : puisque je n'ai rien gagné à vous traiter en souveraine, peut-être obtiendrai-je davantage en vous parlant en maître; et je vous déclare que, pour vous obliger d'être à moi, j'emploierai toute ma puissance. » A ce mot, la princesse indignée, lui dit : « Quand Richard vous a confié la sienne, il ne croyait pas, sans doute, que vous en useriez pour opprimer la faiblesse : ô Lusignan! j'ai vécu longtemps parmi les Infidèles; mais je n'en ai vu aucun capable de la lâcheté dont, en ma présence, le roi de Jérusalem vient de flétrir son caractère. — Mathilde, je ne vous tromperai pas, interrompit très-impérieusement Lusignan, plus vous me montrez de dédain, plus vous m'affermissez dans mes projets : puisque je n'ai jamais possédé votre cœur, et que vous m'enlevez votre estime, que me reste-t-il à perdre? votre personne : hé bien! je jure

que je ne la perdrai pas, Mathilde, je le jure par le Dieu que nous révérons : si dans ce jour vous n'êtes pas à moi, ce soir mon rival sera sans vie. — Horrible blasphème! s'écria la vierge avec effroi; mon Dieu, prêtez-vous votre nom à de pareils serments? — Décide-toi, Mathilde, continua Lusignan en lui prenant la main avec une grande agitation, veux-tu être mon épouse? — Jamais, interrompit-elle; la mort même de Malek Adhel m'effraie moins que cet hymen, et je suis sûre qu'il me bénira de n'avoir pas hésité dans le choix. — Hé bien! répliqua-t-il avec une amère et froide colère, je vais ordonner sa mort avec d'autant plus de joie qu'il mourra dans son aveuglement, et que vous serez séparés pour l'éternité. » A cette terrible pensée, la princesse sentit son sang se glacer; un nuage épais couvrit ses yeux; pâle et tremblante, elle demeure sans voix, et n'ose faire un pas, comme si elle eût été entourée d'abîmes. La foi ne lui permettait pas de douter que Malek Adhel, en mourant dans ses erreurs, ne fût condamné à une réprobation certaine; peut-être le trépas du héros qu'elle aimait lui eût paru moins affreux que l'hymen de Lusignan; mais qu'y avait-il de plus affreux que son éternel malheur? Jamais si cruelle angoisse ne déchira son cœur; elle ne sait que vouloir, elle ne sait que résoudre. Cependant, à la fin, elle s'écrie : « Non, les princes croisés ne permettront jamais qu'un crime si noir soit commis; ils se soulèveront contre cette iniquité; ils se soulèveront contre toi, Lusignan; j'en appellerai à mes Anglais, j'en appellerai au grand Albert d'Autriche, au duc de Bourgogne, dont la loyauté si connue a mérité la confiance du monarque des Français. — Et ni vos Anglais, ni Albert d'Autriche, ni le duc de Bourgogne, ni Philippe-Auguste lui-même, ne sauveraient Malek Adhel; nul ici ne donne des ordres que moi. — Quand tu commanderas un crime, les Chrétiens ne t'obéiront pas; et les nobles chefs de l'armée sauront bien empêcher que tu ne souilles leur cause par un forfait. — Peut-être le feraient-ils, Mathilde, reprit-il avec une violence concentrée, peut-être croiraient-ils leur honneur engagé à défendre les jours de leur plus grand ennemi; mais je puis le faire périr en secret, et me mettre même à l'abri de tout soupçon. » Au ton dont il prononça ces mots, la princesse crut entendre l'arrêt de Malek Adhel; alors, avec une voix imposante, une contenance majestueuse, et un regard céleste, elle dit à Lusignan : « Et quand la justice humaine vous absoudrait, sire, la justice divine ne vous effraie-t-elle pas? et oubliez-vous que, si vous ne rendez pas compte de votre crime aux hommes, vous en rendrez compte à Dieu? — Mathilde, je le sais, répliqua Lusignan en se mettant à genoux devant elle; je connais mes torts et la punition qui m'attend; mais les remords et la crainte ne sont rien devant le désir de vous voir à moi, et l'horreur de vous voir à un autre; enfin, dans ce moment, égaré par la dévorante passion qui me consume, je ne puis hésiter entre vous et l'éternité. » Des paroles aussi impies abattirent toutes les espérances de la vierge; il lui en restait une pourtant, mais faible et confuse; c'était celle de voir Malek Adhel, et de déterminer sa conversion par la crainte qu'elle ne se donnât à Lusignan. Alors, avec une dédaigneuse fierté elle dit à ce roi : « Votre criminelle démence m'inspirerait peut-être encore plus de pitié que de haine, si je ne me voyais réduite à ce comble de misère, d'avoir à choisir entre le salut d'un héros et votre main.... Mais avant de prendre une dernière résolution, il faut que je voie Malek Adhel. —Vous ne le verrez point, Madame, s'écria Lusignan d'un ton impérieux; je connais trop bien la puissance des passions et le cœur de mon rival pour permettre cet entretien; plutôt que de vous voir à moi, il se laisserait éclairer, et consentirait peut-être à recevoir le baptême pour obtenir de vous de le laisser mourir. Non, non, je ne risquerai point que

l'éloquence de votre cœur ouvre le sien à la vérité.... Non, non, ajouta-t-il en faisant un mouvement pour sortir, refusez-moi, afin qu'il meure dans son endurcissement, et que ma jalousie soit même délivrée de toute crainte jusque dans l'immense avenir. »

A ces mots, Mathilde, n'écoutant plus que son désespoir, court au-devant de Lusignan, se jette à ses pieds, et s'écrie : « O prince cruel! si tu n'as aucun respect pour un héros, aucune pitié de ma douleur, prends pitié de toi-même : où cours-tu, malheureux? à ta perte éternelle; tu vas te baigner dans le sang innocent, tu vas poignarder un homme sans défense. Chrétien, souviens-toi de ton maître; ce ne sont pas là ses leçons. » Dans ce mouvement impétueux, son voile s'était détaché, et ses cheveux épars, son attitude suppliante, et l'expression divine de ses regards, ajoutaient une puissance surnaturelle à ses paroles. Lusignan, éperdu, s'arrête, et lui dit : « Ah! beauté céleste, demande-moi mon sang, ma vie, demande-moi plus encore; je puis tout pour toi, hors de renoncer à toi. » La princesse baissa les yeux en pleurant, et toujours prosternée, en dépit des efforts qu'il faisait pour la relever, elle ajouta : « Non, je ne quitterai point vos genoux que vous ne m'ayez entendue; j'y veux mourir si vous persistez dans vos refus. Ecoutez, Lusignan : j'en conviens, mon estime vous a été ravie : mais vous pouvez la reconquérir; vous pouvez la porter à un degré qui touchera à l'admiration; vous êtes maître de devenir pour moi un objet de vénération, de mériter mon profond respect, mon immortelle reconnaissance : si la passion vous a dégradé un moment, en triomphant d'elle, vous vous élevez au-dessus de ce que vous avez jamais fait, et un si grand effort peut tout réparer. O Lusignan! que ces mains que je presse brisent elles-mêmes les fers d'un héros; qu'il entende de votre bouche l'ordre de sa liberté; en vous voyant si grand, si généreux, il vous craindra davantage, sans doute, mais il sera forcé de vous admirer. Lusignan, je le sais, c'est de l'héroïsme que je vous demande; mais vous n'ignorez pas combien l'âme de Mathilde y est sensible, et vous ne voudrez pas lui apprendre, qu'en vous en croyant capable, elle a trop attendu de vous. » Cette beauté gémissante s'arrête alors, mais elle regarde Lusignan, et prie encore avec ses pleurs quand elle a cessé de parler. L'altier monarque est ému; son visage hautain s'attendrit; cette voix l'étonne, le pénètre, il regarde Mathilde...... Ah! s'il avait pu puiser dans ses yeux le moindre espoir d'être aimé, il allait être généreux; si elle lui eût adressé un mot plus tendre, il allait faire ouvrir la prison de Malek Adhel: mais la vierge ne sait point feindre; elle promet à Lusignan son admiration, sa reconnaissance, elle ne peut lui promettre son amour. Alors il change de projet; il demande pardon à Mathilde, il rejette sur sa passion la témérité des menaces où il s'est laissé emporter; il promet tout ce qu'elle désire; il promet tout, et elle n'est point rassurée: il y a dans le ton de Lusignan quelque chose qui l'inquiète, et la grâce qu'il accorde, l'alarme davantage que les emportements de sa colère. Glacée par une crainte dont elle n'osait dire le motif, elle gardait le silence, lorsqu'ils furent interrompus par un des capitaines de Lusignan. « Sire, lui dit-il, à la nouvelle de l'emprisonnement de Malek Adhel, tous les princes croisés ont quitté leurs tentes; ils sont accourus dans ce palais; ils demandent à vous voir; ils veulent apprendre de vous quel sort vous destinez à cet illustre captif: que votre majesté se hâte, car l'agitation est grande parmi eux. »

A ces mots, Lusignan tressaillit; il prit son casque, sa lance, et se prépara à sortir. « Seigneur, lui dit la princesse en tendant vers lui ses mains suppliantes, souvenez-vous de vos promesses. » Avec un sourire amer, il lui répondit: « Soyez tranquille, Madame; » et il la fit trembler en lui parlant ainsi.

Quand elle fut seule, elle tomba à genoux. Que pouvait-elle faire? tout son recours était là: les hommes l'abandonnaient, la trompaient sans doute; mais celui qui n'abandonne point, qui ne trompe point, dont la puissance passe tous les hommes, l'écoutait encore; et, en pleurant dans son sein, l'infortunée ne murmurait pas, car, en conservant son innocence, elle avait conservé les biens qui en sont inséparables: la confiance et la résignation.

CHAPITRE L.

Lorsque Malek Adhel avait quitté Césarée, Lusignan en avait été instruit aussitôt; une flèche lancée à un but marqué par l'imposteur dont les artifices venaient d'éloigner le prince, avait appris au roi de Jérusalem que, le succès ayant couronné son espoir, il pouvait tenter de nouvelles entreprises. Alors il assemble l'armée; il lui dit que Malek Adhel n'est plus dans la ville, et propose de donner l'assaut. A cette nouvelle, toutes les troupes s'ébranlent; on veut profiter de l'absence d'un héros; on transporte autour des murailles des machines d'une invention aussi nouvelle qu'effrayante: la ville n'a jamais été menacée par tant de forces, et Malek Adhel ne la défend plus. Cependant, avant de commencer le combat, Lusignan envoie un héraut sous les murs, demander une entrevue à Mohamed: Mohamed l'accepte. Le roi lui dit: « Mohamed, je suis venu te déclarer moi-même qu'il ne te reste d'autre parti à prendre que de remettre sur-le-champ la ville entre mes mains; sur ton refus, je ferai trancher la tête de ton maître: apprends que Malek Adhel est dans mes fers; je l'ai surpris cette nuit, comme il sortait de ces murs. Je te demande Césarée pour sa rançon, et je ne te donne qu'une heure pour te décider. » Il dit, et se retire. Mohamed, éperdu, fait paraître devant le conseil des émirs l'imposteur qui a trompé le prince; il reçoit de sa bouche la confirmation de ce que Lusignan vient de lui dire; il sait que les Chrétiens, instruits de la démarche du prince, l'auront surpris *sans* doute : il ne doute plus de son malheur, et, pour sauver la vie de son maître, il ouvre les portes aux ennemis. Les Chrétiens, étonnés d'une si facile victoire, en demandant la cause à Lusignan, il feint de l'ignorer, ou bien il l'attribue à la lâcheté des Musulmans. Cependant son premier soin, en entrant dans la ville, est de faire jeter Mohamed au fond d'un noir cachot ; il ordonne ensuite que tout demeure calme et tranquille, que les bannières du croissant restent sur le haut des mosquées, et que les sentinelles des remparts prennent l'habit musulman. Des précautions si étranges, un triomphe si peu acheté, étonnent les Chrétiens : le fier duc de Bourgogne, ne pouvant souffrir l'apparence d'une trahison, exige que Lusignan explique sa conduite ; celui-ci le refuse avec hauteur. « De quel droit, dit-il, interrogez-vous votre chef ? n'avez-vous pas juré de m'obéir ? n'est-ce pas moi qui vous commande ? De quoi vous plaignez-vous, ai-je trahi notre cause ? Césarée n'est-elle pas à nous ? et en a-t-il coûté le sang d'un Chrétien ? » Ces paroles imposent silence au duc ; il sait en effet qu'il a promis de regarder Lusignan comme le chef de l'armée ; et, quand Césarée est à eux, le seul soupçon que cette conquête a été obtenue par une fraude, n'est pas un motif suffisant pour le délier de son serment ; mais il déclare qu'il n'entrera dans la ville que quand Lusignan aura rendu compte à l'armée des moyens qui l'en ont rendu maître ; et, suivi de ses Français, il se retire dans le camp, et refuse de quitter ses tentes. Cependant il apprend bientôt que, déçu par de trompeuses apparences, Malek Adhel, croyant revenir au milieu des siens, est rentré dans la ville, et que Lusignan l'a fait arrêter et charger de honteuses chaînes. Aussitôt le loyal guerrier vole au secours d'un héros, il entre dans Césarée, il parle au duc de Bavière, à Albert d'Autriche, à tous les princes croisés ; il leur demande s'ils ne forceront pas Lusignan à s'expliquer sur le sort qu'il destine à Malek Adhel : tous le veulent comme

lui ; ils marchent au palais du roi, et c'est devant eux que Lusignan paraît en sortant de chez Mathilde. D'un air audacieux et superbe, il entre dans la salle où ils sont assemblés : il leur demande quelle cause les réunit, et quelles explications ils exigent. Le duc de Bourgogne prend la parole ; il lui reproche d'avoir fait arrêter un guerrier sans défense : « Il fallait, lui dit-il, le combattre, et non pas le surprendre. — Richard, de qui je tiens l'autorité dont je dispose, répondit Lusignan avec tranquillité, Richard saura mes motifs à son retour ; je n'en rendrai compte qu'à lui. — Sire, repartit vivement le duc, nous sommes tous Chrétiens ; la honte de l'un rejaillit sur tous les autres, et l'honneur me prescrit de vous interroger sur tout ce qui pourrait l'atteindre : répondez donc, que voulez-vous faire de Malek Adhel ? — Et vous, répliqua Lusignan plus vivement encore, qu'en feriez-vous si je vous laissais l'arbitre de son sort ? — A l'instant sa prison serait ouverte, et sa liberté lui serait rendue. — Ceci peut être le désir d'un chevalier, répliqua froidement Lusignan ; mais ce n'est pas le devoir d'un chef. » Alors, se tournant vers les princes croisés, dans un discours étudié, mais éloquent et persuasif, il leur fit aisément comprendre de quel intérêt il était pour eux que Malek Adhel ne combattît pas jusqu'à la fin de la guerre. « A Dieu ne plaise, dit-il, que j'aie la pensée d'attenter à ses jours : si quelque ennemi osait l'attaquer, je verserais mon sang pour le défendre ; mais celui des Chrétiens m'est trop cher pour rendre la liberté au vainqueur de Jérusalem. » Il s'appuie alors de raisons si fortes, de considérations si puissantes ; il rappelle avec des couleurs si vives tout le mal que Malek Adhel a fait aux Chrétiens, et la terreur que son nom seul leur inspire ; il fait si bien sentir qu'en ne l'ayant plus à la tête de ses armées, Saladin perdrait la moitié de ses forces ; il prouve si invinciblement que, loin de ce héros, les Croisés ont toujours remporté la victoire ; qu'ils n'ont jamais été vaincus

que par lui, et qu'enfin, de son éloignement de l'armée dépend peut-être tout
le succès de leur grande entreprise, que
le duc de Bourgogne commence à douter lui-même si la générosité dont il aurait voulu user ne serait pas contraire à
l'intérêt général.

Quand Lusignan se fut aperçu que tous
les esprits étaient ébranlés, et que son
opinion était approuvée, il ajouta d'une
voix plus modeste : «Quelle que soit l'importance des motifs que je viens de vous
exposer, princes, ma résolution est loin
d'être irrévocable : quand Richard sera
venu reprendre le commandement, quand
je ne serai plus reponsable du sort de
l'armée, peut-être mon cœur demandera-
t-il aussi la grâce de Malek Adhel; mais
Richard seul peut décider de son sort. Je
viens d'envoyer au camp d'Ascalon pour
faire part à ce grand monarque de la prise
de Césarée, et de la situation où nous
nous trouvons; sa réponse sera notre loi :
en l'attendant, Malek Adhel sera conduit
à Ptolémaïs; Césarée est trop près du
théâtre de la guerre; Ptolémaïs, plus
tranquille, plus sûre, veillera mieux sur
sa vie, je n'en répondrais pas ici.»

L'avis de Lusignan prévalut, toutes les
défiances s'évanouirent; on trouva même
que, disposant de l'autorité suprême, il
avait mis de la déférence dans ses réponses au duc de Bourgogne, et on lui
en sut gré; et, comme chacun savait
que Malek Adhel était son rival, on ap-
plaudit à la manière dont il venait de
parler de lui, et cette modération dis-
sipa les préventions défavorables que sa
conduite équivoque avait élevées contre
lui dans l'esprit des princes croisés.

La nuit même Malek Adhel, accompagné d'une forte escorte, partit pour Ptolémaïs.

Le lendemain, Mathilde apprit ce départ; elle se souvint du regard sinistre de
Lusignan, d'horribles pressentiments la
troublèrent, et dans sa douleur elle appelle à son aide l'archevêque de Tyr. Hélas! où est-il ce cœur compatissant,
dans lequel elle aurait pu verser toutes
ses craintes? où est-il cet homme pieux

que Lusignan n'aurait pas osé éloigner
d'elle? Où il est! il la sauve; il fait plus
encore, il sauve Malek Adhel.

S'il n'avait point suivi les ravisseurs de
Mathilde, le jour qu'elle avait été enlevée du monastère, c'est qu'il devait ses
premiers soins, ses soins paternels aux
pieuses filles que cet événement venait
de jeter dans la confusion et l'effroi : il
s'occupa d'abord de les calmer, de prier
avec elles; et quand la paix fut revenue
dans leur asile, le bâton à la main, il
se mit en marche pour aller au secours
de Mathilde. Au bas du Carmel, dans
l'épaisseur de la forêt, il trouve des
guerriers chrétiens qui marchaient vers
Césarée; il les arrête, il leur demande
où ils vont, ce que fait l'armée, et si on
sait dans quel lieu Malek Adhel a emmené la princesse d'Angleterre. « Mon
père, lui répond un des soldats, les
Chrétiens sont maîtres de Césarée, Lusignan y commande; la princesse d'Angleterre est dans son palais, et nous
venons de conduire Malek Adhel dans les
cachots de Ptolémaïs. » Le vénérable
Guillaume est ému, ses genoux tremblent,
il s'assied sur le tronc d'un vieux pin :
les guerriers poursuivent leur route; il
reste seul. « Mon Dieu, s'écrie-t-il, je
vous rends grâce, Césarée est aux Chrétiens, et la princesse est en sûreté! mais
Malek Adhel gémit dans un cachot. » A
cette pensée, le bon archevêque ne peut
retenir ses larmes : Malek Adhel est malheureux! il oublie ses torts, ses erreurs,
son sacrilége; il ne se souvient que de
ses bienfaits. Il ne réfléchit pas davantage;
il ne se demande pas ce qu'il doit faire;
mais il reprend son bâton et marche vers
Ptolémaïs.

Aux portes de la ville il apprend qu'une
populace aveugle et furieuse veut se porter contre la prison pour ôter la vie à
Malek Adhel; un peu plus loin, il entend
dire que cette émeute est excitée par des
émissaires secrets de Lusignan; il tremble qu'on n'ait dit vrai. « Mon Dieu!
s'écrie-t-il, ne permettez pas qu'une
pensée si coupable soit entrée dans l'âme
d'un Chrétien. » Il se hâte, il s'avance

vers la prison: des ordres sévères en interdisent l'entrée à tout le monde; mais à ces hommes de paix et d'amour, qui ne sont sur la terre que pour soulager les maux de leurs frères, les portes de la douleur sont toujours ouvertes, et partout où un infortuné gémit et se meurt, ils ont toujours le droit d'entrer. Conduit par le geôlier même, l'archevêque descend dans le fond d'un cachot; il y règne une sombre obscurité; il entend des soupirs étouffés..... Il reconnaît la voix..... Son cœur se serre. « Mon Dieu! dit-il, est-ce vous qui l'avez conduit là? Avez-vous chargé le malheur de lui révéler votre nom! » A ces accents le prince se relève brusquement; ses chaînes se choquent avec un fracas horrible: l'archevêque en frémit. Malek Adhel s'écrie: « Guillaume! est-ce Guillaume que j'entends? — O mon fils, lui répond-il, en se précipitant dans ses bras et en couvrant de larmes le visage du prince, mon fils, Dieu vous délivrera. — Il ne me rendra pas l'honneur, interrompt Malek Adhel avec un cri déchirant; j'ai perdu l'honneur, mon père; il y avait donc sur la terre un malheur plus grand que celui de perdre Mathilde! — Mon fils, Dieu peut vous rendre plus que vous n'avez perdu; nos biens sont fort pauvres en comparaison de ses richesses..... —Non, non, interrompt encore le prince, il n'y a plus pour moi un moment de paix ni d'espoir; j'ai trahi mon frère, j'ai abandonné la ville qu'il m'avait confiée; j'ai été surpris par un traître, chargé de chaînes comme un vil esclave; j'ai été traîné dans ce cachot, sur cette paille où je vais mourir. —Vous n'y mourrez point, vous n'y mourrez point, s'écrie l'archevêque avec force; le temps est venu d'acquitter mes dettes, vous allez sortir d'ici. — Mon père, que prétendez-vous, et que dira Lusignan quand il ne trouvera plus sa proie, quand son esclave lui sera échappé? — Que vous importe, vous allez sortir d'ici. —Mais savez-vous que si j'en sors, ce sera pour rejoindre Saladin, le venger, lui rendre Césarée. — Jeune homme, pourquoi me le dire; s'é-

cria vivement l'archevêque, je ne vous l'avais pas demandé. — Mon père, répliqua le prince en lui serrant les mains entre les siennes, j'aime mieux mourir ici que vous tromper; et maintenant que c'est un ennemi que vous délivreriez, voulez-vous que je sois libre encore? — Mon Dieu! s'écria l'archevêque, n'est-ce pas lui qui m'a sauvé la vie à Damas, à Jaffa? n'est-ce pas lui qui a brisé mes fers à Damiette? n'est-ce pas lui qui m'a toujours renvoyé parmi les Chrétiens, où je parlais toujours contre lui et son peuple? voudriez-vous que vos ennemis fussent plus généreux que vos enfants? Non, je ne nuis point à votre cause par cet acte de charité; car votre foi divine s'est bien plus établie par les vertus que par les conquêtes, et vous avez touché et converti bien plus de cœurs par l'amour que par la colère; c'est lui, c'est ce maître, tout indulgence, tout tendresse, qui m'ordonne de vous sauver; ce n'est pas moi, Malek Adhel, c'est lui qui vous délivre; cette pensée, peut-être, arrêtera vos coups. » Alors il détache ses chaînes, lui prend la main, et lui dit : « Viens, mon fils, viens, je connais tous les détours de ces tristes demeures; Dieu a permis que je les eusse déjà visitées, afin de connaître un moyen de te sauver. » Alors ils marchent ensemble par des routes étroites, ténébreuses; malgré l'obscurité qui y règne, ces lieux d'affliction sont trop bien connus de Guillaume pour qu'il puisse s'y égarer : le prince le suit, le cœur troublé par une puissance inconnue; ce qu'il entend, ce qu'il éprouve l'agite de pensées nouvelles, et les paroles de l'archevêque lui semblent pleines de vérité; mais avant de les croire, avant même de les écouter, il veut effacer l'affront qu'il a reçu, reprendre Césarée, combattre Lusignan, et pour soumettre l'orgueil et haïr la vengeance, il n'est pas encore assez Chrétien.

« Mon fils, dit l'archevêque en s'arrêtant devant une grande trappe hérissée de barres de fer, à travers laquelle quelques faibles rayons de jour se glissent avec peine, je serais venu à vous par ici, mais mon bras était trop faible pour soulever ce poids énorme; peut-être le vôtre le pourra-t-il. » Malek Adhel secoue la porte immense, et les verroux et les chaînes tombent en éclats. Mon Dieu! s'écrie l'archevêque, la force de ce bras va-t-elle se tourner contre vous? — Mon père, répondit le prince en tombant à ses pieds, prenez pitié de moi, et laissez-moi partir; il y a en vous quelque chose qui m'étonne, qui me fait hésiter sur mes devoirs, qui parle plus haut que l'honneur.... Ne me retenez plus,... bientôt je vous rappellerai peut-être, bientôt j'aurai besoin de toutes vos miséricordes.... La vie m'est odieuse; je suis à jamais séparé de Mathilde : ah! ne pouvant vivre pour elle, il me sera doux de mourir près de vous. » L'archevêque sent couler ses larmes; il pose ses mains sur la tête du prince prosterné devant lui : « Je te bénis, mon fils, lui dit-il, et puisse l'Eternel te bénir comme moi; puisse-t-il te créer une nouvelle intelligence, un nouvel esprit; puissent les erreurs du passé être oubliées et ne plus te revenir au cœur; puisse-tu reconnaître celui dont la main a fondé la terre et mesuré les cieux : car ton salut s'avance, et sa justice te sera révélée. »

Il se fit un long silence. Guillaume reprit la parole le premier, et dit au prince : « Cette porte donne sous les remparts de Ptolémaïs, tu vas te trouver hors de la ville; enfonce-toi dans le bois de sycomores qui l'entoure, demeures-y jusqu'à la nuit; alors profite de l'obscurité pour traverser la plaine; échappe à tes ennemis; mais en quelque lieu que tu ailles, tu n'échapperas pas à Dieu; son œil est sur toi, et sa providence ne t'oubliera pas. — Mon père, lui dit le prince, ne venez-vous point aussi? restez-vous dans cette prison? est-ce que vous voudriez prendre mes chaînes? est-ce que les Chrétiens oseraient vous punir de ma fuite? — Non, mon fils, non; ne le craignez pas, répondit Guillaume : un excès de prudence a pu les engager à vous tenir cap-

tif pour vous ôter les moyens de combattre; mais aux nobles enfants du Christ la générosité plaît encore plus que la prudence; il n'y en a pas un qui ne se réjouisse de vous savoir en liberté, pas un qui ne me remercie d'avoir osé vous la rendre. — O mon père! quel peuple que celui-là, s'il était tel que vous le dites; mais quel Dieu que celui qui a formé une âme comme la vôtre et celle de Mathilde!..... Mathilde, ajouta-t-il en fondant en larmes, mon père, je ne la reverrai plus! » L'archevêque répondit d'un ton sévère : « Téméraire, vous avez cru pouvoir l'arracher à Dieu; vous avez cru que la force de votre bras pouvait lutter contre l'Eternel : voyez comme il s'est joué de votre audace.... Mathilde va revenir à lui, mon fils; elle est son bien, il n'y faut plus penser. — Bientôt je n'y penserai plus, mon père, ajouta-t-il; bientôt elle pourra quitter le monde, Malek Adhel n'y sera plus pour la pleurer,... Dites-lui que je lui rends ses promesses, que moi-même je la prie de se donner au ciel; elle entendra cette prière, elle saura que c'est mon dernier adieu... » Alors, surmontant toutes les émotions que cette pensée lui causait, il se leva, serra la main de l'archevêque contre son cœur, et lui dit : « Adieu, mon père; si je meurs sans vous revoir, promettez-moi de venir pleurer sur ma cendre et de prier votre Dieu pour moi. » Et sans attendre sa réponse, il franchit le seuil de la porte et s'enfonça dans le bois. Guillaume reste encore quelques instants à sa place; il suit de l'œil celui que ses espérances comptent déjà au nombre de ses enfants, et quand il a disparu, il élève ses mains au ciel, et lui adresse ces paroles d'Isaïe : « O Eternel, sers d'ombre au milieu du jour, cache ceux que le fer poursuit, et ne décèle point ceux qui sont errants. » Ayant dit cela, il se lève, pousse l'énorme porte, et revient tranquillement sur ses pas. En rentrant dans le cachot il s'assied à la place de Malek Adhel, soulève avec effroi les chaînes dont on l'avait chargé, demande à Dieu de pardonner ceux qui accablent leurs ennemis, et attend en silence le sort qui lui est réservé.

Tout-à-coup des cris tumultueux frappent son oreille; la porte s'ouvre avec un grand fracas; il voit une populace armée de flambeaux et d'épées, et le geôlier qui accourt en avant, et s'écrie : « Ils ont rompu mes verroux, méprisé mes paroles; ils demandent le sang du Sarrazin. » La foule se précipite; le sombre cachot est éclairé : on cherche le héros; il n'y est plus, il a disparu; l'homme de Dieu est seul à sa place, tranquille, serein comme l'ange des infortunés. » Saisis de surprise et de respect, les furieux s'arrêtent. « Que voulez-vous? que demandez-vous? leur dit Guillaume. — Le Sarrazin, s'écrie-t-on de toutes parts, celui qui a massacré nos femmes, nos frères, nos enfants, qui nous a chassés de Jérusalem. — Eh bien, il n'est plus ici, répondit l'archevêque : j'ai pris son péché sur ma tête, et je me suis chargé de son iniquité. Voyez donc s'il vous faut du sang pour cela, vous pouvez prendre le mien. » A ces mots, l'émotion succède à la colère, les mains de ce peuple emporté commencent à trembler; les épées tombent aux pieds de l'auguste vieillard : cependant une voix s'élève encore, et s'écrie : « Qui l'a délivré? qui a rompu sa chaîne? — Qui? repart Guillaume avec enthousiasme, *Celui qui m'a envoyé pour guérir la plaie de l'infortune, pour publier aux captifs la liberté et aux prisonniers l'ouverture de la prison* [x] » Il dit, et la foule croit que Dieu vient de parler par sa bouche; nul ne connaît la secrète issue par où le prince est sorti, le geôlier lui-même l'ignore : il faut donc que l'Eternel ait prêté sa force à un bras mortel, et que, dans tout ceci, l'archevêque ait été conduit par lui. Pourquoi donc en douteraient-ils? et quand le saint est devant leurs yeux, comment s'étonneraient-ils du miracle?

De tous ces cœurs furieux, Guillaume fait bientôt des cœurs repentants. Après avoir apaisé leur rage, il les en fait rougir, et verse l'amour et la charité où respiraient le sang et la vengeance. On veut le porter en triomphe hors de la prison; il ne le permet pas; il ordonne le silence : il ne veut point qu'on sache à quels excès des Chrétiens ont pu se porter, ni qu'on remonte à la main qui les a fait agir; et s'il se hâte de sortir de Ptolémaïs et d'aller à Césarée, c'est pour prévenir Lusignan de tout ce qu'il a fait; c'est pour exciter ses remords, lui pardonner, et après lui avoir épargné un crime, lui éviter encore la honte de le voir connu.

CHAPITRE LI.

DANS ces jours de trouble et d'agitation, on eût dit que, pour effacer le crime d'un Chrétien, tous les autres avaient redoublé de générosité; tandis que Guillaume délivre Malek Adhel, offre son sang pour lui, et ne songe qu'à sauver la gloire de Lusignan, du camp d'Ascalon Richard écrit à celui-ci : « Dès bruits injurieux se répandent sur ton compte; je n'en veux croire aucun : mon frère peut être accusé, mais il ne peut être coupable; cependant, comment a-t-il souffert qu'on donnât des chaînes au héros qui deux fois m'a sauvé la vie? Lusignan commande, et Malek Adhel n'est pas libre! Mon frère, je veux le croire, pour suivre ton devoir tu n'auras pas attendu ma réponse, et au moment où je parle, Malek Adhel marche vers son frère et tu t'avances pour me rejoindre et le combattre. »

Au sein des forêts qu'il traverse en silence, Malek Adhel rencontre des guerriers; il frémit, car il est sans armes, et il a reconnu les Chrétiens : oui, ce sont des Chrétiens; mais ce sont des Français, ce sont des amis. Le chef court au-devant de lui, la tête nue. Le prince voit le duc de Bourgogne, et ne craint plus aucune trahison. « Héros malheureux, je te cherchais, s'écrie le duc; depuis qu'on t'a éloigné de Césarée, mille craintes agitaient mon cœur. Je voulais te suivre; mais Lusignan m'a fait défendre de sortir du camp, et malheureuse-

x Isaïe, ch. LXI, v. I.

ment, jusqu'au retour de Richard, j'avais juré de lui obéir; mais hier, la princesse Mathilde, surmontant sa réserve ordinaire, m'a pris à part, et m'a dit : « Gardons-nous de soupçonner Lusignan; mais le libérateur de mon frère est au milieu d'un peuple ennemi, et nul chevalier ne veille sur ses jours. » Ces mots m'ont semblé un ordre, et cet ordre devait l'emporter sur ceux de Lusignan; car tout chevalier doit ses premiers serments à la beauté, et ses premiers secours à l'innocence. Accompagné de quelques-uns de mes braves Français, j'ai volé à Ptolémaïs, tu n'y étais plus : on parlait de prodige, de sédition; mais le nom de Guillaume, mêlé à toute cette histoire, m'a rassuré sur ta vie. Cependant je voulais savoir en quel lieu tu portais tes pas, protéger ta fuite : j'ai supposé que tu marchais vers ton frère; c'était le chemin de l'honneur, ce devait être le tien. J'ai pris la route d'Ascalon, je t'ai trouvé, je suis satisfait. Voici un cheval, voici des armes; va, noble guerrier, reprendre ta place dans l'armée de Saladin : je vais instruire la princesse Mathilde que ses volontés ont été exécutées, et je cours t'attendre dans les champs d'Ascalon. — Oui, je t'y rejoindrai, répond le prince avec un profond attendrissement; mais puisque, tout vaincu que je suis, je ne te parais pas indigne de porter ton épée, donne-moi encore ton casque, et daigne recevoir le mien; en le voyant sur ta tête, je reconnaîtrai celui qui le porte, et, au milieu des combats, de leur tumulte, et de leur carnage, je pourrai respecter mon bienfaiteur. » Il dit, les deux héros s'embrassent avec une tendre et mutuelle estime, soupirent d'être ennemis, et se séparent pour toujours.

Malek Adhel arrive sous les murs d'Ascalon; il entre dans la ville, la consternation y règne, la prise de Césarée y a jeté l'épouvante et le deuil; il traverse les rues silencieuses : ce peuple, si joyeux jadis à son aspect, le voit et reste muet; il entre dans le palais de son frère : en l'apercevant, Saladin s'écrie : « O

Malek Adhel ! quand je te confiai Césarée, ce n'est pas ainsi que je croyais te revoir. » Le héros debout, les yeux baissés, et dans l'attitude la plus humble, lui répondit : « Saladin, je suis coupable; j'ai déshonoré le nom glorieux des Ayoubites, je ne suis plus digne d'être appelé ton frère. J'ai tout trahi, mon devoir, mes serments; Lusignan commande à Césarée; il est maître des murs que tu avais confiés à ma foi, Lusignan..... ! » Il s'arrêta, comme n'ayant point de paroles pour exprimer ce qu'il éprouvait; le visage sévère du sultan s'adoucit un peu. « Raconte - moi, lui dit-il, par quel étrange prodige tu as permis à Lusignan de s'asseoir à ta place. » Malek Adhel prend la parole; il fait le récit de ses faiblesses, de ses fautes : loin de chercher à s'excuser, le repentir qu'il éprouve ne lui permet d'y trouver aucune justification, et tel qu'il se voit à ses propres yeux, tel il se montre à ceux du sultan. Saladin lui dit : « Des témoins de ta conduite, des victimes de ton imprudence, m'avaient déjà fait ce récit; mais ils t'avaient peint moins coupable. Mohamed et Kaled que voici, en pleurant sur tes erreurs, ne les croyaient point sans excuse. — Mohamed et Kaled sont ici ! s'écria le prince; et les nuages de son front s'éclaircirent un moment : ils vivent ! ils sont libres ! ah ! que béni soit l'ange qui les a délivrés ! il vient de rouvrir à la joie un cœur qui y était fermé pour toujours. — Nous avons beaucoup souffert, prince, lui dirent les deux Musulmans; mais nous serions ingrats si nous ne confessions pas hautement que, hors le seul Lusignan, tous les Chrétiens se sont montrés très-humains et généreux; chacun des princes croisés a voulu délivrer son captif; et quant à nous, quoique la main qui a brisé nos chaînes se soit cachée dans l'ombre, nous avons su que nous devions notre liberté aux prières de la princesse d'Angleterre. » Malek Adhel baisse les yeux; pour expier ses torts, il voudrait défendre à son cœur de s'émouvoir à ce nom-là : Saladin le regarde, et lui dit : « Eh bien! que résous-tu, et quelle réparation offres-tu à ta patrie ? » Malek Adhel répond : « Appelle auprès de toi les chefs de ton armée; Mohamed fera devant eux le récit de nos malheurs et de mes fautes; tu entendras leur jugement, Saladin, et tu prononceras mon arrêt. »

Le sultan y consent. Il monte sur son trône; les émirs et les chefs de l'armée se rangent autour de lui. Malek Adhel refuse de s'asseoir; il veut rester debout, et, sur son front humilié, il y a encore quelque chose de si fier, qu'on eût dit que le malheur ne l'avait atteint que pour montrer qu'il ne pouvait l'abattre. Cependant Mohamed commence son récit : il dit les deux assauts des Chrétiens, et les deux victoires du prince; il raconte les artifices de l'imposteur envoyé par Lusignan, et le départ de Malek Adhel. « Oh! quelle fut ma surprise et ma douleur, quand, le lendemain de ce départ fatal, je vis Césarée menacée de toutes parts! Les habitants appelaient Malek Adhel, et, sous l'ombre de ce grand nom, se sentaient invincibles; mais, en apprenant qu'il n'y était plus, leur courage s'abattit à l'instant; le désespoir les saisit, et la désolation générale fut portée à un excès que mes expressions rendraient faiblement. Les guerriers jetaient leurs armes, et couraient dans les mosquées implorer Mahomet; les femmes, les cheveux épars, et pressant leurs enfants contre leurs seins, faisaient éclater de violents sanglots : partout on entendait retentir des cris, des gémissements; partout les tristes Musulmans répétaient, en se frappant la poitrine : « Nous pouvons mourir à présent, car il nous a abandonnés, et nous sommes perdus, perdus à jamais. »

La fermeté de Malek Adhel ne résiste point à la vue des maux qu'il a causés, des pleurs qu'il a fait répandre; il cache sa tête entre ses deux mains, et du fond de sa poitrine s'échappent des cris étouffés qui disent les déchirements de son âme : Mohamed voit sa douleur, et veut s'arrêter; il l'en empêche. « Conti-

nue, lui dit-il, c'est à la vérité à me punir; peins mes torts avec les larmes des malheureux que j'ai faits, afin qu'ils soient ineffaçables, et que le souvenir en reste toujours aussi présent, aussi vif dans mon cœur. » Mohamed obéit, il continue, il dit comment il fut trompé par Lusignan, et comment les perfidies de ce roi l'empêchèrent de suivre l'intention où il était de s'ensevelir sous les murs de Césarée, plutôt que de se rendre. « Après avoir interrogé l'esclave imposteur, continua-t-il, les émirs pensèrent comme moi, que, du moment que les Chrétiens avaient réussi à faire tomber le prince dans leur piége, ils avaient dû s'emparer de leur proie. Alors leur représentai quel amour attachait Saladin à son frère, et s'ils n'étaient pas certains que c'était lui obéir que de donner Césarée pour le sauver. Les émirs demeurèrent en silence; ils étaient irrités contre le prince, et ne lui pardonnaient pas de les avoir sacrifiés à son amour. Eh quoi! m'écriai-je, un moment de faiblesse doit-il vous faire oublier ses services passés et ses innombrables exploits? Ce mot, en leur rappelant votre gloire, prince, les décida en votre faveur; ils consentirent à capituler; et quand Lusignan revint chercher ma réponse, je lui remis les clefs de la ville, à condition que vous seriez libre, ainsi que tous les habitants de Césarée. Il le promit, le traître! son premier soin fut de me faire jeter dans un cachot. Hélas! sous les chaînes où je gémissais, j'appris encore de nouveaux malheurs; je sus que Lusignan, certain que vous reviendriez à Césarée, n'avait pas voulu risquer la vie de ses soldats, en vous attaquant à force ouverte; je sus que, pour vous tromper, il avait fait allumer des feux dans le camp qu'il quittait; que, sur nos murs, il avait laissé flotter les drapeaux, et qu'il avait couvert ses sentinelles de l'habit de nos soldats..... Toutes ses ruses furent couronnées, vous vîntes vous livrer vous-même.... Je ne sais, cependant, s'il a rempli une partie de ses promesses; et

si c'est à lui que vous devez la liberté. »
Saladin se leva; alors il se fit un grand
silence. « A qui que tu doives cette liberté, s'écria le sultan, il n'importe : les
obligations qui te lient à ton pays n'en
sont pas moins sacrées ; parle maintenant, Malek Adhel, et dis-moi quel est
ton dessein ? — Ecoute, répondit son
frère : depuis cette fatale nuit, où j'ai vu
mes mains chargées de chaînes, la princesse d'Angleterre au pouvoir de Lusignan, Césarée abattue, ma gloire flétrie,
et mon frère trahi, certainement je me
serais donné la mort, si l'espérance de
te venger ne m'avait pas laissé un grand
devoir à remplir. — Ainsi, reprit le sultan, le héros va donc triompher d'un
lâche amour, remonter à la place d'où
il est tombé, et conduire encore mes
armées à la victoire ? — Saladin, répliqua le prince, ne m'accable pas ainsi de
ta clémence : tes intérêts me sont si chers,
que je ne puis souffrir que tu ne te rendes pas justice à toi-même; et, dans la
position où je me trouve, je sens que tes
rigueurs me soulageraient bien plus que
tes bontés : laisse, laisse-moi cacher ma
honte dans les derniers rangs de tes soldats; heureux encore qu'ils veuillent bien
m'y souffrir, eux dont la fidélité n'a jamais été soupçonnée, et dont l'honneur
est encore sans reproche. — Emirs,
soldats, peuple, vous tous ici présents,
s'écrie Saladin en s'adressant aux nombreux auditeurs qui l'entourant, s'il
s'élève parmi vous une seule voix qui
condamne Malek Adhel, et le juge indigne de reprendre le commandement de
mes armées, je jure de faire taire l'a-
mitié, et de n'écouter que la justice. »
A ces mots, l'assemblée répondit au
sultan par une acclamation unanime :
sur ces mâles et fiers visages, des pleurs
d'attendrissement coulaient de tous côtés, et toutes les bouches répétaient ces
mots : « Vive Malek Adhel, le glorieux
frère de notre sultan ! aussi longtemps
que la victoire marchera avec lui, que
l'amitié l'unira à Saladin, qu'il sera l'objet de notre amour, il demeurera à notre tête, il y demeurera toujours ! »

Malek Adhel ne peut contenir son émotion; il se précipite dans les bras de son
frère. « Ah ! lui dit-il, je sens qu'il est
doux d'être aimé ainsi, et je le sens quand
de si touchants témoignages d'amour
me séparent à jamais de ce qui fut l'objet de mes plus chères espérances. » Il s'arrête; du fond de son âme, il adresse à
Mathilde un éternel adieu : alors, relevant
son front superbe, et sur lequel le feu
de la gloire venait de recommencer à
briller, il s'écrie : « Mon frère, et vous,
amis si généreux, c'est au moment où
je viens de vous trahir que vous vous
livrez encore à moi..... J'accepte votre
confiance, car maintenant j'en suis digne;
le sacrifice que je viens de vous faire dans
mon cœur m'en répond. »

Les deux frères se retirent; ils con-
certent ensemble le plan d'une bataille;
ils sont sûrs que, dans l'ivresse de leur
triomphe, les Chrétiens ne la refuseront
pas; elle sera terrible, elle sera décisive :
encore quelques jours, et les destinées
des combats auront appris au monde lequel des deux empires a succombé, et si
c'est sous l'étendard du Prophète ou sous
les bannières de la croix que l'Orient
soumis doit fléchir.

CHAPITRE LII.

AU-DEVANT de Guillaume court l'agile
renommée; elle arrive avant lui à Césarée, elle y dit la délivrance de Malek Adhel,
et non la main à qui il la doit : ce secret
demeure encore enseveli dans le sein de
la charité. Au premier mot de cette nouvelle, Lusignan a pénétré tout le mystère; il devine quel est cet homme qui a
bravé ses ordres, cet homme qui, revêtu
d'une puissance supérieure à celle des
rois, a pu seul s'élever au-dessus de la
sienne; mais il sait bien que ce même
homme, ne faisant rien que pour le ciel,
dédaigne de recevoir sur la terre le fruit
de ses œuvres, et le verra recueillir par
un autre sans daigner revendiquer ses
droits. L'audacieux Lusignan ose s'attribuer les mérites de Guillaume; il fait répandre dans l'armée que, comme souve-

rain, sa prudence n'a pas dû lui permettre de rendre la liberté à Malek Adhel; mais que, comme chevalier, sa générosité a chargé l'archevêque de le délivrer en secret. Tout le camp est surpris; plusieurs doutent de cette action; mais tous les Chrétiens capables de la faire s'efforcent d'y croire, et il y en a beaucoup. Cependant l'archevêque arrive, et apprend ce qu'on publie; il garde le silence, et se rend chez Lusignan : celui-ci, arrogant et superbe jusqu'à cet instant, à la vue de Guillaume, s'alarme et se trouble; il fait l'aveu de ses torts, non avec cet esprit de contrition qui indique le véritable repentir, mais avec cet esprit d'orgueil qui, des hauteurs où il domine sur les faibles, redescend tout-à-coup aux plus humbles supplications devant celui qui a le pouvoir de l'humilier. Il avoue qu'une indomptable passion l'a entraîné dans de grands écarts, et il montre à Guillaume qu'il était perdu sans ressource dans l'estime des Croisés, s'il n'avait saisi cette occasion de la reconquérir. Il cherche à prouver que, pour les intérêts de la foi, il faudrait faire taire les torts du moindre Chrétien, à plus forte raison ceux du chef de l'armée; il emploie enfin toute son éloquence à persuader à Guillaume, que lui-même est intéressé à confirmer aux troupes que c'est en effet au souverain qui les commande que Malek Adhel doit sa liberté. Sur ce mot, l'archevêque l'arrête. « C'en est assez, Lusignan, dit-il, demeurez-en là; comme mon divin maître, je puis être l'avocat des pécheurs, je ne le serai jamais du péché. — Mon père, s'écrie Lusignan, ne puis-je pas effacer le mien? » Et alors, avec une grande véhémence, il dit quels vastes projets il conçoit : à l'entendre, il n'est rien qu'on ne doive espérer de sa valeur; tous les Sarrazins ne tiendront pas devant lui; il va faire sa proie de tous leurs royaumes; déjà il montre, comme expiation à ses fautes, toutes les provinces que son bras va remettre sous l'empire du Christ, et s'étend sur tous ces détails avec une orgueilleuse complaisance. L'archevêque l'écoute jusqu'au bout sans l'interrompre;

à la fin, quand il se tait, d'une voix grave il lui répond : « Ce n'est donc pas assez, Lusignan, de l'idée d'avoir perdu un royaume pour rabattre les enflures de votre cœur, en arrêter toutes les fougues, et vous contenir dans l'humilité et une sage modestie? au moindre succès, sans regarder même par quel moyen vous l'ayez obtenu, votre orgueil se relève et croit pouvoir prétendre à tout ; quelle route avez-vous choisie, ô roi chrétien! pour remonter sur votre trône? l'artifice et la trahison. Cependant je ne dévoilerai pas votre honte, mais j'aurai l'œil sur toutes vos démarches : tout en respectant le sang dont vous sortez, et la pourpre où vous êtes assis; je saurais replonger toutes ces grandeurs dans le néant, si vous vous en serviez pour nuire; et montrer l'homme tout entier, si l'homme était encore criminel. »

Lusignan dévore le violent dépit qu'il éprouve. Tout en feignant de s'humilier, il cherche par quels moyens il pourra éloigner le témoin qui va le poursuivre, le juste qui peut le confondre; c'est avec une mortelle inquiétude qu'il voit l'archevêque entrer chez Mathilde, entretenir les princes croisés; il craint toujours que le secret n'échappe, et que sa honte ne soit connue. Bientôt, quand le duc de Bourgogne rentre au camp, ses terreurs redoublent; de tous les princes qui l'entourent, il n'en est aucun dont le caractère le gêne plus que celui-là : en effet, en apprenant qu'on dit dans Césarée que c'est par un ordre secret de Lusignan que la liberté a été rendue à Malek Adhel, le duc de Bourgogne, qui ne voit là qu'un nouveau mensonge, est prêt à s'élever contre lui; cependant, quand on ajoute que Guillaume ne dément point cette assertion, il regarde comme un devoir de se taire aussi; car, si la chose est vraie, il doit respecter la conduite de Lusignan, ou respecter le silence de Guillaume si elle ne l'est pas.

Dans les plaines d'Ascalon, Richard ne tarde pas à savoir que Malek Adhel est revenu auprès de son frère, qu'il a repris le commandement des armées, et que les Sarrazins se préparent à demander le combat. Aussitôt il mande à Lusignan de le venir joindre avec toutes ses forces; il exprime la satisfaction que lui a causée sa conduite, et ajoute que Mathilde ne peut retourner dans un monastère d'où les Sarrazins peuvent l'arracher une seconde fois, ni rester dans une ville que Malek Adhel a juré de reprendre. Il faut que Lusignan la conduise dans le camp d'Ascalon, pour l'entourer de la protection de toutes les puissances chrétiennes.

Lusignan fait part à l'armée et à la princesse des ordres de Richard. L'armée obéit avec joie; Mathilde est résignée à tout : elle part; l'archevêque ne la quitte point.

Richard reçoit son frère d'armes avec de vifs témoignages d'affection; il n'a pas douté un seul instant qu'il ne fût le véritable libérateur de Malek Adhel, et il s'enorgueillit de pouvoir enfin, en vantant la valeur de son ami, vanter aussi ses vertus; il s'exprime ainsi devant sa sœur. Lusignan rougit; Mathilde se tait: elle s'est promis de ne point révéler les vérités qu'elle sait, et jamais sa bouche ne dira que Lusignan a eu la pensée de donner la mort à un rival désarmé. D'un visage froid et sérieux, elle écoute les discours de Richard; c'est en vain qu'il croit la toucher, c'est plus vainement encore qu'il espère l'effrayer; car celle qui a connu tous les malheurs, et renoncé à tous les biens, ne peut plus s'effrayer de rien. Maintenant qu'elle a appris par l'archevêque de Tyr que Malek Adhel est libre, que son âme est remplie de pensées de conversion, et qu'il lui permet de s'enchaîner à Dieu, rien ne la retient plus au monde, et elle n'aspire qu'à le quitter : elle le déclare à Richard. La nouvelle gloire de Lusignan lui avait donné d'autres espérances; il s'irrite; elle baisse les yeux avec respect, mais sans émotion. Etonné de sa tranquillité, il lui demande si elle ne craint plus sa colère. « J'en crains les effets pour vous, sire, lui répond-elle; mais, pour moi, je ne crains plus rien : mon sort est arrêté; la mort seule peut le changer, et la mort ne me fait pas peur. » Richard est frappé d'une fermeté qui se cache sous tant de douceur; il commence à se sentir vaincu par un ascendant supérieur; et en regardant la profonde résignation empreinte dans les traits de Mathilde, il est tenté de croire que l'âme qui anime ce beau visage a déjà pris son essor vers un autre monde, et que cette tendre vierge ne refuse d'être une reine sur la terre que parce qu'elle se sent appelée à être une sainte dans le ciel.

Lusignan n'ose plus exprimer les désirs qu'il éprouve; il connaît mal les vertus chrétiennes qui distinguent si éminemment la princesse, et il craindrait, en la sollicitant avec trop de chaleur, de lui faire dire ce qu'il a tant d'intérêt à cacher. Mais, en se taisant ainsi, il touche tous ceux qui ne sont pas dans le secret de son silence : on plaint son amour, on loue son respect; on s'étonne que Mathilde demeure insensible à de si nobles procédés. Elle entend ces reproches; ils ne l'étonnent ni ne l'affligent : contente de l'approbation de l'archevêque, qui a sondé toutes ses pensées, elle ne s'offense point du blâme que l'on jette sur elle, et s'en inquiète encore moins; car le monde n'est déjà plus à ses yeux, et toutes ses censures et ses éloges, périssables comme lui, ne peuvent plus toucher celle qui, dégoûtée de tout ce qui passe, a confié ses espérances et remis sa destinée à cette éternité qui ne passe point.

Depuis deux jours seulement, l'armée était réunie, et Richard avait repris le commandement général, lorsqu'on apprit que les Sarrazins faisaient sortir leurs bataillons des portes d'Ascalon. On vit que c'était le signal de la bataille, et chacun se prépara au combat. Tous les chevaliers revêtissent leurs plus fortes armes; Mathilde, de ses mains tremblantes, attache la cuirasse de son frère : c'est peut-être le dernier service qu'elle lui rendra, et elle trouve encore des larmes pour cette crainte, après en avoir tant versé pour des craintes peut-être plus cruelles encore.

Le roi de Jérusalem, dans sa tente, seul avec son écuyer, lui confie ses douleurs. Cet écuyer, jadis Musulman, entraîné par une basse cupidité plutôt que par une foi véritable, s'est attaché depuis plusieurs années au service de Lusignan; il est prêt à obéir à tout ce que celui-ci lui commandera, fût-ce un crime, et Lusignan en médite un. « Ecoute, lui dit-il, dans cette grande journée, je n'ai qu'un espoir; dans cette grande bataille, je ne vois qu'un objet, c'est de combattre Malek Adhel. Je veux bien qu'il me donne la mort, mais je ne veux pas qu'il me survive. Sois toujours près de moi : si je *m'éloigne* avec lui, tu nous suivras; si j'obtiens la victoire, tu resteras en paix; si je tombe, si je meurs, je compte sur ta fidélité, et, je te le répète, ne permets pas qu'il me survive. » L'écuyer le promit, et alors Lusignan fut tranquille et ne craignit plus le hasard d'un combat où il n'avait plus que la mort à craindre. Ce fut un mercredi, 4 octobre, que l'armée entière des Croisés sortit du camp d'Ascalon pour aller à la rencontre de Saladin [1]; elle s'étendit dans la plaine, depuis le fleuve Bélus jusqu'à la mer. Le roi d'Angleterre, devant lequel on portait le livre des Evangiles, couvert d'une étoffe de soie, soutenu dans les angles par quatre officiers, occupait la gauche vers le fleuve avec les Anglais et les Hospitaliers; le marquis de Montferrat commandait la droite, ayant sous lui les Vénitiens et les Lombards; Lusignan était au centre, avec le landgrave de Thuringe, les Français et les Pisans; Gérard de Biderford, grand maître des Templiers, le duc de Gueldre et les Catalans, formaient le corps de réserve, et on avait laissé pour la garde du camp Geoffroi de Lusignan, frère du roi, et Jacques d'Avesnes. Les archevêques de Pise, de Cantorbéry, de Ravennes, de Besançon, de Nazareth; les évêques de Beauvais, de Salisbury,

de Ptolémaïs, et de Bethléem, armés d'un casque et d'une cuirasse, combattaient aussi. Richard, admirant la force de cette grande armée, s'écria, dans son enthousiasme : « Quelle puissance humaine pourrait nous résister? O Dieu! soyez neutre, et la victoire est à nous. »

Les deux armées s'avancent de part et d'autre avec une égale ardeur; elles sont en présence; en peu d'instants on voit décroître l'intervalle qui les sépare encore, bientôt il a disparu. Les visières s'abaissent, les lances sont en arrêt, les coursiers se précipitent; Chrétiens, Musulmans, tout s'ébranle; le bouclier heurte le bouclier, l'épée croise l'épée, le pied presse le pied, le javelot touche le javelot; les deux armées sont tellement serrées l'une contre l'autre, que l'œil ne distingue plus les Sarrazins des Croisés, et que l'aigrette des casques de ceux-ci paraît attachée à celui des Arabes. Du sein de ce choc tumultueux s'élève un épais tourbillon de poussière qui couvre les combattants, obscurcit les airs, et monte jusqu'au ciel; et les paisibles collines retentissent du bruit des armes, des éclats de la victoire, et des gémissements de la mort.

L'épée de Lusignan dévore les Infidèles, il en fait un carnage affreux; rien ne l'arrête, rien ne lui résiste, car il ne rencontre point Malek Adhel. Tandis qu'il triomphe au centre, Richard triomphe aussi à la gauche; mais à droite le marquis de Montferrat a été repoussé par Saladin : cependant, vainqueurs sur deux points, les Chrétiens ont l'avantage, et poursuivent leur victoire avec une impétuosité sans pareille; lorsqu'un effroyable cri sorti de l'arrière-garde de leur armée, les arrête tout-à-coup, les fait regarder derrière eux, et leur apprend que Malek Adhel a paru. A l'instant ils reviennent sur leurs pas, et reconnaissent partout les traces de ce guerrier terrible : les cimiers brisés, les cottes d'armes déchirées et sanglantes, les étendards roulant dans la poussière, les profondes et larges blessures des mourants tout leur dit que l'épée de Malek Adhel a passé par là; ils l'aperçoivent bientôt

---

[1] La disposition de cette bataille est tout historique, et les paroles qui la terminent ont été véritablement dites par Richard dans cette circonstance-là.

parcourant le vaste champ de bataille, portant sa valeur partout où les Chrétiens sont vainqueurs; les combats renaissent de toutes parts; il triomphe de toutes parts; et par l'habileté de ses plans, de toutes parts les Chrétiens se trouvent enveloppés d'ennemis. Lusignan, furieux, désespéré de voir une si belle victoire sur le point de lui échapper, se dévoue pour le salut des siens. Il appelle à grands cris son indomptable rival; il espère, en l'éloignant du combat, donner aux Chrétiens le temps de reprendre l'avantage; sans doute il prévoit bien qu'il périra dans cette lutte terrible, mais il est sûr que Malek Adhel périra aussi avec lui, et cette pensée lui fait presque aimer la mort. Le héros a entendu le défi de Lusignan; il frémit de rage, mais il n'y répond point : le roi de Jérusalem, étonné de ce silence, presse les flancs de son coursier, joint Malek Adhel; celui-ci se détourne et s'éloigne du seul Chrétien dont il verserait le sang avec plaisir; il s'est promis d'éviter toute querelle particulière, afin de ne point abandonner le champ de bataille avant la victoire, et, quoi qu'il lui en coûte, il veut demeurer fidèle à ce devoir. Mais trop peu soigneux de défendre une vie qui lui est odieuse, en repoussant les Chrétiens il ne se garantit pas de leurs coups, et espère bien en secret que sa mort expiera le mal qu'il ne peut pas s'empêcher de leur faire. Cependant Lusignan s'acharne à le poursuivre; toujours sur ses pas, il l'accable des termes les plus injurieux; le fier guerrier dévore longtemps ces outrages en silence, mais à la fin il ne peut plus retenir sa colère; dans la fureur qui l'anime, il est bien sûr qu'un instant lui suffira pour purger la terre d'un rival qu'il déteste, et il n'a pas l'orgueil de croire qu'un instant d'absence puisse entraîner la défaite de l'armée. « Viens, dit-il à Lusignan, hâtons-nous d'éteindre dans notre sang la haine mutuelle qui nous dévore. » Le roi de Jérusalem le suit, mais il ne le suit pas seul, et son écuyer n'a pas oublié ses ordres.

Malek Adhel s'arrête à quelque distance de l'armée, derrière une masse de rochers qui les dérobe à tous les regards; il jette loin de lui son bouclier, et s'écrie : « Crois-moi, Lusignan, n'usons point de ces vains moyens de défense qui retarderaient notre défaite, et précipitons, au contraire, l'instant où l'un de nous aura cessé de haïr l'autre. » Lusignan l'imite; il quitte son bouclier, tire l'épée, et le combat commence. L'horrible mort entend les coups de ces guerriers intrépides; elle vole, accourt, et sourit à la vue des grandes victimes qui vont tomber sous son empire. Jamais Lusignan n'a montré tant de valeur, jamais il n'eut tant d'espérances, car Malek Adhel est blessé; dans le champ de bataille, plusieurs Chrétiens doivent, à l'indifférence que ce héros mettait à défendre sa vie, l'honneur d'avoir versé son sang, et celui qu'il perd affaiblit la vigueur de son bras. Mais son courage supplée aux forces qui lui manquent, et, prenant son épée entre ses deux mains, il en décharge un si furieux coup sur la tête de son rival, que celui-ci en est ébranlé; son casque, fendu par la moitié, tombe à terre, et ses yeux se couvrent d'un nuage de sang; Malek Adhel, en voyant sa tête nue, jette aussi son casque, et attend, pour recommencer à frapper, que son adversaire soit en état de se défendre; mais à peine Lusignan a-t-il recouvré ses sens qu'il s'élance sur le prince, et lui enfonce son épée au défaut de sa cuirasse, d'un mouvement si rapide, que le héros, qui ne s'y attendait pas, n'a pas eu le temps de parer le coup. Aussitôt de la large blessure son sang coule à gros bouillons : « Hélas! Mathilde, s'écrie-t-il, si je le répandais pour vous venger, et si ma mort ne vous affligeait pas, qu'elle me serait chère! — L'affliger, reprit Lusignan, sois sûr qu'elle s'en réjouira avec nous. » Il dit, et redouble ses coups; le prince n'en est point atteint, il reprend même ses avantages et perce le flanc de son rival. Alors Lusignan cherche moins à attaquer qu'à se défendre; il évite le prince, tourne autour de lui, le fatigue, l'épuise, voyant bien que, blessé comme il l'est, il n'a besoin que de prolonger le combat pour être sûr de la victoire; mais Malek Adhel, indigné que la lutte soit si égale, la défaite encore incertaine, et que l'homme qu'il hait le plus soit celui qui lui résiste davantage; Malek Adhel, voulant enfin terminer le combat ou mourir, quitte son épée, s'arme de son poignard, et se précipite sur Lusignan pour le lui plonger dans le cœur; ils se débattent, s'enlacent, s'attaquent, se repoussent; à la fin le prince l'emporte; il saisit son adversaire entre ses deux bras avec tant de force, que Lusignan en perd la respiration et le mouvement; il chancelle et va mesurer la terre. Malek Adhel s'y jette avec lui; il lève le poignard, il va frapper... « O héros! écoute-moi, » lui dit Lusignan d'une voix expirante. Malek Adhel s'arrête pour l'écouter; mais le roi de Jérusalem perd connaissance avant d'avoir achevé sa prière. Le prince hésite à frapper d'un coup inutile un ennemi presque mort : tandis qu'il hésite, l'écuyer de Lusignan, qui vient de voir tomber son maître, le croit sans vie; et, fidèle à sa promesse, il se précipite sur le héros, et lui enfonce son épée dans la gorge; Malek Adhel surpris se retourne pour se venger; mais affaibli, épuisé par ses nombreuses blessures, il succombe enfin, ses yeux se ferment à la lumière, ses lèvres pâles et expirantes prononcent encore le nom de Mathilde; le mouvement et la chaleur l'abandonnent; il demeure étendu sur la poussière, qu'il baigne de son sang.

L'écuyer de Lusignan est effrayé lui-même de ce spectacle; il ne peut croire qu'un si fameux guerrier ait été sa victime; l'effroi s'empare de son âme, et si ce n'est plus le bras, c'est l'ombre de Malek Adhel qui le fait frémir : il voudrait s'éloigner de ce lieu effroyable, mais il voudrait emporter le corps de son maître; ses forces n'y suffisent pas. Il aperçoit dans l'escarpement des rochers un jeune pâtre qui s'y était réfugié avec effroi, tandis qu'autour de lui ses chèvres broutaient paisiblement l'herbe tendre et le

feuillage des arbrisseaux; il l'appelle, il l'oblige à venir lui prêter son appui pour transporter le corps de Lusignan au camp. Dans leur route, ils rencontrent des Chrétiens qui fuyaient : « La bataille est-elle donc perdue? s'écrie l'écuyer. — Lusignan a disparu, répondent-ils; et Saladin et Malek Adhel sont vainqueurs. — Malek Adhel! reprend l'écuyer, Malek Adhel est mort; il vient de succomber sous les coups de Lusignan, de mon maître que voici couvert de blessures. » Les Chrétiens n'osent croire ce qu'ils entendent, ils répètent ces mots extraordinaires : « Malek Adhel vient de succomber! » De bouche en bouche ils volent jusqu'au sein des armées; à l'instant Musulmans et Chrétiens s'arrêtent interdits devant la terrible nouvelle; les premiers se frappent la poitrine, se roulent à terre avec désespoir. Les Chrétiens eux-mêmes ne peuvent s'empêcher d'être émus; cependant ils reprennent courage et profitent de la terreur des Infidèles pour les accabler; Saladin, victorieux jusqu'à cet instant; Saladin, toujours maître de lui-même dans les plus éminents dangers; Saladin, que les flèches les plus aiguës et les maux les plus cruels ne peuvent seulement faire changer de couleur, maintenant ne peut plus commander à la douleur qu'il éprouve; la mort de son frère l'a saisi avec tant de violence, que pendant un moment il oublie et son empire et sa gloire pour ne songer qu'à ce qu'il perd. Il est repoussé, vaincu; il se replie vers Ascalon, et va enfermer dans les murs de cette ville son profond désespoir et les débris de sa puissante armée.

CHAPITRE LIII.

TANDIS que les Chrétiens, maîtres du champ de bataille, chantaient l'hymne de la victoire, le corps de Lusignan venait d'arriver au camp. On le transporta dans sa tente, et son écuyer, plus pâle, plus défiguré que lui, car le crime donne aux traits un caractère plus hideux que la mort même, le suivait en tremblant.

Geoffroi de Lusignan, à la vue de son frère sans mouvement et sans couleur, appelle autour de lui tous les secours de la médecine et de l'Eglise. L'archevêque de Tyr vient s'asseoir auprès du lit du mourant, afin de profiter du premier moment de connaissance pour le rendre du moins au ciel, si on ne peut le rendre à la vie. Mathilde, surmontant toutes ses répugnances, est entrée aussi sous sa tente : ses mains délicates s'occupent sans cesse d'exprimer le suc des herbes, et de choisir les simples dont se compose l'appareil des blessures. Les chirurgiens d'Europe, appelés auprès de Lusignan, s'étonnent de la profondeur des siennes : « On reconnaît les coups de Malek Adhel, » s'écrie l'écuyer. A ces mots, la princesse suspend son ouvrage, regarde l'écuyer, et lui dit d'une voix très-émue : « Est-ce donc Malek Adhel qui a blessé votre maître? — Oui, Madame, répond-il; mais c'est mon maître qui a tué Malek Adhel. — Il a tué Malek Adhel!» reprend la vierge en laissant tomber les herbes qu'elle tenait. Elle n'en peut dire davantage; ses nerfs se raidissent, son sang s'arrête, ses yeux se troublent, elle ne remue point et reste debout, pâle, immobile, comme si la vie l'eût abandonnée. L'archevêque, frappé de la nouvelle qu'il apprend, et des funestes conséquences qui y sont attachées, accourt auprès de Mathilde. Il s'efforce de lui dire quelques mots, c'est en vain; car lui-même est accablé de douleur. Mathilde ne sent plus rien; ses yeux secs et fixes ne versent aucune larme, et ses lèvres bleues et glacées semblent ne devoir plus s'ouvrir. Cependant, en la voyant dans cet état, l'archevêque retrouve des forces pour la consoler; mais ses paroles, loin d'aller au cœur de la princesse, paraissent ne pas même frapper ses oreilles; elle demeure dans la même attitude; Guillaume, plein d'alarmes pour elle, en éprouve de plus vives encore pour le prince; il dit à l'écuyer: « N'y a-t-il aucune ressource? Malek Adhel est-il entièrement perdu? — Perdu pour toujours. — Toujours, toujours! »

s'écrie la vierge d'une voix sourde et déchirante, et avec un regard qui semble plonger dans les profondeurs immenses de l'éternité. L'archevêque est d'autant plus touché de ces paroles qu'il en comprend le sens, et qu'il voit bien que ce n'est pas la mort de Malek Adhel qui fait le désespoir de sa douleur. « Ami, reprend très-vivement l'archevêque, répondez-moi avec vérité, l'avez-vous laissé sans espoir ? » L'écuyer, interdit devant l'archevêque, frappé de l'état de la princesse, croit sentir dans son sein des serpents qui le dévorent, et sa bouche ne peut proférer un seul mot. Le pénétrant Guillaume, accoutumé à lire dans les consciences, a reconnu sur ce front pâle l'empreinte des remords; il pressent un mystère affreux, et veut l'éclaircir à l'instant. « Viens, suis-moi, » lui dit-il. Le coupable n'ose résister à cet ordre; l'archevêque le conduit sous une tente voisine; il y fait transporter la princesse: à peine sont-ils seuls tous les trois, qu'il s'adresse ainsi au pécheur, qui tremble à ses pieds : « Parle, dévoile ce que tu sais, quel ténébreux secret caches-tu? — Grâce, grâce, s'écrie l'écuyer, comme s'il eût cru que Guillaume avait pénétré le crime dont le ciel était déjà instruit. — Tu nous as trompés, reprend l'archevêque, Malek Adhel vit encore. » Voilà les premiers mots que la princesse a entendus; elle tressaille, jette autour d'elle des regards égarés, et, se précipitant aux genoux de l'écuyer, elle les presse contre son sein, les embrasse de ses mains tremblantes, en s'écriant avec des sanglots : « Ah! dis donc, hâte-toi de dire que Malek Adhel vit encore. — Misérable que je suis, répond l'écuyer éperdu, que ne puis-je au prix de tout mon sang, racheter mon crime et rendre la vie à ce prince! » Mathilde frémit, ses terreurs l'éclairent et lui révèlent quel sang couvre les mains qu'elle touche; avec un cri lamentable elle repousse le meurtrier, en disant : « C'est toi, c'est toi qui lui as donné la mort. » Le coupable tombe la face contre terre, et avoue son forfait : Guillaume l'écoute

avec épouvante, il pleure sur un attentat si noir; mais bientôt, rappelé à d'autres pensées par l'état de la princesse,
dont les aveux de l'écuyer semblent
avoir aliéné la raison, il s'approche d'elle,
la soulève dans ses bras, et lui dit :
« Prends courage, ma fille, tout n'est
pas fini peut-être encore; le bras des
assassins est toujours tremblant, leurs
coups, mal assurés : rarement ils trouvent le cœur des héros. — Oh! qu'il y
reste une ombre de vie, s'écrie Mathilde,
et je saurai bien l'y découvrir. » Et, à
cet espoir, son sang ranimé porte une
légère rougeur sur son front abattu.
« Si Malek Adhel n'était plus, ajoute-
t-elle, si tant de vertus devaient être
punies, ô Eternel! où serait votre justice, où serait votre vérité? — Ma fille,
interrompit vivement l'archevêque, mou-
rez de votre douleur, mais ne blasphé-
mez pas. — Partons, mon père, lui dit
la princesse, partons sans différer :
l'assassin nous guidera sur les traces
sanglantes où il a marché. — Partons, »
reprend l'archevêque, aussi enflammé
par la charité, que Mathilde elle-même
peut l'être par l'amour.

La nuit ne les arrête point; la lune
brille au haut des cieux et les éclaire.
Guillaume se munit de baume et de simples propres aux blessures; malgré sa
vieillesse, il suit de près la course rapide de la princesse : le remords semble
avoir donné des ailes au meurtrier, et,
malgré les détours qu'ils sont obligés de
faire pour éviter la rencontre des Chrétiens qui reviennent au camp, la charité,
l'amour, et le repentir, les poussent d'une
telle vitesse, qu'ils arrivent bientôt vers
la masse de rochers qui couvre de son
ombre le corps de Malek Adhel. En l'a-
percevant, le meurtrier frissonne; il ne
peut aller plus loin; il détourne la tête
de ce sang qui s'élève contre lui; ses
membres se raidissent, et sa langue
épaissie ne peut prononcer aucun mot.
Mathilde jette les yeux autour d'elle;
ils sont frappés de l'éclat que les rayons
de la lune font jaillir des armes d'un
guerrier; elle se précipite à genoux près

de lui, écarte ses cheveux, le reconnaît, se penche sur ce front souillé de
sang et de poussière, pose une main
tremblante sur son cœur, et demeure
quelques minutes dans cet état de terrible émotion où on se sent comme suspendu entre l'immortelle félicité et
l'éternel désespoir. Un mouvement, un
souffle, vont décider son sort; elle attend; ses yeux sont fixes, sa respiration
même est suspendue : on dirait qu'elle
ne veut recommencer à vivre qu'avec
son époux. Tout-à-coup un éclair de
joie a parcouru, pénétré tout son être;
d'une voix éclatante d'espérance, elle
s'écrie, en voyant arriver l'archevêque :
« Mon père, son cœur bat encore, le
ciel est justifié. » Aussitôt elle déchire
ses voiles pour étancher toutes les blessures du prince; ses mains semblent se
multiplier; jamais tant de secours ne
furent apportés avec plus de vivacité;
jamais tant de force n'appartint à un
corps si délicat : elle soulève la tête du
héros, la presse contre son sein, la couvre de larmes, et réchauffe de sa pure
haleine les lèvres pâles et glacées que la
mort allait fermer pour toujours. Un
faible soupir s'échappe de la poitrine du
héros : « Mon Dieu, s'écrie Mathilde avec
une ferveur exaltée, ce n'est pas pour
l'amour que je vous implore; je ne vous
demande rien pour moi, emparez-vous
seul de son cœur, qu'il ne revoie la lumière que pour vous connaître; soyez,
soyez son unique pensée. » Tandis qu'elle
prie, l'archevêque applique sur les profondes blessures du prince un appareil
dont il ne voit que trop l'inutilité : ce
soin rempli, il songe à en remplir un
plus grand : au pied des rochers, il a
entendu le murmure d'une fontaine, et
va remplir le casque ensanglanté d'une
onde salutaire. « O vénérable saint, lui
dit la princesse, priez, priez, Dieu ne
vous refusera pas le salut de cette âme. »
Guillaume arrose le front du héros de
cette eau à laquelle la miséricorde du ciel
lui a permis de communiquer une vertu
divine; en cet instant, les rayons de la
lune tombent à plomb sur le visage de

Malek Adhel; Mathilde voit ses yeux s'ouvrir à demi, et ses lèvres essayer quelques mots. « Mon père, dit-elle à l'archevêque en étendant la main vers lui, approchez, parlez-lui; ce n'est pas moi qu'il doit entendre. » Guillaume se courbe vers le prince. « Mon fils, lui dit-il, mon fils, Dieu vous attend, Dieu vous appelle. » A cet accent, Malek Adhel entr'ouvre ses paupières, et d'une voix si faible que, sans le silence de la nuit et l'attention de ceux qui l'écoutent, on n'aurait pas pu l'entendre, il dit: « Mon père, vous êtes donc revenu? vous n'avez point abandonné votre enfant. » Avec une vivacité passionnée, la vierge s'écrie: « Mon Dieu, mon Dieu, je vous bénis. — Oh quelle voix, dit-il en s'efforçant de se soulever, quelle voix vient entourer ma mort de délices? — Mon fils, répond le pieux Guillaume, donnez à d'autres pensées le peu d'instants qui vous restent, car ils peuvent vous obtenir une vie et une félicité sans terme. — Avec elle, mon père? » dit-il, en pressant la main de Mathilde de sa main languissante. En ce moment, Guillaume n'a pas le courage d'être sévère, et il espère qu'un Dieu tout d'amour acceptera une conversion opérée par l'amour. « Oui, mon fils, avec elle, répond-il, si vos derniers sentiments sont pour Dieu. » Alors il se hâte de répandre sur le prince l'eau sainte du baptême; il prononce les paroles sacrées, et, lui faisant embrasser le signe de la rédemption: « Adorez, lui dit-il, les rayons de ce soleil qui s'est éteint sur la croix pour vous éclairer, et ayez d'autant plus d'espérance de salut, que ce Sauveur a beaucoup plus de puissance pour vous le procurer, que toutes vos erreurs pour vous le ravir. » A ces mots, le prince quitte la main de Mathilde pour embrasser la croix; aussitôt la lumière divine et l'abondante vie qui la suit descendent par torrents dans son âme, il aime et il croit. « Célestes clartés, dit-il, je vous ai vues, je ne peux plus vous perdre: foi, espérance, amour, je me livre à vous.... Mathilde, reçois mes adieux; je vais t'at-

tendre. » La vierge baigne de larmes le visage de son époux, mais ce sont des larmes de douceur; elle est sûre à présent de le retrouver, et, quand l'éternité bienheureuse est tout entière devant elle, la mort qui va les séparer n'est plus qu'une absence de peu de jours. « Ami, s'écrie-t-elle dans une sorte de délire extatique, sois heureux le premier, je t'aime trop pour m'en plaindre. » L'archevêque réunit leurs mains, et d'une voix tendre et grave, il leur dit: « Epoux chrétiens, pour toujours l'un à l'autre: Malek Adhel, va recevoir le prix de ton baptême; monte au ciel préparer la félicité de ton épouse, tandis que ses larmes expieront ici-bas tes erreurs. » Le héros n'a plus de force que pour élever ses yeux vers ce ciel qu'on lui montre; il les referme aussitôt, et son âme s'envole dans le sein du Dieu qui vient de la conquérir.

Mathilde contemple avec une muette douleur cette tête pâle et superbe qui retombe pour jamais sur la terre; mais elle n'espère plus, elle ne prie plus: quand elle espérait, qu'elle implorait un miracle, c'était pour le salut de son époux: maintenant qu'elle l'a obtenu, elle n'ose attendre un autre miracle, ni demander à Dieu que, pour un bonheur périssable, il interrompe une seconde fois le cours de ses lois. Guillaume est ému de tristesse, et sent qu'il doit l'être plus encore de reconnaissance; ses lèvres essaient des bénédictions, et laissent échapper des soupirs: « O Dieu! s'écrie-t-il, sanctifiez la douleur de cette vierge; qu'elle se réjouisse du bien que vous lui avez fait, sans regretter le bien que vous lui ôtez.... Fille du Christ, c'est par vos douleurs que Dieu achève la pénitence de votre époux, c'est par vos larmes qu'il accepte son repentir; ne vous plaignez donc ni de vos douleurs ni de vos larmes; ne voulez-vous pas souffrir pour lui...? » Après un long silence, il ajoute: « Elevez vos regards vers cet espace immense; c'est là qu'est votre époux. — O mon père! il est là aussi, répondit-elle en lui montrant le corps froid et livide qu'elle entourait de ses deux bras. — Ma fille, il faut rendre cette dépouille mortelle à la terre qui la réclame. — Non, s'écrie-t-elle, je ne la lui rendrai jamais; non, je ne m'en séparerai plus. O mon époux! je jure de ne point te quitter; ne m'ont-ils pas assez éloignée de toi pendant ta vie? Que craignent-ils maintenant? m'envient-ils encore le plaisir que je goûte à voir tes yeux éteints, tes lèvres glacées, à m'envelopper avec toi des ombres de la mort? ce bien est le seul qui me reste, pourquoi leur cruauté veut-elle me le ravir? — Ma fille, reprit Guillaume, vous disiez, il y a quelques heures, Qu'il soit sauvé, et je ne me plaindrai pas; il est sauvé, et je vous murmurez encore. — Non, je ne murmure pas, dit-elle en inondant de larmes le corps inanimé qu'elle pressait contre sa poitrine, je me réjouis, au contraire; j'adore les miséricordes de Dieu, je les bénis; mais jamais, non, jamais je ne me séparerai de Malek Adhel; partout je le suivrai: c'est moi seule qui poserai le voile funèbre sur ce front décoloré. Malheureuse! ne l'as-tu pas déjà fait une fois...; » Elle ne peut achever, trop de sanglots se pressent et l'étouffent; elle laisse tomber sa tête sur ce sein qui ne palpite plus, et semble partager sa mort. Guillaume se sent trop faible pour soutenir ce spectacle; la pitié est le seul sentiment par lequel il tient à la terre, et les maux d'autrui ont abattu quelquefois son courage. Il se détourne, il s'éloigne, il s'appuie contre le tronc d'un vieux palmier; et, dans l'amertume de son âme, il répète ces paroles des prophètes: « Comment es-tu tombé, Soleil des cieux, fils du Jour? toi qui foulais les nations, te voilà abattu jusqu'à terre. Ah! que mes yeux fussent une fontaine de larmes, pour pleurer jour et nuit le blessé à mort. »

Parvenue au plus haut des cieux, la lune éclaire ce lugubre et solennel spectacle; elle frappe également sur le meutrier qui mord la terre en exhalant les cris du remords près de sa victime étendue sans vie; sur une beauté angélique, l'amour et l'espérance du monde, de ce monde qu'elle va quitter pour mettre dans un tombeau son amour et ses espérances; et, à travers les longues feuilles du palmier, ses pâles rayons tombent aussi sur cet homme vénérable vieilli dans la charité, également cher à Dieu et aux misérables, qui n'a joui que des biens qu'il a donnés, n'a connu que les peines qu'il a vu souffrir; et, par la longue habitude qu'il a de bien faire, fait le bien chaque jour, sans avoir même besoin de songer à la récompense qui l'attend.

Au milieu de ce morne et profond silence, qui n'est interrompu que par les gémissements du crime, les soupirs de la douleur, et les exclamations de la piété, le hennissement de quelques chevaux vient de se faire entendre; bientôt des hommes paraissent: l'archevêque reconnaît l'habit musulman; il frémit pour Mathilde, et se hâte d'aller à elle; les Infidèles l'aperçoivent et le saisissent. « Chrétien, lui disent-ils, que fais-tu là? est-ce toi qui as ôté la vie à Malek Adhel? — Je crois, au contraire, que je la lui ai donnée, répond-il d'une voix tranquille. » La princesse a entendu du bruit; elle se lève, tressaille, et, se plaçant devant le corps de son époux: « Hommes, n'approchez point, s'écrie-t-elle, ne me l'enlevez pas. » Un des Sarrazins se détache de la troupe, il court, il dit: « Je la reconnais, c'est la princesse d'Angleterre; mon maître doit être ici. — Je ne te le rendrai point, Kaled, reprend Mathilde avec un mélange de terreur et d'égarement; tu fus son ami, mais, n'importe, je ne te le rendrai point. » Kaled aperçoit le corps du héros; il se jette la face contre terre. « O mon maître! s'écrie-t-il en se frappant la tête, ô mon maître! voilà donc comme je devais te revoir! — Kaled, interrompt la princesse, ton maître est mort mon époux, je veux mourir auprès de lui. » Il répond: « Nous sommes venus, au risque de nos vies, chercher ces précieux restes pour les rendre à Saladin; ils lui appartiennent. — Ils n'appartiennent qu'à moi, s'écrie Mathilde, et si tu emportes mon époux, je te suivrai; Kaled, jusqu'au bout du monde; je te suivrai à

pied en te redemandant mon époux. »
En parlant ainsi, elle retombe, et serre
contre son cœur la main glacée de Malek
Adhel. Tant de douleur et d'amour pénètrent l'âme de Kaled; il se souvient
d'ailleurs combien elle fut chère à son
maître, et croit ne pouvoir mieux honorer sa mémoire qu'en obéissant à la beauté
qu'il aima. « Nous avons juré à Saladin
de lui rendre la dépouille de son frère,
répond-il, et nous lui obéirons; mais
viens avec nous, illustre Chrétienne, et
le sultan, touché de tes larmes, respec-
tera en toi la veuve de Malek Adhel, et
ne te séparera point de l'objet de ton
amour. — Oui, sans doute, j'irai le lui
demander, dit-elle vivement; et vous,
mon père, adieu; retournez vers les Chrétiens et laissez-moi remplir un devoir
en suivant le corps de mon époux. — Ma
fille, répond le pieux Guillaume, je ne
vous quitterai point. » Les Musulmans
font un brancard, y déposent en pleurant les restes de Malek Adhel; la vierge
marche à côté, la bouche muette et la
tête voilée; l'archevêque suit de loin le
cortége, en répétant à voix basse, et avec
des interruptions régulières, ces versets
des belles hymnes de la mort.

« Mes années coulent avec rapidité,
et je marche par une voie de laquelle je
ne reviendrai jamais; mes jours sont passés, ils ont décliné comme l'ombre; mes
pensées sont évanouies, mes espérances,
dissipées : je dis au sépulcre, Vous serez
mon père; et aux vers, Vous serez ma
mère et mes sœurs. Le sépulcre s'est
élargi, a ouvert sa gueule sans mesure,
et le monde y descendra avec sa magnificence, sa multitude, sa pompe, et tous
ceux qui s'y réjouissent. »

Le funèbre convoi arrive aux premiers
rayons du jour sous les murs d'Ascalon;
on lui ouvre les portes; le peuple accourt,
gémit, l'accompagne le long des rues
qu'il traverse pour se rendre au palais :
de tous côtés des éloges et des pleurs se
font entendre; les soldats surtout éclatent en sanglots; ils arrêtent sur le seuil
du palais le corps du héros qu'ils adoraient, et se prosternent alentour en
frappant leurs têtes contre la terre. « O
prince magnanime! s'écrient-ils, tu es
mort, mais ton souvenir est écrit dans
nos cœurs avec tes bienfaits; tu es mort,
et toutes les vertus vont être ensevelies
avec toi : la justice, la générosité, la
bonne foi, s'évanouiront avec toi; et,
après toi, les cruautés, les rapines, vont
reparaître de nouveau dans le monde désolé : le ciel a perdu sa lumière; le monde,
son plus bel ornement; l'empire, son défenseur; et Saladin, son seul ami. »

Cependant le convoi s'avance vers la
grande salle du palais; le sultan le reçoit,
la tête couverte de cendres, et étouffant
avec peine la violence de sa douleur. « O
mon frère! dit-il, en embrassant ce corps
inanimé, mon frère! mon seul ami! est-
ce bien toi....? Ah! comment porterai-je
sans toi le poids de mon empire? » La
vierge jette son voile en arrière, et les
cheveux épars, les vêtements déchirés,
la majesté du malheur empreinte sur le
front, elle se prosterne aux pieds du sultan, et s'écrie : « Puissant monarque, de
tous les biens que j'étais destinée à posséder sur la terre, il ne me reste que ce
cadavre; ne me l'ôte point, je t'en conjure..... — Que me demandes-tu? interrompt Saladin avec un grand trouble.
— Je te demande mon époux, reprend-
elle; avant de mourir, il a embrassé ma
foi; avant de mourir, il a reçu mes serments et les a emportés avec lui. Ah!
permets que je passe auprès de son cercueil ce peu de jours d'une triste vie;
donne-moi de Malek Adhel tout ce qui
reste de Malek Adhel sur la terre; noble
Saladin, prête l'oreille aux cris d'une
épouse désolée. — Es-tu réellement l'é-
pouse de mon frère? lui demande le sultan en la relevant avec bonté. L'archevêque s'avance alors, et dit : « Malek
Adhel est mort Chrétien, il est mort l'é-
poux de Mathilde. — Je sais que ta bouche n'a jamais prononcé un mensonge,
Guillaume, lui dit le sultan; et si tout
autre que toi m'eût dit ces paroles, j'aurais refusé de les croire..... Malek Adhel
est mort Chrétien....! O beauté fatale!
toi qui m'as ôté un frère pendant sa vie,

qui as causé sa perte, et qui me le ravis encore après son trépas, garde donc ton époux, puisque son dernier vœu fut pour toi. — Maintenant, dit-elle, en rejetant son voile sur son visage, je n'ai plus rien à demander au monde, et je vais lui dire un éternel adieu. — Veuve de Malek Adhel, lui demande le sultan, quel lieu choisissez-vous pour déposer ces restes sacrés? — Ils me suivront, répond-elle, au monastère du Carmel, dans cette retraite éternelle où je vais m'ensevelir: plus heureuse que je n'espérais, j'y vivrai près de mon époux. — Noble sultan, lui dit Guillaume, accordez quelques jours de trève aux Chrétiens, pour qu'ils puissent faire en paix cette pompe solennelle. »

Saladin l'accorda; l'archevêque partit pour aller annoncer aux Chrétiens tout ce qu'ils avaient perdu, et ce qu'il leur restait à faire; il laissa Mathilde, jusqu'à son retour, dans le palais du frère de son époux: un vaste appartement tendu de noir est préparé pour elle; nuit et jour, auprès du cercueil de Malek Adhel, elle pleure et s'écrie: « Paix, paix à tes cendres, mon époux; et, s'il se peut, paix, paix aussi à mon âme! O mon âme! pourquoi te sens-tu pressée d'une si mortelle tristesse, et pourquoi demeures-tu plongée dans l'abattement? Celui que tu aimes a cessé de verser des larmes; et, tandis que ta faiblesse le rappelle sur cette terre, il goûte d'ineffables plaisirs au sein de la félicité suprême à laquelle Dieu l'avait prédestiné par sa miséricorde divine. »

CHAPITRE LIV.

La grande bataille d'Ascalon n'avait donné que la victoire aux Chrétiens; la joie ne l'avait pas accompagnée; et, en rentrant sous leurs tentes, Guillaume fut surpris d'y trouver, au lieu des éclats du triomphe, le silence de la consternation. Certains mots échappés au coupable écuyer avaient éveillé des soupçons sur la conduite du roi de Jérusalem, et sur la manière dont Malek Adhel avait été frappé. Richard seul refusait d'y croire; les autres chefs, que la même prévention n'aveuglait pas, n'apercevaient que trop bien toutes les preuves qui confirmaient cette accusation; et, humiliés de la honte dont un si odieux assassinat allait couvrir leurs noms et leurs exploits, ils ne songeaient qu'en frémissant au bruit que leur victoire allait faire dans l'univers, parce qu'il ne pourrait y retentir qu'avec celui d'un crime.

Il y avait d'ailleurs, parmi les Croisés, de trop grandes âmes et de trop nobles chevaliers pour que Malek Adhel n'y eût pas beaucoup d'admirateurs et d'amis. Ils avaient besoin de pleurer sa mort, ils ne l'osaient pas: la religion se fût peut-être offensée qu'ils eussent montré publiquement leur douleur; mais, en la cachant, leurs visages ne pouvaient la taire, et ceux dont la tristesse était moins vive, se sentaient néanmoins troublés de la chute de Malek Adhel. Il tombait, ce redoutable ennemi de la foi, et la foi devait se réjouir sans doute; mais l'orgueil de l'homme pleurait celui dont les grandes vertus avaient élevé si haut la dignité de l'homme; et, en le voyant suivre Montmorency dans la tombe, il semblait aux Chrétiens, comme aux Musulmans, que maintenant l'univers, vide de héros, ne méritait plus qu'on cherchât à s'y distinguer par des exploits que l'estime de ces deux grands hommes ne pouvait plus payer.

Le retour de Guillaume rompt le morne silence du camp. Maintenant qu'on sait que Malek Adhel est mort Chrétien, toutes les muettes tristesses osent éclater; maintenant que c'est un Chrétien qu'on pleure, ce n'est plus des pleurs qu'on se contente de verser, mais des gémissements qu'on fait retentir de toutes parts. Les Musulmans eux-mêmes montrent une peine moins vive; car, s'ils s'affligent de ce qu'ils ont perdu, les Chrétiens regrettent ce qu'ils auraient pu gagner. Les premiers souffrent du mal qu'ils ont reçu, les seconds, de celui qu'ils ont fait. « Ah! s'écrient les Croisés, en se disant l'un l'autre la douleur qu'ils éprouvent, quel aveugle empressement nous poussait à détruire celui qui devait nous sauver? Hélas! quelques jours de patience encore, et la parole s'accomplissait, et Sion se relevait de ses ruines, et Malek-Adhel lui-même eût posé la première pierre du nouveau temple : soutenu par ce bras invincible, le bras de l'enfer même ne l'eût pas ébranlé : maintenant quelles seront nos espérances? le sang innocent a souillé notre cause, Lusignan l'a versé, Lusignan est coupable : oh! élevons nos voix; pleurons sur le péché commis par un de nos frères; et toi, Éternel, châtie-nous; mais, jusque dans ta colère, souviens-toi que tu châties tes enfants; car, qui pourrait résister à ta colère? »

Telles sont les plaintes qui éclatent dans tout le camp; le nom de Lusignan n'y est répété qu'avec horreur. Guillaume entend ces cris et ne les réprime point; Richard étonné le prend à part, et lui dit : « Mon père, on accuse Lusignan du plus noir forfait, et vous gardez le silence! si votre charité ne l'a point défendu, vous l'avez donc jugé coupable? O mon père! se pourrait-il que Lusignan, que mon ami,....? — Ne le nommez plus votre ami, interrompit l'archevêque, il n'est plus digne de l'être. — Que dites-vous? s'écria Richard en frémissant, Lusignan serait un assassin! — Malek Adhel est mort assassiné, reprit l'apôtre du Christ avec une profonde douleur, et c'est Lusignan qui a ordonné le crime. » A ces mots, le roi d'Angleterre, pâle, égaré, tomba sans force sur son siége. « Forfait inouï! s'écria-t-il; celui que j'appelais mon frère, celui que je pressais sur mon sein..... il a trahi l'honneur, et il vit encore! — Oui, repartit l'archevêque, il vit encore pour son plus grand supplice, car du moins il espérait ne pas survivre à son crime, et voulait précéder son rival dans la tombe. » Alors il explique quels furent les ordres de Lusignan, et sa charité y cherche des motifs de le trouver moins coupable; mais l'inflexible honneur ne le permet pas, et Richard est prêt à s'indigner de l'indulgence de Guillaume. « Mon père, s'écrie-t-il, point de pardon, point de pardon; le meurtrier n'en mérite point; poursuivi en tous lieux par la vengeance divine, il doit l'être aussi par les hommes, et nous ne devons point de miséricorde à des crimes pour lesquels j'espère que le ciel n'en a pas..... Je romps, j'abjure à jamais tous les nœuds qui m'attachèrent à Lusignan; je vais proclamer ma haine aussi hautement que je proclamai jadis mon amitié, car Richard ne supporterait pas qu'on lui supposât seulement un reste de pitié pour un assassin. » Il dit, et va dans tout le camp répandre l'amertume de son âme indignée; tous les Chrétiens la partagent; il ne s'en trouve pas un qui excuse Lusignan, pas un qui ne le condamne. Ces clameurs courent, volent d'un bout du camp à l'autre, et Lusignan ne se réveillera que pour les entendre. La perte de son sang le laisse encore sans mouvement, mais on a répondu de sa vie. Il vivra donc, tandis que la terre a bu le sang de l'innocent! il vivra, et Malek Adhel n'est plus! mais celui-ci, mort en paix avec Dieu, a déjà reçu l'immortelle couronne, et Lusignan ne rouvrira ses yeux au jour que pour apprendre son crime, pour le voir connu du monde entier, pour en sentir la honte et le remords, pour perdre tout à la fois Mathilde, l'honneur, l'amitié de Richard, le trône de Jérusalem, et l'estime de l'univers. Il ne retrouvera donc la vie que pour être puni, et pour se repentir peut-être; car il n'appartient pas à l'homme de mettre des bornes aux miséricordes du ciel.

Cependant, du haut de Césarée les cloches funèbres ont retenti; Ptolémaïs aussi sonne les paroles de la mort, et Conrad lui-même a voulu que sa superbe Tyr rendît un pareil hommage au héros chrétien : tout est deuil et tristesse le long des côtes dont les Croisés disposent; tout aussi est deuil et tristesse le long des côtes dont Saladin est maître encore; et les deux mondes, réunis un moment, gémissent ensemble sous le poids du même malheur.

Non loin d'Ascalon, à l'entrée d'un chemin qui va droit au Carmel, les Chrétiens sont venus attendre les précieux restes que Saladin a promis de leur rendre : ils y élèvent une croix; c'est sous son ombre sacrée qu'ils veulent recevoir les cendres de Malek Adhel.

Bientôt, sorti des portes d'Ascalon, le convoi funéraire approche : deux chars fermés, tendus de noir, roulent lentement sur le sable; le premier contient ce qui reste des plus grands hommes sur la terre quand Dieu leur a retiré son souffle; dans le second une victime volontaire, morte au monde comme l'époux qu'elle suit, va achever sa course en ce jour; et ces deux cercueils, marchant vers le même tombeau, également muets, cachés et recouverts aux yeux des hommes, ne leur permettent pas même de savoir quel est celui où l'on pleure encore.

Saladin à pied, le visage pâle, la contenance austère, et les habits déchirés, s'avance vers les Chrétiens, et leur dit : « Je vous donne celui qui s'est donné à vous; mais il faut que son meurtrier me soit livré. » Richard, portant la parole pour tous les Chrétiens, répond : « Nous abhorrons comme toi l'assassin de ton frère, de notre frère; mais il n'appartient qu'à Dieu de mettre la main sur la tête des rois; les grandes puissances ne relèvent que de ce grand tribunal : cependant, sois tranquille, le forfait sera puni, et le sang du juste ne restera point sans vengeance; car Lusignan, en horreur aux hommes, abandonné des siens, sera plus que privé de vie, il vivra sans honneur.... — *Semblable à l'esprit immonde qui est sorti de l'homme*, ajouta l'archevêque, *se promenant par les lieux arides, cherchant du repos et n'en trouvant point* [1]. » Après un court silence, le sultan répondit : « S'il est ainsi, je suis satisfait. » Ensuite il ajouta, avec un long et sourd gémissement, montrant un des deux chars : « Le voilà, prenez-le, puisque c'est parmi vos morts qu'il a

[1] S. Matthieu, ch. XII, v. 43.

choisi sa demeure. » Il dit, et sa grande âme, prête à être accablée par la douleur, se relève pourtant avec courage. Il fait signe à son peuple d'abandonner aux Chrétiens le cercueil de Malek Adhel : les Sarrazins ne peuvent s'y résoudre; ils se jettent sous les roues du char, se roulent dans la poussière, embrassent les restes de leur héros en poussant des cris lamentables; mais Saladin fait un second signe, et il est obéi. Les Musulmans se reculent, le cercueil reste seul, les Chrétiens s'avancent et l'entourent; il est à eux, ils le déposent au pied de la croix qui l'a conquis, et aussitôt les prêtres célèbrent cette grande victoire en commençant les hymnes de la mort.

Ce devoir rempli, les deux chars, guidés par les Chrétiens, vont recommencer à rouler vers leur dernière demeure : cependant l'archevêque de Tyr s'avance vers Saladin, et lui dit : « Ne viendras-tu pas voir quels honneurs tous ces rois et tous ces peuples vont rendre à ton frère? — Non, repartit le sultan, je ne puis assister à vos cérémonies, ma foi est ailleurs : mais ceux de mes sujets qui voudront les voir peuvent vous suivre; ils viendront me redire si vos pompes ont été dignes de la plus grande conquête que vous ayez jamais faite sur moi. » Ayant parlé ainsi, il se retire. Quelques Musulmans le suivent, un beaucoup plus grand nombre veulent être témoins de la sépulture de leur prince; ils se mêlent aux Chrétiens; ils entendent leurs chants funèbres; les airs en retentissent; de toutes parts les peuples accourent, élèvent la voix; les prières sacrées montent jusqu'au ciel; et ces efforts, ces vœux de l'Église, répétés de colline en colline, arrivent jusqu'à Saladin, et lui font entendre les derniers cris par lesquels cette sainte mère achève le bonheur et la conquête de ses enfants.

L'archevêque de Tyr lui seul ose soulever le voile funéraire qui couvre la vierge sans tache, l'agneau qui va s'immoler; nul autre que lui ne contemple cette douleur auguste et résignée, et n'entend les accents de ses lèvres pieuses qui, pour toute plainte, pour tout murmure, ne laissent échapper que ces paroles : « *Mon âme est triste jusqu'à la mort ; veillez et priez avec moi* [1]. » — O fille du Christ, répond Guillaume en mêlant des larmes avec ses discours, répétez aussi ces autres paroles de votre divin maître : *Dans le monde vous aurez de l'affliction ; mais ayez bon courage ; j'ai vaincu le monde* [2]. »

Quand le lugubre convoi eut atteint le sommet du Carmel, de ce lieu révéré où le plus grand des prophètes, enlevé dans un char flamboyant, fut porté dans le sein des anges, et passa de la vie à l'éternité sans avoir connu les ténèbres de la mort ; les rois, un cierge à la main, la tête découverte, les pieds nuds, entrèrent avec respect dans l'enceinte sacrée. Les Chrétiens les suivent ; on arrête les Musulmans, ils demeurent en arrière ; l'archevêque de Tyr les voit et pleure sur eux ; il se souvient que, jadis au désert, *Jésus ayant vu une grande multitude autour de lui, fut ému de pitié, parce qu'ils étaient comme des brebis qui n'ont point de pasteur* [3]. « Oh ! s'écrie-t-il avec enthousiasme, *toute chair verra aujourd'hui le salut de Dieu* [4]. Venez, venez aussi. — Mon père, que faites-vous ? lui dit-on ; des Infidèles marcheraient ici ! » Guillaume répond, avec un accent plein de véhémence et d'inspiration, en montrant le cercueil du héros : « *Un grand miracle s'est fait, et Dieu a visité son peuple* [5] ; laissez-le donc s'achever, car *celui qui est assez puissant pour faire naître de ces pierres mêmes des enfants à Abraham* [6], pourra bien appeler ceux-ci jusqu'à lui. » Il dit : l'espérance, la charité, et la foi, parlent avec lui, et les Musulmans ont passé.

Les Filles du Carmel, prévenues par Guillaume, ont orné l'humble simplicité de leur église de toute la pompe dont les rois de la terre aiment à s'entourer. Elles savent que le héros qui viola leur asile, touché par Dieu, va venir reposer parmi elles, et demander après sa mort les prières de celles qu'il offensa pendant sa vie. Ces âmes, nourries de l'esprit de leur maître céleste, d'amour et de miséricorde, avaient déjà oublié leur injure ; elles ne se la rappellent en ce moment que pour en obtenir le pardon ; et, grâce à leur intercession, les cendres de Malek Adhel en entrant sous les voûtes de ce temple qu'il profana, y entrent en paix avec Dieu.

Cependant, hors l'archevêque de Tyr et les évêques de Bethléem et de Ptolémaïs, nul regard mortel n'a pénétré dans l'intérieur du cloître, et n'a seulement aperçu l'ombre du chaste habit des vierges qui l'habitent. Retirées au fond du sanctuaire, dans le vaste chœur où seules elles ont le droit d'entrer, deux épais rideaux, abattus à quelque distance l'un de l'autre, les séparent des hommes et les dérobent à tous les yeux. Ainsi la piété, anticipant sur les droits de la mort, semble, de cette terre misérable où elles sont encore, les avoir déjà transportées vers un meilleur monde, invisible, inconnu au reste des humains, et où Dieu seul habite avec elles.

La royale vierge, qu'elles ont reçue dans l'intérieur d'une des cours du monastère, n'a pas encore acquis le droit de s'asseoir à leurs côtés : cachée cependant, mais moins cachée qu'elles, elles ont marqué sa place dans l'intervalle des deux rideaux, entre leur sanctuaire et les hommes, et pour ainsi dire, sur la limite qui les sépare du monde.

La voûte du temple est éclairée de la pâle lueur des cierges funèbres ; des branches de pins et de cyprès jonchent le pavé ; sur chaque colonne, une inscription parle de mort ; des figures de marbre disent les expressions muettes de douleur, et du cœur de tous les assistants s'échappent les sanglots et les douleurs bruyantes. Au milieu de ces signes du deuil et du trépas, l'autel seul conserve son éclat et sa magnificence, comme pour dire aux hommes que, seul il ne participe point à la mort : la majesté d'un Dieu y réside tout entière ; elle s'élance des rayons du

[1] S. Mathieu, ch. xxvi, v. 38.
[2] S. Jean, ch. xvi, v. 35.
[3] S. Marc, ch. vi, v. 34.
[4] S. Luc, ch. iii, v. 6.
[5] S. Luc, ch. vii, v. 16.
[6] S. Luc, ch. iii, v. 8.

sacré soleil, et les anges, tenant l'encensoir, répandent le parfum des saints.

Les rois entourent la chaire évangélique où Guillaume vient de monter; Bérengère, la désolée Bérengère, vêtue de noir, prosternée au pied d'un autel écarté, son jeune enfant entre ses bras, prie, au nom de l'innocence, pour l'âme de son bienfaiteur, et demande à la chaste Reine des vierges, du repos pour l'affligée, la destituée de consolations, pour celle dont la tempête a surpris et brisé le cœur. Les Chrétiens, la face humiliée vers la terre, attendent, dans un saint recueillement, les paroles et la présence de Dieu; et plus loin, vers la porte de l'église, les Musulmans, réunis et pressés ensemble, s'étonnent de ce qu'ils voient, et se demandent où ils sont; mais ils s'étonnent bien plus quand l'archevêque de Tyr, faisant lever le rideau qui séparait Mathilde de l'auguste assemblée, ils aperçoivent cette tendre vierge, la veuve de Malek Adhel, la fille des rois, couchée sur la cendre auprès du cercueil de leur maître, et recouverte du drap mortuaire : déjà l'or de sa chevelure n'orne plus sa tête dépouillée, et ses blondes tresses éparses autour d'elle attestent que la cérémonie de sa mort a déjà commencé.

A cette vue, tous les cœurs se fendent, et des ruisseaux de larmes s'échappent de tous les yeux.

L'archevêque de Tyr élève les mains, et, d'une voix majestueuse, répond à toutes ces douleurs par ces mots : *L'Eternel règne; terre, sois joyeuse.* Il dit, et déjà les divines espérances, descendues du ciel avec ces paroles, s'emparent de toutes les âmes, et commencent à en bannir les humaines tristesses; l'archevêque reprend alors avec le prophète, en montrant le cercueil de Malek Adhel :

« Je t'ai pris par la main pour te ramener des extrémités de la terre; je t'ai appelé des lieux les plus éloignés : je t'ai choisi, ne crains plus rien, parce que je suis maintenant avec toi [1].

[1] Isaïe, ch. 1x, v. 10.

« Voilà, ajouta-t-il avec une grande véhémence, voilà le sort du prince qui gémissait; il y a peu de jours encore, sous les chaînes de l'enfer, et vous pleurez! voilà le miracle que Dieu a fait pour son peuple et à la vue de ses ennemis, et vous pleurez! Jamais, non, jamais rien de si grand ne s'est montré à Israël : un prince impie naît tout-à-coup en Orient, et déjà il menace notre culte; semblable à la foudre, il dévore les Fidèles et leurs armées : en vain l'Europe vomit contre lui des milliers de soldats, le bras de Malek Adhel s'élève et va tout détruire; encore quelques jours, et l'empire du Christ sera effacé, et les portes de l'enfer auront prévalu. Mais Dieu voit nos misères, et il en a pitié; il enchaîne ce bras que le monde entier ne pouvait enchaîner; il parle, et le héros est à lui. Voilà ce qu'il a fait, ce que vous avez vu, Chrétiens, et vous pleurez! Et cette vierge, continua-t-il en montrant Mathilde, pourquoi gémit-elle? quels biens reproche-t-elle à Dieu de ne lui avoir pas accordés? aurait-elle voulu vivre sans épreuves, pour mourir sans mérites aux yeux de son Créateur? O vierge! bienheureuse vierge! quel sort fut jamais plus beau que le tien? En vain les hommes et leurs intrigues, le monde et ses tentations, se sont ligués contre toi : la religion a été plus forte pour te soutenir qu'ils ne l'ont été pour t'accabler : l'enfer même s'est joint à eux; versant dans ton cœur les poisons de l'amour, il a voulu t'entraîner dans ses gouffres, en te livrant à un Infidèle; mais, aidé de Dieu, tu as vaincu l'enfer, et des poisons qu'il avait préparés pour ta perte, tu as fait des germes de salut pour le héros que tu aimais. Maintenant, Mathilde, pourquoi donc ces larmes? si ce ne sont des larmes de reconnaissance pour ce Dieu qui, pendant seize années de paix et de retraite, se plut à t'instruire dans sa loi, afin de t'élever à sa gloire; pour ce Dieu qui, au bout d'une seule année d'affliction, terme si court qu'il n'est rien même aux yeux des hommes, et qu'il est déjà passé pour toi, t'amène ici triomphante de tous les périls dont il t'a sauvée, et victorieuse de tous les piéges qu'il a fermés sous tes pas; pour ce Dieu qui, satisfait de ta docilité à l'entendre, de ta soumission à ses ordres, t'ouvre le port, te reçoit dans son sein et bien avant le terme de ta course; et, encore dans l'âge des erreurs, t'assure la palme immortelle dont il couronne le front du juste? O Mathilde! de quoi te plains-tu? ne sais-tu pas ce qui t'attend? Pour des épreuves de peu de jours, des afflictions de quelques heures, des misères qui passent, ne sais-tu pas ce que Dieu t'a promis? Écoute, et des voûtes de ce temple, du sein de cet autel, du fond de ces tombeaux, n'entends-tu pas toutes ces voix qui s'élèvent et s'écrient : *L'éternité! l'éternité!* »

La vierge relève sa tête, et, montrant encore une fois au monde ce visage ravissant qu'il ne devait plus revoir, elle étend la main vers la tombe de son époux, et dit :

« Et pour la conversion de cet homme-là, quel est le prix que Dieu a promis? »

A ces mots, c'est l'immortelle armée des saints qui vient de descendre tout entière; les harpes d'or des chérubins ont frémi, et les chœurs d'anges retentissent de toutes les parties de l'Eglise, et répètent, en se mêlant à la voix des hommes : *L'éternité! l'éternité!*

Non, ce n'est plus une créature mortelle que cette vierge qui se lève tout-à-coup du milieu de ces ombres de la mort où elle était ensevelie; ses regards sont enflammés, son visage rayonnant; une sorte de divine joie étincelle dans toute sa personne, son œil a vu la béatitude infinie : par-delà tous les cieux, l'époux qu'elle pleure lui est apparu couché dans le sein de l'Eternel, et à présent elle ne pleure plus; d'une voix éclatante, elle s'écrie :

« Gloire, gloire suprême! inexprimables félicités!.... »

Elle retombe; la céleste vision a disparu, mais le sentiment en demeure à jamais dans son cœur; et maintenant,

monde, offre-lui tes pompes, tes joies, même tes amours, et jusqu'au bonheur qu'elle a si longtemps désiré, elle te rejettera; tu n'es plus assez riche pour la tenter, et tes biens périssables ne la touchent plus; car Dieu vient de lui donner l'avant-goût de ceux qui l'attendent, et que ses sacrifices et sa vertu lui ont mérités. En ce moment suprême, on croit, dans ce temple auguste, sentir partout la présence de Dieu : oui, elle est partout, même dans le cœur des Musulmans : jamais leurs yeux n'avaient vu, jamais leurs oreilles n'avaient entendu ce qu'ils viennent de voir et d'entendre. Les paroles de Guillaume, les éclairs de gloire et de bonheur qui sortent des yeux de la vierge, ces bruits célestes qui résonnent dans les airs, ces Chrétiens qui osent appeler Dieu parmi eux, et cette charité divine qui consent à s'y rendre, tout frappe, étonne, subjugue les Infidèles; éperdus, oppressés, et poussés par une main invisible, ils se précipitent à travers les Chrétiens, jettent de grands cris, et, se prosternant autour de la chaire de Guillaume, ils frappent la terre de leurs fronts, en répétant : « Père, ô père! nous croyons. »

Et maintenant qu'on demande ce qu'est le bonheur du juste! Regardez dans le cœur de Guillaume, dans ce cœur consommé de charité, et qui ressent la joie qui procède de l'amour de Dieu par autant de cœurs qu'il a de frères qui la partagent : son visage est couvert de brûlantes larmes; d'une voix émue, d'une voix où il a mis toute son âme, il s'écrie, en tirant un crucifix de sa poitrine, et l'élevant au-dessus de sa tête : « Le voilà, mortels, le voilà, Chrétiens, celui qui est descendu sur la terre pour faire du jour de la mort le jour du triomphe. »

Les Musulmans répètent, en frappant encore leurs têtes : « Père, ô père! nous l'adorons. »

Ce n'est plus qu'un seul peuple, ce n'est plus qu'un seul cœur, les Chrétiens embrassent leurs frères, et auprès d'eux se prosternent et adorent.

« Cendres de Malek Adhel, réveillez-

vous, continue l'archevêque, noble héros, secoue la poudre où tu dors; lève-toi,
viens assister à ta plus belle victoire; du
sein de la mort tu as parlé à leurs cœurs;
car les voix qui sortent du fond des tombeaux sont celles qui persuadent le mieux.
Père de ton peuple, tu leur ouvres le ciel,
et leur salut est le prix de ton sang. *O
Christ! conservez par votre nom ceux
que vous venez de lui donner, afin qu'ils
ne fassent qu'un avec lui, et que, là où
il est, ils y soient aussi pour contempler la gloire que vous lui avez réservée*[1]. »

L'archevêque descend de la chaire
sacrée; il bénit ses nouveaux enfants;
mais, avant de leur conférer le baptême,
il va consommer le sacrifice de la vierge:
cette jeune beauté se lève, revêt la bure
grossière des filles du Carmel, prononce
d'une voix satisfaite le vœu qui la sépare
à jamais du monde; puis, tendant la main
vers les néophytes qui furent les sujets
de Malek Adhel : « Adieu, mes frères,
leur dit-elle, nous le retrouverons. » Elle
baisse les yeux avec émotion à l'aspect
de Richard, de ce roi, de ce frère qu'elle
ne doit plus revoir, et essuie quelques
larmes en passant devant Bérengère.
Tous les regards sont attachés sur elle;
objet d'admiration et d'attendrissement,
bien plus que de pitié, en elle tout est
grand, élevé, sublime, comme la religion sur laquelle elle s'appuie, et la foi
qui la soutient : elle fait quelques pas en
arrière, elle approche du dernier rideau;
Guillaume le soulève et s'écrie : « Voici
une fille d'Elie qui s'apprête aujourd'hui
à monter dans le chariot de son père. »
Il dit, la vierge se courbe, elle a disparu;
et le monde auquel elle échappe sans retour, frappé de ses derniers regards, et
des divins accents qui s'élèvent derrière
le voile qui la cache, se demande si ce
n'est pas dans le ciel qu'elle vient d'entrer, et si l'éternité qui lui fut promise
n'a pas déjà commencé pour elle.

[1] S. Jean, ch. xxvii et xxviii.

CONCLUSION.

UNE année s'écoula; et, durant ce
temps, jamais un murmure ne sortit des
lèvres de la vierge, ni ne commença seulement dans son cœur; prosternée devant les saints autels, elle bénissait Dieu
de n'avoir pas fait sa destinée comme son
imprudence l'avait si longtemps désiré.
« Hélas! disait-elle, quel eût été mon
sort, si, unie à Malek Adhel, je l'avais
vu, entraîné par son frère, chanceler
dans la foi? toujours combattu entre
une nouvelle religion et une ancienne
amitié; mauvais Chrétien ou mauvais
frère, et ne pouvant exercer une vertu
sans qu'une autre vertu en gémît; que
de tentations nous eussent assaillis! combien de fois aurions-nous succombé! à
présent peut-être, victimes du péché,
nous expierions, par d'éternelles larmes,
nos plaisirs d'un jour, au lieu que c'est
par des biens éternels que nos fugitives
douleurs nous seront payées; en cet instant, sous les sacrés parvis, mon époux
jouit des ineffables délices; il me regarde,
me sourit, m'attend, me désire.... O
mon Dieu! on a donc encore un désir
auprès de vous! »

Mais ce cri, où l'amour se mêlait encore, se tempéra avec le temps; et la pensée de Malek Adhel s'entoura de tant de
religion et de pureté, qu'elle se confondit
bientôt dans son âme avec celle de Dieu
lui-même. Le tombeau de son époux,
qu'elle visitait chaque jour, ne lui offrait
que des sujets de bénédictions : elle y
priait, elle n'y pleurait plus; et elle reconnaissait enfin que nos peines sont
bien plus que nos joies, les enfants de la
miséricorde de Dieu, puisque nos joies
nous ramènent à nous, et que nos peines
nous ramènent à lui.

Un jour cependant, du haut d'une des
tours du monastère, elle aperçut dans
la vaste mer un vaisseau qui partait pour
l'Europe, et cinglait vers l'Occident; elle
reconnut le léopard d'Angleterre, les armes de sa patrie, et le pavillon royal, avec
ses flammes et ses longues banderolles
rouges. Richard, Bérengère, tous ses

parents, ses amis, s'éloignaient pour toujours; ils voguaient vers un autre hémisphère; elle restait seule dans l'Orient, sans famille, sans liens... A cette pensée, elle regarde encore le vaisseau; les couleurs en étaient effacées, et la voile ne paraissait plus que comme un point blanchâtre dans l'horizon : bientôt elle disparut tout-à-fait; alors le cœur de la vierge s'oppressa, et il s'en échappa un regret; mais ses yeux s'élevèrent vers le ciel, retombèrent sur les cendres de son époux, et ce regret fut le dernier.

FIN DE MATHILDE.

www.ingramcontent.com/pod-product-compliance
Lightning Source LLC
Chambersburg PA
CBHW071857020726
47502CB00003B/792